Aen Cangsaw Gvangjsih Saujsu Minzcuz Feihvuzciz Vwnzva Yizcanj
广西少数民族非物质文化遗产书库

SAWHEIQCUENGH CIENZDOENGJ CUNGGUEK GYOEBBAENZ

中国壮剧传统剧作集成

Bienswnj Gienj Sanglinz Cek Daihngeih
上林卷续编 第二册

Gvangjsih Minzcuz Yijvwnz Yenzgiu Cunghsinh Cujciz Biensij
广西民族语文研究中心 组织编写

Gvanh Swgingh Cawjbien
关仕京 主编

广西民族出版社
Gvangjsih Minzcuz Cuzbanjse

图书在版编目（CIP）数据

中国壮剧传统剧作集成. 上林卷续编. 第二册 / 关仕京主编. —南宁：广西民族出版社，2024. 5

ISBN 978-7-5363-7813-1

Ⅰ. ①中… Ⅱ. ①关… Ⅲ. ①壮剧—地方戏剧本—作品集—中国 Ⅳ. ①I236. 67

中国版本图书馆 CIP 数据核字（2024）第 059377 号

广西少数民族非物质文化遗产书库

中国壮剧传统剧作集成
上林卷续编　第二册

ZHONGGUO ZHUANGJU CHUANTONG JUZUO JICHENG
SHANGLIN JUAN XUBIAN

广西民族语文研究中心　组织编写
关仕京　主编

出 版 人：石朝雄
责任编辑：潘小邕
美术编辑：何世春
装帧设计：何世春
责任校对：陆秀春　翟芳婷
责任印制：梁海彪　张东杰
出版发行：广西民族出版社
地址：广西南宁市青秀区桂春路 3 号　　邮编：530028
电话：0771—5523216　　传真：0771—5523225
电子邮箱：bws@gxmzbook. com
印　　刷：广西壮族自治区地质印刷厂
规　　格：787 毫米×1092 毫米　1/16
印　　张：44. 25
字　　数：1000 千
版　　次：2024 年 5 月第 1 版
印　　次：2024 年 5 月第 1 次印刷
书　　号：ISBN 978-7-5363-7813-1
定　　价：180. 00 元

本册编委名单

主　　编： 关仕京

副 主 编： 李守汉　李秀玲

整理翻译： 关仕京　李守汉　李秀玲　杨兰桂　王江苗
韦运益　覃海恋　黄青霞　韦尚雄　关彩萍
丁　铃　潘红交　刘丽静　罗雪松　朱品馨
李　贫　潘列英　赵德飞　马慧蓉

Moegloeg
目录

Bouh Daihhaj　Dahfungh Nyapcingz
第五部　苦凤情愁

Gangjgangj Heiqcingz

Linz Ginhfung caeuq Liuz Dalungz daj iq doxndei doxmaij，hoeng aenvih bohmeh baubanh vaensaeh deng bik doxbiek sam bi. Ranz Limz caeuq ranz Max dingh miz song liemzvaen vaen'iek，couhdwg ranz Limz beixnuengx Linz Cinghmingz Linz Ginhfung caeuq ranz Max song cejnuengx Maj Ciuhyangh Maj Dunghbauj yaek faenbied boiq baenz gvanyah. Doeklaeng，Maj Ciuhyangh caeuq Linz Cinghmingz ciuq vaen'iek gietbaenz gvanyah. Linz Ginhfung aenvih Maj Dunghbauj binjhengz mbouj ndei，mbouj nyienh ciuqhengz gij vaen'iek baubanh，ginggvaq haujlai baez roengzrengz，cungjsuenq ndaej caeuq Liuz Dalungz daegmbauq de maij haenx gietbaenz aenyienz ndei.

剧情简介

林金凤和刘大龙青梅竹马，却因父母包办婚姻被迫分离三年。林家和马家订有双联婚约，即林家兄妹林清明林金凤和马家姐弟马秋香马东宝要分别互配成亲。后来，马秋香和林清明按婚约结为夫妇。林金凤因马东宝品行不好，不愿履行包办的婚约，几经努力，终于和意中人刘大龙喜结良缘。

Vunz ndaw heiq：
剧中人物：

Linz Ginhfung，mbwk，23 bi，dahnuengx Linz Cinghmingz.
林金凤，女，23 岁，林清明之妹。

Linz Cinghmingz，sai，26 bi，daegbeix Linz Ginhfung.
林清明，男，26 岁，林金凤之兄。

Mehlimz，mbwk，50 bi，daxmeh Linz Ginhfung、Linz Cinghmingz.
林母，女，50 岁，林金凤、林清明之母。

Liuz Dalungz，sai，26 bi.
刘大龙，男，26 岁。

Goengliuz，sai，60 bi，daxboh Liuz Dalungz.
刘公，男，60 岁，刘大龙之父。

Maj Ciuhyangh，mbwk，28 bi，dahcej Maj Dunghbauj.
马秋香，女，28 岁，马东宝之姐。

Maj Dunghbauj，sai，26 bi，daegnuengx Maj Ciuhyangh.
马东宝，男，26 岁，马秋香之弟。

Niuz Luz，sai，20 lai bi，boux hujgeiq Maj Dunghbauj.
牛六，男，20 多岁，马东宝的伙伴。

场大一 肯路拜师扽叮来
Ciengz Daih'it Gwnzloh Baiqsae Daemdengj Lai
场第一 路上拜师波折多
第一场 拜师路上波折多

【Baij gingj】Rogsingz. Mbiengjswix daizheiq dwg giuzroegcak，mbiengjgvaz daizheiq dwg suenbyaek ranz Limz.

【布景】野郊。台左是喜鹊桥，台右是林家菜园。

【Hai muq】Liuz Dalungz dawzrap byaij hwnj gyaeujgiuz.

【幕启】刘大龙挑着担子走上桥头。

Liuz Dalungz【Byaij hwnj gyaeujgiuz，hemq】

刘大龙【走上桥头，叫喊】

（原文）该包奴呵！

（壮文）Gai baunoh lu！

（音标）kaːi¹ paːu¹no⁶ lu！

（直译）卖肉包了！

（意译）卖肉包了！

【Byaij roengz gyaeujgiuz，gvaengx daizheiq buenq hop，nam gvaibanj】

【下桥头，绕台半圈，念快板】

（原文）该包奴呵该包奴，
新鲜包奴甜又劳；
甜品手估货现成，
布煎布煮布可叨；
叻牙使除估小口，
父老送陋依佳肴；
任放三云布变质，
照样香甜硬布眉气扫；
打开使富门路慕，
算姑大龙手艺高；
真料实货布劳假，
云云称赞姑丁逢肴；
很圩批该定硬价，

一吞肉包是双毫；
一面派路一面选，
该包奴呵该包奴。

（壮文）Gai baunoh lu gai baunoh,
Saensien baunoh diemz youh lauz;
Huqdiemz fwngzguh huq yienhbaenz,
Mbouj cien mbouj cawj mbouj yungh ndau;
Lwgnyez ndaej dawz guh saejdaeuz,
Bouxlaux soengq laeuj ndei byaek ndei;
Nyaemh cuengq sam ngoenz mbouj bienqcaet,
Ciuqyiengh rangdiemz nyengh mbouj meiz (miz) heiqsaeu;
Dajhai ndaej fouq monzloh moq,
Suenq gou Dalungz dinfwngz ndei;
Caenliuh saedhuq mbouj lau gyaj,
Vunzvunz haenh gou dinfwngz giuj;
Hwnjhaw bae gai dingh nyengh gyaq,
It aen baunoh seih song hauz;
Itmienh byaijloh itmienh suenj (swenj),
Gai baunoh lu gai baunoh.

（音标）kaːi1 paːu1no6 lu kaːi1 paːu1no6,
θan1θiːn1 paːu1no6 tiːm2 jou6 laːu2;
hu5tiːm2 fɯŋ2ku6 hu5 jiːn6pan2,
ʔbou3 ɕiːn1 ʔbou3 ɕaɯ3 ʔbou3 juŋ6 ʔdaːu1;
lɯk8ȵe2 ʔdai3 taɯ2 ku6 θai3taɯ2,
pou4laːu4 θoŋ5 lau3 ʔdei1 pjak7 ʔdei1;
ȵam6 ɕuːŋ5 θaːm1 ŋon2 ʔbou3 piːn5ɕat7,
ɕiːu5jiːŋ6 ɣaːŋ1tiːm2 ȵeːŋ6 ʔbou3 mei2 (mi2) hei5θau1;
ta3haːi1 ʔdai3fou5 moːn2lo6 mo5,
θuːn5 kou1 ta1luŋ2 tin1fɯŋ2 ʔdei1;
ɕan1liːu6 θat8hu5 ʔbou3 laːu1 kja3,
wun2wun2 han6 kou1 tin1fɯŋ2 kiːu3;
hɯn3haɯ1 pai1 kaːi1 tiŋ6 ȵeːŋ6 kja5,
it7 an1 paːu1no6 θei6 θoːŋ1 haːu2;
it7 miːn6 pjaːi3lo6 it7miːn6 θuːn3 (θɯːn3),
kaːi1 paːu1no6 lu kaːi1 paːu1no6.

（直译）卖肉包了卖肉包，
新鲜肉包甜又美；
甜品手做货现成，

不煎不煮不用炒；
小孩可当作零食，
老人送酒好佳肴；
任放三天不变质，
照样香甜定没有馊味；
打开致富门路新，
算我大龙手艺高；
真料实货不怕假，
人人称赞我手艺好；
上市去售定硬价，
一个肉包是两毫；
一面走路一面喊，
卖肉包了卖肉包。
（意译）卖肉包了卖肉包，
鲜甜味美软肉包；
手做甜品现成货，
不煎不煮不用炒；
小孩可以当零食，
老人下酒是佳肴；
任放三天不变质，
保持香甜味还好；
打开致富新路子，
算我大龙手艺高；
真料实货不作假，
人人赞我手艺好；
上市销售定硬价，
一个肉包是两角；
一面走路一面喊，
卖肉包了卖肉包。

（Cuengq rap）
（放下担子）

【Cabgangj】
【插白】
（原文）斗腾板六桥了，哎呀，已经三年至派卦你了，阿凤爹，可能是眉叻估咪了。哎，总算天布就地布就，各云磨各云豆腐。话俗讲，花依易缺，咣川依难团。真是月卦十五格外立，冬勒陷静倍鲁寒。

（壮文）Daeuj daengz Mbanjloeggiuz lo，aeya，gaenq sam bi ndi byaij gvaq neix lo，Dahfungh de，aiq meiz lwg guh meh la. Ai，cungjsuenq mbwn mbouj couh deih mbouj couh，gak vunz muh gak vunz douhfouh. Vahsug gangj，va ndei heih giet，ronghndwen ndei nanz luenz. Caenseih nyied gvaq cibngux nyegvaih laep，doeng laeg haemh caem lai rox nit.

（音标）tau^{3} taŋ^{2} ʔbaːn^{3}lok^{8}kiːu^{2} lo，aija，kan^{5} θaːm^{1} pi^{1} ʔdi^{1} pjaːi^{3} kwa^{5} nei^{4} lo，ta^{6} fuŋ^{6} te^{1}，aːi^{5} mei^{2} lɯk^{8} ku^{6} me^{6} la. aːi，ɕuŋ^{3}θuːn^{5} ʔbɯn^{1} ʔbou^{3} ɕou^{6} tei^{6} ʔbou^{3} ɕou^{6}，kaːk^{7} wun^{2} mu^{6} kaːk^{7} wun^{2} tou^{6} fou^{6}. wa^{6} θuk^{8} kaːŋ^{3}，wa^{1} ʔdei^{1} hei^{6} kiːt^{7}，ɣoːŋ^{6}ʔdɯːn^{1} ʔdei^{1} naːn^{2} luːn^{2}. can^{1}θei^{6} ɣoːŋ^{6}ʔdɯːn^{1} kwa^{5} ɕip^{8}ŋu^{4} ȵeːk^{8} waːi^{6} lap^{7}，toŋ^{1} lak^{8} ham^{6} ɕam^{1} laːi^{1} ɣo^{4} nit^{7}.

（直译）来到六桥村了，哎呀，已经三年没过这啦，阿凤她，可能有孩子做母亲啦。唉，总算天不就地不就，各人磨各人豆腐。俗话讲，花好易缺，月好难圆。真是月过十五格外暗，深冬夜静倍觉寒。

（意译）来到六桥村了，哎呀，已经三年没走过这里啦，阿凤她可能已有小孩当母亲啦。唉，总算天不助地不助，各人磨各人豆腐。俗话讲，好花易缺，好月难圆。真是月过十五格外暗，深冬夜静倍觉寒。

【Ciengq】

【唱】

1.

（原文）奔凉活花花布开，
估斋打罢戏龙台；
川十巾眉胴各审，
三卑离别闷心怀。

（壮文）Mbwnrengx rwed va va mbouj hai，
Guhcai dajgyaij heiq roengz daiz；
Ndwen cib gwn meiq dungx gag soemj，
Sam bi lizbiek oem simvaiz（ndawsim）.

（音标）ʔbɯn^{1}ɣeːŋ^{4} ɣɯːt^{8} wa^{1} wa^{1} ʔbou^{3} haːi^{1}，
ku^{6}ɕaːi^{1} ta^{3}kjaːi^{3} hei^{5} ɣoŋ^{2} taːi^{2}；
ʔdɯːn^{1} ɕip^{8} kɯn^{1} mei^{5} tuŋ^{4} kaːk^{8} θom^{3}，
θaːm^{1} pi^{1} li^{2}piːk^{7} om^{1} θim^{1}waːi^{2}（ʔdaɯ^{1}θim^{1}）.

（直译）天旱淋花花不开，
做斋打解戏下台；
月十吃醋肚自酸，
三年离别闷心怀。

（意译）天旱淋花花不开，

做斋打解①戏下台；
十月吃醋肚自酸，
三年离别闷心怀。

2.

（原文）青梅竹马眉感情，
心心相印隔天崖；
阿凤时你同鱼样，
使姑大龙实难猜。

（壮文）Cingmoiz cukmax meiz gamjcingz,
Simsim doxyaenq gek dienyaiz;
Dahfung seizneix doengzlawzyiengh,
Hawj gou Dalungz saed nanz cai.

（音标）ɕiŋ^{1} mo:i^{2} ɕuk^{7} ma^{4} mei^{2} ka:m^{3} ɕiŋ^{2}，
θim^{1} θim^{1} to^{4} jan^{5} ke:k^{7} ti:n^{1} ja:i^{2}；
ta^{6} fuŋ^{6} θei^{2} nei^{4} toŋ^{2} laɯ^{2} ji:ŋ^{6}，
haɯ^{3} kou^{1} ta^{1} luŋ^{2} θat^{8} na:n^{2} ɕa:i^{1}.

（直译）青梅竹马有感情，
心心相印隔天涯；
阿凤现在怎么样，
使我大龙实难猜。

（意译）青梅竹马有感情，
心心相印被隔开；
阿凤现在怎么样，
使我大龙实难猜。

3.

（原文）姑奏林金凤，
情意重，
变美梦一场；
倒议三卑前，
断理连，
除鸳鸯拆散。

（壮文）Gou caeuq Linz Ginhfung,
Cingzeiq cungq (naek),
Bienq meixmungh it ciengz;

① 打解：解晦气。

Dauqngeix sam bi cienz (gonq),
Duenh leixlienz,
Dawz yienyieng ceksanq.
（音标）kou^{1} ɕau^{5} lin^{2} kin^{6} fuŋ^{1},
ɕiŋ^{2} ei^{5} ɕuŋ^{5} (nak^{7}),
piːn^{5} mei^{4} muŋ^{6} it^{7} ɕiːŋ^{2};
taːu^{5} ŋei^{4} θaːm^{1} pi^{1} ɕiːn^{2} (koːn^{5}),
tuːn^{6} lei^{4} liːn^{2},
taɯ^{2} jiːn^{1} jiːŋ^{1} ɕeːk^{7} θaːn^{5}.
（直译）我和林金凤，
情意重，
变美梦一场；
回忆三年前，
断理连，
把鸳鸯拆散。
（意译）和金凤交往，
情意重，
变美梦一场；
三年前难忘，
断理连，
硬拆散鸳鸯。

4.
（原文）波咪换婚约，
情断绝，
已离别三年；
特亚巾黄连，
至敢言，
受一场含苦。
（壮文）Bohmeh vuenh vaen'iek,
Cingz duenhcied,
Gaenq lizbiek sam nienz;
Daegngoemx gwn vuengzlienz,
Ndi gamj nyienz (gangj),
Souh it ciengz haemzhoj.
（音标）po^{6} me^{6} wuːn^{6} wan^{1} iːk^{7},
ɕiŋ^{2} tuːn^{6} ɕiːt^{8},
kan^{5} li^{2} piːt^{7} θaːm^{1} niːn^{2};

tak^{8} ŋom^{4} kɯn^{1} wuːŋ^{2}liːn^{2},
ʔdi^{1} kaːm^{3} ȵiːn^{2} (kaːŋ^{3}),
θou^{6} it^{7} ɕiːŋ^{2} ham^{2}ho^{3}.

(直译) 父母换婚约，
情断绝，
已离别三年；
哑巴吃黄连，
不敢言，
受一场痛苦。

(意译) 婚约被改变，
情断弦，
已离别三年；
哑巴吃黄连，
不敢言，
受痛苦熬煎。

【Cienj gangj】
【转白】
(原文) 算了，事情已经卦批，姑也布再留恋了。
(壮文) Suenq lo，saehcingz gaenq gvaqbae，gou hix mbouj caiq louzlienh lo.
(音标) θuːn^{5} lo，θai^{6}ɕiŋ^{2} kan^{5} kwa^{5}pai^{1}，kou^{1} hi^{4} ʔbou^{3} ɕaːi^{5} lou^{2}liːn^{6} lo.
(直译) 算了，事情已经过去，我也不再留恋了。
(意译) 算了，事情已经过去，我也不再留恋了。

(Rap diuzrap hwnjdaeuj)
(挑起担子)

(原文) 该包奴乎，该包奴！
(壮文) Gai baunoh lu，gai baunoh！
(音标) kaːi^{1} paːu^{1}no^{6} lu，kaːi^{1} paːu^{1}no^{6}！
(直译) 卖肉包了，卖肉包！
(意译) 卖肉包了，卖肉包！

Goengliuz【Gaenjgip gyaep daengz gyaeujgiuz，hemq】
刘公【急追上桥头，叫喊】
(原文) 大龙，等皮夭！
(壮文) Dalungz，daengj baez ndeu！
(音标) ta^{1}luŋ^{2}，taŋ^{3} pai^{2} ʔdeːu^{1}！

（直译）大龙，等次一！
（意译）大龙，等一下！

(Byaij roengz gyaeujgiuz)
（走下桥头）

（原文）大龙，哎呀！双只丁铭眉六呀，泼来易卦猎岽批，姑任赶总至使除。
（壮文）Dalungz，aeya！Song cik din mwngz meiz loek ha，buet lai heih gvaq lieb ndoeng bae，gou nyaemh ganj cungj ndi ndaej dawz.
（音标）ta^{1} luŋ^{2}，aija！θoːŋ^{1} ɕik^{7} tin^{1} mɯŋ^{2} mei^{2} lok^{7} ha，puːt^{7} laːi^{1} hei^{6} kwa^{5} liːp^{8} ʔdoŋ^{1} pai^{1}，kou^{1} ȵam^{6} kaːn^{3} ɕuŋ^{3} ʔdi^{1}ʔdai^{3} taɯ^{2}.
（直译）大龙，哎呀！两只脚你有轮呀，跑多快过猎山去，我怎赶都不得着。
（意译）大龙，哎呀！你两只脚有轮子呀，比打猎跑得还快，我怎么赶都赶不上。

Liuz Dalungz：
刘大龙：
（原文）爸，既然铭斗正合适，铭先押包奴很圩该差姑，姑眉支事衣批办，办杀列再批拉铭。
（壮文）Bah（boh），gawqyienz mwngz daeuj cingq hab，mwngz sien rap baunoh hwnjhaw gai caj gou，gou meiz di saeh'iq bae banh，banh sat le caiq bae ra mwngz.
（音标）pa^{6}（po^{6}），kaɯ^{5}jiːn^{2} mɯŋ^{2} tau^{3} ɕiŋ^{5} haːp^{8}，mɯŋ^{2} θiːn^{1} ɣaːp^{7} paːu^{1}no^{6} hɯn^{3} haɯ^{1} kaːi^{1} ɕa^{3} kou^{1}，kou^{1} mei^{2} ti^{1} θai^{6}i^{5} pai^{1} paːn^{6}，paːn^{6} θaːt^{7} le ɕaːi^{5} pai^{1} ɣa^{1} mɯŋ^{2}.
（直译）爸，既然你来正合适，你先挑肉包上街卖等我，我有些小事去办，办完了再去找你。
（意译）爸，既然您来得正是时候，您先挑肉包上街卖等我，我有些小事要办，办完后再去找您。

Goengliuz：
刘公：
（原文）大龙，铭迪布迪批板六桥拉林金凤呀？
（壮文）Dalungz，mwngz dwg mbouj dwg bae Mbanjloeggiuz ra Linz Ginhfung ya？
（音标）ta^{1}luŋ^{2}，mɯŋ^{2} tɯk^{8} ʔbou^{3} tɯk^{8} pai^{1} ʔbaːn^{3}lok^{8}kiːu^{2} ɣa^{1} lin^{2} kin^{6}fuŋ^{1} ja？
（直译）大龙，你是不是去六桥村找林金凤呀？
（意译）大龙，你是不是去六桥村找林金凤呀？

Liuz Dalungz：
刘大龙：
（原文）林金凤！云很可能是眉叻估妈了。娄何必批拉拉扯扯云估曲骡呀。
（壮文）Linz Ginhfung！Vunz gojnaengz seih meiz lwg guh meh lo. Raeuz hozbiet bae ragrag cejcej vunz guh gijlawz ya.
（音标）lin^{2} kin^{6} fuŋ^{1}！wun^{2} ko^{3} naŋ^{2} θei^{6} mei^{2} lɯk^{8} ku^{6} me^{6} lo. ɣau^{2} ho^{2} piːt^{7} pai^{1} ɣaːk^{8} ɣaːk^{8} ɕe^{3} ɕe^{3} wun^{2} ku^{6} ki^{3} laɯ^{2} ja.
（直译）林金凤！人可能是有孩当妈了。咱又何必去拉拉扯扯人家干啥呀。
（意译）林金凤！她可能有小孩当妈妈了。咱又何必去拉拉扯扯她呀。

Goengliuz：
刘公：
（原文）那铭迪……
（壮文）Neix mwngz dwg ……
（音标）nei^{4} mɯŋ^{2} tɯk^{8}……
（直译）那你是……
（意译）那你是……

Liuz Dalungz：
刘大龙：
（原文）姑迪批办另样事情的。
（壮文）Gou dwg bae banh lingh yiengh saehcingz gae.
（音标）kou^{1} tɯk^{8} pai^{1} paːn^{6} liŋ^{6} jiːŋ^{6} θai^{6} ɕiŋ^{2} kai.
（直译）我是去办另样事情的。
（意译）我是去办别的事情。

Goengliuz：
刘公：
（原文）依，铭批吧，云你姑除钱包带钱很圩，顺便办支礼品肯铭。
（壮文）Ndei，mwngz bae ba，ngoenzneix gou dawz cienzbau daiq cienz hwnjhaw，swnhbienh banh di saenzcingz hawj mwngz.
（音标）ʔdei^{1}，mɯŋ^{2} pai^{1} pa，ŋon^{2} nei^{4} kou^{1} taɯ^{2} ɕiːn^{2} paːu^{1} taːi^{5} ciːn^{2} hɯn^{3} haɯ^{1}，θɯn^{6} piːn^{6} paːn^{6} ti^{1} θan^{2} ɕiŋ^{2} haɯ^{3} mɯŋ^{2}.
（直译）好，你去吧，今天我拿钱包带钱上街，顺便办些礼品给你。
（意译）好，你去吧，今天我带钱上街，顺便给你办些礼品。

Liuz Dalungz：
刘大龙：
（原文）爸！幅幼其缧哩曾鲁，铭紧张几骡呀！
（壮文）Bah！Mbwk youq gizlawz lijcaengz rox，mwngz gaenjcieng gijlawz ya！
（音标）pa^{6}！ʔbɯk^{7} jou^{5} ki^{2}lau^{2} li^{3}ɕaŋ^{2} ɣo^{4}，mɯŋ^{2} kan^{3}ɕiːŋ^{1} ki^{3}lau^{2} ja！
（直译）爸！儿媳妇在哪里还未懂，你紧张什么呀！
（意译）爸！儿媳妇在哪还不知道，你心急什么呀！

Goengliuz【Ciengq】
刘公【唱】
（原文）迟早总争忧，
柱麻抽，
也布收布怒；
佳期配佳偶，
开喔斗，
少一步麻烦。
（壮文）Ceizcaeux cungj deng yaeu（you），
Cawx ma caeu，
Hix mbouj haeu mbouj naeuh；
Ngoenzndei boiq gya'ngaeux（gvanyah），
Hai okdaeuj，
Siuj itbouh mazfanz.
（音标）ɕei^{2}ɕau^{4} ɕuŋ^{3} teːŋ^{1} jau^{1}（jou^{1}），
ɕaɯ^{4} ma^{1} ɕau^{1}，
hi^{4} ʔbou^{3} hau^{1} ʔbou^{3} nau^{6}；
ŋon^{2}ʔdei^{1} poːi^{5} kja^{1}ŋau^{4}（kwaːn^{1}ja^{6}），
haːi^{1} oːk^{7}tau^{3}，
θiːu^{3} it^{7}pou^{6} ma^{2}faːn^{2}.
（直译）迟早都挨忧，
买回藏，
也不臭不烂；
佳期配佳偶，
开出来，
少一步麻烦。
（意译）迟早都得忧，
买回藏，
也不烂不臭；
佳期配佳偶，

开出来，
少一些烦愁。

Liuz Dalungz【Ciengq】
刘大龙【唱】

（原文）幅痕曾噜那，
爸咳爸，
及他嗟迪铭；
欧竹批族啉，
处至伦，
只争云斗料。

（壮文）Mbwk haenz (lij) caengz roxnaj，
Bah hai bah，
Laepda caj dwg mwngz；
Aeu cuk bae cug rumz，
Yawj ndi raen，
Cij deng vunz daeuj riu.

（音标）ʔbɯk^{7} han^{2}（li^{3}）ɕaŋ^{2} ɣo^{4}na^{3}，
pa^{6} haːi pa^{6}，
lap^{7}ta^{1} ɕa^{3} tɯk^{8} mɯŋ^{2}；
au^{1} ɕuk^{7} pai^{1} ɕuk^{8} ɣum^{2}，
jaɯ^{3} ʔdi^{1} ɣan^{1}，
ɕi^{3} teːŋ^{1} wun^{2} tau^{3} ɣiːu^{1}.

（直译）媳妇还未认识，
爸呀爸，
闭眼等是你；
要竹去绑风，
看不见，
就被人来笑。

（意译）媳妇未见人，
爸呀爸，
你是闭眼等；
要竹篾绑风，
看不见，
被人笑你疯。

Goengliuz【Ciengq】
刘公【唱】
（原文）六毕幼沿汰，
口立夏，
批拉嫁为麻；
父云总文家，
争欧巴，
眉几麻那丑。
（壮文）Roegbit youq henzdah，
Haeuj laebhah，
Bae ra haq vihmaz；
Bouxvunz cungj baenzgya，
Deng aeu baz，
Meiz gijmaz najcouj.
（音标）ɣok^{8}pit^{7} jou^{5} heːn^{2}ta^{6}，
hau^{3} lap^{8}ha^{6}，
pai^{1} ɣa^{1} ha^{5} wi^{6}ma^{2}；
pou^{4}wun^{2} ɕuŋ^{3} pan^{2}kja^{1}，
teːŋ^{1} au^{1} pa^{2}，
mei^{2} ki^{3}ma^{2} na^{3}ɕou^{3}.
（直译）水鸭在河边，
入立夏，
去找嫁为啥；
个人都成家，
被要妻，
有什么丑脸。
（意译）在河边水鸭，
到立夏，
要出嫁为啥；
人都要成家，
得娶妻，
又有啥羞怕。

Liuz Dalungz【Ciengq】
刘大龙【唱】
（原文）奔泠批装利，
狗时气，
望巴里龙丹；

十二月大寒，
淋忙干，
何必装猎冷。
（壮文）Mbwnrengx bae cang leih，
Gaeuj seizheiq，
Muengh byaleix roengz dan；
Cibngeih nyied daihhanz，
Raemxmieng gan，
Hozbiet cang redrengx.
（音标）ʔbɯn^{1} ɣeːŋ^{4} pai^{1} ɕaːŋ^{1} lei^{6}，
kau^{3} θei^{2} hei^{5}，
muːŋ^{6} pja^{1} lei^{4} ɣoŋ^{2} taːn^{1}；
ɕip^{8} ŋei^{6} ȵiːt^{8} taːi^{6} haːn^{2}，
ɣam^{4} miːŋ^{1} kaːn^{1}，
ho^{2} piːt^{7} ɕaːŋ^{1} ɣeːt^{8} ɣeːŋ^{4}.
（直译）天旱去装𥮴，
看运气，
望鲤鱼下滩；
十二月大寒，
水沟干，
何必装干笼。
（意译）装𥮴在旱天，
看运气，
盼鲤鱼下滩；
十二月大寒，
水沟干，
何必鱼笼安。

Goengliuz：
刘公：
（原文）哎呀，大龙呀！姑父老估事，总迪为铭父初着想的。
（壮文）Aeya，Dalungz ya！Gou bouxlaux guhsaeh，cungjdwg vih mwngz bouxcoz siengj gae.
（音标）aija，ta^{1} luŋ^{2} ja！ kou^{1} pou^{4} laːu^{4} ku^{6} θai^{6}，ɕuŋ^{3} tɯk^{8} wi^{6} mɯŋ^{2} pou^{4} ɕo^{2} θiːŋ^{3} kai.
（直译）哎呀，大龙呀！我老人做事，都是为你后生着想的。
（意译）哎呀，大龙呀！我老人做事，都是为你后生考虑的。

Liuz Dalungz:
刘大龙：
（原文）爸，途姑几事，铭太急了。
（壮文）Bah，duzgou（duhgou）gij saeh，mwngz daiq gaep（gip）la.
（音标）pa^6，tu^2kou^1（tu^6kou^1）ki^3 θai^6，$mɯŋ^2$ $ta:i^5$ kap^7（kip^7）la.
（直译）爸，我的事，你太急了。
（意译）爸，我的事，你太着急了。

Goengliuz:
刘公：
（原文）布用隼些认来，铭眉事批份铭吧！
（壮文）Mbouj yungh saemzsez nyaenxlai，mwngz meiz saeh bae faenhmwngz ba!
（音标）$ʔbou^3$ $juŋ^6$ θam^2 θe^2 $ȵan^4la:i^1$，$mɯŋ^2$ mei^2 θai^6 pai^1 fan^6 $mɯŋ^2$ pa!
（直译）不用啰唆恁多，你有事去你的吧！
（意译）不用这么啰唆，你有事就去吧！

Liuz Dalungz:
刘大龙：
（原文）嗯！
（壮文）Wn!
（音标）ɯn!
（直译）嗯！
（意译）嗯！

(Dalungz roengz)
（大龙下）

Goengliuz【Ciengq】
刘公【唱】
（原文）父初哥，父初哥，
父云讲话太罗苏；
铭曾丫剥姑先噜，
必定杰赠批拉居。
（壮文）Bouxcoz go，bouxcoz go，
Bouxvunz gangjvah daiq lohsoh;
Mwngz caengz ajbak gou sien rox，
Bietdingh gwed caengh bae ra doz.
（音标）$pou^4ɕo^2$ ko^1，$pou^4ɕo^2$ ko^1，

pou^{4} wun^{2} ka:ŋ^{3} wa^{6} ta:i^{5} lo^{6} θo^{6}；
mɯŋ^{2} ɕaŋ^{2} a^{3} pa:k^{7} kou^{1} θi:n^{1} ɣo^{4}，
pi:t^{7} tiŋ^{6} kɯ:t^{8} ɕaŋ^{6} pai^{1} ɣa^{1} to^{2}.

（直译）后生哥，后生哥，
个人讲话太啰唆；
你未开口我先知，
必定扛秤去找秤砣。

（意译）后生哥，后生哥，
你人讲话太啰唆；
你未开口我先知，
肯定扛秤去找砣。

【Rap diuzrap，hemq】
【挑起担子，叫喊】
（原文）该包奴乎，该包奴！
（壮文）Gai baunoh lu，gai baunoh！
（音标）ka:i^{1} pa:u^{1} no^{6} lu，ka:i^{1} pa:u^{1} no^{6}！
（直译）卖肉包了，卖肉包！
（意译）卖肉包了，卖肉包！

（Gvaengx daizheiq buenq hop）
（绕台半圈）

Linz Ginhfung【Dingqnyi sing hwnj】
林金凤【闻声而上】
（原文）老师父送货很都，丁逢迪鱼样呀？
（壮文）Laux saefouh soengq huq hwnj dou，dinfwngz dwg lawzyiengh ya？
（音标）la:u^{4} θai^{1} fou^{6} θoŋ^{5} hu^{5} hɯn^{3} tou^{1}，tin^{1} fɯŋ^{2} tɯk^{8} lau^{2}ji:ŋ^{6} ja？
（直译）老师傅送货上门，手艺是怎样呀？
（意译）老师傅送货上门，手艺怎样呀？

Goengliuz：
刘公：
（原文）手义依，手义利，星鲜包奴甜又劳。达往，欧至欧呀？
（壮文）Dinfwngz ndei，dinfwngz raeh，singjsien baunoh diemz youh lauz. Dahnuengx，aeu ndi aeu ya？
（音标）tin^{1} fɯŋ^{2} ʔdei^{1}，tin^{1} fɯŋ^{2} ɣai^{6}，θiŋ^{3} θi:n^{1} pa:u^{1} no^{6} ti:m^{2} jou^{6} la:u^{2}. ta^{6} nu:ŋ^{4}，au^{1} ʔdi^{1} au^{1} ja？

（直译）手艺高，手艺好，新鲜肉包甜又美。阿妹，要不要呀？
（意译）手艺高，手艺好，新鲜肉包甜又软。阿妹，买不买呀？

Linz Ginhfung：
林金凤：
（原文）处处铭老师父丁逢同鱼样。
（壮文）Yawjyawj mwngz laux saefouh dinfwngz doengzlawzyiengh.
（音标）jaɯ^{3}jaɯ^{3} mɯŋ^{2} laːu^{4} θai^{1}fou^{6} tin^{1}fɯŋ^{2} toŋ^{2}laɯ^{2}jiːŋ^{6}.
（直译）看看你老师傅手艺怎么样。
（意译）看看你老师傅手艺怎么样。

Goengliuz【Cuengq diuzrap roengz】
刘公【放下担子】
（原文）使使，铭先审审途姑丁逢同鱼样。
（壮文）Ndaej ndaej，mwngz sien cimzcimz duzgou dinfwngz doengzlawzyiengh.
（音标）ʔdai^{3} ʔdai^{3}，mɯŋ^{2} θiːn^{1} ɕim^{2}ɕim^{2} tu^{2}kou^{1}tin^{1}fɯŋ^{2} toŋ^{2}laɯ^{2}jiːŋ^{6}.
（直译）得得，你先尝尝我的手艺怎么样。
（意译）行行，你先尝尝我的手艺怎么样。

Linz Ginhfung：
林金凤：
（原文）迪布迪铭老师父几丁逢？
（壮文）Dwg mbouj dwg mwngz laux saefouh gij dinfwngz?
（音标）tɯk^{8} ʔbou^{3} tɯk^{8} mɯŋ^{2} laːu^{4} θai^{1}fou^{6} ki^{3} tin^{1}fɯŋ^{2}？
（直译）是不是你老师傅的手艺？
（意译）是不是你老师傅的手艺？

Goengliuz【Ndenq baunoh hawj Ginhfung】
刘公【递肉包给金凤】
（原文）当然呀，铭使审审，甜布甜？
（壮文）Dangyienz ya，mwngz ndaej cimzcimz，diemz mbouj diemz?
（音标）taːŋ^{1}jiːn^{2} ja，mɯŋ^{2} ʔdai^{3} ɕim^{2}ɕim^{2}，tiːm^{2} ʔbou^{3} tiːm^{2}？
（直译）当然呀，你得尝尝，甜不甜？
（意译）当然呀，你尝尝看，甜不甜？

Linz Ginhfung【Ciep baunoh gwn】
林金风【接肉包吃】
（原文）甜！
（壮文）Diemz！
（音标）tiːm^{2}！
（直译）甜！
（意译）甜！

Goengliuz：
刘公：
（原文）佯布佯？
（壮文）Rang mbouj rang？
（音标）ɣaːŋ^{1} ʔbou^{3} ɣaːŋ^{1}？
（直译）香不香？
（意译）香不香？

Linz Ginhfung：
林金风：
（原文）佯！
（壮文）Rang！
（音标）ɣaːŋ^{1}！
（直译）香！
（意译）香！

Goengliuz：
刘公：
（原文）六布六？
（壮文）Loek mbouj loek？
（音标）lok^{7} ʔbou^{3} lok^{7}？
（直译）错不错？
（意译）错不错？

Linz Ginhfung【Loeklawq han】
林金风【无意地回答】
（原文）六！
（壮文）Loek！
（音标）lok^{7}！
（直译）错！

（意译）错！

Goengliuz：
刘公：
（原文）哎呀！既然铭讲甜又佯，为几麻又讲六呢？
（壮文）Aeya！Gawqyienz mwngz gangj diemz youh rang，vih gijmaz youh gangj loek ne？
（音标）aija！kaɯ^{5}ji:n^{2} mɯŋ^{2} ka:ŋ^{3} ti:m^{2} jou^{6} ɣa:ŋ^{1}，wi^{6} ki^{3}ma^{2} jou^{6} ka:ŋ^{3} lok^{7} ne？
（直译）哎呀！既然你讲甜又香，为什么又讲错呢？
（意译）哎呀！既然你说甜又香，为什么又讲错呢？

Linz Ginhfung：
林金凤：
（原文）哎呀！既然铭参甜布甜，佯布佯，为几麻又参六布六？
（壮文）Aeya！Gawqyienz mwngz cam diemz mbouj diemz，rang mbouj rang，vih gijmaz youh cam loek mbouj loek？
（音标）aija！kaɯ^{5}ji:n^{2} mɯŋ^{2} ɕa:m^{1} ti:m^{2} ʔbou^{3} ti:m^{2}，ɣa:ŋ^{1} ʔbou^{3} ɣa:ŋ^{1}，wi^{6} ki^{3}ma^{2} jou^{6} ɕa:m^{1} lok^{7} ʔbou^{3} lok^{7}？
（直译）哎呀！既然你问甜不甜，香不香，为什么又问错不错？
（意译）哎呀！既然你问甜不甜，香不香，为何又问错不错？

Goengliuz：
刘公：
（原文）样你讲，布是姑参铭弄了？
（壮文）Yienghneix gangj，mbouj seih gou cam mwngz loeng la？
（音标）ji:ŋ^{6}nei^{4} ka:ŋ^{3}，ʔbou^{3}θei^{6} kou^{1} ɕa:m^{1} mɯŋ^{2} loŋ^{1} la？
（直译）这样讲，不是我问你错了？
（意译）这么说，不是我问错你了？

Linz Ginhfung：
林金凤：
（原文）铭参也至弄，姑寒铭也至眉弄呀！
（壮文）Mwngz cam hix ndi loeng，gou han mwngz hix ndi meiz loeng ya！
（音标）mɯŋ^{2} ɕa:m^{1} hi^{4} ʔdi^{1} loŋ^{1}，kou^{1} ha:n^{1} mɯŋ^{2} hi^{4} ʔdi^{1} mei^{2} loŋ^{1} ja！
（直译）你问也不错，我应答你也没有错呀！
（意译）你问也没错，我答你也没错呀！

Goengliuz：
刘公：
（原文）达往，照实吝铭，铭听姑讲：
（壮文）Dahnuengx，ciuqsaed lwnh mwngz，mwngz dingq gou gangj：
（音标）ta^{6}nuːŋ^{4}，ɕiːu^{5}θat^{8} lɯn^{6} mɯŋ^{2}，mɯŋ^{2} tiŋ^{5} kou^{1} kaːŋ^{3}：
（直译）阿妹，照实告诉你，你听我讲：
（意译）阿妹，老实告诉你，你听我讲：

【Ciengq】
【唱】
（原文）幼娄本地，
途姑工艺最佳；
布迪虚夸，
奴奏叻罗估含；
粉蒸鸡蛋，
败鹿又掺白糖；
又甜又朗，
味道相当布六。
（壮文）Youq raeuz bonjdeih，
Duzgou goengngeih ceiq gyah；
Mbouj dwg hawgvah，
Noh caeuq lwgraz guh hamh；
Faenj cwng gaedanh (gyaeqgaeq)，
Baihrog youh samj begdangz；
Youh diemz youh rang，
Feihdauh siengdang mbouj loek.
（音标）jou^{5} ɣau^{2} poːn^{3}tei^{6}，
tu^{2}kou^{1} koŋ^{1}ŋei^{6} ɕei^{5} kja^{6}；
ʔbou^{3} tɯk^{8} haɯ^{1}kwa^{6}，
no^{6} ɕau^{5} lɯk^{8}ɣa^{2} ku^{6} haːm^{6}；
fan^{3} ɕɯŋ^{1} kai^{1}taːn^{6} (kjai^{5}kai^{5})，
paːi^{6}ɣoːk^{8} jou^{6} θaːm^{3} peːk^{8}taːŋ^{2}；
jou^{6} tiːm^{2} jou^{6} ɣaːŋ^{1}，
fei^{6}taːu^{6} θiːŋ^{1}taːŋ^{1} ʔbou^{3} lok^{7}.
（直译）在咱本地，
我的工艺最佳；
不是虚夸，
肉和芝麻做馅；

粉蒸鸡蛋，
外面又掺白糖；
又甜又香，
味道相当不错。
（意译）在咱本地，
我工艺最优良；
不是虚夸，
肉和芝麻馅香；
粉蒸鸡蛋，
外面又掺白糖；
又甜又香，
味道是相当棒。

Linz Ginhfung【Ciep】
林金凤【接】
（原文）各讲各破，
总凛黄仆该瓜；
皂水硼砂，
算是几麻实料；
眉麻奇妙，
干放飞耀拉床。
（壮文）Gag gangj gag boq，
Cungj lumj Vangzboz gai gva；
Raemxauq（raemxgenj）bungzsah，
Suenq seih gijmaz saedliuh；
Meiz maz geizmiuq，
Gan cuengq fwjyiuh lajcongz.
（音标）ka:k^{8} ka:ŋ^{3} ka:k^{8} po^{5}，
ɕuŋ^{3} lum^{3} wa:ŋ^{2}po^{2} ka:i^{1} kwa^{1}；
ɣam^{4}a:u^{5}（ɣam^{4}ke:n^{3}）puŋ^{2}θa^{6}，
θu:n^{5} θei^{6} ki^{3}ma^{2} θat^{8}li:u^{6}；
mei^{2} ma^{2} kei^{2}mi:u^{5}，
ka:n^{1} ɕu:ŋ^{5} fɯ^{3}ji:u^{6} la^{3}ɕo:ŋ^{2}.
（直译）自讲自吹，
总像王婆卖瓜；
皂水硼砂，
算是什么实料；
有何奇妙，

空放风筝下床。
(意译) 自吹自擂，
好像王婆卖瓜；
配料都是，
那些皂水硼砂；
有何奇妙，
风筝空放床下。

Goengliuz:
刘公:
(原文) 样你讲，铭布是嫌姑货至依了？
(壮文) Yienghneix gangj，mwngz mbouj seih yiemz gou huq ndi ndei la?
(音标) jiːŋ⁶ nei⁴ kaːŋ³，mɯŋ² ʔbou³ θei⁶ jiːm² kou¹ hu⁵ ʔdi¹ ʔdei¹ la?
(直译) 这样讲，你不是嫌我货不好了？
(意译) 这样讲，你不是嫌我的货不好了？

Linz Ginhfung:
林金凤:
(原文) 货真价实太依了，不愧称为老师父啦！
(壮文) Huq caen gyaq saed daiq ndei la，caen ndaej heuhguh laux saefouh la!
(音标) hu⁵ ɕan¹ kja⁵ θat⁸ taːi⁵ ʔdei¹ la，ɕan¹ ʔdai³ heːu⁶ ku⁶ laːu⁴ θai¹ fou⁶ la!
(直译) 货真价实太好了，不愧称为老师傅啦！
(意译) 货真价实太好了，不愧称为老师傅啦！

Goengliuz:
刘公:
(原文) 姑至是师父，姑是该包奴计。
(壮文) Gou ndi seih saefouh，gou seih gai baunoh gae.
(音标) kou¹ ʔdi¹ θei⁶ θai¹ fou⁶，kou¹ θei⁶ kaːi¹ paːu¹ no⁶ kai.
(直译) 我不是师傅，我是卖肉包的。
(意译) 我不是师傅，我是卖肉包的。

Linz Ginhfung:
林金凤:
(原文) 该包奴也迪师父吗。
(壮文) Gai baunoh hix dwg saefouh ma.
(音标) kaːi¹ paːu¹ no⁶ hi⁴ tɯk⁸ θai¹ fou⁶ ma.
(直译) 卖肉包也是师傅嘛。

（意译）卖肉包也是师傅嘛。

Goengliuz：
刘公：
（原文）至迪，至迪，姑至迪真正师父。
（壮文）Ndi dwg，ndi dwg，gou ndi dwg caencingq saefouh.
（音标）ʔdi^1 tɯk^8，ʔdi^1 tɯk^8，kou^1 ʔdi^1 tɯk^8 ɕan^{1}ɕiŋ^5 θai^{1}fou^6.
（直译）不是，不是，我不是真正师傅。
（意译）不是，不是，我不是真正的师傅。

Linz Ginhfung【Ciengq】
林金凤【唱】
（原文）生意百二摊，
总行行，
眉云当师父；
铭迪老能手，
手艺够，
姑愿斗拜铭。
（壮文）Seng'eiq bak ngeih dan，
Cungj hangzhangz，
Meiz vunz dang saefouh；
Mwngz dwg bouxlauxsouj，
Dinfwngz gaeuq，
Gou nyienh daeuj baiq mwngz.
（音标）θeːŋ^{1}ei^5 paːk^7 ŋei^6 taːn^1，
ɕuŋ^3 haːŋ^{2}haːŋ^2，
mei^2 wun^2 taːŋ^1 θai^{1}fou^6；
mɯŋ^2 tɯk^8 pou^{4}laːu^{4}θou^3，
tin^{1}fɯŋ^2 kau^5，
kou^1 ɲiːn^6 tau^3 paːi^5 mɯŋ^2.
（直译）生意一百二十摊，
都行行，
有人当师傅；
你是老能手，
手艺够，
我愿来拜你。
（意译）生意百二摊，
都摊摊，

师傅有人当；
你是很能干，
手艺够，
我拜师心甘。

Goengliuz：
刘公：
（原文）至使，至使，至使拜！
（壮文）Ndi ndaej，ndi ndaej，ndi ndaej baiq！
（音标）ʔdi^{1} ʔdai^{3}，ʔdi^{1} ʔdai^{3}，ʔdi^{1} ʔdai^{3} paːi^{5}！
（直译）不得，不得，不得拜！
（意译）不行，不行，不能拜！

（Laengz）
（拦住）

【Ciengq】
【唱】
（原文）姑至眉手艺，
最惭愧，
收徒弟布腾；
（壮文）Gou ndi miz soujnyih（dinfwngz），
Ceiq canzgviq（najmong），
Sou dozdaeh（lwgsae）mbouj daengz；
（音标）kou^{1} ʔdi^{1} mi^{2} θou^{3}ɲi^{6}（tin^{1}fɯŋ^{2}），
ɕei^{5} ɕaːn^{2}kwi^{5}（na^{3}moːŋ^{1}），
θou^{1} to^{2}tai^{6}（lɯk^{8}θai^{1}）ʔbou^{3} taŋ^{2}；
（直译）我没有手艺，
最惭愧，
收徒弟不到；
（意译）我没有手艺，
最惭愧，
不得收学徒；

Linz Ginhfung **【Ciep】**
林金凤**【接】**
（原文）云老梦朋僧，
眉才能，

拜铭文师傅。

（壮文）Vunz laux mumh baengzsaeng，
Meiz caiznaengz，
Baiq mwngz baenz saefouh.

（音标）wun^2 la:u^4 mum^6 paŋ^{2}θaŋ^1，
mei^2 ɕa:i^{2}naŋ^2，
pa:i^5 mɯŋ^2 pan^2 θai^{1}fou^6.

（直译）人老须乱蓬蓬，
有才能，
拜你成师傅。

（意译）人老乱胡须，
有才干，
拜师就拜你。

Goengliuz【Ciengq】

刘公【唱】

（原文）姑布迪师父，
再讲斗，
布接受女徒。

（壮文）Gou mbouj dwg saefouh，
Caiq gangj daeuj，
Mbouj ciepsouh nawxdoz (lwgsae).

（音标）kou^1 ʔbou^3 tɯk^8 θai^{1}fou^6，
ɕa:i^5 ka:ŋ^3 tau^3，
ʔbou^3 ɕi:p^{7}θou^6 naw^{4}to^2 （lɯk^{8}θai^1）.

（直译）我不是师傅，
再讲来，
不接受徒女。

（意译）我不是师傅，
再讲嘛，
不接受女徒。

Linz Ginhfung【Ciep】

林金凤【接】

（原文）姑一求二求，
麻理由，
鱼至收徒弟？

（壮文）Gou it gouz ngeih gouz，

Maz leixyouz,
Lawz ndi sou nawxdoz?
（音标）kou^{1} it^{7} kou^{2} ŋei^{6} kou^{2},
ma^{2} lei^{4}jou^{2},
law^{2} ʔdi^{1} θou^{1} naw^{4}to^{2}?
（直译）我一求二求，
啥理由，
怎不收女徒？
（意译）我多次求助，
啥理由，
怎不收女徒？

Goengliuz:
刘公：
（原文）至迪，姑至迪师父呀。
（壮文）Ndi dwg, gou ndi dwg saefouh ya.
（音标）ʔdi^{1} tɯk^{8}, kou^{1} ʔdi^{1} tɯk^{8} θai^{1}fou^{6} ja.
（直译）不是，我不是师傅呀。
（意译）不是，我不是师傅呀。

Linz Ginhfung:
林金凤：
（原文）样你讲，铭嫌姑当伪师至文了？
（壮文）Yienghneix gangj, mwngz yiemz gou dang lwgsae ndi baenz la?
（音标）ji:ŋ^{6}nei^{4} ka:ŋ^{3}, mɯŋ^{2}ji:m^{2} kou^{1} ta:ŋ^{1} lɯk^{8}θai^{1} ʔdi^{1} pan^{2} la?
（直译）这样讲，你嫌我当徒弟不成了？
（意译）这样说，你嫌我当不了徒弟？

Goengliuz:
刘公：
（原文）布迪，布迪，迪姑当师父至文呀。
（壮文）Mbouj dwg, mbouj dwg, dwg gou dang saefouh ndi baenz ya.
（音标）ʔbou^{3} tɯk^{8}, ʔbou^{3} tɯk^{8}, tɯk^{8} kou^{1} ta:ŋ^{1} θai^{1}fou^{6} ʔdi^{1} pan^{2} ja.
（直译）不是，不是，是我当师傅不成呀。
（意译）不是，不是，是我当不了师傅呀。

Linz Ginhfung：
林金凤：
（原文）既然样你，师父幼肯，幼拉仂师甘受一拜。
（壮文）Gawqyienz yienghneix，saefouh youq gwnz，youq laj lwgsae gamsouh it baiq.
（音标）kauɯ^{5}ji:n^{2} ji:ŋ^{6}nei^{4}，θai^{1}fou^{6} jou^{5} kɯn^{2}，jou^{5} la^{3} lɯk^{8}θai^{1} ka:m^{1}θou^{6} it^{7} pa:i^{5}.
（直译）既然这样，师傅在上，在下徒弟甘受一拜。
（意译）既然这样，师傅在上，受在下徒弟一拜。

Goengliuz【Ciengq】
刘公【唱】
（原文）真无来，真无来，
嘛绕卡丁斗旋才；
铭斗你彭彭乐乐，
途姑几货几时该？
（壮文）Caen fouznaih，caen fouznaih，
Ma heux gadin daeuj cienhcaiz（cienqlienh）；
Mwngz daeuj neix bengbeng ragrag，
Duzgou gij huq geijseiz gai？
（音标）ɕan^{1} fou^{2}na:i^{6}，ɕan^{1} fou^{2}na:i^{6}，
ma^{1} he:u^{4} ka^{1}tin^{1} tau^{3} ɕi:n^{6}ɕa:i^{2}（ɕi:n^{5}li:n^{6}）；
mɯŋ^{2} tau^{3} nei^{4} pe:ŋ^{1}pe:ŋ^{1} ɣa:k^{8}ɣa:k^{8}，
tu^{2}kou^{1} ki^{3} hu^{5} kei^{3}θei^{2} ka:i^{1}？
（直译）真无奈，真无奈，
狗绕腿脚来徘徊；
你来此拉拉扯扯，
我的货物几时卖？
（意译）真无奈，真无奈，
像狗绕脚来徘徊；
你来此拉拉扯扯，
本人货物何时卖？

（Vuengvueng vatvat rap diuzrap roengz，Linz Ginhfung ragdawz aen loz Goengliuz dauqma）
（匆匆忙忙挑担下，林金凤拉着刘公箩筐回来）

Linz Ginhfung:
林金凤:
(原文) 哎！老师父，差皮夭，姑讲话至曾杀呵。
(壮文) Ai! Laux saefouh, caj baez ndeu, gou gangjvah ndicaengz sat ha.
(音标) a:i! la:u⁴ θai¹ fou⁶, ɕa³ pai² ʔde:u¹, kou¹ ka:ŋ³ wa⁶ ʔdi¹ ɕaŋ² θa:t⁷ ha.
(直译) 哎！老师傅，等次一，我讲话未曾完啊。
(意译) 哎！老师傅，等一下，我还未讲完话啊。

Goengliuz:
刘公:
(原文) 哎呀！铭铭铭……
(壮文) Aiya! Mwngz mwngz mwngz ……
(音标) a:ija! mɯŋ² mɯŋ² mɯŋ²……
(直译) 哎呀！你你你……
(意译) 哎呀！你你你……

Linz Ginhfung:
林金凤:
(原文) 姑姑姑，又样鱼？
(壮文) Gou gou gou, youh yienghlawz?
(音标) kou¹ kou¹ kou¹, jou⁶ ji:ŋ⁶ lau² ?
(直译) 我我我，又怎样？
(意译) 我我我，又怎样？

Goengliuz【Ciengq】
刘公【唱】
(原文) 叻幅年批排，
胎布胎，
彭父腮丁化；
当骂布敢骂，
如伦卦，
总凛达弄包。
(壮文) Lwgmbwk nienz bae byai,
Dai mbouj dai,
Beng bouxsai dinvaq;
Dang ndaq mbouj gamj ndaq,
Byawz raen gvaq,
Cungj lumj dah lunghbauz (fatbag).

（音标）lɯk^{8}ʔbɯk^{7} niːn^{2} pai^{1} pjaːi^{1}，
taːi^{1} ʔbou^{3} taːi^{1}，
peːŋ^{1} pou^{4}θaːi^{1} tin^{1}wa^{5}；
taːŋ^{1} ʔda^{5} ʔbou^{3} kaːm^{3} ʔda^{5}，
pjaɯ^{2} ɣan^{1} kwa^{5}，
ɕuŋ^{3} lum^{3} ta^{6} luŋ^{6}paːu^{2}（faːt^{7}paːk^{8}）.
（直译）女孩年去尾，
死不死，
拉男人裤脚；
当骂不敢骂，
谁见过，
都像女发癫。
（意译）女孩年纪大，
死不死，
把男裤脚拉；
当骂不敢骂，
谁见过，
像癫疯大发。

Linz Ginhfung【Ciengq】
林金凤【唱】
（原文）为求师学艺，
讲实事，
计发气牢骚；
姑布迪弄包，
吝公高，
娄齐交朋友。
（壮文）Vih gouz sae hagnyih，
Gangj saedsaeh，
Gaej fatheiq lauzsau（mboendamz）；
Gou mbouj dwg lunghbauz，
Lwnh goeng'au，
Raeuz caez gyau baengzyoux.
（音标）wi^{6} kou^{2} θai^{1} haːk^{8}ȵi^{6}，
kaːŋ^{3} θat^{8}θai^{6}，
kai^{3} faːt^{7}hei^{5} laːu^{2}θaːu^{1}（ʔbon^{1}taːm^{2}）；
kou^{1} ʔbou^{3} tɯk^{8} luŋ^{6}paːu^{2}，
lɯn^{6} koŋ^{1}aːu^{1}，

ɣau^{2} ɕai^{2} kjaːu^{1} paŋ^{2}jou^{4}.

（直译）为求师学艺，
讲实事，
莫发气牢骚；
我不是发癫，
告诉阿叔，
咱齐交朋友。

（意译）为求师学艺，
讲事实，
莫牢骚宽息；
我不癫清晰，
话阿叔，
咱结交友谊。

Goengliuz：
刘公：

（原文）至使，至使，姑七老八老，铭鱼奏姑交朋友呀？
（壮文）Ndi ndaej，ndi ndaej，gou caetlaux betlaux，mwngz lawz caeuq gou gyau baengzyoux ya?
（音标）ʔdi^{1} ʔdai^{3}，ʔdi^{1} ʔdai^{3}，kou^{1} cat^{7} laːu^{4} peːt^{7} laːu^{4}，mɯŋ^{2} laɯ^{2} ɕau^{5} kou^{1} kjaːu^{1} paŋ^{2}jou^{4} ja?
（直译）不得，不得，我七老八老，你怎和我交朋友呀？
（意译）不行，不行，我七老八十，你怎能同我交朋友呀？

Linz Ginhfung：
林金凤：

（原文）至迪交爱情朋友，而是交朋友学丁逢吗。
（壮文）Ndi dwg gyau aiqcingz baengzyoux，cix dwg gyau baengzyoux hag dinfwngz ma.
（音标）ʔdi^{1} tɯk^{8} kjaːu^{1} aːi^{5}ɕiŋ^{2} paŋ^{2}jou^{4}，ɕi^{4} tɯk^{8} kjaːu^{1} paŋ^{2}jou^{4} haːk^{8} tin^{1}fɯŋ^{2} ma.
（直译）不是交爱情朋友，而是交朋友学手艺嘛。
（意译）不是交爱情朋友，而是交学手艺的朋友嘛。

Goengliuz：
刘公：

（原文）交学艺朋友也至使。
（壮文）Gyau hagnyih baengzyoux hix ndi ndaej.
（音标）kjaːu^{1} haːk^{8} ȵi^{6} paŋ^{2}jou^{4} hi^{4} ʔdi^{1} ʔdai^{3}.
（直译）交学艺朋友也不得。

（意译）交学艺朋友也不行。

Linz Ginhfung：
林金凤：
（原文）鱼又至使？
（壮文）Lawz youh ndi ndaej?
（音标）laɯ^{2} jou^{6} ʔdi^{1} ʔdai^{3}？
（直译）怎又不得？
（意译）怎么又不行？

Goengliuz：
刘公：
（原文）至使就至使吗。
（壮文）Ndi ndaej couh ndi ndaej ma.
（音标）ʔdi^{1} ʔdai^{3} ɕou^{6} ʔdi^{1} ʔdai^{3} ma.
（直译）不得就不得嘛。
（意译）不行就不行嘛。

Linz Ginhfung：
林金凤：
（原文）迪几麻来由？
（壮文）Dwg gijmaz laizyouz?
（音标）tɯk^{8} ki^{3}ma^{2} laːi^{2}jou^{2}？
（直译）是什么来由？
（意译）是什么原因？

Goengliuz【Ciengq】
刘公【唱】
（原文）怀老躺至壮，
卡皮傍，
派参参总伦；
噜几骡仿痕，
河各宾，
吨争铭达妹。
（壮文）Vaizlaux ndang ndi cangq，
Ga bibuengq，
Byaij yamqyamq cungj raen；
Loq gijlawz fangzhwnz，

Hoz gag bwn (ndatheiq),
Daemj deng mwngz dahmoih (dahnuengx).
(音标) waːi^{2} laːu^{4} ʔdaːŋ^{1} ʔdi^{1} ɕaːŋ^{5},
ka^{1} pi^{1}puːŋ^{5},
pjaːi^{3} jaːm^{5}jaːm^{5} ɕuŋ^{3} ɣan^{1};
lo^{5} ki^{3}lauɯ^{2} faːŋ^{2}hɯn^{2},
ho^{2} kaːk^{8} pɯn^{1} (ʔdaːt^{7}hei^{5}),
tam^{3} teːŋ^{1} mɯŋ^{2} ta^{6}moːi^{6} (ta^{6}nuːŋ^{4}).
(直译) 老牛身不壮,
脚摆动,
走步步都见;
梦什么夜鬼,
喉自愤,
碰中你阿妹。
(意译) 老牛身不健,
脚抖颤,
步步都出现;
做什么梦魇,
自愤然,
与阿妹撞见。

(Rap diuzrap gaenjgip byaij roengz, Linz Ginhfung riengjret youh rag de dauqma)
(挑起担急忙走下,林金凤很快地又把他拉回来)

Linz Ginhfung:
林金凤:
(原文) 老师父,老师父,铭几罢条呀!
(壮文) Laux saefouh, laux saefouh, mwngz gaejbah deuz ya!
(音标) laːu^{4} θai^{1}fou^{6}, laːu^{4} θai^{1}fou^{6}, mɯŋ^{2} kai^{3}pa^{6} teːu^{2} ja!
(直译) 老师傅,老师傅,你暂别走呀!
(意译) 老师傅,老师傅,您先别走呀!

Goengliuz:
刘公:
(原文) 哎呀,铭鱼尽对估绕绕焦焦呢?
(壮文) Aeya, mwngz lawz caenh doiq gou geujgeuj heuxheux ne?
(音标) aija, mɯŋ^{2} lauɯ^{2} ɕan^{6} toːi^{5} kou^{1} keːu^{3}keːu^{3} heːu^{4}heːu^{4} ne?
(直译) 哎呀,你怎尽对我缠缠绕绕呢?

（意译）哎呀，你怎么老来纠缠我呢？

Linz Ginhfung：
林金凤：
（原文）老师父，姑眉好来话曾讲呢。
（壮文）Laux saefouh，gou meiz haujlai vah caengz gangj ne.
（音标）$\mathrm{la{:}u^4}$ $\mathrm{\theta ai^1 fou^6}$，$\mathrm{kou^1}$ $\mathrm{mei^2}$ $\mathrm{ha{:}u^3 la{:}i^1}$ $\mathrm{wa^6}$ $\mathrm{ɕaŋ^2}$ $\mathrm{ka{:}ŋ^3}$ ne.
（直译）老师傅，我有好多话未讲呢。
（意译）老师傅，我还有很多话没说呢。

Goengliuz：
刘公：
（原文）铭眉话讲布讲，奏姑无关，鱼斗对姑拉拉扯扯？
（壮文）Mwngz meiz vah gangj mbouj gangj，caeuq gou fouzgven，lawz daeuj doiq gou bengbeng ragrag？
（音标）$\mathrm{mɯŋ^2}$ $\mathrm{mei^2}$ $\mathrm{wa^6}$ $\mathrm{ka{:}ŋ^3}$ $\mathrm{ʔbou^3}$ $\mathrm{ka{:}ŋ^3}$，$\mathrm{ɕau^5}$ $\mathrm{kou^1}$ $\mathrm{fou^2 kwe{:}n^1}$，$\mathrm{law^2}$ $\mathrm{tau^3}$ $\mathrm{to{:}i^5}$ $\mathrm{kou^1}$ $\mathrm{pe{:}ŋ^1 pe{:}ŋ^1}$ $\mathrm{ɣa{:}k^8 ɣa{:}k^8}$？
（直译）你有话讲不讲，和我无关，怎来对我拉拉扯扯？
（意译）你有话讲不讲，与我有什么关系，怎么来拉拉扯扯我？

Linz Ginhfung：
林金凤：
（原文）姑齐奏铭呀。
（壮文）Gou gyaez caeuq mwngz ya.
（音标）$\mathrm{kou^1}$ $\mathrm{kjai^2}$ $\mathrm{ɕau^5}$ $\mathrm{mɯŋ^2}$ ja.
（直译）我爱跟你呀。
（意译）我爱跟您呀。

Goengliuz【Dajduenh】
刘公【打断】
（原文）姑老啦，铭齐姑里眉几麻用呀！
（壮文）Gou laux la，mwngz gyaez gou lij meiz gijmaz yungh ya！
（音标）$\mathrm{kou^1}$ $\mathrm{la{:}u^4}$ la，$\mathrm{mɯŋ^2}$ $\mathrm{kjai^2}$ $\mathrm{kou^1}$ $\mathrm{li^3}$ $\mathrm{mei^2}$ $\mathrm{ki^3 ma^2}$ $\mathrm{juŋ^6}$ ja！
（直译）我老了，你爱我还有什么用呀！
（意译）我老了，你爱我还有什么用呀！

Linz Ginhfung：
林金凤：
（原文）姑迪讲齐奏铭学丁逢吗。
（壮文）Gou dwg gangj gyaez caeuq mwngz hag dinfwngz ma.
（音标）kou1 tɯk8 kaːŋ3 kjai2 ɕau5 mɯŋ2 haːk8 tin1fɯŋ2 ma.
（直译）我是讲爱和你学手艺嘛。
（意译）我是说爱与您学手艺嘛。

Goengliuz【Gvaibanj】
刘公【快板】
（原文）真无路，真无来，
嘛崩卡丁斗旋才；
内肚眉气至敢放，
剥解文忍至敢孩；
云你碰争鬼拦路，
周妈文卡磨卡怀。
（壮文）Caen fouzloh，caen fouznaih，
Ma beng gadin daeuj cienhcaiz；
Ndaw dungx meiz heiq ndi gamj cuengq，
Bak nyaij maenzswnx ndi gamj haiz；
Ngoenzneix bungq deng fangz lanzloh，
Moumeh baenz gya（gwt）muz gavaiz.
（音标）ɕan1 fou2lo6，ɕan1 fou2naːi6，
ma1 peŋ1 ka1tin1 tau3 ɕiːn6ɕaːi2；
ʔdaɯ1 tuŋ4 mei2 hei5 ʔdi1 kaːm3 ɕuːŋ5，
paːk7 ȵaːi3 man2θɯn4 ʔdi1 kaːm3 haːi2；
ŋon2nei4 puŋ5 teːŋ1 faːŋ2 laːn2lo6，
mou1me6 pan2 kja1（kɯt7）mu2 ka1waːi2.
（直译）真无路，真无奈，
狗绕腿脚来转哉；
肚里有气不敢放，
口嚼烂薯不敢吐；
今天碰中鬼拦路，
母猪生疥疮擦牛腿。
（意译）真无路，真无由，
狗绕腿边转悠悠；
肚里有气不敢出，
口嚼烂薯不敢吐；

今天碰到鬼拦路，
母猪生疮多难受。

Linz Ginhfung【Ciep gvaibanj】
林金凤【接快板】

（原文）老师父勉听姑讲，
句句话句斗勉排；
达侬跟铭学丁逢，
铭又何必斗推挨？

（壮文）Laux saefouh menh dingq gou gangj,
Coenzcoenz vahgawq daeuj menh baiz;
Dahnuengx gaen mwngz hag dinfwngz,
Mwngz youh hozbiet daeuj doingaiz?

（音标）laːu4 θai1fou6 meːn6 tiŋ5 kou1 kaːŋ3,
ɕon2ɕon2 wa6kaɯ5 tau3 meːn6 paːi2;
ta6nuːŋ4 kan1 mɯŋ2 haːk8 tin1fɯŋ2,
mɯŋ2 jou6 ho2piːt7 tau3 doːi1ŋaːi2?

（直译）老师傅慢听我讲，
句句话语来慢排；
阿妹跟你学手艺，
你又何必来推辞？

（意译）师傅听我说出来，
句句话儿好安排；
阿妹跟你学手艺，
你又何必来推开？

Goengliuz【Ciep gvaibanj】
刘公【接快板】

（原文）布迪姑至眉丁逢，
古竹布使冲古槐；
小姐再斗彭彭乐乐，
途姑几货样鱼该？

（壮文）Mbouj dwg gou ndi meiz dinfwngz,
Go'ndoek mbouj ndaej cung gofaiz;
Siujcej caiq daeuj bengbeng ragrag,
Duzgou gij huq yienghlawz gai?

（音标）ʔbou3 tɯk8 kou1 ʔdi1 mei2 tin1fɯŋ2,
ko1ʔdok7 ʔbou3 ʔdai3 ɕuŋ1 ko1faːi2;

θiːu^{3}ɕe^{3} ɕaːi^{5} tau^{3} peːŋ^{1}peːŋ^{1} ɣaːk^{8}ɣaːk^{8}，
tu^{2}kou^{1} ki^{3} hu^{5} jiːŋ^{6}laɯ^{2} gaːi^{1}？
（直译）不是我没有手艺，
簕竹不得充麻竹；
小姐再来拉拉扯扯，
我的货物怎样卖？
（意译）不是我没有手艺，
簕竹不能充麻竹；
小姐再拉拉扯扯，
我这货物怎卖出？

（Gaenjgip rap diuzrap roengz，byaij vueng lai cienzbau doek youq henz ndeu）
（匆忙挑担下，慌忙中钱包掉在一边）

Linz Ginhfung：
林金凤：
（原文）哎！老师父，差皮夭，老师父！
（壮文）Ai！Laux saefouh，caj baez ndeu，laux saefouh！
（音标）aːi！laːu^{4} θai^{1}fou^{6}，ɕa^{3} pai^{2} ʔdeːu^{1}，laːu^{4} θai^{1}fou^{6}！
（直译）哎！老师傅，等次一，老师傅！
（意译）哎！老师傅，等一等，老师傅！

（Ginhfung gyaep riengz roengz）
（金凤跟追下）

Maj Ciuhyangh【Fwngz riuj daehnizlungz hwnj】
马秋香【手提尼龙袋上】
（原文）哎呀，派批派嘛，总算嘛腾了。
（壮文）Aeya，byaij bae byaij ma，cungjsuenq ma daengz lo.
（音标）aija，pjaːi^{3} pai^{1} pjaːi^{3} ma^{1}，ɕuŋ^{3}θuːn^{5} ma^{1} taŋ^{2} lo.
（直译）哎呀，走去走回，总算回到了。
（意译）哎呀，走来走去，总算回到了。

（原文）路派卦你，丁灵伦那达往嘛。
（壮文）Loh byaij gvaq neix，dingjlingz raennaj dahnuengx ma.
（音标）lo^{6} pjaːi^{3} kwa^{5} nei^{4}，tiŋ^{3}liŋ^{2} ɣan^{1}na^{3} ta^{6}nuːŋ^{4} ma^{1}.
（直译）路走过这，偶然见面阿妹回。
（意译）路过这里，正巧遇见阿妹回来。

【Ciengq】

【唱】

（原文）绿绿花花，东西豪华大件；
戒指项链，发财就变大方；
一派风光，享福布浪家当；
往幼香港，富有百万财翁；
享乐无穷，大显门风兰马。

（壮文）Loegloeg vava，Doenghyiengh hauzvaz daihgienh；
Haedfwngz lienhhoz，Fatcaiz couh bienq daihfueng；
Itbaij funggueng，Yiengjfuk mbouj langh gyadangq；
Nuengx youq Yanghgangj，Fouqmiz bakfanh caizgoeng；
Yiengjlag fouzgungz，Daihyienj monzfung ranz Max.

（音标）lok^{8}lok^{8} wa^{1}wa^{1}，toŋ^{6}jiːŋ^{6} haːu^{2}wa^{2} taːi^{6}kiːn^{6}；
hat^{8}fɯŋ^{2} liːn^{6}ho^{2}，faːt^{7}ɕaːi^{2} ɕou^{6} piːn^{5} taːi^{6}fuːŋ^{1}；
it^{7}paːi^{3} fuŋ^{1}kuːŋ^{1}，jiːŋ^{3}fuk^{7} ʔbou^{3} laːŋ^{6} kja^{1}taːŋ^{5}；
nuːŋ^{4} jou^{5} jaːŋ^{6}kaːŋ^{3}，fou^{5}mi^{2} paːk^{7}faːn^{6} ɕaːi^{2}koŋ^{1}；
jiːŋ^{3}laːk^{8} fou^{2}kuŋ^{2}，taːi^{6}jiːn^{3} moːn^{2}fuŋ^{1} ɣaːn^{2} ma^{4}.

（直译）绿绿花花，东西豪华大件；
戒指项链，发财就变大方；
一派风光，享福不浪家当；
弟在香港，富有百万财翁；
享乐无穷，大显门风家马。

（意译）花花绿绿，东西豪华大样；
戒指项链，发财就很大方；
一派风光，享福不放家当；
弟在香港，富有百万财享；
享乐无穷，大显马家风光。

【Cabgangj】

【插白】

（原文）讲特往姑吗，铭喊马东宝，父云醒目大方，估生意发大财。

（壮文）Gangj daegnuengx gou ma，mingz hemq Maj Dunghbauj，bouxvunz singjda daihfueng，guh seng'eiq fat daihcaiz.

（音标）kaːŋ^{3} tak^{8}nuːŋ^{4} kou^{1} ma，miŋ^{2} heːm^{5} ma^{3} tuŋ^{6}paːu^{3}，pou^{4}wun^{2} θiŋ^{3}ta^{1} taːi^{6} fuːŋ^{1}，ku^{6} θeːŋ^{1}ei^{5} faːt^{7} taːi^{6}ɕaːi^{2}.

（直译）讲阿弟我嘛，名叫马东宝，个人醒目大方，做生意发大财。

（意译）讲我弟弟嘛，名叫马东宝，他人精神大方，做生意发大财。

（原文）卡贯兰林兰马，齐订联婚合约。皮你往姑口嘛，打算接阿凤批香港享乐世界，该处林金凤六地督龙箩厚山批噜。

（壮文）Gaxgonq ranz Limz ranz Max，caez dingh liemzvaen hab'iek. Baezneix nuengx gou haeujma，gaiqcawq coux Dahfungh bae Yanghgangj yiengjlag seiqgyaiq，gaicawq Linz Ginhfung roegbeih doek roengz loz haeuxsan bae lo.

（音标）ka^{4} koːn^{5} ɣaːn^{2} lim^{2} ɣaːn^{2} ma^{4}，ɕai^{2} tiŋ^{6} liːm^{2} wan^{1} haːp^{8} iːk^{7}. pai^{2}nei^{4} nuːŋ^{4} kou^{1} hau^{3}ma^{1}，kaːi^{5}ɕaw^{5} ɕou^{4} ta^{6}fuŋ^{6} pai^{1} jaːŋ^{6}kaːŋ^{3} jiːŋ^{3}laːk^{8} θei^{5}kjaːi^{5}，kaːi^{1} ɕaɯ^{5} lin^{2} kin^{6}fuŋ^{1} ɣok^{8}pei^{6} tok^{7} ɣoŋ^{2} lo^{2} hau^{4}θaːn^{1} pai^{1} lo.

（直译）以前家林家马，齐订联婚合约。次这弟我回来，打算接阿凤去香港享乐世界，注定林金凤麻雀掉下箩白米去喽。

（意译）以前林家马家，齐订联婚合约。这次我弟回来，打算接阿凤去香港享受生活，注定林金凤麻雀掉下白米箩去喽。

(Gvaengx daizheiq buenq hop)

（绕台半圈）

（原文）哎呀！讲批讲到，批又再嘛，鱼总至伦云斗受？

（壮文）Aeya! Gangj bae gangj dauq，bae youh caiq ma，lawz cungj ndi raen vunz daeuj coux?

（音标）aija！kaːŋ^{3} pai^{1} kaːŋ^{3} taːu^{5}，pai^{1} jou^{6} ɕaːi^{5} ma^{1}，laɯ^{2} ɕuŋ^{3} ʔdi^{1} ɣan^{1} wun^{2} tau^{3} ɕou^{4}？

（直译）哎呀！讲去讲回，去又再回，怎都不见人来接？

（意译）哎呀！讲来讲去，去又再回，怎都不见人来迎接？

(Singhung hemq)

（大喊）

（原文）清明，清明！

（壮文）Cinghmingz，Cinghmingz!

（音标）ɕiŋ^{6} miŋ^{2}，ɕiŋ^{6} miŋ^{2}！

（直译）清明，清明！

（意译）清明，清明！

Linz Cinghmingz【Dingqnyi sing gip hwnj】

林清明【闻声急上】

（原文）秋香，铭嘛了！

（壮文）Ciuhyangh，mwngz ma la!

（音标）ɕiːu^{6}jaːŋ^{6}，mɯŋ^{2} ma^{1} la！
（直译）秋香，你回了！
（意译）秋香，你回来了！

Maj Ciuhyangh【Hujdengdeng】
马秋香【气冲冲】
（原文）则嘛幅铭，姑赖怒批狗桥受姑骡样。
（壮文）Ndaek mahuk mwngz，gou laihnaeuz bae gyaeujgiuz coux gou lawzyiengh.
（音标）ʔdak^{7} ma^{1}huk^{7} mɯŋ^{2}，kou^{1} laːi^{6}nau^{2} pai^{1} kjau^{3}kiːu^{2} ɕou^{4} kou^{1} laɯ^{2}jiːŋ^{6}.
（直译）这笨狗你，我以为去桥头接我怎样。
（意译）你这笨狗，我以为你去桥头迎接我的。

Linz Cinghmingz：
林清明：
（原文）姑根批狗桥差铭几皮了。
（壮文）Gou gaenq bae gyaeujgiuz caj mwngz geij baez lo.
（音标）kou^{1} kan^{5} pai^{1} kjau^{3}kiːu^{2} ɕa^{3} mɯŋ^{2} kei^{3} pai^{2} lo.
（直译）我已经去桥头等你几次了。
（意译）我已经去桥头等你几次了。

Maj Ciuhyangh：
马秋香：
（原文）批，批计骡批，难道铭批姑总至伦？
（壮文）Bae，bae gijlawz bae，nanzdauh mwngz bae gou cungj ndi raen？
（音标）pai^{1}，pai^{1} ki^{3}laɯ^{2} pai^{1}，naːn^{2}taːu^{6} mɯŋ^{2} pai^{1} kou^{1} ɕuŋ^{3} ʔdi^{1} ɣan^{1}？
（直译）去，去什么去，难道你去我都不见？
（意译）去，去什么去，难道你去我都看不见？

Linz Cinghmingz【Ciengq】
林清明【唱】
（原文）幼狗桥痕汰，
先等炸，
至论那则皮。
（壮文）Youq gyaeujgiuz henzdah，
Senq daengjcaj，
Ndi raennaj saek baez.
（音标）jou^{5} kjau^{3}kiːu^{2} heːn^{2}ta^{6}，
θeːn^{5} taŋ^{3}ɕa^{3}，

ʔdi^{1} ɣan^{1}na^{3} θak^{7} pai^{2}.
（直译）在桥头河边，
早等着，
不见面一回。
（意译）在河边桥头，
早等着，
不见你出场。

Maj Ciuhyangh【Ciengq】
马秋香【唱】
（原文）而铭使认黎，
至喔批，
铭东西乱讲。
（壮文）Rwz mwngz ndaej nyaenx raez，
Ndi okbae，
Mwngz doengsae luenhgangj.
（音标）ɣɯ^{2} mɯŋ^{2} ʔdai^{3} ɳan^{4} ɣai^{2}，
ʔdi^{1} oːk^{7} pai^{1}，
mɯŋ^{2} toŋ^{1} θai^{1} luːn^{6} kaːŋ^{3}.
（直译）耳你得恁长，
不出去，
你东西乱讲。
（意译）你耳朵恁长①，
不出去，
你东讲西讲。

Linz Cinghmingz：
林清明：
（原文）姑真批狗桥差铭呀。
（壮文）Gou caen bae gyaeujgiuz caj mwngz ya.
（音标）kou^{1} ɕan^{1} pai^{1} kjau^{3} kiːu^{2} ɕa^{3} mɯŋ^{2} ja.
（直译）我真去桥头等你呀。
（意译）我真的去桥头等你呀。

Maj Ciuhyangh：
马秋香：

---

① 耳朵恁长，意即拖拉。

（原文）布用讲计骡七七八八，除东样批嘛。
（壮文）Mbouj yungh gangj gijlawz caetcaet betbet，dawz doenghyiengh baema.
（音标）ʔbou^{3} juŋ^{6} kaːŋ^{3} ki^{3} laɯ^{2} ɕat^{7} ɕat^{7} peːt^{7} peːt^{7}，taɯ^{2} toŋ^{6} jiːŋ^{6} pai^{1} ma^{1}.
（直译）不用讲什么七七八八，拿东西回去。
（意译）不用讲什么七七八八，快拿东西回去。

Linz Cinghmingz【Laxlax byoem swhgeij】
林清明【摸摸自己的头发】
（原文）阿香，姑……姑想……
（壮文）Ahyangh，gou …… gou siengj ……
（音标）a^{6} jaːŋ^{6}，kou^{1} …… kou^{1} θiːŋ^{3} ……
（直译）阿香，我……我想……
（意译）阿香，我……我想……

Maj Ciuhyangh：
马秋香：
（原文）想，想计骡想，眉色骡依想？
（壮文）Siengj，siengj gijlawz siengj，meiz saeklawz ndei siengj？
（音标）θiːŋ^{3}，θiːŋ^{3} ki^{3} laɯ^{2} θiːŋ^{3}，mei^{2} θak^{7} laɯ^{2} ʔdei^{1} θiːŋ^{3}？
（直译）想，想什么想，有什么好想？
（意译）想，想什么想，有什么好想？

Linz Cinghmingz：
林清明：
（原文）姑想帝狗，许姑文五吧。
（壮文）Gou siengj daeqgyaeuj，hawj gou maenz haj ba.
（音标）kou^{1} θiːŋ^{3} tai^{5} kjau^{3}，haɯ^{3} kou^{1} man^{2} ha^{3} pa.
（直译）我想剃头，给我一元五吧。
（意译）我想理发，给我一元五吧。

Maj Ciuhyangh：
马秋香：
（原文）川川参欧银，难道宾铭黎认来易。
（壮文）Ndwenndwen cam aeu ngaenz，nanzdauh bwn mwngz raez nyaenxlai ngaih？
（音标）ʔdɯːn^{1} ʔdɯːn^{1} ɕaːm^{1} au^{1} ŋan^{2}，naːn^{2} taːu^{6} pɯn^{1} mɯŋ^{2} ɣai^{2} ȵan^{4} laːi^{1} ŋaːi^{6}？
（直译）月月问要银子，难道毛你长那么快？
（意译）每月都问要钱，难道你头发长那么快？

Linz Cinghmingz：
林清明：
（原文）姑又至欧笨批得爹呀！
（壮文）Gou youh ndi aeu bwnh bae dwk de ya！
（音标）kou^{1} jou^{6} ʔdi^{1} au^{1} pɯn^{6} pai^{1} tɯk^{7} te^{1} ja！
（直译）我又不要肥去放它呀！
（意译）我又没有给它施肥呀！

Maj Ciuhyangh【Ciengq】
马秋香【唱】
（原文）川川欧文五，
里眉那，
古至罗使分；
门巾到古能，
途狗魂，
瞎凳文内灶。
（壮文）Ndwenndwen aeu maenz haj，
Lij meiz naj，
Goj ndi ra ndaej faen；
Muenz gwn dauq gojnaengz，
Duzgaeujvaen (duzfangzsieng)，
Huk daengq (dangq) maenz ndaw cauq.
（音标）ʔdɯːn^{1}ʔdɯːn^{1} au^{1} man^{2} ha^{3}，
li^{3} mei^{2} na^{3}，
ko^{3} ʔdi^{1} ɣa^{1} ʔdai^{3} fan^{1}；
muːn^{2} kɯn^{1} taːu^{5} ko^{3}naŋ^{2}，
tu^{2}kau^{3}wan^{1} （tu^{2}faːŋ^{2}θiːŋ^{1}），
huk^{7} taŋ^{5} （taːŋ^{5}） man^{2} ʔdaɯ^{1} ɕaːu^{5}.
（直译）月月要一元五，
还有脸，
可没找得一分钱；
瞒吃倒可能，
只狗魂，
笨如薯里灶。
（意译）月要一元五，
还有脸，
一分拿不出；
瞒吃太可恶，

凶鬼你，
笨如灶里薯。

Linz Cinghmingz【Ciengq】
林清明【唱】
（原文）布迪壮笨苏，
如又噜，
凛巾奴牙怀；
和尚拜庙台，
估巾斋，
为麻来狗秃？
（壮文）Mbouj dwg cuengq bwnhroz，
Byawz youh rox，
Lumj gwn noh yahvaiz；
Hozsiengh baiq miuhdaiz，
Guh gwncai，
Vihmaz lai gyaeujndoq？
（音标）ʔbou^{3} tɯk^{8} ɕuːŋ^{5} pɯn^{6} ɣo^{2}，
pjaɯ^{2} jou^{6} ɣo^{4}，
lum^{3} kɯn^{1} no^{6} ja^{6} waːi^{2}；
ho^{2} θiːŋ^{6} paːi^{5} miːu^{6} taːi^{2}，
ku^{6} kɯn^{1} ɕaːi^{1}，
wi^{6} ma^{2} laːi^{1} kjau^{3} ʔdo^{5}？
（直译）不是放干粪，
谁又知，
像吃肉猩猩；
和尚拜庙台，
做吃斋，
为何多秃头？
（意译）施肥了没有，
谁又知，
像吃猩猩肉；
和尚庙里守，
吃斋饭，
为何多秃头？

Maj Ciuhyangh：
马秋香：
（原文）讲讲几骡认来，欠爹疾短支至使吗?!
（壮文）Gangjgangj gijlawz nyaenxlai，hemq de raed dinj di ndi ndaej ma?!
（音标）kaːŋ^{3} kaːŋ^{3} ki^{3} laɯ^{2} ȵan^{4} laːi^{1}，heːm^{5} te^{1} ɣat^{8} tin^{3} ti^{1} ʔdi^{1} ʔdai^{3} ma?!
（直译）讲讲什么恁多，叫他剪短点不得吗?!
（意译）讲讲什么恁多，叫他剪短点不行吗?!

（Gyau cienz hawj Linz Cinghmingz）
（交钱给林清明）

Linz Cinghmingz【Ciep cienz】
林清明【接钱】
（原文）吨，吨，铲喃皮爹里再标乎。
（壮文）Dinj，dinj，canj namhbeiz de lij caiq biu hu.
（音标）tin^{3}，tin^{3}，ɕaːn^{3} naːm^{6} pei^{2} te^{1} li^{3} ɕaːi^{5} piːu^{1} hu.
（直译）短，短，铲草皮它还再长呢。
（意译）短，短，草皮铲了它还会再长呢。

Maj Ciuhyangh：
马秋香：
（原文）抓紧时间，批疾快吱，嘛易支!
（壮文）Cagaenj seizgan，bae raed vaiqdi，ma vaiqdi!
（音标）ɕa^{1} kan^{3} θei^{2} kaːn^{1}，pai^{1} ɣat^{8} waːi^{5} ti^{1}，ma^{1} waːi^{5} ti^{1}!
（直译）抓紧时间，去剪快点，回快点!
（意译）抓紧时间，快点去剪，快点回来!

Linz Cinghmingz：
林清明：
（原文）快就快，夫人再见!
（壮文）Vaiq couh vaiq，fuhyinz caiqraen!
（音标）waːi^{5} ɕou^{6} waːi^{5}，fu^{6} jin^{2} ɕaːi^{5} ɣan^{1}!
（直译）快就快，夫人再见!
（意译）快就快，夫人再见!

（Yaek roengzbae，sawqmwh doeksaet dwk hemq）
（欲下，突然惊叫起来）

（原文）哎呀，钱包？
（壮文）Aeya，cienzbau？
（音标）aija，ɕiːn[2] paːu[1]？
（直译）哎呀，钱包？
（意译）哎呀，钱包？

Maj Ciuhyangh【Dingqnyi sing vaiqdi gangj】
马秋香【闻声急白】
（原文）计骡，钱包？除斗姑！
（壮文）Gijlawz，cienzbau？Dawz daeuj gou！
（音标）ki[3] lauː[2]，ɕiːn[2] paːu[1]？tauː[2] tau[3] kou[1]！
（直译）什么，钱包？拿来我！
（意译）什么，钱包？拿给我！

Linz Cinghmingz【Gip hwnjdaeuj hai yawj】
林清明【拾起打开一看】
（原文）哟，钱，大把钱！
（壮文）Yo，cienz，daihbaj cienz！
（音标）jo，ɕiːn[2]，taːi[6] pa[3] ɕiːn[2]！
（直译）哟，钱，大把钱！
（意译）哟，钱，大把钱！

Maj Ciuhyangh【Giuj dawz geiqmaeuz】
马秋香【巧用计谋】
（原文）计动，迪途姑计。
（壮文）Gaej doengh，dwg duzgou gae.
（音标）kai[3] toŋ[6]，tɯk[8] tu[2] kou[1] kai.
（直译）别动，是我的。
（意译）别动，是我的钱。

（Linz Ginhfung dingqnyi miz sing cienj dauqma）
（林金凤闻声转回来）

Linz Cinghmingz【Gip cam】
林清明【急问】
（原文）香，真是途铭？
（壮文）Yangh，caen dwg duzmwngz？
（音标）jaːŋ[6]，ɕan[1] tɯk[8] tu[2] mɯŋ[2]？

（直译）香，真是你的？
（意译）香，真是你的？

Maj Ciuhyangh：
马秋香：
（原文）是呀！至是途姑是途如？
（壮文）Seih ya! Ndi seih duzgou seih duzbyawz?
（音标）θei⁶ ja！ʔdi¹ θei⁶ tu²kou¹ θei⁶ tu²pjaɯ²？
（直译）是呀！不是我的是谁的？
（意译）是呀！不是我的是谁的？

Linz Ginhfung：
林金凤：
（原文）眉几麻凭据？
（壮文）Meiz gijmaz baengzgawq?
（音标）mei² ki³ma² paŋ²kaɯ⁵？
（直译）有什么凭据？
（意译）有什么凭据？

Maj Ciuhyangh【Ciengq】
马秋香【唱】
（原文）屯争化作穿，
至记存，
反礼村银子；
七弄递则以，
支钱你，
全部是途姑。
（壮文）Daenj deng vaq cagcon,
Ndi geiq ngonz,
Fanj ndaej mbon ngaenzceij;
Caet roengz daeh caekhaex,
Di cienz neix,
Cienzbouh seih duzgou.
（音标）tan³ teːŋ¹ wa⁵ ɕaːk⁸ ɕoːn¹，
ʔdi¹ kei⁵ ŋoːn²，
faːn³ ʔdai³ ʔboːn¹ ŋan²ɕei³；
ɕat⁷ ɣoŋ² tai⁶ ɕak⁷hai⁴，
ti¹ ɕiːn² nei⁴，

ɕiːn^{2}pou^{6} θei^{6} tu^{2}kou^{1}.
（直译）穿中裤绳穿，
不记看，
反得掏银子；
塞下袋屁股，
些钱这，
全部是我的。
（意译）穿中裤绳绑，
忘记看，
掏得钱心爽；
塞下裤袋装，
这些钱，
全归本老娘。

Linz Ginhfung：
林金凤：
（原文）嫂，支钱你，很可能是该包奴师父争督计。
（壮文）Sauj，di cienz neix，gig aiq seih gai baunoh saefouh deng doek gae.
（音标）θaːu^{3}，ti^{1} ɕiːn^{2} nei^{4}，kik^{8} aːi^{5} θei^{6} kaːi^{1} paːu^{1}no^{6} θai^{1}fou^{6} teːŋ^{1} tok^{7} kai.
（直译）嫂，这些钱很可能是卖肉包师傅挨掉的。
（意译）嫂，这些钱很可能是卖肉包师傅丢失的。

Maj Ciuhyangh【Ciengq】
马秋香【唱】
（原文）管铭包奴布包奴，
管铭奴粒噜巴操；
途姑几钱如敢用，
咪老伦爹那曾毫。
（壮文）Guenj mwngz baunoh mbouj baunoh，
Guenj mwngz nohnaed rox byacauq；
Duzgou gij cienz byawz gamj yungh，
Mehlaux raen de naj caengz hau.
（音标）kuːn^{3} mɯŋ^{2} paːu^{1}no^{6} ʔbou^{3} paːu^{1}no^{6}，
kuːn^{3} mɯŋ^{2} no^{6}nat^{8} ɣo^{4} pja^{1}ɕaːu^{5}；
tu^{2}kou^{1} ki^{3} ɕiːn^{2} pjaɯ^{2} kaːm^{3} juŋ^{6}，
me^{6}laːu^{4} ɣan^{1} te^{1} na^{3} ɕaŋ^{2} haːu^{1}.
（直译）管你肉包不肉包，
管你肉粒或炸鱼；

我的些钱谁敢用，
老娘见他脸未白。
（意译）管你肉包不肉包，
管你肉粒或炸鱼；
是我的钱谁敢用，
老娘见他不客气。

Linz Ginhfung【Ciep】
林金凤【接】
（原文）贪小便宜是布对，
布用讲话太骄傲；
占云钱财最那忙，
更布乱动半分毫。
（壮文）Dam siuj bienzngeiz seih mbouj doiq,
Mbouj yungh gangjvah daiq gyauh'au;
Ciemq vunz cienzcaiz ceiq najmong,
Engq mbouj luenh doengh buenq faenhauz.
（音标）taːm^{1} θiːu^{3} piːn^{2}ŋei^{2} θei^{6} ʔbou^{3} toːi^{5}，
ʔbou^{3} juŋ^{6} kaːŋ^{3}wa^{6} taːi^{5} kjaːu^{6}aːu^{1}；
ɕiːm^{5} wun^{2} ɕiːn^{2}ɕaːi^{2} ɕei^{5} na^{3}moːŋ^{1}，
eːŋ^{5} ʔbou^{3} luːn^{6} toŋ^{6} puːn^{5} fan^{1}haːu^{2}.
（直译）贪小便宜是不对，
不用讲话太骄傲；
占人钱财最丑脸，
更不乱动半分毫。
（意译）贪小便宜是不对，
不要讲话太狂傲；
占人钱财最可耻，
更别乱动半分毫。

Maj Ciuhyangh【Ciep】
马秋香【接】
（原文）自从召老传龙斗，
渠眉吸使反除到；
吸使至欧是假话，
则以至痕铭乱校。
（壮文）Cihcoengz ciuhlaux cienz roengzdaeuj,
Gyawz meiz gip ndaej fanj dawz dauq;

Gip ndaej ndi aeu seih gyajvah，
Caekhaex ndi haenz mwngz luenh nyauj.

（音标）ɕi6 ɕoŋ2 ɕiːu6 laːu4 ɕiːn2 ɣoŋ2 tau3，
kjaɯ2 mei2 kip7 ʔdai3 faːn3 taɯ2 taːu5；
kip7 ʔdai3 ʔdi1 au1 θei6 kja3 wa6，
ɕak7 hai4 ʔdi1 han2 mɯŋ2 luːn6 ȵaːu3.

（直译）自从古代传下来，
哪有捡得反拿还；
捡得不要是假话，
屁股不痒你乱挠。

（意译）自从古代传下来，
哪有拾遗还要交；
捡得不要是假话，
屁股不痒你乱挠。

Linz Ginhfung：
林金凤：

（原文）哥，铭是幼其骡给使计？
（壮文）Go，mwngz seih youq gizlawz gip ndaej gae？
（音标）ko1，mɯŋ2 θei6 jou5 ki2 laɯ2 kip7 ʔdai3 kai？
（直译）哥，你是在哪里捡得的？
（意译）哥，你是在哪里捡得的？

Linz Cinghmingz：
林清明：

（原文）就幼剥那拉喃你吗。
（壮文）Couh youq baknaj（baihnaj）lajnamh neix ma.
（音标）ɕou6 jou5 paːk7 na3（paːi6 na3）la3 naːm6 nei4 ma.
（直译）就在前面地下这嘛。
（意译）就在前面这地面嘛。

Maj Ciuhyangh：
马秋香：

（原文）对了，岩先是姑扪钱肯铭批替狗督计，除斗赔姑！
（壮文）Doiq la，ngamqsien seih gou mbon cienz hawj mwngz bae daeqgyaeuj doek gae，dawz daeuj boiz gou！
（音标）toːi5 la，ŋaːm5 θiːn1 θei6 kou1 ʔboːn1 ɕiːn2 haɯ3 mɯŋ2 pai1 tai5 kjau3 tok7 kai，taɯ2 tau3 poːi2 kou1！

（直译）对了，刚才是我掏钱给你去理发掉的，拿来赔我！
（意译）对了，刚才是我掏钱给你理发掉下的，拿来还我！

Linz Cinghmingz：
林清明：
（原文）香，铭讲是铭争督，到底眉曲骡记号？
（壮文）Yangh，mwngz gangj seih mwngz deng doek，dauqdaej meiz gijlawz geiqhauh？
（音标）jaːŋ^{6}，mɯŋ^{2} kaːŋ^{3} θei^{6} mɯŋ^{2} teːŋ^{1} tok^{7}，taːu^{5} tai^{3} mei^{2} ki^{3} laɯ^{2} kei^{5} haːu^{6}？
（直译）香，你讲是你挨掉，到底有什么记号？
（意译）香，你讲是你掉的，到底有什么记号？

Maj Ciuhyangh：
马秋香：
（原文）当然眉记号呀！
（壮文）Dangyienz miz geiqhauh ya！
（音标）taːŋ^{1} jiːn^{2} mi^{2} kei^{5} haːu^{6} ja！
（直译）当然有记号呀！
（意译）当然有记号呀！

Linz Cinghmingz：
林清明：
（原文）铭讲，铭讲！
（壮文）Mwngz gangj，mwngz gangj！
（音标）mɯŋ^{2} kaːŋ^{3}，mɯŋ^{2} kaːŋ^{3}！
（直译）你讲，你讲！
（意译）你讲，你讲！

Maj Ciuhyangh【Ciengq】
马秋香【唱】
（原文）百元张镖面，
记眉样，
狗云像是公；
当怒是张凶，
布嘮弄，
领袖云头像。
（壮文）Bak maenz cieng biuqmienh，
Geiq meiz yiengh，
Gyaeujvunz siengq seih goeng；

Danghnaeuz seih cieng hung,
Mbouj lau loeng,
Lingjsiu vunz douzsiengq.

（音标）paːk^{7} man^{2} ɕiːŋ^{1} piːu^{5} miːn^{6}，
kei^{5} mei^{2} jiːŋ^{6}，
kjau^{3} wun^{2} θiːŋ^{5} θei^{6} koŋ^{1}；
taːŋ^{6} nau^{2} θei^{6} ɕiːŋ^{1} huŋ^{1}，
ʔbou^{3} laːu^{1} loŋ^{1}，
liŋ^{3} θiːu^{1} wun^{2} tou^{2} θiːŋ^{5}.

（直译）百元张票面，
记有样，
人头像是公；
倘若是大张，
不怕错，
领袖人头像。

（意译）百元张票面，
记有样，
是个人头像；
若是大张样，
不怕错，
领袖人头像。

Linz Cinghmingz：
林清明：
（原文）对了，对了！正是大狗云像。
（壮文）Doiq lo，doiq lo！Cingqseih daih gyaeujvunz siengq.
（音标）toːi^{5} lo，toːi^{5} lo！ɕiŋ^{5} θei^{6} taːi^{6} kjau^{3} wun^{2} θiːŋ^{5}.
（直译）对了，对了！正是大人头像。
（意译）对了，对了！正是大人物头像。

Maj Ciuhyangh：
马秋香：
（原文）可几骡讲，明明就是钱途姑。
（壮文）Hoj gijlawz gangj，mingzmingz couhseih cienz duzgou.
（音标）ho^{3} ki^{3} lauː^{2} kaːŋ^{3}，miŋ^{2} miŋ^{2} ɕou^{6} θei^{6} ɕiːn^{2} tu^{2} kou^{1}.
（直译）难什么讲，明明就是钱我的。
（意译）不用讲，明明就是我的钱。

Linz Ginhfung【Ciengq】
林金凤【唱】
（原文）银包共眉钱，
铭当场，
是几千几百？
（壮文）Ngaenzbau gungh meiz cienz,
Mwngz dangciengz,
Seih geij cien geij bak?
（音标）ŋan^{2} paːu^{1} kuŋ^{6} mei^{2} ɕiːn^{2}，
mɯŋ^{2} taːŋ^{1} ɕiːŋ^{2}，
θei^{6} kei^{3} ɕiːn^{1} kei^{3} paːk^{7}？
（直译）银包共有钱，
你当场，
是几千几百？
（意译）钱包共有钱，
你当场，
是几百几千？

Maj Ciuhyangh【Ciep】
马秋香【接】
（原文）财布使漏白，
钱包挟，
眉文捏十元。
（壮文）Caiz mbouj ndaej laeuhbeg,
Cienzbau geb,
Meiz baenz neb cib maenz.
（音标）ɕaːi^{2} ʔbou^{3} ʔdai^{3} lau^{6} peːk^{8}，
ɕiːn^{2} paːu^{1} keːp^{8}，
mei^{2} pan^{2} neːp^{8} ɕip^{8} man^{2}.
（直译）财不得露白，
钱包夹，
有成沓十元。
（意译）财不能露白，
钱包夹，
有成沓十元。

Linz Ginhfung【Ciengj gvaqbae】
林金凤【抢过去】
（原文）姑处。
（壮文）Gou yawj.
（音标）kou^{1} jaɯ^{3}.
（直译）我看。
（意译）我看。

（Daj ndaw cienzbau mbon ok mbaw ceijiq）
（从钱包里掏出纸条）

（原文）现眉板狗仂民刘单——则递钱你是卡贯该包奴师父督的。
（壮文）Yienh meiz mbanj gou lwgminz Liuz Danh —— Ndaek daehcienz neix seih gaxgonq gai baunoh saefouh doek gae.
（音标）jiːn^{6} mei^{2} ʔbaːn^{3} kou^{1} lɯk^{8} min^{2} liːu^{2} taːn^{6}—— ʔdak^{7} tai^{6} ɕiːn^{2} nei^{4} θei^{6} ka^{4} koːn^{5} kaːi^{1} paːu^{1}no^{6} θai^{1}fou^{6} tok^{7} kai.
（直译）现有村我人民刘单——个钱包这是先前卖肉包师傅掉的。
（意译）现有我村人民刘单——这个钱包是先前卖肉包师傅掉的。

Maj Ciuhyangh：
马秋香：
（原文）是途爹，途姑呢？
（壮文）Seih duzde，duzgou ne？
（音标）θei^{6} tu^{2}te^{1}，tu^{2}kou^{1} ne？
（直译）是他的，我的呢？
（意译）是他的，我的呢？

Linz Cinghmingz：
林清明：
（原文）至是途铭。
（壮文）Ndi seih duzmwngz.
（音标）ʔdi^{1} θei^{6} tu^{2}mɯŋ^{2}.
（直译）不是你的。
（意译）不是你的。

Linz Ginhfung：
林金凤：
（原文）银包是该包奴师父的，云昨姑欧送批赔云。

（壮文）Ngaenzbau seih gai baunoh saefouh gae，ngoenzcog gou aeu soengq bae boiz vunz.

（音标）ŋan^{2} paːu^{1} θei^{6} kaːi^{1} paːu^{1} no^{6} θai^{1} fou^{6} kai，ŋon^{2} ɕoːk^{8} kou^{1} au^{1} θoŋ^{5} pai^{1} poːi^{2} wun^{2}.

（直译）钱包是卖肉包师傅的，明天我要送去还人。

（意译）钱包是卖肉包师傅的，明天我要送去还他。

（Ginhfung roengz）

（金凤下）

Linz Cinghmingz【Mbouj rox dwg gangj gijmaz】

林清明【不解其意地】

（原文）阿香，铭真争钱包督了？

（壮文）Ahyangh，mwngz caen deng cienzbau doek la?

（音标）a^{6}jaːŋ^{6}，mɯŋ^{2} ɕan^{1} teːŋ^{1} ɕiːn^{2}paːu^{1} tok^{7} la?

（直译）阿香，你真挨钱包掉了？

（意译）阿香，你钱包真掉了？

Maj Ciuhyangh【Hozndat dwk】

马秋香【生气地】

（原文）督，督巴妈铭。

（壮文）Doek，doek bazmeh mwngz.

（音标）tok^{7}，tok^{7} pa^{2}me^{6} mɯŋ^{2}.

（直译）掉，掉妈你。

（意译）掉，掉你妈的。

【Ciengq】

【唱】

（原文）愿生叻败家，布生嘛卡棍；
伦钱变喃粉，督咙淋菊初。

（壮文）Nyienh seng lwg baihgya，Mbouj ciengx ma gagoenq；
Raen cienz bienq namhfaenx，Doek roengz raemx goekco.

（音标）ȵiːn^{6} θeːŋ^{1} lɯk^{8} paːi^{6}kja^{1}，ʔbou^{3} ɕiːŋ^{4} ma^{1} ka^{1}kon^{5}；
ɣan^{1} ciːn^{2} piːn^{5} naːm^{6}fan^{4}，tok^{7} ɣoŋ^{2} ɣam^{4} kok^{7}co^{1}.

（直译）愿生儿败家，不养狗腿断；
见钱变土尘，落下水哔叽。

（意译）愿生败家崽，不养狗笨差；
见钱变灰尘，落入水底下。

Linz Cinghmingz【Ciengq】

林清明【唱】

（原文）愿养猫侵怒，布养周跳亮；
愿欧夏父僮，夏花院取刁。

（壮文）Nyienh ciengx meuz coemj nou，Mbouj ciengx mou diuq riengh；
Nyienh aeuyah Bouxcuengh，Yah vayienh cij deuz.

（音标）ɳiːn^{6} ɕiːŋ^{4} meːu^{2} ɕom^{3} nou^{1}，ʔbou^{3} ɕiːŋ^{4} mou^{1} tiːu^{5} ɣiːŋ^{6}；
ɳiːn^{6} au^{1}ja^{6} pou^{4}ɕuːŋ^{6}，ja^{6} wa^{1}jiːn^{6} ɕi^{3} teːu^{2}.

（直译）愿养猫抓鼠，不养猪跳栏；
愿娶妻壮人，妻花院①才逃。

（意译）愿养抓鼠猫，不养跳栏猪；
愿娶壮人妻，妓院妻遁逃。

Maj Ciuhyangh【Ciengq】

马秋香【唱】

（原文）养争计特他，干私鸦私耀；
姑批踩丁缴，古至晓样骡。

（壮文）Ciengx deng gaeq raekga，Gan sei ga sei yiuh；
Gou bae caij dingiuj，Goj ndi yiuj yienghlawz.

（音标）ɕiːŋ^{4} teːŋ^{1} kai^{5} ɣak^{7}ka^{1}，kaːn^{1} θei^{1} ka^{1} θei^{1} jiːu^{6}；
kou^{1} pai^{1} ɕaːi^{3} tin^{1}kiːu^{3}，ko^{3} ʔdi^{1} jiːu^{3} jiːŋ^{6}laɯ^{2}.

（直译）养中鸡断腿，干资鸦资鹰；
我去踩脚跟，可不晓怎样。

（意译）养中断腿鸡，白喂鸦鹰去；
我去踩脚跟，还不知不理。

Linz Cinghmingz：

林清明：

（原文）打笨铭踩缴丁姑，正是铭斗则姑的吗？

（壮文）Daxbaenh mwngz caij giujdin gou，cingqseih mwngz daeuj yaek gou ma？

（音标）ta^{4}pan^{6} mɯŋ^{2} ɕaːi^{3} kiːu^{3}tin^{1} kou^{1}，ɕiŋ^{5}θei^{6} mɯŋ^{2} tau^{3} jak^{7} kou^{1} ma？

（直译）刚才你踩脚跟我，正是你来玩弄我吗？

（意译）刚才你踩我脚跟，正是你来逗弄我的吗？

① 花院：指妓院。

Maj Ciuhyangh：
马秋香：
（原文）腾逢几钱铭至欧，
（壮文）Daengz fwngz gij cienz mwngz ndi aeu，
（音标）taŋ^{2} fɯŋ^{2} ki^{3} ɕiːn^{2} mɯŋ^{2} ʔdi^{1} au^{1}，
（直译）到手些钱你不要，
（意译）到手的钱你不要，

（Ning rwz）
（拧耳朵）

（原文）木头鬼，铭鱼认来幅！
（壮文）Moegdaeuz fangz，mwngz lawz nyaenxlai huk！
（音标）mok^{8} tau^{2} faːŋ^{2}，mɯŋ^{2} laɯ^{2} ɲan^{4} laːi^{1} huk^{7}！
（直译）木头鬼，你怎么这么笨！
（意译）呆头鬼，你怎么这么笨！

Linz Cinghmingz【Hemqvatvat】
林清明【大叫】
（原文）哎哟哟，里使吗？
（壮文）Ae yoyo，lij ndaej ma？
（音标）ai jojo，li^{3} ʔdai^{3} ma？
（直译）哎哟哟，还得吗？
（意译）哎哟哟，还得要吗？

场大二　巧用妙计治无赖
Ciengz Daihngeih　Giuj Yungh Miuqgeiq Ceih Fouzlaih
场第二　巧用妙计治无赖
第二场　巧施妙计治无赖

【Baij gingj】Rogdoengh.
【布景】野外。

【Hai muq】Maj Dunghbauj daep gingqda ndaem，dap Niuz Luz hwnj.
【幕启】马东宝戴着黑眼镜，搭着牛六上。

Niuz Luz：
牛六：
（原文）停车！
（壮文）Dingz ci！
（音标）tiŋ^{2} ɕi^{1}！
（直译）停车！
（意译）停车！

Maj Dunghbauj：
马东宝：
（原文）剥那是计骡着呀？
（壮文）Baknaj seih gizlawz dieg ya？
（音标）paːk^{7}na^{3} θei^{6} ki^{2}laɯ^{2} tiːk^{8} ja？
（直译）前面是什么地方呀？
（意译）前面是什么地方呀？

Niuz Luz：
牛六：
（原文）剥那就是板花红。
（壮文）Baknaj couhseih Mbanjvahoengz.
（音标）paːk^{7}na^{3} ɕou^{6}θei^{6} ʔbaːn^{3}wa^{1}hoŋ^{2}.
（直译）前面就是红花村。
（意译）前面就是红花村。

Maj Dunghbauj:
马东宝:
(原文) 板花红? 哈哈哈!
(壮文) Mbanjvahoengz? Ha ha ha!
(音标) ʔbaːn^{3} wa^{1} hoŋ^{2}? ha ha ha!
(直译) 红花村? 哈哈哈!
(意译) 红花村? 哈哈哈!

Maj Dunghbauj【Nam gvaibanj】
马东宝【念快板】
(原文) 姑姓马。
(壮文) Gou singq Max.
(音标) kou^{1} θiŋ^{5} ma^{4}.
(直译) 我姓马。
(意译) 我姓马。

Niuz Luz【Ciep】
牛六【接】
(原文) 姑牛家。
(壮文) Gou Niuzgya.
(音标) kou^{1} niːu^{2}kja^{1}.
(直译) 我牛家。
(意译) 我牛家。

Maj Dunghbauj【Ciep】
马东宝【接】
(原文) 牛马风流顶呱呱。
(壮文) Niuz Max funglouz dingjgva'gva.
(音标) niːu^{2} ma^{4} fuŋ^{1}lou^{2} tiŋ^{3}kwakwa.
(直译) 牛马风流顶呱呱。
(意译) 牛马风流顶呱呱。

Niuz Luz【Ciep】
牛六【接】
(原文) 年举三十曾欧夏,
实实在在真正冒红花;
(壮文) Nienz gyawj samcib caengz aeuyah,
Saedsaed caihcaih caencingq mbauqhoengzva;

（音标）niːn^{2} kjaɯ^{3} θaːm^{1}ɕip^{8} ɕaŋ^{2} au^{1}ja^{6}，
θat^{8}θat^{8} ɕaːi^{6}ɕaːi^{6} ɕan^{1}ɕiŋ^{5} ʔbaːu^{5}hoŋ^{2}wa^{1}；
（直译）年近三十未娶妻，
实实在在真正红花男；
（意译）年近三十未娶妻，
实实在在是红花；

Maj Dunghbauj【Ciep】
马东宝【接】
（原文）眉钱就幼楼桑奏楼慕，
无钱就幼兰茶解油渣；
（壮文）Meiz cienz couh youq laeuzsang caeuq laeuzmoq，
Fouz cienz couh youq ranzhaz nyaij youznyaq；
（音标）mei^{2} ɕiːn^{2} ɕou^{6} jou^{5} lau^{2}θaːŋ^{1} cau^{5} lau^{2}mo^{5}，
fou^{2} ciːn^{2} ɕou^{6} jou^{5} ɣaːn^{2}ha^{2} ȵaːi^{3} jou^{2}ȵa^{5}；
（直译）有钱就住高楼和新楼，
没钱就住茅房嚼油渣；
（意译）有钱住在高楼和新楼，
没钱就住茅房嚼油渣；

Niuz Luz【Ciep】
牛六【接】
（原文）六鸡途银呕枣深，
确排使老炒肚哪；
（壮文）Roeggae duznyaen aeuq caujndaem，
Ndokbaiz saejlaux cauj dungxna；
（音标）ɣok^{8}kai^{1} tu^{2}ȵan^{1} au^{5} ɕaːu^{3}ʔdam^{1}，
ʔdoːk^{7}paːi^{2} θai^{3}laːu^{4} ɕaːu^{3} tuŋ^{4}na^{1}；
（直译）山鸡野兽炖黑枣，
排骨大肠炒肥肚；
（意译）山鸡野狸炖黑枣，
排骨大肠炒猪杂；

Maj Dunghbauj【Ciep】
马东宝【接】
（原文）巴墨村沙是海味，
特级油料审勾暇；
（壮文）Byamaeg nonsa seih haijfeih，

Dwzgiz youzliuh caemj gaeuha;
(音标) pja1 mak8 noːn1 θa1 θei6 haːi3 fei6,
tɯ2 ki2 jou2 liːu6 ɕam3 kau1 ha1;
(直译) 墨鱼沙虫是海味,
特级油料蘸角虾;
(意译) 墨鱼沙虫是海味,
特级油料蘸海虾;

Niuz Luz【Ciep】
牛六【接】
(原文) 龙凤局汤平常事,
甜酸确排巴怒沙;
(壮文) Lungz fungh guk dang bingzciengz saeh,
Diemzsoemj ndokbaiz byanouq caq;
(音标) luŋ2 fuŋ6 kuk7 taːŋ1 piŋ2 ɕiːŋ2 θai6,
tiːm2 θom3 ʔdoːk7 paːi2 pja1 nou5 ɕa5;
(直译) 龙凤虎汤平常事,
甜酸排骨泥鳅油炸;
(意译) 龙凤虎汤平常事,
甜酸排骨泥鳅炸;

Maj Dunghbauj【Ciep】
马东宝【接】
(原文) 丑红计项至巾炸,
划沙登凸让使嘛;
(壮文) Roujhoengz gaeqhangh ndi gwn nyaq,
Veqsa daengdaed nyiengh saejma;
(音标) ɣou3 hoŋ2 kai5 haːŋ6 ʔdi1 kɯn1 ɲa5,
we5 θa1 taŋ1 tat8 ɲiːŋ6 θai3 ma1;
(直译) 红冠项鸡不吃渣,
香砂香料灌狗肠;
(意译) 红冠项鸡不吃肉,
狗肠灌满香料砂;

Niuz Luz【Ciep】
牛六【接】
(原文) 眉钱拉奔到处昂,
布问川云仂文家;

（壮文）Meiz cienz lajmbwn dauqcawq angq，
Mbouj cam ndwenngoenz lwg baenzgya；
（音标）mei^{2} ɕiːn^{2} la^{3}ʔbɯn^{1} taːu^{5}ɕaɯ^{5} aːŋ^{5}，
ʔbou^{3} ɕaːm^{1} ʔdɯːn^{1}ŋon^{2} lɯk^{8} pan^{2}kja^{1}；
（直译）有钱天下到处乐，
不问日子儿成家；
（意译）有钱天下到处乐，
不看日子儿成家；

Maj Dunghbauj【Ciep】
马东宝【接】
（原文）五凤花楼总伦厌，
单欠娇娥凤仙花；
（壮文）Hajfungh valaeuz cungj raen mbwq，
Dan yiemq gyauhngoz funghsienva；
（音标）ha^{3}fuŋ^{6} wa^{1}lau^{2} ɕuŋ^{3} ɣan^{1} ʔbɯ^{5}，
taːn^{1} jiːm^{5} kjaːu^{6}ŋo^{2} fuŋ^{6}θiːn^{1}wa^{1}；
（直译）五凤花楼都见厌，
单欠娇娥凤仙花；
（意译）五凤花楼都看厌，
只欠娇娥凤仙花；

Niuz Luz【Ciep】
牛六【接】
（原文）铭是途好色夭。
（壮文）Mwngz seih duz hauqsaek ndeu.
（音标）mɯŋ^{2} θei^{6} tu^{2} haːu^{5}θak^{7} ʔdeːu^{1}.
（直译）你是只好色一。
（意译）你是个好色之徒。

Maj Dunghbauj【Ciep】
马东宝【接】
（原文）途嗍眉七布使嫌途嘛。
（壮文）Duzmou meiz maet mbouj ndaej yiemz duzma.
（音标）tu^{2}mou^{1} mei^{2} mat^{7} ʔbou^{3} ʔdai^{3} jiːm^{2} tu^{2}ma^{1}.
（直译）猪有跳蚤不得嫌狗。
（意译）猪有跳蚤不可嫌弃狗。

(Song vunz riugakgak)
(两人大笑)

(原文)哈哈哈!
(壮文)Ha ha ha!
(音标)ha ha ha!
(直译)哈哈哈!
(意译)哈哈哈!

Maj Dunghbauj:
马东宝:
(原文)牛六，准备开车!
(壮文)Niuz Luz, cinjbi hai ci!
(音标)niːu^{2} lu^{2}, ɕin^{3}pi^{1} haːi^{1} ɕi^{1}!
(直译)牛六，准备开车!
(意译)牛六，准备开车!

Niuz Luz:
牛六:
(原文)铭看，败痕至是眉计斗吗。
(壮文)Mwngz yawj, baihhaenx ndi seih meiz gaeq daeuj ma.
(音标)mɯŋ^{2} jaɯ^{3}, paːi^{6}han^{4} ʔdi^{1} θei^{6} mei^{2} kai^{5} tau^{3} ma.
(直译)你看，那边不是有鸡①来嘛。
(意译)你看，那边不是有女人来嘛。

Maj Dunghbauj:
马东宝:
(原文)依，处处油水喽至喽?
(壮文)Ndei, yawjyawj youzsij raeuz ndi raeuz?
(音标)ʔdei^{1}, jaɯ^{3}jaɯ^{3} jou^{2}θi^{3} ɣau^{2} ʔdi^{1} ɣau^{2}?
(直译)好，看看油水滑不滑?
(意译)好，看看姑娘美不美?

(Hai ci gvaqdaeuj itmienh deq)
(开车过来一边等待)

① 鸡：民间常以“鸡”代称女性性工作者。

Linz Ginhfung【Hwnj，ciengq】
林金凤【上，唱】
（原文）蒙董账乱斗，
金凤姑，
尽各忧各怨；
为情丝绝断，
分双旁，
心更乱如麻。
（壮文）Moengjdoengj ciengq luenh daeuj，
Ginhfung gou，
Caenh gag you gag ienq；
Vih cingzsei cied duenh，
Faen song bangx，
Sim engq luenh lumj maz.
（音标）moŋ^{3}toŋ^{3} ɕiːŋ^{5} luːn^{6} tau^{3}，
kin^{6}fuŋ^{1} kou^{1}，
ɕan^{6} kaːk^{8} jou^{1} kaːk^{8} iːn^{5}；
wi^{6} ɕiŋ^{2}θei^{1} ɕiːt^{8}tuːn^{6}，
fan^{1} θoːŋ^{1} paːŋ^{4}，
θim^{1} eːŋ^{5} luːn^{6} lum^{3} ma^{2}.
（直译）糊涂账乱来，
金凤我，
尽自忧自怨；
为情丝断绝，
分两边，
心更乱如麻。
（意译）糊涂乱访求，
金凤我，
尽自怨自忧；
为情丝断头，
分两边，
心乱一锅粥。

【Cabgangj】
【插白】
（原文）唉！眉几骡办法呀，劳气爹是云依，云坏……
（壮文）Ae！Meiz gijlawz banhfap ya，lauheiq de seih vunzndei，vunzvaih ……
（音标）ai！mei^{2} ki^{3}lauɯ^{2} paːn^{6}faːp^{7} ja，laːu^{1}hei^{5} te^{1}θei^{6} wun^{2}ʔdei^{1}，wun^{2}waːi^{6}……

（直译）唉！有什么办法呀，也许他是好人，坏人……
（意译）唉！有什么办法呀，也许他是好人，坏人……

（原文）哎！云依总迪亭来……对，钱包，伊云失钱，布噜伤心几来，姑先送赔云再讲。
（壮文）Ai! Vunzndei cungjdwg dingzlai …… Doiq，cienzbau，aevunz saet cienz，mbouj rox siengsim geijlai，gou sien soengq boiz vunz caiq gangj.
（音标）a:i! wun^{2} ʔdei^{1} ɕuŋ^{3} tɯk^{8} tiŋ^{2} la:i^{1} …… to:i^{5}，ɕi:n^{2} pa:u^{1}，ai^{1} wun^{2} θat^{7} ɕi:n^{2}，ʔbou^{3} ɣo^{4} θi:ŋ^{1} θim^{1} kei^{3} la:i^{1}，kou^{1} θi:n^{1} θoŋ^{5} po:i^{2} wun^{2} ɕa:i^{5} ka:ŋ^{3}.
（直译）唉！好人总是多数……对，钱包，人家失钱，不知伤心几多，我先送还人再讲。
（意译）唉！好人总是多数……对，钱包，人家掉钱，不知多伤心，我先送还人家再说。

（Gvaengx daizheiq buenq hop）
（绕台半圈）

Niuz Luz【Sawqmwh okyienh】
牛六【突然出现】
（原文）喂，小姐停丁。
（壮文）Vei，siujcej dingzdin.
（音标）wei，θi:u^{3} ɕe^{3} tiŋ^{2} tin^{1}.
（直译）喂，小姐停步。
（意译）喂，小姐留步。

Linz Ginhfung：
林金凤：
（原文）计骡事？
（壮文）Gijlawz saeh?
（音标）ki^{3} lauɯ^{2} θai^{6}？
（直译）什么事？
（意译）什么事？

Maj Dunghbauj：
马东宝：
（原文）敢问小姐，批板六桥大路卦渠派呀？
（壮文）Gamj cam siujcej，bae Mbanjloeggiuz daihloh gvaq gyawz byaij ya?
（音标）ka:m^{3} ɕa:m^{1} θi:u^{3} ɕe^{3}，pai^{1} ʔba:n^{3} lok^{8} ki:u^{2} ta:i^{6} lo^{6} kwa^{5} kjauɯ^{2} pja:i^{3} ja?

（直译）敢问小姐，去六桥村大路过哪走呀？
（意译）敢问小姐，去六桥村大路往哪里走呀？

Linz Ginhfung【Mizsim dwk】
林金凤【热情地】
（原文）板六桥？
（壮文）Mbanjloeggiuz？
（音标）ʔbaːn^{3} lok^{8} kiːu^{2}？
（直译）六桥村？
（意译）六桥村？

Niuz Luz：
牛六：
（原文）对，就是板六桥！
（壮文）Doiq，couhseih Mbanjloeggiuz！
（音标）toːi^{5}，ɕou^{6} θei^{6} ʔbaːn^{3} lok^{8} kiːu^{2}！
（直译）对，就是六桥村！
（意译）对，就是六桥村！

Linz Ginhfung【Ciengq】
林金凤【唱】
（原文）板六桥，板六桥，
剥那大路眉双条；
转弯败呱至派随，
所所大路派卦桥。
（壮文）Mbanjloeggiuz，Mbanjloeggiuz，
Baknaj daihloh meiz song diuz；
Cienjvan baihgvaz ndi byaij swix，
Sohsoh daihloh byaij gvaq giuz.
（音标）ʔbaːn^{3} lok^{8} kiːu^{2}，ʔbaːn^{3} lok^{8} kiːu^{2}，
paːk^{7} na^{3} taːi^{6} lo^{6} mei^{2} θoːŋ^{1} tiːu^{2}；
ɕiːn^{3} waːn^{1} paːi^{6} kwa^{2} ʔdi^{1} pjaːi^{3} θɯːi^{4}，
θo^{6} θo^{6} taːi^{6} lo^{6} pjaːi^{3} kwa^{5} kiːu^{2}.
（直译）六桥村，六桥村，
前面大路有两条；
转弯右边不走左，
直直大路走过桥。
（意译）六桥村，六桥村，

前面大路有两条；
转弯右边不走左，
直上大路走过桥。

Maj Dunghbauj【Ciengq】
马东宝【唱】
（原文）小姐话句软娇娇，
躺体噌率又苗条；
途逢不如岩途伦，
不妨齐众斗寒聊。
（壮文）Siujcej vahgawq nyunqgiugiu（unqnemnem），
Ndangdaej haengzndei youh miuzdiuz（reuxred）；
Doxbungz mboujyawx ngamq doxraen，
Mboujfuengz caezcungq daeuj henzliuz（gangjgoj）.
（音标）θiːu^{3}ɕe^{3} wa^{6}kaɯ^{5} ɲun^{5}kiːukiːu（un^{5}neːmneːm），
ʔdaːŋ^{1}tai^{3} haŋ^{2}ʔdei^{1} jou^{6} miːu^{2}tiːu^{2}（ɤeːu^{4}ɤeːt^{8}）；
to^{4}puŋ^{2} ʔbou^{3}jaɯ^{4} ŋaːm^{5} to^{4}ɤan^{1}，
ʔbou^{3}fuːŋ^{2} ɕai^{2}ɕuŋ^{5} tau^{3} heːn^{2}liːu^{2}（kaːŋ^{3}ko^{3}）.
（直译）小姐话语软娇娇，
身材丰满又苗条；
相逢不如初相会，
不妨共同来闲聊。
（意译）小姐言语软绵绵，
身材丰满又苗条；
相逢不如初相会，
不妨一起来闲聊。

Linz Ginhfung：
林金凤：
（原文）对布很，姑眉事欧赶路。
（壮文）Doiq mbouj hwnj，gou meiz saeh aeu ganjloh.
（音标）toːi^{5} ʔbou^{3}hɯn^{3}，kou^{1} mei^{2} θai^{6} au^{1} kaːn^{3}lo^{6}.
（直译）对不起，我有事要赶路。
（意译）对不起，我有事要赶路。

（Siengj byaij，Niuz Luz laengz dingz）
（欲走，牛六拦住）

Niuz Luz：
牛六：
（原文）小姐，停时夭，娄队交交朋友同鱼样？
（壮文）Siujcej，dingz seiz ndeu，raeuzdoih gyaugyau baengzyoux doengzlawzyiengh?
（音标）θiːu^{3}ɕe^{3}，tiŋ^{2} θei^{2} ʔdeːu^{1}，ɣau^{2}toːi^{6} kjaːu^{1}kjaːu^{1} paŋ^{2}jou^{4} toŋ^{2}laɯ^{2}jiːŋ^{6}？
（直译）小姐，停时一，我们交交朋友怎么样？
（意译）小姐，停一下，我们交交朋友怎么样？

Maj Dunghbauj：
马东宝：
（原文）至用紧，揖者姑欧车送铭依吗？
（壮文）Ndi yungh gaenj，yaep he gou aeu ci soengq mwngz ndei ma?
（音标）ʔdi^{1} juŋ^{6} kan^{3}，jap^{7} he^{1} kou^{1} au^{1} ɕi^{1} θoŋ^{5} mɯŋ^{2} ʔdei^{1} ma?
（直译）不用紧，等下我用车送你好吗？
（意译）不用急，等下我用车送你好吗？

Linz Ginhfung：
林金凤：
（原文）至用了，姑能车至惯，限是派路来稳当。
（壮文）Ndi yungh lo，gou naenghci ndi gvenq，hanzseih（lijdwg）byaijloh lai onjdangq.
（音标）ʔdi^{1} juŋ^{6} lo，kou^{1} naŋ^{6}ɕi^{1} ʔdi^{1} kweːn^{5}，haːn^{2}θei^{6}（li^{3}tɯk^{8}）pjaːi^{3}lo^{6} laːi^{1} oːn^{3} taːŋ^{5}.
（直译）不用了，我坐车不惯，还是走路多稳当。
（意译）不用了，我坐车不习惯，还是走路较好。

Niuz Luz：
牛六：
（原文）至用唠，姑能败愣这铭呀。
（壮文）Ndi yungh lau，gou naengh baihlaeng rex mwngz ya.
（音标）ʔdi^{1} juŋ^{6} laːu^{1}，kou^{1} naŋ^{6} paːi^{6}laŋ^{1} ɣe^{4} mɯŋ^{2} ja.
（直译）不用怕，我坐后面扶你呀。
（意译）别害怕，我坐后面保护你呀。

Linz Ginhfung：
林金凤：
（原文）至用麻烦了，姑欧紧派路呢。
（壮文）Ndi yungh mazfanz lo，gou aeu gaenj byaijloh ne.
（音标）ʔdi^{1} juŋ^{6} ma^{2}faːn^{2} lo，kou^{1} au^{1} kan^{3} pjaːi^{3}lo^{6} ne.

（直译）不用麻烦了，我要急走路呢。
（意译）不用麻烦了，我要急赶路呢。

(Siengj byaij，Maj Dunghbauj laengz)
（欲走，马东宝拦住）

Maj Dunghbauj：
马东宝：
（原文）罢紧！
（壮文）Bah gaenj！
（音标）pa^{6} kan^{3}！
（直译）不紧！
（意译）别急！

【Ciengq】
【唱】
（原文）中华眉九州，
门风流，
其尔无不犯；
西骡至巾喃，
话度讲，
齐斗浪心情。
（壮文）Cunghvaz meiz gouj cou，
Monz funglouz，
Gizlawz fouz mbouj famh；
Sae lawz ndi gwn namh，
Vah doxgangj，
Caez daeuj langh simcingz.
（音标）ɕuŋ^{6} wa^{2} mei^{2} kou^{3} ɕou^{1}，
moːn^{2} fuŋ^{1} lou^{2}，
ki^{2} lauɯ^{2} fou^{2} ʔbou^{3} faːm^{6}；
θai^{1} lauɯ^{2} ʔdi^{1} kɯn^{1} naːm^{6}，
wa^{6} to^{4} kaːŋ^{3}，
ɕai^{2} tau^{3} laːŋ^{6} θim^{1} ɕiŋ^{2}.
（直译）中华有九州，
门风流，
何处无不犯；
螺哪不吃泥，

话互讲，
齐来浪心情。
（意译）中华有九州，
耍风流，
何处都会有；
螺爱吃泥垢，
相交流，
一起浪情由。

Niuz Luz【Ciengq】
牛六【唱】
（原文）浪途毕咙那，
曾巾巴，
先批拉巾无；
婚姻九十九，
同齐幼，
哩唠丑佯骡？
（壮文）Langh duzbit roengz naz,
Caengz gwn bya,
Sien bae ra gwn fouz (biuz);
Vunhyinh goujcib gouj,
Doengzcaez youq,
Lij lau couj yienghlawz?
（音标）laːŋ^{6} tu^{2}pit^{7} ɣoŋ^{2} na^{2},
ɕaŋ^{2} kɯn^{1} pja^{1},
θiːn^{1} pai^{1} ɣa^{1} kɯn^{1} fou^{2} (piːu^{2});
wun^{6}jin^{6} kou^{3}ɕip^{8} kou^{3},
toŋ^{2}ɕai^{2} jou^{5},
li^{3} laːu^{1} ɕou^{3} jiːŋ^{6}law^{2}?
（直译）放鸭子下田，
未吃鱼，
先去找吃浮萍；
婚姻九十九，
一起住，
还怕丑哪样？
（意译）鸭下田趋行，
未吃鱼，
先去吃浮萍；

九十九婚姻，
在一起，
害羞怎倾情？

Linz Ginhfung【Raen seiqdaeuz mbouj ndei】
林金凤【看势头不对】
（原文）收队是——
（壮文）Soudoih seih ——
（音标）θou^{1} toːi^{6} θei^{6}——
（直译）你们是——
（意译）你们是——

Niuz Luz：
牛六：
（原文）云中国吗！
（壮文）Vunz Cungguek ma！
（音标）wun^{2} ɕuŋ^{1} kuːk^{7} ma！
（直译）人中国嘛！
（意译）中国人嘛！

Maj Dunghbauj：
马东宝：
（原文）对，小姐！斗，姑送条项链许铭留念。
（壮文）Doiq，siujcej！Daeuj，gou soengq diuz lienhhoz hawj mwngz louzniemh.
（音标）toːi^{5}，θiːu^{3}ɕe^{3}！tau^{3}，kou^{1} θoŋ^{5} tiːu^{2} liːn^{6}ho^{2} haɯ^{3} mɯŋ^{2} lou^{2}niːm^{6}.
（直译）对，小姐！来，我送条项链给你留念。
（意译）对，小姐！来，我送一条项链给你留念。

（Ndenq diuz lienhhoz gvaqbae）
（递项链过去）

Linz Ginhfung【Aeu fwngz faet gvaq mbiengj ndeu bae】
林金凤【用手甩过一边】
（原文）姑至用！
（壮文）Gou ndi yungh！
（音标）kou^{1} ʔdi^{1} juŋ^{6}！
（直译）我不用！
（意译）我不要！

Niuz Luz【Nam gvaibanj】

牛六【念快板】

（原文）吝小姐，布用烦，
铭鱼布受项链金耳环；
爹是香港大老板，
真真正正红花男；
铭想巾出眉奴计，
铭想巾甜就眉糖；
荣华富贵布噜享，
卖打罗丁踩掘扛。

（壮文）Lwnh siujcej，mbouj yungh fanz，
Mwngz lawz mbouj coux lienhhoz gim rwzvanz?
De seih Yanghgangj daih lauxbanj，
Caencaen cingqcingq hoengzvanamz；
Mwngz siengj gwn cit meiz nohgaeq，
Mwngz siengj gwn diemz couh meiz dangz；
Yungzdaeuz fouqgviq mbouj rox yiengj，
Gai daj lohdin caij gutgyangj.

（音标）lɯn^{6} θiːu^{3}ɕe^{3}，ʔbou^{3} juŋ^{6} faːn^{2}，
mɯŋ^{2} laɯ^{2} ʔbou^{3} ɕou^{4} liːn^{6}ho^{2} kim^{1} ɣɯ^{2}waːn^{2}？
te^{1} θei^{6} jaːŋ^{6}kaːŋ^{3} taːi^{6} laːu^{4}paːn^{3}，
ɕan^{1}ɕan^{1} ɕiŋ^{5}ɕiŋ^{5} hoŋ^{2}wa^{1}naːm^{2}；
mɯŋ^{2} θiːŋ^{3} kɯn^{1} ɕit^{7} mei^{2} no^{6}kai^{5}，
mɯŋ^{2} θiːŋ^{3} kɯn^{1} tiːm^{2} ɕou^{6} mei^{2} taːŋ^{2}；
juŋ^{2}tau^{2} fou^{5}kwi^{5} ʔbou^{3} ɣo^{4} jiːŋ^{3}，
kaːi^{1} ta^{3} lo^{6}tin^{1} ɕaːi^{3} kut^{7}kjaːŋ^{3}.

（直译）告诉小姐，不用烦，
你怎不接项链金耳环？
他是香港大老板，
真真正正红花男；
你想吃淡有鸡肉，
你想吃甜就有糖；
荣华富贵不懂享，
该打赤脚踩蕨草。

（意译）话小姐，不用烦，
你怎不接项链金耳环？
他是香港大老板，

真真正正红花男；
你想吃好有鸡肉，
你想吃甜就有糖；
荣华富贵不懂享，
该打赤脚踩蕨芒。

Linz Ginhfung【Ciep】
林金凤【接】

（原文）姑迪拉板估荒哨，
金条项链也等寒；
发财使富凭自己，
贪图利禄心太蚕；
途级途蛇各眉样，
得狗未必中德替。

（壮文）Gou dwg lajmbanj guhhong sau，
Gimdiuz lienhhoz hix dangqhenz；
Fatcaiz ndaejfouq baengh swhgeij，
Damdoz leihloeg sim daiq canz；
Duzgoep duzngwz gak meiz yiengh，
Daekgaeuj mboujaiq doengz daekdaeq.

（音标）kou^{1} tɯk^{8} la^{3}ʔbaːn^{3} ku^{6}hoːŋ^{1} θaːu^{1}，
kim^{1}tiːu^{2} liːn^{6}ho^{2} hi^{4} daːŋ^{5}heːn^{2}；
faːt^{7}ɕaːi^{2} ʔdai^{3}fou^{5} paŋ^{6} θɯ^{6}kei^{3}，
taːm^{1}to^{2} lei^{6}lok^{8} θim^{1} taːi^{5} ɕaːn^{2}；
tu^{2}kop^{7} tu^{2}ŋɯ^{2} kaːk^{7} mei^{2} jiːŋ^{6}，
tak^{7}kau^{3} ʔbou^{3}aːi^{5} toŋ^{2} tak^{7}tai^{5}.

（直译）我是乡下农家女，
金条项链也等闲；
发财致富靠自己，
贪图利禄心太馋；
青蛙蛇类各有样，
蜩蜩未必同蟋蟀。

（意译）我是乡下农家女，
金条项链也等闲；
发财致富靠自己，
贪图利禄心太馋；
青蛙蛇类各有样，
蜩蜩未必同蟋蟀。

Maj Dunghbauj【Ciep】
马东宝【接】
（原文）讲话水平倒布六，
歌扣老调琴枉弹；
怀奸至肯主装厄，
恶马至肯云装鞍；
途笔宾船特良笑，
白露装六至咙堂。
（壮文）Gangjvah suijbingz dauq mbouj loek,
Gogaeuq lauxdiuh gimz uengj danz;
Vaizgan ndi hawj cawj cang ek,
Maxyak ndi hawj vunz cang an;
Duzbit bwn sonz dwgrengz siuq,
Begloh cang roeg ndi roengz dangz.
（音标）kaːŋ^{3} wa^{6} θuːi^{3} piŋ^{2} taːu^{5} ʔbou^{3} lok^{7}，
koˡ$^{}$gau^{5} laːu^{4} tiːu^{6} kim^{2} uːŋ^{3} taːn^{2}；
waːi^{2} kaːn^{1} ʔdi^{1} haɯ^{3} ɕaɯ^{3} ɕaːŋ^{1} eːk^{7}，
ma^{4} jaːk^{7} ʔdi^{1} haɯ^{3} wun^{2} ɕaːŋ^{1} aːn^{1}；
tu^{2} pit^{7} pɯn^{1} θoːn^{2} tɯk^{8} ɣeːŋ^{2} θiːu^{5}，
peːk^{8} lo^{6} ɕaːŋ^{1} ɣok^{8} ʔdi^{1} ɣoŋ^{2} taːŋ^{2}.
（直译）讲话水平倒不错，
旧歌老调琴枉弹；
奸牛不给主装轭，
恶马不给人装鞍；
鸭子毛杂辛苦拔，
白露装鸟不下堂①。
（意译）讲话水平倒不错，
陈歌老调琴枉弹；
奸牛不让主装轭，
恶马不让人装鞍；
鸭子毛杂辛苦拔，
白露装鸟不下堂。

① 堂：指装鸟的帐篷。

Niuz Luz【Ciep】
牛六【接】
（原文）哎呀呀，难难难，
讲批讲到总麻烦；
恙公吊巴至巾设，
程咬金三斧要瓦岗。
（壮文）Aeyaya，nanz nanz nanz，
gangj bae gangj dauq cungj mazfanz;
Gyanghgungh diuqbya ndi gwn set，
Cwngz Yaujginh sam fouj aeu Vajgangh.
（音标）aijaja，naːn^{2} naːn^{2} naːn^{2}，
kaːŋ^{3} pai^{1} kaːŋ^{3} taːu^{5} ɕuŋ^{3} ma^{2}faːn^{2}；
kjaːŋ^{6}kuŋ^{6} tiːu^{5}pja^{1} ʔdi^{1} kɯn^{1} θeːt^{7}，
ɕɯŋ^{2} jaːu^{3}kin^{6} θaːm^{1} fou^{3} au^{1} wa^{3}kaːŋ^{6}.
（直译）哎呀呀，难难难，
讲去讲来都麻烦；
姜公钓鱼不吃诱饵，
程咬金三斧取瓦岗。
（意译）哎呀呀，难难难，
讲去讲来都麻烦；
姜公钓鱼不吃饵，
程咬金三斧定瓦岗。

（Hengzmanz bae vaxdawz Linz Ginhfung）
（强蛮去抓林金凤）

Linz Ginhfung【Hemqvatvat】
林金凤【大叫】
（原文）流氓！
（壮文）Liuzmangz！
（音标）liːu^{2}maːŋ^{2}！
（直译）流氓！
（意译）流氓！

（Ginhfung cakdeuz，roengz）
（金凤逃脱，下）

Maj Dunghbauj：

马东宝：
（原文）云幅，至噜批拦那！
（壮文）Vunzhuk，ndi rox bae lanz naj！
（音标）wun^{2}huk^{7}，ʔdi^{1} ɣo^{4} pai^{1} laːn^{2} na^{3}！
（直译）笨蛋，不懂去拦前！
（意译）笨蛋，不懂上前拦住！

Niuz Luz：
牛六：
（原文）卦旁骡拦？
（壮文）Gvaq bangxlawz lanz？
（音标）kwa^{5} paːŋ^{4} laɯ^{2} laːn^{2}？
（直译）过哪边拦？
（意译）从哪边拦？

Maj Dunghbauj：
马东宝：
（原文）卦旁败你拦！
（壮文）Gvaq bangx baihneix lanz！
（音标）kwa^{5} paːŋ^{4} paːi^{6}nei^{4} laːn^{2}！
（直译）过边这拦！
（意译）过这边拦！

Niuz Luz：
牛六：
（原文）对，卦旁呱拦。
（壮文）Doiq，gvaq bangxgvaz lanz.
（音标）toːi^{5}，kwa^{5} paːŋ^{4}kwa^{2} laːn^{2}.
（直译）对，过右边拦。
（意译）对，过右边拦。

Maj Dunghbauj【Ciengq】
马东宝【唱】
（原文）一条大路分双丫，
　　　　旁瑞至拦拦旁呱；
　　　　云幼拉奔铭最幅，
　　　　小姐至欧铭欧巴。
（壮文）It diuz daihloh faen song nga，

Bangxswix ndi lanz lanz bangxgvaz;
Vunz youq lajmbwn mwngz ceiq huk,
Siujcej ndi aeu mwngz aeu bya.
（音标）it7 tiːu2 taːi6 lo6 fan1 θoːŋ1 ŋa1,
paːŋ4 θɯːi4 ʔdi1 laːn2 laːn2 paːŋ4 kwa2;
wun2 jou5 la3 ʔbɯn1 mɯŋ2 ɕei5 huk7,
θiːu3 ɕe3 ʔdi1 au1 mɯŋ2 au1 pja1.
（直译）一条大路分两岔，
左边不拦拦右边；
人在天下你最笨，
小姐不要你要鱼。
（意译）一条大路两分岔，
左边不拦拦右边；
天下人里你最笨，
小姐不要把鱼捡。

Niuz Luz【Ciengq】
牛六【唱】
（原文）奴羊腾剥变啤嘛，
六鹤耐常守等那；
淋床装巴至咙猎，
空望巴闭百谷卡。
（壮文）Nohyiengz daengz bak bienq mbeima,
Roeghag nyaenxnaih souj dwngjnaz;
Raemxrongz cang bya ndi roengz ret,
Hoengq muengh bya biq bek goekga.
（音标）no6 jiːŋ2 taŋ2 paːk7 piːn5 ʔbei1 ma1,
ɣok8 haːk8 ȵan4 naːi6 θou3 tɯŋ3 na2;
ɣam4 ɣoːŋ2 ɕaːŋ1 pja1 ʔdi1 ɣoŋ2 ɣeːt7,
hoŋ5 muːŋ6 pja1 pi5 peːk7 kok7 ka1.
（直译）羊肉到口变狗胆，
白鹤忍耐守田埂；
水涨装鱼不下筌，
空望鱼脱拍大腿。
（意译）羊肉到口变狗胆，
白鹤忍耐田埂待；
水涨装鱼不下筌，
空望鱼逃把腿拍。

Maj Dunghbauj：
马东宝：
（原文）赶紧拾，计许爹宾条！
（壮文）Ganjgaenj gaeb，gaej hawj de mbin deuz！
（音标）kaːn^{3}kan^{3} kap^{8}，kai^{3} haɯ^{3} te^{1} ʔbin^{1} teːu^{2}！
（直译）赶紧抓，不要给她飞走！
（意译）赶快抓住，别让她飞走！

Niuz Luz：
牛六：
（原文）急！
（壮文）Gyaep！
（音标）kjap^{7}！
（直译）追！
（意译）追！

（Song vunz gyaep roengz）
（两人追下）

（Hai fan muq cungqgyang，seih ranz Goengliuz）
（中幕拉开，是刘公之家）

【Hai muq】Liuz Dalungz cingq saeg buh，roegvameiz heuh cici cetcet.
【幕启】刘大龙正在搓洗衣服，画眉鸟叫叽叽喳喳。

Liuz Dalungz【Nam】
刘大龙【念】
（原文）“鸟啼难解心头闷，天地不闻亦自知”呀！
（壮文）“Roeg suenj nanz gej simdaeuz mbwq，diendeih mbouj rox hix gag rox” ya！
（音标）“ɣok^{8} θuːn^{3} naːn^{2} ke^{3} θim^{1} tau^{2} ʔbɯ^{5}，tiːn^{1} tei^{6} ʔbou^{3} ɣo^{4} hi^{4} kaːk^{8} ɣo^{4}” ja！
（直译）“鸟啼难解心头闷，天地不闻亦自知”呀！
（意译）“鸟啼难解心头闷，天地不闻亦自知”呀！

【Ciengq】
【唱】
1.
（原文）途驳三冬，花又再红了乱；

昂狗斗望，六接又选顶兰；
实在厌烦，凤依格山格海；
离开认乃，布眉另再相逢；
厌恶愁容，水尽山穷无路；
相思之苦，大龙虚度华年；

（壮文）Doxbiek samdoeng，Va youh caiq hoengz liuxluenh；
Ngiengxgyaeuj daeuj muengh，Roegciep youh suenj dingjranz；
Saedcaih yienqfanz，Fungh nuengx gek san（bya）gek haij；
Lizhai nyaenx naih，Mbouj meiz linghcaiq doxbungz；
Dwgcaengz saeuzyungz，Raemxcaenh byagungz fouzloh；
Doxsiengj gij hoj，Dalungz hawdoh vaznienz；

（音标）to^{4} pi:k^{7} θa:m^{1} toŋ^{1}，wa^{1} jou^{6} ɕa:i^{5} hoŋ^{2} li:u^{4} lu:n^{6}；
ŋi:ŋ^{4} kjau^{3} tau^{3} mu:ŋ^{6}，ɣok^{8} ɕi:p^{7} jou^{6} θu:n^{3} tiŋ^{3} ɣa:n^{2}；
θat^{8} ɕa:i^{6} ji:n^{5} fa:n^{2}，fuŋ^{6} nu:ŋ^{4} ke:k^{7} θa:n^{1}（pja^{1}）ke:k^{7} ha:i^{3}；
li^{2} ha:i^{1} ɲan^{4} na:i^{6}，ʔbou^{3} mei^{2} liŋ^{6} ɕa:i^{5} to^{4} puŋ^{2}；
tɯk^{8} ɕaŋ^{2} θau^{2} juŋ^{2}，ɣam^{4} ɕan^{6} pja^{1} kuŋ^{2} fou^{2} lo^{6}；
to^{4} θi:ŋ^{3} ki^{3} ho^{3}，ta^{1} luŋ^{2} haɯ^{1} to^{6} wa^{2} ni:n^{2}；

（直译）离别三冬，花又再红缭乱；
仰头来望，喜鹊又叫屋顶；
实在厌烦，凤妹隔山隔海；
离开恁久，没有另再相逢；
厌恶愁容，水尽山穷无路；
相思之苦，大龙虚度年华；

（意译）离别三冬，花又再红斑斓；
仰头来望，喜鹊屋顶叫喊；
实在厌烦，凤妹隔海隔山；
离开恁久，没再相逢犯难；
厌恶愁容，水尽山穷无望；
相思之苦，大龙虚度时光；

（Roeg youh heuh）
（鸟又叫）

（原文）敢参青天，为麻人生受枉。
（壮文）Gamj cam cingdien（mbwnheu），Vihmaz vunzseng souh uengj.
（音标）ka:m^{3} ɕa:m^{1} ɕiŋ^{1} ti:n^{1}（ʔbɯn^{1} heu^{1}），wi^{6} ma^{2} wun^{2} θe:ŋ^{1} θou^{6} u:ŋ^{3}.
（直译）敢问青天，为何人生受枉。
（意译）敢问青天，为何人生受枉。

2.

（原文）六幼顶兰选，
心烦乱，
至敢望很肯；
兰林搞联婚，
棍情根，
再布伦凤侬。

（壮文）Roeg youq dingjranz suenj，
Sim fanzluenh，
Ndi gamj muengh hwnj gwnz；
Ranz Limz gauj liemzvaen，
Goenq cingzgaen，
Caiq mbouj raen Fungh nuengx.

（音标）ɣok^{8} jou^{5} tiŋ^{3}ɣaːn^{2} θuːn^{3}，
θim^{1} faːn^{2}luːn^{6}，
ʔdi^{1} kaːm^{3} muːŋ^{6} hɯn^{3} kɯn^{2}；
ɣaːn^{2} lim^{2} kaːu^{3} liːm^{2}wan^{1}，
kon^{5} ɕiŋ^{2}kan^{1}，
ɕaːi^{5} ʔbou^{3} ɣan^{1} fuŋ^{6} nuːŋ^{4}.

（直译）鸟在屋顶叫，
心烦乱，
不敢望向上；
林家搞联婚，
断情根，
再不见凤妹。

（意译）屋顶鸟啼春，
心烦乱，
更不敢望闻；
林家搞联婚，
断情根，
不见凤妹人。

3.

（原文）记腾林金凤，
心尽涌，
变美梦一场；
特哑巾黄连，

实难言，
各凄凉里胴。
（壮文）Geiq daengz Linz Ginhfung，
Sim caenh dung，
Bienq meixmungh it ciengz；
Daegngoemx gwn vuengzlienz，
Saed nanz yienz（gangj），
Gag siliengz ndaw dungx.
（音标）kei^{5} taŋ^{2} lin^{2} kin^{6}fuŋ^{1}，
θim^{1} ɕan^{6} tuŋ^{1}，
piːn^{5} mei^{4}muŋ^{6} it^{7} ciːŋ^{2}；
tak^{8}ŋom^{4} kɯn^{1} wuːŋ^{2}liːn^{2}，
θat^{8} naːn^{2} jiːn^{2}（kaːŋ^{3}），
kaːk^{8} θi^{1}liːŋ^{2} ʔdaɯ^{1} tuŋ^{4}.
（直译）记到林金凤，
心尽痛，
变美梦一场；
哑巴吃黄连，
实难言，
自凄凉内肚。
（意译）金凤记心间，
太痛咽，
变一场梦魇；
哑巴吃黄连，
真难言，
心中自凄怨。

【Cabgangj】
【插白】
（原文）哎！布管事情鱼样，途姑几心事至许父老噜。
（壮文）Ae! Mboujguenj saehcingz lawzyiengh，duzgou gij simsaeh ndi hawj bouxlaux rox.
（音标）ai！ʔbou^{3}kuːn^{3} θai^{6}ɕiŋ^{2} laɯ^{2}jiːŋ^{6}，tu^{2}kou^{1} ki^{3} θim^{1}θai^{6} ʔdi^{1} haɯ^{3} pou^{4}laːu^{4} ɣo^{4}.
（直译）唉！不管事情怎样，我的些心事不给老人懂。
（意译）唉！不管事情怎样，我的心事不让老人知。

（Mbouj vuenheij dwk riuj doengjsaeg roengz）

（不愉快地提洗衣桶下）

Goengliuz【Lingh mbiengj hwnj，hemq】
刘公【另一方面上，喊】
（原文）大龙，哎呀，幼最近你斗，铭眉曲骡心事，心情至昂，难猜呀！
（壮文）Dalungz，aeya，youq ceiqgyawj neix daeuj，mwngz meiz gijlawz simsaeh，simcingz ndi angq，nanz cai ya！
（音标）ta^{1}luŋ^{2}，aija，jou^{5} ɕei^{5}kjaɯ^{3} nei^{4} tau^{3}，mɯŋ^{2} mei^{2} ki^{3}laɯ^{2} θim^{1}θai^{6}，θim^{1}ɕiŋ^{2} ʔdi^{1} aːŋ^{5}，naːn^{2} ɕaːi^{1} ja！
（直译）大龙，哎呀，在最近以来，你有什么心事，心情不欢喜，难猜呀！
（意译）大龙，哎呀，最近以来，你有什么心事，心情不愉快，难猜呀！

【Ciengq】
【唱】
1.
（原文）大龙是父依青年，
忠厚老实又纯良；
对姑总当亲生叻，
父云噜理十分贤。
（壮文）Dalungz seih boux ndei cingnienz，
Vunzsoh lauxsaed youh swnzsienh；
Doiq gou cungj lumj caenseng lwg，
Bouxvunz roxleix cibfaen yienz.
（音标）ta^{1}luŋ^{2} θei^{6} pou^{4} ʔdei^{1} ɕiŋ^{1}niːn^{2}，
wun^{2}θo^{6} laːu^{4}θat^{8} jou^{6} θɯn^{2}θiːn^{6}；
toːi^{5} kou^{1} ɕuŋ^{3} lum^{3} ɕan^{1}θeːŋ^{1} lɯk^{8}，
pou^{4}wun^{2} ɣo^{4}lei^{4} ɕip^{8}fan^{1} jiːn^{2}.
（直译）大龙是个好青年，
忠厚老实又纯良；
对我总像亲生子，
个人知理十分贤。
（意译）大龙是个好青年，
忠厚老实又纯良；
对我好像亲生子，
做人知理又孝贤。

2.

（原文）相依为命卦日子，
受寒受苦心也甜；
本想为爹拉父汝，
煮北缺油欠红娘。

（壮文）Doxbaengh ciengx mingh gvaq saedceij，
Souh nit souh hoj sim hix diemz；
Bonj siengj vih de ra bouxbawx，
Cawjbyaek giet youz yiemq hoengzniengz（mehmoiz）.

（音标）to^{4} paŋ^{6} ɕiːŋ^{4} miŋ^{6} kwa^{5} θat^{8}ɕei^{3}，
θou^{6} nit^{7} θou^{6} ho^{3} θim^{1} hi^{4} tiːm^{2}；
poːn^{3} θiːŋ^{3} wi^{6} te^{1} ɤa^{1} pou^{4}paɯ^{4}，
ɕaɯ^{3}pjak^{7} kiːt^{7} jou^{2} jiːm^{5} hoŋ^{2}niːŋ^{2}（me^{6}moːi^{2}）.

（直译）相依养命过日子，
受冷受苦心也甜；
本想给他找媳妇，
煮菜缺油欠红娘。

（意译）相依为命过日子，
受寒受苦心也甜；
本想给他找媳妇，
煮菜缺油缺红娘。

【Ciep ciengq】
【接唱】

1.

（原文）倒议三卑前，
争祸殃，
取搬迁苦境；
两相依为命，
使安定，
齐同病相遴。

（壮文）Dauqngeix sam bi cienz，
Deng huxyieng（cainanh），
Cij buencien（senj）hojgingq（dieghoj）；
Song doxbaengh ciengx mingh，
Ndaej andingh，
Caez doengzbingh doxlienz.

（音标）taːu^{5}ŋei^{4} θaːm^{1} pi^{1} ɕiːn^{2}，

teːŋ^{1} hu^{4}jiːŋ^{1} （ɕaːi^{1}naːn^{6}），
ɕi^{3} puːn^{1}ɕiːn^{1} （θeːn^{3}） ho^{3}kiŋ^{5} （tiːk^{8}ho^{3}）；
θoːŋ^{1} to^{4}paŋ^{6} ɕiːŋ^{4} miŋ^{6}，
ʔdai^{3} aːn^{1}tiŋ^{6}，
ɕai^{2} toŋ^{2}piŋ^{6} to^{4}liːn^{2}.

（直译）倒想三年前，
遭祸殃，
才搬迁苦境；
俩相依养命，
得安定，
齐同病相怜。

（意译）回忆三年前，
遭祸殃，
苦境才搬迁；
俩苦命相怜，
得安定，
同病紧相怜。

2.

（原文）特叻估大龙，
年纪宏，
姑心中也乱；
按父老心愿，
受就望，
快吱转文家。

（壮文）Daeglwg gou Dalungz，
Nienzgeij hung，
Gou simcung hix luenh；
Anq bouxlaux simnyuenh（simnyienh），
Caeux couh muengh，
Vaiqdi cuenh baenzgya.

（音标）tak^{8}lɯk^{8} kou^{1} ta^{1}luŋ^{2}，
niːn^{2}kei^{3} huŋ^{1}，
kou^{1} θim^{1}ɕuŋ^{1} hi^{4} luːn^{6}；
aːn^{5} pou^{4}laːu^{4} θim^{1}ȵuːn^{6} （θim^{1}ȵiːn^{6}），
ɕau^{4} ɕou^{6} muːŋ^{6}，
waːi^{5}ti^{1} ɕuːn^{6} pan^{2}kja^{1}.

（直译）儿子我大龙，

年纪大，
我心中也乱；
按老人心愿，
早就盼望，
快点转成家。
（意译）我儿子大龙，
年纪大，
我心乱错综；
老人心愿中，
早盼望，
快成家传宗。

【Cabgangj】
【插白】
（原文）总算文鱼只使，姑也争想想办法。
（壮文）Cungjsuenq baenzlawz cij ndaej，gou hix deng siengjsiengj banhfap.
（音标）ɕuŋ³θuːn⁵ pan²lauɯ² ɕi³ ʔdai³，kou¹ hi⁴ teːŋ¹ θiːŋ³θiːŋ³ paːn⁶faːp⁷.
（直译）总算怎样都得，我也挨想想办法。
（意译）不管怎么都行，我也得想想办法。

（Haeuj ndaw bae cingjleix ranz）
（入内整理家）

Linz Ginhfung【Ciengq】
林金凤【唱】
（原文）一路斗会查，派双卡子软；
经卦段又段，姑总算查争。
（壮文）Itloh daeuj hoih（menh）caz，Byaij song ga cij nyuenx（unq）；
Ginggvaq duenh youh duenh，Gou cungjsuenq caz deng.
（音标）it⁷lo⁶ tau³ hoːi⁶ （meːn⁶）ɕa²，pjaːi³ θoːŋ¹ ka¹ ɕi³ ȵuːn⁴ （un⁵）；
kiŋ¹kwa⁵ tuːn⁶ jou⁶ tuːn⁶，kou¹ ɕuŋ³θuːn⁵ ɕa² teːŋ¹.
（直译）一路来慢查，走双腿都软；
经过段又段，我总算查对。
（意译）一路慢慢查，走软两条腿；
经过一段段，我总算查对。

（Coh baihndaw hemq）
（向内叫喊）

（原文）老师父，幼兰吗？
（壮文）Laux saefouh，youq ranz ma?
（音标）laːu^{4} θai^{1} fou^{6}，jou^{5} ɣaːn^{2} ma?
（直译）老师傅，在家吗？
（意译）老师傅，在家吗？

Goengliuz：
刘公：
（原文）父骡欠计？
（壮文）Bouxlawz hemq gae?
（音标）pou^{4} laɯ^{2} heːm^{5} kai?
（直译）哪个喊的？
（意译）谁喊呀？

（Okdou raen Linz Ginhfung）
（出门见林金凤）

（原文）呵！达往，铭——
（壮文）O！Dahnuengx，mwngz ——
（音标）o！ta^{6} nuːŋ^{4}，mɯŋ^{2}——
（直译）呵！阿妹，你——
（意译）呵！阿妹，你——

Linz Ginhfung：
林金凤：
（原文）至噜那啦？
（壮文）Ndi roxnaj la?
（音标）ʔdi^{1} ɣo^{4} na^{3} la?
（直译）不认识啦？
（意译）不认识啦？

Goengliuz：
刘公：
（原文）噜那噜那，铭至迪云鸾旁路相逢几小姐吗？
（壮文）Roxnaj roxnaj，mwngz ndi dwg ngoenzlwenz byonghloh doxbungz gij siujcej ma?
（音标）ɣo^{4} na^{3} ɣo^{4} na^{3}，mɯŋ^{2} ʔdi^{1} tɯk^{8} ŋon^{2} lɯːn^{2} pjoːŋ^{6} lo^{6} to^{4} puŋ^{2} ki^{3} θiːu^{3} ɕe^{3} ma?

（直译）认识认识，你不是昨天半路相逢的小姐吗？
（意译）认识认识，你不是昨天半路相逢的小姐吗？

Linz Ginhfung：
林金凤：
（原文）是计，老师父，云鸾铭慌慌张张……
（壮文）Seih gae，laux saefouh，ngoenzlwenz mwngz vuengvueng muengzmuengz……
（音标）θei^{6} kai，laːu^{4} θai^{1}fou^{6}，ŋon^{2}lɯːn^{2} mɯŋ^{2} wuːŋ^{1}wuːŋ^{1} muːŋ^{2}muːŋ^{2}……
（直译）是的，老师傅，昨天你匆匆忙忙……
（意译）是的，老师傅，昨天你匆匆忙忙……

Goengliuz：
刘公：
（原文）哎呀，至用讲了，云鸾太慌张争钱包督了。
（壮文）Aeya，ndi yungh gangj la，ngoenzlwenz daiq vuengmuengz deng cienzbau doek la.
（音标）aija，ʔdi^{1} juŋ^{6} kaːŋ^{3} la，ŋon^{2}lɯːn^{2} taːi^{5} wuːŋ^{1}muːŋ^{2} teːŋ^{1} ɕiːn^{2}paːu^{1} tok^{7} la.
（直译）哎呀，不用讲了，昨天太慌张挨钱包掉了。
（意译）哎呀，不用讲了，昨天太紧张钱包弄掉了。

Linz Ginhfung：
林金凤：
（原文）钱包，是至是途铭？
（壮文）Cienzbau，seih ndi seih duzmwngz？
（音标）ɕiːn^{2}paːu^{1}，θei^{6} ʔdi^{1} θei^{6} tu^{2}mɯŋ^{2}？
（直译）钱包，是不是你的？
（意译）钱包，是不是你的？

Goengliuz：
刘公：
（原文）是，是！
（壮文）Seih，seih！
（音标）θei^{6}，θei^{6}！
（直译）是，是！
（意译）是，是！

（Ciep cienzbau）
（接钱包）

（原文）多谢啦！
（壮文）Docih la！
（音标）to¹ ɕi⁶ la！
（直译）多谢啦！
（意译）谢谢啦！

Linz Ginhfung：
林金凤：
（原文）至用谢，姑是顺便路卦的，姑里欧批——
（壮文）Ndi yungh cih，gou seih swnhbienh lohgvaq gae，gou lij aeu bae ——
（音标）ʔdi¹ juŋ⁶ ɕi⁶，kou¹ θei⁶ θɯn⁶ piːn⁶ lo⁶ kwa⁵ kai，kou¹ li³ au¹ pai¹——
（直译）不用谢，我是顺便过路的，我还要去——
（意译）不用谢，我是顺便走过的，我还要去——

（Yaek byaij）
（欲走）

Goengliuz：
刘公：
（原文）哎呀，小姐，差揖夭。
（壮文）Aeya，siujcej，caj yaep ndeu.
（音标）aija，θiːu³ ce³，ɕa³ jap⁷ ʔdeːu¹.
（直译）哎呀，阿姐，等一下子。
（意译）哎呀，小姐，等一下。

Linz Ginhfung：
林金凤：
（原文）老师父，铭——
（壮文）Laux saefouh，mwngz ——
（音标）laːu⁴ θai¹ fou⁶，mɯŋ²——
（直译）老师傅，你——
（意译）老师傅，您——

Goengliuz【Ciengq】
刘公【唱】
（原文）铭达同志姐，
　　　　料咦咦，

姑多谢非常；
仗义又大方，
急银元，
送很门还主。
（壮文）Mwngz dah dungzci cej，
Riuhehe，
Gou docih feisiengz（raixcaix）；
Ciengqngeih youh daihfueng，
Gip ngaenzyienz，
Soengq hwnj muenz（dou）boiz cawj.
（音标）mɯŋ^{2} ta^{6} tuŋ^{2}ɕi^{1} ɕe^{3}，
ɣiːu^{1}hehe，
kou^{1} to^{1}ɕi^{6} fei^{1}θiːŋ^{2}（ɣaːi^{4}ɕaːi^{4}）；
ɕiːŋ^{5}ŋei^{6} jou^{6} taːi^{6}fuːŋ^{1}，
kip^{7} ŋan^{2}jiːn^{2}，
θoŋ^{5} hɯn^{3} muːn^{2}（tou^{1}）poːi^{2} ɕaɯ^{3}.
（直译）你女同志姐，
笑嘻嘻，
我感谢非常；
仗义又大方，
捡银圆，
送上门还主。
（意译）你这同志姐，
笑眯眯，
我非常感谢；
大方有礼节，
捡到钱，
归还很体贴。

Linz Ginhfung：
林金凤：
（原文）老师父，小小事情至用多谢。
（壮文）Laux saefouh，siujsiuj saehcingz ndi yungh docih.
（音标）laːu^{4} θai^{1}fou^{6}，θiːu^{3}θiːu^{3} θai^{6}ɕiŋ^{2} ʔdi^{1} juŋ^{6} to^{1}ɕi^{6}.
（直译）老师傅，小小事情不用多谢。
（意译）老师傅，小小事情不用感谢。

Goengliuz【Mbon song bak maenz ngaenz hawj Linz Ginhfung】

刘公【掏出二百元给林金凤】
(原文)铭良心太侬了，二百文钱是姑打尝铭计心侬。
(壮文)Mwngz liengzsim daiq ndei lo, song bak maenz cienz seih gou dajciengj mwngz gij simndei.
(音标)mɯŋ² liːŋ² θim¹ taːi⁵ ʔdei¹ lo, θoːŋ¹ paːk⁷ man² ɕiːn² θei⁶ kou¹ ta³ ɕiːŋ³ mɯŋ² ki³ θim¹ ʔdei¹.
(直译)你良心太好了，两百元钱是我打赏你的好心。
(意译)你太善良了，这两百元钱是我奖励你的好心。

Linz Ginhfung【Mbouj aeu】
林金凤【拒绝】
(原文)姑林金凤再穷，也至吗望另人的施舍。
(壮文)Gou Linz Ginhfung caiq gungz, hix ndi maqmuengh linghvunz gij cienzlok.
(音标)kou¹ lin² kin⁶ fuŋ¹ ɕaːi⁵ kuŋ², hi⁴ ʔdi¹ ma⁵ muːŋ⁶ liŋ⁶ wun² ki³ ɕiːn² loːk⁷.
(直译)我林金凤再穷，也不希望别人的施舍。
(意译)我林金凤再穷，也不希望别人施舍。

Goengliuz【Doeksaet】
刘公【惊】
(原文)啊！林——金——凤！铭真是林金凤?
(壮文)A! Linz —— Ginh —— fung! Mwngz caen seih Linz Ginhfung?
(音标)a! lin²——kin⁶——fuŋ¹! mɯŋ² ɕan¹ θei⁶ lin² kin⁶ fuŋ¹?
(直译)啊！林——金——凤！你真是林金凤?
(意译)啊！林——金——凤！你真是林金凤?

Linz Ginhfung:
林金凤:
(原文)对，老师父，同鱼样?
(壮文)Doiq, laux saefouh, doengzlawzyiengh?
(音标)toːi⁵, laːu⁴ θai¹ fou⁶, toŋ² laɯ² jiːŋ⁶?
(直译)对，老师父，怎么样?
(意译)对，老师父，怎么样?

Goengliuz【Ciengq】
刘公【唱】
(原文)真是巧，真是灵，
半路卡喔程咬金;
云你途逢变巧会,

林金凤是达芳名。

（壮文）Caenseih giuj，caenseih lingz，

Buenqloh gaj ok Cwngz Yaujginh；

Ngoenzneix doxbungz bienq giujhoih，

Linz Ginhfung seih dah ndeimingz.

（音标）ɕan^{1}θei^{6} kiːu^{3}，ɕan^{1}θei^{6} liŋ^{2}，

puːn^{5}lo^{6} ka^{3} oːk^{7} ɕɯŋ^{2} jaːu^{3}kin^{6}；

ŋon^{2}nei^{4} to^{4}puŋ^{2} piːn^{5} kiːu^{3}hoːi^{6}，

lin^{2} kin^{6}fuŋ^{1} θei^{6} ta^{6} ʔdei^{1}miŋ^{2}.

（直译）真是巧，真是灵，

半路杀出程咬金；

今天相遇变巧会，

林金凤是女芳名。

（意译）真是巧，真是灵，

半路杀出个程咬金；

今天相逢变巧会，

林金凤是好名声。

（Yiengq ndaw hemq）

（向内叫喊）

（原文）大龙，你斗！

（壮文）Dalungz，mwngz daeuj！

（音标）ta^{1}luŋ^{2}，mɯŋ^{2} tau^{3}！

（直译）大龙，你来！

（意译）大龙，你来！

Liuz Dalungz【Dingqnyi sing hwnj】

刘大龙【闻声而上】

（原文）几麻事？

（壮文）Gijmaz saeh？

（音标）ki^{3}ma^{2} θai^{6}？

（直译）什么事？

（意译）什么事？

（Raen Linz Ginhfung，song boux doeksaet youh angq ）

（见林金凤，二人又惊又喜）

Liuz Dalungz:
刘大龙:
(原文)金——凤!
(壮文)Ginh —— fung!
(音标)kin⁶——fuŋ¹!
(直译)金——凤!
(意译)金——凤!

Linz Ginhfung:
林金凤:
(原文)大——龙!
(壮文)Da —— lungz!
(音标)ta¹——luŋ²!
(直译)大——龙!
(意译)大——龙!

Goengliuz:
刘公:
(原文)啊!爹双云……哎!
(壮文)A! De song vunz …… ai!
(音标)a! te¹ θoːŋ¹ wun²…… aːi!
(直译)啊!他两人……唉!
(意译)啊!他们两人……唉!

(Mbouj ndei eiqsei, doiqroengz)
(不好意思,退下)

Liuz Dalungz【Ciengq】
刘大龙【唱】
(原文)咣响锣响戏很台,
千旬万句剥难开;
眉话临胴难开剥,
总凛怀禺望石牌。
(壮文)Gyong yiengj laz yiengj heiq hwnj daiz,
Cien coenz fanh gawq bak nanz hai;
Meiz vah rim dungx nanz haibak,
Cungj lumj vaizngawh muengh sigbaiz.
(音标)kjoːŋ¹ jiːŋ³ la² jiːŋ³ hei⁵ hɯn³ taːi²,

ɕiːn^{1} ɕon^{2} faːn^{6} kaɯ^{5} paːk^{7} naːn^{2} haːi^{1}；
mei^{2} wa^{6} ɣim^{1} tuŋ^{4} naːn^{2} haːi^{1} paːk^{7}，
ɕuŋ^{3} lum^{3} waːi^{2} ŋaɯ^{6} muːŋ^{6} θik^{8} paːi^{2}.

（直译）鼓响锣响戏上台，
千言万语口难开；
有话满肚难开口，
都像笨牛望石牌。

（意译）鼓锣喧天戏上台，
千言万语口难开；
满肚话语难开口，
好像笨牛望石牌。

Linz Ginhfung【Ciengq】
林金凤【唱】

（原文）至曾伦那眉话来，
一腾伦那幼呆呆；
离驳三卑至途伦，
途伦总凛字奏怀。

（壮文）Ndicaengz raennaj meiz vah lai，
Baez daengz raennaj youq daidai；
Lizbiek sam bi ndi doxraen，
Doxraen cungj lumj cwz caeuq vaiz.

（音标）ʔdi^{1} ɕaŋ^{2} ɣan^{1} na^{3} mei^{2} wa^{6} laːi^{1}，
pai^{2} taŋ^{2} ɣan^{1} na^{3} jou^{5} taːi^{1} taːi^{1}；
li^{2} piːk^{7} θaːm^{1} pi^{1} ʔdi^{1} to^{4} ɣan^{1}，
to^{4} ɣan^{1} ɕuŋ^{3} lum^{3} ɕɯ^{2} ɕau^{5} waːi^{2}.

（直译）未曾见面有话多，
一到见面在呆呆；
离别三年不相见，
相见都像黄牛和水牛。

（意译）未曾见面有话多，
一旦见面却呆呆；
离别三年不相见，
相见像牛说不开。

Liuz Dalungz：
刘大龙：

（原文）凤侬！铭——

（壮文）Fungh nuengx！Mwngz——
（音标）fuŋ^{6} nuːŋ^{4}！mɯŋ^{2}——
（直译）凤妹！你——
（意译）凤妹！你——

Linz Ginhfung：
林金凤：
（原文）哥大龙！
（壮文）Go Dalungz！
（音标）ko^{1} ta^{1}luŋ^{2}！
（直译）哥大龙！
（意译）大龙哥！

Liuz Dalungz【Ciengq】
刘大龙【唱】
（原文）卑恨失散，途相乃望至逢；
心事重重，欠姑大龙鱼讲？
波咪命丧，逼迫条难离家；
各含淋他，波龙收嘛扶养；
风云突变，鱼布留恋当初？
达往奏哥，布料银河相会。
（壮文）Bihaenx saetsanq，Doxsiengj naih muengh ndi bungz；
Simsaeh cungzcungz，Hemq gou Dalungz lawz gangj？
Bohmeh mingh sangq（saet），Bikbwk deuznanh liz gya；
Gag gamz raemxda，Bohlungz sou ma ganqciengx；
Rumzfwj fwt bienq，Lawz mbouj louzlienh dangco？
Dahnuengx caeuq go，Mboujliuh ngaenzhoz doxbungz.
（音标）pi^{1}han^{4} θat^{7}θaːn^{5}，to^{4}θiːŋ^{3} naːi^{6} muːŋ^{6} ʔdi^{1} puŋ^{2}；
θim^{1}θai^{6} ɕuŋ^{2}ɕuŋ^{2}，heːm^{5} kou^{1} ta^{1}luŋ^{2} laɯ^{2} kaːŋ^{3}？
po^{6}me^{6} miŋ^{6} θaːŋ^{5}（θat^{7}），pik^{7}pɯk^{7} teːu^{2}naːn^{6} li^{2} kja^{1}；
kaːk^{8} kam^{2} ɣam^{4}ta^{1}，po^{6}luŋ^{2} θou^{1} ma^{1} kaːn^{5}ɕiːŋ^{4}；
ɣum^{2}fɯ^{3} fɯt^{7} piːn^{5}，laɯ^{2} ʔbou^{3} lou^{2}liːn^{6} taːŋ^{1}ɕo^{1}？
ta^{6}nuːŋ^{4} ɕau^{5} ko^{1}，ʔbou^{3}liːu^{6} ŋan^{2}ho^{2} to^{4}puŋ^{2}.
（直译）那年失散，相思久盼未逢；
心事重重，叫我大龙怎讲？
父母命丧，逼迫逃难离家；
自含眼泪，大伯收回抚养；
风云突变，怎不留恋当初？

阿妹和阿哥，不料银河相会。

（意译）当年失散，天天相思盼望；
心事重重，叫我大龙怎讲？
父母命丧，逼迫离家逃难；
自含眼泪，大伯收回抚养；
风云突变，怎不留恋当年？
阿妹阿哥，不料银河遇见。

Linz Ginhfung【Ciep】
林金凤【接】

（原文）实在怨悔，除姑匹配马家；
哥欧嫂嘛，就以大妈为是；
眉钱眉势，总是任意爹怒；
指鸡挖啁，秦丑秦喉总骂；
选声逻逻，总凳除夏巴黎；
恶马难骑，确实恶妻难治。

（壮文）Saedcaih ienqhoij，Dawz gou boiq hawj Maxgya；
Go aeu sauj ma，Couh aeu mehbaj guh seih；
Meiz cienz meiz seiq，Cungjseih nyaemh'eiq de naeuz；
Vix gaeq ndaq mou，Coenzcouj coenzhaeu cungj ndaq；
Suenj sing rara，Cungj daengq seizhah byajraez；
Max yak nanz geiz（gwih），Goksaed yak cae（yah）nanz ceih.

（音标）θat^{8}ɕaːi^{6} iːn^{5}hoːi^{3}，taɯ^{2} kou^{1} poːi^{5} haɯ^{3} ma^{4}kja^{1}；
ko^{1} au^{1} θaːu^{3} ma^{1}，ɕou^{6} au^{1} me^{6}pa^{3} ku^{6} θei^{6}；
mei^{2} ɕiːn^{2} mei^{2} θei^{5}，ɕuŋ^{3}θei^{6} ȵam^{6}ei^{5} te^{1} nau^{2}；
wi^{4} kai^{5} ʔda^{5} mou^{1}，ɕon^{2}ɕou^{3} ɕon^{2}hau^{1} ɕuŋ^{3} ʔda^{5}；
θuːn^{3} θiŋ^{1} ɣaɣa，ɕuŋ^{3} daŋ^{5} θei^{2}ha^{6} pja^{3}ɣai^{2}；
ma^{4} jaːk^{7} naːn^{2} kei^{2}（kɯːi^{6}），koːk^{7}θat^{8} jaːk^{7} ɕai^{1}（ja^{6}）naːn^{2} ɕei^{6}.

（直译）实在怨悔，把我配给马家；
哥娶嫂回，就以大妈为是；
有钱有势，都是任意她讲；
指鸡骂猪，丑话臭话都骂；
喊声哑哑，总像夏天雷鸣；
恶马难骑，确实恶妻难治。

（意译）实在怨悔，把我配给马家；
哥娶嫂回，就要当作大妈；
有钱有势，说话都是由她；
指鸡骂猪，丑话臭语都骂；

喊声哑哑，好像雷鸣三夏；
恶马难骑，确实恶妻难驾。

Liuz Dalungz【Ciengq】
刘大龙【唱】
（原文）金凤咳金凤，
欧慎重，
铭计用怨言；
双合约婚联，
几十年，
眉叻绵自了。
（壮文）Ginhfung hai Ginhfung,
Aeu simhcungx (siujsim),
Mwngz gaej yungh ienqnyienz;
Song hab'iek vaenliemz,
Geij cib nienz,
Meiz lwgmienz (lwg'iq) cix liux.
（音标）kin^{6}fuŋ^{1} ha:i kin^{6}fuŋ^{1}，
au^{1} θim^{6}ɕuŋ^{4} （θi:u^{3}θim^{1}），
muɯŋ^{2} kai^{3} juŋ^{6} i:n^{5}ɲi:n^{2}；
θo:ŋ^{1} ha:p^{8}i:k^{7} wan^{1}li:m^{2}，
kei^{3} ɕip^{8} ni:n^{2}，
mei^{2} luɯk^{8}mi:n^{2} （luɯk^{8}i^{5}） ɕi^{4} li:u^{4}.
（直译）金凤呀金凤，
要慎重，
你不用怨言；
双合约婚联，
几十年，
生小孩就罢。
（意译）金凤你淑贤，
须慎重，
你不用怨言；
双方约婚联，
几十年，
生孩就释嫌。

Linz Ginhfung【Ciengq】
林金凤【唱】

（原文）联婚姑嫌早，
马东宝，
是港澳同胞；
曾相识相交，
嘿噢噢，
姑气唠是假。
（壮文）Liemzvaen gou yiemz cauj（caeux），
Maj Dunghbauj，
Seih Gangj Au doengzbau（beixnuengx）；
Caengz roxnaj doxgyau，
Laepngaungau，
Gou heiqlau seih gyaj.
（音标）liːm^{2} wan^{1} kou^{1} jiːm^{2} ɕaːu^{3} （ɕau^{4}），
ma^{3} tuŋ^{6} paːu^{3}，
θei^{6} kaːŋ^{3} aːu^{1} toŋ^{2} paːu^{1} （pei^{4} nuːŋ^{4}）；
ɕaŋ^{2} ɣo^{4} na^{3} to^{4} kjaːu^{1}，
lap^{7} ŋaːuŋaːu，
kou^{1} hei^{5} laːu^{1} θei^{6} kja^{3}.
（直译）联婚我嫌早，
马东宝，
是港澳同胞；
未相识相交，
黑黢黢，
我担心是假。
（意译）联婚我嫌早，
马东宝，
是港澳同胞；
未相识相交，
黑黢黢，
我担心假冒。

Liuz Dalungz：
刘大龙：
（原文）啊！马东宝，爹是港澳同胞？
（壮文）A！Maj Dunghbauj，de seih Gangj Au beixnuengx？
（音标）a！ma^{3} tuŋ^{6} paːu^{3}，te^{1} θei^{6} kaːŋ^{3} aːu^{1} pei^{4} nuːŋ^{4}？
（直译）啊！马东宝，他是港澳同胞？
（意译）啊！马东宝，他是港澳同胞？

Linz Ginhfung：
林金凤：
（原文）大龙哥，马东宝听讲几云贯嘛探亲，硬欠姑嫁爹。鱼办？
（壮文）Go Dalungz，Maj Dunghbauj dingqgangj geij ngoenz gonq ma damqcaen，nyengh hemq gou haq de. Lawz guh？
（音标）ko^{1} ta^{1} luŋ^{2}，ma^{3} tuŋ^{6} paːu^{3} tiŋ^{5} kaːŋ^{3} kei^{3} ŋon^{2} koːn^{5} ma^{1} taːm^{5} ɕan^{1}，ɲeːŋ^{6} heːm^{5} kou^{1} ha^{5} te^{1}. laɯ^{2} ku^{6}？
（直译）哥大龙，马东宝听说几天前回来探亲，硬叫我嫁他。啥办？
（意译）大龙哥，马东宝，听说前几天回来探亲，硬要我嫁给他。咋办？

Liuz Dalungz【Daegdaengq damq de】
刘大龙【故意探她】
（原文）奏港澳同胞结婚也至错呀！
（壮文）Caeuq Gangj Au beixnuengx gietvaen hix ndi loek ya！
（音标）ɕau^{5} kaːŋ^{3} aːu^{1} pei^{4} nuːŋ^{4} kiːt^{7} wan^{1} hi^{4} ʔdi^{1} lok^{7} ja！
（直译）和港澳同胞结婚也不错呀！
（意译）和港澳同胞结婚也不错呀！

Linz Ginhfung：
林金凤：
（原文）姑哩曾除定主意，不过——
（壮文）Gou lijcaengz dawzdingh cawjeiq，mboujgvaq ——
（音标）kou^{1} li^{3} ɕaŋ^{2} taɯ^{2} tiŋ^{6} ɕaɯ^{3} ei^{5}，ʔbou^{3} kwa^{5}——
（直译）我还未拿定主意，不过——
（意译）我还未拿定主意，不过——

Liuz Dalungz：
刘大龙：
（原文）不过样骡呀？
（壮文）Mboujgvaq yienghlawz ya？
（音标）ʔbou^{3} kwa^{5} jiːŋ^{6} laɯ^{2} ja？
（直译）不过怎样呀？
（意译）不过什么呀？

Linz Ginhfung【Ciengq】
林金凤【唱】
（原文）云是幼境外，

铭头大，
依噜坏曾逢；
曾肯定是龙，
吉噜凶，
姑心中难解。
（壮文）Vunz seih youq roggyaiq,
Mingzdaeuz daih,
Ndei rox vaih caengz bungz;
Caengz haengjdingh seih lungz,
Ndei rox yung（yak），
Gou simcung nanz gej.
（音标）wun^{2} θei^{6} jou^{5} ɤoːk^{8}kjaːi^{5}，
miŋ^{2}tau^{2} taːi^{6}，
ʔdei^{1} ɤo^{4} waːi^{6} ɕaŋ^{2} puŋ^{2}；
ɕaŋ^{2} haŋ^{3}tiŋ^{6} θei^{6} luŋ^{2}，
ʔdei^{1} ɤo^{4} juŋ^{1} （jaːk^{7}），
kou^{1} θim^{1}ɕuŋ^{1} naːn^{2} ke^{3}.
（直译）人是在境外，
名头大，
好或坏未遇；
未肯定是龙，
吉或凶，
我心中难解。
（意译）境外人受宠，
名堂大，
好或赖未懂；
未肯定是龙，
吉或凶，
难解我心中。

Liuz Dalungz **【Ciengq】**
刘大龙 **【唱】**
（原文）云是幼香港，
姑听讲，
眉百万富翁；
是吉布是凶，
配真龙，
布劳穷兆你。

（壮文）Vunz seih youq Yanghgangj，
Gou dingqgangj，
Meiz bakfanh fouqgoeng（vunzfouq）；
Seih ndei mbouj seih yung，
Boiq caenlungz，
Mbouj lau gungz ciuhneix.
（音标）wun^{2} θei^{6} jou^{5} ja:ŋ^{6}ka:ŋ^{3}，
kou^{1} tiŋ^{5}ka:ŋ^{3}，
mei^{2} pa:k^{7}fa:n^{6} fou^{5}koŋ^{1}（wun^{2}fou^{5}）；
θei^{6} ʔdei^{1} ʔbou^{3} θei^{6} juŋ^{1}，
po:i^{5} ɕan^{1}luŋ^{2}，
ʔbou^{3} la:u^{1} kuŋ^{2} ɕi:u^{6}nei^{4}.
（直译）人是在香港，
我听讲，
有百万富翁；
是吉不是凶，
配真龙，
不怕穷这辈。
（意译）人居香港中，
我听讲，
是百万富翁；
是吉不是凶，
配真龙，
这辈不怕穷。

Goengliuz【Daj ndaw gaenjgip hwnj，daegdaengq cam】
刘公【从内急上，故意问】
（外面传来摩托声）
（原文）计骡，眉如斗武龙？
（壮文）Gijlawz，meiz byawz daeuj fouxlungz？
（音标）ki^{3}laɯ^{2}，mei^{2} pjaɯ^{2} tau^{3} fou^{4}luŋ^{2}？
（直译）什么，有谁来舞龙？
（意译）什么，有谁来舞龙？

（Maj Dunghbauj caeuq Niuz Luz hwnj）
（马东宝与牛六上）

Maj Dunghbauj：

马东宝：
（原文）大伯，铭受！
（壮文）Bohlungz，mwngz caeux！
（音标）po^{6} luŋ^{2}，mɯŋ^{2} ɕau^{4}！
（直译）大伯，你早！
（意译）大伯，早上好！

Goengliuz：
刘公：
（原文）先生，时你腾巾灵了。
（壮文）Sienseng，seizneix daengz gwn ringz la.
（音标）θiːn^{1}θeːŋ^{1}，θei^{2}nei^{4} taŋ^{2} kɯn^{1} ɣiŋ^{2} la.
（直译）先生，现在到吃午饭了。
（意译）先生，现在到吃午饭时间了。

Niuz Luz：
牛六：
（原文）小姐，姑队急铭皮来难啊！
（壮文）Siujcej，goudoih gyaep mwngz baenzlai nanz ha！
（音标）θiːu^{3}ɕe^{3}，kou^{1} toːi^{6} kjap^{7} mɯŋ^{2} pan^{2}laːi^{1} naːn^{2} ha！
（直译）小姐，我们追你这么久啊！
（意译）小姐，我们追你好久啊！

Maj Dunghbauj：
马东宝：
（原文）大伯，父小姐你——
（壮文）Bohlungz，boux siujcej neix ——
（音标）po^{6} luŋ^{2}，pou^{4} θiːu^{3}ɕe^{3} nei^{4}——
（直译）大伯，个小姐这——
（意译）大伯，这位小姐——

Goengliuz：
刘公：
（原文）爹是姑叻幅兰，名字是——
（壮文）De seih gou lwgmbwk lan，mingzcoh seih ——
（音标）te^{1} θei^{6} kou^{1} lɯk^{8}ʔbɯk^{7} laːn^{1}，miŋ^{2}ɕo^{6} θei^{6} ——
（直译）她是我女孙，名字是——
（意译）她是我孙女，名字是——

Linz Ginhfung【Dajduenh】
林金凤【打断】
（原文）姑名字是春分。
（壮文）Gou mingzcoh seih Cunhfwnh.
（音标）kou^{1} miŋ^{2}ɕo^{6} θei^{6} ɕun^{6}fɯn^{6}.
（直译）我名字是春分。
（意译）我的名字叫春分。

Niuz Luz：
牛六：
（原文）哈哈哈，好漂亮的名字！
（壮文）Ha ha ha，gig gyaeundei gij mingzcoh！
（音标）ha ha ha，kik^{8} kjau^{1}ʔdei^{1} ki^{3} miŋ^{2}ɕo^{6}！
（直译）哈哈哈，极漂亮的名字！
（意译）哈哈哈，好漂亮的名字！

Maj Dunghbauj：
马东宝：
（原文）俗话讲，秋分凉，春分暖。依依依！
（壮文）Vahsug gangj，coufaen liengz，cunhfwnh raeuj. Ndei ndei ndei！
（音标）wa^{6}θuk^{8} kaːŋ^{3}，ɕou^{1}fan^{1} liːŋ^{2}，ɕun^{6}fwn^{6} ɣau^{3}. ʔdei^{1} ʔdei^{1} ʔdei^{1}！
（直译）俗话讲，秋分凉，春分暖。好好好！
（意译）俗话讲，秋分凉，春分暖。好好好！

Goengliuz：
刘公：
（原文）先生，铭是……
（壮文）Sienseng，mwngz seih ……
（音标）θiːn^{1}θeːŋ^{1}，mɯŋ^{2} θei^{6}……
（直译）先生，你是……
（意译）先生，您是……

Niuz Luz：
牛六：
（原文）爹是堂堂香港大老板！
（壮文）De seih dangzdangz Yanghgangj daih lauxbanj！
（音标）te^{1} θei^{6} taːŋ^{2}taːŋ^{2} jaːŋ^{6}kaːŋ^{3} taːi^{6} laːu^{4}paːn^{3}！

（直译）他是堂堂香港大老板！
（意译）他是堂堂香港大老板！

Maj Dunghbauj【Ciengq】
马东宝【唱】
（原文）旁污喔金龟，
奇布奇？
狗化眉田刊；
布料幼沿板，
更稀罕，
喔大浪局来。
（壮文）Boengzuq ok gimgvei（gimgvi），
Geiz mbouj geiz?
Gaujvaq meiz denz hamj（yaenq）；
Mboujliuh youq henzmbanj，
Engq heihanj（citgeiz），
Ok daihlangh gukraiz.
（音标）poŋ^{2}u^{5} oːk^{7} kim^{1}kwei^{1}（kim^{1}kwi^{1}），
kei^{2} ʔbou^{3} kei^{2}？
kaːu^{3}wa^{5} mei^{2} teːn^{2} haːm^{3}（jan^{5}）；
ʔbou^{3}liːu^{6} jou^{5} heːn^{2}ʔbaːn^{3}，
eːŋ^{5} hei^{1}haːn^{3}（ɕit^{7}kei^{2}），
oːk^{7} taːi^{6}laːŋ^{6} kuk^{7}ɣaːi^{2}.
（直译）污泥出金龟，
奇不奇？
乞丐有印花被；
不料在村边，
更稀罕，
出硕大花斑虎。
（意译）污泥出金龟，
奇不奇？
乞丐有花被；
不料村边回，
更少见，
虎踪迹跟随。

Niuz Luz【Ciengq】
牛六【唱】

（原文）崇勒眉快鸟，
布奇妙，
床度跳喔巴；
功名喔兰霞，
牡丹花，
开肯茶棵荒。
（壮文）Ndoenglaeg meiz gvainiuj（roeglengj），
Mbouj geizmiuq，
Conghdoh diuq ok bya；
Goengmingz ok ranzhaz，
Mauxdanva，
Hai gwnz caz govengj.
（音标）ʔdoŋ^{1} lak^{8} mei^{2} kwaːi^{1} niːu^{3}（ɣok^{8} leːŋ^{3}），
ʔbou^{3} kei^{2} miːu^{5}，
ɕoːŋ^{6} to^{6} tiːu^{5} oːk^{7} pja^{1}；
koŋ^{1} miŋ^{2} oːk^{7} ɣaːn^{2} ha^{2}，
maːu^{4} taːn^{1} wa^{1}，
haːi^{1} kɯn^{2} ɕa^{2} ko^{1} weːŋ^{3}.
（直译）深山有乖鸟，
不奇妙，
暗沟跳出鱼；
功名出茅屋，
牡丹花，
开上丛金樱。
（意译）深山鸟美丽，
不稀奇，
暗沟跳出鱼；
茅屋出名气，
牡丹花，
开金樱丛里。

Maj Dunghbauj【Coh Niuz Luz gangj】
马东宝【向牛六讲】
（原文）布用隼些，铭咙批催车。
（壮文）Mbouj yungh saemzsez，mwngz roengzbae coih ci.
（音标）ʔbou^{3} juŋ^{6} θam^{2} θe^{2}，mɯŋ^{2} ɣoŋ^{2} pai^{1} ɕoːi^{6} ɕi^{1}.
（直译）不用啰唆，你下去修车。
（意译）不用啰唆，你下去修车。

Niuz Luz:
牛六:
(原文)催车?
(壮文)Coih ci?
(音标)ɕoːi^6 ɕi^1?
(直译)修车?
(意译)修车?

(Sim mbouj angq, roengz)
(不高兴,下)

Goengliuz:
刘公:
(原文)请参先生,铭是——
(壮文)Cingj cam sienseng, mwngz seih——
(音标)ɕiŋ^3 ɕaːm^1 θiːn^{1}θeːŋ^1, mɯŋ^2 θei^6——
(直译)请问先生,你是——
(意译)请问先生,您是——

Maj Dunghbauj:
马东宝:
(原文)吱你是途姑名片。
(壮文)Dineix seih duzgou mingzbenq.
(音标)ti^{1}nei^4 θei^6 tu^{6}kou^1 miŋ^{2}peːn^5.
(直译)这是我的名片。
(意译)这是我的名片。

(Ndenq hawj)
(呈上)

Goengliuz【Ciepaeu, daegdaengq nam】
刘公【接,故意念】
(原文)牛皮公司经理……
(壮文)Niuzbiz Gunghswh ginghlij ……
(音标)niːu^{2}pi^2 kuŋ^{6}θɯ^6 kiŋ^{6}li^3 ……
(直译)牛皮公司经理……
(意译)牛皮公司经理……

Maj Dunghbauj：
马东宝：
（原文）至是，生波公司经理马东宝！
（壮文）Ndi seih，Swnghboh Gunghswh ginghlij Maj Dunghbauj！
（音标）ʔdi^{1} θei^{6}，θɯŋ^{6}po^{6} kuŋ^{6}θɯ^{6} kiŋ^{6}li^{3} ma^{3} tuŋ^{6}pa:u^{3}！
（直译）不是，生玻公司经理马东宝！
（意译）不是，生玻公司经理马东宝！

Sam vunz:
三人：
（原文）啊，马—— 东—— 宝！
（壮文）A，Maj —— Dungh —— bauj！
（音标）a，ma^{3}—— tuŋ^{6}——pa:u^{3}！
（直译）啊，马——东——宝！
（意译）啊，马——东——宝！

Maj Dunghbauj：
马东宝：
（原文）对，生玻公司经理马——东——宝！
（壮文）Doiq，Swnghboh Gunghswh ginghlij Maj —— Dungh —— bauj！
（音标）to:i^{5}，θɯŋ^{6}po^{6} kuŋ^{6}θɯ^{6} kiŋ^{6}li^{3} ma^{3} —— tuŋ^{6} —— pa:u^{3}！
（直译）对，生玻公司经理马 ——东——宝！
（意译）对，生玻公司经理马——东——宝！

Niuz Luz【Sing ndaw】
牛六【内声】
（原文）老板，发动机坏了，请铭口麻帮助！
（壮文）Lauxbanj，fazdunggih vaih lo，cingj mwngz haeujma bangcoh！
（音标）la:u^{4}pa:n^{3}，fa^{2}tuŋ^{1}ki^{6} wa:i^{6} lo，ɕiŋ^{3} mɯŋ^{2} hau^{3}ma^{1} pa:ŋ^{1}ɕo^{6}！
（直译）老板，发动机坏了，请你进来帮助！
（意译）老板，发动机坏了，请您回来帮修！

Maj Dunghbauj：
马东宝：
（原文）饭桶，吱小问题也动用重兵。
（壮文）Vunzngoengq，di siuj vwndiz hix doenghyungh cungqbing.
（音标）wun^{2}ŋoŋ^{5}，ti^{1} θi:u^{3} wɯn^{1}ti^{2} hi^{4} toŋ^{6}juŋ^{6} ɕuŋ^{5}piŋ^{1}.

(直译) 饭桶，些小问题也动用重兵。
(意译) 饭桶，一些小问题也动到重兵。

(Hozndat roengz)
(怒下)

Linz Ginhfung：
林金凤：
(原文) 大龙，样鱼估?
(壮文) Dalungz，yienghlawz guh?
(音标) ta^{1}luŋ^{2}，jiːŋ^{6}laɯ^{2} ku^{6}?
(直译) 大龙，怎样做?
(意译) 大龙，怎么办?

Liuz Dalungz：
刘大龙：
(原文) 铭决定是鱼样?
(壮文) Mwngz gietdingh seih lawzyiengh?
(音标) mɯŋ^{2} kiːt^{7} tiŋ^{6} θei^{6} laɯ^{2}jiːŋ^{6}?
(直译) 你决定是怎样?
(意译) 你是怎样决定?

Linz Ginhfung：
林金凤：
(原文) 姑决定奏爹叭查棍双。
(壮文) Gou gietdingh caeuq de mbat cax goenq song.
(音标) kou^{1} kiːt^{7} tiŋ^{6} ɕau^{5} te^{1} ʔbat^{7} ɕa^{4} kon^{5} θoːŋ^{1}.
(直译) 我决定和他一刀断两。
(意译) 我决定和他一刀两断。

Goengliuz：
刘公：
(原文) 双联婚眉布眉书合约?
(壮文) Song liemzvaen meiz mbouj meiz saw hab'iek?
(音标) θoːŋ^{1} liːm^{2}wan^{1} mei^{2} ʔbou^{3} mei^{2} θaɯ^{1} haːp^{8}iːk^{7}?
(直译) 双联婚有没有书合约?
(意译) 双方联婚，有没有合约书?

Linz Ginhfung：
林金凤：
（原文）眉，幼途爹肯逢。
（壮文）Meiz，youq duzde gwnz fwngz.
（音标）mei^{2}，jou^{5} tu^{2}te^{1} kɯn^{2} fɯŋ^{2}.
（直译）有，在他的上手。
（意译）有，在他的手上。

Goengliuz：
刘公：
（原文）依，收双云暂垛，姑斗对托。
（壮文）Ndei，sou song vunz camh ndoj，gou daeuj doiqdak.
（音标）ʔdei^{1}，θou^{1} θoːŋ^{1} wun^{2} ɕaːm^{6} ʔdo^{3}，kou^{1} tau^{3} toːi^{5} taːk^{7}.
（直译）好，你们两人暂躲，我来对付。
（意译）好，你们两人暂回避，我来对付。

Liuz Dalungz：
刘大龙：
（原文）金凤！
（壮文）Ginhfung！
（音标）kin^{6}fuŋ^{1}！
（直译）金凤！
（意译）金凤！

（Yaepda hawj song vunz caez roengz）
（示意二人同下）

Maj Dunghbauj【Gaenjgip hwnj】
马东宝【急上】
（原文）哎！云呢？
（壮文）Ei！ Vunz ne？
（音标）ei！ wun^{2} ne？
（直译）哎！人呢？
（意译）哎！人呢？

Goengliuz【Daegdaengq cam】
刘公【故意问】
（原文）汝呀？

（壮文）Byawz ya?
（音标）pjaɯ² ja?
（直译）谁呀？
（意译）谁呀？

Maj Dunghbauj：
马东宝：
（原文）春分小姐！
（壮文）Cunhfwnh siujcej!
（音标）ɕun⁶ fɯn⁶ θiːu³ ɕe³ !
（直译）春分小姐！
（意译）春分小姐！

（Seiqlengq yawj）
（四处张望）

Goengliuz：
刘公：
（原文）爹哝批则北啁了。
（壮文）De roengzbae nyaeg byaekmou lo.
（音标）te¹ ɣoŋ² pai¹ ɲak⁸ pjak⁷ mou¹ lo.
（直译）她下去剁猪菜了。
（意译）她下去剁猪菜了。

Maj Dunghbauj：
马东宝：
（原文）哎呀，太可惜了。
（壮文）Aeya，daiq hojsik lo.
（音标）aija，taːi⁵ ho³ θik⁷ lo.
（直译）哎呀，太可惜了。
（意译）哎呀，太可惜了。

Goengliuz：
刘公：
（原文）先生，铭拉春分——
（壮文）Sienseng，mwngz ra Cunhfwnh ——
（音标）θiːn¹ θeːŋ¹，mɯŋ² ɣa¹ ɕun⁶ fɯn⁶ ——
（直译）先生，你找春分——

（意译）先生，您找春分——

Maj Dunghbauj：
马东宝：
（原文）交交朋友吗。
（壮文）Gyaugyau baengzyoux ma.
（音标）kjaːu¹kjaːu¹ paŋ²jou⁴ ma.
（直译）交交朋友嘛。
（意译）交交朋友嘛。

Goengliuz：
刘公：
（原文）交朋友至是谈婚吗？
（壮文）Gyau baengzyoux ndi seih gangjvaen ma？
（音标）kjaːu¹ paŋ²jou⁴ ʔdi¹ θei⁶ kaːŋ³wan¹ ma？
（直译）交朋友不是谈婚吗？
（意译）交朋友不是谈婚吗？

Maj Dunghbauj：
马东宝：
（原文）对，铭使为姑屋行吗？
（壮文）Doiq，mwngz ndaej vih gou okrengz ma？
（音标）toːi⁵，mɯŋ² ʔdai³ wi⁶ kou¹ oːk⁷ ɣeːŋ² ma？
（直译）对，你能为我出力吗？
（意译）对，您能为我出力吗？

【Ciengq】
【唱】
（原文）使达春分，奏姑交朋结友；
巾屯盹幼，促使铭布忧愁；
选幼广州，眠幼高楼大厦；
海龙海马，补品文打文箱；
福禄周全，包铭风光一兆。
（壮文）Ndaej Dahcunhfwnh，Caeuq gou gyau baengz giet youx；
Gwn daenj ninz youq，Gaeuq hawj mwngz mbouj youcaeuz（youheiq）；
Senj youq Gvangjcouh，Ninz youq gauhlouz daya；
Haijlungz haijmax，Huqbouj baenz daj baenz sieng；
Fukloeg coucienz，Bau mwngz funggueng（miznaj）itciuh.

（音标）ʔdai^{3} ta^{6}ɕun^{6}fɯn^{6}，ɕau^{5} kou^{1} kjaːu^{1}paŋ^{2} kiːt^{7}jou^{4}；
kɯn^{1} tan^{3} nin^{2} jou^{5}，kau^{5} haɯ^{3} mɯŋ^{2} ʔbou^{3} jou^{1}ɕau^{2} （jou^{1}hei^{5}）；
θeːn^{3} jou^{5} kwaːŋ^{3}ɕou^{6}，nin^{2} jou^{5} kaːu^{6}lou^{2} ta^{1}ja^{1}；
haːi^{3}luŋ^{2} haːi^{3}ma^{4}，hu^{5}pou^{3} pan^{2} ta^{3} pan^{2} θiːŋ^{1}；
fuk^{7}lok^{8} ɕou^{1}ɕiːn^{2}，paːu^{1} mɯŋ^{2} fuŋ^{1}kuːŋ^{1} （mi^{2}na^{3}） it^{7}ɕiːu^{6}.
（直译）得女春分，和我交朋结友；
吃穿睡住，够给你不忧愁；
选住广州，睡住高楼大厦；
海龙海马，补品成打成箱；
福禄周全，包你风光一辈。
（意译）得春分妹，和我结交朋友；
吃穿睡住，足够你不忧愁；
移居广州，住在大厦高楼；
海龙海马，补品大把享有；
福禄双全，包你风光到头。

Goengliuz：
刘公：
（原文）先生，铭讲话是真的吗？
（壮文）Sienseng，mwngz gangjvah seih caen ma？
（音标）θiːn^{1}θeːŋ^{1}，mɯŋ^{2} kaːŋ^{3}wa^{6} θei^{6} ɕan^{1} ma？
（直译）先生，你讲话是真吗？
（意译）先生，您讲的话是真的吗？

Maj Dunghbauj：
马东宝：
（原文）名片布是写眉清清楚楚吗？
（壮文）Mingzbenq mbouj seih sij meiz cingcing cujcuj ma？
（音标）miŋ^{2}peːn^{5} ʔbou^{3} θei^{6} θi^{3} mei^{2} ɕiŋ^{1}ɕiŋ^{1} ɕu^{3}ɕu^{3} ma？
（直译）名片不是写有清清楚楚吗？
（意译）名片不是写得清清楚楚吗？

Goengliuz：
刘公：
（原文）对，牛皮公司经理……
（壮文）Doiq，Niuzbiz Gunghswh ginghlij ……
（音标）toːi^{5}，niːu^{2}pi^{2} kuŋ^{6}θɯ^{6} kiŋ^{6}li^{3} ……
（直译）对，牛皮公司经理……

（意译）对，牛皮公司经理……

Maj Dunghbauj：
马东宝：
（原文）又啉了，生玻公司经理。
（壮文）Youh lumz lo，Swnghboh Gunghswh ginghlij.
（音标）jou^{6} lum^{2} lo，θɯŋ^{6}po^{6} kuŋ^{6}θɯ^{6} kiŋ^{6}li^{3}.
（直译）又忘了，生玻公司经理。
（意译）又忘了，生玻公司经理。

Goengliuz：
刘公：
（原文）对布住，对布住！俗话讲，怀老行呀，云老记性差。
（壮文）Doiq mbouj youq，doiq mbouj youq！Vahsug gangj，vaiz laux rengz ya (noix)，vunz laux geiqsingq ca.
（音标）to:i^{3} ʔbou^{3} jou^{5}，to:i^{3} ʔbou^{3} jou^{5}！wa^{6}θuk^{8} ka:ŋ^{3}，wa:i^{2} la:u^{4} ɣe:ŋ^{2} ja^{1}（no:i^{4}），wun^{2} la:u^{4} kei^{5}θiŋ^{5} ɕa^{1}.
（直译）对不住，对不住！俗话讲，牛老力少，人老记性差。
（意译）对不起，对不起！俗话讲，牛老力乏，人老记性差。

Maj Dunghbauj：
马东宝：
（原文）至要紧，回一生，回二熟，回三结婚拾红袱。
（壮文）Ndi youqgaenj，baez it seng，baez ngeih sug，baez sam gietvaen goemq baengzhoengz.
（音标）ʔdi^{1} jou^{5}kan^{3}，pai^{2} it^{7} θe:ŋ^{1}，pai^{2} ŋei^{6} θuk^{8}，pai^{2} θa:m^{1} ki:t^{7}wan^{1} kom^{5} paŋ^{2} hoŋ^{2}.
（直译）不要紧，回一生，回二熟，回三结婚盖红袱。
（意译）不要紧，一回生，二回熟，三回结婚盖红袱。

Goengliuz：
刘公：
（原文）马经理，铭幼香港眉太太了吗？
（壮文）Maj ginghlij，mwngz youq Yanghgangj meiz daiqdaiq loma?
（音标）ma^{3} kiŋ^{6}li^{3}，mɯŋ^{2} jou^{5} ja:ŋ^{6}ka:ŋ^{3} mei^{2} ta:i^{5}ta:i^{5} loma?
（直译）马经理，你在香港有太太了吗？
（意译）马经理，您在香港有太太了吗？

Maj Dunghbauj：
马东宝：
（原文）曾眉，曾眉。
（壮文）Caengz meiz，caengz meiz.
（音标）ɕaŋ^{2} mei^{2}，ɕaŋ^{2} mei^{2}.
（直译）未有，未有。
（意译）没有，没有。

Goengliuz：
刘公：
（原文）幼内地呢？
（壮文）Youq neidi ne？
（音标）jou^{5} nei^{1} ti^{1} ne？
（直译）在内地呢？
（意译）在内地呢？

Maj Dunghbauj：
马东宝：
（原文）幼败你吗……眉一对象……
（壮文）Youq baihneix ma …… meiz boux youx ndeu ……
（音标）jou^{5} paːi^{6} nei^{4} ma …… mei^{2} pou^{4} jou^{4} ʔdeːu^{1} ……
（直译）在这边嘛……有个对象一……
（意译）在这边嘛……有个对象……

【Ciengq】
【唱】
（原文）卡贯曾喔港，
幼肯板，
双联办联婚；
虽然立眉文，
讲秦真，
里痕伦那卦。
（壮文）Gaxgonq caengz ok Gangj，
Youq gwnzmbanj，
Song lienz banh liemzvaen；
Yienznaeuz laeb meiz faenz，
Gangj coenz caen，
Lij haenz raennaj gvaq.

（音标）ka^{4} koːn^{5} ɕaŋ^{2} oːk^{7} kaːŋ^{3}，
jou^{5} kɯn^{2}ʔbaːn^{3}，
θoːŋ^{1} liːn^{2}paːn^{6} liːm^{2}wan^{1}；
jiːn^{2}nau^{2} lap^{8} mei^{2} fan^{2}，
kaːŋ^{3} ɕon^{2} ɕan^{1}，
li^{3} han^{2}ɣan^{1}na^{3} kwa^{5}.
（直译）以前未出港，
在村上，
双联办联婚；
虽然立有文，
讲句真，
还未见面过。
（意译）未去港时辰，
在乡村，
双联办联婚；
虽立有文书，
讲真话，
还未见过人。

Goengliuz：
刘公：
（原文）幼板骡，是几骡姓名？
（壮文）Youq mbanj lawz，seih gijlawz singqmingz？
（音标）jou^{5} ʔbaːn^{3} lauɯ^{2}，θei^{6} ki^{3}lauɯ^{2} θiŋ^{5}miŋ^{2}？
（直译）在村哪，是什么姓名？
（意译）在哪村，叫什么名字？

Maj Dunghbauj：
马东宝：
（原文）幼板六桥，名字是林金凤！
（壮文）Youq Mbanjloeggiuz，mingzcoh seih Linz Ginhfung！
（音标）jou^{5} ʔbaːn^{3}lok^{8}kiːu^{2}，miŋ^{2}ɕo^{6} θei^{6} lin^{2} kin^{6}fuŋ^{1}！
（直译）在六桥村，名字是林金凤！
（意译）在六桥村，名字叫林金凤！

Goengliuz【Doeksaet】
刘公【惊】
（原文）啊！林——金——凤！

(壮文) A! Linz —— Ginh —— fung!
(音标) a! lin^{2}—— kin^{6}——fuŋ^{1}!
(直译) 啊! 林——金——凤!
(意译) 啊! 林——金——凤!

Maj Dunghbauj:
马东宝:
(原文) 难道铭噜那?
(壮文) Nanzdauh mwngz roxnaj?
(音标) naːn^{2} taːu^{6} mɯŋ^{2} ɣo^{4} na^{3}?
(直译) 难道你认识?
(意译) 难道您认识?

Goengliuz:
刘公:
(原文) 姑极清楚父云你。
(壮文) Gou gig cingcuj boux vunz neix.
(音标) kou^{1} kik^{8} ɕiŋ^{1}ɕu^{3} pou^{4} wun^{2} nei^{4}.
(直译) 我很清楚个人这。
(意译) 我很了解此人。

Maj Dunghbauj:
马东宝:
(原文) 父云你是同鱼样?
(壮文) Boux vunz neix seih doengzlawzyiengh?
(音标) pou^{4} wun^{2} nei^{4} θei^{6} toŋ^{2}lauɯ^{2}jiːŋ^{6}?
(直译) 个人这是怎么样?
(意译) 这个人怎么样?

Goengliuz:
刘公:
(原文) 父云你吗, 铭听姑讲。
(壮文) Boux vunz neix ma, mwngz dingq gou gangj.
(音标) pou^{4} wun^{2} nei^{4} ma, mɯŋ^{2} tiŋ^{5} kou^{1} kaːŋ^{3}.
(直译) 个人这嘛, 你听我讲。
(意译) 这个人嘛, 您听我讲。

Maj Dunghbauj:

马东宝：
（原文）齐行至齐行?
（壮文）Caezhangz（gyaeundei）ndi caezhangz?
（音标）ɕai^{2}ha:ŋ^{2}（kjau^{1}ʔdei^{1}）ʔdi^{1} ɕai^{2}ha:ŋ^{2}?
（直译）在行不在行?
（意译）漂亮不漂亮?

Goengliuz【Ciengq】
刘公【唱】
（原文）双只他凹抗，
布唠讲，
最合挡勋西；
那好的又黎，
晓至齐，
巾叻梯最便。
（壮文）Song ceh da mboepmbangq，
Mbouj lau gangj，
Ceiq hab dangj fwnsaeq；
Naj hau di youh raez，
Heuj ndi caez，
Gwn lwgndae ceiq bienh.
（音标）θo:ŋ^{1} ɕe^{6} ta^{1} ʔbop^{7}ʔba:ŋ^{5}，
ʔbou^{3} la:u^{1} ka:ŋ^{3}，
ɕei^{5} ha:p^{8} ta:ŋ^{3} fɯn^{1}θai^{5}；
na^{3} ha:u^{1} ti^{1} jou^{6} ɣai^{2}，
he:u^{3} ʔdi^{1} ɕai^{2}，
kɯn^{1} lɯk^{8}ʔdai^{1} cei^{5} pi:n^{6}.
（直译）两只眼凹陷，
不怕讲，
最合挡细雨；
脸白点又长，
牙不齐，
吃柿果最方便。
（意译）两只凹陷眼，
不怕言，
挡细雨适愿；
惨白又长脸，
牙不齐，

吃柿最方便。

Maj Dunghbauj【Ciengq】
马东宝【唱】
（原文）肥揽争卡矿，
怨布怨，
相是相校怀；
使含布使孩，
胎布胎，
欧牙怀估夏。
（壮文）Faex lamh deng gaguengq，
Ienq mbouj ienq，
Siengq seih siengq yahvaiz；
Saej haemz mbouj ndaej haiz，
Dai mbouj dai，
Aeu yahvaiz guh yah.
（音标）fai^{4} laːm^{6} teːŋ^{1} ka^{1}kuːŋ^{5}，
iːn^{5} ʔbou^{3} iːn^{5}，
θiːŋ^{5} θei^{6} θiːŋ^{5} ja^{6}waːi^{2}；
θai^{3} ham^{2} ʔbou^{3} ʔdai^{3} haːi^{2}，
taːi^{1} ʔbou^{3} taːi^{1}，
au^{1} ja^{6}waːi^{2} ku^{6} ja^{6}.
（直译）棍绑中胯部，
怨不怨，
相是相猩猩；
肠苦不得吐，
死不死，
娶猩猩做妻。
（意译）棍打中腿伤，
怨不怨，
是猩猩凶相；
肠苦怎帮忙，
死不死，
娶猩猩婆娘。

Goengliuz【Ciengq】
刘公【唱】
（原文）双卡损只化，

讲实话，
双父夏拉关；
途马配双鞍，
心太凡，
达也难答应。
（壮文）Song ga songx cik vaq，
Gangj saedvah，
Song boux yah ra gvan；
Duzmax boiq song an，
Sim daiq fanz，
Dah hix nanz dapwngq.
（音标）θoːŋ^{1} ka^{1} θoːŋ^{4} ɕik^{7} wa^{5}，
kaːŋ^{3} θat^{8} wa^{6}，
θoːŋ^{1} pou^{4} ja^{6} ɣa^{1} kwaːn^{1}；
tu^{2} ma^{4} poːi^{5} θoːŋ^{1} aːn^{1}，
θim^{1} taːi^{5} faːn^{2}，
ta^{6} hi^{4} naːn^{2} taːp^{7} ɯŋ^{5}.
（直译）两腿穿条裤，
讲实话，
两个妻找夫；
一马配双鞍，
心太烦，
她也难答应。
（意译）两人一裤穿，
讲实话，
两女找一男；
一马配双鞍，
心太烦，
她答应也难。

Maj Dunghbauj【Ciengq】
马东宝【唱】
（原文）卡贯立眉书，
是姑除，
可废除毁灭；
双联婚合约，
就了结，
铭何必忧愁？

（壮文）Gaxgonq laeb meiz saw，
Seih gou dawz，
Goj feiqcawz dwkmied；
Song liemzvaen hab'iek，
Couh liuxgiet，
Mwngz hozbiet youheiq?
（音标）ka^{4}ko:n^{5} lap^{8} mei^{2} θaɯ^{1}，
θei^{6} kou^{1} taɯ^{2}，
ko^{3} fei^{5}ɕaɯ^{2} tɯk^{7}mi:t^{8}；
θo:ŋ^{1} li:m^{2}wan^{1} ha:p^{8}i:k^{7}，
ɕou^{6} li:u^{4}ki:t^{7}，
mɯŋ^{2} ho^{2}pi:t^{7} jou^{1}hei^{5}？
（直译）以前立有书，
是我拿，
可废除毁灭；
双联婚合约，
就了结，
你何必忧愁?
（意译）以前立有书，
是我拿，
可毁灭废除；
双联婚约无，
就了结，
你何必忧苦?
Goengliuz：
刘公：
（原文）样你差不多。
（壮文）Yienghneix ca mbouj lai.
（音标）ji:ŋ^{6}nei^{4} ɕa^{1} ʔbou^{3} la:i^{1}.
（直译）这样差不多。
（意译）这样差不多。

Maj Dunghbauj：
马东宝：
（原文）大伯，请铭欠春分小姐喔斗伦那吧！
（壮文）Bohlungz，cingj mwngz hemq Cunhfwnh siujcej okdaeuj raennaj ba!
（音标）po^{6}luŋ^{2}，ɕiŋ^{3} mɯŋ^{2} he:m^{5} ɕun^{6}fɯn^{6} θi:u^{3}ɕe^{3} o:k^{7}tau^{3} ɣan^{1}na^{3} pa！
（直译）大伯，请你叫春分小姐出来见面吧！

（意译）大伯，请您叫春分小姐出来会面吧！

Goengliuz：
刘公：
（原文）曾使，三云卦愣再讲。
（壮文）Caengz ndaej，sam ngoenz gvaqlaeng caiq gangj.
（音标）ɕaŋ^{2} ʔdai^{3}，θaːm^{1} ŋon^{2} kwa^{5} laŋ^{1} ɕaːi^{5} kaːŋ^{3}.
（直译）未得，三天过后再讲。
（意译）不行，三天以后再说。

Maj Dunghbauj：
马东宝：
（原文）桌处？
（壮文）Diegcawq？
（音标）tiːk^{8} ɕaɯ^{5}？
（直译）地处？
（意译）地点？

Goengliuz：
刘公：
（原文）受客陋楼。
（壮文）Ciephek Laeujlaeuz.
（音标）ɕiːp^{7} heːk^{7} lau^{3} lau^{2}.
（直译）接客酒楼。
（意译）迎宾酒楼。

Maj Dunghbauj：
马东宝：
（原文）依！三天愣班挨再伦。拜拜！
（壮文）Ndei！Sam ngoenz laeng banngaiz caiqraen. Baiqbaiq！
（音标）ʔdei^{1}！θaːm^{1} ŋon^{2} laŋ^{1} paːn^{1} ŋaːi^{2} ɕaːi^{5} ɣan^{1}. paːi^{5} paːi^{5}！
（直译）好！三天后中午再见。拜拜！
（意译）好！三天后中午再见。拜拜！

（Maj Dunghbauj daekeiq fwngfwng roengz）
（马东宝得意地下）

（Linz Ginhfung caeuq Liuz Dalungz caez hwnj）

（林金凤与刘大龙同上）

Linz Ginhfung：
林金凤：
（原文）原来爹是样云你。
（壮文）Yienzlaiz de seih yiengh vunz neix.
（音标）jiːn^{2} laːi^{2} te^{1} θei^{6} jiːŋ^{6} wun^{2} nei^{4}.
（直译）原来他是样人这。
（意译）原来他是这样的人.

Goengliuz：
刘公：
（原文）爹就是样云你。
（壮文）De couhseih yiengh vunz neix.
（音标）te^{1} ɕou^{6} θei^{6} jiːŋ^{6} wun^{2} nei^{4}.
（直译）他就是样人这。
（意译）他就是这种人。

Liuz Dalungz：
刘大龙：
（原文）爸，铭鱼许阿凤奏种云你伦那？
（壮文）Bah，mwngz lawz hawj Dahfungh caeuq cungj vunz neix raennaj?
（音标）pa^{6}，mɯŋ^{2} laɯ^{2} haɯ^{3} ta^{6} fuŋ^{6} ɕau^{5} ɕuŋ^{3} wun^{2} nei^{4} ɣan^{1} na^{3}？
（直译）爸，你怎给阿凤和种人这见面？
（意译）爸，您怎能给阿凤和这种人会面？

Goengliuz：
刘公：
（原文）特哑巾糍噜，内心眉数！
（壮文）Daegngoemx gwn ceiz lo，ndawsim meizsoq！
（音标）tak^{8} ŋom^{4} kɯn^{1} ɕei^{2} lo，ʔdaɯ^{1} θim^{1} mei^{2} θo^{5}！
（直译）哑巴吃糍粑啰，心中有数！
（意译）哑巴吃糍粑，心中有数！

（Caeuq Liuz Dalungz、Linz Ginhfung doqrwz gangj）
（与刘大龙、林金凤耳语）

Liuz Dalungz、Linz Ginhfung：

刘大龙、林金凤：
（原文）啊，好主意！
（壮文）A，ndei cawjeiq！
（音标）a，ʔdei^{1} ɕaɯ^{3} ei^{5}！
（直译）啊，好主意！
（意译）啊，好主意！

Goengliuz：
刘公：
（原文）婚约一除，铭使安心学丁逢了。
（壮文）Vaen'iek mbat cawz，mwngz ndaej ansim hag dinfwngz lo.
（音标）wan^{1} iːk^{7} ʔbaːt^{7} ɕaɯ^{2}，mɯŋ^{2} ʔdai^{3} aːn^{1} θim^{1} haːk^{8} tin^{1} fɯŋ^{2} lo.
（直译）婚约一除，你得安心学手艺了。
（意译）婚约除去，你可安心学手艺了。

Linz Ginhfung：
林金凤：
（原文）姑跟父骡学丁逢？
（壮文）Gou gaen bouxlawz hag dinfwngz？
（音标）kou^{1} kan^{1} pou^{4} laɯ^{2} haːk^{8} tin^{1} fɯŋ^{2}？
（直译）我跟哪个学手艺？
（意译）我跟谁学手艺？

Goengliuz：
刘公：
（原文）就请大龙当师父吧。
（壮文）Couh cingj Dalungz dang saefouh ba.
（音标）ɕou^{6} ɕiŋ^{3} ta^{1} luŋ^{2} taːŋ^{1} θai^{1} fou^{6} pa.
（直译）就请大龙当师父吧。
（意译）就请大龙当师父吧。

Linz Ginhfung：
林金凤：
（原文）哎呀，云讲后生坚至黎，丁逢至曾哜。
（壮文）Aeya，vunz gangj hauxseng gen ndi raez，dinfwngz ndicaengz caez.
（音标）aija，wun^{2} kaːŋ^{3} haːu^{4} θeːŋ^{1} keːn^{1} ʔdi^{1} ɣai^{2}，tin^{1} fɯŋ^{2} ʔdi^{1} ɕaŋ^{2} ɕai^{2}.
（直译）哎呀，人讲后生手臂不长，手脚未曾齐。
（意译）哎呀，人说后生手臂未够长，手脚不够灵。

Goengliuz：
刘公：
（原文）依依依！姑老且。云讲：年老须崩僧，巾挨估也腾。
（壮文）Ndei ndei ndei! Gou bouxlaux. Vunz gangj：Nienzlaux mumh baengzsaeng，gwn ngaiz gou hix daengz.
（音标）ʔdei^{1} ʔdei^{1} ʔdei^{1}！kou^{1} pou^{4} laːu^{4}. wun^{2} kaːŋ^{3}：niːn^{2} laːu^{4} mum^{6} paŋ^{2} θaŋ^{1}，kɯn^{1} ŋaːi^{2} kou^{1} hi^{4} taŋ^{2}.
（直译）好好好！我老翁。人讲：年老胡须乱蓬蓬，吃饭我也到。
（意译）好好好！我老翁。人说：年老胡须乱，吃饭我也来。

Linz Ginhfung：
林金凤：
（原文）对！寒霞双狗琛，狗夭来则狗来抽。
（壮文）Doiq! Hanzhaz song gyaeuj soem，gyaeuj ndeu lai naek gyaeuj lai mbaeu.
（音标）toːi^{5}！haːn^{2}ha^{2} θoːŋ^{1} kjau^{3} θom^{1}，kjau^{3} ʔdeːu^{1} laːi^{1} nak^{7} kjau^{3} laːi^{1} ʔbau^{1}.
（直译）对！尖扁担两头尖，一头多重一头多轻。
（意译）对！尖扁担两头尖，一头重来一头轻。

Liuz Dalungz：
刘大龙：
（原文）至是样你讲，伊爸铭行包公计，一膀那毫膀那嘿。
（壮文）Ndi seih yienghneix gangj，aebah（daxboh）mwngz hengz Baugoeng geiq，it bangx najhau bangx najndaem.
（音标）ʔdi^{1} θei^{6} jiːŋ^{6}nei^{4} kaːŋ^{3}，ai^{1}pa^{6}（ta^{4}po^{6}）mɯŋ^{2} heːŋ^{2} paːu^{1}koŋ^{1} kei^{5}，it^{7} paːŋ^{4} na^{3}haːu^{1} paːŋ^{4} na^{3}ʔdam^{1}.
（直译）不是这样讲，爸你行包公计，一边白脸一边黑脸。
（意译）不是这样讲，爸你行包公计，一边白脸一边黑脸。

Goengliuz：
刘公：
（原文）包公计？哈哈哈！
（壮文）Baugoeng geiq? Ha ha ha!
（音标）paːu^{1}koŋ^{1} kei^{5}？ha ha ha！
（直译）包公计？哈哈哈！
（意译）包公计？哈哈哈！

（Sam vunz riugakgak）

（三人大笑）

（Roengz muq）
（幕下）

场大三 家林坚定除婚约
Ciengz Daihsam Ranz Limz Giendingh Cawz Vaen'iek
场第三 家林坚定除婚约
第三场 林家坚定废婚约

【Baij gingj】Ranz Limz.
【布景】林家。

【Hai muq】Maj Ciuhyangh ninzhwnq，ciuqgingq roigyaeuj.
【幕启】马秋香起床，照镜子梳头。

Maj Ciuhyangh【Ciengq】
马秋香【唱】
（原文）算老气曼赛卦葱，
花金总比花达红；
穷报穷哨至中用，
幅夏眉钱管老公。
（壮文）Suenqlaux heiq manh saiq gvaq coeng，
Vanim cungj beij vanap hoengz；
Gungz mbauq gungz sau ndi cungyungh，
Mbwkyah meiz cienz guenj lauxgung.
（音标）θuːn^{5} laːu^{4} hei^{5} maːn^{6} θaːi^{5} kwa^{5} ɕoŋ^{1}，
wa^{1} nim^{1} ɕuŋ^{3} pei^{3} wa^{1} naːp^{7} hoŋ^{2}；
kuŋ^{2} ʔbaːu^{5} kuŋ^{2} θaːu^{1} ʔdi^{1} ɕuŋ^{1}juŋ^{6}，
ʔbɯk^{7}ja^{6} mei^{2} ɕiːn^{2} kuːn^{3} laːu^{4}kuŋ^{1}.
（直译）蒜老气辣赛过葱，
稔子花总比野牡丹花红；
穷男穷女不中用，
老婆有钱管老公。
（意译）老蒜气辣胜过葱，
稔花比野牡丹红；
穷男穷女不中用，
老婆有钱管老公。

(Riunyaen. Coh ndaw hemq)
（奸笑。向内叫喊）

（原文）清明！
（壮文）Cinghmingz!
（音标）ɕiŋ^{6} miŋ^{2}！
（直译）清明！
（意译）清明！

(Mbouj nyi sing han，youh sing hung hemq)
（没听见应声，又大声喊）

Linz Cinghmingz【Ndaw han】
林清明【内应】
（原文）计骡事？
（壮文）Gijlawz saeh?
（音标）ki^{3} laɯ^{2} θai^{6}？
（直译）什么事？
（意译）什么事？

Maj Ciuhyangh：
马秋香：
（原文）得淋那斗许姑！
（壮文）Daek raemxnaj daeuj hawj gou!
（音标）tak^{7} ɣam^{4} na^{3} tau^{3} haɯ^{3} kou^{1}！
（直译）打洗脸水来给我！
（意译）给我打洗脸水来！

Linz Cinghmingz【Riuj raemxnaj hwnj】
林清明【提洗脸水上】
（原文）斗了斗了，岁那吧！
（壮文）Daeuj lo daeuj lo，swiqnaj ba!
（音标）tau^{3} lo tau^{3} lo，θɯːi^{5} na^{3} pa！
（直译）来了来了，洗脸吧！
（意译）来了来了，洗脸吧！

Maj Ciuhyangh【Gaem sujbaq yaek swiq】
马秋香【拿毛巾欲洗】
（原文）哎呀，几淋你来骨卦梅，批鱼岁，另欧斗。
（壮文）Aeya，gij raemx neix lai gyoet gvaq mui（mwi），bae lawz swiq，lingh aeu daeuj.
（音标）aija，ki^{3} ɣam^{4} nei^{4} la:i^{1} kjot^{7} kwa^{5} muːi^{1}（mɯːi^{1}），pai^{1} law^{2} θɯːi^{5}，liŋ^{6} au^{1} tau^{3}.
（直译）哎呀，些水这多冷过霜，去怎洗，另要来。
（意译）哎呀，这水比霜还冷，怎么洗，另打来。

Linz Cinghmingz：
林清明：
（原文）哎呀！岁那嫌淋骨，至合气又刻，换就换！
（壮文）Aeya！Swiqnaj yiemz raemx gyoet，ndi hab heiq youh gaek，vuenh couh vuenh！
（音标）aija！θɯːi^{5} na^{3} jiːm^{2} ɣam^{4} kjot^{7}，ʔdi^{1} haːp^{8} hei^{5} jou^{6} kak^{7}，wuːn^{6} ɕou^{6} wuːn^{6}！
（直译）哎呀！洗脸嫌水冷，不合气又急，换就换！
（意译）哎呀！洗脸嫌水冰，不合意又气，换就换！

(Riuj doengj roengz)
（提桶下）

Maj Ciuhyangh【Ciengq】
马秋香【唱】
（原文）装厄缆拥布使松，
怀奸拍作争顺从；
眉钱讲话凳皇帝，
化黎污南凛蛇蓬。
（壮文）Cang ek lamx oengj mbouj ndaej soeng，
Vaizgan bak cag deng swnhcoengz；
Meiz cienz gangjvah daengq vuengzdaeq，
Vaq raez uq namh lumj ngwzboengz.
（音标）ɕaːŋ^{1} eːk^{7} laːm^{4} oŋ^{3} ʔbou^{3} ʔdai^{3} θoŋ^{1}，
waːi^{2} kaːn^{1} paːk^{7} ɕaːk^{8} teːŋ^{1} θɯn^{6} ɕoŋ^{2}；
mei^{2} ɕiːn^{2} kaːŋ^{3} wa^{6} taŋ^{5} wuːŋ^{2} tai^{5}，
wa^{5} ɣai^{2} u^{5} naːm^{6} lum^{3} ŋɯ^{2} poŋ^{2}.
（直译）装轭揽轭套不得松，
奸牛嘴绳挨顺从；
有钱讲话像皇帝，

裤长污泥像泥蛇。

（意译）装轭揽颈不能松，
奸牛绳穿才顺着；
有钱讲话像皇帝，
裤长污泥像泥蛇。

Linz Cinghmingz【Cienj riuj raemxnaj hwnj】
林清明【转提洗脸水上】
（原文）斗了，斗了！岁吧。
（壮文）Daeuj lo，daeuj lo！Swiq ba.
（音标）tau^{3} lo，tau^{3} lo！θɯːi^{5} pa.
（直译）来了，来了！洗吧。
（意译）来了，来了！洗吧。

Maj Ciuhyangh【Iet fwngz gig vaiq suk dauq】
马秋香【伸手后很快缩回来】
（原文）哎哟，缆胎云啦！节啁吗，鱼欧淋滚斗？
（壮文）Aeyo，romx dai vunz la！Gvet mou ma，lawz aeu raemxgoenj daeuj？
（音标）aijo，ɤoːm^{4} taːi^{1} wun^{2} la！kweːt^{7} mou^{1} ma，lauɯ^{2} au^{1} ɤam^{4}kon^{3} tau^{3}？
（直译）哎哟，烫死人啦！刮猪吗，怎要开水来？
（意译）哎哟，烫死人啦！刮猪毛吗，怎拿开水来？

【Ciengq】
【唱】
（原文）参铭节嘛噜节啁，
鱼欧淋滚斗鸾估？
云促三分铭十足，
云促途兔赖途怒。
（壮文）Cam mwngz gvet ma rox gvet mou，
Lawz aeu raemxgoenj daeuj romx gou？
Vunz huk sam faen mwngz cibcuk，
Vunzhuk duzdouq laih duznou.
（音标）ɕaːm^{1} mɯŋ^{2} kweːt^{7} ma^{1} ɤo^{4} kweːt^{7} mou^{1}，
lauɯ^{2} au^{1} ɤam^{4}kon^{3} tau^{3} ɤoːm^{4} kou^{1}？
wun^{2} huk^{7} θaːm^{1} fan^{1} mɯŋ^{2} ɕip^{8}ɕuk^{7}，
wun^{2}huk^{7} tu^{2}tou^{5} laːi^{6} tu^{2}nou^{1}.
（直译）问你刮狗或刮猪，
怎要开水来烫我？

人笨三分你十足，
笨人兔子以为老鼠。
（意译）问你刮狗或刮猪，
怎拿滚水来洗漱？
人笨三分你十分，
笨人兔子说是鼠。

Linz Cinghmingz【Ciengq】
林清明【唱】
（原文）怀特也得卡，
如伦卦，
姑挣夏管关？
今妻至开班，
难布难，
倒吨装厄翁？
（壮文）Vaizdaeg hix dwk gaz，
Byawz raen gvaq，
Gou deng yah guenj gvan？
Gaem cae ndi rox fan，
Nanz mbouj nanz，
Dauqdoenq cang ekoengj？
（音标）wa:i^{2} tak^{8} hi^{4} tɯk^{7} ka^{2}，
pjaɯ^{2} ɣan^{1} kwa^{5}，
kou^{1} te:ŋ^{1} ja^{6} ku:n^{3} kwa:n^{1}；
kam^{1} ɕai^{1} ʔdi^{1} ɣo^{4} fa:n^{1}，
na:n^{2} ʔbou^{3} na:n^{2}，
ta:u^{5} ton^{5} ɕa:ŋ^{1} e:k^{7} oŋ^{3}.
（直译）公牛也装枷，
谁见过，
我挨妻管夫？
拿犁不懂翻，
难不难，
倒退装轭套？
（意译）公牛也套枷，
谁见过，
妻管夫管家？
田不懂犁耙，
难不难，

倒退把轭架。
(Riuj doengj roengz)
（提桶下）

Maj Ciuhyangh【Ciengq】
马秋香【唱】
（原文）怀咪污移怀，
搭叻该，
云古来肯价；
就算至岁那，
扎朵花，
也凛达云初。
（壮文）Vaizmeh uq haexvaiz,
Dap lwg gai,
Vunz goj lai hawj gyaq;
Couhsuenq ndi swiq naj,
Cap duj va,
Hix lumj dah vunzcoz.
（音标）waːi^{2}me^{6} u^{5} hai^{4}waːi^{2},
taːp^{7} lɯk^{8} kaːi^{1},
wun^{2} ko^{3} laːi^{1} haɯ^{3} kja^{5};
ɕou^{6}θuːn^{5} ʔdi^{1} θɯːi^{5} na^{3},
ɕaːp^{7} tu^{3} wa^{1},
hi^{4} lum^{3} ta^{6} wun^{2}ɕo^{2}.
（直译）母牛污牛屎，
搭崽卖，
人可多给价；
就算不洗脸，
插朵花，
也像女青年。
（意译）母牛有屎粘，
搭崽卖，
人就多给钱；
就算不洗脸，
插朵花，
也像女青年。

【Cabgangj】

【插白】

（原文）嘻嘻！姑马秋香处定贴特往姑福分，使享世界兆云你罗！

（壮文）Hi hi! Gou Maj Ciuhyangh cawqdingh nem daegnuengx gou fukfaenh, ndaej yiengj seiqgyaiq ciuhvunz neix lo!

（音标）hi hi! kou^{1} ma^{3} ɕiːu^{6}jaːŋ^{6} ɕaɯ^{5}tiŋ^{6} neːm^{1} tak^{8}nuːŋ^{4} kou^{1} fuk^{7}fan^{6}, ʔdai^{3} jiːŋ^{3} θei^{5}kjaːi^{5} ɕiːu^{6}wun^{2} nei^{4} lo!

（直译）嘻嘻！我马秋香注定沾弟我福分，得享世界辈子这啰！

（意译）嘻嘻！我马秋香注定沾我弟的福，得享受这辈子啰！

【Ciengq】

【唱】

（原文）盘古开天几千年，
马巾厚谷怀耕田；
财桑讲话来使响，
老娘眉钱管老天。

（壮文）Buenzguj hai dien geij cien nienz,
Max gwn haeuxgok vaiz geng dienz (naz);
Caiz sang gangjvah lai ndaej yiengj,
Lauxniengz meiz cienz guenj lauxdien.

（音标）puːn^{2}ku^{3} haːi^{1}tiːn^{1} kei^{3} ɕiːn^{1} niːn^{2},
ma^{4} kɯn^{1} hau^{4}koːk^{7} waːi^{2} keːŋ^{1} tiːn^{2} (na^{2});
ɕaːi^{2} θaːŋ^{1} kaːŋ^{3}wa^{6} laːi^{1} ʔdai^{3} jiːŋ^{3},
laːu^{4}niːŋ^{2} mei^{2} ɕiːn^{2} kuːn^{3} laːu^{4}tiːn^{1}.

（直译）盘古开天几千年，
马吃谷子牛耕田；
财高讲话多得响，
老娘有钱管老天。

（意译）盘古开天几千年，
马吃谷子牛耕田；
财高讲话响当当，
老娘有钱管老天。

【Gangj】

【白】

（原文）管老天，字天显狗吗！

（壮文）Guenj lauxdien, cih dien ietgyaeuj ma!

（音标）kuːn^{3} laːu^{4}tiːn^{1}, ɕi^{6} tiːn^{1} iːt^{7}kjau^{3} ma!

（直译）管老天，天字出头①嘛！
（意译）管老天，天字出头嘛！

（Riu）
（笑）

（原文）嘻嘻嘻！
（壮文）Hi hi hi！
（音标）hi hi hi！
（直译）嘻嘻嘻！
（意译）嘻嘻嘻！

（Linz Ginhfung daj rog ma，hwnj）
（林金凤从外面回来，上）

Linz Ginhfung：
林金凤：
（原文）香！
（壮文）Yangh！
（音标）jaːŋ^{6}！
（直译）香！
（意译）香！

Maj Ciuhyangh：
马秋香：
（原文）铭嘛正合啦，姑正要批拉铭呢。
（壮文）Mwngz ma cingq hab la，gou cingq yaek bae ra mwngz ne.
（音标）mɯŋ^{2} ma^{1} ɕiŋ^{5} haːp^{8} la，kou^{1} ɕiŋ^{5} jak^{7} pai^{1} ɣa^{1} mɯŋ^{2} ne.
（直译）你回来正合适啦，我正要去找你呢。
（意译）你回来正好啦，我正要去找你呢。

Linz Ginhfung：
林金凤：
（原文）拉姑眉曲骡事？
（壮文）Ra gou meiz gijlawz saeh?
（音标）ɣa^{1} kou^{1} mei^{2} ki^{3} laɯ^{2} θai^{6}？

---

① “天”字出头是“夫”字。

（直译）找我有什么事？
（意译）找我有什么事？

Maj Ciuhyangh：
马秋香：
（原文）吝铭依消息，特往姑打香港麻啦。
（壮文）Lwnh mwngz ndei siusik，daegnuengx gou daj Yanghgangj ma lo.
（音标）lɯn^{6} mɯŋ^{2} ʔdei^{1} θiːu^{1}θik^{7}，tak^{8}nuːŋ^{4} kou^{1} ta^{3} jaːŋ^{6}kaːŋ^{3} ma^{1} lo.
（直译）告诉你好消息，弟弟我从香港回来了。
（意译）告诉你好消息，我弟从香港回来了。

Linz Ginhfung：
林金凤：
（原文）嘛了又鱼样？
（壮文）Ma le youh lawzyiengh？
（音标）ma^{1} le jou^{6} laɯ^{2}jiːŋ^{6}？
（直译）回了又怎样？
（意译）回来又怎样？

Maj Ciuhyangh：
马秋香：
（原文）皮你爹口嘛，就欧奏铭结婚啦。
（壮文）Baezneix de haeujma，couh aeu caeuq mwngz gietvaen la.
（音标）pai^{2}nei^{4} te^{1} hau^{3}ma^{1}，ɕou^{6} au^{1} ɕau^{5} mɯŋ^{2} kiːt^{7}wan^{1} la.
（直译）这次他进来，就要和你结婚啦。
（意译）这次他回来，就要和你结婚啦。

Linz Ginhfung：
林金凤：
（原文）姑队从来里曾伦那，鱼又讲即克喊结婚？
（壮 文） Goudoih coengzlaiz lijcaengz raennaj，lawz youh gangj sikhaek hemq gietvaen？
（音标）kou^{1}toːi^{6} ɕoŋ^{2}laːi^{2} li^{3}ɕaŋ^{2} ɣan^{1}na^{3}，laɯ^{2} jou^{6} kaːŋ^{3} θik^{7}hak^{7} heːm^{5} kiːt^{7}wan^{1}？
（直译）我们从来还未见面，怎又讲立刻叫结婚？
（意译）我们从来没有见过面，怎么就说立刻结婚？

Maj Ciuhyangh：
马秋香：
（原文）伦那布容易？迟布卦三云，爹就斗奏铭伦那。
（壮文）Raennaj mbouj yungzheih? Ceiz mbouj gvaq sam ngoenz，de couh daeuj caeuq mwngz raennaj.
（音标）ɣan^{1}na^{3} ʔbou^{3} juŋ^{2}hei^{6}? ɕei^{2} ʔbou^{3} kwa^{5} θaːm^{1} ŋon^{2}，te^{1} ɕou^{6} tau^{3} ɕau^{5} mɯŋ^{2} ɣan^{1}na^{3}.
（直译）见面不容易？迟不过三天，他就来和你见面。
（意译）见面还不容易？最迟不过三天，他就来和你会面。

Linz Ginhfung：
林金凤：
（原文）当怒姑至中意呢？
（壮文）Danghnaeuz gou ndi hab'eiq ne?
（音标）taːŋ^{6}nau^{2} kou^{1} ʔdi^{1} haːp^{8}ei^{5} ne?
（直译）如果我不合意呢？
（意译）如果我不中意呢？

Maj Ciuhyangh【Ciengq】
马秋香【唱】
（原文）双联婚合约，
讲清切，
又何必怀疑？
立书定婚期，
受噜迟，
永布眉反悔。
（壮文）Song liemzvaen hab'iek，
Gangj cingciet (cingcuj)，
Youh hozbiet hozngeiz?
Laebsaw dingh vaengeiz，
Caeux rox ceiz，
Vingx mbouj meiz fanjhoij.
（音标）θoːŋ^{1} liːm^{2}wan^{1} haːp^{8}iːk^{7}，
kaːŋ^{3} ɕiŋ^{1}ɕiːt^{7} (ɕiŋ^{1}ɕu^{3})，
jou^{6} ho^{2}piːt^{7} ho^{2}ŋei^{2}?
lap^{8}θaɯ^{1} tiŋ^{6} wan^{1}kei^{2}，
ɕau^{4} ɣo^{4} ɕei^{2}，
wiŋ^{4} ʔbou^{3} mei^{2} faːn^{3}hoːi^{3}.

（直译）双联婚合约，
讲清楚，
又何必怀疑？
立书订婚期，
早或迟，
永没有反悔。
（意译）双联婚约定，
已讲清，
又何必疑心？
婚期立书订，
早或迟，
永不会悔亲。

Linz Ginhfung【Ciengq】
林金凤【唱】
（原文）欧筷换灯早，
爹父老，
立乱搞盲婚；
布是博噜民，
讲价文，
就欧银批柱。
（壮文）Aeu faiq vuenh daengcauj，
De bouxlaux，
Laebluenh gauj mengzvaen；
Mbouj seih biek rox maenz，
Gangjgyaq baenz，
Couh aeu ngaenz bae cawx.
（音标）au^{1} faːi^{5} wuːn^{6} taŋ^{1}ɕaːu^{3}，
te^{1} pou^{4}laːu^{4}，
lap^{8}luːn^{6} kaːu^{3} meːŋ^{2}wan^{1}；
ʔbou^{3} θei^{6} piːk^{7} ɤo^{4} man^{2}，
kaːŋ^{3}kja^{5} pan^{2}，
ɕou^{6} au^{1} ŋan^{2} pai^{2} ɕaɯ^{4}.
（直译）要棉花换灯草，
他老人，
胡乱搞盲婚；
不是芋头或红薯，
讲价成，

就要钱去买。
（意译）棉花换灯草，
他老人，
盲婚胡乱搞；
芋薯地里刨，
讲价好，
用钱可买到。

Maj Ciuhyangh【Ciengq】
马秋香【唱】
（原文）东宝幼香港，
布唠讲，
钱文万文箱；
任途羊口宣，
巾布完，
用布完布了。
（壮文）Dunghbauj youq Yanghgangj,
Mbouj lau gangj,
Cienz baenz fanh baenz sieng;
Nyaemh duzyiengz haeuj suen,
Gwn ndi yuenz (sat),
Yungh mbouj yuenz mbouj liux.
（音标）tuŋ^{6} paːu^{3} jou^{5} jaːŋ^{6} kaːŋ^{3},
ʔbou^{3} laːu^{1} kaːŋ^{3},
ɕiːn^{2} pan^{2} faːn^{6} pan^{2} θiːŋ^{1};
ɲam^{6} tu^{2}jiːŋ^{2} hau^{3} θuːn^{1},
kɯn^{1} ʔdi^{1} juːn^{2} （θaːt^{7}）,
juŋ^{6} ʔbou^{3} juːn^{2} ʔbou^{3} liːu^{4}.
（直译）东宝在香港，
不怕讲，
钱成万成箱；
任羊儿进园，
吃不完，
用不完不了。
（意译）东宝在香港，
不怕讲，
钱成箱成万；
任羊群进园，

吃不完，
用不尽不完。

Linz Ginhfung：
林金凤：
（原文）香，姑队从来曾伦卦那，样鱼即克就结婚呀？
（壮文）Yangh，goudoih coengzlaiz caengz raen gvaq naj，yienghlawz sikhaek couh gietvaen ya？
（音标）ja:ŋ^{6}，kou^{1} to:i^{6} ɕoŋ^{2} la:i^{2} ɕaŋ^{2} ɣan^{1} kwa^{5} na^{3}，ji:ŋ^{6} laɯ^{2} θik^{7} hak^{7} ɕou^{6} ki:t^{7} wan^{1} ja？
（直译）香，我们从来未见过面，怎样马上就结婚呀？
（意译）香，我们从来都没见面，怎能马上就结婚呀？

Maj Ciuhyangh：
马秋香：
（原文）眉色骡要紧，另云先估友后结婚，娄可以先结婚后估友，道理都是一样吗。
（壮文）Meiz saeklawz youqgaenj，linghvunz sien guhyoux haeuh gietvaen，raeuz ndaej sien gietvaen haeuh guhyoux，dauhleix cungjdwg ityiengh ma.
（音标）mei^{2} θak^{7} laɯ^{2} jou^{5} kan^{3}，liŋ^{6} wun^{2} θi:n^{1} ku^{6} jou^{4} hau^{6} ki:t^{7} wan^{1}，ɣau^{2} ʔdai^{3} θi:n^{1} ki:t^{7} wan^{1} hau^{6} ku^{6} jou^{4}，ta:u^{6} lei^{4} ɕuŋ^{3} tɯk^{8} it^{7} ji:ŋ^{6} ma.
（直译）有什么要紧，别人先恋爱再结婚，我们可以先结婚再恋爱，道理都是一样嘛。
（意译）有什么要紧，别人先恋爱再结婚，我们可以先结婚再恋爱，道理都是一样嘛。

Linz Ginhfung：
林金凤：
（原文）对自己召云大事，姑一定欧认真宜沈宜沈啊！
（壮文）Doiq swhgeij ciuhvunz daihsaeh，gou itdingh aeu nyinhcaen ngeixnaemj ngeixnaemj ya！
（音标）to:i^{5} θɯ^{6} kei^{3} ɕi:u^{6} wun^{2} ta:i^{6} θai^{6}，kou^{1} it^{7} tiŋ^{6} au^{1} ȵin^{6} ɕan^{1} ŋei^{4} nam^{3} ŋei^{4} nam^{3} ja！
（直译）对自己一辈子大事，我一定要认真考虑考虑呀！
（意译）对自己的终身大事，我一定要认真考虑考虑呀！

Maj Ciuhyangh：
马秋香：
（原文）沈计骡沈，难道铭里布信？
（壮文）Naemj gijlawz naemj，nanzdauh mwngz lij mbouj saenq？
（音标）nam^{3} ki^{3} laɯ^{2} nam^{3}，na:n^{2} ta:u^{6} mɯŋ^{2} li^{3} ʔbou^{3} θan^{5}？

（直译）考虑什么考虑，难道你还不信？
（意译）还考虑什么，难道你还不相信？

Linz Ginhfung：
林金凤：
（原文）香，婚姻布是该柱，揖也就文交换，包办顶滤至使的。
（壮文）Yangh，vunhyinh mbouj seih gaicawx，yaep he couh baenz gyauvuenh，baubanh dingjlawh ndi ndaej gae.
（音标）ja:ŋ^{6}，wun^{6}jin^{6} ʔbou^{3} θei^{6} ka:i^{1} ɕaɯ^{4}，jap^{7} he^{1} ɕou^{6} pan^{2} kja:u^{1} wu:n^{6}，pa:u^{1} pa:n^{6} tiŋ^{3} laɯ^{6} ʔdi^{1} ʔdai^{3} kai.
（直译）香，婚姻不是买卖，一下子就成交换，包办顶替不得的。
（意译）香，婚姻不是买卖，一下子就成交易，不能包办代替的。

Maj Ciuhyangh【Gvaibanj】
马秋香【快板】
（原文）凤呀凤，讲分明，
二十年前共联亲；
眉几骡怀疑又考虑？
先结婚后建感情；
讲斗米姑换皮早，
铭也布输姑布形；
铭定批配姑兰马，
姑定斗嫁铭兰林；
收入支出总一样，
总凛缸意换大瓶；
该怀柱怀换条作，
价彭价贱布书形；
淋很船也很，
淋缀船也停；
自己怀巾自己厚，
一半料审半肚因。
（壮文）Fungh ya Fungh，gangj faenmingz，
Ngeihcib bi gonq gungh liemzcaen；
Meiz gijlawz hozngeiz youh ngeixnaemj？
Sien gietvaen haeuh laeb gamjcingz；
Gangj daeuj mehgux vuenh beixsauj，
Mwngz hix mbouj saw gou mbouj hingz；
Mwngz dingh bae boiq gou ranz Max，

Gou dingh daeuj haq mwngz ranz Limz;
Souhaeuj ceiok cungj ityiengh,
Cungj lumj gang'iq vuenh daihbingz;
Gai vaiz cawx vaiz vuenh diuz cag,
Gyaq bengz gyaq cienh mbouj saw hingz;
Raemx hwnj ruz hix hwnj,
Raemx sied ruz hix dingz;
Swhgeij vaiz gwn swhgeij haeux,
It buenq riunyumj buenq dungxin.

（音标）fuŋ6 ja fuŋ6，kaːŋ3 fan1 miŋ2，
ŋei6 ɕip8 pi1 koːn5 kuŋ6 liːm2 ɕan1；
mei2 ki3 law2 ho2 ŋei2 jou6 ŋei4 nam3？
θiːn1 kiːt7 wan1 hau6 lap8 kaːm3 ɕiŋ2；
kaːŋ3 tau3 me6 ku4 wuːn6 pei4 θaːu3，
mɯŋ2 hi4 ʔbou3 θaɯ1 kou1 ʔbou3 hiŋ2；
mɯŋ2 tiŋ6 pai1 poːi5 kou1 ɣaːn2 ma4，
kou1 tiŋ6 tau3 ha5 mɯŋ2 ɣaːn2 lim2；
θou1 hau3 ɕei1 oːk7 ɕuŋ3 it7 jiːŋ6，
ɕuŋ3 lum3 kaːŋ1 i5 wuːn6 taːi6 piŋ2；
kaːi1 waːi2 ɕaɯ4 waːi2 wuːn6 tiːu2 ɕaːk8，
kja5 peːŋ2 kja5 ɕiːn6 ʔbou3 θaɯ1 hiŋ2；
ɣam4 hɯn3 ɣu2 hi4 hɯn3，
ɣam4 θiːt8 ɣu2 hi4 tiŋ2；
θɯ6 kei3 waːi2 kɯn1 θɯ6 kei3 hau4，
it7 puːn5 ɣiːu1 ȵum3 puːn5 tuŋ4 in1.

（直译）凤呀凤，讲分明，
二十年前共联亲；
有何怀疑又考虑？
先结婚后建感情；
讲来姑换嫂子，
你也不输我不赢；
你定去配我家马，
我定来嫁你家林；
收入支出都一样，
总像小缸换大瓶；
卖牛买牛换条绳，
价贵价贱不输赢；
水涨船也上，

水降船也停；
自己牛吃自己禾，
一半笑眯半肚疼。
（意译）凤呀凤，讲分明，
二十年前共联亲；
有何怀疑和顾虑？
先结婚后建感情；
讲来小姑换嫂子，
你也不输我不赢；
你去嫁给我马家，
我到林家来结亲；
收入支出都一样，
好像小缸换大瓶；
买牛卖牛换根绳，
贵价贱价没输赢；
水涨船也上，
水降船也停；
自家牛吃自家禾，
笑眯肚子疼不行。

Linz Ginhfung【Gvaibanj】
林金凤【快板】
（原文）香咳香，
话布讲布明；
双联婚约是封建，
布符合章程；
先斗结婚后噜那，
容易破裂夫妻情；
婚姻并非是该柱，
做主是由各云定。
（壮文）Yangh ya Yangh，
Vah mbouj gangj mbouj mingz;
Song liemz vaen'iek seih funghgen,
Mbouj fukhab ciengcingz;
Sien daeuj gietvaen haeuh roxnaj,
Yungzheih buqvaih gvanyah cingz;
Vunhyinh mbouj seih guh gaicawx,
Guhcawj seih youz gak vunz dingh.

（音标）jaːŋ^{6} ja jaːŋ^{6}，
wa^{6} ʔbou^{3} fuk^{7} kaːŋ^{3} ʔbou^{3} miŋ^{2}；
θoːŋ^{1} liːm^{2} wan^{1} iːk^{7} θei^{6} fuŋ^{6} keːn^{1}，
ʔbou^{3} fuk^{7} haːp^{8} ɕiːŋ^{1} ɕiŋ^{2}；
θiːn^{1} tau^{3} kiːt^{7} wan^{1} hau^{6} ɣo^{4} na^{3}，
juŋ^{2} hei^{6} pu^{5} waːi^{6} kwaːn^{1} ja^{6} ɕiŋ^{2}；
wun^{6} jin^{6} ʔbou^{3} θei^{6} ku^{6} kaːi^{1} ɕauɯ^{4}，
ku^{6} ɕauɯ^{3} θei^{6} jou^{2} kaːk^{7} wun^{2} tiŋ^{6}.

（直译）香呀香，
话不讲不明；
双联婚约是封建，
不符合章程；
先来结婚后认识，
容易破坏夫妻情；
婚姻不是做买卖，
做主是由各人定。

（意译）香呀香，
话不讲不明；
双联婚约是封建，
旧俗不合新章程；
先来结婚后相识，
容易破坏夫妻情；
婚姻不是做买卖，
做主是由各人定。

Maj Ciuhyangh【Gvaibanj】
马秋香【快板】

（原文）阿凤铭乱吟，
讲话总凛失弹琴；
乱到政策姑也噜，
怀想喔屎荒先擎；
铭想赖婚斗反悔，
姑也布买幼兰林。

（壮文）Dahfungh mwngz luenh nyiem (damz)，
Gangjvah cungj lumj roet danzgimz；
Luenh dauq cwngcwz gou hix rox，
Vaiz siengj okhaex rieng sien gingz；
Mwngz siengj laihvaen daeuj fanjhoij，

Gou hix mbouj maij youq ranz Limz.

（音标）ta^{6} fuŋ^{1} mɯŋ^{2} luːn^{6} ȵiːm^{1} （taːm^{2}），
kaːŋ^{3} wa^{6} ɕuŋ^{3} lum^{3} ɣot^{7} taːn^{2} kim^{2}；
luːn^{6} taːu^{5} ɕɯŋ^{1} ɕɯ^{2} kou^{1} hi^{4} ɣo^{4}，
waːi^{2} θiːŋ^{3} oːk^{7} hai^{4} ɣiːŋ^{1} θiːn^{1} kiŋ^{2}；
mɯŋ^{2} θiːŋ^{3} laːi^{6} wan^{1} tau^{3} faːn^{3} hoːi^{3}，
kou^{1} hi^{4} ʔbou^{3} maːi^{3} jou^{5} ɣaːn^{2} lim^{2}.

（直译）阿凤你乱吟，
讲话总像屁弹琴；
乱套政策我也懂，
牛想拉屎尾先擎；
你想赖婚来反悔，
我也不爱在家林。

（意译）阿凤你乱吟，
讲话总像屁弹琴；
乱套政策我也懂，
牛想拉屎尾先擎；
你想赖婚来反悔，
我也不在乎姓林。

Linz Ginhfung：
林金凤：
（原文）铭意思想离开兰林？
（壮文）Mwngz eiqsei siengj lizhai ranz Limz？
（音标）mɯŋ^{2} ei^{5} θei^{1} θiːŋ^{3} li^{2} haːi^{1} ɣaːn^{2} lim^{2}？
（直译）你意思想离开家林？
（意译）你意思是想离开林家？

Maj Ciuhyangh：
马秋香：
（原文）离至离就处铭了。
（壮文）Liz ndi liz couh yawj mwngz lo.
（音标）li^{2} ʔdi^{1} li^{2} ɕou^{6} jaɯ^{3} mɯŋ^{2} lo.
（直译）离不离就看你了。
（意译）离不离就看你了。

Linz Ginhfung【Ciengq】
林金凤【唱】
1.
（原文）二十年贯愁加愁，
特哥婚事特良求；
演喔怪戏姑难处，
许姑金凤失自由。
（壮文）Ngeihcib bi gonq you gya you,
Daeggo vaensaeh dwgrengz gouz;
Yienj ok gvaiqheiq gou nanz yawj,
Hawj gou Ginhfung saet swyouz.
（音标）ŋei^{6}ɕip^{8} pi^{1} koːn^{5} jou^{1} kja^{1} jou^{1}，
tak^{8}ko^{1} wan^{1}θai^{6} tɯk^{8}ɣeːŋ^{2} kou^{2}；
jiːn^{3} oːk^{7} kwaːi^{5}hei^{5} kou^{1} naːn^{2} jaɯ^{3}，
haɯ^{3} kou^{1} kin^{6}fuŋ^{1} θat^{7} θɯ^{1}jou^{2}.
（直译）二十年前愁加愁，
阿哥婚事辛苦求；
演出怪戏我难看，
给我金凤失自由。
（意译）二十年前愁加愁，
阿哥婚事辛苦求；
演出怪戏我难看，
使我金凤失自由。

2.
（原文）姑奏大龙眉感情，
剥查林棍淋他流；
可怜特哥太训奈，
可怜妈老太随流。
（壮文）Gou caeuq Dalungz meiz gamjcingz,
Bakcax raemjgoenq raemxda louz (lae);
Hojlienz daeggo daiq unqnaiq,
Hojlienz mehlaux daiq swnhriuz.
（音标）kou^{1} ɕau^{5} ta^{1}luŋ^{2} mei^{2} kaːm^{3}ɕiŋ^{2}，
paːk^{7}ɕa^{4} ɣam^{3}kon^{5} ɣam^{4}ta^{1} lou^{2}（lai^{1}）；
ho^{3}liːn^{2} tak^{8}ko^{1} taːi^{5} un^{5}naːi^{5}，
ho^{3}liːn^{2} me^{6}laːu^{4} taːi^{5} θɯn^{6}ɣiːu^{2}.
（直译）我和大龙有情感，

刀口斩断眼泪流；
可怜阿哥太软弱，
可怜老妈太随流。

（意译）我和大龙有情感，
一刀斩断眼泪流；
可怜阿哥太软弱，
可怜老妈太随流。

Maj Ciuhyangh：
马秋香：

（原文）二十年前，娄队林马双兰订了双联婚合约，姑嫁特哥铭，铭必然嫁特往姑。时痕收队年纪细，至曾卦都成亲，婚事一直拖腾云你，铭里眉几骡东想西稔？大路至派也争派呀。

（壮文）Ngeihcib bi gonq，raeuzdoih Limz Max song ranz dingh le song liemzvaen hab'iek，gou haq daeggo mwngz，mwngz bietyienz haq daegnuengx gou. Seizhaenx soudoih nienzgeij saeq，ndicaengz gvaqdou baenzcaen，vaensaeh itcig do daengz ngoenzneix，mwngz lij meiz gijlawz doeng siengj sae naemj? Daihloh ndi byaij hix deng byaij ya.

（音标）ŋei^{6}ɕip^{8} pi^{1} ko:n^{5}，ɣau^{2}to:i^{6} lim^{2} ma^{4} θo:ŋ^{1} ɣa:n^{2} tiŋ^{6} le θo:ŋ^{1} li:m^{2}wan^{1} ha:p^{8} i:k^{7}，kou^{1} ha^{5} tak^{8}ko^{1} mɯŋ^{2}，mɯŋ^{2} pi:t^{7}ji:n^{2} ha^{5} tak^{8}nu:ŋ^{4} kou^{1}. θei^{2}han^{4} θou^{1}to:i^{6} ni:n^{2}kei^{3} θai^{5}，ʔdi^{1}ɕaŋ^{2} kwa^{5}tou^{1} pan^{2}can^{1}，wan^{1}θai^{6} it^{7}ɕik^{8} to^{1} taŋ^{2} ŋon^{2}nei^{4}，mɯŋ^{2} li^{3} mei^{2} ki^{3}lau^{2} toŋ^{1} θi:ŋ^{3} θai^{1} nam^{3}? ta:i^{6}lo^{6} ʔdi^{1} pja:i^{3} hi^{4} te:ŋ^{1} pja:i^{3} ja.

（直译）二十年前，我们林马两家订了双联婚合约，我嫁哥哥你，你必然嫁弟弟我。那时你们年纪小，未曾过门成亲，婚事一直拖到今天，你还有什么东想西思？大路不走也得走呀。

（意译）二十年前，我们林马两家订了双联婚合约，我嫁你哥，你必然嫁我弟。当时你们年纪小，未曾过门成亲，婚事一直拖到今天，你还有什么东想西想？大路不走也得走呀。

Linz Ginhfung：
林金凤：

（原文）样你讲，是一定欧姑嫁特往铭了？

（壮文）Yienghneix gangj，seih itdingh aeu gou haq daegnuengx mwngz la?

（音标）ji:ŋ^{6}nei^{4} ka:ŋ^{3}，θei^{6} it^{7}tiŋ^{6} au^{1} kou^{1} ha^{5} tak^{8}nu:ŋ^{4} mɯŋ^{2} la?

（直译）这样讲，是一定要我嫁弟弟你了？

（意译）这样讲，是一定要我嫁给你弟了？

Maj Ciuhyangh：
马秋香：
（原文）是呀，铭里是云兰马，胎是防兰马，则你眉计骡奇怪？
（壮文）Seih ya，mwngz lix dwg vunz ranz Max，dai dwg fangz ranz Max，ndaek neix meiz gijlawz geizgvaiq?
（音标）θei^{6} ja，mɯŋ^{2} li^{4} tɯk^{8} wun^{2} ɣaːn^{2} ma^{4}，taːi^{1} tɯk^{8} faːŋ^{2} ɣaːn^{2} ma^{4}，ʔdak^{7} nei^{4} mei^{2} ki^{3}laɯ^{2} kei^{2}kwaːi^{5}？
（直译）是呀，你生是人家马，死是鬼家马，个这有什么奇怪？
（意译）是呀，你生是马家人，死是马家鬼，这有什么奇怪？

Linz Ginhfung：
林金凤：
（原文）双联婚简直是除姑批该了？
（壮文）Song liemzvaen couhseih dawz gou bae gai la?
（音标）θoːŋ^{1} liːm^{2}wan^{1} ɕou^{6}θei^{6} taɯ^{2} kou^{1} pai^{1} kaːi^{1} la?
（直译）双联婚就是拿我去卖了？
（意译）双联婚就是把我卖了？

Maj Ciuhyangh：
马秋香：
（原文）该至该也是咪老铭！
（壮文）Gai ndi gai hix seih mehlaux mwngz!
（音标）kaːi^{1} ʔdi^{1} kaːi^{1} hi^{4} θei^{6} me^{6}laːu^{4} mɯŋ^{2}！
（直译）卖不卖也是老妈你！
（意译）卖不卖也是你老妈！

Linz Ginhfung：
林金凤：
（原文）是妈老姑？
（壮文）Seih mehlaux gou?
（音标）θei^{6} me^{6}laːu^{4} kou^{1}？
（直译）是老妈我？
（意译）是我老妈？

Mehlimz【Dingqnyi sing hwnj】
林母【闻声而上】
（原文）阿凤，布用讲计骡来啦，依合约办算了。
（壮文）Dahfungh，mbouj yungh gangj gijlawz lai la，ei hab'iek banh suenq lo.

（音标）ta^{6}fuŋ^{6}，ʔbou^{3} juŋ^{6} kaːŋ^{3} ki^{3}laɯ^{2} laːi^{1} la，ei^{1} haːp^{8}iːk^{7} paːn^{6} θuːn^{5} lo.
（直译）阿凤，不用讲什么多啦，依合约办算了。
（意译）阿凤，不用讲什么啦，按合约办算了。

Linz Ginhfung：
林金凤：
（原文）咪，婚姻大事，绝对至使马虎呀！
（壮文）Meh，vunhyinh daihsaeh，cieddoiq ndi ndaej rubrab ya！
（音标）me^{6}，wun^{6}jin^{6} taːi^{6}θai^{6}，ɕiːt^{8}toːi^{5} ʔdi^{1} ʔdai^{3} ɣup^{8}ɣaːp^{8} ja！
（直译）妈，婚姻大事，绝对不得马虎呀！
（意译）妈，婚姻大事，绝对不得马虎呀！

Mehlimz【Ciengq】
林母【唱】
（原文）铭讲使也对，铭就配马家；
　　　　该花再换花，眉几嘛奇怪？
（壮文）Mwngz gangj ndaej hix doiq，Mwngz couh boiq Maxgya；
　　　　Gai va caiq vuenh va，Meiz gijmaz geizgvaiq？
（音标）mɯŋ^{2} kaːŋ^{3} ʔdai^{3} hi^{4} toːi^{5}，mɯŋ^{2} ɕou^{6} poːi^{5} ma^{4}kja^{1}；
　　　　kaːi^{1} wa^{1} ɕaːi^{5} wuːn^{6} wa^{1}，mei^{2} ki^{3}ma^{2} kei^{2}kwaːi^{5}？
（直译）你讲得也对，你就配马家；
　　　　卖花再换花，有什么奇怪？
（意译）你讲得也对，你就配马家；
　　　　卖花再换花，又奇怪什么？

Maj Ciuhyangh【Ciengq】
马秋香【唱】
（原文）夫荣妻只贵，
　　　　旬话你，
　　　　大道理布差；
　　　　往姑家当哪，
　　　　布用查，
　　　　点灯拉布对。
（壮文）Gvan yungz yah cij gveiq（gviq），
　　　　Coenz vah neix，
　　　　Daih dauhleix mbouj ca；
　　　　Nuengx gou gyadangq na，
　　　　Mbouj yungh caz，

Diemjdaeng ra mbouj doiq.
（音标）kwaːn^{1} juŋ^{2} ja^{6} ɕi^{3} kwei^{5}（kwi^{5}），
ɕon^{2} wa^{6} nei^{4}，
taːi^{6} taːu^{6} lei^{4} ʔbou^{3} ɕa^{1}；
nuːŋ^{4} kou^{1} kja^{1} taːŋ^{5} na^{1}，
ʔbou^{3} juŋ^{6} ɕa^{2}，
tiːm^{3} taŋ^{1} ɣa^{1} ʔbou^{3} toːi^{5}.
（直译）夫荣妻才贵，
句话这，
大道理不差；
弟我家当厚，
不用查，
点灯找不对。
（意译）夫荣妻靓耀，
这句话，
道理讲得好；
我弟家富豪，
不用查，
点灯找不着。

Linz Ginhfung【Ciengq】
林金凤【唱】
（原文）求雨布使难，
容易干，
布比山喔个；
打开嗯仓慕，
引门路，
淋正取长匀。
（壮文）Gouz fwn mbouj ndaej nanz，
Yungzheih gan（hawq），
Mbouj beij san ok mboq；
Dajhai aen cang moq，
Yinx monzloh，
Raemx cij coq（ndaej）ciengzyinz.
（音标）kou^{2} fɯn^{1} ʔbou^{3} ʔdai^{3} naːn^{2}，
juŋ^{2} hei^{6} kaːn^{1}（haɯ^{5}），
ʔbou^{3} pei^{3} θaːn^{1} oːk^{7} ʔbo^{5}；
ta^{3} haːi^{1} an^{1} ɕaːŋ^{1} mo^{5}，

jin^{4} moːn^{2}lo^{6}，
ɤam^{4} ɕi^{3} ɕo^{5} （ʔdai^{3}）ɕiːŋ^{2}jin^{2}.

（直译）求雨不得久，
容易干，
不比山出泉；
打开个仓新，
引门路，
水才得长久。

（意译）求雨不恒常，
容易干，
不比泉流淌；
打开个新仓，
引水道，
才能流久长。

Mehlimz：
林母：

（原文）阿凤，婚约是咪订的，布用东想西想，铭嫁批就算了。

（壮文）Dahfungh，vaen'iek seih meh dingh gae，mbouj yungh doeng siengj sae siengj，mwngz haq bae couh suenq lo.

（音标）ta^{6}fuŋ^{6}，wan^{1}iːk^{7} θei^{6} me^{6} tiŋ^{6} kai，ʔbou^{3} juŋ^{6} toŋ^{1} θiːŋ^{3} θai^{1} θiːŋ^{3}，mɯŋ^{2} ha^{5} pai^{1} ɕou^{6} θuːn^{5} lo.

（直译）阿凤，婚约是妈订的，不用东想西想，你嫁去就算了。

（意译）阿凤，婚约是妈签订的，不用东想西想，你嫁去就好了。

Linz Ginhfung：
林金凤：

（原文）咪，途姑婚事，差卦愣再讲吧！

（壮文）Meh，duzgou vaensaeh，caj gvaqlaeng caiq gangj ba！

（音标）me^{6}，tu^{2}kou^{1} wan^{1}θai^{6}，ɕa^{3} kwa^{5}laŋ^{1} ɕaːi^{5} kaːŋ^{3} pa！

（直译）妈，我的婚事，等过后再讲吧！

（意译）妈，我的婚事，待后再说吧！

Mehlimz：
林母：

（原文）铭想估老幅至嫁了？

（壮文）Mwngz siengj guh lauxmbwk ndi haq la?

（音标）mɯŋ^{2} θiːŋ^{3} ku^{6} laːu^{4}ʔbɯk^{7} ʔdi^{1} ha^{5} la?

（直译）你想做老女不嫁了？
（意译）你想当老女不嫁了？

Linz Ginhfung：
林金凤：
（原文）姑想求师学手艺文富。
（壮文）Gou siengj gouzsae hag dinfwngz baenzfouq.
（音标）kou^{1} θiːŋ^{3} kou^{2}θai^{1} haːk^{8} tin^{1}fɯŋ^{2} pan^{2}fou^{5}.
（直译）我想求师学手艺致富。
（意译）我想拜师学手艺致富。

Maj Ciuhyangh【Ciengq】
马秋香【唱】
（原文）想学手艺使发家，
叻偷依巾腾铭炒；
叻栋依巾腾铭限，
叻荒依巾而肯茶。
（壮文）Siengj hag dinfwngz ndaej fatgya,
Lwgndaeu ndei gwn daengz mwngz cauj;
Lwgrenh ndei gwn daengz mwngz henx,
Lwgvangh ndei gwn lw gwnz caz.
（音标）θiːŋ^{3} haːk^{8} tin^{1}fɯŋ^{2} ʔdai^{3} faːt^{7}kja^{1},
lɯk^{8}ʔdau^{1} ʔdei^{1} kɯn^{1} taŋ^{2} mɯŋ^{2} ɕaːu^{3};
lɯk^{8}ɣeːn^{6} ʔdei^{1} kɯn^{1} taŋ^{2} mɯŋ^{2} heːn^{4},
lɯk^{8}waːŋ^{6} ʔdei^{1} kɯn^{1} lɯ^{1} kɯn^{2} ɕa^{2}.
（直译）想学手艺得发家，
薯莨好吃到你炒；
苦楝果好吃到你啃，
苹婆果好吃剩上丛。
（意译）想学手艺来发家，
薯莨好吃到你尝；
楝果好吃到你啃，
苹婆好吃剩树上。

Linz Ginhfung【Ciengq】
林金凤【唱】
（原文）凭另人当世，
讲实事，

也难使长匀；
凭自己辛勤，
估荒巾，
取光荣光彩。
（壮文）Baengh linghvunz dangseiq，
Gangj saedsaeh，
Hix nanz ndaej ciengzyinz；
Baengh swhgeij singinz (gaenxhong)，
Guhhong gwn，
Cij guengyungz ronghsien.
（音标）paŋ^{6} liŋ^{6}wun^{2} taːŋ^{1}θei^{5}，
kaːŋ^{3} θat^{8}θai^{6}，
hi^{4} naːn^{2} ʔdai^{3} ɕiːŋ^{2}jin^{2}；
paŋ^{6} θɯ^{6}kei^{3} θin^{1}kin^{2} （kan^{4}hoːŋ^{1}），
ku^{6}hoːŋ^{1} kɯn^{1}，
ɕi^{3} kuːŋ^{1}juŋ^{2} ɣoːŋ^{6}θiːn^{1}.
（直译）靠别人当世，
讲实事，
也难得长久；
靠自己辛勤，
做工吃，
才光荣光彩。
（意译）靠别人当家，
说实话，
也难长久搭；
靠自己奋发，
做工吃，
才能有荣华。

Maj Ciuhyangh【Ciengq】
马秋香【唱】
（原文）估咣使发财，
曲装快，
铭认来噜算；
云料铭天膀，
花北判，
得狗鸾顶狗。
（壮文）Guhhong ndaej fatcaiz，

Huk cang gvai,
Mwngz nyaenxlai rox suenq;
Vunz riu mwngz dienmbuengq (fatbag),
Va byaek buenx,
Daekgaeuj ruenz dingjgyaeuj.

(音标) ku^{6} hoːŋ^{1} ʔdai^{3} faːt^{7} ɕaːi^{2},
huk^{7} ɕaːŋ^{1} kwaːi^{1},
mɯŋ^{2} ȵan^{4} laːi^{1} ɣo^{4} θuːn^{5};
wun^{2} ɣiːu^{1} mɯŋ^{2} tiːn^{1}ʔbuːŋ^{5} (faːt^{7} paːk^{8}),
wa^{1} pjak^{7} puːn^{4},
tak^{7}kau^{3} ɣuːn^{2} tiŋ^{3}kjau^{3}.

(直译) 做工得发财,
笨装乖,
你恁多懂算;
人笑你发癫,
花菜伴,
蝈蝈爬头顶。

(意译) 做工得发财,
笨装乖,
你脑洞大开;
人笑你癫才,
花伴菜,
头顶转蝈蝈。

Mehlimz:
林母:
(原文) 阿凤,铭处鱼样?
(壮文) Dahfungh, mwngz yawj lawzyiengh?
(音标) ta^{6} fuŋ^{6}, mɯŋ^{2} jaɯ^{3} laɯ^{2}jiːŋ^{6}?
(直译) 阿凤,你看怎样?
(意译) 阿凤,你看怎么样?

Linz Ginhfung:
林金凤:
(原文) 姑至愿意!
(壮文) Gou ndi nyienh'eiq!
(音标) kou^{1} ʔdi^{1} ȵiːn^{6} ei^{5}!
(直译) 我不愿意!

（意译）我不愿意！

Maj Ciuhyangh：
马秋香：
（原文）难道铭想反悔？
（壮文）Nanzdauh mwngz siengj fanjhoij？
（音标）naːn² taːu⁶ muɯŋ² θiːŋ³ faːn³ hoːi³？
（直译）难道你想反悔？
（意译）难道你想反悔？

Linz Ginhfung：
林金凤：
（原文）父骡敢除姑批该？
（壮文）Bouxlawz gamj dawz gou bae gai？
（音标）pou⁴ lauɯ² kaːm³ tauɯ² kou¹ pai¹ kaːi¹？
（直译）哪个敢拿我去卖？
（意译）谁敢拿我去卖？

Mehlimz：
林母：
（原文）卡贯婚约是姑订计，当铭至嫁兰马，云就怒估至讲信用了。
（壮文）Gaxgonq vaen'iek seih gou dingh gae，dangh mwngz ndi haq ranz Max，vunz couh naeuz gou ndi gangj saenqyungh lo.
（音标）ka⁴ koːn⁵ wan¹ iːk⁷ θei⁶ kou¹ tiŋ⁶ kai，taːŋ⁶ muɯŋ² ʔdi¹ ha⁵ ɣaːn² ma⁴，wun² ɕou⁶ nau² kou¹ ʔdi¹ kaːŋ³ θan⁵ juŋ⁶ lo.
（直译）以前婚约是我订的，若你不嫁家马，人家就说我不讲信用了。
（意译）当初婚约是我订的，若你不嫁马家，人们就说我不讲信用了。

Maj Ciuhyangh：
马秋香：
（原文）是呀！
（壮文）Seih ya！
（音标）θei⁶ ja！
（直译）是啊！
（意译）是啊！

Linz Ginhfung：
林金凤：
（原文）咪，铭忍心喊姑批受苦吗？
（壮文）Meh，mwngz nyaenxsim hemq gou bae souhhoj ma？
（音标）me^{6}，mɯŋ^{2} ȵan^{4}θim^{1} heːm^{5} kou^{1} pai^{1} θou^{6}ho^{3} ma？
（直译）妈，你忍心叫我去受苦吗？
（意译）妈，你忍心叫我去受苦吗？

Maj Ciuhyangh：
马秋香：
（原文）受苦，批嫁也讲受苦？难道铭兆云你至嫁了？
（壮文）Souhhoj，baehaq hix gangj souhhoj？Nanzdauh mwngz ciuhvunz neix ndi haq la？
（音标）θou^{6}ho^{3}，pai^{1}ha^{5} hi^{4} kaːŋ^{3} θou^{6}ho^{3}？naːn^{2}taːu^{6} mɯŋ^{2} ɕiːu^{6}wun^{2} nei^{4} ʔdi^{1} ha^{5} la？
（直译）受苦，出嫁也讲受苦？难道你辈子这不嫁了？
（意译）受苦，出嫁也讲受苦？难道你这辈子不嫁人了？

Mehlimz：
林母：
（原文）至用讲几骡来，悍云算了。
（壮文）Ndi yungh gangj gijlawz lai，han vunz suenq lo.
（音标）ʔdi^{1} juŋ^{6} kaːŋ^{3} ki^{3}laɯ^{2} laːi^{1}，haːn^{1} wun^{2} θuːn^{5} lo.
（直译）不用讲什么多，答应人家算了。
（意译）不用讲这么多，答应人家算了。

Linz Ginhfung：
林金凤：
（原文）姑至愿意！
（壮文）Gou ndi nyienh'eiq！
（音标）kou^{1} ʔdi^{1} ȵiːn^{6}ei^{5}！
（直译）我不愿意！
（意译）我不愿意！

Maj Ciuhyangh：
马秋香：
（原文）铭至愿意，使，收卡贯所用卦途姑几钱，收赔使很至使？再讲姑马秋香也是眉卡，未必幼途铭内兰。

（壮文）Mwngz ndi nyienh'eiq，ndaej，sou gaxgonq soj yungh gvaq duzgou gij cienz，sou boiz ndaej hwnj ndi ndaej? Caiq gangj gou Maj Ciuhyangh hix seih meiz ga，mbouj itdingh youq doxmwngz ndaw ranz.

（音标）mɯŋ2 ʔdi1 ȵiːn6ei5，ʔdai3，θou1 ka4koːn5 θo3 juŋ6 kwa5 tu2kou1 ki3 ɕiːn2，θou1 poːi2 ʔdai3 hɯn3 ʔdi1 ʔdai3？ɕaːi5 kaːŋ3 kou1 ma3 ɕiːu6 jaːŋ6 hi4 θei6 mei2 ka1，ʔbou3 it7 tiŋ6 jou5 to4 mɯŋ2 ʔdaɯ1 ɣaːn2.

（直译）你不愿意，得，你们以前所用过我的钱，你们赔得起不得？再说我马秋香也有脚，不一定在你里家。

（意译）你不愿意，得，你们以前用过我的钱，你们赔得起不？再说我马秋香也有脚，不一定留在你家的。

Linz Ginhfung：

林金凤：

（原文）铭条？

（壮文）Mwngz deuz?

（音标）mɯŋ2 teːu2？

（直译）你走？

（意译）你要走？

Maj Ciuhyangh：

马秋香：

（原文）条至条是处铭罗！

（壮文）Deuz ndi deuz seih yawj mwngz lo!

（音标）teːu2 ʔdi1 teːu2 θei6 jaɯ3 mɯŋ2 lo！

（直译）走不走是看你啰！

（意译）走不走就看你啰！

Mehlimz：

林母：

（原文）阿凤，照立约办算了。

（壮文）Dahfungh，ciuq laeb'iek banh sueng lo.

（音标）ta6 fuŋ6，ɕiːu5 lap8 iːk7 paːn6 θuːn5 lo.

（直译）阿凤，照立约办算了。

（意译）阿凤，按约定办算了。

Linz Ginhfung：

林金凤：

（原文）姑坚决反对包办婚姻！

（壮文）Gou giengiet fanjdoiq baubanh vunhyinh!
（音标）kou¹ kiːn¹kiːt⁷ faːn³toːi⁵ paːu¹paːn⁶ wun⁶jin⁶!
（直译）我坚决反对包办婚姻！
（意译）我坚决反对包办婚姻！

Maj Ciuhyangh：
马秋香：
（原文）铭想反悔联婚合约？
（壮文）Mwngz siengj fanjhoij liemzvaen hab'iek?
（音标）mɯŋ² θiːŋ³ faːn³hoːi³ liːm²wan¹ haːp⁸iːk⁷?
（直译）你想反悔联婚合约？
（意译）你想悔掉联婚合约？

Linz Ginhfung：
林金凤：
（原文）坚决反对！
（壮文）Giengiet fanjdoiq!
（音标）kiːn¹kiːt⁷ faːn³toːi⁵!
（直译）坚决反对！
（意译）坚决反对！

Mehlimz【Ciengq】
林母【唱】
（原文）双联婚合约，
讲清切，
又何必迟埃？
该怀再柱怀，
到头来，
至用来柱作。
（壮文）Song liemzvaen hab'iek,
Gangj cingciet,
Youh hozbiet ceizngaiz?
Gai vaiz caiq cawx vaiz,
Dauq douz laiz,
Ndi yungh lai cawx cag.
（音标）θoːŋ¹ liːm²wan¹ haːp⁸iːk⁷,
kaːŋ³ ɕiŋ¹ɕiːt⁷,
jou⁶ ho²piːt⁷ ɕei²ŋaːi²?

ka:i^{1} wa:i^{2} ɕa:i^{5} ɕaɯ^{4} wa:i^{2},
ta:u^{5} tou^{2} la:i^{2},
ʔdi^{1} juŋ^{6} la:i^{1} ɕaɯ^{4} ɕa:k^{8}.

（直译）双联婚合约，
讲真切，
又何必迟疑？
卖牛再买牛，
到头来，
不用多买绳。

（意译）联婚合约里，
讲清楚，
又何必迟疑？
买卖牛合一，
到最后，
不买绳得宜。

Maj Ciuhyangh【Ciengq】
马秋香【唱】

（原文）联婚立书眉，
本眼皮，
途铭啤认作；
欧钱告腾学，
任你恶，
各拉作逐河。

（壮文）Liemzvaen laebsaw meiz,
Byonj nyanxbeiz (naengda),
Duzmwngz mbei nyaenx fag;
Aeu cienz gauq daengz hak,
Nyaemh mwngz ak,
Gag ra cag cug hoz.

（音标）li:m^{2} wan^{1} lap^{8} θaɯ^{1} mei^{2},
pjo:n^{3} ȵa:n^{4} pei^{2} (naŋ^{1} ta^{1}),
tu^{2} mɯŋ^{2} ʔbei^{1} ȵan^{4} fa:k^{8};
au^{1} ɕi:n^{2} ka:u^{5} taŋ^{2} ha:k^{7},
ȵam^{6} mɯŋ^{2} a:k^{7},
ka:k^{8} ɣa^{1} ɕa:k^{8} ɕuk^{8} ho^{2}.

（直译）联婚立书有，
翻眼皮，

你的胆恁饱满；
要钱告到官，
任你强，
自找绳绑颈。
（意译）联姻立婚书，
翻眼皮，
你胆大糊涂；
要告到官府，
任你强，
自吊颈服输。

（Maj Ciuhyangh hujdengdeng roengz）
（马秋香怒冲冲地下）

Mehlimz：
林母：
（原文）阿凤，铭——哎呀！
（壮文）Dahfungh，mwngz —— aeya！
（音标）$ta^{6}fuŋ^{6}$，$mɯŋ^{2}$ —— aija！
（直译）阿凤，你——哎呀！
（意译）阿凤，你——哎呀！

Linz Ginhfung【Siengsim dwk】
林金风【悲哀地】
（原文）咪呀！
（壮文）Meh ya！
（音标）me^{6} ja！
（直译）妈呀！
（意译）妈呀！

Mehlimz【Ciengq】
林母【唱】
（原文）铭反叻他，娄变秦嘛口贡；
阿凤阿凤，请铭计用悲哀；
爸铭曾胎，受卦几来含苦；
生活难渡，为了接祖承宗；
立约合同，双方自从自愿；
欧嫂运往，林马双膀联婚；

写书为凭，喊姑鱼能反悔？
千罪万罪，除铭批配马家。

（壮文）Mwngz fan lwgda，Raeuz bienq caenh ma haeuj gungx；
Dahfungh Dahfungh，Cingj mwngz gaej yungh beiai（siengsim）；
Boh mwngz caengz dai，Souh gvaq geijlai haemzhoj；
Saedceij nanz doh，Vihliux ciep coj swnj coeng；
Laeb'iek habdoengz，Songfueng gagcoengz gagnyienh；
Aeu sauj vuenh nuengx，Limz Max song mbiengj liemzvaen；
Sij saw guh baengz，Hemq gou lawz naengz fanjhoij？
Cien coih fanh coih，Dawz mwngz bae boiq Maxgya.

（音标）mɯŋ^{2} faːn^{1} lɯk^{8}ta^{1}，ɤau^{2} piːn^{5} ɕan^{6} ma^{1} hau^{3} kuŋ^{4}；
ta^{6}fuŋ^{6} ta^{6}fuŋ^{6}，ɕiŋ^{3} mɯŋ^{2} kai^{3} juŋ^{6} pei^{1}aːi^{1}（θiːŋ^{1}θim^{1}）；
po^{6} mɯŋ^{2} ɕaŋ^{2} taːi^{1}，θou^{6} kwa^{5} kei^{3}laːi^{1} ham^{2}ho^{3}；
θat^{8}ɕei^{3} naːn^{2} to^{6}，wi^{6}liːu^{4} ɕiːp^{7} ɕo^{3} θɯn^{3} ɕoŋ^{1}；
lap^{8}iːk^{7} haːp^{8}toŋ^{2}，θoːŋ^{1}fuːŋ^{1} kaːk^{8}ɕoŋ^{2} kaːk^{8}ɲiːn^{6}；
au^{1} θaːu^{3} wuːn^{6} nuːŋ^{4}，lim^{2} ma^{4} θoːŋ^{1} ʔbiːŋ^{3} liːm^{2}wan^{1}；
θi^{3}θaɯ^{1} ku^{6} paŋ^{2}，heːm^{5} kou^{1} laɯ^{2} naŋ^{2} faːn^{3}hoːi^{3}？
ɕiːn^{1} ɕoːi^{6} faːn^{6} ɕoːi^{6}，taɯ^{2} mɯŋ^{2} pai^{1} poːi^{5} ma^{4}kja^{1}；

（直译）你翻眼睛，咱变赶狗进墙角；
阿凤阿凤，请你不用悲哀；
爸你未死，受过几多辛苦；
生活难度，为了接祖承宗；
立约合同，双方自从自愿；
要嫂换妹，林马双方联婚；
写书为凭，叫我怎能反悔？
千罪万罪，把你去配马家。

（意译）你若反悔，咱成狗进死角；
阿凤阿凤，请你不要哀恸；
你爸未死，受过几多苦痛；
生活难度，为了接祖承宗；
立约合同，双方自愿认同；
用妹换嫂，林马联姻成功；
写书为凭，叫我怎能不从？
千罪万罪，把你配马家中。

Linz Ginhfung【Ciep】
林金凤【接】
（原文）叻含淋他，跪幼旁卡妈老；

姑布贤孝，害铭烦脑添忧；
叻布怪收，各怨途姑命贱；
伦阎皇殿，总凛特链逐河；
悔恨当初，为求特哥欧早；
至眉依靠，云你取操心机；
剥含争啤，喊姑鱼依除孩？

（壮文）Lwg gamz raemxda，Gvih youq bangx ga mehlaux；
Gou mbouj yienzhauq，Haih mwngz fanznaux (nyapnyuk) dem you；
Lwg mbouj gvaiq sou，Gag ienq duzgou mingh cienh；
Raen Yienzvuengzdienh，Cungj lumj deng lienh cug hoz；
Ienqhaenq dangco，Vih gouz daeggo aeu sauj；
Ndi meiz eigauq，Ngoenzneix cij cau simgei；
Bak gamz deng mbei，Hemq gou lawz ndei dawz haiz?

（音标）luɯk^{8} kaːm^{2} ɣam^{4}ta^{1}，kwi^{6} jou^{5} paːŋ^{4} ka^{1} me^{6}laːu^{4}；
kou^{1} ʔbou^{3} jiːn^{2}haːu^{5}，haːi^{6} muɯŋ^{2} faːn^{2}naːu^{4} （ȵaːp^{7}ȵuk^{7}）teːm^{1} jou^{1}；
luɯk^{8} ʔbou^{3} kwaːi^{5} θou^{1}，kaːk^{8} iːn^{5} tu^{2}kou^{1} miŋ^{6} ɕiːn^{6}；
ɣan^{1} jiːn^{2}wuːŋ^{2}tiːn^{6}，ɕuŋ^{3} lum^{3} teːŋ^{1} liːn^{6} ɕuk^{8} ho^{2}；
iːn^{5}han^{5} taːŋ^{1}ɕo^{1}，wi^{6} kou^{2} tak^{8}ko^{1} au^{1} θaːu^{3}；
ʔdi^{1}mei^{2} ei^{1}kaːu^{5}，ŋon^{2}nei^{4} ɕi^{3} ɕaːu^{1} θim^{1}kei^{1}；
paːk^{7} kaːm^{2} teːŋ^{1} ʔbei^{1}，heːm^{5} kou^{1} laɯ^{2} ʔdei^{1} taɯ^{2} haːi^{2}？

（直译）儿含眼泪，跪在旁腿老妈；
我不贤孝，害你烦恼添忧；
儿不怪你们，自怨我的命贱；
见阎王殿，总像挨链勒颈；
悔恨当初，为求阿哥娶嫂；
没有依靠，今天才操心机；
口含中胆，叫我怎好把吐？

（意译）儿含眼泪，跪在老妈腿旁；
我不贤孝，害您烦恼忧伤；
不怪你们，自怨命贱该当；
见阎王殿，总像颈挨链绑；
悔恨当初，为哥把嫂娶上；
没有依靠，今天操心感伤；
嘴含苦胆，叫我怎好吐放？

Mehlimz【Rex Dahfungh hwnj，ciengq】
林母【扶阿凤起，唱】
（原文）受几来委屈，

叻咳叻，
娄暂色淋他；
但使哥文家，
欧早麻，
花运花自罢。
（壮文）Souh geijlai viut (utheiq)，
Lwg hai lwg，
Raeuz camh swk (uet) raemxda；
Danh ndaej go baenzgya，
Aeu sauj ma，
Va vuenh va cixbah.
（音标）θou^{6} kei^{3} la:i^{1} wi^{1} ut^{7} (ut^{7} hei^{5})，
lɯk^{8} ha:i lɯk^{8}，
ɣau^{2} ɕa:m^{6} θɯk^{7} (u:t^{7}) ɣam^{4} ta^{1}；
ta:n^{6} ʔdai^{3} ko^{1} pan^{2} kja^{1}，
au^{1} θa:u^{3} ma^{1}，
wa^{1} wu:n^{6} wa^{1} ɕi^{4} pa^{6}.
（直译）受儿多委屈，
儿呀儿，
咱暂抹眼泪；
但得哥成家，
娶嫂回，
花换花就罢。
（意译）受委屈因妈，
儿呀儿，
暂把眼泪擦；
但得哥成家，
娶嫂回，
花换花也罢。

Linz Ginhfung：
林金凤：
（原文）咪呀！
（壮文）Meh ya！
（音标）me^{6} ja！
（直译）妈呀！
（意译）妈呀！

【Ciengq】

【唱】

（原文）叻幅至贤孝，
害咪老，
云你操心机；
如噜解争啤，
至敢俾，
取噜亏噜苦。

（壮文）Lwgmbwk ndi yienzhauq，
Haih mehlaux，
Ngoenzneix cau simgei；
Byawz rox nyaij deng mbei，
Ndi gamj biq，
Cij rox vi rox hoj.

（音标）lɯk^{8}ʔbɯk^{7} ʔdi^{1} ji:n^{2}ha:u^{5}，
ha:i^{6} me^{6}la:u^{4}，
ŋon^{2}nei^{4} ɕa:u^{1} θim^{1}kei^{1}；
pjaɯ^{2} ɣo^{4} ȵa:i^{3} te:ŋ^{1} ʔbei^{1}，
ʔdi^{1}ka:m^{3} pi^{5}，
ɕi^{3} ɣo^{4} wi^{1} ɣo^{4} ho^{3}.

（直译）女儿不贤孝，
害老妈，
今天操心机；
谁知嚼中胆，
不敢吐，
才知亏知苦。

（意译）女不孝作烦，
害老妈，
今天揪心肝；
谁知嚼中胆，
不敢吐，
知苦味难堪。

Mehlimz：

林母：

（原文）叻呀！铭忍气就算了，娄所用几钱，总是早铭支持，正因为支你，总以爹讲话为是，父骡敢估声呀。

（壮文）Lwg ya，mwngz nyaenxheiq couh suenq la，raeuz soj yungh gij cienz， cungjseih sauj mwngz ceihawj，cingq aenvih di neix，cungjseih de gangjvah couh deng，bouxlawz gamj guhsing ya.

（音标）luɯk^{8} ja，muɯŋ^{2} ȵan^{4}hei^{5} ɕou^{6} θuːn^{5} la，ɣau^{2} θo^{3} juŋ^{6} ki^{3} ɕiːn^{2}，ɕuŋ^{3}θei^{6} θaːu^{3} muɯŋ^{2} ɕei^{1}hauɯ^{3}，ɕiŋ^{5} an^{1}wi^{6} ti^{1} nei^{4}，ɕuŋ^{3}θei^{6} te^{1} kaːŋ^{3}wa^{6} ɕou^{6} teːŋ^{1}，pou^{4} lauɯ^{2} kaːm^{3} ku^{6}θiŋ^{1} ja.

（直译）儿呀，你忍气就算了，我们所用的钱，都是嫂你支付，正因为点这，都是她讲话就对，谁敢作声呀。

（意译）儿呀，你忍忍就算了，我们所用的钱，都是你嫂支付，正因为这点，都以她讲话为是，谁敢作声呀。

Linz Ginhfung【Ciengq】

林金凤【唱】

（原文）眉钱话大声，
确是真，
计妈丁计父；
鸾云闹朵朵，
凛麻柳，
全兰受冤气。

（壮文）Meiz cienz vah daihsing，
Gok seih cin，
Gaeqmeh ding gaeqboux；
Lwnhngoenz nauh doudou，
Lumj marouh，
Cienzranz souh ienheiq.

（音标）mei^{2} ɕiːn^{2} wa^{6} taːi^{6}θiŋ^{1}，
koːk^{7} θei^{6} ɕin^{1}，
kai^{5}me^{6} tiŋ^{1} kai^{5}pou^{4}；
luɯn^{6}ŋon^{2} naːu^{6} toutou，
lum^{3} ma^{1}ɣou^{6}，
ɕiːn^{2}ɣaːn^{2} θou^{6} iːn^{1}hei^{5}.

（直译）有钱讲大声，
确是真，
母鸡啄公鸡；
成天闹乎乎，
像狗群，
全家受冤气。

（意译）有钱吹得意，
确实是，

母鸡啄公鸡；
整天闹扬气，
像狗群，
全家受委屈。

Mehlimz：
林母：
（原文）凤呀，当铭反悔至嫁兰马，特哥铭兆云你至眉早啦！
（壮文）Fungh ya，dangh mwngz fanjhoij ndi haq ranz Max，daeggo mwngz ciuh-vunz neix ndi meiz sauj la！
（音标）fuŋ⁶ ja，taːŋ⁶ mɯŋ² faːn³ hoːi³ ʔdi¹ ha⁵ ɣaːn² ma⁴，tak⁸ ko¹ mɯŋ² ɕiːu⁶ wun² nei⁴ ʔdi¹ mei² θaːu³ la！
（直译）凤呀，若你反悔不嫁家马，阿哥你辈子这没有嫂啦！
（意译）凤呀，若你反悔不嫁马家，你哥这辈子就没有妻啦！

Linz Ginhfung：
林金凤：
（原文）咪，铭忍心除姑七口剥虎批吗?！
（壮文）Meh，mwngz nyaenxsim dawz gou caet haeuj bakguk bae ma?！
（音标）me⁶，mɯŋ² ɲan⁴ θim¹ taɯ² kou¹ ɕat⁷ hau³ paːk⁷ kuk⁷ pai¹ ma?！
（直译）妈，你忍心把我塞进虎口去嘛?！
（意译）妈，你忍心把我塞进虎口去嘛?！

Mehlimz：
林母：
（原文）时你，云兰马根发财拉，铭鱼至昂呢?
（壮文）Seizneix，vunz ranz Max gaenq fatcaiz la，mwngz lawz ndi angq ne?
（音标）θei² nei⁴，wun² ɣaːn² ma⁴ kan⁵ faːt⁷ ɕaːi² la，mɯŋ² laɯ² ʔdi¹ aːŋ⁵ ne?
（直译）现在，人家马已发财了，你怎不高兴呢?
（意译）现在，马家人已发财了，你怎么不乐意呢?

Linz Ginhfung【Ciengq】
林金凤【唱】
（原文）欧姑换早花换花，
本来忍心口马家；
奈何东宝至正派，
样鱼奏爹结关巴?
（壮文）Aeu gou vuenh sauj va vuenh va，

Bonjlaiz nyaenxsim haeuj Maxgya;
Naihhoz Dunghbauj ndi cingqbaiq,
Yienghlawz caeuq de giet gvanbaz.
（音标）auː1 kou1 wuːn6 θaːu3 wa1 wuːn6 wa1,
poːn3 laːi2 ȵan4 θim1 hau3 ma4 kja1;
naːi6 ho2 tuŋ6 paːu3 ʔdi1 ɕiŋ5 paːi5,
jiːŋ6 laɯ2 ɕau5 te1 kiːt7 kwaːn1 pa2?
（直译）要我换嫂花换花，
本来忍心进马家；
奈何东宝不正派，
怎样和他结夫妻？
（意译）要我换嫂花换花，
本来忍着进马家；
奈何东宝不正派，
怎能甘愿嫁给他？

Mehlimz【Ciengq】
林母【唱】
（原文）云是香港大老板，
钱财十足家事哪；
鱼讲作风至正派，
到底铭是对如查？
（壮文）Vunz seih Yanghgangj daih lauxbanj,
Cienzcaiz cibcuk gyasaeh na;
Lawz gangj cozfungh ndi cingqbaiq,
Dauqdaej mwngz seih doiq byawz caz?
（音标）wun2 θei6 jaːŋ6 kaːŋ3 taːi6 laːu4 paːn3,
ɕiːn2 ɕaːi2 ɕip8 ɕuk7 kja1 θai6 na1;
laɯ2 kaːŋ3 ɕo2 fuŋ6 ʔdi1 ɕiŋ5 paːi5,
taːu5 tai3 mɯŋ2 θei6 toːi5 pjaɯ2 ɕa2?
（直译）人是香港大老板，
钱财十足家产厚；
怎讲作风不正派，
到底你是对谁查？
（意译）他是香港大老板，
钱财十足富裕家；
怎讲作风不正派，
到底你是怎调查？

Linz Cinghmingz【Dingqnyi sing hwnj】
林清明【闻声而上】
（原文）咪，打笨收队是讲几骡事？
（壮文）Meh，daxbaenh soudoih seih gangj gijlawz saeh？
（音标）me^{6}，ta^{4}pan^{6} θou^{1}to:i^{6} θei^{6} ka:ŋ^{3} ki^{3}lauɯ^{2} θai^{6}？
（直译）妈，刚才你们是讲什么事？
（意译）妈，刚才你们是讲什么事？

Mehlimz：
林母：
（原文）几骡事！
（壮文）Gijlawz saeh！
（音标）ki^{3}lauɯ^{2} θai^{6}！
（直译）什么事！
（意译）什么事！

【Ciengq】
【唱】
（原文）阿凤布贤孝，
至听教，
害父老忧愁；
又总至听怒，
实在怒，
话寒喉顶倾。
（壮文）Dahfungh mbouj yienzhauq，
Ndi dingq gyauq，
Haih bouxlaux youcaeuz；
Youh cungj ndi dingq naeuz，
Saedcaih naeuq，
Vah saek haeuz dingj gingj.
（音标）ta^{6}fuŋ^{6} ʔbou^{3} ji:n^{2}ha:u^{5}，
ʔdi^{1} tiŋ^{5} kja:u^{5}，
ha:i^{6} pou^{4}la:u^{4} jou^{1}ɕau^{2}；
jou^{6} ɕuŋ^{3} ʔdi^{1} tiŋ^{5} nau^{2}，
θat^{8}ɕa:i^{6} nau^{5}，
wa^{6} θak^{7} hau^{2} tiŋ^{3}ki:ŋ^{5}.
（直译）阿凤不贤孝，

不听教，
害老人忧愁；
又都不听讲，
实在怒，
话塞喉顶颈。
（意译）阿凤不贤厚，
不听教，
害老人忧愁；
又都不听受，
实在恼，
话塞喉顶颈。

Linz Cinghmingz：
林清明：
（原文）凤，到底是几骡事？
（壮文）Fungh，dauqdaej seih gijlawz saeh？
（音标）fuŋ⁶，taːu⁵ tai³ θei⁶ ki³ lauɯ² θai⁶？
（直译）凤，到底是什么事？
（意译）凤，到底是什么事？

Linz Ginhfung：
林金凤：
（原文）特哥呀！
（壮文）Daeggo ya！
（音标）tak⁸ ko¹ ja！
（直译）阿哥呀！
（意译）哥哥呀！

【Ciengq】
【唱】
（原文）哥咳哥，哥咳哥，
云你达往布奈何；
延喔怪戏姑换早，
金凤忍心督鬼窝。
（壮文）Go hai go，go hai go，
Ngoenzneix dahnuengx mbouj naihhoz；
Yienj ok gvaiqheiq gou vuenh sauj，
Ginhfung nyaenxsim doek gvijo.

（音标）ko^{1} haːi ko^{1}，ko^{1} haːi ko^{1}，
ŋon^{2} nei^{4} ta^{6} nuːŋ^{4} ʔbou^{3} naːi^{6} ho^{2}；
jiːn^{3} oːk^{7} kwaːi^{5} hei^{5} kou^{1} wuːn^{6} θaːu^{3}，
kin^{6} fuŋ^{1} ȵan^{4} θim^{1} tok^{7} kwi^{3} o^{1}.
（直译）哥啊哥，哥啊哥，
今天阿妹不奈何；
演出怪戏我换嫂，
金凤忍心落鬼窝。
（意译）哥呀哥，哥呀哥，
今天阿妹无奈何；
演出怪戏我换嫂，
金凤忍心落鬼窝。

Linz Cinghmingz：
林清明：
（原文）原来是样你。
（壮文）Yienzlaiz seih yienghneix.
（音标）jiːn^{2} laːi^{2} θei^{6} jiːŋ^{6} nei^{4}.
（直译）原来是这样。
（意译）原来是这样。

Mehlimz：
林母：
（原文）阿凤反悔双联婚，铭兆云你……
（壮文）Dahfungh fanjhoij song liemzvaen，mwngz ciuhvunz neix ……
（音标）ta^{6} fuŋ^{6} faːn^{3} hoːi^{3} θoːŋ^{1} liːm^{2} wan^{1}，mɯŋ^{2} ɕiːu^{6} wun^{2} nei^{4}……
（直译）阿凤反悔双联婚，你一生这……
（意译）阿凤反悔双联婚，你这辈子……

Linz Cinghmingz【Ciengq】
林清明【唱】
（原文）达往喊声哥，
布奈何，
增各噜难卦；
秋香条自罢，
至眉夏，
愿各卦兆云。
（壮文）Dahnuengx hemq sing go，

Mbouj naihhoz,
Caengz gag rox nanzgvaq;
Ciuhyangh deuz cixbah,
Ndi meiz yah,
Nyienh gag gvaq ciuhvunz.

（音标）ta^{6} nuːŋ^{4} heːm^{5} θiŋ^{1} ko^{1}，
ʔbou^{3} naːi^{6} ho^{2}，
ɕaŋ^{2} kaːk^{8} ɣo^{4} naːn^{2}kwa^{5}；
ɕiːu^{6}jaːŋ^{6} teːu^{2} ɕi^{4}pa^{6}，
ʔdi^{1}mei^{2} ja^{6}，
ȵiːn^{6} kaːk^{8} kwa^{5} ɕiːu^{6}wun^{2}.

（直译）阿妹叫声哥，
不奈何，
未自知难过；
秋香走就算，
没有妻，
愿自过一世。

（意译）妹叫心被扎，
无奈何，
实在为难她；
秋香走也罢，
没有妻，
愿一世鳏寡。

Linz Ginhfung【Ciengq】
林金凤【唱】

（原文）只怨当初，往对特哥布住；
兰坏苦处，连夜雨渠临头；
苦凤情愁，也是怨娄命苦；
卡贯咪波，生活难渡立家；
薛种接芽，姑米换花皮早。

（壮文）Cij ienq dangco，Nuengx doiq daeggo mbouj cawh；
Ranz vaih hojcawq，Lienzhwnz fwn gyawz rwed gyaeuj；
Hoj Fungh cingz caeuz，Hix seih ienq raeuz mingh hoj；
Gaxgonq mehboh，Saedceij nanz doh laebgya；
Senjcungq ciepngaz，Gou meh（gux）vuenh va beixsauj.

（音标）ɕi^{3} iːn^{5} taːŋ^{1}ɕo^{1}，nuːŋ^{4} toːi^{5} tak^{8}ko^{1} ʔbou^{3} ɕaɯ^{6}；
ɣaːn^{2} waːi^{6} ho^{3}ɕaɯ^{5}，liːn^{2}hɯn^{2} fɯn^{1} kjaɯ^{2} ɣɯːt^{8} kjau^{3}；

ho^{3} fuŋ^{6} ɕiŋ^{2} ɕau^{2}，hi^{4} θei^{6} iːn^{5} ɣau^{2} miŋ^{6} ho^{3}；
ka^{4}koːn^{5} me^{6}po^{6}，θat^{8}ɕei^{3} naːn^{2} to^{6} lap^{8}kja^{1}；
θeːn^{3}ɕuŋ^{5} ɕiːp^{7}ŋa^{2}，kou^{1} me^{6}（ku^{4}）wuːn^{6} wa^{1} pei^{4}θaːu^{3}.

（直译）只怨当初，妹对阿哥不住；
屋坏苦境，连夜雨哪里淋头；
苦凤情愁，也是怨咱命苦；
先前父母，生活难度立家；
移种接芽，我小姑换花哥嫂。

（意译）就怨当初，愧对阿哥没法；
屋漏境遇，连夜雨淋风刮；
苦凤情愁，也是怨咱命差；
先前父母，生活艰难立家；
移种接芽，我小姑换嫂花。

Linz Cinghmingz【Ciep】
林清明【接】

（原文）布用烦脑，一生愿老寡公；
婚哟盲从，除往议咙死路。

（壮文）Mbouj yungh fanznaux，Itseng nyienh laux gvajgoeng；
Vaen'iek mengzcoengz，Dawz nuengx ngaex roengz seijloh（lohdai）.

（音标）ʔbou^{3} juŋ^{6} faːn^{2}naːu^{4}，it^{7}θeːŋ^{1} ȵiːn^{6} laːu^{4} kwa^{3}koŋ^{1}；
wan^{1}iːk^{7} meːŋ^{2}ɕoŋ^{2}，taɯ^{2} nuːŋ^{4} ŋai^{4} ɣoŋ^{2} θei^{3}lo^{6}（lo^{6}taːi^{1}）.

（直译）不用烦恼，一生愿老寡公；
婚约盲从，把妹推下死路。

（意译）不用烦恼，一生甘愿孤独；
婚约盲从，把妹推向死路。

Mehlimz：
林母：

（原文）清明，铭兆云你……

（壮文）Cinghmingz，mwngz ciuhvunz neix ……

（音标）ɕiŋ^{6}miŋ^{2}，mɯŋ^{2} ɕiːu^{6}wun^{2} nei^{4} ……

（直译）清明，你一生这……

（意译）清明，你这辈子……

Linz Cinghmingz：
林清明：

（原文）姑愿甘心守卖，至使除达往七口北虎批呀！听讲马东宝至是堂堂正正的同胞港澳。

（壮文）Gou nyienh gamsim soujmaiq，ndi ndaej dawz dahnuengx caet haeuj bakguk bae ya！Dingqgangj Maj Dunghbauj ndi seih dangzdangz cingqcingq gij beixnuengx Gangj Au.

（音标）kou^{1} ȵiːn^{6} kaːm^{1} θim^{1} θou^{3} maːi^{5}，ʔdi^{1} ʔdai^{3} taɯ^{2} ta^{6} nuːŋ^{4} ɕat^{7} hau^{3} paːk^{7} kuk^{7} pai^{1} ja！tiŋ^{5} kaːŋ^{3} ma^{3} tuŋ^{6} paːu^{3} ʔdi^{1} θei^{6} taːŋ^{2} taːŋ^{2} ɕiŋ^{5} ɕiŋ^{5} ki^{3} pei^{4} nuːŋ^{4} kaːŋ^{3} aːu^{1}.

（直译）我愿甘心鳏居，不能把阿妹塞进虎口去呀！听讲马东宝不是堂堂正正的同胞港澳。

（意译）我甘心鳏居，也不能把阿妹塞进虎口去呀！听说马东宝不是堂堂正正的港澳同胞。

Mehlimz：
林母：
（原文）爹迪几骡云？
（壮文）De dwg gijlawz vunz？
（音标）te^{1} tɯk^{8} ki^{3} laɯ^{2} wun^{2}？
（直译）他是哪样人？
（意译）他是哪种人？

Linz Cinghmingz：
林清明：
（原文）爹是弄流氓。
（壮文）De seih loengh liuzmangz.
（音标）te^{1} θei^{6} loŋ^{6} liːu^{2} maːŋ^{2}.
（直译）他是耍流氓。
（意译）他是耍流氓。

Mehlimz【Ciengq】
林母【唱】
（原文）姑父老子过，
闯喔祸，
逼迫估联婚；
黄连口剥腾，
解双今，
取噜含噜苦。
（壮文）Gou bouxlaux gij guq（loek），
Roemx ok hux，

Bikbwk guh liemzvaen;
Vuengzlienz haeuj bak daengz,
Nyaij song gaemz,
Cij rox haemz rox hoj.

（音标）kou^{1} pou^{4}la:u^{4} ki^{3} ku^{5} （lok^{7}），
ɣom^{4} o:k^{7} hu^{4}，
pik^{7}pɯk^{7} ku^{6} li:m^{2}wan^{1}；
wu:ŋ^{2}li:n^{2} hau^{3} pa:k^{7} taŋ^{2}，
ȵa:i^{3} θo:ŋ^{1} kam^{2}，
ɕi^{3} ɣo^{4} ham^{2} ɣo^{4} ho^{3}.

（直译）我老人之过，
闯出祸，
逼迫做联婚；
黄连进口到，
嚼两口，
才知苦知难.

（意译）错在我老人，
酿出祸，
逼迫做联婚；
黄连入口涧，
嚼两下，
才知苦难吞。

Linz Cinghmingz:
林清明：

（原文）为了达往躺云自由，坚决刻捅双联婚合约！

（壮文）Vihliux dahnuengx ndangvunz swyouz，giengiet dwkbyoengq song liemzvaen hab'iek！

（音标）wi^{6} li:u^{4} ta^{6} nu:ŋ^{4} ʔda:ŋ^{1} wun^{2} θɯ^{1} jou^{2}，ki:n^{1} ki:t^{7} tɯk^{7} pjoŋ^{5} θo:ŋ^{1} li:m^{2} wan^{1} ha:p^{8}i:k^{7}！

（直译）为了阿妹人身自由，坚决打破双联婚合约！

（意译）为了阿妹人身自由，坚决废除双联姻合约！

Linz Ginhfung:
林金凤：

（原文）哥呀！

（壮文）Go ya！

（音标）ko^{1} ja！

（直译）哥呀！
（意译）哥呀！

Mehlimz：
林母：
（原文）叻呀！
（壮文）Lwg ya！
（音标）lɯk^{8} ja！
（直译）儿呀！
（意译）儿呀！

Linz Cinghmingz【Ciengq】
林清明【唱】
（原文）估包办联婚，再布能再演；
（壮文）Guh baubanh liemzvaen，Caiq mbouj naengz caiq yienj；
（音标）ku^{6} paːu^{1}paːn^{6} liːm^{2}wan^{1}，ɕaːi^{5} ʔbou^{3} naŋ^{2} ɕaːi^{5} jiːn^{3}；
（直译）做包办联婚，再不能再演；
（意译）做包办联姻，定不能重演；

Linz Ginhfung【Ciengq】
林金凤【唱】
（原文）恶习欧改变，布当贱估奴。
（壮文）Yakgvenq aeu gaijbienq，Mbouj dang cienh guh noz.
（音标）jaːk^{7}kweːn^{5} au^{1} kaːi^{3}piːn^{5}，ʔbou^{3} taːŋ^{1} ɕiːn^{6} ku^{6} no^{2}.
（直译）恶习要改变，不当贱做奴。
（意译）陋习要改革，不当奴做贱。

（Roengz muq）
（幕下）

场大四 不贪钱财顶文家
Ciengz Daihseiq Ndi Dam Cienzcaiz Dingj Baenzgya
场第四 不贪钱财顶成家
第四场 不慕财富拒成婚

【Baij gingj】Gyangding ranz Limz.

【布景】林家堂中。

【Hai muq】Mehlimz vuengmuengz uet daiz uet daengq, lumjnaeuz yaek ciepcoux gijmaz hekgviq nei.

【幕启】林母慌忙抹桌椅，好像要迎接什么贵宾。

Mehlimz【Ciengq】

林母【唱】

（原文）泼拉又除肯，连主巾子登；
　　　　绝台又绝凳，揖处差客腾。

（壮文）Buet laj youh dawz gwnz, Lienz cawj gwn cij nyaengq;
　　　　Uet daiz youh uet daengq, Caepcawq caj hek daengz.

（音标）puːt^{7} la^{3} jou^{6} taɯ^{2} kɯn^{2}，liːn^{2} ɕaɯ^{3} kɯn^{1} ɕi^{3} ȵaŋ^{5}；
　　　　uːt^{7} taːi^{2} jou^{6} uːt^{7} taŋ^{5}，ɕap^{7}ɕaɯ^{5} ɕa^{3} heːk^{7} taŋ^{2}.

（直译）跑下又跑上，连煮吃都忙；
　　　　抹台又抹凳，准备等客到。

（意译）跑下又奔上，又炊煮很忙；
　　　　抹台又抹凳，准备客到堂。

【Cabgangj】

【插白】

（原文）阿凤，师父云斗腾啦，铭喔斗揖处哩！

（壮文）Dahfungh, saefouh vunz daeuj daengz la, mwngz okdaeuj caepcawq li!

（音标）ta^{6}fuŋ^{6}，θai^{1}fou^{6} wun^{2} tau^{3} taŋ^{2} la，mɯŋ^{2} oːk^{7}tau^{3} ɕap^{7}ɕaɯ^{5} li！

（直译）阿凤，师父人来到了，你出来准备哩！

（意译）阿凤，师父来到了，你出来准备呀！

Linz Ginhfung【Hwnj，gangj】
林金凤【上，白】
（原文）咪，师父又布是壳老，紧张几骡呀！
（壮文）Meh，saefouh youh mbouj seih haklaux，gaenjcieng gijlawz ya！
（音标）me^{6}，θai^{1}fou^{6} jou^{6} ʔbou^{3} θei^{6} haːk^{7}laːu^{4}，kan^{3}ɕiːŋ^{1} ki^{3}laɯ^{2} ja！
（直译）妈，师父又不是大官，紧张什么呀！
（意译）妈，师父又不是大官，紧张什么呀！

Mehlimz【Ciengq】
林母【唱】
（原文）师父斗腾，铭鱼痕曾揖处？
煎淋卡计，里眉巴里是生；
岁碗岁行，里眉豆生曾教；
肚啁使老，腐语配炒只郎；
香信噌柑，红枣打汤计项；
烧鸭奴汉，至少特办几肴；
算老浆胶，奴贞生捞叻四；
配套粉利，排骨调味甜酸；
对待一般，云鱼肯传手艺？
（壮文）Saefouh daeuj daengz，Mwngz lawz haenz caengz caep ndei？
Cienq raemx gaj gaeq，Lij meiz byaleix seih seng；
Swiq vanj swiq heng，Lij meiz duhseng caengz cauj；
Dungxmou saejlaux，Fouhyij boiq cauj cij rang；
Yiengsaenq byakgam，Hoengzcauj dajdang gaeqhangh；
Bitlab nohhanq，Ceiqsiuj daeg banh geij nyauz（feih）；
Suenqlaux ciengqgyau，Nohcing seng ndau lwgndeiq（lwgndiq）；
Boiqdauq faenjleih，Ndokbaiz diuzfeih diemzsuen（soemj）；
Doiqdaih itbuen，Vunz lawz haengj cienz soujyi（dinfwngz）？
（音标）θai^{1}fou^{6} tau^{3} taŋ^{2}，mɯŋ^{2} laɯ^{2} han^{2} ɕaŋ^{2} ɕap^{7} ʔdei^{1}？
ɕiːn^{5} ɣam^{4} ka^{3} kai^{5}，li^{3} mei^{2} pja^{1}lei^{4} θei^{6} θeːŋ^{1}；
θɯːi^{5} waːn^{3} θɯːi^{5} heːŋ^{1}，li^{3} mei^{2} tu^{6}θeːŋ^{1} ɕaŋ^{2} ɕaːu^{3}；
tuŋ^{4}mou^{1} θai^{3}laːu^{4}，fou^{6}ji^{3} poːi^{5} ɕaːu^{3} ɕi^{3} ɣaːŋ^{1}；
jiːŋ^{1}θan^{5} pjak^{7}kaːm^{1}，hoŋ^{2}ɕaːu^{3} ta^{3}taːŋ^{1} kai^{5}haːŋ^{6}；
pit^{7}laːp^{8} no^{6}haːn^{5}，ɕei^{5}θiːu^{3} tak^{8} paːn^{6} kei^{3} ȵaːu^{2}（fei^{6}）；
θuːn^{5}laːu^{4} ɕiːŋ^{5}kjaːu^{1}，no^{6}ciŋ^{1} θeːŋ^{1} ʔdaːu^{1} lɯk^{8}ʔdei^{5}（lɯk^{8}ʔdi^{5}）；
poːi^{5}taːu^{5} fan^{3}lei^{6}，ʔdoːk^{7}paːi^{2} tiːu^{2}fei^{6} tiːm^{2}θuːn^{1}（θom^{3}）；
toːi^{5}taːi^{6} it^{7}puːn^{1}，wun^{2} laɯ^{2} haŋ^{3} ɕiːn^{2} θou^{3}ji^{1}（tin^{1}fɯŋ^{2}）？
（直译）师父来到，你怎还未备好？

烧水杀鸡，还有鲤鱼是生；
洗碗洗砧板，还有花生未炒；
猪肚大肠，腐乳配炒才香；
香蕈陈皮，红枣打汤项鸡；
腊鸭鹅肉，最少特办几肴；
老蒜胶酱，瘦肉生炒苦瓜；
配套粉利，排骨调味甜酸；
对待一般，人怎肯传手艺？

（意译）师父来到，你怎还不备齐？
烧水杀鸡，还要煎好鲤鱼；
洗碗砧板，还炒脆花生米；
猪肚大肠，腐乳炒香扑鼻；
香菇陈皮，红枣煲汤项鸡；
腊鸭鹅肉，备办佳肴一批；
蒜头胶酱，肉炒苦瓜蒜米；
配上粉利，排骨甜酸如意；
招待一般，人家怎传手艺？

Linz Ginhfung：
林金凤：

（原文）咪！照铭同你讲，先请厨师三云，至办使喔啊！

（壮文）Meh！Ciuq mwngz doengzneix gangj，sien cingj cawzsae sam ngoenz，cij banh ndaej ok ha！

（音标）me^{6}！ɕiːu^{5} mɯŋ^{2} toŋ^{2}nei^{4} kaːŋ^{3}，θiːn^{1} ɕiŋ^{3} ɕaɯ^{2}θai^{1} θaːm^{1} ŋon^{2}，ɕi^{3} paːn^{6} ʔdai^{3} oːk^{7} ha！

（直译）妈！照你这样讲，先请厨师三天，才办得出啊！

（意译）妈！照您这么说，得先请厨师弄三天，才弄好饭菜啊！

Mehlimz：
林母：

（原文）铭噜几骡，十父师父九云难服侍，三分热情云就教三分功夫，十分热情云就教十分功夫！

（壮文）Mwngz rox gijlawz，cib boux saefouh gouj vunz nanz fugsaeh，sam faen yiedcingz vunz couh gyauq sam faen goengfou，cib faen yiedcingz vunz couh gyauq cib faen goengfou！

（音标）mɯŋ^{2} ɤo^{4} ki^{3}laɯ^{2}，ɕip^{8} pou^{4} θai^{1}fou^{6} kou^{3} wun^{2} naːn^{2} fuk^{8}θai^{6}，θaːm^{1} fan^{1} jiːt^{8}ɕiŋ^{2} wun^{2} ɕou^{6} kjaːu^{5} θaːm^{1} fan^{1} koŋ^{1}fou^{1}，ɕip^{8} fan^{1} jiːt^{8}ɕiŋ^{2} wun^{2} ɕou^{6} kjaːu^{5} ɕip^{8} fan^{1} koŋ^{1}fou^{1}！

（直译）你懂什么，十个师父九人难伺候，三分热情人就教三分功夫，十分热情人就教十分功夫！

（意译）你懂什么，十个师父九个难伺候，三分热情人家就教三分功夫，十分热情人家就教十分功夫！

Linz Ginhfung：

林金凤：

（原文）咪，父父师你极依讲，姑已经茶噜途爹性情。

（壮文）Meh，boux saefouh neix gig ndei gangj，gou gaenq cazrox duzde singqcingz.

（音标）me^{6}，pou^{4} θai^{1}fou^{6} nei^{4} kik^{8} ʔdei^{1} kaːŋ^{3}，kou^{1} kan^{5} ɕa^{2}ɣo^{4} tu^{2}te^{1} θiŋ^{5}ɕiŋ^{2}.

（直译）妈，个师父这极好讲，我已经查懂他的性情。

（意译）妈，这位师父很好说，我已查清他的性情。

Mehliɤz【Ciengq】

林母【唱】

（原文）一般师父特良求，
处铭对待教功夫；
几来经历伦卦斗，
主北也争来壮油。

（壮文）Itbuen saefour dwgrengz gouz，
Yawj mwngz doiqdaih gyauq goengfou；
Geijlai ginglig raen gvaqdaeuj，
Cawjbyaek hix deng lai cuengq youz.

（音标）it^{7}puːn^{1} θai^{1}fou^{6} tɯk^{8}ɣeːŋ^{2} kou^{2}，
jaɯ^{3} mɯŋ^{2} toːi^{5}taːi^{6} kjaːu^{5} koŋ^{1}fou^{1}；
kei^{3}laːi^{1} kiŋ^{1}lik^{8} ɣan^{1} kwa^{5}tau^{3}，
ɕaɯ^{3}pjak^{7} hi^{4} teːŋ^{1} laːi^{1} ɕuːŋ^{5} jou^{2}.

（直译）一般师父辛苦求，
看你对待教功夫；
几多经历见过来，
煮菜也挨多放油。

（意译）向来师父都难求，
看你招待是否周；
几多经历都见过，
煮菜还要多放油。

Linz Ginhfung：

林金凤：

（原文）咪，铭太过细了。
（壮文）Meh，mwngz daiq gvaq saeq la.
（音标）me^{6}，mɯŋ^{2} taːi^{5} kwa^{5} θai^{5} la.
（直译）妈，你太过细了。
（意译）妈，你太过仔细了。

Mehlimz：
林母：
（原文）俗话讲，老一年，知一千。姑经历卦来了。
（壮文）Vahsug gangj，laux it nienz，rox it cien. Gou ginglig gvaq lai lo.
（音标）wa^{6}θuk^{8} kaːŋ^{3}，laːu^{4} it^{7} niːn^{2}，ɣo^{4} it^{7} ɕiːn^{1}. kou^{1}kiŋ^{1}lik^{8} kwa^{5} laːi^{1} lo.
（直译）俗话讲，老一年，知一千。我经历过多了。
（意译）俗话讲，老一年，知一千。我经历多了。

（Sawqmwh nyouq raen heiq haeux remj）
（突然闻到饭烧焦的气味）

（原文）阿凤，计骡气廉？哎哟，厚挨廉啦！
（壮文）Dahfungh，gijlawz heiqremj？Aeyo，haeuxngaiz remj la！
（音标）ta^{6}fuŋ^{6}，ki^{3}lauɯ^{2} hei^{5}ɣeːm^{3}？aijo，hau^{4}ŋaːi^{2} ɣeːm^{3} la！
（直译）阿凤，什么焦气？哎哟，午饭焦了！
（意译）阿凤，什么烧焦了？哎哟，午饭煮焦了！

（Gaenjcieng dwk buet roengz）
（紧张地跑下）

Linz Ginhfung【Ciengq】
林金凤【唱】
1.
（原文）棍拥鸳鸯双分开，
想起事贯浸心怀；
姑奏大龙眉感情，
情勒义则驳天崖；
（壮文）Faex mboengj yienyieng song faenhai，
Siengj hwnj saehgonq camx simvaiz；
Gou caeuq Dalungz meiz gamjcingz，
Cingzlaeg ngeihnaek biek dienyaiz；
（音标）fai^{4} ʔboŋ^{3} jiːn^{1}jiːŋ^{1} θoːŋ^{1} fan^{1}haːi^{1}，

θiːŋ^{3} hɯn^{3} θai^{6} koːn^{5} ɕaːm^{4} θim^{1} waːi^{2}；
kou^{1} ɕau^{5} ta^{1} luŋ^{2} mei^{2} kaːm^{3} ɕiŋ^{2}，
ɕiŋ^{2} lak^{8} ŋei^{6} nak^{7} piːk^{7} tiːn^{1} jaːi^{2}；
（直译）棒打鸳鸯两分开，
想起往事刺心怀；
我和大龙有感情，
情深义重别天涯；
（意译）棒打鸳鸯两分开，
想起往事戳心怀；
我和大龙有感情，
情深义重别天涯；

2.
（原文）驳离三年至伦那，
偶然途逢更悲哀；
丝红迷棍又再绅，
斋杀唱戏再很台。
（壮文）Biekliz sam bi ndi raennaj，
Dingjlingz doxbungz engq beiai；
Seihoengz mae goenq youh caiq swnj，
Cai sat ciengqheiq caiq hwnj daiz.
（音标）piːk^{7} li^{2} θaːm^{1} pi^{1} ʔdi^{1} ɣan^{1} na^{3}，
tiŋ^{3} liŋ^{2} to^{4} puŋ^{2} eːŋ^{5} pei^{1} aːi^{1}；
θei^{1} hoŋ^{2} mai^{1} kon^{5} jou^{6} ɕaːi^{5} θɯn^{3}，
ɕaːi^{1} θaːt^{7} ɕiːŋ^{5} hei^{5} ɕaːi^{5} hɯn^{3} taːi^{2}.
（直译）离别三年不见面，
偶然相逢更悲哀；
红丝线断又再接，
斋罢唱戏再上台。
（意译）离别三年不见面，
偶然相会更悲哀；
红丝线断又再接，
斋罢唱戏再登台。

3.
（原文）姑心事重重，
刘大龙，
斗途逢时后；

半劳又半丑，
爹口头，
鱼开口途参？
（壮文）Gou simsaeh cungzcungz，
Liuz Dalungz，
Daeuj doxbungz seizhaeuh；
Buenq lau youh buenq couj，
De haeujdaeuj，
Lawz hai haeuj（bak）doxcam？
（音标）kou¹ θim¹θai⁶ ɕuŋ²ɕuŋ²，
liːu² ta¹luŋ²，
tau³ to⁴puŋ² θei²hau⁶；
puːn⁵ laːu¹ jou⁶ puːn⁵ ɕou³，
te¹ hau³tau³，
lauɯ² haːi¹ hau³（paːk⁷）to⁴ɕaːm¹？
（直译）我心事重重，
刘大龙，
来相逢时候；
半怕又半羞，
他进来，
怎开口相问？
（意译）我心事重重，
刘大龙，
今日要相逢；
半怕脸羞红，
他进来，
怎问候适中？

Mehlimz【Baihndaw hemq】
林母【内喊】
（原文）阿凤，除北口麻姑主！
（壮文）Dahfungh，dawz byaek haeujma gou cawj！
（音标）ta⁶fuŋ⁶，tauɯ² pjak⁷ hau³ma¹ kou¹ ɕauɯ³！
（直译）阿凤，拿菜进来我煮！
（意译）阿凤，拿菜进来给我煮！

Linz Ginhfung：
林金凤：

（原文）就腾了。
（壮文）Couh daengz la.
（音标）ɕou^{6} taŋ^{2} la.
（直译）就到了。
（意译）就来了。

(Linz Ginhfung roengz)
（林金风下）

Liuz Dalungz【Ciengq】
刘大龙【唱】
1.
（原文）川二交川三，
气花郎，
跟啉南车斗；
春喽添锦绣，
六忧忧，
青翠柳点头。
（壮文）Ndwen ngeih gyau ndwen sam,
Heiq va rang,
Gaen rumznamz ci daeuj;
Cin raeuj dem gimjsouq,
Loegsousou,
Heuseu loux diemjdaeuz.
（音标）ʔdɯːn^{1} ŋei^{6} kjaːu^{1} ʔdɯːn^{1} θaːm^{1},
hei^{5} wa^{1} ɣaːŋ^{1},
kan^{1} ɣum^{2}naːm^{2} ɕi^{1} tau^{3};
ɕin^{1} ɣau^{3} teːm^{1} kim^{3}θou^{5},
lok^{8}θouθou,
heːu^{1}θeːu^{1} lou^{4} tiːm^{3}tau^{2}.
（直译）月二交月三，
气花香，
随南风吹来；
春暖添锦绣，
绿油油，
青翠柳点头。
（意译）二三月相挨，
花味香，

随南风吹来；
春暖花儿开，
绿油油，
青翠柳摇摆。

2.

（原文）三月是阳春，
依踏青，
倍噜心开郎；
几年情拆散，
脱灾难，
再久盼重逢。

（壮文）Sam nyied seih yiengzcin，
Ndei caijcing，
Boix rox sim hailangh；
Geij nienz cingz ceksanq，
Duet cainanh，
Caiq naih banq (muengh) caiq bungz.

（音标）θaːm^{1} ȵiːt^{8} θei^{6} jiːŋ^{2}ɕin^{1}，
ʔdei^{1} ɕaːi^{3}ɕiŋ^{1}，
poːi^{4} ɣo^{4} θim^{1} haːi^{1}laːŋ^{6}；
kei^{3} niːn^{2} ɕiŋ^{2} ɕeːk^{7}θaːn^{5}，
tuːt^{7} ɕaːi^{1}naːn^{6}，
ɕaːi^{5} naːi^{6} paːn^{5} (muːŋ^{6}) ɕaːi^{5} puŋ^{2}.

（直译）三月是阳春，
好踏青，
倍觉心开朗；
几年情拆散，
脱灾难，
再久盼再逢。

（意译）三月好春光，
宜踏青，
倍觉心开朗；
几年情拆散，
脱灾难，
久盼再逢场。

3.

（原文）半忧半喜闷层层，
云你途天斗途逢；
咪老阿凤参鱼讲？
真真苦估刘大龙。

（壮文）Buenq you buenq heij mwnhcaengzcaengz,
Ngoenzneix doxiu daeuj doxbungz;
Mehlaux Dahfungh cam lawz gangj?
Caencaen hoj gou Liuz Dalungz.

（音标）puːn^{5} jou^{1} puːn^{5} hei^{3} mɯn^{6} ɕaŋ^{2}ɕaŋ^{2}，
ŋon^{2}nei^{4} to^{4}iːu^{1} tau^{3} to^{4}puŋ^{2}；
me^{6}laːu^{4} ta^{6}fuŋ^{6} ɕaːm^{1} laɯ^{2} kaːŋ^{3}？
ɕan^{1}ɕan^{1} ho^{3} kou^{1} liːu^{2} ta^{1}luŋ^{2}.

（直译）半忧半喜闷层层，
今天相邀来相逢；
老妈阿凤问怎讲？
真真苦我刘大龙。

（意译）半忧半喜闷重重，
今日相邀来相逢；
老妈阿凤问怎讲？
真真苦煞刘大龙。

4.

（原文）好汉估好汉，
欧大胆，
布管浪头难；
眉心很梁山，
话等闲，
布卖参命运。

（壮文）Haujhanq guh haujhanq,
Aeu daihdamj,
Mboujguenj langhdaeuz nanz;
Meizsim hwnj Liengzsan,
Vah daengjhanz,
Mbouj gai cam minghyinh.

（音标）haːu^{3}haːn^{5} ku^{6} haːu^{3}haːn^{5}，
au^{1} taːi^{6}taːm^{3}，
ʔbou^{3}kuːn^{3} laːŋ^{6}tau^{2} naːn^{2}；

mei^{2}θim^{1} hɯn^{3} liːŋ^{2}θaːn^{1}，
wa^{6} taŋ^{3}haːn^{2}，
ʔbou^{3} kaːi^{1} ɕaːm^{1} miŋ^{6}jin^{6}.
（直译）好汉做好汉，
要大胆，
不管浪头难；
有心上梁山，
话等闲，
不该问命运。
（意译）好汉做好汉，
要大胆，
不管浪头难；
有心上梁山，
话等闲，
命运不必谈。

【Gangj】
【白】
（原文）总算斗腾了。
（壮文）Cungjsuenq daeuj daengz lo.
（音标）ɕuŋ^{3}θuːn^{5} tau^{3}taŋ^{2} lo.
（直译）总算来到了。
（意译）总算来到了。

（Yaek haeuj dou，Linz Ginhfung daj ndaw okdaeuj bungzraen）
（欲进门，林金凤从内出来碰上）

（原文）大龙！
（壮文）Dalungz！
（音标）ta^{1}luŋ^{2}！
（直译）大龙！
（意译）大龙！

Liuz Dalungz：
刘大龙：
（原文）金凤！
（壮文）Ginhfung！
（音标）kin^{6}fuŋ^{1}！

（直译）金凤！
（意译）金凤！

Linz Ginhfung【Yiengq baihndaw hemq】
林金凤【向内喊】
（原文）咪！铭处是如斗了？
（壮文）Meh！Mwngz yawj seih byawz daeuj lo？
（音标）me^{6}！mɯŋ^{2} jaɯ^{3} θei^{6} pjaɯ^{2} tau^{3} lo？
（直译）妈！你看是谁来了？
（意译）妈！您看是谁来了？

Mehlimz【Gaenjgip hwnj】
林母【急上】
（原文）是老师父斗啦？
（壮文）Seih laux saefouh daeuj la？
（音标）θei^{6} laːu^{4} θai^{1}fou^{6} tau^{3} la？
（直译）是老师傅来啦？
（意译）是老师傅来啦？

Liuz Dalungz：
刘大龙：
（原文）至是，姑是师父帮逢伊！
（壮文）Ndi seih，gou seih saefouh bangfwngz iq！
（音标）ʔdi^{1} θei^{6}，kou^{1} θei^{6} θai^{1}fou^{6} paːŋ^{1}fɯŋ^{2} i^{5}！
（直译）不是，我是师傅帮手小！
（意译）不是，我是师傅的小帮手！

Mehlimz：
林母：
（原文）铭贵姓大名？
（壮文）Mwngz gviqsingq daihmingz？
（音标）mɯŋ^{2} kwi^{5}θiŋ^{5} taːi^{6}miŋ^{2}？
（直译）你贵姓大名？
（意译）您尊姓大名？

Liuz Dalungz：
刘大龙：
（原文）铭至噜那姑啦？

（壮文）Mwngz ndi roxnaj gou la?
（音标）mɯŋ^{2} ʔdi^{1} ɣo^{4} na^{3} kou^{1} la?
（直译）你不认识我啦?
（意译）您不认识我啦?

Mehlimz:
林母:
（原文）啊！铭——迪大龙?!
（壮文）A! Mwngz —— dwg Dalungz?!
（音标）a! mɯŋ^{2}——tɯk^{8} ta^{1} luŋ^{2}?!
（直译）啊！你——是大龙?!
（意译）啊！你——是大龙?!

Liuz Dalungz:
刘大龙:
（原文）对！姑正是大龙！
（壮文）Doiq! Gou cingqseih Dalungz!
（音标）toːi^{5}! kou^{1} ɕiŋ^{5} θei^{6} ta^{1} luŋ^{2}!
（直译）对！我正是大龙！
（意译）对！我就是大龙！

Mehlimz:
林母:
（原文）哎呀！大龙呀，几年至伦那了，铭长使大大高高罗，姑处子至记那了。大龙呀，铭成家了吧?
（壮文）Aeya! Dalungz ya, geij bi ndi raennaj lo, mwngz maj ndaej hunghung sangsang lo, gou yawj cij ndi geiq naj lo. Dalungz ya, mwngz baenzgya luba?
（音标）aija! ta^{1} luŋ^{2} ja, kei^{3} pi^{1} ʔdi^{1} ɣan^{1} na^{3} lo, mɯŋ^{2} ma^{3} ʔdai^{3} huŋ^{1} huŋ^{1} θaːŋ^{1} θaːŋ^{1} lo, kou^{1} jaɯ^{3} ɕi^{3} ʔdi^{1} kei^{5} na^{3} lo. ta^{1} luŋ^{2} ja, mɯŋ^{2} pan^{2} kja^{1} lupa?
（直译）哎呀！大龙呀，几年不见面了，你长得大大高高啰，我看都不记脸了。大龙呀，你成家了吧?
（意译）哎呀！大龙呀，几年不见，你长得牛高马大的，我都认不出了。大龙呀，你成家了吧?

Liuz Dalungz:
刘大龙:
（原文）成家几年了。

（壮文）Baenzgya geij bi lo.
（音标）pan^{2}kja^{1} kei^{3} pi^{1} lo.
（直译）成家几年了。
（意译）成家几年了。

Mehlimz：
林母：
（原文）眉叻宏了吗？
（壮文）Meiz lwg hung luma?
（音标）mei^{2} lɯk^{8} huŋ^{1} luma?
（直译）有儿大了吗？
（意译）有孩子长大了吗？

Linz Ginhfung【Cabbak】
林金凤【插嘴】
（原文）叻宏了，廿来俾了。
（壮文）Lwg hung la，ngeihcib lai bi lo.
（音标）lɯk^{8} huŋ^{1} la，ŋei^{6}ɕip^{8} laːi^{1} pi^{1} lo.
（直译）儿大了，二十多岁了。
（意译）孩子长大了，二十多岁了。

Mehlimz：
林母：
（原文）东插剥西插剥。老师父鱼曾腾呀？
（壮文）Doeng cabbak sae cabbak. Laux saefouh lawz caengz daengz ya?
（音标）toŋ^{1} ɕaːp^{8}paːk^{7} θai^{1} ɕaːp^{8}paːk^{7}. laːu^{4} θai^{1}fou^{6} law^{2} ɕaŋ^{2} taŋ^{2} ja?
（直译）东插嘴西插嘴。老师傅怎未到呀？
（意译）东插嘴西插嘴。老师傅怎么还没到呀？

Liuz Dalungz：
刘大龙：
（原文）就斗腾了。
（壮文）Couh daeuj daengz lo.
（音标）ɕou^{6} tau^{3} taŋ^{2} lo.
（直译）就来到了。
（意译）就到了。

Goengliuz【Ciengq】

刘公【唱】
（原文）派斗腾板白，郎巴客光啁；
卦桥正对头，腾剥都阿凤。
（壮文）Byaij daeuj daengz Mbanjbeg，Nyangz bazhek guengmou；
Gvaq giuz cingq doiqdaeuz，Daengz bakdou Dahfungh.
（音标）pjaːi^{3} tau^{3} taŋ^{2} ʔbaːn^{3}peːk^{8}，ȵaːŋ^{2} pa^{2}heːk^{7} kuːŋ^{1}mou^{1}；
kwa^{5} kiːu^{2} ɕiŋ^{5} toːi^{5}tau^{2}，taŋ^{2} paːk^{7}tou^{1} ta^{6}fuŋ^{6}.
（直译）走来到白村，遇婆客喂猪；
过桥正对头，到门口阿凤。
（意译）走路到白村，遇姨婆喂猪；
过桥正对路，到阿凤堂屋。

Linz Ginhfung：
林金凤：
（原文）剥讲曹操，曹操就腾。咪，爹就是刘老师父啦！
（壮文）Bak gangj Cauz Cauh，Cauz Cauh couh daengz. Meh，de couhseih Liuz laux saefouh la！
（音标）paːk^{7} kaːŋ^{3} ɕaːu^{2} ɕaːu^{6}，ɕaːu^{2} ɕaːu^{6} ɕou^{6} taŋ^{2}. me^{6}，te^{1} ɕou^{6}θei^{6} liːu^{2} laːu^{4} θai^{1} fou^{6} la！
（直译）口讲曹操，曹操就到。妈，他是刘老师傅啦！
（意译）嘴说曹操，曹操就到。妈，他就是刘老师傅啦！

Mehlimz：
林母：
（原文）啊！刘老师父，口嘛能——能。
（壮文）A！Liuz laux saefouh，haeujma naengh —— naengh.
（音标）a！liːu^{2} laːu^{4} θai^{1}fou^{6}，hau^{3}ma^{1} naŋ^{6} —— naŋ^{6}.
（直译）啊！刘老师傅，进来坐——坐。
（意译）啊！刘老师傅，进来坐——坐。

Goengliuz：
刘公：
（原文）至用客气。
（壮文）Ndi yungh hekheiq.
（音标）ʔdi^{1} juŋ^{6} heːk^{7}hei^{5}.
（直译）不用客气。
（意译）不用客气。

(Goengliuz naengh roengzdaeuj)
(刘公坐下)

Liuz Dalungz【Ciengq】
刘大龙【唱】
(原文) 几年情棍绝，
乃离别，
再途约途逢；
心事乱重重，
姑大龙，
半那噌半昂。
(壮文) Geij bi cingz goenqcied,
Naih lizbied,
Caiq doxiek doxbungz;
Simsaeh luenhcungzcungz,
Gou Dalungz,
Buenq najmbwng buenq angq.
(音标) kei^{3} pi^{1} ɕiŋ^{2} kon^{5}ɕiːt^{8},
naːi^{6} li^{2}piːt^{8},
ɕaːi^{5} to^{4}iːk^{7} to^{4}puŋ^{2};
θim^{1}θai^{6} luːn^{6}ɕuŋ^{2}ɕuŋ^{2},
kou^{1} ta^{1}luŋ^{2},
puːn^{5} na^{3}ʔbɯŋ^{1} puːn^{5} aːŋ^{5}.
(直译) 几年情断绝，
久离别，
再相约相逢；
心事乱重重，
我大龙，
半愁容半喜。
(意译) 几年情断离，
久分别，
再相约相遇；
心乱难平息，
我大龙，
半愁容半喜。

Mehlimz【Ciengq】
林母【唱】

（原文）怒督咙缸淋，
讲斗腾，
半失魂半快；
爹双云恋爱，
断文乃，
鱼又再度唧？
（壮文）Nou doek roengz gangraemx，
Gangj daeuj daengz，
Buenq saethoenz buenq vaiq；
De song vunz lienhngaiq，
Duenh baenz naih，
Lawz youh caiq doxnyangz？
（音标）nou^{1} tok^{7} ɣoŋ^{2} kaːŋ^{1}ɣam^{4}，
kaːŋ^{3} tau^{3} taŋ^{2}，
puːn^{5} θat^{7}hon^{2} puːn^{5} waːi^{5}.
te^{1} θoːŋ^{1} wun^{2} liːn^{6}ŋaːi^{5}，
tuːn^{6} pan^{2} naːi^{6}，
laɯ^{2} jou^{6} ɕaːi^{5} to^{4}ȵaːŋ^{2}？
（直译）鼠掉下水缸，
讲来到，
半失魂半快乐；
他两人恋爱，
断如此久，
怎又再相遇？
（意译）老鼠掉水缸，
讲起来，
失魂且欢畅；
俩恋爱受伤，
断好久，
今怎又遇上？

Maj Ciuhyangh【Sawqmwh roemx hwnj】
马秋香【突然闯上】
（原文）哎哟，云你内兰鱼眉文来客斗呀？
（壮文）Aeya，ngoenzneix ndaw ranz lawz meiz baenzlai hek daeuj ya？
（音标）aija，ŋon^{2}nei^{4} ʔdaɯ^{1} ɣaːn^{2} laɯ^{2} mei^{2} pan^{2}laːi^{1} heːk^{7} tau^{3} ja？
（直译）哎哟，今天里家怎有这么多客来呀？
（意译）哎哟，今天家里怎么这么多客人呀？

Linz Ginhfung：
林金凤：
（原文）香，爹队是父师父姑请斗。
（壮文）Yangh，dedoih seih boux saefouh gou cingj daeuj.
（音标）jaːŋ^{6}，te^{1} toːi^{6} θei^{6} pou^{4} θai^{1} fou^{6} kou^{1} ɕiŋ^{3} tau^{3}.
（直译）香，他们是个师傅我请来。
（意译）香，他们是我请来的师傅。

Maj Ciuhyangh：
马秋香：
（原文）师父，计骡师父？
（壮文）Saefouh，gijlawz saefouh？
（音标）θai^{1} fou^{6}，ki^{3} laɯ^{2} θai^{1} fou^{6}？
（直译）师傅，什么师傅？
（意译）师傅，什么师傅？

Mehlimz：
林母：
（原文）秋香，铭讲计骡呀！
（壮文）Ciuhyangh，mwngz gangj gijlawz ya！
（音标）ɕiːu^{6} jaːŋ^{6}，mɯŋ^{2} kaːŋ^{3} ki^{3} laɯ^{2} ja！
（直译）秋香，你讲什么呀！
（意译）秋香，你说什么呀！

Maj Ciuhyangh：
马秋香：
（原文）讲几骡，爹队是几骡云？
（壮文）Gangj gijlawz，dedoih seih gijlawz vunz？
（音标）kaːŋ^{3} ki^{3} laɯ^{2}，te^{1} toːi^{6} θei^{6} ki^{3} laɯ^{2} wun^{2}？
（直译）讲什么，他们是什么人？
（意译）讲什么，他们是什么人？

Mehlimz【Yinx Goengliuz】
林母【指刘公】
（原文）爹是阿凤请斗的刘老师父。
（壮文）De seih Dahfungh cingj daeuj boux Liuz laux saefouh.
（音标）te^{1} θei^{6} ta^{6} fuŋ^{6} ɕiŋ^{3} tau^{3} pou^{4} liːu^{2} laːu^{4} θai^{1} fou^{6}.

（直译）他是阿凤请来个刘老师傅。
（意译）他是阿凤请来的刘老师傅。

Maj Ciuhyangh【Yinx Liuz Dalungz】
马秋香【指刘大龙】
（原文）爹呢？
（壮文）De ne？
（音标）te^{1} ne？
（直译）他呢？
（意译）他呢？

Mehlimz：
林母：
（原文）爹是老师父的帮逢！
（壮文）De seih laux saefouh boux bangfwngz！
（音标）te^{1} θei^{6} laːu^{4} θai^{1}fou^{6} pou^{4} paːŋ^{1}fɯŋ^{2}！
（直译）他是老师傅个帮手！
（意译）他是老师傅的帮手！

Linz Ginhfung：
林金凤：
（原文）爹是师父伊！
（壮文）De seih saefouh iq！
（音标）te^{1}θei^{6} θai^{1}fou^{6} i^{5}！
（直译）他是师傅小！
（意译）他是小师傅！

Maj Ciuhyangh：
马秋香：
（原文）姑处师父是假，情夫是真！
（壮文）Gou yawj saefouh seih gyaj，cingzgvan seih caen！
（音标）kou^{1} jaɯ^{3} θai^{1}fou^{6} θei^{6} kja^{3}，ɕiŋ^{2}kwaːn^{1} θei^{6} ɕan^{1}！
（直译）我看师傅是假，情夫是真！
（意译）我看师傅是假，情夫是真！

Liuz Dalungz：
刘大龙：
（原文）铭……开剥乱伤云！

（壮文）Mwngz …… haibak luenh sieng vunz！
（音标）mɯŋ^{2} …… haːi^{1} paːk^{7} luːn^{6} θiːŋ^{1} wun^{2}！
（直译）你……开口乱伤人！
（意译）你……开口乱伤人！

Goengliuz：
刘公：
（原文）讲话欧小心啊！
（壮文）Gangjvah aeu siujsim ya！
（音标）kaːŋ^{3} wa^{6} au^{1} θiːu^{3} θim^{1} ja！
（直译）讲话要小心啊！
（意译）讲话要小心啊！

Mehlimz：
林母：
（原文）是呀！
（壮文）Seih ya！
（音标）θei^{6} ja！
（直译）是呀！
（意译）是呀！

Linz Ginhfung【Gvaibanj】
林金凤【快板】
（原文）早咳早，口北都，
布是骂嘛即骂哃；
正正经经铭乱讲，
请师学艺怒情夫。
（壮文）Sauj hai sauj，haeuj bakdou，
Mbouj seih vat（ndaq）ma couh vat mou；
Cingqcingq gingging mwngz luenhgangj，
Cingj sae hag nyih naeuz cingzfou.
（音标）θaːu^{3} haːi θaːu^{3}，hau^{3} paːk^{7} tou^{1}，
ʔbou^{3} θei^{6} waːt^{7}（ʔda^{5}）ma^{1} ɕou^{6} waːt^{7} mou^{1}；
ɕiŋ^{5} ɕiŋ^{5} kiŋ^{1} kiŋ^{1} mɯŋ^{2} luːn^{6} kaːŋ^{3}，
ɕiŋ^{3} θai^{1} haːk^{8} ȵi^{6} nau^{2} ɕiŋ^{2} fou^{1}.
（直译）嫂呀嫂，进门口，
不是骂狗就骂猪；
正正经经你乱讲，

请师学艺讲情夫。
（意译）嫂呀嫂，进门户，
不是骂狗就骂猪；
真真正正你乱讲，
请师学艺说情夫。

Liuz Dalungz【Gvaibanj】
刘大龙【快板】
（原文）事情至曾查明白，
立乱驾祸得口姑；
一口咬定讲话死，
路争卡吃如布都？
（壮文）Saehcingz ndicaengz caz mingzbeg，
Laebluenh gyahux dwk haeuj gou；
Coenz dog haebdingh gangj vahdai，
Roq deng gahaet（gahengh）byawz mbouj du（in）？
（音标）θai^{6}ɕiŋ^{2} ʔdi^{1}ɕaŋ^{2} ɕa^{2} miŋ^{2}pe:k^{8}，
lap^{8}lu:n^{6} kja^{1}hu^{4} tɯk^{7} hau^{3} kou^{1}；
ɕon^{2} to:k^{8} hap^{8}tiŋ^{6} ka:ŋ^{3} wa^{6}ta:i^{1}，
ɣo^{5} te:ŋ^{1} ka^{1}hat^{7}（ka^{1}he:ŋ^{6}）pjaɯ^{2} ʔbou^{3} tu^{1}（in^{1}）？
（直译）事情未曾查明白，
胡乱嫁祸塞给我；
一口咬定讲死话，
打中小腿谁不痛？
（意译）事情未曾查清楚，
就乱嫁祸给人家；
一口咬定说得绝，
打中小腿谁不怕？

Maj Ciuhyangh【Gvaibanj】
马秋香【快板】
（原文）往姑幼香港，
钱财文万布用忧；
讲怒请师学丁逢，
借名请师带情夫；
啁咪文疮交只脱，
渠眉途猫至寻怒？
目的想毁双联婚，

布私即敝就是收。

（壮文）Nuengx gou youq Yanghgangj，
Cienzcaiz baenz fanh mbouj yungh you；
Gangjnaeuz cingj sae hag dinfwngz，
Ciq mingz cingj sae daiq cingzfou；
Moumeh baenznyan nyauj cij lot，
Lawz meiz duzmeuz ndi gwn nou?
Moegdik siengj vaih song liemzvaen，
Mbouj sei cik beih couhseih sou.

（音标）nuːŋ^{4} kou^{1} jou^{5} jaːŋ^{6}kaːŋ^{3}，
ciːn^{2}ɕaːi^{2} pan^{2} faːn^{6} ʔbou^{3} juŋ^{6} jou^{1}；
kaːŋ^{3}nau^{2} ɕiŋ^{3} θai^{1} haːk^{8} tin^{1}fɯŋ^{2}，
ɕi^{5} miŋ^{2} ɕiŋ^{3} θai^{1} taːi^{5} ɕiŋ^{2}fou^{1}；
mou^{1}me^{6} pan^{2}ȵaːn^{1} ȵaːu^{3} ɕi^{3} loːt^{7}，
laɯ^{2} mei^{2} tu^{2}meːu^{2} ʔdi^{1} kɯn^{1} nou^{1}?
mok^{8}tik^{7} θiːŋ^{3} waːi^{6} θoːŋ^{1} liːm^{2}wan^{1}，
ʔbou^{3} θei^{1} ɕik^{7} pei^{6} ɕou^{6}θei^{6} θou^{1}.

（直译）弟我在香港，
钱财成万不用忧；
讲说请师学手艺，
借名请师带情夫；
母猪生疮挠才破，
哪有猫儿不吃鼠?
目的想毁双联婚，
不私即弊就是你们。

（意译）我弟在香港，
钱财成万不用忧；
讲要请师学手艺，
借名请师带情友；
母猪生疮挠破皮，
猫不吃鼠是胡诌；
目的想毁双联婚，
私情作弊你们丑。

Liuz Dalungz：
刘大龙：
（原文）双联婚至合理呀!
（壮文）Song liemzvaen ndi hableix ya!

（音标）θoːŋ^{1} liːm^{2} wan^{1} ʔdi^{1} haːp^{8} lei^{4} ja！
（直译）双联姻不合理呀！
（意译）双联姻不合理呀！

Linz Ginhfung：
林金凤：
（原文）包办婚姻是包办布使计。
（壮文）Baubanh vunhyinh seih bau mbouj ndaej gae.
（音标）paːu^{1} paːn^{6} wun^{6} jin^{6} θei^{6} paːu^{1} ʔbou^{3} ʔdai^{3} kai.
（直译）包办婚姻是包不得的。
（意译）包办婚姻是包不了的。

Goengliuz：
刘公：
（原文）对，往铭幼香港，财涞他桑，爹至一定处金凤很他。
（壮文）Doiq，nuengx mwngz youq Yanghgangj，caiz lai dasang，de ndi itdingh yawj Ginhfung hwnjda.
（音标）toːi^{5}，nuːŋ^{4} mɯŋ^{2} jou^{5} jaːŋ^{6} kaːŋ^{3}，ɕaːi^{2} laːi^{1} ta^{1} θaːŋ^{1}，te^{1} ʔdi^{1} it^{7} tiŋ^{6} jaɯ^{3} kin^{6} fuŋ^{1} hɯn^{3} ta^{1}.
（直译）对，弟你在香港，财多眼高，他不一定看金凤上眼。
（意译）对，你弟弟在香港，财多眼界高，他不一定看上金凤。

Maj Ciuhyangh：
马秋香：
（原文）铭则老猫公你，立乱斗插剥！
（壮文）Mwngz ndaek laux meuzgoeng neix，laebluenh daeuj cabbak！
（音标）mɯŋ^{2} ʔdak^{7} laːu^{4} meːu^{2} koŋ^{1} nei^{4}，lap^{8} luːn^{6} tau^{3} ɕaːp^{7} paːk^{7}！
（直译）你个老猫公这，胡乱来插嘴！
（意译）你这个老猫公，胡乱来插嘴！

Mehlimz【Ciengq】
林母【唱】
（原文）到底父骡争，
几用争，
赛必坚作作；
眉理也停剥，
皮气哟，
巾糍达览河。

（壮文）Dauqdaej bouxlawz deng,
Gae yungh ceng,
Saiq bietgen saksak;
Meiz leix hix dingz bak,
Beizheiq yak,
Gwn ceizndat remj hoz.

（音标）taːu^{5} tai^{3} pou^{4} laɯ^{2} teːŋ^{1},
kai^{1} juŋ^{6} ɕeːŋ^{1},
θaːi^{5} piːt^{7} keːn^{1} θaːk^{7} θaːk^{7};
mei^{2} lei^{4} hi^{4} tiŋ^{2} paːk^{7},
pei^{2} hei^{5} jaːk^{7},
kɯn^{1} ɕei^{2} ʔdaːt^{7} ɣeːm^{3} ho^{2}.

（直译）到底哪个对，
不用争，
比赛卷衣袖乎乎；
有理也停口，
脾气赖，
吃热糍粑烧焦喉。

（意译）到底谁对头，
不用争，
别卷袖怒吼；
有理也闭口，
脾气恶，
吃热糍烫喉。

Maj Ciuhyangh【Ciengq】

马秋香【唱】

（原文）途啁咪文加，
讲几嘛，
逢皮哇布庄；
丈眉途计项，
巴种讲，
除批航计父。

（壮文）Duz moumeh baenzgya (baenznyan),
Gangj gijmaz,
Fwngz baez vax mbouj cangh;
Ciengx meiz duz gaeqhangh,
Baznyungq gangj,

Dawz bae hangz gaeqboux.

（音标）tu^{2} mou^{1}me^{6} pan^{2}kja^{1} （pan^{2}ȵaːn^{1}），
kaːŋ^{3} ki^{3}ma^{2}，
fɯŋ^{2} pai^{2} wa^{4} ʔbou^{3} ɕaːŋ^{6}；
ɕiːŋ^{4} mei^{2} tu^{2} kai^{5}haːŋ^{6}，
pa^{2}ȵuŋ^{5} kaːŋ^{3}，
taɯ^{2} pai^{1} haːŋ^{2} kai^{5}pou^{4}.

（直译）母猪生疥疮，
讲什么，
手一抓不动；
养有只项鸡，
泼妇讲，
拿去欺侮公鸡。

（意译）母猪生疮体，
不用讲，
手挠它静怡；
养有只项鸡，
泼妇讲，
拿去欺公鸡。

Mehlimz【Ciengq】

林母【唱】

（原文）挖姑巴笠烂，
鱼认反，
又斗板口姑？
挖嘛又腾啝，
米促牛，
至处丘处庙。

（壮文）Vat gou baz laeblanh,
Lawz nyaenx fanj,
Youh daeuj banj haeuj gou?
Vat ma youh daengz mou,
Maex (yah) huknyouz (hukvaiz),
Ndi yawj you yawj miuh.

（音标）waːt^{7} kou^{1} pa^{2} lap^{8}laːn^{6}，
laɯ^{2} ȵan^{4} faːn^{3}，
jou^{6} tau^{3} paːn^{3} hau^{3} kou^{1}？
waːt^{7} ma^{1} jou^{6} taŋ^{2} mou^{1}，

mai^{4} (ja^{6}) huk^{7}ȵou^{2} (huk^{7}wa:i^{2}),
ʔdi^{1} jaɯ^{3} jou^{1} jaɯ^{3} mi:u^{6}.
（直译）骂我婆杂烂，
怎这么反，
又来赖进我？
骂狗又到猪，
婆笨牛，
不看菩萨看庙。
（意译）骂我谬烂婆，
怎恁坏，
又诬赖到我？
骂狗到猪猡，
笨牛婆，
看庙不看佛。

Liuz Dalungz【Ciengq】
刘大龙【唱】
（原文）早大铭讲话，
最难卦，
布留那三分；
是博噜是文，
云一伦，
即克吞咙胴。
（壮文）Saujdaih mwngz gangjvah,
Ceiq nanzgvaq,
Mbouj louz naj samfaen;
Seih biek rox seih maenz,
Vunz baez raen,
Sikhaek daen (gyan) roengz dungx.
（音标）θa:u^{3}ta:i^{6} mɯŋ^{2} ka:ŋ^{3}wa^{6},
ɕei^{5} na:n^{2}kwa^{5},
ʔbou^{3} lou^{2} na^{3} θa:m^{1}fan^{1};
θei^{6} pi:k^{7} ɣo^{4} θei^{6} man^{2},
wun^{2} pai^{2} ɣan^{1},
θik^{7}hak^{7} tan^{1} (kja:n^{1}) ɣoŋ^{2} tuŋ^{4}.
（直译）大嫂你讲话，
最难过，
不留脸三分；

是芋或是薯，
人一见，
马上吞下肚。
（意译）大嫂你乱喷，
最难听，
不留脸三分；
是芋或薯根，
人一见，
马上往肚吞。

Goengliuz：
刘公：
（原文）眉理布用声桑，免讲吗！
（壮文）Meiz leix mbouj yungh singsang，menh gangj ma！
（音标）mei^{2} lei^{4} ʔbou^{3} juŋ^{6} θiŋ^{1} θaːŋ^{1}，meːn^{6} kaːŋ^{3} ma！
（直译）有理不用高声，慢讲嘛！
（意译）有理不用高声，慢慢讲嘛！

Maj Ciuhyangh：
马秋香：
（原文）免讲，父骡奏铭免讲！
（壮文）Menh gangj，bouxlawz caeuq mwngz menh gangj！
（音标）meːn^{6} kaːŋ^{3}，pou^{4} laɯ^{2} ɕau^{5} mɯŋ^{2} meːn^{6} kaːŋ^{3}！
（直译）慢讲，哪个和你慢讲！
（意译）慢讲，谁同你慢讲！

Linz Ginhfung【Youq henz ciengq】
林金凤【旁唱】
（原文）早早父云实在刁，
移计挖麻太无聊；
仗势欺云欺太卦，
姑临胴气实难消。
（壮文）Saujsauj bouxvunz saedcaih diu，
Vix gaeq vat ma daiq fouzliuz；
Ciengqseiq hei vunz hei daiq gvaq，
Gou rim dungx heiq saed nanz siu.
（音标）θaːu^{3} θaːu^{3} pou^{4} wun^{2} θat^{8} ɕaːi^{6} tiːu^{1}，
wi^{4} kai^{5} waːt^{7} ma^{1} taːi^{5} fou^{2} liːu^{2}；

ɕiːŋ⁵ θei⁵ hei¹ wun² hei¹ taːi⁵ kwa⁵，
kou¹ ɤim¹ tuŋ⁴ hei⁵ θat⁸ naːn² θiːu¹.

（直译）嫂嫂个人实在刁，
指鸡骂狗太无聊；
仗势欺人欺太过，
我满肚气实难消。

（意译）嫂子这人实在刁，
指鸡骂狗太无聊；
仗势欺人太过分，
满肚怨气实难消。

Maj Ciuhyangh：
马秋香：
（原文）收想得货双联婚约？
（壮文）Sou siengj dwkhuq song liemz vaen'iek？
（音标）θou¹ θiːŋ³ tɯk⁷ hu⁵ θoːŋ¹ liːm² wan¹ iːk⁷？
（直译）你们想打破双联婚约？
（意译）你们想打破双联婚约？

Liuz Dalungz：
刘大龙：
（原文）该柱婚姻至是躺云自由。
（壮文）Gaicawx vunhyinh ndi seih ndangvunz swyouz.
（音标）kaːi¹ ɕaɯ⁴ wun⁶ jin⁶ ʔdi¹ θei⁶ ʔdaːŋ¹ wun² θɯ¹ jou².
（直译）买卖婚姻不是人身自由。
（意译）买卖婚姻不是人身自由。

Linz Ginhfung：
林金凤：
（原文）婚姻该柱，姑坚决反对！
（壮文）Vunhyinh gaicawx，gou giengiet fanjdoiq！
（音标）wun⁶ jin⁶ kaːi¹ ɕaɯ⁴，kou¹ kiːn¹ kiːt⁷ faːn³ toːi⁵！
（直译）婚姻买卖，我坚决反对！
（意译）买卖婚姻，我坚决反对！

Maj Ciuhyangh【Vix Mehlimz gangj】
马秋香【指着林母说】
（原文）姑参铭，婚哟是至是铭定？

（壮文）Gou cam mwngz，vaen'iek seih ndi seih mwngz dingh？
（音标）kou^{1} ɕaːm^{1} mɯŋ^{2}，wan^{1}iːk^{7} θei^{6} ʔdi^{1} θei^{6} mɯŋ^{2} tiŋ^{6}？
（直译）我问你，婚约是不是你订？
（意译）我问你，婚约是不是你订？

Mehlimz：
林母：
（原文）是呀，凤至从姑至眉法呀！
（壮文）Seih ya，Fungh ndi coengz gou ndi meiz fap ya！
（音标）θei^{6} ja，fuŋ^{6} ʔdi^{1} ɕoŋ^{2} kou^{1} ʔdi^{1} mei^{2} faːp^{7} ja！
（直译）是呀，凤不从我没有法呀！
（意译）是呀，（但）阿凤不听从我也没办法呀！

Maj Ciuhyangh：
马秋香：
（原文）至从，至从也特从！
（壮文）Ndi coengz，ndi coengz hix dwg coengz！
（音标）ʔdi^{1} ɕoŋ^{2}，ʔdi^{1} ɕoŋ^{2} hi^{4} tɯk^{8} ɕoŋ^{2}！
（直译）不从，不从也是从！
（意译）不从，不从也要从！

Linz Ginhfung：
林金凤：
（原文）父骒敢除姑批该？
（壮文）Bouxlawz gamj dawz gou bae gai？
（音标）pou^{4} laɯ^{2} kaːm^{3} taɯ^{2} kou^{1} pai^{1} kaːi^{1}？
（直译）哪个敢拿我去卖？
（意译）谁敢拿我去卖？

Liuz Dalungz：
刘大龙：
（原文）该柱婚姻就是犯法！
（壮文）Gaicawx vunhyinh couhseih famhfap！
（音标）kaːi^{1} ɕaɯ^{4} wun^{6} jin^{6} ɕou^{6} θei^{6} faːm^{6} faːp^{7}！
（直译）买卖婚姻就是犯法！
（意译）买卖婚姻就是犯法！

Maj Ciuhyangh【Ciengq】
马秋香【唱】
(原文) 收认来特别,
想破约,
父剥铁剥钢;
途嘛喽文班,
难布难,
也斗帮嘛咪。
(壮文) Sou nyaenxlai daegbied,
Siengj buq iek,
Boux bakdiet bakgang;
Duzma raeuq baenz ban,
Nanz mbouj nanz,
Hix daeuj bang mameh.
(音标) θou^{1} ȵan^{4} la:i^{1} tak^{8}pi:t^{8},
θi:ŋ^{3} pu^{5} i:k^{7},
pou^{4} pa:k^{7}ti:t^{7} pa:k^{7}ka:ŋ^{1};
tu^{2}ma^{1} ɤau^{5} pan^{2} pa:n^{1},
na:n^{2} ʔbou^{3} na:n^{2},
hi^{4} tau^{3} pa:ŋ^{1} ma^{1}me^{6}.
(直译) 你们恁多特别,
想破约,
个铁嘴钢嘴;
狗儿吠成帮,
难不难,
也来帮母狗。
(意译) 你们多特别,
想破约,
个个嘴如铁;
狗群吠作孽,
难不难,
帮母狗诬胁。

Goengliuz:
刘公:
(原文) 封建包婚是至合法计。
(壮文) Funghgen bauvaen seih ndi habfap gae.
(音标) fuŋ^{6}ke:n^{1} pa:u^{1}wan^{1} θei^{6} ʔdi^{1} ha:p^{8}fa:p^{7} kai.

（直译）封建包婚是不合法的。
（意译）封建包婚是不合法的。

Liuz Dalungz：
刘大龙：
（原文）至合法！
（壮文）Ndi habfap！
（音标）ʔdi^{1} haːp^{8} faːp^{7}！
（直译）不合法！
（意译）不合法！

Maj Ciuhyangh【Gvaibanj】
马秋香【快板】
（原文）难难难，实在难，
父包打铁父口钢；
军帮军斗贼帮贼，
嘛妈嘛叻总喽班；
联婚也是父老定，
鱼除婚约斗乱翻？
铭讲信用噜布讲，
立约也是收各办。
（壮文）Nanz nanz nanz，saedcaih nanz，
Boux bau dajdiet boux haeuj gang；
Gun bang gun daeuj caeg bang caeg，
Mameh malwg cungj raeuq bang；
Liemzvaen hix dwg bouxlaux dingh，
Lawz dawz vaen'iek daeuj luenh fan？
Mwngz gangj saenqyungh rox mbouj gangj，
Laeb'iek hix dwg sou gag banh.
（音标）naːn^{2} naːn^{2} naːn^{2}，θat^{8}ɕaːi^{6} naːn^{2}，
pou^{4} paːu^{1} ta^{3}tiːt^{7} pou^{4} hau^{3} kaːŋ^{1}；
kun^{1} paːŋ^{1} kun^{1} tau^{3} ɕak^{8} paːŋ^{1} ɕak^{8}，
ma^{1}me^{6} ma^{1}lɯk^{8} ɕuŋ^{3} ɣau^{5} paːŋ^{1}；
liːm^{2}wan^{1} hi^{4} tɯk^{8} pou^{4}laːu^{4} tiŋ^{6}，
laɯ^{2} taɯ^{2} wan^{1}iːk^{7} tau^{3} luːn^{6} faːn^{1}？
mɯŋ^{2} kaːŋ^{3} θan^{5}juŋ^{6} ɣo^{4} ʔbou^{3} kaːŋ^{3}，
lap^{8}iːk^{7} hi^{4} tɯk^{8} θou^{1} kaːk^{8} paːn^{6}.
（直译）难难难，实在难，

个包打铁个放钢；
军帮军来贼帮贼，
母狗狗崽都吠帮；
联婚也是老人定，
怎拿婚约来乱翻？
你讲信用或不讲，
立约也是你们自办。

（意译）难难难，实在难，
一个打铁一放钢；
军帮军来贼帮贼，
母狗狗崽吠成帮；
联婚也是老人定，
婚约怎能乱违反？
你讲信用或不讲，
立约也是你们办。

Liuz Dalungz【Gvaibanj】
刘大龙【快板】

（原文）婚姻布是货运货，
布使包办奏强蛮；
封建包婚至合法，
狗嘛布使运狗狼。

（壮文）Vunhyinh mbouj seih huq vuenh huq，
Mbouj ndaej baubanh caeuq giengzmanz；
Funghgen bauvaen ndi habfap，
Gyaeujma mbouj ndaej vuenh gyaeujlangz.

（音标）wun^{6}jin^{6} ʔbou^{3} θei^{6} hu^{5} wuːn^{6} hu^{5}，
ʔbou^{3} ʔdai^{3} paːu^{1}paːn^{6} ɕau^{5} kiːŋ^{2}maːn^{2}；
fuŋ^{6}keːn^{1} paːu^{1}wan^{1} ʔdi^{1} haːp^{8}faːp^{7}，
kjau^{3}ma^{1} ʔbou^{3} ʔdai^{3} wuːn^{6} kjau^{3}laːŋ^{2}.

（直译）婚姻不是货换货，
不得包办和强蛮；
封建包婚不合法，
狗头不能换狼头。

（意译）婚姻不是货换货，
包办强迫绝不可；
封建包婚不合法，
狗头狼头换不得。

Goengliuz【Gvaibanj】
刘公【快板】
（原文）大路至平眉云铲，
春宏难列眉云抗；
叻幅又布是商品，
鱼除很圩批派行？
（壮文）Daihloh ndi bingz meiz vunz canj，
Rinhung nanz lieb meiz vunz gangz（gwed）；
Lwgmbwk youh mbouj seih sanghbinj，
Lawz dawz hwnj haw bae baij hangz?
（音标）taːi^{6} lo^{6} ʔdi^{1} piŋ^{2} mei^{2} wun^{2} ɕaːn^{3}，
ɣin^{1} huŋ^{1} naːn^{2} liːp^{8} mei^{2} wun^{2} kaːŋ^{2}（kɯːt^{8}）；
lɯk^{8} ʔbɯk^{7} jou^{6} ʔbou^{3} θei^{6} θaːŋ^{6} pin^{3}，
laɯ^{2} taɯ^{2} hɯn^{3} haɯ^{1} pai^{1} paːi^{3} haːŋ^{2}？
（直译）大路不平有人铲，
大石头难破有人扛；
女儿又不是商品，
怎拿上街去摆行？
（意译）大路不平有人铲，
大石难破有人扛；
女儿又不是商品，
怎拿上街去摆行？

Maj Ciuhyangh【Gvaibanj】
马秋香【快板】
（原文）猫孝伦巴气腥埃只斗，
嘛哟伦移侯也斗佔嘛帮；
途而也想巾途象，
途灵也想占大堂；
途汉河黎眉卓卡，
途啁也眉云卡很行。
（壮文）Meuzhau raen bya heiqsing myaiz cix daeuj，
Ma iek raen haexhaeu hix daeuj guh ma bang；
Duzngwz hix siengj gwn duzciengh，
Duzlingz hix siengj ciemq daihdangz；
Duzhanq hozraez meiz dieg gaj，
Duzmou hix meiz vunz gaj hwnj hangz.

（音标）meːu^{2}haːu^{1} ɣan^{1} pja^{1} hei^{5}θiŋ^{1} mjaːi^{2} ɕi^{4} tau^{3}，
ma^{1} iːk^{7} ɣan^{1} hai^{4}hau^{1} hi^{4} tau^{3} ku^{6} ma^{1} paːŋ^{1}；
tu^{2}ŋɯ^{2} hi^{4} θiːŋ^{3} kɯn^{1} tu^{2}ɕiːŋ^{6}，
tu^{2}liŋ^{2} hi^{4} θiːŋ^{5} ɕiːm^{5} taːi^{6}taːŋ^{2}；
tu^{2}haːn^{5} ho^{2}ɣai^{2} mei^{2} tiːk^{8} ka^{3}，
tu^{2}mou^{1} hi^{4} mei^{2} wun^{2} ka^{3} hɯn^{3} haːŋ^{2}.
（直译）白猫见鱼气腥痰就来，
狗饿见臭屎也来做狗帮；
蛇也想吃大象，
猴也想占大堂；
鹅颈长有处杀，
猪也有人杀上行。
（意译）白猫见鱼腥味口水流，
饿狗见臭屎也来成帮；
蛇也妄想吞大象，
猿猴也想占大堂；
鹅颈虽长有处割，
猪有人杀摆市上。

Linz Cinghmingz【Gaenjcieng dwk buet hwnj】
林清明【紧张地跑上】
（原文）咪，收队是闹几骡事呀？
（壮文）Meh，soudoih seih nauh gijlawz saeh ya？
（音标）me^{6}，θou^{1}toːi^{6} θei^{6} naːu^{6} ki^{3}laɯ^{2} θai^{6} ja？
（直译）妈，你们是闹什么事呀？
（意译）妈，你们在闹什么呀？

Mehlimz：
林母：
（原文）总迪达往铭既婚事。
（壮文）Cungjdwg dahnuengx mwngz gij vaensaeh.
（音标）ɕuŋ^{3}tɯk^{8} ta^{6}nuːŋ^{4} mɯŋ^{2} ki^{3} wan^{1}θai^{6}.
（直译）都是阿妹你的婚事。
（意译）都是你妹妹的婚事。

Linz Cinghmingz：
林清明：
（原文）达往婚事至使吸杂呀！

（壮文）Dahnuengx vaensaeh ndi ndaej rubrab ya!
（音标）ta^{6}nuːŋ^{4} wan^{1}θai^{6} ʔdi^{1} ʔdai^{3} ɣup^{8}ɣaːp^{8} ja!
（直译）阿妹婚事不得马虎呀！
（意译）阿妹婚事不能马虎呀！

Maj Ciuhyangh：
马秋香：
（原文）至管铭马虎怀虎，以争照章办事。
（壮文）Mboujguenj mwngz maxhuj vaizhuj，hix deng ciuqcieng banhsaeh.
（音标）ʔbou^{3}kuːn^{3} mɯŋ^{2} ma^{4}hu^{3} waːi^{2}hu^{3}，hi^{4} teːŋ^{1} ɕiːu^{5}ɕiːŋ^{1} paːn^{6}θai^{6}.
（直译）不管你马虎牛虎，也挨照章办事。
（意译）不管你马虎牛虎，也得照章办事。

Linz Cinghmingz：
林清明：
（原文）达往至使嫁马东宝，爹是要流氓！
（壮文）Dahnuengx ndi ndaej haq Maj Dunghbauj，de seih caj liuzmangz!
（音标）ta^{6}nuːŋ^{4} ʔdi^{1} ʔdai^{3} ha^{5} ma^{3} tuŋ^{6}paːu^{3}，te^{1} θei^{6} ɕa^{3} liːu^{2}maːŋ^{2}!
（直译）阿妹不得嫁马东宝，他是要流氓！
（意译）阿妹不能嫁给马东宝，他是流氓仔！

Maj Ciuhyangh【Ciengq】
马秋香【唱】
（原文）铭途嘛驳能，想斗能凳桑；
　　　　讲话鱼认横，也斗行欧份。
（壮文）Mwngz duzma bok naeng，Siengj daeuj naengh daengqsang;
　　　　Gangjvah lawz nyaenx vang，Hix daeuj hangz aeu faenh.
（音标）mɯŋ^{2} tu^{2}ma^{1} poːk^{7} naŋ^{1}，θiːŋ^{3} tau^{3} naŋ^{6} taŋ^{5}θaːŋ^{1};
　　　　kaːŋ^{3}wa^{6} law^{2} ȵan^{4} waːŋ^{1}，hi^{4} tau^{3} haːŋ^{2} au^{1} fan^{6}.
（直译）你只狗剥皮，想来坐高凳；
　　　　讲话怎恁横，也来恐吓要份。
（意译）你这剥皮狗，想来坐高凳；
　　　　讲话这么横，想强要一份。

【Cabgangj】
【插白】
（原文）铭想估几骡？铭讲。
（壮文）Mwngz siengj guh gijlawz? Mwngz gangj.

（音标）mɯŋ^{2} θiːŋ^{3} ku^{6} ki^{3}laɯ^{2}? mɯŋ^{2} kaːŋ^{3}.
（直译）你想做什么？你讲。
（意译）你干什么？你说。

Linz Cinghmingz【Ciengq】
林清明【唱】
（原文）道理争布争，
斗必坚，
想横行坝道；
姑米换皮早，
立乱搞，
姑老草处腾。
（壮文）Dauhleix deng mbouj deng，
Daeuj bietgen，
Siengj hengzvang baqdauh；
Gou meh（gux）vuenh beixsauj，
Laebluenh gauj，
Gou lauxcauj（senqsi）yawj daengz.
（音标）taːu^{6}lei^{4} teːŋ^{1} ʔbou^{3} teːŋ^{1}，
tau^{3} piːt^{7}keːn^{1}，
θiːŋ^{3} heːŋ^{2}waːŋ^{1} pa^{5}taːu^{6}；
kou^{1} me^{6}（ku^{4}）wuːn^{6} pei^{4}θaːu^{3}，
lap^{8}luːn^{6} kaːu^{3}，
kou^{1} laːu^{4}ɕaːu^{3}（θeːn^{5}θi^{1}）jaɯ^{3} taŋ^{2}.
（直译）道理对不对，
卷衣袖，
想横行霸道；
我姑换兄嫂，
胡乱搞，
我老早看到。
（意译）讲理不胡闹，
卷衣袖，
想横行霸道；
小姑换大嫂，
胡乱搞，
我很早看到。

Maj Ciuhyangh：
马秋香：
（原文）鱼乱搞，铭也欧姑呢？鱼讲，姑参铭鱼讲？
（壮文）Lawz luenh gauj，mwngz hix aeu gou ne？Lawz gangj，gou cam mwngz lawz gangj？
（音标）law^{2} $lu:n^{6}$ $ka:u^{3}$，$mɯŋ^{2}$ hi^{4} au^{1} kou^{1} ne？law^{2} $ka:ŋ^{3}$，kou^{1} $ɕa:m^{1}$ $mɯŋ^{2}$ law^{2} $ka:ŋ^{3}$？
（直译）怎乱搞，你也娶我呢？怎讲，我问你怎讲？
（意译）怎么乱搞，你也娶我呢？怎么讲，我问你怎讲？

Linz Cinghmingz：
林清明：
（原文）姑欧铭至一定百年偕老，根本至眉一滴夫妻感情。
（壮文）Gou aeu mwngz ndi itdingh baknienz caez laux，gaenbonj ndi meiz itdi gvanyah gamjcingz.
（音标）kou^{1} au^{1} $mɯŋ^{2}$ $ʔdi^{1}$ $it^{7}tiŋ^{6}$ $pa:k^{7}$ $ni:n^{2}$ $ɕai^{2}$ $la:u^{4}$，kan^{1} $po:n^{3}$ $ʔdi^{1}$ mei^{2} $it^{7}ti^{1}$ $kwa:n^{1}ja^{6}$ $ka:m^{3}ɕiŋ^{2}$.
（直译）我娶你不一定百年偕老，根本没有一点夫妻感情。
（意译）我娶你不一定百年偕老，根本没有一点夫妻感情。

Maj Ciuhyangh：
马秋香：
（原文）至眉感情，特叻小虎卦渠斗？
（壮文）Ndi meiz gamjcingz，daeglwg Siujhuj gvaq gyawz daeuj？
（音标）$ʔdi^{1}$ mei^{2} $ka:m^{3}ɕiŋ^{2}$，$tak^{8}lɯk^{8}$ $θi:u^{3}hu^{3}$ kwa^{5} $kjaɯ^{2}$ tau^{3}？
（直译）没有感情，儿子小虎过哪来？
（意译）没有感情，儿子小虎从哪来？

Linz Cinghmingz：
林清明：
（原文）奥蛮生计！
（壮文）Auqmanz seng gae！
（音标）$a:u^{5}ma:n^{2}$ $θe:ŋ^{1}$ kai！
（直译）勉强生的！
（意译）勉强生的！

Maj Ciuhyangh【Ciengq】
马秋香【唱】

（原文）讲话鱼认反，最笨蛋曲愚；
如噜铭认于，帮云圩讲话。
（壮文）Gangjvah lawz nyaenx fanj，Ceiq bwnhdanh hukngawz；
Byawz rox mwngz nyaenx aw，Bang vunzhaw gangjvah.
（音标）kaːŋ^{3} wa^{6} laɯ^{2} ȵan^{4} faːn^{3}，ɕei^{5} pɯn^{6} taːn^{6} huk^{7} ŋaɯ^{2}；
pjaɯ^{2} ɣo^{4} mɯŋ^{2} ȵan^{4} aɯ^{1}，paːŋ^{1} wun^{2}haɯ^{1} kaːŋ^{3}wa^{6}.
（直译）讲话怎恁反，最笨蛋愚昧；
谁知你恁愣，帮街上人讲话。
（意译）你怎这么说，最笨蛋愚傻；
谁知你恁愣，帮别人讲话。

Linz Cinghmingz：
林清明：
（原文）照道理讲话。
（壮文）Ciuq dauhleix gangjvah.
（音标）ɕiːu^{5} taːu^{6}lei^{4} kaːŋ^{3}wa^{6}.
（直译）照道理讲话。
（意译）照道理讲话。

Maj Ciuhyangh：
马秋香：
（原文）难道铭巾争啤虎啦？
（壮文）Nanzdauh mwngz gwn deng mbeiguk la？
（音标）naːn^{2}taːu^{6} mɯŋ^{2} kɯn^{1} teːŋ^{1} ʔbei^{1}kuk^{7} la？
（直译）难道你吃中虎胆了？
（意译）难道你吃了虎胆了？

Linz Cinghmingz【Ciengq】
林清明【唱】
（原文）啤局布啤局，
理布足，
姑至服铭牵；
再布同以前，
马秋香，
争婆娘管押。
（壮文）Mbeiguk mbouj mbeiguk，
Leix mbouj cuk，
Gou ndi fug mwngz yien；

Caiq mbouj doengz yixcienz,
Maj Ciuhyangh,
Deng buzniengz (mehmbwk) guenjat.

（音标）ʔbei^{1} kuk^{7} ʔbou^{3} ʔbei^{1} kuk^{7}，
lei^{4} ʔbou^{3} ɕuk^{7}，
kou^{1} ʔdi^{1} fuk^{8} mɯŋ^{2} jiːn^{1}；
ɕaːi^{5} ʔbou^{3} toŋ^{2} ji^{4} ɕiːn^{2}，
ma^{3} ɕiːu^{6} jaːŋ^{6}，
teːŋ^{1} pu^{2} niːŋ^{2} （me^{6} ʔbɯk^{7}） kuːn^{3} aːt^{7}.

（直译）虎胆不虎胆，
理不足，
我不服你牵；
再不同以前，
马秋香，
被婆娘管押。

（意译）虎胆任人选，
理不足，
不由你羁牵；
再不同以前，
马秋香，
被婆娘管严。

Maj Ciuhyangh【Ciengq】
马秋香【唱】

（原文）收合古合党，
最大胆，
斗造反潮流；
父剥嘛剥啁，
得绸绸，
斗泼油估吼。

（壮文）Sou gapgoj gapdangj,
Ceiq daihdamj,
Daeuj cauhfanj ciuzlouz;
Boux bakma bakmou,
Dwkcoucou,
Daeuj batyouz guh hoengh.

（音标）θou^{1} kaːp^{7}ko^{3} kaːp^{7}taːŋ^{3}，
ɕei^{5} taːi^{6} taːm^{3}，

tau³ ɕaːu⁶ faːn³ ɕiːu² lou²；
pou⁴ paːk⁷ ma¹ paːk⁷ mou¹，
tɯk⁷ ɕouɕou，
tau³ paːt⁷ jou² ku⁶ hoŋ⁶.

（直译）你们合伙合党，
最大胆，
来造反潮流；
个狗嘴猪嘴，
闹哄哄，
来泼油做热闹。

（意译）你们搞合谋，
最大胆，
来造反潮流；
个个嘴猪狗，
闹哄哄，
来助火泼油。

Linz Cinghmingz【Ciengq】
林清明【唱】

（原文）眉理就讲理，
抱正义，
布仗四欺云；

（壮文）Meiz leix couh gangj leix，
Dawz cingqngeih，
Mbouj baengh seiq hei vunz；

（音标）mei² lei⁴ ɕou⁶ kaːŋ³ lei⁴，
taw² ɕiŋ⁵ ŋei⁶，
ʔbou³ paŋ⁶ θei⁵ hei¹ wun²；

（直译）有理就讲理，
抱正义，
不仗势欺人；

（意译）有理就讲理，
抱正义，
不仗势欺人；

Maj Ciuhyangh【Ciep】
马秋香【接】

（原文）布讲河布宾，

如噜铭，
替下军拥叻。
（壮文）Mbouj gangj hoz mbouj bwn，
Byawz rox mwngz，
Daeq yahgun umj lwg.
（音标）ʔbou^{3} kaːŋ^{3} ho^{2} ʔbou^{3} pɯn^{1}，
pjaɯ^{2} ɣo^{4} mɯŋ^{2}，
tai^{5} ja^{6}kun^{1} um^{3} lɯk^{8}.
（直译）不讲喉咙不毛，
谁懂你，
替军妻抱崽。
（意译）不讲不来气，
谁知你，
替人抱儿女。

Vunzlai：
众人：
（原文）讲道理嘛！
（壮文）Gangj dauhleix ma！
（音标）kaːŋ^{3} taːu^{6}lei^{4} ma！
（直译）讲道理嘛！
（意译）讲道理嘛！

Maj Ciuhyangh：
马秋香：
（原文）讲道理也欧讲信用呀！
（壮文）Gangj dauhleix hix aeu gangj saenqyungh ya！
（音标）kaːŋ^{3} taːu^{6}lei^{4} hi^{4} au^{1} kaːŋ^{3} θan^{5}juŋ^{6} ja！
（直译）讲道理也要讲信用呀！
（意译）讲道理也要讲信用呀！

Goengliuz：
刘公：
（原文）情况至同了！
（壮文）Cingzgvang ndi doengz lo！
（音标）ɕiŋ^{2}kwaːŋ^{1} ʔdi^{1} toŋ^{2} lo！
（直译）情况不同了！
（意译）时代不同了！

Vunzlai:
众人:
(原文)对，情况至同了!
(壮文)Doiq，cingzgvang ndi doengz lo!
(音标)toːi⁵，ɕiŋ² kwaːŋ¹ ʔdi¹ toŋ² lo!
(直译)对，情况不同了!
(意译)对，时代不同了!

Maj Ciuhyangh:
马秋香:
(原文)收收收，收总反了?
(壮文)Sou sou sou，sou cungj fanj la?
(音标)θou¹ θou¹ θou¹，θou¹ ɕuŋ³ faːn³ la?
(直译)你们你们你们，你们都反了?
(意译)你们你们你们，你们都反了?

Vunzlai:
众人:
(原文)对，反了!
(壮文)Doiq，fanj lo!
(音标)toːi⁵，faːn³ lo!
(直译)对，反了!
(意译)对，反了!

Maj Ciuhyangh【Ciengq】
马秋香【唱】
(原文)收讲反就反，想欧碗及般;
(壮文)Sou gangj fanj couh fanj，Siengj aeu vanj goeb buenz;
(音标)θou¹ kaːŋ³ faːn³ ɕou⁶ faːn³，θiːŋ³ au¹ waːn³ kop⁸ puːn²;
(直译)你们讲反就反，想要碗盖盘;
(意译)你讲反就反，想要碗盖盘;

Vunzlai【Ciep】
众人【接】
(原文)巾争文怒川，几味捐又曼。
(壮文)Gwn deng maenz naeuhndwen，Gij feih uen (haeu) youh manh.
(音标)kɯn¹ teːŋ¹ man² nau⁶ʔdɯːn¹，ki³ fei⁶ uːn¹ (hau¹) jou⁶ maːn⁶.

（直译）吃中薯烂腐，其味臭又辣。
（意译）吃到腐烂薯，味臭辣难堪。

Maj Ciuhyangh【Daj ndaw ranz diuq ok rog dou】
马秋香【从屋内跳出门外】
（原文）赔时十八代！
（壮文）Boihseiz cibbet daih！
（音标）poːi^{6} θei^{2} ɕip^{8} peːt^{7} taːi^{6}！
（直译）背时十八代！
（意译）背时十八代！

Maj Dunghbauj【Daj rog ciep hwnjbae】
马东宝【从外迎上】
（原文）姐，处铭那涩杀，凛文奏如度争内。
（壮文）Cej，yawj mwngz naj saepsat，lumjbaenz caeuq byawz doxceng nei.
（音标）ɕe^{3}，jaɯ^{3} mɯŋ^{2} na^{3} θap^{7} θaːt^{7}，lum^{3} pan^{2} ɕau^{5} pjaɯ^{2} to^{4} ɕeːŋ^{1} nei.
（直译）姐，看你脸愁苦，好像和谁吵架一样。
（意译）姐，看你愁眉苦脸，好像和谁吵架一样。

Maj Ciuhyangh：
马秋香：
（原文）哎呀，宝呀宝，事至依啦，世界变啦！
（壮文）Aeya，Bauj ya Bauj，saeh ndi ndei la，seiqgyaiq bienq la！
（音标）aija，paːu^{3} ja paːu^{3}，θai^{6} ʔdi^{1} ʔdei^{1} la，θei^{5} kjaːi^{5} piːn^{5} la！
（直译）哎呀，宝呀宝，事不好了，世界变了！
（意译）哎呀，宝呀宝，事情不好了，世界变了！

Maj Dunghbauj：
马东宝：
（原文）计骡事？
（壮文）Gijlawz saeh？
（音标）ki^{3} laɯ^{2} θai^{6}？
（直译）什么事？
（意译）什么事？

Maj Ciuhyangh【Ciengq】
马秋香【唱】
（原文）实在怒，实在怒，

句句顶倾话色喉；
十途嘛斗对途乐，
计咪督井懒移无。
（壮文）Saedcaih naeuq，saedcaih naeuq，
Coenzcoenz dingjgingj vah saek haeuz；
Cib duz ma daeuj doiq duznag，
Gaeqmeh doek cingj laih haex fouz.
（音标）θat^{8}ɕaːi^{6} nau^{5}，θat^{8}ɕaːi^{6} nau^{5}，
ɕon^{2}ɕon^{2} tiŋ^{3}kiŋ^{3} wa^{6} θak^{7} hau^{2}；
ɕip^{8} tu^{2} ma^{1} tau^{3} toːi^{5} tu^{2}naːk^{8}，
kai^{5}me^{6} tok^{7} ɕiŋ^{3} laːi^{6} hai^{4} fou^{2}.
（直译）实在恼，实在恼，
句句顶颈话塞喉；
十只狗来对水獭，
母鸡落井以为屎浮。
（意译）实在怒，实在怒，
句句顶撞话塞喉；
十只狗对一只獭，
母鸡落井疑屎浮。

Maj Dunghbauj：
马东宝：
（原文）鱼讲，度文很斗吗？
（壮文）Lawz gangj，doxhoenx hwnjdaeuj ma？
（音标）law^{2} kaːŋ^{3}，to^{4}hon^{4} hɯn^{3}tau^{3} ma？
（直译）怎讲，互打起来吗？
（意译）怎讲，打架了吗？

Maj Ciuhyangh：
马秋香：
（原文）横文直文也是途铭夏定。
（壮文）Vanghoenx cighoenx hix seih duzmwngz yahdingh.
（音标）waːŋ^{1}hon^{4} ɕik^{8}hon^{4} hi^{4} θei^{6} tu^{2}mɯŋ^{2} ja^{6}tiŋ^{6}.
（直译）横打直打也是你的未婚妻。
（意译）横打竖打也是你的未婚妻。

Maj Dunghbauj【Ciengq】
马东宝【唱】

（原文）怀咪等怀祖，
真无路，
往至所早宏；
度争鱼动逢？
败门风，
凳嘛宏争屎。
（壮文）Vaizmeh daemj vaizcoh，
Caen fouzloh，
Nuengx ndi soj saujhung；
Doxceng lawz doenghfwngz?
Baih monzfung，
Daengq mahung ceng haex.
（音标）waːi²me⁶ tam³ waːi²ɕo⁶，
ɕan¹ fou²lo⁶，
nuːŋ⁴ ʔdi¹ θo³ θaːu³huŋ¹；
to⁴ɕeːŋ¹ lauɯ² toŋ⁶fɯŋ²？
paːi⁶ moːn²fuŋ¹，
taŋ⁵ ma¹huŋ¹ ɕeːŋ¹ hai⁴.
（直译）母牛撞雌牛，
真无聊，
妹不从大嫂；
相吵怎动手？
败门风，
像大狗争屎。
（意译）母牛撞雌牛，
真无聊，
妹不从嫂教；
吵嘴怎动手？
败门风，
狗争屎互咬。

Maj Ciuhyangh：
马秋香：
（原文）阿凤爹讲至嫁铭了。
（壮文）Dahfungh de gangj ndi haq mwngz lo.
（音标）ta⁶fuŋ⁶ te¹ kaːŋ³ ʔdi¹ ha⁵ mɯŋ² lo.
（直译）阿凤她讲不嫁你了。
（意译）阿凤说她不嫁给你了。

Maj Dunghbauj：
马东宝：
（原文）哈哈，嫁至嫁就算，铭何必忧气？
（壮文）Ha ha，haq ndi haq couh suenq，mwngz hozbiet youheiq？
（音标）ha ha，ha^{5} ʔdi^{1} ha^{5} ɕou^{6} θuːn^{5}，mɯŋ^{2} ho^{2}piːt^{7} jou^{1}hei^{5}？
（直译）哈哈，嫁不嫁就算，你何必担忧？
（意译）哈哈，嫁不嫁就算，您何必担忧？

Maj Ciuhyangh：
马秋香：
（原文）难道铭——
（壮文）Nanzdauh mwngz ——
（音标）naːn^{2}taːu^{6} mɯŋ^{2}——
（直译）难道你——
（意译）难道你——

Maj Dunghbauj：
马东宝：
（原文）姑另选使云合心了。
（壮文）Gou lingh senj ndaej vunz habsim lo.
（音标）kou^{1} liŋ^{6} θeːn^{3} ʔdai^{3} wun^{2} haːp^{8}θim^{1} lo.
（直译）我另选得人合心了。
（意译）我另选得中意的人了。

Maj Ciuhyangh：
马秋香：
（原文）乱讲！
（壮文）Luenhgangj！
（音标）luːn^{6}kaːŋ^{3}！
（直译）乱讲！
（意译）乱讲！

Maj Dunghbauj【Ciengq】
马东宝【唱】
（原文）时春百花到处啷，
　　　　花金罢了腾牡丹；
　　　　只欧内逢眉银子，

鱼忧达仙至下凡？
（壮文）Seizcin bakva dauqcawq rang，
Vagim baih le daengz mauxdan；
Cijaeu ndawfwngz meiz ngaenzcij，
Lawz you dahsien ndi yafanz？
（音标）θei^{2}ɕin^{1} paːk^{7}wa^{1} taːu^{5}ɕaɯ^{5} ɣaːŋ^{1}，
wa^{1}kim^{1} paːi^{6} le taŋ^{2} maːu^{4}taːn^{1}；
ɕi^{3}au^{1} ʔdaɯ^{1}fɯŋ^{2} mei^{2} ŋan^{2}ɕi^{3}，
laɯ^{2} jou^{1} ta^{6}θiːn^{1} ʔdi^{1} ja^{1}faːn^{2}？
（直译）春时百花到处香，
金花败了到牡丹；
只要手中有银子，
怎愁仙女不下凡？
（意译）春天百花到处香，
金花谢了到牡丹；
只要手中有银子，
何愁仙女不下凡？

Maj Ciuhyangh【Ciengq】
马秋香【唱】
（原文）实在难，实在难，
拉奔达骡来齐行？
变卦屎计子想咧，
如噜良心铭认横？
（壮文）Saedcaih nanz，saedcaih nanz，
Lajmbwn dah lawz lai caezhangz？
Byaij gvaq haexgaeq cij siengj riz，
Byawz rox liengzsim mwngz nyaenx vang？
（音标）θat^{8}ɕaːi^{6} naːn^{2}，θat^{8}ɕaːi^{6} naːn^{2}，
la^{3}ʔbɯn^{1} ta^{6} laɯ^{2} laːi^{1} ɕai^{2}haːŋ^{2}？
pjaːi^{3} kwa^{5} hai^{4}kai^{5} ɕi^{3} θiːŋ^{3} ɣi^{2}，
pjaɯ^{2} ɣo^{4} liːŋ^{2}θim^{1} mɯŋ^{2} ȵan^{4} waːŋ^{1}？
（直译）实在难，实在难，
天下女哪多美丽？
走过鸡屎都想舔，
谁知良心你恁横？
（意译）实在难，实在难，
天下哪女多漂亮？

走过鸡屎都想舔，
谁知良心你横蛮？

Maj Dunghbauj：
马东宝：
（原文）姐呀！姑伦达你太抽依了。
（壮文）Cej ya！Gou raen dah neix daiq gyaeundei lo.
（音标）ɕe^{3} ja！kou^{1} ɣan^{1} ta^{6} nei^{4} taːi^{5} kjau^{1}ʔdei^{1} lo.
（直译）姐呀！我见女这太美丽了。
（意译）姐呀！我见此女太漂亮了。

Maj Ciuhyangh：
马秋香：
（原文）是几骡名字？
（壮文）Seih gijlawz mingzcoh？
（音标）θei^{6} ki^{3} laɯ^{2} miŋ^{2}ɕo^{6}？
（直译）是什么名字？
（意译）叫什么名字？

Maj Dunghbauj：
马东宝：
（原文）名字是春分啊！
（壮文）Mingzcoh seih Cunhfwnh ya！
（音标）miŋ^{2}ɕo^{6} θei^{6} ɕun^{6}fɯn^{6} ja！
（直译）名字是春分啊！
（意译）名字叫春分呀！

Maj Ciuhyangh：
马秋香：
（原文）是汝估媒？
（壮文）Seih byawz guhmoiz？
（音标）θei^{6} pjaɯ^{2} ku^{6}moːi^{2}？
（直译）是谁做媒？
（意译）是谁做媒？

Maj Dunghbauj：
马东宝：
（原文）是高棉爹介绍计。

（壮文）Seih Gauhmenz de gaisau gae.
（音标）θei^6 kaːu^{6}meːn^2 te^1 kaːi^{1}θaːu^1 kai.
（直译）是高棉他介绍的。
（意译）是高棉介绍的。

Maj Ciuhyangh：
马秋香：
（原文）眉至眉靠使？
（壮文）Meiz ndi meiz gauqndaej?
（音标）mei^2 ʔdi^1 mei^2 kaːu^{5}ʔdai^3？
（直译）有没有可靠？
（意译）是否可靠？

Maj Dunghbauj：
马东宝：
（原文）保证使文即使巾陋。
（壮文）Baujcwng ndaej baenz cik ndaej gwnlaeuj.
（音标）paːu^{3}ɕɯŋ^1 ʔdai^3 pan^2 ɕik^7 ʔdai^3 kɯn^{1}lau^3.
（直译）保证得成即得吃酒。
（意译）保证成功就得喝喜酒。

Maj Ciuhyangh：
马秋香：
（原文）混账，铭太来心啦。
（壮文）Hoenqciengq，mwngz daiq laisim la.
（音标）hon^{5}ɕiːŋ^5，mɯŋ^2 taːi^5 laːi^{1}θim^1 la.
（直译）混账，你太多心了。
（意译）混账，你太花心了。

Maj Dunghbauj：
马东宝：
（原文）姐，难道铭至许姑奏春分小姐结婚吗？
（壮文）Cej，nanzdauh mwngz ndi hawj gou caeuq Cunhfwnh siujcej gietvaen ma?
（音标）ɕe^3，naːn^{2}taːu^6 mɯŋ^2 ʔdi^1 haɯ^3 kou^1 ɕau^5 ɕun^{6}fɯn^6 θiːu^{3}ɕe^3 kiːt^{7}wan^1 ma?
（直译）姐，难道你不给我和春分小姐结婚吗？
（意译）姐，难道您不让我和春分小姐结婚吗？

Maj Ciuhyangh【Ciengq】
马秋香【唱】
（原文）伊云乖十足，铭只曲又余；
铭鱼认来于，批行圩痕夏？
（壮文）Aevunz gvai cibcuk，Mwngz cix huk miz yawz；
Mwngz lawz nyaenxlai aw，Bae hangzhaw haenh yah？
（音标）ai^{1} wun^{2} kwa:i^{1} ɕip^{8}ɕuk^{7}，mɯŋ^{2} ɕi^{4} huk^{7} mi^{2} jaɯ^{2}；
mɯŋ^{2} laɯ^{2} ȵan^{4}la:i^{1} aɯ^{1}，pai^{1} ha:ŋ^{2}haɯ^{1} han^{6} ja^{6}？
（直译）人家乖十足，你却笨有余；
你怎这么愣，去街上赞妻？
（意译）人家乖十分，你却笨有余；
你怎这么愣，去街上赞妻？

Maj Dunghbauj【Ciengq】
马东宝【唱】
（原文）达小姐春分，
齐度伦，
姑痕云总记；
齐依只求依，
讲实事，
是天理云心。
（壮文）Dah siujcej Cinfaen，
Caez doxraen，
Gou hwnzngoenz cungj geiq；
Gyaez ndei cix gouz ndei，
Gangj saedsaeh，
Seih dienleix vunzsim.
（音标）ta^{6} θi:u^{3}ɕe^{3} ɕin^{1}fan^{1}，
ɕai^{2} to^{4}ɣan^{1}，
kou^{1} hɯn^{2}ŋon^{2} ɕuŋ^{3} kei^{5}；
kjai^{2} ʔdei^{1} ɕi^{4} kou^{2} ʔdei^{1}，
ka:ŋ^{3} θat^{8}θai^{6}，
θei^{6} ti:n^{1}lei^{4} wun^{2}θim^{1}.
（直译）女小姐春分，
齐相见，
我日夜都记；
爱好就求好，
讲实事，

是天理人心。
（意译）这春分小妮，
齐相见，
我日夜惦记；
爱美就求乞，
讲实话，
是人心天理。

Maj Ciuhyangh【Ciengq】
马秋香【唱】
（原文）今争则屎后，
争云诱，
欧竹斗族啉；
讲几骡春分，
云至伦，
唠变文谷雨。
（壮文）Gaem deng ndaek haexhaeu，
Deng vunz yaeuh，
Aeu duk daeuj cug rumz；
Gangj gijlawz Cinfaen，
Vunz ndi raen，
Lau bienqbaenz goekhawx.
（音标）kam^{1} teːŋ^{1} ʔdak^{7} hai^{4}hau^{1}，
teːŋ^{1} wun^{2} jau^{6}，
au^{1} tuk^{7} tau^{3} ɕuk^{8} ɣum^{2}.
kaːŋ^{3} ki^{3}laɯ^{2} ɕin^{1}fan^{1}，
wun^{2} ʔdi^{1} ɣan^{1}，
laːu^{1} piːn^{5}pan^{2} kok^{7}haɯ^{4}.
（直译）抓中堆臭屎，
被人诱，
要竹来绑风；
讲什么春分，
人不见，
恐变成谷雨。
（意译）抓屎臭烘烘，
被人骗，
要竹篾绑风；
讲什么春分，

不见人，
恐谷雨变成。

Maj Dunghbauj：
马东宝：
（原文）姐，至唠计，爹里夭估幼云昨伦那呢。
（壮文）Cej，ndi lau gae，de lij iu gou youq ngoenzcog raennaj ne.
（音标）ɕe3，ʔdi1 laːu1 kai，te1 li3 iːu1 kou1 jou5 ŋon2ɕoːk8 ɣan1na3 ne.
（直译）姐，不怕的，她还约我在明天见面呢。
（意译）姐，不怕的，她还约我明天见面呢。

Maj Ciuhyangh：
马秋香：
（原文）把丙至大呀，再讲金凤云生使也至六呀！
（壮文）Bajbingq ndi daih ya，caiq gangj Ginhfung vunz seng ndaej hix ndi loek ya！
（音标）pa3piŋ5 ʔdi1 taːi6 ja，ɕaːi5 kaːŋ3 kin6fuŋ1wun2 θeːŋ1 ʔdai3 hi4 ʔdi1lok7 ja！
（直译）把握不大呀，再讲金凤人长得也不错呀！
（意译）把握不大呀，再说金凤人长得也不错呀！

Maj Dunghbauj：
马东宝：
（原文）姐呀！
（壮文）Cej ya！
（音标）ɕe3 ja！
（直译）姐呀！
（意译）姐呀！

【Ciengq】
【唱】
（原文）姑队途伦幼当初，
达爹抽依凛嫦娥；
躺狰迷人太留恋，
实实在在最合河。
（壮文）Goudoih doxraen youq dangco，
Dah de gyaeundei lumj Cangzngoz；
Ndangdaej maezvunz daiq louzlienh，
Saedsaed caihcaih ceiq habhoz.
（音标）kou1toːi6 to4ɣan1 jou5 taːŋ1ɕo1，

ta^{6} te^{1} kjau^{1}ʔdei^{1} lum^{3} ɕaːŋ^{2} ŋo^{2}；
ʔdaːŋ^{1} tai^{3} mai^{2} wun^{2} taːi^{5} lou^{2} liːn^{6}，
θat^{8} θat^{8} ɕaːi^{6} ɕaːi^{6} ɕei^{5} haːp^{8} ho^{2}.

（直译）我们相见在当初，
女那美丽像嫦娥；
身体迷人太留恋，
实实在在最合心。

（意译）我们相会在当初，
那女美丽像嫦娥；
身材迷人太留恋，
实在称心最意合。

Maj Ciuhyangh：
马秋香：
（原文）铭呀！
（壮文）Mwngz ya！
（音标）mɯŋ^{2} ja！
（直译）你呀！
（意译）你呀！

【Ciengq】
【唱】
（原文）父腮云初样毫么，
叻幅达达子想我；
变卦屎嘛子想皱，
难怪云欠铭花哥。

（壮文）Bouxsai vunzcoz yiengh haumoq，
Lwgmbwk dahdah cij (cungj) siengj ngoz (gou)；
Byaij gvaq haexma cij siengj nyouq，
Nanzgvaiq vunz hemq mwngz vago.

（音标）pou^{4} θaːi^{1} wun^{2}ɕo^{2} jiːŋ^{6} haːu^{1}mo^{5}，
lɯk^{8}ʔbɯk^{7} ta^{6}ta^{6} ɕi^{3} (ɕuŋ^{3}) θiːŋ^{3} ŋo^{2} (kou^{1})；
pjaːi^{3} kwa^{5} hai^{4}ma^{1} ɕi^{3} θiːŋ^{3} ȵou^{5}，
naːn^{2}kwaːi^{5} wun^{2} heːm^{5} mɯŋ^{2} wa^{1}ko^{1}.

（直译）男人年轻貌白新，
女孩个个都想我；
走过狗屎都想闻，
难怪人叫你花哥。

（意译）男人年轻样貌新，
女孩个个都想我；
路见狗屎也想闻，
难怪人称你花哥。

Maj Dunghbauj：
马东宝：
（原文）姐，铭鱼讲姑认来尽呀！
（壮文）Cej，mwngz lawz gangj gou nyaenxlai caenh ya！
（音标）ɕe³，mɯŋ² laɯ² kaːŋ³ kou¹ ɳan⁴ laːi¹ ɕan⁶ ja！
（直译）姐，你怎讲我那么尽呀！
（意译）姐，你怎么把我讲得这么绝呀！

Maj Ciuhyangh：
马秋香：
（原文）姑讲铭尽，另云讲铭更尽添乎！阿凤云生使头登尾当，难道云曾配使很铭？（拿出林金凤照片）
（壮文）Gou gangj mwngz caenh，linghvunz gangj mwngz lij lai caenh dem hu！Dahfungh vunz seng ndaej daeuz daeng rieng dang，nanzdauh vunz ndi boiq ndaej hwnj mwngz？
（音标）kou¹ kaːŋ³ mɯŋ² ɕan⁶，liŋ⁶ wun² kaːŋ³ mɯŋ² li³ laːi¹ ɕan⁶ teːm¹ hu！ta⁶ fuŋ⁶ wun² θeːŋ¹ ʔdai³ tau² taŋ¹ ɣiːŋ¹ taːŋ¹，naːn² taːu⁶ wun² ʔdi¹ poːi⁵ ʔdai³ hɯn³ mɯŋ²？
（直译）我讲你尽，别人讲你还多尽再呢！阿凤人生得头登尾当，难道人家不配得上你？
（意译）我讲你绝，别人讲你更绝！阿凤她人长得身材匀称，难道她配不上你？

（Yawj mbawsiengq doeksaet yat）
（看照片大惊）
（原文）啊！是爹？春分，正是爹！
（壮文）A！Seih de？Cinfaen，cingqseih de！
（音标）a！θei⁶ te¹？ɕin¹ fan¹，ɕiŋ⁵ θei⁶ te¹！
（直译）啊！是她？春分，正是她！
（意译）啊！是她？春分，正是她！

Maj Ciuhyangh：
马秋香：
（原文）计骡春分清明谷雨，爹是阿凤呀！
（壮文）Gijlawz cinfaen cingmingz goekhawx，de seih Dahfungh ya！

（音标）ki^{3} laɯ^{2} ɕin^{1} fan^{1} ɕiŋ^{1} miŋ^{2} kok^{7} haɯ^{4}，te^{1} θei^{6} ta^{6} fuŋ^{6} ja！
（直译）什么春分清明谷雨，她是阿凤呀！
（意译）什么春分清明谷雨，她是阿凤呀！

Maj Dunghbauj：
马东宝：
（原文）计骡，爹是林金凤？
（壮文）Gijlawz，de seih Linz Ginhfung？
（音标）ki^{3} laɯ^{2}，te^{1} θei^{6} lin^{2} kin^{6} fuŋ^{1}？
（直译）什么，她是林金凤？
（意译）什么，她是林金凤？

Maj Ciuhyangh：
马秋香：
（原文）是呀，爹就是阿凤，铭争诱了。
（壮文）Seih ya，de couhseih Dahfungh，mwngz deng yaeuh lo.
（音标）θei^{6} ja，te^{1} ɕou^{6} θei^{6} ta^{6} fuŋ^{6}，muɯŋ^{2} teːŋ^{1} jau^{6} lo.
（直译）是呀，她就是阿凤，你被骗了。
（意译）是呀，她就是阿凤，你被骗了。

Maj Dunghbauj【Ciengq】
马东宝【唱】
（原文）胎布胎，胎布胎，
屎羊变文豆士该；
计咪尖宾变计项，
郎竹剥曾变唧筏。
（壮文）Dai mbouj dai，dai mbouj dai，
Haexyiengz bienqbaenz daeuhseih gai；
Gaeqmeh ciemz bwn bienq gaeqhangh，
Rangzndoek bok naeng bienq rangzfaiz.
（音标）taːi^{1} ʔbou^{3} taːi^{1}，taːi^{1} ʔbou^{3} taːi^{1}，
hai^{4} jiːŋ^{2} piːn^{5} pan^{2} tau^{6} θei^{6} kaːi^{1}；
kai^{5} me^{6} ɕiːm^{2} puɯn^{1} piːn^{5} kai^{5} haːŋ^{6}，
ɣaːŋ^{2} ʔdok^{7} poːk^{7} naŋ^{1} piːn^{5} ɣaːŋ^{2} faːi^{2}.
（直译）死不死，死不死，
羊屎变成豆豉卖；
母鸡拔毛变项鸡，
簕竹笋剥皮变甜笋。

（意译）死不死，死不死，
羊屎当作豆豉卖；
母鸡拔毛变项鸡，
簕竹笋剥壳甜笋摆。

Maj Ciuhyangh【Ciengq】
马秋香【唱】
（原文）沙木剥曾变横条，
蛤宏剥曾变虮胎；
春分就是林金凤，
九妹原是祝英台。
（壮文）Samoeg bok naeng bienq vengzdiuz，
Goephung bok naeng bienq gvejdai；
Cunhfwnh couhseih Linz Ginhfung，
Goujnuengx yienz seih Cuz Yinghdaiz.
（音标）θa^{1}mok^{8} poːk^{7} naŋ^{1} piːn^{5} weːŋ^{2}tiːu^{2}，
kop^{7}huŋ^{1} poːk^{7} naŋ^{1} piːn^{5} kwe^{3}taːi^{1}；
ɕun^{6}fɯn^{6} ɕou^{6}θei^{6} lin^{2} kin^{6}fuŋ^{1}，
kou^{3}nuːŋ^{4} jiːn^{2} θei^{6} ɕu^{2} jiŋ^{6}taːi^{2}.
（直译）沙木剥皮变横条，
大蛙剥皮变死小蛙；
春分就是林金凤，
九妹原是祝英台。
（意译）沙木剥皮变横条，
大蛙剥皮变蛙崽；
春分就是林金凤，
九妹原是祝英台。

Maj Dunghbauj【Ciengq】
马东宝【唱】
（原文）倒厚至争缸，
难了难，
争云装张缓；
皮你曾只满，
腾奔壮，
牛只旋得床。
（壮文）Dauj haeux ndi deng gang，
Nanz lo nanz，

Deng vunz cang cieng muengx;
Baezneix naeng cij myonx,
Daengz mbwnrongh,
Nyouh cij conh dwk congz.

（音标）taːu^{3} hau^{4} ʔdi^{1} teːŋ^{1} kaːŋ^{1},
naːn^{2} lo naːn^{2},
teːŋ^{1} wun^{2} ɕaːŋ^{1} ɕiːŋ^{1} muːŋ^{4};
pai^{2}nei^{4} naŋ^{1} ɕi^{3} mjoːn^{4},
taŋ^{2} ʔbɯn^{1}ɣoːŋ^{6},
ȵou^{6} ɕi^{3} ɕoːn^{6} tɯk^{7} ɕoːŋ^{2}.

（直译）倒米不对缸，
难了难，
被人装张网；
这次皮才伤，
到天亮，
尿就流着床。

（意译）倒米不对缸，
难了难，
被人装张网；
这回皮才伤，
到天亮，
尿就淋在床。

Maj Ciuhyangh【Ciengq】
马秋香【唱】

（原文）今争古够父，
口谷雨，
针花就到鸾；
立夏花变黄，
铭怒存，
只半川壮鲜。

（壮文）Gaem deng gogaeuboux,
Haeuj goekhawx,
Ndaem va couh dauq ruenz;
Laebhah va bienq vuengz (henj),
Mwngz naeuz ngonz,
Cij buenq ndwen ronghsien.

（音标）kam^{1} teːŋ^{1} ko^{1}kau^{1}pou^{4},

hau^3 kok^7 haɯ^4,
ʔdam^1 wa^1 ɕou^6 taːu^5 ɣuːn^2;
lap^8 ha^6 wa^1 piːn^5 wuːŋ^2 (heːn^3),
mɯŋ^2 nau^2 ŋoːn^2,
ɕi^3 puːn^5 ʔdɯːn^1 ɣoːŋ^6 θiːn^1.
(直译) 抓中公藤条,
进谷雨,
栽花就再爬;
立夏花变黄,
你说看,
只半月光彩。
(意译) 抓中条公藤,
到谷雨,
栽花又茂盛;
立夏花黄澄,
你说看,
只半月十分。

Maj Dunghbauj:
马东宝:
(原文) 姐姐,事情已经同你,照铭看鱼办呀?
(壮文) Cej, saehcingz gaenq doengzneix, ciuq mwngz yawj lawz banh ya?
(音标) ɕe^3, θai^6 ɕiŋ^2 kan^5 toŋ^2 nei^4, ɕiːu^5 mɯŋ^2 jaɯ^3 laɯ^2 paːn^6 ja?
(直译) 姐姐,事情已经这样,照你看怎么办呀?
(意译) 姐姐,事情已经这样,依您看怎么办呀?

Maj Ciuhyangh:
马秋香:
(原文) 鱼办,娄眉婚约书上逢,总算爹眉活也难飞。
(壮文) Lawz banh, raeuz meiz sawvaen'iek gwnz fwngz, cungjsuenq de meiz fwed hix nanz mbin.
(音标) laɯ^2 paːn^6, ɣau^2 mei^2 θaɯ^1 wan^1 iːk^7 kɯn^2 fɯŋ^2, ɕuŋ^3 θuːn^5 te^1 mei^2 fɯːt^8 hi^4 naːn^2 ʔbin^1.
(直译) 怎么办,我们有婚约书上手,就算她有翅膀也难飞。
(意译) 怎么办,我们有婚约书在手,就算她有翅膀也难飞。

Maj Dunghbauj:
马东宝:

（原文）对象一变，唠气婚约书就变文废纸了。
（壮文）Doiqsiengq baez bienq，lauheiq sawvaen'iek couh bienqbaenz feiqceij la.
（音标）$to:i^5$ $\theta i:\eta^5$ pai^2 $pi:n^5$，$la:u^1hei^5$ $\theta a\text{ɯ}^1wan^1i:k^7$ $\text{ɕ}ou^6$ $pi:n^5pan^2$ $fei^5\text{ɕ}ei^3$ la.
（直译）对象一变，恐怕婚约书就变成废纸了。
（意译）对象一变，恐怕婚约书就变成废纸了。

Maj Ciuhyangh：
马秋香：
（原文）废纸，婚约书姑也争留，把戏处爹鱼耍！
（壮文）Feiqceij，sawvaen'iek gou hix deng louz，bajheiq yawj de lawz caj！
（音标）$fei^5\text{ɕ}ei^3$，$\theta a\text{ɯ}^1wan^1i:k^7$ kou^1 hi^4 $te:\eta^1$ lou^2，pa^3hei^5 $ja\text{ɯ}^3$ te^1 $la\text{ɯ}^2$ $\text{ɕ}a^3$！
（直译）废纸，婚约书我也挨留，把戏看他怎耍！
（意译）废纸，婚约书我也要留，把戏看他怎么耍！

Maj Dunghbauj：
马东宝：
（原文）依，只欧婚事办使文，姑加倍报答铭达姐！
（壮文）Ndei，cijaeu vaensaeh banh ndaej baenz，gou gyaboix bauqdap mwngz dahcej！
（音标）$ʔdei^1$，$\text{ɕ}i^3au^1$ $wan^1\theta ai^6$ $pa:n^6$ $ʔdai^3$ pan^2，kou^1 $kja^1po:i^4$ $pa:u^5ta:p^7$ $m\text{ɯ}\eta^2$ ta^6－ce^3！
（直译）好，只要婚事办得成，我加倍报答你姐姐！
（意译）好，只要婚事办成功，我加倍报答姐姐您！

Maj Ciuhyangh【Ciengq】
马秋香【唱】
（原文）婚约娄今艮，
爹任吞，
计肯棍条丝；
眉心管古梨，
受噜迟，
总眉时喔叻。
（壮文）Vaen'iek raeuz gaem gaenq，
De nyaemh mbin，
Gaej hawj goenq diuzsei；
Meizsim guenj goleiz，
Caeux rox ceiz，
Cungj mei zseiz ok lwg.

（音标）wan^{1} iːk^{7} ɤau^{2} kam^{1} kan^{5},
te^{1} ȵam^{6} ʔbin^{1},
kai^{3} hauɯ^{3} kon^{5} tiːu^{2} θei^{1};
mei^{2} θim^{1} kuːn^{3} ko^{1} lei^{2},
ɕau^{4} ɤo^{4} ɕei^{2},
ɕuŋ^{3} mei^{2} θei^{2} oːk^{7} lɯk^{8}.
（直译）婚约咱抓柄，
她任飞，
不给断条丝；
有心管梨树，
早或迟，
总有时结果。
（意译）婚约咱已签，
任她飞，
不给断丝线；
管梨树志坚，
早或晚，
果子总能见。

Maj Dunghbauj【Ciengq】
马东宝【唱】
（原文）乱点鸳鸯谱，
乔太守，
咙墨布迟疑；
姑处铭动棋，
使呈时，
布唠亏达姐。
（壮文）Luenh diemj yienyieng buj,
Gyauz daisouj,
Roengz maeg mbouj ceizngeiz;
Gou yawj mwngz doenghgeiz,
Ndaejhingz seiz,
Mbouj lau vi dahcej.
（音标）luːn^{6} tiːm^{3} jiːn^{1}jiːŋ^{1} pu^{3},
kjaːu^{2} taːi^{1}θou^{3},
ɤoŋ^{2} mak^{8} ʔbou^{3} ɕei^{2}ŋei^{2};
kou^{1} jauɯ^{3} mɯŋ^{2} toŋ^{6}kei^{2},
ʔdai^{3}hiŋ^{2} θei^{2},

ʔbou³ laːu¹ wi¹ ta⁶ɕe³.
（直译）乱点鸳鸯谱，
乔太守，
下墨不迟疑；
我看你动棋，
得赢时，
不怕亏阿姐。
（意译）鸳鸯谱决意，
乔太守，
下笔不迟疑；
我看姐动棋，
得胜时，
不怕亏待你。

Maj Ciuhyangh：
马秋香：
（原文）腾时后姑总争奏铭欧钱。
（壮文）Daengz seizhaeuh gou cungj deng caeuq mwngz aeu cienz.
（音标）taŋ² θei²hau⁶ kou¹ ɕuŋ³ teːŋ¹ ɕau⁵ mɯŋ² au¹ ɕiːn².
（直译）到时候我总得和你要钱。
（意译）到时候我总得问你要钱。

Maj Dunghbauj：
马东宝：
（原文）当然当然，生意估文了……
（壮文）Dangyienz dangyienz，seng'eiq guhbaenz le ……
（音标）taːŋ¹jiːn² taːŋ¹jiːn²，θeːŋ¹ei⁵ ku⁶pan² le ……
（直译）当然当然，生意做成了……
（意译）当然当然，生意成功了……

Maj Ciuhyangh：
马秋香：
（原文）生意估文了，铭肯姑几来钱？
（壮文）Seng'eiq guhbaenz le，mwngz hawj gou geijlai cienz？
（音标）θeːŋ¹ei⁵ ku⁶pan² le，mɯŋ² haɯ³ kou¹ kei³laːi¹ ɕiːn²？
（直译）生意做成了，你给我几多钱？
（意译）生意成功了，你给我多少钱？

Maj Dunghbauj【Iet fajfwngz okdaeuj】
马东宝【伸出手掌】
（原文）至少卦逢你。
（壮文）Ceiqsiuj fajfwngz neix.
（音标）ɕei5 θiːu3 fa3 fɯŋ2 nei4.
（直译）最少巴掌这。
（意译）最少一巴掌。

Maj Ciuhyangh：
马秋香：
（原文）五万？
（壮文）Haj fanh?
（音标）ha3 faːn6？
（直译）五万？
（意译）五万？

Maj Dunghbauj【Ngaekgyaeuj naeuz dwg】
马东宝【点头说是】
（原文）对！
（壮文）Doiq!
（音标）toːi5！
（直译）对！
（意译）对！

Maj Ciuhyangh：
马秋香：
（原文）铭千万欧小心啊！
（壮文）Mwngz cienfanh aeu siujsim ha!
（音标）mɯŋ2 ɕiːn1 faːn6 au1 θiːu3 θim1 ha!
（直译）你千万要小心啊！
（意译）你千万要小心啊！

Maj Dunghbauj【Doq rwz Maj Ciuhyangh gangjsab】
马东宝【对马秋香耳语】
（原文）文你……
（壮文）Baenzneix ……
（音标）pan2 nei4……
（直译）这样……

（意译）这样……

Maj Ciuhyangh：
马秋香：
（原文）拉南索达？
（壮文）Lajnamh sokdah？
（音标）la^{3} $na:m^{6}$ $\theta o:k^{7}$ ta^{6}？
（直译）地下码头？
（意译）地下码头？

Maj Dunghbauj：
马东宝：
（原文）对，拜拜！
（壮文）Doiq，baiqbaiq！
（音标）$to:i^{5}$，$pa:i^{5}$ $pa:i^{5}$！
（直译）对，拜拜！
（意译）对，拜拜！

场大五　龙愁凤苦文关下
Ciengz Daihhaj　Lungz You Fungh Hoj Baenz Gvanyah
场第五　愁龙苦凤成夫妻
第五场　愁龙苦凤结夫妻

【Baij gingj】Doengz ciengz daih'it.
【布景】同第一场。

【Hai muq】Linz Ginhfung byaij hwnj gyaeujgiuz，roeggacak heuh cici cetcet mboujdingz.
【幕启】林金凤走上桥头，喜鹊叽叽喳喳叫不停。

Linz Ginhfung【Ciengq】
林金凤【唱】
1.
（原文）卡桥啵拉淋长流，
逢凭栏杆议春秋；
春斗百花开鸾所，
牡丹玫瑰赛石榴；
（壮文）Gagiuz byozlaj raemx ciengz louz，
Fwngz baengh lanzganh ngeix cincou；
Cin daeuj bakva hai ruenzso，
Mauxdan meizgveiq saiq sigloux；
（音标）ka^{1}ki:u^{2} pjo^{2}la^{3} ɣam^{4} ɕi:ŋ^{2} lou^{2}，
fɯŋ^{2} paŋ^{6} la:n^{2}ka:n^{6} ŋei^{4} ɕin^{1}ɕou^{1}；
ɕin^{1} tau^{3} pa:k^{7}wa^{1} ha:i^{1} ɣu:n^{2}θo^{1}，
ma:u^{4}ta:n^{1} mei^{2}kwei^{5} θa:i^{5} θik^{8}lou^{4}；
（直译）座桥坡下水长流，
手凭栏杆忆春秋；
春来百花开艳艳，
牡丹玫瑰赛石榴；
（意译）大桥坡下水长流，
手托栏杆忆春秋；
春来百花多鲜艳，
牡丹玫瑰赛石榴；

2.

（原文）三年离别景里幼，
淋流无情恨又怒；
阿凤很桥斗勉差，
昂坏织女伦阿牛。

（壮文）Sam nienz lizbied gingj lij youq，
Raemxlae fouzcingz haenq youh naeuq；
Dahfungh hwnj giuz daeuj menh caj，
Angq vaih Ciznij raen A'nyouz.

（音标）θaːm^{1} niːn^{2} li^{2}piːt^{8} kiŋ^{3} li^{3} jou^{5}，
ɣam^{4}lai^{1} fou^{2}ɕiŋ^{2} han^{5} jou^{6} nau^{5}；
ta^{6}fuŋ^{6} hɯn^{3} kiːu^{2} tau^{3} meːn^{6} ɕa^{3}，
aːŋ^{5} waːi^{6} ɕi^{2}ni^{3} ɣan^{1} a^{1}ȵou^{2}.

（直译）三年离别景还在，
水流无情恨又恼；
阿凤上桥来慢等，
乐坏织女见阿牛。

（意译）离别三年景还在，
流水无情恨又愁；
阿凤上桥来等待，
乐坏织女会阿牛。

3.

（原文）春风吹阵阵，
勉勉丙，
各蜀景生情；
想哥十二辰，
阿凤心，
跳布停布断。

（壮文）Rumzcin cilinlin，
Menhmenh mbingj（yawj），
Gag cukgingj sengcingz；
Siengj go cibngeih cinz，
Dahfungh sim，
Diuq mbouj dingz mbouj duenh.

（音标）ɣum^{2}ɕin^{1} ɕi^{1}linlin，
meːn^{6}meːn^{6} ʔbiŋ^{3}（jaɯ^{3}），
kaːk^{8} ɕuk^{7}kiŋ^{3} θeːŋ^{1}ɕiŋ^{2}；

θiːŋ^{3} ko^{1} ɕip^{8}ŋei^{6} ɕin^{2}，
ta^{6}fuŋ^{6} θim^{1}，
tiːu^{5} ʔbou^{3} tiŋ^{2} ʔbou^{3} tuːn^{6}.

（直译）春风吹阵阵，
慢慢看，
自触景生情；
想哥十二辰，
阿凤心，
跳不停不断。

（意译）春风阵阵清，
慢慢看，
自触景生情；
想哥要倾情，
阿凤心，
跳不断不停。

4.

（原文）花开淋也料，
派卦桥，
齐度邀会面；
情棍再申线，
斗途恋，
花照样慕红。

（壮文）Va hai raemx hix riu，
Byaij gvaq giuz，
Caez doxiu hoihmienh (raennaj)；
Cingz goenq caiq swnj sienq，
Daeuj doxlienh，
Va ciuqyiengh moqhoengz.

（音标）wa^{1} haːi^{1} ɣam^{4} hi^{4} ɣiːu^{1}，
pjaːi^{3} kwa^{5} kiːu^{2}，
ɕai^{2} to^{4}iːu^{1} hoːi^{6}miːn^{6} (ɣan^{1}na^{3})；
ɕiŋ^{2} kon^{5} ɕaːi^{5} θɯn^{3} θiːn^{5}，
tau^{3} to^{4}liːn^{6}，
wa^{1} ɕiːu^{5}jiːŋ^{6} mo^{5}hoŋ^{2}.

（直译）花开水也笑，
走过桥，
齐相邀会面；

情断再接线，
来相恋，
花照样鲜红。
（意译）花开水笑妍，
走过桥，
相邀来会面；
情断再接线，
来相恋，
花一样艳鲜。

Liuz Dalungz【Daj lingh mbiengj byaij hwnj】
刘大龙【从另一方面走上】
（原文）阿凤！
（壮文）Dahfungh！
（音标）$ta^6 fuŋ^6$！
（直译）阿凤！
（意译）阿凤！

Linz Ginhfung【Doeksaet youh angq】
林金凤【惊喜】
（原文）大龙！
（壮文）Dalungz！
（音标）$ta^1 luŋ^2$！
（直译）大龙！
（意译）大龙！

Liuz Dalungz：
刘大龙：
（原文）铭斗腾难了吗？
（壮文）Mwngz daeuj daengz nanz luma？
（音标）$mɯŋ^2$ tau^3 $taŋ^2$ $naːn^2$ luma？
（直译）你来到久了吗？
（意译）你到久了吗？

Linz Ginhfung：
林金凤：
（原文）廿必卑了。
（壮文）Ngeihbet bi lo.

（音标）ŋei^{6} peːt^{7} pi^{1} lo.

（直译）二十八岁①了。

（意译）二十八岁了。

Liuz Dalungz【Ciengq】

刘大龙【唱】

（原文）使风往途夭，
斗寒聊，
凛银桥相会；
花红柳也翠，
齐估队，
甜凛悔奏糖。

（壮文）Ndaej Fungh nuengx doxiu，
Daeuj hanzliuz (dajcux)，
Lumj ngaenzgiuz doxhoih；
Vahoengz liux hix soiq (heu)，
Caez guhdoih，
Diemz lumj oij caeuq dangz.

（音标）ʔdai^{3} fuŋ^{6} nuːŋ^{4} to^{4} iːu^{1}，
tau^{3} haːn^{2} liːu^{2}（ta^{3} ɕu^{4}），
lum^{3} ŋan^{2} kiːu^{2} to^{4} hoːi^{6}；
wa^{1} hoŋ^{2} liːu^{4} hi^{4} θoːi^{5}（heːu^{1}），
ɕai^{2} ku^{6} toːi^{6}，
tiːm^{2} lum^{3} oːi^{3} ɕau^{5} taːŋ^{2}.

（直译）得凤妹相邀，
来闲聊，
像银桥相会；
花红柳也翠，
齐做伴，
甜像蔗和糖。

（意译）与凤妹相邀，
来叙聊，
像相会银桥；
花红和翠柳，
同做伴，
像糖蔗甜妙。

---

① 此处的二十八岁，是当时当地情人间的俏皮话。

Linz Ginhfung【Ciengq】
林金风【唱】
（原文）三月春意浓，
花再红，
照样同几勾；
春月吗很斗，
绕油油，
吐丝斗则狗。
（壮文）Sam nyied cin'eiq noengz,
Va caiq hoengz,
Ciuqyiengh doengz gij gaeuq;
Cinnyod maj hwnjdaeuj,
Heusousou,
Byoq sei daeuj ngaekgyaeuj.
（音标）θaːm^{1} ȵiːt^{8} ɕin^{1} ei^{5} noŋ^{2},
wa^{1} ɕaːi^{5} hoŋ^{2},
ɕiːu^{5} jiːŋ^{6} toŋ^{2} ki^{3} kau^{5};
ɕin^{1} ȵoːt^{8} ma^{3} hɯn^{3} tau^{3},
heːu^{1} θouθou,
pjo^{5} θei^{1} tau^{3} ŋak^{7} kjau^{3}.
（直译）三月春意浓，
花再红，
照样同的旧；
春苗长起来，
绿油油，
吐丝来点头。
（意译）三月春盎然，
花再红，
依然往年样；
春苗遍地长，
绿油油，
吐丝点头忙。

Liuz Dalungz【Ciengq】
刘大龙【唱】
（原文）三月阳春现，
斗踏青，
肯堆花乔颜；

吉尽花喔艳，
慕景象，
更留恋布啉。

（壮文）Sam nyied yiengzcin yienh，
Daeuj dapcing，
Gwnzndoi va gyauyienh；
Nit caenh va ok yienh (gyaeu)，
Moq gingjsiengq，
Engq louzlienh mbouj lumz.

（音标）θaːm^{1} ȵiːt^{8} jiːŋ^{2}ɕin^{1} jiːn^{6}，
tau^{3} taːp^{7}ɕiŋ^{1}，
kɯn^{2}ʔdoːi^{1} wa^{1} kjaːu^{1}jiːn^{6}；
nit^{7} ɕan^{6} wa^{1} oːk^{7} jiːn^{6} （kjau^{1}），
mo^{5} kiŋ^{3}θiːŋ^{5}，
eːŋ^{5} lou^{2}liːn^{6} ʔbou^{3} lum^{2}.

（直译）三月阳春现，
来踏青，
山上花娇艳；
寒尽花吐艳，
新景象，
更留恋不忘。

（意译）三月阳春现，
来踏青，
山上花娇艳；
寒尽花新鲜，
新景象，
更忘返流连。

Linz Ginhfung【Ciengq】
林金凤【唱】

（原文）春喽万物标，
柳条条，
淋也料沙沙；
双云身沿汰，
那对那，
讲话够更甜。

（壮文）Cin raeuj fanhfaed biu，
Loux diuzdiuz，

Raemx hix riusasa;
Song vunz ndwn henzdah,
Naj doiq naj,
Gangj vahgaeuq engq diemz.

（音标）ɕin^{1} ɣau^{3} faːn^{6}fat^{8} piːu^{1}，
lou^{4} tiːu^{2}tiːu^{2}，
ɣam^{4} hi^{4} ɣiːu^{1}θaθa;
θoːŋ^{1} wun^{2} ʔdɯn^{1} heːn^{2}ta^{6}，
na^{3} toːi^{5} na^{3}，
kaːŋ^{3} wa^{6}kau^{5} eːŋ^{5} tiːm^{2}.

（直译）春暖万物长，
柳条条，
水也笑哈哈；
两人站河边，
面对面，
讲旧话更甜。

（意译）春暖万物鲜，
柳条条，
水也笑开颜；
两人站河边，
面对面，
同叙旧更甜。

Mehlimz【Sawqmwh bungzraen】
林母【突然碰见】
（原文）阿凤，铭……
（壮文）Dahfungh，mwngz ……
（音标）ta^{6}fuŋ^{6}，mɯŋ^{2} ……
（直译）阿凤，你……
（意译）阿凤，你……

Linz Ginhfung:
林金凤：
（原文）姑队幼你交换想法计。
（壮文）Goudoih youq neix gyauvuenh siengjfap gae.
（音标）kou^{1}toːi^{6} jou^{5} nei^{4} kjaːu^{1}wuːn^{6} θiːŋ^{3}faːp^{7} kai.
（直译）我们在此交换想法的。
（意译）我们是在这里交换想法。

Mehlimz：
林母：
（原文）交换想法？交心古使。
（壮文）Gyauvuenh siengjfap? Gyausim goj ndaej.
（音标）kjaːu^{1} wuːn^{6} θiːŋ^{3} faːp^{7}? kjaːu^{1} θim^{1} ko^{3} ʔdai^{3}.
（直译）交换想法？交心可得。
（意译）交换想法？交心是真。

Linz Ginhfung：
林金风：
（原文）咪，姑队双云想……
（壮文）Meh, goudoih song vunz siengj ……
（音标）me^{6}, kou^{1} toːi^{6} θoːŋ^{1} wun^{2} θiːŋ^{3}……
（直译）妈，我们两人想……
（意译）妈，我们两人想……

Mehlimz：
林母：
（原文）想，想几骡想，铭至讲清楚，肥就伐胎铭批。
（壮文）Siengj, siengj gijlawz siengj, mwngz ndi gangj cingcuj, faex couh fad dai mwngz bae.
（音标）θiːŋ^{3}, θiːŋ^{3} ki^{3} laɯ^{2} θiːŋ^{3}, mɯŋ^{2} ʔdi^{1} kaːŋ^{3} ɕiŋ^{1} ɕu^{3}, fai^{4} ɕou^{6} faːt^{8} taːi^{1} mɯŋ^{2} pai^{1}.
（直译）想，想什么想，你不讲清楚，木就打死你去。
（意译）想，想什么想，你不讲清楚，就用棍子打死你。

Linz Ginhfung：
林金风：
（原文）铭敢！
（壮文）Mwngz gamj!
（音标）mɯŋ^{2} kaːm^{3}!
（直译）你敢！
（意译）你敢！

Mehlimz：
林母：
（原文）鱼又至敢！
（壮文）Lawz youh ndi gamj!

(音标) laɯ^{2} jou^{6} ʔdi^{1} kaːm^{3}!
(直译) 怎又不敢!
(意译) 怎么不敢!

(Yaengx faexmbaenq, Liuz Dalungz dangj, moeb deng Liuz Dalungz)
(举棍，刘大龙挡，打着刘大龙)

Liuz Dalungz:
刘大龙:
(原文) 婶，至用痕，眉话勉讲。
(壮文) Simj, ndi yungh hoenx, meiz vah menh gangj.
(音标) θim^{3}, ʔdi^{1} juŋ^{6} hon^{4}, mei^{2} wa^{6} meːn^{6} kaːŋ^{3}.
(直译) 婶，不用打，有话慢讲。
(意译) 婶，不用打，有话慢慢说。

Mehlimz:
林母:
(原文) 讲，讲几骡讲!
(壮文) Gangj, gangj gijlawz gangj!
(音标) kaːŋ^{3}, kaːŋ^{3} ki^{3}laɯ^{2} kaːŋ^{3}!
(直译) 讲，讲什么讲!
(意译) 讲，讲什么讲!

Linz Ginhfung:
林金凤:
(原文) 咩，姑奏大龙是途噌几事呀。
(壮文) Meh, gou caeuq Dalungz seih doxyaeng gijsaeh ya.
(音标) me^{6}, kou^{1} ɕau^{5} ta^{1}luŋ^{2} θei^{6} to^{4}jaŋ^{1} ki^{3}θai^{6} ja.
(直译) 妈，我和大龙是商量事情呀。
(意译) 妈，我和大龙是在商量事情呀。

Liuz Dalungz:
刘大龙:
(原文) 迪呀!
(壮文) Dwg ya!
(音标) tɯk^{8} ja!
(直译) 是呀!
(意译) 是呀!

Mehlimz【Ciengq】
林母【唱】
（原文）今肥批拂喃，鱼又览争丁；
肥痕叻至因，都口心达妈。
（壮文）Gaem faex bae fad namh，Lawz youh lamq（dub）deng din；
Faex hoenx lwg ndi in，Du haeuj sim daxmeh.
（音标）kam^{1} fai^{4} pai^{1} faːt^{8} naːm^{6}，laɯ^{2} jou^{6} laːm^{5}（tup^{8}）teːŋ^{1} tin^{1}；
fai^{4} hon^{4} lɯk^{8} ʔdi^{1} in^{1}，tu^{1} hau^{3} θim^{1} ta^{4}me^{6}.
（直译）抓木去打地，怎又打中脚；
木打儿不疼，痛进心妈妈。
（意译）用木棍打地，怎打中脚跟；
棍打儿不疼，痛进老妈心。

Linz Ginhfung：
林金凤：
（原文）咪呀！
（壮文）Meh ya！
（音标）me^{6} ja！
（直译）妈呀！
（意译）妈呀！

【Ciengq】
【唱】
（原文）姑奏大龙，齐众相逢会面；
商量开店，为了改变脱穷；
妈老请铭，几用河宾发气。
（壮文）Gou caeuq Dalungz，Caezcungq doxbungz hoihmienh；
Doxyaeng haidiemq，Vihliux gaijbienq duetgungz；
Mehlaux cingj mwngz，Gaej yungh hozbwn fatheiq.
（音标）kou^{1} ɕau^{5} ta^{1}luŋ^{2}，ɕai^{2}ɕuŋ^{5} to^{4}puŋ^{2} hoːi^{6}miːn^{6}；
to^{4}jaŋ^{1} haːi^{1}tiːm^{5}，wi^{6}liːu^{4} kaːi^{3}piːn^{5} tuːt^{7}kuŋ^{2}；
me^{6}laːu^{4} ɕiŋ^{3} mɯŋ^{2}，kai^{3} juŋ^{6} ho^{2}pɯn^{1} faːt^{7}hei^{5}.
（直译）我和大龙，共同相逢会面；
商量开店，为了改变脱穷；
老妈请你，不用喉毛发气。
（意译）我和大龙，共同相逢会面；
商量开店，为脱离贫困；
请老妈您，不用生气翻脸。

Mehlimz【Ciep】
林母【接】
（原文）姑以布是，和尚搞死木鱼；
他总眉珠，任促布于使了；
样鱼巧妙，咪老总晓三分。
（壮文）Gou hix mbouj seih，Hozsiengh gauj dai moegnyawz；
Da cungj meiz caw，Nyaemh huk mbouj nyawz ndaej liux；
Yienghlawz giujmiuq，Mehlaux cungj yiuj sam faen.
（音标）kou^{1} hi^{4} ʔbou^{3} θei^{6}，ho^{2}θiːŋ^{6} kaːu^{3} taːi^{1} mok^{8}ȵaɯ^{2}；
ta^{1} ɕuŋ^{3} mei^{2} ɕaɯ^{1}，ȵam^{6} huk^{7} ʔbou^{3} ȵaɯ^{2} ʔdai^{3} liːu^{4}；
jiːŋ^{6}laɯ^{2} kiːu^{3}miːu^{5}，me^{6}laːu^{4} ɕuŋ^{3} jiːu^{3} θaːm^{1} fan^{1}.
（直译）我也不是，和尚敲死木鱼；
眼都有珠，任笨不愚得完；
怎样巧妙，老妈总晓三分。
（意译）我并不是，和尚敲死木鱼；
眼都有珠，恁笨也不全愚；
怎样巧妙，老妈三分知悉。

Liuz Dalungz【Ciep】
刘大龙【接】
（原文）姑队双云，途噌创新门路；
解除贫苦，斗你落户生根。
（壮文）Goudoih song vunz，Doxyaeng cuengjsin（cauhmoq）monzloh；
Gejcawz gungzhoj，Daeuj neix haeujhoh seng gaen.
（音标）kou^{1}toːi^{6} θoːŋ^{1} wun^{2}，to^{4}jaŋ^{1} ɕuːŋ^{3}θin^{1}（ɕaːu^{6}mo^{5}）moːn^{2}lo^{6}；
ke^{3}ɕaɯ^{2} kuŋ^{2}ho^{3}，tau^{3} nei^{4} hau^{3}ho^{6} θeːŋ^{1} kan^{1}.
（直译）我们两人，商量创新门路；
解除穷苦，来这落户生根。
（意译）我们两人，商量创新路途；
解除贫苦，来此安家落户。

Mehlimz【Ciep】
林母【接】
（原文）奏云约婚，咪老无能为力；
马家斗逼，无法解释使通。
（壮文）Caeuq vunz iekvaen，Mehlaux mbouj miz rengzlig；
Maxgya daeuj bik，Fouzfap gejsik（gejlwnh）ndaej doeng.
（音标）ɕau^{5} wun^{2} iːk^{7}wan^{1}，me^{6}laːu^{4} ʔbou^{3} mi^{2} ɣeːŋ^{2}lik^{8}；

ma^{4}kja^{1} tau^{3} pik^{7}, fou^{2}fa:p^{7} ke^{3}θik^{7} （ke^{3}lɯn^{6}）ʔdai^{3} toŋ^{1}.
（直译）和人约婚，老妈没有能力；
家马来逼，无法解释得通。
（意译）和人约婚，老妈无力操纵；
马家来逼，无法解释说通。

Linz Ginhfung:
林金凤:
（原文）咩！马东宝是要流氓，根本至凛云港澳同胞，姑的命运更至能由爹斗摆布。
（壮文）Meh! Maj Dunghbauj seih caj liuzmangz, gaenbonj ndi lumj vunz Gangj Au beixnuengx, gou gij minghyinh engq ndi ndaej youz de daeuj baijbouh.
（音标）me^{6}！ma^{3} tuŋ^{6}pa:u^{3} θei^{6} ɕa^{3} li:u^{2}ma:ŋ^{2}, kan^{1}po:n^{3} ʔdi^{1} lum^{3} wun^{2} ka:ŋ^{3} a:u^{1} pei^{4}nu:ŋ^{4}, kou^{1} ki^{3} miŋ^{6}jin^{6} e:ŋ^{5} ʔdi^{1} ʔdai^{3} jou^{2} te^{1} tau^{3} pa:i^{3}pou^{6}.
（直译）妈，马东宝是要流氓，根本不像人港澳同胞，我的命运更不能由他来摆布。
（意译）妈，马东宝是要流氓，根本不像港澳同胞，我的命运更不能由他来摆布。

Liuz Dalungz:
刘大龙:
（原文）对呀！
（壮文）Doiq ya!
（音标）to:i^{5} ja!
（直译）对呀！
（意译）对呀！

Mehlimz【Ciengq】
林母【唱】
（原文）时你那己坏，
收连爱，
姑无乃等拦；
瓜垂总为难，
兰马参，
姑鱼寒只得？
（壮文）Seizneix naj gaenq vaih,
Sou lienhngaih,
Gou fouznaih daengjlanz;
Gvaz swix cungj veiznanz,
Ranz Max cam,
Gou lawz han cijdwg?

（音标）θei^{2}nei^{4} na^{3} kan^{5} waːi^{6}，
θou^{1} liːn^{6}ŋaːi^{6}，
kou^{1} fou^{2}naːi^{6} taŋ^{3}laːn^{2}；
kwa^{2} θɯːi^{4} ɕuŋ^{3} wei^{2}naːn^{2}，
ɣaːn^{2} ma^{4} ɕaːm^{1}，
kou^{1} lau^{2} haːn^{1} ɕi^{3}tɯk^{8}？

（直译）现在脸已坏，
你们恋爱，
我无法阻拦；
右左都为难，
家马问，
我怎应才是？

（意译）现在丢脸惨，
你们恋，
我无法阻拦；
左右都为难，
马家问，
我怎与人谈？

Linz Ginhfung【Ciengq】
林金凤【唱】

（原文）姑是六内笼，
跳很咙，
拉床公喔斗；
摆脱婚约偶，
争忍受，
父母旧盲婚。

（壮文）Gou seih roeg ndaw loengz，
Diuq hwnjroengz，
Ra conghgoengq okdaeuj；
Baetduet vaen'iek ngaeu，
Deng nyaenxsouh，
Fouxmoux gaeuq mengzvaen.

（音标）kou^{1} θei^{6} ɣok^{8} ʔdaɯ^{1} loŋ^{2}，
tiːu^{5} hɯn^{3}ɣoŋ^{2}，
ɣa^{1} ɕoːŋ^{6}koŋ^{5} oːk^{7}tau^{3}；
pat^{7}tuːt^{7} wan^{1}iːk^{7} ŋau^{1}，
teːŋ^{1} ɲan^{4}θou^{6}，

fou^{4}mou^{4} kau^{5} meːŋ^{2}wan^{1}.
（直译）我是鸟中笼，
跳上下，
找空洞出来；
摆脱婚约钩，
挨忍受，
父母旧盲婚。
（意译）我是鸟笼中，
上下跳，
找洞往外冲；
摆脱婚约控，
被忍受，
盲婚母盲从。

Liuz Dalungz【Ciengq】
刘大龙【唱】
（原文）娄脚踏实地，
抱正义，
布用气用忧；
时你娄齐斗，
争自由，
婚姻无该柱。
（壮文）Raeuz din dieb saeddeih,
Dawz cingqngeih,
Mbouj yungh heiq yungh you;
Seizneix raeuz caez daeuj,
Ceng swyouz,
Vunhyinh fouz gaicawx.
（音标）ɣau^{2} tin^{1} tiːp^{8} θat^{8}tei^{6},
taɯ^{2} ciŋ^{5}ŋei^{6},
ʔbou^{3} juŋ^{6} hei^{5} juŋ^{6} jou^{1};
θei^{2}nei^{4} ɣau^{2} ɕai^{2} tau^{3},
ɕeːŋ^{1} θɯ^{1}jou^{2},
wun^{6}jin^{6} fou^{2} kaːi^{1}ɕaɯ^{4}.
（直译）咱脚踏实地，
持正义，
不用愁用忧；
现在咱齐来，

争自由，
婚姻无买卖。
（意译）咱脚踏实地，
抱正义，
不用再忧虑；
现在咱一起，
争自由，
旧婚约废弃。

（Goengliuz sawqmwh hwnj，ae sing ndeu）
（刘公突然上，咳嗽一声）

Goengliuz：
刘公：
（原文）收队途噌使争呀！
（壮文）Soudoih doxyaeng ndaej deng ya！
（音标）$\theta ou^{1} to{:}i^{6}$ $to^{4}ja\eta^{1}$ $ʔdai^{3}$ $te{:}\eta^{1}$ ja！
（直译）你们商量得对呀！
（意译）你们商量得对呀！

Liuz Dalungz：
刘大龙：
（原文）波！
（壮文）Boh！
（音标）po^{6}！
（直译）爸！
（意译）爸！

Linz Ginhfung：
林金凤：
（原文）公！
（壮文）Goeng！
（音标）$ko\eta^{1}$！
（直译）公！
（意译）公！

Mehlimz：
林母：
（原文）姑队讲话铭听义啦？
（壮文）Goudoih gangjvah mwngz dingqnyi la?
（音标）kou^{1} toːi^{6} kaːŋ^{3} wa^{6} mɯŋ^{2} tiŋ^{5} ȵi^{1} la?
（直译）我们讲话你听见啦？
（意译）我们讲话你听见了吗？

Goengliuz：
刘公：
（原文）收队途噌姑全部使鱼清楚。
（壮文）Soudoih doxyaeng gou cienzbouh ndaejnyi cingcuj.
（音标）θou^{1} toːi^{6} to^{4} jaŋ^{1} kou^{1} ɕiːn^{2} pou^{6} ʔdai^{3} ȵi^{1} ɕiŋ^{1} ɕu^{3}.
（直译）你们商量我全部听见清楚。
（意译）你们的商量我全部听清楚了。

Mehlimz：
林母：
（原文）照铭讲鱼样？
（壮文）Ciuq mwngz gangj lawzyiengh?
（音标）ɕiːu^{5} mɯŋ^{2} kaːŋ^{3} laɯ^{2} jiːŋ^{6}?
（直译）照你说怎样？
（意译）依你讲怎么办？

Goengliuz【Ciengq】
刘公【唱】
（原文）得统够框框，
女娶男，
娄应当口称；
大龙斗口户，
创新路，
脱穷苦家兰。
（壮文）Dwkbyoengq gaeuq gvanggvang (gvaengxlaengx),
Nawx aeu namz,
Raeuz wngdang haeujcoengh;
Dalungz daeuj haeujhoh,
Caux loh moq,
Duet gungzhoj gyaranz.

（音标）tɯk^{7} pjoŋ^{5} kau^{5} kwa:ŋ^{1}kwa:ŋ^{1} （kwaŋ^{4}laŋ^{4}），
naɯ^{4} au^{1} na:m^{2}，
ɣau^{2} ɯŋ^{1}ta:ŋ^{1} hau^{3}ɕoŋ^{6}；
ta^{1}luŋ^{2} tau^{3} hau^{3}ho^{6}，
ɕa:u^{4} lo^{6} mo^{5}，
tu:t^{7} kuŋ^{2}ho^{3} kja^{1}ɣa:n^{2}.
（直译）打破旧框框，
女娶男，
咱应当拥护；
大龙来入户，
创路新，
脱贫苦家庭。
（意译）旧框框破除，
女娶男，
咱应当拥护；
大龙来入户，
创新路，
家庭脱贫苦。

Linz Ginhfung：
林金凤：
（原文）关公是时你思想，进步的促狗。
（壮文）Gvangoeng seih seizneix seisiengj，cinbu gij ukgyaeuj.
（音标）kwa:n^{1}koŋ^{1} θei^{6} θei^{2}nei^{4} θei^{1}θi:ŋ^{3}，ɕin^{1}pu^{1} ki^{3} uk^{7}kjau^{3}.
（直译）阿公是现在思想，进步的头脑。
（意译）阿公是时代思想，进步的头脑。

Mehlimz【Vix Liuz Dalungz】
林母【指刘大龙】
（原文）问你呢？
（壮文）Cam mwngz ne？
（音标）ɕa:m^{1} mɯŋ^{2} ne？
（直译）问你呢？
（意译）问你呢？

Liuz Dalungz：
刘大龙：
（原文）对！时你云就派时你几道路，欧废包办婚姻。

（壮文）Doiq！Seizneix vunz couh byaij seizneix gij dauhloh，aeu feiq baubanh vunhyinh.

（音标）toːi^{5}！θei^{2}nei^{4} wun^{2} ɕou^{6} pjaːi^{3} θei^{2}nei^{4} ki^{3} taːu^{6}lo^{6}，au^{1} fei^{5} paːu^{1}paːn^{6} wun^{6}-jin^{6}.

（直译）对！现在人就走现在的道路，要废包办婚姻。

（意译）对！现在人就走现在的道路，要废除包办婚姻。

（Maj Ciuhyangh hujdengdeng hwnj）

（马秋香气冲冲地上）

Maj Ciuhyangh：

马秋香：

（原文）收队咆咆稍稍幼你搞几骡把戏？

（壮文）Soudoih mbauqmbauq sausau youq neix gauj gijlawz bajheiq？

（音标）θou^{1}toːi^{6} ʔbaːu^{5}ʔbaːu^{5} θaːu^{1}θaːu^{1} jou^{5} nei^{4} kaːu^{3} ki^{3}laɯ^{2} pa^{3}hei^{5}？

（直译）你们男男女女在此搞什么把戏？

（意译）你们男男女女在这里搞什么把戏？

Linz Ginhfung：

林金凤：

（原文）早，铭鱼样你讲话？

（壮文）Sauj，mwngz lawz yienghneix gangjvah？

（音标）θaːu^{3}，mɯŋ^{2} laɯ^{2} jiːŋ^{6}nei^{4} kaːŋ^{3}wa^{6}？

（直译）嫂，你怎这样讲话？

（意译）嫂，你怎么这样讲话？

Liuz Dalungz：

刘大龙：

（原文）姑队是途噌发家使富计。

（壮文）Goudoih seih doxyaeng fatgya ndaejfouq gae.

（音标）kou^{1}toːi^{6} θei^{6} to^{4}jaŋ^{1} faːt^{7}kja^{1} ʔdai^{3}fou^{5} kai.

（直译）我们是商量发家致富的。

（意译）我们是在商量怎么发家致富。

Maj Ciuhyangh：

马秋香：

（原文）发几累家，致几骡富？收队讲的话，姑总听使一清二楚，三明四白。难道收想搞几骡名堂？收讲！

（壮文）Fat gijlawz gya，ndaej gijlawz fouq? Soudoih gangj gij vah，gou cungj dingq ndaej it cing ngeih cuj，sam mingz seiq beg. Nanzdauh sou siengj gauj gijlawz mingzdangz? Sou gangj!

（音标）faːt^{7} ki^{3}laɯ^{2} kja^{1}，ʔdai^{3} ki^{3}laɯ^{2} fou^{5}？θou^{1} toːi^{6} kaːŋ^{3} ki^{3} wa^{6}，kou^{1} ɕuŋ^{3} tiŋ^{5} ʔdai^{3} it^{7} ɕiŋ^{1} ŋei^{6} ɕu^{3}，θaːm^{1} miŋ^{2} θei^{5} peːk^{8}. naːn^{2}taːu^{6} θou^{1} θiːŋ^{3} kaːu^{3} ki^{3}laɯ^{2} miŋ^{2}taːŋ^{2}？θou^{1} kaːŋ^{3}！

（直译）发什么家，致什么富？你们讲的话，我都听得一清二楚，三明四白。难道你们想搞什么名堂？你们讲！

（意译）发什么家，致什么富？你们讲的话，我都听得一清二楚，明明白白。难道你们想搞什么名堂？你们讲！

Liuz Dalungz：

刘大龙：

（原文）打开明窗讲话咣，至使凭势欺云。

（壮文）Dajhai mingzcueng gangj vahrongh，ndi ndaej baengh seiq hei vunz.

（音标）ta^{3}haːi^{1} miŋ^{2}ɕuːŋ^{1} kaːŋ^{3} wa^{6}ɣoŋ^{6}，ʔdi^{1} ʔdai^{3} paŋ^{6} θei^{5} hei^{1} wun^{2}.

（直译）打开明窗讲亮话，不得仗势欺人。

（意译）打开天窗说亮话，不得仗势欺人。

Maj Ciuhyangh：

马秋香：

（原文）姑欺汝，姑压汝？铭册至通，姑就乐铭批法庭论理。

（壮文）Gou hei byawz，gou at byawz? Mwngz cek ndi doeng，gou couh rag mwngz bae fazdingz lwnhleix.

（音标）kou^{1} hei^{1} pjaɯ^{2}，kou^{1} aːt^{7} pjaɯ^{2}？mɯŋ^{2} ɕeːk^{7} ʔdi^{1} toŋ^{1}，kou^{1} ɕou^{6} ɣaːk^{8} mɯŋ^{2} pai^{1} fa^{2}tiŋ^{2} lɯn^{6}lei^{4}.

（直译）我欺谁，我压谁？你解释不通，我就拉你去法庭理论。

（意译）我欺谁，我压谁？你解释不通，我就拉你去法庭理论。

Goengliuz：

刘公：

（原文）早咳早，铭几目的是几骡？

（壮文）Sauj ya sauj，mwngz gij moegdik seih gijlawz?

（音标）θaːu^{3} ja θaːu^{3}，mɯŋ^{2} ki^{3} mok^{8}tik^{7} θei^{6} ki^{3}laɯ^{2}？

（直译）嫂呀嫂，你的目的是什么？

（意译）嫂呀嫂，你的目的是什么？

Maj Ciuhyangh：
马秋香：
（原文）几骡事？
（壮文）Gijlawz saeh？
（音标）ki^{3} lauɯ^{2} θai^{6}？
（直译）什么事？
（意译）什么事？

【Gvaibanj】
【快板】
（原文）收收收，行布通，
六月大暑该火笼；
露想斗沿汰该淋，
滴滴确确行布通；
借明办店斗行计，
想毁双联婚合同；
反悔赖婚姑总噜，
怀奸满厄批谷逢；
姑讲话至曾发气，
收队曾伦马等宗；
文合河至偏，
收赖是蛇蓬。
（壮文）Sou sou sou，hengz mbouj doeng，
Ndwen loeg daihsawq gai hujloengz；
Loqsiengj daeuj henzdah gai raemx，
Dikdik gokgok hengz mbouj doeng；
Ciqmingz banh diemq daeuj hengz geiq，
Siengj vaih song liemzvaen habdoengz；
Fanjhoij laih vaen gou cungj rox，
Vaizgan myonx ek bae ndoek boengz；
Gou gangjvah ndicaengz fatheiq，
Soudoih caengz raen max daengjcoeng；
Faenzhaeb（ngwzhaeb）hoz ndi benj，
Sou laih seih ngwzboengz.
（音标）θou^{1} θou^{1} θou^{1}，heːŋ^{2} ʔbou^{3} toŋ^{1}，
ʔdɯːn^{1} lok^{8} taːi^{6}θaɯ^{5} kaːi^{1} hu^{3}loŋ^{2}；
lo^{5}θiːŋ^{3} tau^{3} heːn^{2}ta^{6} kaːi^{1} ɣam^{4}，
tik^{7}tik^{7} koːk^{7}koːk^{7} heŋ^{2} ʔbou^{3} toŋ^{1}；

ɕi⁵ miŋ² paːn⁶ tiːm⁵ tau³ heŋ² kei⁵，
θiːŋ³ waːi⁶ θoːŋ¹ liːm² wan¹ haːp⁸ toŋ²；
faːn³ hoːi³ laːi⁶ wan¹ kou¹ ɕuŋ³ ɣo⁴，
waːi² kaːn¹ mjoːn⁴ eːk⁷ pai¹ ʔdok⁷ poŋ²；
kou¹ kaːŋ³ wa⁶ ʔdi¹ ɕaŋ² faːt⁷ hei⁵，
θou¹ toːi⁶ ɕaŋ² ɣan¹ ma⁴ taŋ³ ɕoŋ¹；
fan² hap⁸（ŋɯ² hap⁸）ho² ʔdi¹ peːn³，
θou¹ laːi⁶ θei⁶ ŋɯ² poŋ².

（直译）你们你们你们，行不通，
月六大暑卖火笼；
梦想来河边卖水，
的的确确行不通；
借名办店来行计，
想毁双联婚合同；
反悔赖婚我都懂，
奸牛翻轭去搅泥坑；
我讲话还未发气，
你们未见马竖鬃；
吹风蛇颈不扁，
你们以为是泥蛇。

（意译）你你你，行不通，
六月大暑卖火笼；
梦想河边来卖水，
的的确确行不通；
借名办店来行计，
想毁双联婚合同；
反悔赖婚我都懂，
奸牛脱轭躺泥中；
我未发气来讲话，
你们未见马竖鬃；
吹风蛇它不扁颈，
你们以为泥蛇种。

Linz Ginhfung【Gvaibanj】
林金凤【快板】

（原文）早咳早，会讲通，
计用发气得哄哄；
阿凤并非讨厌特往铭，

一时布依从；
只欧东宝是正派，
情愿马马虎虎卦春冬；
如噜第一次会面，
洋相百出花督逢。

（壮文）Sauj ya sauj，hoih gangj doeng，
Gaej yungh fatheiq dwkhoenghoeng；
Dahfungh mbouj seih dwgcaengz daegnuengx mwngz，
Itseiz mbouj ei coengz；
Cijaeu Dunghbauj seih cingqbaij，
Cingznyienh rubrub rabrab gvaq cin doeng；
Byawz rox baez daih'it raennaj，
Yiengzsiengq bak ok va doek fwngz.

（音标）θaːu^{3} ja θaːu^{3}，hoːi^{6} kaːŋ^{3} toŋ^{1}，
kai^{3} juŋ^{6} faːt^{7}hei^{5} tɯk^{7}hoŋhoŋ；
ta^{6}fuŋ^{6} ʔbou^{3} θei^{6} tɯk^{8}ɕaŋ^{2} tak^{8}nuːŋ^{4} mɯŋ^{2}，
it^{7}θei^{2} ʔbou^{3} ei^{1} ɕoŋ^{2}；
ɕi^{3}au^{1} tuŋ^{6}paːu^{3} θei^{6} ɕiŋ^{5}paːi^{3}，
ɕiŋ^{2}ȵiːn^{6} ɣup^{8}ɣup^{8} ɣaːp^{8}ɣaːp^{8} kwa^{5} ɕin^{1} toŋ^{1}；
pjaɯ^{2} ɣo^{4} pai^{2} taːi^{6}it^{7} ɣan^{1}na^{3}，
jiːŋ^{2}θiːŋ^{5} paːk^{7} oːk^{7} wa^{1} tok^{7} fɯŋ^{2}.

（直译）嫂呀嫂，慢讲通，
不用发气闹哄哄；
阿凤不是讨厌弟弟你，
一时不依从；
只要东宝是正派，
情愿马马虎虎过春冬；
谁知次第一见面，
洋相百出花掉手。

（意译）嫂呀嫂，慢讲通，
不用发气闹哄哄；
阿凤并非厌你弟，
一时不依从；
只要东宝是正派，
情愿马马虎虎过春冬；
谁知第一次见面，
洋相百出花落空。

Goengliuz【Gvaibanj】

刘公【快板】

（原文）淋书巴出现，
到底如是计柳红，
港澳同胞看是假，
公收口僧装级岽。
哈哈哈！

（壮文）Raemx saw bya okyienh，
Dauqdaej byawz seih gaeqroujhoengz，
Gangj Au beixnuengx yawj seih gyaj，
Gungqsou haeuj saeng cang goepndoeng.
Ha ha ha！

（音标）ɣam^{4} θaɯ^{1} pja^{1} oːk^{7}jiːn^{6}，
taːu^{5}tai^{3} pjaɯ^{2} θei^{6} kai^{5}ɣou^{3}hoŋ^{2}，
kaːŋ^{3} aːu^{1} pei^{4}nuːŋ^{4} jaɯ^{3} θei^{6} kja^{3}，
kuŋ^{5}θou^{1} hau^{3} θaŋ^{1} ɕaːŋ^{1} kop^{7}ʔdoŋ^{1}.
ha ha ha！

（直译）水清鱼出现，
到底谁是红冠鸡，
港澳同胞看是假，
蛤蟆进罾装山蛙。
哈哈哈！

（意译）水清看见鱼，
到底谁是红冠鸡，
港澳同胞也许假，
蛤蟆进罾装山蛙。
哈哈哈！

Maj Ciuhyangh【Gvaibanj】

马秋香【快板】

（原文）铭铭铭，老猫公，
讲话喊云很至咙；
蜜扛螳螂父帮父，
怀弄行勾帮怀公。

（壮文）Mwngz mwngz mwngz，laux meuzgoeng，
Gangjvah hemq vunz ndwnj ndi roengz；
Moedgangh daekdaeq boux bang boux，
Vaizrungh hangzgaeu bang vaiznoengz.

（音标）mɯŋ^{2} mɯŋ^{2} mɯŋ^{2}，laːu^{4} meːu^{2}koŋ^{1}，
kaːŋ^{3}wa^{6} heːm^{5} wun^{2} ʔdɯn^{3} ʔdi^{1} ɣoŋ^{2}；
mot^{8}kaːŋ^{6} tak^{7}tai^{5} pou^{4} paːŋ^{1} pou^{4}，
waːi^{2}ɣuŋ^{6} haːŋ^{2}kau^{1} paːŋ^{1} waːi^{2}noŋ^{2}.
（直译）你你你，老猫公，
讲话叫人吞不下；
大蚁蟋蟀只帮只，
栏牛用角帮公牛。
（意译）你你你，老猫公，
讲话叫人难听从；
大蚁蟋蟀只帮只，
家牛用角帮牛公。

Liuz Dalungz【Gvaibanj】
刘大龙【快板】
（原文）该柱婚姻至合法，
波咩包婚是盲从；
眉理讲理布用闹，
布用怀妈等怀同。
（壮文）Gaicawx vunhyinh ndi habfap，
Bohmeh bauvaen seih mengzcoengz；
Miz leix gangj leix mbouj yungh nauh，
Mbouj yungh vaizmeh daemj vaizdoengz（vaizlwg）.
（音标）kaːi^{1}ɕaɯ^{4} wun^{6}jin^{6} ʔdi^{1} haːp^{8}faːp^{7}，
po^{6}me^{6} paːu^{1}wan^{1} θei^{6} meːŋ^{2}ɕoŋ^{2}；
mi^{2} lei^{4} kaːŋ^{3} lei^{4} ʔbou^{3} juŋ^{6} naːu^{6}，
ʔbou^{3} juŋ^{6} waːi^{2}me^{6} tam^{3} waːi^{2}toŋ^{2}（waːi^{2}lɯk^{8}）.
（直译）买卖婚姻不合法，
父母包婚是盲从；
有理讲理不用闹，
不用母牛撞牛崽。
（意译）买卖婚姻不合法，
父母包婚太盲目；
有理讲理不用闹，
不用母牛撞牛犊。

Mehlimz【Gvaibanj】

林母【快板】

（原文）无理声桑至眉用，
气紧糍达很至咙；
炒豆得肥会会斗，
油千巴怒浆会蓬；
如是假，如是真，
父骡是蒜如是葱；
太上老君难分辨，
如是真假孙悟空。

（壮文）Fouzleix singsang ndi meiz yungh，
Heiqgaenj ceizndat ndwnj ndi roengz；
Cauj duh dwkfeiz hoihhoih daeuj，
Youz cien byanouq ciengq hoih mboeng；
Byawz seih gyaj，byawz seih caen，
Bouxlawz seih suenq byawz seih coeng；
Daisang Laujginh nanz faenbied，
Byawz seih caen gyaj Sunh Vugungh.

（音标）fou^{2}lei^{4} θiŋ^{1}θaːŋ^{1} ʔdi^{1} mei^{2} juŋ^{6}，
hei^{5}kan^{3} ɕei^{2}ʔdaːt^{7} ʔdɯn^{3} ʔdi^{1} ɣoŋ^{2}；
ɕaːu^{3} tu^{6} tɯk^{7}fei^{2} hoːi^{6}hoːi^{6} tau^{3}，
jou^{2} ɕiːn^{1} pja^{1}nou^{5} ɕiːŋ^{5} hoːi^{6} ʔboŋ^{1}；
pjaɯ^{2} θei^{6} kja^{3}，pjaɯ^{2} θei^{6} ɕan^{1}，
pou^{4}laɯ^{2} θei^{6} θuːn^{5} pjaɯ^{2} θei^{6} ɕoŋ^{1}；
taːi^{1}θaːŋ^{1} laːu^{3}kin^{6} naːn^{2} fan^{1}piːt^{8}，
pjaɯ^{2} θei^{6} ɕan^{1} kja^{3} θun^{6} wu^{1}kuŋ^{6}.

（直译）无理高声没有用，
气急热糍粑咽不下；
炒豆烧火慢慢来，
油煎泥鳅胀慢酥松；
谁是假，谁是真，
哪个是蒜谁是葱；
太上老君难分辨，
谁是真假孙悟空。

（意译）无理高声没有用，
怒咽热糍难下喉；
炒豆慢慢来烧火，
油煎泥鳅慢酥松；

谁是假，谁是真，
哪个是蒜谁是葱；
太上老君难分辨，
谁是真假孙悟空。

Maj Ciuhyangh【Doiq Mehlimz】
马秋香【对林母】
（原文）爬老你，婚约是至是途铭逢印？
（壮文）Bazlaux neix，vaen'iek seih ndi seih duzmwngz fwngzyaenq？
（音标）pa^{2} la:u^{4} nei^{4}，wan^{1} i:k^{7} θei^{6} ʔdi^{1} θei^{6} tu^{2} mɯŋ^{2} fɯŋ^{2} jan^{5}？
（直译）老太这，婚约是不是你的手印？
（意译）这老太婆，婚约上是不是你的手印？

Mehlimz：
林母：
（原文）秋香！
（壮文）Ciuhyangh！
（音标）ɕi:u^{6} ja:ŋ^{6}！
（直译）秋香！
（意译）秋香！

【Ciengq】
【唱】
（原文）卡贯姑家穷，
双兰云，
估联婚笨事；
金凤达云你，
布愿意，
姑又使样鱼？
（壮文）Gaxgonq gou gyagungz，
Song ranz vunz，
Guh liemzvaen bwnhsaeh；
Ginhfung dah vunz neix，
Mbouj nyienh'eiq，
Gou youh ndaej yienghlawz？
（音标）ka^{4} ko:n^{5} kou^{1} kja^{1} kuŋ^{2}，
θo:ŋ^{1} ɣa:n^{2} wun^{2}，
ku^{6} li:m^{2} wan^{1} pɯn^{6} θai^{6}；

kin^{6}fuŋ^{1} ta^{6} wun^{2} nei^{4}，
ʔbou^{3} ȵiːn^{6}ei^{5}，
kou^{1} jou^{6} ʔdai^{3} jiːŋ^{6}laɯ^{2}？
（直译）以前我家穷，
两家人，
做联婚笨事；
金凤个人这，
不愿意，
我又能怎样？
（意译）昔我家贫鄙，
两家人，
做联婚笨极；
金凤这小妮，
不愿意，
我咋办合宜？

Linz Ginhfung【Ciengq】
林金凤【唱】
（原文）姑布是博文，
决布能，
任由铭摆布；
婚姻是长久，
至能够，
由铭斗安排。
（壮文）Gou mbouj seih biek maenz，
Nyengh mbouj naengz，
Nyaemhyouz mwngz baijbouh；
Vunhyinh seih ciengzgyouj（gyaenanz），
Ndi naengzgaeuq，
Youz mwngz daeuj anbaiz.
（音标）kou^{1} ʔbou^{3} θei^{6} piːk^{7} man^{2}，
ȵeːŋ^{6} ʔbou^{3} naŋ^{2}，
ȵam^{6}jou^{2} mɯŋ^{2} paːi^{3}pou^{6}；
wun^{6}jin^{6} θei^{6} ɕiːŋ^{2}kjou^{3}（kjai^{1}naːn^{2}），
ʔdi^{1} naŋ^{2}kau^{5}，
jou^{2} mɯŋ^{2} tau^{3} aːn^{1}paːi^{2}.
（直译）我不是芋薯，
决不能，

任由你摆布；
婚姻是长久，
不能够，
由你来安排。
（意译）我非芋薯菜，
决不能，
任由你布摆；
婚姻几十载，
不能够，
由你来安排。

Maj Ciuhyangh：
马秋香：
（原文）收收收，收巾争啤局了？收队讲话反了？
（壮文）Sou sou sou，sou gwn deng mbeiguk la? Soudoih gangjvah fanj la?
（音标）θou^{1} θou^{1} θou^{1}，θou^{1} kɯn^{1} teːŋ^{1} ʔbei^{1}kuk^{7} la? θou^{1}toːi^{6} kaːŋ^{3}wa^{6} faːn^{3} la?
（直译）你们你们你们，你们吃中虎胆了？你们讲话造反啦？
（意译）你们你们你们，你们吃虎胆了？你们讲要反悔啦？

Mehlimz：
林母：
（原文）铭挖就挖姑，含就含姑，布用再许阿凤苦估了。
（壮文）Mwngz vat couh vat gou，haemz couh haemz gou，mbouj yungh caiq hawj Dahfungh hojguh lo.
（音标）mɯŋ^{2} waːt^{7} ɕou^{6} waːt^{7} kou^{1}，ham^{2} ɕou^{6} ham^{2} kou^{1}，ʔbou^{3} juŋ^{6} ɕaːi^{5} haɯ^{3} ta^{6} fuŋ^{6} ho^{3}ku^{6} lo.
（直译）你骂就骂我，恨就恨我，不用再给阿凤为难了。
（意译）你骂就骂我，恨就恨我，不要再为难阿凤了。

Goengliuz：
刘公：
（原文）对，情况已经布同了。
（壮文）Doiq，cingzgvang gaenq mboujdoengz lo.
（音标）toːi^{5}，ɕiŋ^{2}kwaːŋ^{1} kan^{5} ʔbou^{3}toŋ^{2} lo.
（直译）对，情况已经不同了。
（意译）对，时代已经不同了。

Liuz Dalungz：
刘大龙：
（原文）途铭露想根杀啦。
（壮文）Duzmwngz loqsiengj gaenq sat lo.
（音标）tu^{2} mɯŋ^{2} lo^{5} θiːŋ^{3} kan^{5} θaːt^{7} lo.
（直译）你的梦想已经完了。
（意译）你的梦想已经结束了。

Maj Ciuhyangh：
马秋香：
（原文）收队想本伪他废婚约？
（壮文）Soudoih siengj byonj lwgda feiq vaen'iek？
（音标）θou^{1} toːi^{6} θiːŋ^{3} pjoːn^{3} lɯk^{8} ta^{1} fei^{5} wan^{1} iːk^{7}？
（直译）你们想翻眼皮废婚约？
（意译）你们想反悔废婚约？

Goengliuz：
刘公：
（原文）则你算几骡婚约？
（壮文）Ndaek neix suenq gijlawz vaen'iek？
（音标）ʔdak^{7} nei^{4} θuːn^{5} ki^{3} law^{2} wan^{1} iːk^{7}？
（直译）个这算什么婚约？
（意译）这个算什么婚约？

Maj Ciuhyangh：
马秋香：
（原文）双联婚，姑换早！
（壮文）Song liemzvaen，gux vuenh sauj！
（音标）θoːŋ^{1} liːm^{2} wan^{1}，ku^{4} wuːn^{6} θaːu^{3}！
（直译）双联婚，小姑换嫂子！
（意译）双联婚，姑换嫂！

Linz Ginhfung：
林金凤：
（原文）婚约是须废纸刁！
（壮文）Vaen'iek seih mbaw feiqceij ndeu！
（音标）wan^{1} iːk^{7} θei^{6} ʔbau^{1} fei^{5} ɕei^{3} ʔdeːu^{1}！
（直译）婚约是张废纸一！

（意译）婚约是一张废纸！

Vunzlai：
众人：
（原文）一须废纸，哈哈哈！
（壮文）It mbaw feiqceij，ha ha ha！
（音标）it^{7} ʔbaɯ^{1} fei^{5}ɕei^{3}，ha ha ha！
（直译）一张废纸，哈哈哈！
（意译）一张废纸，哈哈哈！

Maj Ciuhyangh：
马秋香：
（原文）收队是——
（壮文）Soudoih seih ——
（音标）θou^{1} toːi^{6} θei^{6}——
（直译）你们是——
（意译）你们是——

LiuzDalungz【Ciengq】
刘大龙【唱】
（原文）联婚姑换早，
处估宝，
可传老千年；
（壮文）Liemzvaen gux vuenh sauj，
Yawj guh bauj，
Goj cienzlaux ciennienz；
（音标）liːm^{2}wan^{1} ku^{4} wuːn^{6} θaːu^{3}，
jaɯ^{3} ku^{6} paːu^{3}，
ko^{3} ɕiːn^{2}laːu^{3} ɕiːn^{1}niːn^{2}；
（直译）联婚小姑换嫂子，
看作宝，
可传老千年；
（意译）姑换嫂荒唐，
视为宝，
联婚俗该葬；

Goengliuz【Ciep】
刘公【接】
（原文）变废纸一张，
马秋香，
是一场笑话。
（壮文）Bienq feiqceij it cieng,
Maj Ciuhyangh,
Seih it ciengz vahriu.
（音标）piːn^{5} fei^{5}ɕei^{3} it^{7} ɕiːŋ^{1},
ma^{3} ɕiːu^{6}jaːŋ^{6},
θei^{6} it^{7} ɕiːŋ^{2} wa^{6}ɣiːu^{1}.
（直译）变废纸一张，
马秋香，
是一场笑话。
（意译）变废纸一张，
马秋香，
是笑话一场。

Maj Ciuhyangh【Ciengq】
马秋香【唱】
（原文）卒里曾卦汰，
炮拦那，
反争马猎区；
倒吨动棋於，
真曲愚，
棋取输腾下。
（壮文）Nyi lijcaengz gvaq dah,
Bauq lanz naj,
Fanj deng max laeb gaw;
Dauqdoenq doengh geiz ngawh,
Caen hukngawz,
Geiz cix saw daengzlaj.
（音标）ȵi^{1} li^{3}ɕaŋ^{2} kwa^{5} ta^{6},
paːu^{5} laːn^{2} na^{3},
faːn^{3} teːŋ^{1} ma^{4} lap^{8} kaɯ^{1};
taːu^{5}ton^{5} toŋ^{6} kei^{2} ŋaɯ^{6},
ɕan^{1} huk^{7}ŋaɯ^{2},
kei^{2} ɕi^{4} θaɯ^{1} taŋ^{2}la^{3}.

（直译）卒还未过河，
炮拦前，
反被马猎车；
倒退动旗愣，
真笨愚，
棋就输到底。
（意译）卒未过河堤，
炮拦着，
反被马追车；
倒退动愣臭棋，
真笨愚，
棋就输到底。

Goengliuz【Ciengq】
刘公【唱】
（原文）川四该笼布，
来死守，
父诱父上行；
马至肯装鞍，
难了难，
铭也干且嘞。
（壮文）Ndwen seiq gai loengz byouq，
Laihdai souj，
Boux yaeuh boux hwnjhangz；
Max ndi hawj cang an，
Nanz lo nanz，
Mwngz hix gan gvej nywj.
（音标）ʔdɯːn^{1} θei^{5} kaːi^{1} loŋ^{2} pjou^{5}，
laːi^{6} taːi^{1} θou^{3}，
pou^{4} jau^{6} pou^{4} hɯn^{3} haːŋ^{2}；
ma^{4} ʔdi^{1} haɯ^{3} ɕaːŋ^{1} aːn^{1}，
naːn^{2} lo naːn^{2}，
mɯŋ^{2} hi^{4} kaːn^{1} kwe^{3} ȵɯ^{3}.
（直译）月四卖笼空，
赖死守，
人诱人上市；
马不给装鞍，
难了难，

　　　　你也枉割草。
（意译）四月卖笼烦，
　　　　赖死守，
　　　　相骗集市赶；
　　　　马不让装鞍，
　　　　难了难，
　　　　你割草白干。

Maj Ciuhyangh【Ciengq】
马秋香【唱】
（原文）双联婚约是收翻，
　　　　老娘挟填另拉关；
　　　　拉奔下显眉大把，
　　　　林冲逼倒很梁山。
（壮文）Song liemz vaen'iek seih sou fan，
　　　　Mehlaux geb denz lingh ra gvan；
　　　　Lajmbwn yahyienj meiz daihbaj，
　　　　Linz Cungh deng bik hwnj Liengzsanh.
（音标）θoːŋ^{1} liːm^{2} wan^{1}iːk^{7} θei^{6} θou^{1} faːn^{1}，
　　　　me^{6}laːu^{4} keːp^{8} teːn^{2} liŋ^{6} ɣa^{1} kwaːn^{1}；
　　　　la^{3}ʔbɯn^{1} ja^{6}jiːn^{3} mei^{2} taːi^{6}pa^{3}，
　　　　lin^{2} ɕuŋ^{6} teːŋ^{1} pik^{7} hɯn^{3} liːŋ^{2}θaːn^{6}.
（直译）双联婚约是你们翻，
　　　　老娘挟被另找夫；
　　　　天下休妻有大把，
　　　　林冲被逼上梁山。
（意译）双联婚约你们反，
　　　　老娘携被另找男；
　　　　天下休妻有大把，
　　　　林冲被逼上梁山。

Mehlimz：
林母：
（原文）铭想离婚？
（壮文）Mwngz siengj lizvaen？
（音标）mɯŋ^{2}θiːŋ^{3} li^{2}wan^{1}？
（直译）你想离婚？
（意译）你想离婚？

Maj Ciuhyangh：
马秋香：
（原文）连叻姑也带条！
（壮文）Lienz lwg gou hix daiq deuz！
（音标）liːn^{2} lɯk^{8} kou^{1} hi^{4} taːi^{5} teːu^{2}！
（直译）连儿我也带走！
（意译）连小孩我也带走！

Linz Cinghmingz【Dingqnyi sing gaenjgip hwnj】
林清明【闻声急上】
（原文）依！铭带叻批象，姑同意。
（壮文）Ndei！Mwngz daiq lwg bae ciengx，gou doengzeiq.
（音标）ʔdei^{1}！mɯŋ^{2} taːi^{5} lɯk^{8} pai^{1} ɕiːŋ^{4}，kou^{1} toŋ^{2}ei^{5}.
（直译）好！你带孩子去养，我同意。
（意译）好！你带小孩去抚养，我同意。

Vunzlai：
众人：
（原文）清明，铭？
（壮文）Cinghmingz，mwngz？
（音标）ɕiŋ^{6} miŋ^{2}，mɯŋ^{2}？
（直译）清明，你？
（意译）清明，你？

Linz Cinghmingz：
林清明：
（原文）清明光明磊落，至眉动奥！
（壮文）Cinghmingz raen ndaej vunz，ndi meiz doenghngauz！
（音标）ɕiŋ^{6} miŋ^{2} ɣan^{1} ʔdai^{3} wun^{2}，ʔdi^{1} mei^{2} toŋ^{6} ŋaːu^{2}！
（直译）清明见得人，没有动摇！
（意译）清明光明磊落，不会动摇！

Maj Ciuhyangh：
马秋香：
（原文）铭也意姑条？
（壮文）Mwngz hix eiq gou deuz？
（音标）mɯŋ^{2} hi^{4} ei^{5} kou^{1} teːu^{2}？
（直译）你也愿意我走？

（意译）你也愿我走？

Linz Cinghmingz：
林清明：
（原文）姑是意铭条几，铭真正条，姑里午龙午狮子送别！
（壮文）Gou seih eiq mwngz deuz gae，mwngz caencingq deuz，gou lij foux lungz foux saeceij soengqbied！
（音标）kou^{1} θei^{6} ei^{5} mɯŋ^{2} teːu^{2} kai，mɯŋ^{2} ɕan^{1}ɕiŋ^{5} teːu^{2}，kou^{1} li^{3} fou^{4} luŋ^{2} fou^{4} θai^{1} ɕei^{3} θoŋ^{5}piːt^{8}！
（直译）我是愿意你走的，你真正走，我还舞龙舞狮子送别！
（意译）我是愿意你走的，你真要走，我还舞龙舞狮送别！

Maj Ciuhyangh：
马秋香：
（原文）则嘛老铭！
（壮文）Ndaek malaux mwngz！
（音标）ʔdak^{7} ma^{1}laːu^{4} mɯŋ^{2}！
（直译）只老狗你！
（意译）你这老狗！

Linz Cinghmingz【Gvaibanj】
林清明【快板】
（原文）铭铭铭，马秋香，
奏铭结婚好来年；
川六划扇铭讲布合，
川十车填铭怒凉；
皮噌痕交至争夺，
铭就发气得连连；
得淋丁淋那铭里嫌，
吃陷服侍凛神仙；
多年夫妻无情感，
布管姑宾狗黎凛宾便；
每皮宾黎讲帝狗，
求三求四凛求咪帝样；
汝噜眉云你，
铭是反骨坏婆娘。
（壮文）Mwngz mwngz mwngz，Maj Ciuhyangh，
Caeuq mwngz gietvaen haujlai nienz；

Ndwen loeg vad sienq mwngz gangj mbouj hab,
Ndwen cib cw denz mwngz naeuz liengz;
Baihlaeng haenz nyau ndi deng dieg,
Mwngz couh fatheiq dwk lienzlienz;
Daek raemxdin raemxnaj mwngz lij yiemz,
Haethaemh fugsaeh lumj saenzsien;
Lai bi gvanyah fouz gamjcingz,
Mboujguenj gou bwn'gyaeuj raez lumj bwnbienh (mengq);
Moix baez bwn raez gangj daeqgyaeuj,
Gouz sam gouz seiq lumj gouz mehdaeq yiengh;
Byawz rox meiz ngoenzneix,
Mwngz seih fanjgoet vaih buzniengz.

（音标）mɯŋ2 mɯŋ2 mɯŋ2，ma3 ɕiːu6jaːŋ6，
ɕau5 mɯŋ2 kiːt7wan1 haːu3laːi1 niːn2；
ʔdɯːn1 lok8 waːt8 θiːn5 mɯŋ2 kaːŋ3 ʔbou3 haːp8，
ʔdɯːn1 ɕip8 ɕɯ1 teːn2 mɯŋ2 nau2 liːŋ2；
paːi6laŋ1 han2 ȵaːu1 ʔdi1 teːŋ1 tiːk8，
mɯŋ2 ɕou6 faːt7hei5 tɯk7 liːn2liːn2；
tak7 ɣam4tin1 ɣam4na3 mɯŋ2 li3 jiːm2，
hat7ham6 fuk8θai6 lum3 θan2θiːn1；
laːi1 pi1 kwaːn1ja6 fou2 kaːm3ɕiŋ2，
ʔbou3kuːn3 kou1 pɯn1kjau3 ɣai2 lum3 pɯn1piːn6（meːŋ5）；
moːi4 pai2 pɯn1 ɣai2 kaːŋ3 tai5kjau3，
kou2 θaːm1 kou2 θei5 lum3 kou2 me6tai5 jiːŋ6；
pjaɯ2 ɣo4 mei2 ŋon2nei4，
mɯŋ2 θei6 faːn3kot7 waːi6 pu2niːŋ2.

（直译）你你你，马秋香，
同你结婚好多年；
月六摇扇说不合适，
月十盖被你讲凉；
背后痒挠不对地，
你就发气闹连连；
打洗脚水洗脸水你还嫌，
早晚服侍像神仙；
多年夫妻无感情，
不管我头发长像辫子；
每次发长说要剃头，
求三求四像求帝母一样；

谁知有今天，
你是反骨坏婆娘。
（意译）你你你，马秋香，
同你结婚好多年；
六月摇扇说不妥，
十月盖被你讲凉；
背后痒挠不对点，
你就发气闹连连；
打洗脸水你还嫌，
早晚服侍像神仙；
多年夫妻无感情，
不见我发可打辫；
每次发长说要剪，
如求帝母求神仙；
谁知你也有今天，
你是反骨坏婆娘。

Bouxcoz【Gaenjgip hwnj】
青年【急上】
（原文）秋香，秋香，特往铭马东宝，非法贩该烟尼，时你争拾啦！
（壮文）Ciuhyangh, Ciuhyangh, daegnuengx mwngz Maj Dunghbauj, famhfap buenqgai iennaez, seizneix deng gaeb lo!
（音标）ɕiːu^{6} jaːŋ^{6}，ɕiːu^{6} jaːŋ^{6}，tak^{8} nuːŋ^{4} mɯŋ^{2} ma^{3} tuŋ^{6} paːu^{3}，faːm^{6} faːp^{7} puːn^{5} kaːi^{1} iːn^{1} nai^{2}，θei^{2} nei^{4} teːŋ^{1} kap^{8} lo！
（直译）秋香，秋香，弟弟你马东宝，犯法贩卖大烟，现在被抓了！
（意译）秋香，秋香，你弟弟马东宝，非法贩卖大烟，现在被逮捕了！

Maj Ciuhyangh:
马秋香：
（原文）几骡，特往姑争拾了？
（壮文）Gijlawz, daegnuengx gou deng gaeb la?
（音标）ki^{3} laɯ^{2}，tak^{8} nuːŋ^{4} kou^{1} teːŋ^{1} kap^{8} la？
（直译）什么，弟弟我被抓了？
（意译）什么，我弟弟被逮捕了？

Bouxcoz:
青年：
（原文）对，幼内南硕争拾啦，爹凳喊铭送须千批许爹。

（壮文）Doiq，youq ndaw namhsok deng gaeb la，de daengq hemq mwngz soengq mbaw cien bae hawj de.
（音标）toːi^{5}，jou^{5} ʔdaɯ^{1} naːm^{6} θoːk^{7} teːŋ^{1} kap^{8} la，te^{1} taŋ^{5} heːm^{5} mɯŋ^{2} θoŋ^{5} ʔbaɯ^{1} ɕiːn^{1} pai^{1} haɯ^{3} te^{1}.
（直译）对，在里地码头被捕啦，他交代叫你送张毛毯去给他。
（意译）对，在地码头里被捕啦，他交代叫你送一张毛毯去给他。

Maj Ciuhyangh：
马秋香：
（原文）哎呀！完啦！
（壮文）Aeya！Liux lo！
（音标）aija！liːu^{4} lo！
（直译）哎呀！完啦！
（意译）哎呀！完啦！

（Yaek ngunhlaemx）
（欲昏倒）

Vunzlai：
众人：
（原文）秋香，铭鱼了？
（壮文）Ciuhyangh，mwngz lawz la？
（音标）ɕiːu^{6}jaːŋ^{6}，mɯŋ^{2} laɯ^{2} la？
（直译）秋香，你啥了？
（意译）秋香，你怎么了？

Linz Ginhfung：
林金凤：
（原文）东宝是贩烟尼？
（壮文）Dunghbauj seih buenq iennaez？
（音标）tuŋ^{6}paːu^{3} θei^{6} puːn^{5} iːn^{1}nai^{2}？
（直译）东宝是贩大烟？
（意译）东宝贩卖大烟？

Maj Ciuhyangh：
马秋香：
（原文）完了，姑一切总完了。
（壮文）Liux lo，gou itciet cungj liux lo.

（音标）liːu^{4} lo，kou^{1} it^{7}ɕiːt^{7} ɕuŋ^{3} liːu^{4} lo.
（直译）完了，我一切都完了。
（意译）完了，我一切全完了。

（Daej roengz）
（哭下）

Goengliuz：
刘公：
（原文）哈哈！吉日良辰，春满人间，愁龙苦凤，巧配鸳鸯。
（壮文）Ha ha！Ngoenzndei seizleih，cin rim lajmbwn，lungz you fungh hoj，giuj boiq yienyieng.
（音标）ha ha！ŋon^{2}ʔdei^{1} θei^{2}lei^{6}，ɕin^{1} ɣim^{1} la^{3}ʔbɯn^{1}，luŋ^{2} jou^{1} fuŋ^{6} ho^{3}，kiːu^{3} poːi^{5} jiːn^{1}jiːŋ^{1}.
（直译）哈哈！吉日良辰，春满人间，龙愁凤苦，巧配鸳鸯。
（意译）哈哈！吉日良辰，春满人间，愁龙苦凤，巧配鸳鸯。

Liuz Dalungz【Heuh Mehlimz】
刘大龙【叫林母】
（原文）婶！
（壮文）Simj！
（音标）θim^{3}！
（直译）婶！
（意译）婶！

Mehlimz：
林母：
（原文）鱼里样你欠，铭至改剥？
（壮文）Lawz lij yienghneix hemq，mwngz ndi gaijbak？
（音标）laɯ^{2} li^{3} jiːŋ^{6}nei^{4} heːm^{5}，mɯŋ^{2} ʔdi^{1} kaːi^{3}paːk^{7}？
（直译）怎还这样叫，你不改口？
（意译）怎么还这样叫，你还不改口？

Liuz Dalungz：
刘大龙：
（原文）眯！
（壮文）Meh！
（音标）me^{6}！

（直译）妈！
（意译）妈！

（Mehlimz riunyumnyum ngaekgyaeuj）
（林母微笑点头）

Vunzlai：
众人：
（原文）对，欠使依，欠使对。
（壮文）Doiq，hemq ndaej ndei，hemq ndaej doiq.
（音标）toːi5，heːm5 ʔdai3 ʔdei1，heːm5 ʔdai3 toːi5.
（直译）对，叫得好，叫得对。
（意译）对，叫得好，叫得对。

Liuz Dalungz【Ciengq】
刘大龙【唱】
（原文）双逢深金锤，啉南车喽禀；
（壮文）Song fwngz gaem gimdiz，Rumznamz ci raeujrub；
（音标）θoːŋ1 fɯŋ2 kam1 kim1 ti2，ɣum2 naːm2 ɕi1 ɣau3 ɣup8；
（直译）两手拿金锤，南风吹暖和；
（意译）双手抓金锤，吹暖和南风；

Vunzlai【Hab】
众人【合】
（原文）愁龙奏苦凤，凳竹笋含生。
（壮文）Lungz you caeuq fungh hoj，Daengq rangzmoq ngamq seng.
（音标）luŋ2 jou1 ɕau5 fuŋ6 ho3，taŋ5 ɣaːŋ2 mo5 ŋaːm5 θeːŋ1.
（直译）龙愁和凤苦，像新笋刚生。
（意译）愁龙和苦凤，像竹笋新生。

Linz Ginhfung【Ciengq】
林金凤【唱】
（原文）派邪道歪门，是灭亡结局；
（壮文）Byaij sezdauh vaimonz，Seih miedmuengz gietgug；
（音标）pjaːi3 θe2 taːu6 waːi1 moːn2，θei6 miːt8 muːŋ2 kiːt7 kuk8；
（直译）走邪道歪门，是灭亡结局；
（意译）走歪门邪道，结局是灭亡；

Vunzlai【Hab】
众人【合】
(原文)深非双逢育，开幸福之花。
(壮文)Ndaem faex song fwngz yuk (ganq)，Hai henghfuk gij va.
(音标)ʔdam^{1} fai^{4} θoːŋ^{1} fɯŋ^{2} juk^{7} (kaːn^{5})，haːi^{1} heːŋ^{6} fuk^{7} ki^{3} wa^{1}.
(直译)栽树两手育，开幸福之花。
(意译)栽树两手育，幸福花绽放。

【Heiqsat】
【剧终】

Bouh Daihroek　Lij Denhbauj Aeuyah

第六部　李天保娶亲

Gangjgangj Heiqcingz

Lij Denhbauj caeuq Cangh Fungcej miz cingz miz eiq, senq dingh miz vaen'iek. Hoeng aenvih ranz Leix sawqmwh deng hux, Lij Denhbauj baenz lwggyax gungzhoj, youz bohgoux dawz ma ciengx hung. Ranz Cieng laihvaen, hawj Dahngeih ninz ndaw gouhfaex cang dai, yaeuh Lij Denhbauj naeuz Cangh Fungcej gaenq binghdai. Lij Denhbauj bae ranz Cieng diuqhauq, foekfan lai baez, gij saehcouj ranz Cieng cang dai laihvaen deng byoengqlaeuh. Doeklaeng gauq daengz yaxmonz, Lij Denhbauj caeuq Cangh Fungcej doiq vunz doxgyaez neix cij ndaej gietbaenz gvanbaz.

剧情简介

李天保与张凤姐情投意合，早订有婚约。但由于李家遭祸，李天保成穷孤儿，由舅父抚养长大。张家赖婚，让二女儿二妮躺在棺材里装死，骗李天保说张凤姐已病死。李天保前去张家吊孝，几经折腾，张家装死赖婚丑事败露。后李天保将张忠实告到衙门，才得以和张凤姐有情人终成眷属。

Vunz ndaw heiq：
剧中人物：

Lij Denhbauj，sai，20 lai bi.
李天保，男，二十出头。

Cangh Fungcej，mbwk，19 bi，youh heuh Dahdaih，dahlwg daeuz Cangh Cunghsiz，dahcej Cangh Laizhij、Dahngeih.
张凤姐，女，19 岁，又叫大妮，张忠实之大女儿，张来喜、二妮之姐。

Cangh Cunghsiz，sai，63 bi，boh Cangh Fungcej、Cangh Laizhij.
张忠实，男，63 岁，张凤姐、张来喜之父。

Veizsi，mbwk，yah Cangh Cunghsiz，meh Cangh Fungcej、Cangh Laizhij.
韦氏，女，张忠实之妻，张凤姐、张来喜之母。

Cangh Laizhij，sai，daeglwg Cangh Cunghsiz、Veizsi，daegnuengx Cangh Fungcej.
张来喜，男，张忠实、韦氏之子，张凤姐之弟。

Dahngeih，mbwk，dahlwg ngeih Cangh Cunghsiz，dahnuengx Cangh Fungcej.
二妮，女，张忠实之二女儿，张凤姐之妹。

Cangh Ailenz，mbwk，dahnuengx Cangh Cunghsiz.
张爱莲，女，张忠实之妹。

Cau Yi，sai，60 lai bi，bohgoux Lij Denhbauj.
赵义，男，年过六旬，李天保之舅父。

Cau Siengz，sai，daeglwg Cau Yi.
赵祥，男，赵义之子。

Huz Laiz，hakyienh.
胡来，县官。

Yaxcai gyap、iet、bingj、ding.
衙差甲、乙、丙、丁。

场大一 元宵相会
Ciengz Daih'it Ciengnyied Cibngux Doxhoih
场第一 正月十五相会
第一场 元宵相会

【Baij gingj】Ciengnyied cibngux，gwnz gai dauqcawq venj daeng venj geiz；song henz miuh，gyoengqvunz angq foux daenglungz、saeceij，yienh ok yienghceij ciengnyied cibngux caezgya vuenvuen heijheij.

【布景】正月十五日，大街小巷到处张灯结彩；寺庙两旁，人们开心地舞龙灯、舞狮，呈现出元宵喜气洋洋的景象。

Dahngeih【Caeuq Cangh Fungcej hwnjciengz，doeg sei，gangj】
二妮【与张凤姐上场，念诗，白】
（原文）月老词堂在眼前……
（壮文）Bouxmoiz swzdangz youq baknaj ……
（音标）pou^{4} moːi^{2} θɯ^{2} taːŋ^{2} jou^{5} paːk^{7} na^{3}……
（直译）月老祠堂在眼前……
（意译）月老祠堂在眼前……

Cangh Fungcej【Ciep nam】
张凤姐【接念】
（原文）万里姻缘情线牵。
（壮文）Fanhleix aenyienz cingzsienq yien.
（音标）faːn^{6} lei^{4} an^{1}jiːn^{2} ɕiŋ^{2}θiːn^{5} jiːn^{1}.
（直译）万里姻缘情线牵。
（意译）万里姻缘情线牵。

Dahngeih【Nam】
二妮【念】
（原文）前世修来同船渡。
（壮文）Seiqgonq coih daeuj doengz ruz doh.
（音标）θei^{5} koːn^{5} ɕoːi^{6} tau^{3} toŋ^{2} ɣu^{2} to^{6}.
（直译）前世修来同船渡。
（意译）前世修来同船渡。

Cangh Fungcej【Nam】
张凤姐【念】
（原文）今世修来……
（壮文）Seiqneix coih daeuj ……
（音标）θei^{5} nei^{4} ɕoːi^{6} tau^{3}……
（直译）今世修来……
（意译）今世修来……

Dahngeih【Ciep】
二妮【接】
（原文）共婵娟。
（壮文）Gungh canzgenh (ronghndwen).
（音标）kuŋ^{6} ɕaːn^{2} keːn^{6}（ɣoːŋ^{6} ʔdɯːn^{1}）.
（直译）共婵娟（月亮）。
（意译）共婵娟（月亮）。

Cangh Fungcej【Najnyaenq dwk gangj】
张凤姐【含羞白】
（原文）妹妹，多事。
（壮文）Nuengx，dosaeh.
（音标）nuːŋ^{4}，to^{1} θai^{6}.
（直译）妹妹，多事。
（意译）妹妹，多事。

Dahngeih【Gangj】
二妮【白】
（原文）至是吗？姐铭看。
（壮文）Ndi seih ma? Cej mwngz yawj.
（音标）ʔdi^{1} θei^{6} ma? ɕe^{3} mɯŋ^{2} jaɯ^{3}.
（直译）不是吗？姐你看。
（意译）不是吗？姐你看。

【Ciengq】
【唱】
（原文）正月元宵节，真热烈非常；
男女拜花王，来往鸾所所。
（壮文）Ciet Cibngux ciengnyied，Caen nyiedlied (maengxangq) feisiengz;
Sai mbwk baiq vavuengz，Bae dauq ruenzsoso.

（音标）ɕiːt^{7} ɕip^{8}ŋu^{4} ɕiːŋ^{1} ȵiːt^{8}，ɕan^{1} ȵiːt^{8}liːt^{8} （maŋ^{4}aːŋ^{5}）fei^{1}θiːŋ^{2}；
θaːi^{1} ʔbɯk^{7} paːi^{5} wa^{1}wuːŋ^{2}，pai^{1} taːu^{5} ɣuːn^{2}θoθo.
（直译）节十五正月，真热烈非常；
男女拜花王，来往忙不停。
（意译）正月元宵节，真热闹非常；
男女拜花王，来往穿梭忙。

Cangh Fungcej【Ciengq】
张凤姐【唱】
（原文）十五闹花灯，眉佣人观赏；
（壮文）Cibngux nauh vadaeng，Meiz cungqvunz yawjciengj；
（音标）ɕip^{8}ŋu^{4} naːu^{6} wa^{1}taŋ^{1}，mei^{2} ɕuŋ^{5}wun^{2} jaɯ^{3}ɕiːŋ^{3}；
（直译）十五闹花灯，有众人观赏；
（意译）十五闹花灯，有众人观赏；

Dahngeih【Ciengq】
二妮【唱】
（原文）达姐奏达往，会会望会游。
（壮文）Dahcej caeuq dahnuengx，Hoihhoih muengh hoih youz.
（音标）ta^{6}ɕe^{3} ɕau^{5} ta^{6}nuːŋ^{4}，hoːi^{6}hoːi^{6} muːŋ^{6} hoːi^{6} jou^{2}.
（直译）姐姐和妹妹，慢慢望慢游。
（意译）姐姐和妹妹，边闲游边望。

Cangh Fungcej【Gangj】
张凤姐【白】
（原文）二妮。
（壮文）Dahngeih.
（音标）ta^{6}ŋei^{6}.
（直译）二妮。
（意译）二妮。

Dahngeih【Gangj】
二妮【白】
（原文）姐，什么事呀？
（壮文）Cej，gijmaz saeh ya？
（音标）ɕe^{3}，ki^{3}ma^{2} θai^{6} ja？
（直译）姐，什么事呀？
（意译）姐，什么事呀？

Cangh Fungcej【Ciengq】
张凤姐【唱】
（原文）绿绿又红红，
傍败东，
眉张灯结彩；
眉云山云海，
依打来，
娄会派批存。
（壮文）Loegloeg youh hoengzhoengz,
Bangx baihdoeng,
Meiz ciengdaeng gietcaij;
Meiz vunz lai vunz daih,
Ndei dahraix,
Raeuz hoih byaij bae ngonz.
（音标）lok^{8} lok^{8} jou^{6} hoŋ^{2} hoŋ^{2},
paːŋ^{4} paːi^{6} toŋ^{1},
mei^{2} ɕiːŋ^{1} taŋ^{1} kiːt^{7} ɕaːi^{3};
mei^{2} wun^{2} laːi^{1} wun^{2} taːi^{6},
ʔdei^{1} ta^{6} ɣaːi^{4},
ɣau^{2} hoːi^{6} pjaːi^{3} pai^{1} ŋoːn^{2}.
（直译）绿绿又红红，
边东方，
有张灯结彩；
有人山人海，
好非常，
咱慢走去看。
（意译）绿绿又红红，
那东边，
张灯又结彩；
有人山人海，
非常好，
咱慢看丰采。

Dahngeih【Ciengq】
二妮【唱】
（原文）铭处傍败西，
又更奇，
眉双狮对午；

途妈奏途父，
同齐斗，
十足够眉神。
（壮文）Mwngz yawj bangx baihsae，
Youh engq geiz，
Meiz song sae doiq foux；
Duzmeh caeuq duzboux，
Doengzcaez daeuj，
Cibcuk gaeuq meizsaenz.
（音标）mɯŋ^{2} jaɯ^{3} paːŋ^{4} paːi^{6}θai^{1}，
jou^{6} eːŋ^{5} kei^{2}，
mei^{2} θoːŋ^{1} θai^{1} toːi^{5} fou^{4}；
tu^{2}me^{6} ɕau^{5} tu^{2}pou^{4}，
toŋ^{2}ɕai^{2} tau^{3}，
ɕip^{8}ɕuk^{7} kau^{5} mei^{2}θan^{2}.
（直译）你看边西方，
又更奇，
有双狮对舞；
母的和公的，
一起来，
十足够有神。
（意译）你看西边处，
又更奇，
有双狮对舞；
狮子公和母，
一起来，
显神气十足。

Cangh Fungcej【Ciengq】
张凤姐【唱】
（原文）再处傍败南，
神庙堂，
卦花兰很斗；
（壮文）Caiq yawj bangx baihnamz，
Saenzmiuh dangz，
Venj valamz hwnjdaeuj；
（音标）ɕaːi^{5} jaɯ^{3} paːŋ^{4} paːi^{6}naːm^{2}，
θan^{2}miːu^{6} taːŋ^{2}，

weːn^{3} wa^{1} laːm^{2} hɯn^{3} tau^{3}；
（直译）再看边南方，
神庙堂，
挂花篮起来；
（意译）再看那南方，
神庙堂，
都挂出花篮；

Dahngeih【Ciengq】
二妮【唱】
（原文）既然姐开口，
往急步，
柱朵欧嘛存。
（壮文）Gawqyienz cej hai haeuj，
Nuengx gaep bouh，
Cawx duj aeu ma ngonz.
（音标）kaɯ^{5} jiːn^{2} ɕe^{3} haːi^{1} hau^{3}，
nuːŋ^{4} kap^{7} pou^{6}，
ɕaɯ^{4} tu^{3} au^{1} ma^{1} ŋoːn^{2}.
（直译）既然姐开口，
妹急步，
买朵要来看。
（意译）既然姐口张，
妹急步，
买一朵观赏。

Cangh Fungcej【Gangj】
张凤姐【白】
（原文）往呀，铭欧噜：
（壮文）Nuengx ya，mwngz aeu rox：
（音标）nuːŋ^{4} ja，mɯŋ^{2} au^{1} ɣo^{4}：
（直译）妹呀，你要知道：
（意译）妹呀，你要知道：

【Ciengq】
【唱】
（原文）诗堂庙神万样花，
窗动未春难摧芽；

花红难解心愁闷，
花依再红枉巾相思茶。

（壮文）Seidangz miuhsaenz fanhyiengh va，
Cueng doengh caengz cin nanz coi'ngaz；
Vahoengz nanz gej sim younyap，
Va'ndei caiq hoengz vuengj gwn doxsiengj caz.

（音标）θei^{1}ta:ŋ^{2} mi:u^{6}θan^{2} fa:n^{6}ji:ŋ^{6} wa^{1}，
ɕu:ŋ^{1} toŋ^{6} ɕaŋ^{2} ɕin^{1} na:n^{2} ɕo:i^{1}ŋa^{2}；
wa^{1}hoŋ^{2} na:n^{2} ke^{3} θim^{1} jou^{1}ɲa:p^{7}，
wa^{1}ʔdei^{1} ɕa:i^{5} hoŋ^{2} wu:ŋ^{3} kɯn^{1} to^{4}θi:ŋ^{3} ɕa^{2}.

（直译）诗堂神庙万样花，
窗动未春难催芽；
花红难解心愁闷，
花好再红枉喝相思茶。

（意译）诗堂神庙万样花，
窗动未春难催芽；
花红难解心愁闷，
花好再红枉喝相思茶。

Dahngeih【Ciep ciengq】
二妮【接唱】

（原文）达姐请铭儿烦恼，
红花绿叶相配最清华；
何况李公子才貌双全称心意，
好花月园又更佳。

（壮文）Dahcej cingj mwngz gaej fanzuk，
Vahoengz mbawloeg doxboiq ceiq cingvaz；
Hozgvang Lij goengceij caiz yiengh songcienz hab sim'eiq，
Va ndei ndwen luenz youh engq gya.

（音标）ta^{6}ɕe^{3} ɕiŋ^{3} mɯŋ^{2} kai^{3} fa:n^{2}uk^{7}，
wa^{1}hoŋ^{2} ʔbaɯ^{1}lok^{8} to^{4}po:i^{5} ɕei^{5} ɕiŋ^{1}wa^{2}；
ho^{2}kwa:ŋ^{1} li^{3} koŋ^{1}ɕei^{3} ɕa:i^{2} ji:ŋ^{6} θo:ŋ^{1}ɕi:n^{2} ha:p^{8} θim^{1}ei^{5}，
wa^{1} ʔdei^{1} ʔdɯ:n^{1} lu:n^{2} jou^{6} e:ŋ^{5} kja^{1}.

（直译）阿姐请你别烦恼，
红花绿叶相配最精华；
何况李公子才貌双全合心意，
花好月圆又更佳。

（意译）阿姐请你别烦恼，

红花绿叶配精华；
公子才貌合心意，
花好月圆又更佳。

Cangh Fungcej【Ciep ciengq】
张凤姐【接唱】
（原文）二妮为何样你讲？
达姐心中乱如麻；
只怨父亲布懂女心事，
百般阻挠天保傍李家。
（壮文）Dahngeih vihmaz yienghneix gangj？
Dahcej ndawsim luenh lumj maz；
Cij ienq daxboh mbouj rox dahlwg simsaeh，
Bakyiengh saeklaengz Denhbauj baengh Leixgya.
（音标）ta6 ŋei6 wi6 ma2 jiːŋ6 nei4 kaːŋ3？
ta6 ɕe3 ʔdaɯ1 θim1 luːn6 lum3 ma2；
ɕi3 iːn5 ta4 po6 ʔbou3 ɣo4 ta6 lɯk8 θim1 θai6，
paːk7 jiːŋ6 θak7 laŋ2 teːn6 paːu3 paŋ6 lei4 kja1.
（直译）二妮为何这样讲？
阿姐心中乱如麻；
只怨父亲不懂女儿心事，
百般阻挠天保傍李家。
（意译）二妮为何这样讲？
阿姐心中乱如麻；
怨父不懂女儿心，
阻挠天保傍李家。

Dahngeih【Cabgangj】
二妮【插白】
（原文）姐呀，几用伤心。
（壮文）Cej ya，gaej yungh siengsim.
（音标）ɕe3 ja，kai3 juŋ6 θiːŋ1 θim1.
（直译）姐呀，别用伤心。
（意译）姐呀，不要伤心。

【Ciengq】
【唱】
（原文）铭情深义重，结鸾凤更甜；

云散伦青天，姐自然开朗。

（壮文）Mwngz cingzlaeg ngeihcungq（naek），Giet lonzfung engq diemz；
Fwj sanq raen cingdien，Cej swhyienz hailangh.

（音标）mɯŋ2 ɕiŋ2lak8 ŋei6ɕuŋ5 （nak7），ki:t7 lo:n2fuŋ1 e:ŋ5 ti:m2；
fɯ3 θa:n5 ɣan1 ɕiŋ1ti:n1，ɕe3 θɯ6ji:n2 ha:i1la:ŋ6.

（直译）你情深义重，结鸾凤更甜；
云散见青天，姐自然开朗。

（意译）你情深义重，结鸾凤更甜；
云散见青天，姐就笑开颜。

Cangh Fungcej【Ciengq】

张凤姐【唱】

（原文）只怨娄父母，
心太固，
除佳偶册开；
天冷望淋来，
花至开，
听哥排喔叻。

（壮文）Cij ienq raeuz fumuj，
Sim daiq guj（gaengj），
Dawz gya'ngaeux cekhai；
Mbwnrengx muengh raemxraiz，
Va ndi hai，
Dingq gofaiz oklwg.

（音标）ɕi3 i:n5 ɣau2 fu1mu3，
θim1 ta:i5 ku3 （kaŋ3），
taɯ2 kja1ŋau4 ɕe:k7ha:i1；
ʔbɯn1ɣe:ŋ4 mu:ŋ6 ɣam4ɣa:i2，
wa1 ʔdi1 ha:i1，
tiŋ5 ko1fa:i2 o:k7lɯk8.

（直译）只怨咱父母，
心太固，
把佳偶拆开；
天旱盼露水，
花不开，
听甜竹出崽。

（意译）怨父母不该，
太顽固，

把佳偶拆开；
天旱盼水来，
花不开，
盼甜竹生崽。

Dahngeih【Ciengq】
二妮【唱】
（原文）途巴幼内沓，
受千苦，
难啦度喔批；
打春巴一黎，
淋常时，
自然归大海。
（壮文）Duzbya youq ndaw mboq，
Souh cien hoj，
Nanz ra doh（congh）okbae；
Daj cinbyaj it raez，
Raemx ciengzseiz，
Swhyienz gveih（gvi）daihhaij.
（音标）tu^{2}pja^{1} jou^{5} ʔdauɯ^{1} ʔbo^{5}，
θou^{6} ɕiːn^{1} ho^{3}，
naːn^{2} ɣa^{1} to^{6}（ɕoːŋ^{6}）oːk^{7}pai^{1}；
ta^{3} ɕin^{1}pja^{3} it^{7} ɣai^{2}，
ɣam^{4} ɕiːŋ^{2}θei^{2}，
θɯ^{6}jiːn^{2} kwei^{6}（kwi^{1}）taːi^{6}haːi^{3}.
（直译）鱼儿在内泉，
受千苦，
难找洞口出去；
打春雷一响，
水时常，
自然归大海。
（意译）泉中鱼儿在，
多受苦，
难找洞出来；
自春雷响开，
水自来，
自然归大海。

Cangh Fungcej【Gangj】
张凤姐【白】
（原文）二妮，请铭跟姑傍你处皮夭。
（壮文）Dahngeih，cingj mwngz gaen gou bangx neix yawj baez ndeu.
（音标）ta^{6}ŋei^{6}，ɕiŋ^{3} mɯŋ^{2} kan^{1} kou^{1} paːŋ^{4} nei^{4} jaɯ^{3} pai^{2} ʔdeːu^{1}.
（直译）二妮，请你跟我边这看次一。
（意译）二妮，请你跟我去这边看看。

Dahngeih【Gangj】
二妮【白】
（原文）依！
（壮文）Ndei！
（音标）ʔdei^{1}！
（直译）好！
（意译）好！

（Gvaengx daizheiq buenq hop）
（绕台半圈）

Cangh Fungcej【Gangj】
张凤姐【白】
（原文）二妮，铭看——
（壮文）Dahngeih，mwngz yawj——
（音标）ta^{6}ŋei^{6}，mɯŋ^{2} jaɯ^{3}——
（直译）二妮，你看——
（意译）二妮，你看——

【Ciengq】
【唱】
（原文）傍痕后生哥，眉文波文教；
（壮文）Bangx haenx hauxseng go，Meiz baenz byoz baenz nyauq（boengj）；
（音标）paːŋ^{4} han^{4} haːu^{4}θeːŋ^{1} ko^{1}，mei^{2} pan^{2} pjo^{2} pan^{2} ȵaːu^{5}（poŋ^{3}）；
（直译）边那后生哥，有成堆成堆；
（意译）那边后生哥，有成群成帮；

Dahngeih【Raen dahcej doiqdauq，gaenjgip ciep ciengq】
二妮【发现姐退缩，急接唱】
（原文）龙灯真热闹，姐难道渔唠？

（壮文）Lungzdaeng caen nyiednauh，Cej nanzdauh lawz lau?
（音标）luŋ^{2} taŋ^{1} ɕan^{1} ȵiːt^{8} naːu^{6}，ɕe^{3} naːn^{2} taːu^{6} laɯ^{2} laːu^{1}？
（直译）龙灯真热闹，姐难道怎怕?
（意译）龙灯真热闹，姐难道心慌?

Cangh Fungcej【Gangj】
张凤姐【白】
（原文）云太来了，偻队还是批麻吧。
（壮文）Vunz daiq lai la，raeuzdoih lij seih baema ba.
（音标）wun^{2} taːi^{5} laːi^{1} la，ɣau^{2} toːi^{6} li^{3} θei^{6} pai^{1} ma^{1} pa.
（直译）人太多了，我们还是回去吧。
（意译）人太多了，我们还是回去吧。

Dahngeih【Gangj】
二妮【白】
（原文）人家闹龙灯真依处，为麻又夭批麻?
（壮文）Vunz nauh lungzdaeng caen ndeiyawj，vihmaz youh heuh baema?
（音标）wun^{2} naːu^{6} luŋ^{2} taŋ^{1} ɕan^{1} ʔdei^{1} jaɯ^{3}，wi^{6} ma^{2} jou^{6} heːu^{6} pai^{1} ma^{1}？
（直译）人家闹龙灯真好看，为什么又叫回去?
（意译）人家闹龙灯真好看，为什么又叫回去?

Cangh Fungcej【Gangj】
张凤姐【白】
（原文）仂咆后生哥太来了，里是逃吧。
（壮文）Lwgmbauq hauxseng go daiq lai la，lij seih deuz ba.
（音标）lɯk^{8} ʔbaːu^{5} haːu^{4} θeːŋ^{1} ko^{1} taːi^{5} laːi^{1} la，li^{3} θei^{6} teːu^{2} pa.
（直译）小伙后生哥太多了，还是走吧。
（意译）后生哥太多了，还是走吧。

Dahngeih【Gangj】
二妮【白】
（原文）里是批处吸乜。
（壮文）Lij seih bae yawj yaep he.
（音标）li^{3} θei^{6} pai^{1} jaɯ^{3} jap^{7} he^{1}.
（直译）还是去看一下。
（意译）还是去看一下。

Cangh Fungcej【Gangj】
张凤姐【白】
（原文）二妮，（指远处）傍痕至是斗一父男后生吗，快逃吧。
（壮文）Dahngeih，（vix gizgyae）bangx haenx ndi seih daeuj it boux daegmbauq hauxseng ma，vaiq deuz ba.
（音标）ta^{6}ŋei^{6}，paːŋ^{4} han^{4} ʔdi^{1} θei^{6} tau^{3} ʔit^{7} pou^{4} tak^{8}ʔbaːu^{5} haːu^{4}θeːŋ^{1} ma，waːi^{5} teːu^{2} pa.
（直译）二妮，边那不是来个男后生吗，快走吧。
（意译）二妮，那边不是来个小伙子吗，快走吧。

Dahngeih【Louzsim yawj baihgyae da ndeu，gangj】
二妮【注意向远方看一下，白】
（原文）父痕，父痕正是李公子天保哩。
（壮文）Boux haenx，boux haenx cingqdwg Lij goengceij Denhbauj li.
（音标）pou^{4} han^{4}，pou^{4} han^{4} ɕiŋ^{5}tɯk^{8} li^{3} koŋ^{1}ɕei^{3} teːn^{6}paːu^{3} li.
（直译）个那，个那正是李公子天保哩。
（意译）那个，那个正是李公子天保哩。

Cangh Fungcej【Gangj】
张凤姐【白】
（原文）几骡，李天保……啊，走吧。
（壮文）Gijlawz，Lij Denhbauj …… A，deuz ba.
（音标）ki^{3}lau^{2}，li^{3} teːn^{6}paːu^{3}…… a，teːu^{2} pa.
（直译）什么，李天保……啊，走吧。
（意译）什么，李天保……啊，走吧。

（Gvaengx daizheiq hop ndeu）
（绕台一圈）

Lij Denhbauj【Gvaengx daizheiq hwnjciengz，caeuq Fungcej dox nyoengx muh yienghceij，Gangj】
李天保【绕台上场，与凤姐互推磨模样，白】
（原文）凤姐！
（壮文）Fungcej！
（音标）fuŋ^{1}ɕe^{3}！
（直译）凤姐！
（意译）凤姐！

(Cangh Fungcej najnyaenq dwk cienq naj gvaq mbiengj bae mbouj gangjvah)
(张凤姐含羞地转脸过一边不语)

Dahngeih【Gangj】
二妮【白】
(原文)李相公!
(壮文)Lij siengqgoeng!
(音标)li³ θiːŋ⁵ koŋ¹!
(直译)李相公!
(意译)李相公!

Lij Denhbauj【Gangj】
李天保【白】
(原文)凤姐二人有礼!
(壮文)Fungcej song boux mizlaex!
(音标)fuŋ¹ɕe³ θoːŋ¹ pou⁴ mi²lai⁴!
(直译)凤姐两位有礼!
(意译)凤姐两位有礼!

Dahngeih【Gangj】
二妮【白】
(原文)姐,李公子叫你,旰呀!
(壮文)Cej, Lij goengceij heuh mwngz, han ya!
(音标)ɕe³, li³ koŋ¹ɕei³ heːu⁶ mɯŋ², haːn¹ ja!
(直译)姐,李公子叫你,应呀!
(意译)姐,李公子叫你,应呀!

Lij Denhbauj【Ciengq】
李天保【唱】
(原文)正月十五(元宵)闹花灯,
布料云你使伦铭;
偻礼齐相逢,
真是三生有幸机会美;
凤姐咳凤姐,
为麻尽嘮认那红?
(壮文)Ciengnyied Cibngux nauh vadaeng,
Mboujliuh ngoenzneix ndaej raen mwngz;
Raeuz ndaej caez doxbungz,

Caenseih samseng mizhengh gihvei ndei;
Fungcej ha Fungcej,
Vihmaz caenh launyaenq najhoengz?

（音标）ɕiːŋ^{1} ȵiːt^{8} ɕip^{8} ŋu^{4} naːu^{6} wa^{1} taŋ^{1}，
ʔbou^{3} liːu^{6} ŋon^{2} nei^{4} ʔdai^{3} ɣan^{1} mɯŋ^{2}；
ɣau^{2} ʔdai^{3} ɕai^{2} to^{4} puŋ^{2}，
ɕan^{1} θei^{6} θaːm^{1} θeːŋ^{1} mi^{2} heːŋ^{6} ki^{6} wei^{1} ʔdei^{1}；
fuŋ^{1} ɕe^{3} ha fuŋ^{1} ɕe^{3}，
wi^{6} ma^{2} ɕan^{6} laːu^{1} ȵan^{5} na^{3} hoŋ^{2}？

（直译）正月十五闹花灯，
不料今天能见你；
我们能齐相逢，
真是三生有幸机会美；
凤姐呀凤姐，
为何尽害羞脸红？

（意译）正月十五闹花灯，
不料今天能见你；
我们能又相逢，
真是三生有幸好时机；
凤姐呀凤姐，
害羞脸红人着迷？

Dahngeih【Gangj】

二妮【白】

（原文）姐呀，李相公斗向铭你行礼，为麻铭至答礼李相公？愿收双云情感胜卦英台奏山伯，收名传天下富贵赛石松。

（壮文）Cej ya，Lij siengqgoeng daeuj yiengq mwngz hengzlaex，vihmaz mwngz ndi daplaex Lij siengqgoeng? Nyienh sou song vunz cingzgamj ndei gvaq Yinghdaiz caeuq Sanhbwz，sou mingz cienz lajmbwn fouqgviq saiq sigcoengz.

（音标）ɕe^{3} ja，li^{3} θiːŋ^{5} koŋ^{1} tau^{3} jiːŋ^{5} mɯŋ^{2} heːŋ^{2} lai^{4}，wi^{6} ma^{2} mɯŋ^{2} ʔdi^{1} taːp^{7} lai^{4} li^{3} θiːŋ^{5} koŋ^{1}？ȵiːn^{6} θou^{1} θoːŋ^{1} wun^{2} ɕiŋ^{2} kaːm^{3} ʔdei^{1} kwa^{5} jiŋ^{6} taːi^{2} ɕau^{5} θaːn^{6} pɯ^{2}，θou^{1} miŋ^{2} ɕiːn^{2} la^{3} ʔbɯn^{1} fou^{5} kwi^{5} θaːi^{5} θik^{8} ɕoŋ^{2}.

（直译）姐呀，李相公来向你行礼，为何你不答礼李相公？愿你们两人感情胜过英台与山伯，你们名传天下富贵赛石崇。

（意译）姐呀，李相公来向你行礼，为啥你不向李相公答礼？愿你们两人感情胜过英台与山伯，你们名传天下富贵赛石崇。

Lij Denhbauj【Ciengq】

李天保【唱】

（原文）叻罗挣尼托，
论依哟，
总开剥偻伦；
凤姐为麻因，
至估声，
用汗巾拾那？

（壮文）Lwgraz deng ndit dak，
Lwnh ndeiyak，
Cungj haibak raeuz raen；
Fungcej vihmaz aen，
Ndi guhsing，
Yungh hanhgaen gaeb naj？

（音标）lɯk^{8}ɣa^{2} teːŋ^{1} ʔdit^{7} taːk^{7}，
lɯn^{6} ʔdei^{1}jaːk^{7}，
ɕuŋ^{3} haːi^{1}paːk^{7} ɣau^{2} ɣan^{1}；
fuŋ^{1}ɕe^{3} wi^{6}ma^{2} an^{1}，
ʔdi^{1} ku^{6}θiŋ^{1}，
juŋ^{6} haːn^{6}kan^{1} kap^{8} na^{3}？

（直译）芝麻挨阳光晒，
论好坏，
都开口我们见；
凤姐为何因，
不作声，
用汗巾遮面？

（意译）芝麻日晒着，
论好坏，
相见得开壳；
凤姐是为何，
不作声，
汗巾把脸遮？

Dahngeih【Ciengq】

二妮【唱】

（原文）达姐铭平时，
害相思，
请高医无效；

男才子又貌，
往月老，
姐烦恼几骡？
（壮文）Dahcej mwngz bingzseiz，
Haih siengjsei（doxsiengj），
Cingj gauei fouzyauq；
Sai caizceij youh mbauq，
Nuengx yezlauj，
Cej fanznaux gijlawz？
（音标）ta^{6}ɕe^{3} mɯŋ^{2} piŋ^{2}θei^{2}，
haːi^{6} θiːŋ^{3}θei^{1}（to^{4}θiːŋ^{3}），
ɕiŋ^{3} kaːu^{1}ei^{1} fou^{2}jaːu^{5}；
θaːi^{1} ɕaːi^{2}ɕei^{3} jou^{6} ʔbaːu^{5}，
nuːŋ^{4} je^{2}laːu^{3}，
ɕe^{3} faːn^{2}naːu^{4} ki^{3}laɯ^{2}？
（直译）姐姐你平时，
害相思，
请高医无效；
男才子又貌好，
妹月老，
姐烦恼什么？
（意译）姐平时念叨，
害相思，
请名医无效；
男才子美貌，
妹月老，
姐有何烦恼？

Cangh Fungcej【Youq henz ciengq】
张凤姐【旁唱】
（原文）平时各相思，
躺至依，
为情丝牵卦；
云你再伦那，
鱼讲话，
途逢那尽红。
（壮文）Bingzseiz gag siengjsei，
Ndang ndi ndei，

Vih cingzsei yien'gvaq;
Ngoenzneix caiq raennaj,
Lawz gangjvah,
Doxbungz naj caenh hoengz.
（音标）piŋ^{2}θei^{2} ka:k^{8} θi:ŋ^{3}θei^{1}，
ʔda:ŋ^{1} ʔdi^{1} ʔdei^{1}，
wi^{6} ɕiŋ^{2}θei^{1} ji:n^{1}kwa^{5}；
ŋon^{2}nei^{4} ɕa:i^{5} ɣan^{1}na^{3}，
laɯ^{2} ka:ŋ^{3}wa^{6}，
to^{4}puŋ^{2} na^{3} ɕan^{6} hoŋ^{2}.
（直译）平时自相思，
身体不好，
为情丝牵挂；
今天再见面，
怎讲话，
相逢脸尽红。
（意译）平时思与共，
身子差，
因牵挂情浓；
今天见面中，
怎讲话，
相逢脸羞红。

Lij Denhbauj【Youq henz ciengq】
李天保【旁唱】
（原文）云你齐伦那，
鱼讲话，
鱼驴达布从；
尽劳认那红，
相至通，
到底同鱼样？
（壮文）Ngoenzneix caez raennaj,
Lawz gangjvah,
Lawz rox dah mbouj coengz;
Caenh launyaenq najhoengz,
Siengj ndi doeng,
Dauqdaej doengzlawzyiengh?
（音标）ŋon^{2}nei^{4} ɕai^{2} ɣan^{1}na^{3}，

laɯ² kaːŋ³ wa⁶，
laɯ² ɣo⁴ ta⁶ ʔbou³ ɕoŋ²；
ɕan⁶ laːu¹ ȵan⁵ na³ hoŋ²，
θiːŋ³ ʔdi¹ toŋ¹，
taːu⁵ tai³ toŋ² laɯ² jiːŋ⁶？

（直译）今天齐见面，
怎讲话，
哪知她不从；
尽害羞脸红，
想不通，
到底怎么样？

（意译）今天能重逢，
怎讲话，
哪知她不从；
尽害羞脸红，
想不通，
到底怎么哄？

【Cabgangj】
【插白】
（原文）凤姐！
（壮文）Fungcej！
（音标）fuŋ¹ ɕe³！
（直译）凤姐！
（意译）凤姐！

Cangh Fungcej【Gangj】
张凤姐【白】
（原文）李相公！
（壮文）Lij siengqgoeng！
（音标）li³ θiːŋ⁵ koŋ¹！
（直译）李相公！
（意译）李相公！

Dahngeih【Cab sei gangj】
二妮【插诗白】
（原文）花姻元春光明郎，重认心事更觉心欢。
姐呀，请铭奏李相公谈心。

（壮文）Vayien yienzcin guengmingz mbauq，caiq nyinh simsaeh engq rox simvuen.
Cej ya，cingj mwngz caeuq Lij siengqgoeng gangjgoj.

（音标）wa^{1}ji:n^{1} ji:n^{2}ɕin^{1} ku:ŋ^{1} miŋ^{2} ʔba:u^{5}，ɕa:i^{5} ȵin^{6} θim^{1}θai^{6} e:ŋ^{5} ɣo^{4} θim^{1}wu:n^{1}.
ɕe^{3} ja，ɕiŋ^{3} muɯŋ^{2} ɕau^{5} li^{3} θi:ŋ^{5}koŋ^{1} ka:ŋ^{3}ko^{3}.

（直译）花姻元春光明郎，重认心事更觉心欢。
姐呀，请你和李相公谈心。

（意译）花姻元春光明郎，重认心事更觉心欢。
姐呀，请你和李相公谈心。

【Ciengq】
【唱】

（原文）春暖燕归来，百花开波杈；
时机挂立夏，望品把斗朝。

（壮文）Cin raeuj enq gvilaiz（dauqma），Bakva hai byozcaz；
Seizgei gvaq laebhah，Muengh mbungqmbaj daeuj ciuz.

（音标）ɕin^{1} ɣau^{3} e:n^{5} kwi^{1}la:i^{2}（ta:u^{5}ma^{1}），pa:k^{7}wa^{1} ha:i^{1} pjo^{2}ɕa^{2}；
θei^{2}kei^{1} kwa^{5} lap^{8}ha^{6}，mu:ŋ^{6} ʔbuŋ^{5}ʔba^{3} tau^{3} ɕi:u^{2}.

（直译）春暖燕归来，百花开丛丛；
时机过立夏，望蝴蝶来朝。

（意译）春暖燕归来，百花处处开；
时机过立夏，望蝴蝶飞来。

Lij Denhbauj【Ciengq】
李天保【唱】

（原文）凤姐凤姐实是知情，
李天保难解铭真心；
打偻双云青梅竹马一心成眷属，
门当户对早日盼望齐结亲；
本来相遇相认知心话，
为麻丑丑答答布估声？
或者是嫌姑才短丑陋？
或者或者是几骡事？
请铭开口讲真情。

（壮文）Fungcej Fungcej saed seih roxcingz，
Lij Denhbauj nanz gej mwngz caensim；
Daj raeuz song vunz cingmoiz cukmax itsim baenz caensug，
Monz dang hoh doiq caeuxngoenz maqmuengh caez gietcaen；
Bonjlaiz doxbungz doxnyinh roxsimvah，

Vihmaz coujcouj dapdap mbouj guhsing?
Roxnaeuz seih yiemz gou caizdinj yakyawj?
Roxnaeuz roxnaeuz seih gijlawz saeh?
Cingj mwngz haibak gangj caencingz.

（音标）fuŋ1 ɕe3 fuŋ1 ɕe3 θat8 θei6 ɣo4 ɕiŋ2,
li3 teːn6 paːu3 naːn2 ke3 mɯŋ2 ɕan1 θim1;
ta3 ɣau2 θoːŋ1 wun2 ɕiŋ1 moːi2 ɕuk7 ma4 it7 θim1 pan2 ɕan1 θuk8,
moːn2 taːŋ1 ho6 toːi5 ɕau4 ŋon2 ma5 muːŋ6 ɕai2 kiːt7 ɕan1;
poːn3 laːi2 to4 puŋ2 to4 ȵin6 ɣo4 θim1 wa6,
wi6 ma2 ɕou3 ɕou3 taːp7 taːp7 ʔbou3 ku6 θiŋ1?
ɣo4 nau2 θei6 jiːm2 kou1 ɕaːi2 tin3 jaːk7 jaɯ3?
ɣo4 nau2 ɣo4 nau2 θei6 ki3 laɯ2 θai6?
ɕiŋ3 mɯŋ2 haːi1 paːk7 kaːŋ3 ɕan1 ɕiŋ2.

（直译）凤姐凤姐实是知情，
李天保难解你真心；
从我们俩人青梅竹马一心成眷属，
门当户对早日盼望齐结亲；
本来相遇相认知心话，
为何羞羞答答不作声？
或者是嫌我才浅丑陋？
或者或者是什么事？
请你开口讲真情。

（意译）凤姐凤姐确实知情，
李天保难解你真心；
咱俩青梅竹马一心成眷亲，
门当户对盼望早日结成亲；
本来相遇互诉知心话，
为何羞羞答答不作声？
或者你是嫌我才浅丑陋？
或者因为别样事？
请你开口说实情。

Cangh Fungcej【Ciengq】
张凤姐【唱】
1.
（原文）公子铭开口，
提喔斗，
往那丑难言；

特哑巾黄莲，
话太长，
从何边说起？
（壮文）Goengceij mwngz hai haeuj，
Daez okdaeuj，
Nuengx najcouj nanz nyienz (gangj)；
Daegngoemx gwn vuengzlienz，
Vah daih ciengz (raez)，
Coengz hozbien (gizlawz) gangj hwnj?
（音标）koŋ^{1}ɕei^{3} mɯŋ^{2} haːi^{1} hau^{3}，
tai^{2} oːk^{7}tau^{3}，
nuːŋ^{4} na^{3}ɕou^{3} naːn^{2} ȵiːn^{2} （kaːŋ^{3}）；
tak^{8}ŋom^{4} kɯn^{1} wuːŋ^{2}liːn^{2}，
wa^{6} taːi^{6} ɕiːŋ^{2} （ɣai^{2}），
ɕoŋ^{2} ho^{2}piːn^{1} （ki^{2}laɯ^{2}）kaːŋ^{3} hɯn^{3}？
（直译）公子你开口，
提出来，
妹害羞难言；
哑巴吃黄连，
话太长，
从何边说起？
（意译）公子先开口，
提出来，
妹害羞难言；
哑巴吃黄连，
话太长，
从何说心甜？

2.
（原文）元宵佳节，真是不约而同；
齐众相逢，更是融融之乐。
（壮文）Ciengnyied Cibhaj，Caenseih mbouj iu cix doengz；
Doengzcaez doxbungz，Engq seih yungzyungz cix lag (angq).
（音标）ɕiːŋ^{1}ȵiːt^{8} ɕip^{8}ha^{3}，ɕan^{1}θei^{6} ʔbou^{3} iːu^{1} ɕi^{4} toŋ^{2}；
toŋ^{2}ɕai^{2} to^{4}puŋ^{2}，eːŋ^{5} θei^{6} juŋ^{2}juŋ^{2} ɕi^{4} laːk^{8} （aːŋ^{5}）.
（直译）元宵佳节，真是不约而同；
齐齐相逢，更是融融之乐。
（意译）元宵佳节，真是不约而同；

你我相逢，更是其乐融融。

3.

（原文）情投意合，而且正大光明；
相会谈心，本是人情之礼；
相斗惭愧，怨恨家事尊严；
父母发天，想除鸳鸯折断；
心烦意乱，并非达往异情；
只怨父亲，想把良婚斗赖；
真是无耐，迟迟而改婚期；
苦煞大妮，终日愁思闺阁。

（壮文）Cingzdouz eiqhab，Caiqlij cingqdaih guengmingz；
Doxbungz damzsim，Bonj seih vunzcingz cix laex；
Dajdaeuq najmong，Ienqhaenq gyasaeh cunhyiemz；
Fouxmoux fatdien（fatbag），Siengj dawz yienyieng cek duenh；
Simfanz eiqluenh，Mbouj dwg dahnuengx senjcingz；
Cij ienq bohcaen，Siengj dawz vaenndei daeuj laih；
Caenseih fouznaih，Ceizceiz lij gaij vaengeiz；
Hojgig dahnaez（dahdaih），Baenzngoenz you ngeix rugsau.

（音标）ɕiŋ^{2} tou^{2} ei^{5} haːp^{8}，ɕaːi^{5} li^{3} ɕiŋ^{5} taːi^{6} kuːŋ^{1} miŋ^{2}；
to^{4} puŋ^{2} taːm^{2} θim^{1}，poːn^{3} θei^{6} wun^{2} ɕiŋ^{2} ɕi^{4} lai^{4}；
ta^{3} tau^{5} na^{3} moːŋ^{1}，iːn^{5} han^{5} kja^{1} θai^{6} ɕun^{6} jiːm^{2}；
fou^{4} mou^{4} faːt^{7} tiːn^{1}（faːt^{7} paːk^{8}），θiːŋ^{3} taɯ^{2} jiːn^{1} jiːŋ^{1} ɕeːk^{7} tuːn^{6}；
θim^{1} faːn^{2} ei^{5} luːn^{6}，ʔbou^{3} tɯk^{8} ta^{6} nuːŋ^{4} θeːn^{3} ɕiŋ^{2}；
ɕi^{3} iːn^{5} po^{6} ɕan^{1}，θiːŋ^{3} taɯ^{2} wan^{1} ʔdei^{1} tau^{3} laːi^{6}；
ɕan^{1} θei^{6} fou^{2} naːi^{6}，ɕei^{2} ɕei^{2} li^{3} kaːi^{3} wan^{1} kei^{2}；
ho^{3} kik^{8} ta^{6} nai^{2}（ta^{6} taːi^{6}），pan^{2} ŋon^{2} jou^{1} ŋei^{4} ɣuk^{8} θaːu^{1}.

（直译）情投意合，而且正大光明；
相会谈心，本是人情之礼；
说来惭愧，怨恨家事尊严；
父母发癫，想把鸳鸯拆断；
心烦意乱，不是妹妹移情；
只怨父亲，想把良婚来赖；
真是无奈，迟迟而改婚期；
苦煞大妮，终日愁思闺阁。

（意译）情投意合，而且正大光明；
相会谈心，本是礼数人情；
说来惭愧，怨恨家事薄情；

父母发癫，拆散鸳鸯可怜；
心烦意乱，并非妹妹移情；
只怨父亲，想要毁掉婚姻；
真是无奈，婚期迟迟未定；
苦煞大妮，终日愁思不停。

Dahngeih【Ciep ciengq】
二妮【接唱】
（原文）好花游巴，布劳鸡卦天涯；
壁詹青台，总眉淋涞斗助；
天冷花九，春雨斗救更红。
（壮文）Ndeiva youzmbaj，Mbouj lau gyae gvaq dienyaz（dinmbwn）；
Ciengzyiemh cingdaiz，Cungj meiz raemxraiz daeuj coh；
Mbwnrengx va nuj（reuq），Fwncin daeuj gouq engq hoengz.
（音标）ʔdei^{1}wa^1 jou^{2}ʔba^3，ʔbou^3 laːu^1 kjai^1 kwa^5 tiːn^{1}ja^2（tin^{1}ʔbɯn^1）；
ɕiːŋ^{2}jiːm^6 ɕiŋ^{1}taːi^2，ɕuŋ^3 mei^2 ɣam^{4}ɣaːi^2 tau^3 ɕo^6；
ʔbɯn^{1}ɣeːŋ^4 wa^1 nu^3（ɣeːu^5），fɯn^{1}ɕin^1 tau^3 kou^5 eːŋ^5 hoŋ^2.
（直译）好花游蝶，不怕远过天涯；
墙檐青苔，总有露水来助；
天旱花枯，春雨来救更红。
（意译）好花蝶恋，不怕远过天边；
墙角青苔，总有露水滴溅；
天旱花枯，春雨来润更艳。

Lij Denhbauj【Ciengq】
李天保【唱】
1.
（原文）肯兰裁花木，
淋至足，
难很菊开花；
姑天保李家，
潭布那，
波名查至肯。
（壮文）Gwnzranz ndaem vamoeg，
Raemx ndi cuk，
Nanz hwnjgoek haiva；
Gou Denhbauj Leixgya，
Daemz mbouj naz，
Boh mwngz caz ndi haengj.

（音标）kɯn^{2} ɣaːn^{2} ʔdam^{1} wa^{1}mok^{8},
ɣam^{4} ʔdi^{1} ɕuk^{7},
naːn^{2} hɯn^{3}kok^{7} haːi^{1}wa^{1};
kou^{1} teːn^{6}paːu^{3} lei^{4}kja^{1},
tam^{2} ʔbou^{3} na^{2},
po^{6} mɯŋ^{2} ɕa^{2} ʔdi^{1} haŋ^{3}.

（直译）屋上栽花木，
水不足，
难长根开花；
我天保李家，
塘不田，
爸你嫌不肯。

（意译）屋上栽草花，
水不足，
难生根发芽；
我天保李家，
无塘田，
你爸不肯答。

2.

（原文）收双老赖婚，
娄双云，
也难能结偶；
只怪名父母，
齐云付，
嫌兰姑家穷。

（壮文）Sou songlaux laihvaen,
Raeuz song vunz,
Hix nanz naengz gietngaeux;
Cij gvaiq mwngz fouxmoux,
Gyaez vunzfouq,
Yiemz ranz gou gya gungz.

（音标）θou^{1} θoːŋ^{1}laːu^{4} laːi^{6}wan^{1},
ɣau^{2} θoːŋ^{1} wun^{2},
hi^{4} naːn^{2} naŋ^{2} kiːt^{7}ŋau^{4};
ɕi^{3} kwaːi^{5} mɯŋ^{2} fou^{4}mou^{4},
kjai^{2} wun^{2}fou^{5},
jiːm^{2} ɣaːn^{2} kou^{1} kja^{1} kuŋ^{2}.

（直译）你们两老赖婚，
我们两人，
也难能结偶；
只怪你父母，
爱富人，
嫌家我家穷。
（意译）你父母赖婚，
咱两人，
也难能成亲；
只怪你父母，
爱富人，
嫌弃我家贫。

Cangh Fungcej【Ciengq】
张凤姐【唱】
（原文）佳偶望佳期，
父骡宜，
而迟迟更改；
相除婚斗赖，
无使耐，
铭难怪姑赔。
（壮文）Gya'ngaeux muengh ngoenzndei，
Bouxlawz ngeiz，
Lij ceizceiz dawzgaij；
Siengj dawz vaen daeuj laih，
Fouz ndaej naih，
Mwngz nanzgvaiq gou boiz.
（音标）kja^{1}ŋau^{4} mu:ŋ^{6} ŋon^{2}ʔdei^{1}，
pou^{4}lauɯ^{2} ŋei^{2}，
li^{3} ɕei^{2}ɕei^{2} tauɯ^{2}ka:i^{3}；
θi:ŋ^{3} tauɯ^{2} wan^{1} tau^{3} la:i^{6}，
fou^{2} ʔdai^{3} na:i^{6}，
mɯŋ^{2} na:n^{2}kwa:i^{5} kou^{1} po:i^{2}.
（直译）佳偶盼佳期，
哪个疑，
还迟迟更改；
想把婚来赖，
无可奈，

你难怪我赔。
（意译）企盼婚期来，
谁置疑，
还不时更改；
想把婚事赖，
无可奈，
你难怪我衰。

Dahngeih【Ciengq】
二妮【唱】
（原文）眉心布唠耐，
意难改，
矿龙海龙达；
哥梧至喔花，
娄亲他，
伦卡卡结仂。
（壮文）Meizsim mbouj lau naih，
Eiq nanz gaij，
Gveng roengz haij roengz dah；
Go'nguh ndi ok va，
Raeuz caenda，
Raen nga'nga giet lwg.
（音标）mei^{2}θim^{1} ʔbou^{3} laːu^{1} naːi^{6}，
ei^{5} naːn^{2} kaːi^{3}，
kweːŋ^{1} ɣoŋ^{2} haːi^{3} ɣoŋ^{2} ta^{6}；
ko^{1}ŋu^{6} ʔdi^{1} oːk^{7} wa^{1}，
ɣau^{2} ɕan^{1}ta^{1}，
ɣan^{1} ŋa^{1}ŋa^{1} kiːt^{7} lɯk^{8}.
（直译）有心不怕久，
意难改，
丢下海下河；
无花果不开花，
我们亲眼，
见枝枝结果。
（意译）有心不怕久，
意难改，
就算丢海下；
无花果无花，

咱眼见，
果结满枝丫。

Lij Denhbauj【Ciengq】
李天保【唱】
（原文）大暑逢川六，
尼狠毒，
差哥竹喔花；
厚这至曾芽，
淋至麻，
鱼今那屋厚？
（壮文）Daihsawq bungz ndwen loeg，
Ndit haenq doeg，
Caj go'ndoek ok va；
Haeuxceh ndicaengz ngaz，
Raemx ndi ma，
Lawz ndaemnaz ok haeux？
（音标）taːi^{6} θaɯ^{5} puŋ^{2} ʔdɯːn^{1} lok^{8}，
ʔdit^{7} han^{5} tok^{8}，
ɕa^{3} ko^{1} ʔdok^{7} oːk^{7} wa^{1}；
hau^{4} ɕe^{6} ʔdi^{1} ɕaŋ^{2} ŋa^{2}，
ɣam^{4} ʔdi^{1} ma^{1}，
laɯ^{2} ʔdam^{1} na^{2} oːk^{7} hau^{4}？
（直译）大暑逢月六，
阳光猛毒，
等竹子开花；
稻种未曾芽，
水不回，
怎种田出谷子？
（意译）六月逢大暑，
阳光毒，
等竹花开出；
稻种芽尚无，
水未回，
怎种田产谷？

Cangh Fungcej【Ciengq】
张凤姐【唱】
（原文）父僧幼庙堂，
祭神坛，
只管装香腊；
涌经櫓台角，
亲至合，
各快乐样骡。
（壮文）Bouxsaeng youq miuhdangz，
Caeq saenzdanz，
Cijguenj cang yieng lab；
Sungging roq daizgak，
Caen ndi hab，
Gag vaiqlag yienghlawz.
（音标）pou^{4} θaŋ^{1} jou^{5} miːu^{6} taːŋ^{2}，
ɕai^{5} θan^{2} taːn^{2}，
ɕi^{3} kuːn^{3} ɕaːŋ^{1} jiːŋ^{1} laːp^{8}；
θuŋ^{1} kiŋ^{1} ɣo^{5} taːi^{2} kaːk^{7}，
ɕan^{1} ʔdi^{1} haːp^{8}，
kaːk^{8} waːi^{5} laːk^{8} jiːŋ^{6} laɯ^{2}.
（直译）僧人在庙堂，
祭神坛，
只管装香蜡；
诵经敲台角，
真不合，
各快乐哪样。
（意译）僧人在庙堂，
祭神坛，
只管香蜡装；
诵经敲台上，
真不合，
各快乐心爽。

Dahngeih【Ciengq】
二妮【唱】
（原文）云巾斋行善，相修炼文仙；
人依配鸳鸯，享百年偕老。
（壮文）Vunz gwncai hengzsienh，Siengj coihlienh baenzsien；

Vunzndei boiq yienyieng，Yiengj baknienz caez laux.
（音标）wun^{2} kɯn^{1}ɕa:i^{1} he:ŋ^{2}θi:n^{6}，θi:ŋ^{3} ɕo:i^{6}li:n^{6} pan^{2}θi:n^{1}；
wun^{2}ʔdei^{1} po:i^{5} ji:n^{1}ji:ŋ^{1}，ji:ŋ^{3} pa:k^{7}ni:n^{2} ɕai^{2} la:u^{4}.
（直译）人吃斋行善，想修炼成仙；
好人配鸳鸯，享百年偕老。
（意译）人吃斋行善，想修炼成仙；
好人配鸳鸯，相伴到百年。

Lij Denhbauj【Ciengq】
李天保【唱】
（原文）千家万户闹元宵，
绸红衰禄万千条；
条条诗句义深重，
林只喜鹊架天桥。
（壮文）Ciengya fanhhoh nauh yienzsiu，
Couz hoengz sai loeg fanhcien diuz；
Diuzdiuz seigawq ngeih laegnaek，
Lumj duz gacak gyaq diengiuz.
（音标）ɕi:n^{1}kja^{1} fa:n^{6}ho^{6} na:u^{6} ji:n^{2}θi:u^{1}，
ɕou^{2} hoŋ^{2} θa:i^{1} lok^{8} fa:n^{6}ɕi:n^{1} ti:u^{2}；
ti:u^{2}ti:u^{2} θei^{1}kaɯ^{5} ŋei^{6} lak^{8}nak^{7}，
lum^{3} tu^{2} ka^{1}ɕa:k^{7} kja^{5} ti:n^{1}ki:u^{2}.
（直译）千家万户闹元宵，
绸红带绿万千条；
条条诗句义深重，
像只喜鹊架天桥。
（意译）千家万户闹元宵，
红绸绿带万千条；
个个诗句义深重，
像那喜鹊架天桥。

Cangh Fungcej【Ciengq】
张凤姐【唱】
（原文）龙潭江下龙船划，
男追女赶水上飘；
船游江心曾近岸，
自由自在更逍遥。
（壮文）Lungzdamz lajdah ruzlungz vad，

Sai gyaep sau gyaeb gwnzraemx biu (mbin)；
Ruz youz gyangdah daengz gyawj hamq，
Swyouz cwxcaih engq siuyauz.
（音标）luŋ^{2} taːm^{2} la^{3} ta^{6} ɣu^{2} luŋ^{2} waːt^{8}，
θaːi^{1} kjap^{7} θaːu^{1} kjap^{8} kɯn^{2} ɣam^{4} piːu^{1} （ʔbin^{1}）；
ɣu^{2} jou^{2} kjaːŋ^{1} ta^{6} taŋ^{2} kjaɯ^{3} haːm^{5}，
θɯ^{1} jou^{2} ɕɯ^{4} ɕaːi^{6} eːŋ^{5} θiːu^{1} jaːu^{2}.
（直译）龙潭江下龙船划，
男追女赶水上飙；
船游江心到近岸，
自由自在更逍遥。
（意译）龙潭江下龙船划，
男追女赶水上飙；
船游江心到近岸，
自由自在更逍遥。

Dahngeih【Ciengq】
二妮【唱】
（原文）愿收双云同舟渡，
共彩莲花赏娇娇；
（壮文）Nyienh sou song vunz doengz ruz doh，
Caez mbaet valienz ciengjgiugiu (unjunj)；
（音标）ȵiːn^{6} θou^{1} θoːŋ^{1} wun^{2} toŋ^{2} ɣu^{2} to^{6}，
ɕai^{2} ʔbat^{7} wa^{1} liːn^{2} ɕiːŋ^{3} kiːu^{1} kiːu^{1} （un^{3} un^{3}）；
（直译）愿你们两人同船渡，
共采莲花赏娇娇；
（意译）愿你两个同船渡，
共采莲花乐陶陶；

Lij Denhbauj【Ciengq】
李天保【唱】
（原文）欧七连花欧龙淋，
乘船容易桨难摇；
（壮文）Aeu mbaet valienz aeu roengz raemx，
Naengh ruz yungzheih cauh nanz yiuz (ngauz)；
（音标）au^{1} ʔbat^{7} wa^{1} liːn^{2} au^{1} ɣoŋ^{2} ɣam^{4}，
naŋ^{6} ɣu^{2} juŋ^{2} hei^{6} ɕaːu^{6} naːn^{2} jiːu^{2} （ŋaːu^{2}）；
（直译）要摘莲花要下水，

乘船容易桨难摇；
（意译）想摘莲花要下水，
乘船容易桨难摇；

Cangh Fungcej【Ciengq】
张凤姐【唱】
（原文）玩月难叉十五夜，
画龙容易凤难雕。
（壮文）Loengh ndwen nanz caj haemh cibhaj，
Veh lungz yungzheih fungh nanz deu.
（音标）loŋ^{6}ʔdɯːn^{1} naːn^{2} ɕa^{3} ham^{6} ɕip^{8}ha^{5}，
we^{6} luŋ^{2} juŋ^{2}hei^{6} fuŋ^{6} naːn^{2} teːu^{1}.
（直译）玩月难等夜十五，
画龙容易凤难雕。
（意译）赏月难等十五夜，
画龙容易凤难雕。

Lij Denhbauj【Ciengq】
李天保【唱】
（原文）南岸晚钟响，红日淹西山；
凤姐转回还，朵红颜时候。
（壮文）Namzhamq haemhcung yiengj，Daengngoenz doek saesan（byasae）；
Fungcej caiq doxdauq，Doj hoengznyamz（najhoengz）seizhaeuh.
（音标）naːm^{2}haːm^{5} ham^{6}ɕuŋ^{1} jiːŋ^{3}，taŋ^{1}ŋon^{2} tok^{7} θai^{1}θaːn^{1}（pja^{1}θai^{1}）；
fuŋ^{1}ɕe^{3} ɕaːi^{5} to^{4}taːu^{5}，to^{3} hoŋ^{2}ȵaːm^{2}（na^{3}hoŋ^{2}）θei^{2}hau^{6}.
（直译）南岸晚钟响，红日落西山；
凤姐转回还，朵红颜时候。
（意译）南岸晚钟响，红日落西边；
凤姐转回还，依旧是红颜。

Dahngeih【Ciengq】
二妮【唱】
（原文）晚钟声响紧，声声紧摧人；
（壮文）Haemhcung sing yiengj gaenj，Singsing gaenj coi vunz；
（音标）ham^{6}ɕuŋ^{1} θiŋ^{1} jiːŋ^{3} kan^{3}，θiŋ^{1}θiŋ^{1} kan^{3} ɕoːi^{1} wun^{2}；
（直译）晚钟声响紧，声声紧催人；
（意译）晚钟声响急，声声紧催人；

Cangh Fungcej【Ciengq】
张凤姐【唱】
（原文）途驳话如金，依前程剥那。
（壮文）Doxbiek vah lumj gim，Ndei cienzcingz baknaj.
（音标）to^{4} piːk^{7} wa^{6} lum^{3} kim^{1}，ʔdei^{1} ɕiːn^{2} ciŋ^{2} paːk^{7} na^{3}.
（直译）相别话如金，好前程眼前。
（意译）别离话如金，奔美好前程。

Lij Denhbauj【Ciengq】
李天保【唱】
（原文）分别布途离，祝娇媚会派；
（壮文）Faenbied mbouj doxliz，Hoh gyaumiz hoih byaij；
（音标）fan^{1} piːt^{8} ʔbou^{3} to^{4} li^{2}，ho^{6} kjaːu^{1} mi^{2} hoːi^{6} pjaːi^{3}；
（直译）分别不相离，祝娇媚慢走；
（意译）分别不相离，祝娇媚慢行；

Dahngeih【Ciengq】
二妮【唱】
（原文）离别布用耐，途邀再相逢。
（壮文）Lizbiek mbouj yungh naiq，Doxiu caiq doxbungz.
（音标）li^{2} piːk^{7} ʔbou^{3} juŋ^{6} naːi^{5}，to^{4} iːu^{1} ɕaːi^{5} to^{4} puŋ^{2}.
（直译）离别不用灰心，相邀再相逢。
（意译）离别莫忧虑，相邀再诉情。

Lij Denhbauj【Gangj】
李天保【白】
（原文）凤姐，二妮，请了！
（壮文）Fungcej，Dahngeih，cingj la!
（音标）fuŋ^{1} ɕe^{3}，ta^{6} ŋei^{6}，ɕiŋ^{3} la!
（直译）凤姐，二妮，请了！
（意译）凤姐，二妮，请了！

（Hengzlaex）
（行礼）

Cangh Fungcej、Dahngeih【Hengzlaex，caez gangj】
张凤姐、二妮【施礼，同白】
（原文）李公子，平安！

（壮文）Lij goengceij，bingzan!

（音标）li^{3} $ko\eta^{1}$ $\text{ɕ}ei^{3}$，$pi\eta^{2}$ $a\text{ː}n^{1}$！

（直译）李公子，平安！

（意译）李公子，平安！

场大二 家张报表
Ciengz Daihngeih Ranz Cieng Bauqbiuj
场第二 家张报表
第二场 张家报表

【Baij gingj】Ranz Cau Yi gyoengqvunz angqfwngfwng，gyangding nem songheij doiqlienz.

【布景】赵义家堂一派喜气盈门，厅堂贴着双喜对联。

Cau Yi【Angqvauvau hwnj，nam】

赵义【乐滋滋地上，念】

（原文）人逢喜事精神爽，
月到中秋分外光。

（壮文）Vunz bungz saeh'angq cingsaenz sangj，
Ndwen daengz cibngux daegbied rongh.

（音标）wun² puŋ² θai⁶ a:ŋ⁵ ɕiŋ¹ θan² θa:ŋ³，
ʔdɯ:n¹ taŋ² ɕip⁸ ŋu⁴ tak⁸ pi:t⁸ ɣo:ŋ⁶.

（直译）人逢喜事精神爽，
月到十五分外亮。

（意译）人逢喜事精神爽，
月到中秋分外明。

【Ciengq】

【唱】

1.

（原文）姑名赵义，腊月甲子又逢；
年过六旬，一生贫穷苦命；
自怨丑命，而且家境平常；
落魄外生，也除麻当亲叻；
命丑修福，侥幸菊使文云；
天保年宏，择吉娶亲结偶；
送礼巾酒，由姑估舅主张；
用厚花钱，总是事先准备。

（壮文）Gou mingz Cau Yi，Ndwenlab gyapceij youh bungz；
Nienz gvaq loegcoenz，Baenzciuh ndoqgungz hojmingh；

Gag ienq coujmingh，Caiqlij gyagingq bingzciengz；
Laeuhhoenz vaihseng，Hix dawz ma dang caenlwg；
Minghcouj coihfuk，Caeklaiq gyoek（ciengx）ndaej baenz vunz；
Denhbauj nienzhung，Genjleih sawxcaen（aeuyah）gietngaeux；
Soengq laex gwnlaeuj，Youz gou guh goux（bohnax）cawjcieng；
Yungh haeux va cienz，Cungjseih saehsien cinjbi.

（音标）kou^{1} miŋ^{2} ɕaːu^{1} ji^{1}，ʔdɯːn^{1}laːp^{8} kjaːp^{7}ɕei^{3} jou^{6} puŋ^{2}；
niːn^{2} kwa^{5} lok^{8}ɕon^{2}，pan^{2}ɕiːu^{6} ʔdo^{5}kuŋ^{2} ho^{3}miŋ^{6}；
kaːk^{8} iːn^{5} ɕou^{3}miŋ^{6}，ɕaːi^{5}li^{3} kja^{1}kiŋ^{5} piŋ^{2}ɕiːŋ^{2}；
lau^{6}hon^{2} waːi^{6}θeːŋ^{1}，hi^{4} taɯ^{2} ma^{1} taːŋ^{1} ɕan^{1}lɯk^{8}；
miŋ^{6}ɕou^{3} ɕoːi^{6}fuk^{7}，ɕak^{7}laːi^{5} kjok^{7}（ɕiːŋ^{4}）ʔdai^{3} pan^{2} wun^{2}；
teːn^{6}paːu^{3} niːn^{2}huŋ^{1}，keːn^{3}lei^{6} θaɯ^{4}ɕan^{1}（au^{1}ja^{6}）kiːt^{7}ŋau^{4}；
θoŋ^{5} lai^{4} kɯn^{1}lau^{3}，jou^{2} kou^{1} ku^{6} kou^{4}（po^{6}na^{4}）ɕaɯ^{3}ɕiːŋ^{1}；
juŋ^{6} hau^{4} wa^{1} ɕiːn^{2}，ɕuŋ^{3}θei^{6} θai^{6}θiːn^{1} ɕin^{3}pi^{1}.

（直译）我名赵义，腊月甲子又逢；
年过六旬，一生贫穷苦命；
自怨丑命，而且家境平常；
落魄外甥，也拿回当亲儿；
命丑修福，侥幸养得成人；
天保年纪大，择吉娶亲结偶；
送礼喝酒，由我为舅主张；
用粮花钱，总是事先备好。

（意译）我名赵义，腊月甲子遇上；
年过六旬，一生苦命悲伤；
自怨丑命，而且家境平常；
落魄外甥，当作亲儿抚养；
命丑修福，侥幸抚育成长；
天保长大，择吉娶亲成双；
送礼喝酒，由舅舅我主张；
用粮花钱，总是先备不慌。

2.

（原文）天保儿婚事，
姑心意，
各自己承担；
云昨是初三，
特外甥，
就拜堂文偶。

（壮文）Denhbauj gij vaensaeh,
Gou sim'eiq,
Gag swhgeij swngzdam (dangrap);
Ngoenzcog seih cosam,
Daeg vaihseng,
Couh baiqdangz baenzngaeux (baenzdoiq).
（音标）teːn^{6} paːu^{3} ki^{3} wan^{1} θai^{6},
kou^{1} θim^{1} ei^{5},
kaːk^{8} θɯ^{6} kei^{3} θɯŋ^{2} taːm^{1} (taːŋ^{1} ɣaːp^{7});
ŋon^{2} ɕoːk^{8} θei^{6} ɕo^{1} θaːm^{1},
tak^{8} waːi^{6} θeːŋ^{1},
ɕou^{6} paːi^{5} taːŋ^{2} pan^{2} ŋau^{4} (pan^{2} toːi^{5}).
（直译）天保的婚事，
我心意，
仅自己承担；
明天是初三，
个外甥，
就拜堂成对。
（意译）天保办婚礼，
本心意，
我要承担起；
明天初三里，
这外甥，
拜堂成伴侣。

3.
（原文）姑家事至富，
东西奏，
云巾酒就腾；
为接应亲朋，
云云曾，
总至分失那。
（壮文）Gou gyasaeh ndi fouq,
Doeng sae caeuq (rom),
Ngoenz gwnlaeuj couh daengz;
Vih couxwngq caenbaengz,
Vunzvunz nyaengq,
Cungj ndi faen saetnaj.

（音标）kou^{1} kja^{1}θai^{6} ʔdi^{1} fou^{5}，
toŋ^{1} θai^{1} ɕau^{5}（ɣoːm^{1}），
ŋon^{2} kɯn^{1}lau^{3} ɕou^{6} taŋ^{2}；
wi^{6} ɕou^{4}ɯŋ^{5} ɕan^{1}paŋ^{2}，
wun^{2}wun^{2} ȵaŋ^{5}，
ɕuŋ^{3} ʔdi^{1} fan^{1} θat^{7}na^{3}.
（直译）我家事不富，
东西凑，
日喝酒就到；
为接待亲朋，
人人忙，
总不分丢脸。
（意译）我家不富裕，
就拼凑，
到吉日宴席；
为接待亲戚，
人人忙，
面子不能弃。

【Gangj】
【白】
（原文）赵祥，喔斗。
（壮文）Cau Siengz，okdaeuj.
（音标）ɕaːu^{1} θiːŋ^{2}，oːk^{7}tau^{3}.
（直译）赵祥，出来。
（意译）赵祥，出来。

Cau Siengz【Angqwtwt got ngeuhlaeuj hwnj，ciengq gvaibanj】
赵祥【兴冲冲地抱酒罐上，唱快板】
（原文）三月三，九月九，
喜庆佳期巾喜酒；
姑时你噌至使空，
眉麻急事喊姑斗？
（壮文）Sam nyied sam，gouj nyied gouj，
Angqhoh ngoenzndei gwn angqlaeuj；
Gou seizneix nyaengq ndi ndaej hoengq，
Meiz maz gaepsaeh hemq gou daeuj?
（音标）θaːm^{1} ȵiːt^{8} θaːm^{1}，kou^{3} ȵiːt^{8} kou^{3}，
aːŋ^{5}ho^{6} ŋon^{2}ʔdei^{1} kɯn^{1} aːŋ^{5}lau^{3}；

kou^{1} θei^{2} nei^{4} ȵaŋ^{5} ʔdi^{1} ʔdai^{3} hoŋ^{5}，
mei^{2} ma^{2} kap^{7} θai^{6} heːm^{5} kou^{1} tau^{3}？
（直译）三月三，九月九，
喜庆佳期喝喜酒；
我现在忙不得空，
有何急事喊我来？
（意译）三月三，九月九，
喜庆佳期喝喜酒；
现在我忙没有空，
有何急事把话留？

Cau Yi【Gangj】
赵义【白】
（原文）祥儿，酒准备使怎样了？
（壮文）Siengz daeglwg，laeuj cinjbi ndaej lawzyiengh lo?
（音标）θiːŋ^{2} tak^{8} lɯk^{8}，lau^{3} ɕin^{3} pi^{1} ʔdai^{3} lau^{2} jiːŋ^{6} lo?
（直译）祥儿，酒准备得怎样了？
（意译）祥儿，酒准备得怎样了？

Cau Siengz【Ciengq gvaibanj】
赵祥【唱快板】
（原文）陋消陷鸾傲，陋甜岩扫了，
三花加双料，云伦料则狗。
（壮文）Laeujsiu haemhluenz ngauz，laeujdiemz ngamq sauz（daih）liux，
samva gya songliuh，vunz raen riu ngaekgyaeuj.
（音标）lau^{3} θiːu^{1} ham^{6} luːn^{2} ŋaːu^{2}，lau^{3} tiːm^{2} ŋaːm^{5} θaːu^{2}（taːi^{6}）liːu^{4}，
θaːm^{1} wa^{1} kja^{1} θoːŋ^{1} liːu^{6}，wun^{2} ɣan^{1} ɣiːu^{1} ŋak^{7} kjau^{3}.
（直译）烧酒昨晚熬，甜酒刚酿好，
三花加双料，人见笑点头。
（意译）烧酒昨晚熬，甜酒刚酿好，
三花加双料，人见点头笑。

Cau Yi【Gangj】
赵义【白】
（原文）既然文你，铭就受准备侬。
（壮文）Gawqyienz baenzneix，mwngz couh caeux cinjbi ndei.
（音标）kau^{5} jiːn^{2} pan^{2} nei^{4}，mɯŋ^{2} ɕou^{6} ɕau^{4} ɕin^{3} pi^{1} ʔdei^{1}.
（直译）既然如此，你就早准备好。

（意译）既然如此，你就先准备好。

Cau Siengz【Gangj】
赵祥【白】
（原文）依。
（壮文）Ndei.
（音标）ʔdei[1].
（直译）好。
（意译）好。

(Sim'angq byaij roengz)
（愉快走下）

【Ciengq gvaibanj】
（原文）早准备，
准备依；
总布唠误事，
云酒样样安排依。
（壮文）Caeux cinjbi，
Ginjbi ndei；
Cungj mbouj lau nguhsaeh，
Ngoenzlaeuj yienghyiengh anbaiz ndei.
（音标）ɕau[4] ɕin[3]pi[1]，
ɕin[3]pi[1] ʔdei[1]；
ɕuŋ[3] ʔbou[3] laːu[1] ŋu[6]θai[6]，
ŋon[2]lau[3] jiːŋ[6]jiːŋ[6] aːn[1]paːi[2] ʔdei[1].
（直译）早准备，
准备好；
总不怕误事，
酒日样样安排好。
（意译）早准备，
准备好；
总不怕误事，
婚礼样样安排好。

(Daj henz buet roengz bungq deng yah Cau Yi，yah Cau Yi deng bungq laemx)
（自侧边跑下碰着赵义妻，赵义妻被碰倒）

Yah Cau Yi【Gangj】
赵义妻【白】
(原文) 咳呀! 祥儿，铭太急了。
(壮文) Aeya! Siengz daeglwg, mwngz daiq gaep lo.
(音标) aija! θiːŋ^{2} tak^{8}lɯk^{8}, mɯŋ^{2} taːi^{5} kap^{7} lo.
(直译) 哎呀! 祥儿，你太急了。
(意译) 哎呀! 祥儿，你太急了。

Cau Siengz【Gangj】
赵祥【白】
(原文) 咳哟，公陋险吱很奔了。
(壮文) Aiyo, goenglaeuj yiemjdi hwnjmbwn lo.
(音标) aːijo, koŋ^{1}lau^{3} jiːm^{3}ti^{1} hɯn^{3}ʔbɯn^{1} lo.
(直译) 哎哟，酒徒险些上天了。
(意译) 哎哟，爱酒的我差点上天了。

Cau Yi【Gangj】
赵义【白】
(原文) 大吉，话依至讲，讲话歹。
(壮文) Daihgit, vahndei ndi gangj, gangj vahrwix.
(音标) taːi^{6}kit^{7}, wa^{6}ʔdei^{1} ʔdi^{1} kaːŋ^{3}, kaːŋ^{3} wa^{6}ɣɯːi^{4}.
(直译) 大吉，好话不讲，讲丑话。
(意译) 大吉，好话不说，说丑话。

Cau Siengz【Iet linx, guh yienghcouj】
赵祥【伸着舌头，做鬼脸】
(原文) 啊!
(壮文) A!
(音标) a!
(直译) 啊!
(意译) 啊!

Cau Yi【Gangj】
赵义【白】
(原文) 铭准备礼几东西鱼样了?
(壮文) Mwngz cinjbi ndaej gij doenghyiengh lawzyiengh la?
(音标) mɯŋ^{2} ɕin^{3}pi^{1} ʔdai^{3} ki^{3} toŋ^{6}jiːŋ^{6} laɯ^{2}jiːŋ^{6} la?
(直译) 你准备得的东西怎样了?

（意译）东西你准备得怎样了？

Cau Siengz【Gangj】
赵祥【白】
（原文）陋北瓜柞，一清二楚，铭至用忧嘛。
（壮文）Laeuj byaek gva mak，it cing ngeih coj，mwngz ndi yungh you ma.
（音标）lau^{3} pjak^{7} kwa^{1} maːk^{7}，it^{7} ɕiŋ^{1} ŋei^{6} ɕo^{3}，mɯŋ^{2} ʔdi^{1} juŋ^{6} jou^{1} ma.
（直译）酒菜瓜果，一清二楚，你不用担忧嘛。
（意译）酒菜瓜果，一清二楚，您不用担忧嘛。

【Ciengq】
【唱】
（原文）内兰眉喜事，总准备齐全；
填协奏衣裳，柩笼箱台椅。
（壮文）Ndaw ranz meiz saehndei，Cungj cinjbi caezcienz；
Denz riep caeuq eisiengz（buhvaq），Gvih loengxsieng daiz eij.
（音标）ʔdaɯ^{1} ɣaːn^{2} mei^{2} θai^{6}ʔdei^{1}，ɕuŋ^{3} ɕin^{3}pi^{1} ɕai^{2}ɕiːn^{2}；
teːn^{2} ɣiːp^{7} ɕau^{5} ei^{1}θiːŋ^{2}（pu^{6}wa^{5}），kwi^{6} loŋ^{4}θiːŋ^{1} taːi^{2} ei^{3}.
（直译）里家有喜事，总准备齐全；
被子蚊帐和衣服，柜子箱子桌子椅子。
（意译）家里有喜事，样样准备齐；
被服和蚊帐，柜箱连桌椅。

Cau Yi【Ciengq】
赵义【唱】
（原文）厅堂卦双喜，贴红纸对联；
庆五四其昌，享百年偕老。
（壮文）Gyangding venj songheij，Diep hoengzceij doiqlienz；
Hoh hajseiq ndaej cieng（vuengh），Yiengj baknienz caez laux.
（音标）kjaːŋ^{1}tiŋ^{1} weːn^{3} θoːŋ^{1}hei^{3}，tiːp^{7} hoŋ^{2}ɕei^{3} toːi^{5}liːn^{2}；
ho^{6} ha^{3}θei^{5} ʔdai^{3} ɕiːŋ^{1}（wuːŋ^{6}），jiːŋ^{3} paːk^{7}niːn^{2} ɕai^{2} laːu^{4}.
（直译）厅堂挂双喜，贴红纸对联；
庆五四得昌，享百年偕老。
（意译）厅堂挂双喜，贴红纸对联；
庆五四得昌，偕老到百年。

Cau Siengz【Ciengq】
赵祥【唱】
（原文）讲腾兰张女，达爹贤又孝；
奏天保老表，合双老更甜。
（壮文）Gangj daengz ranz Cieng nawx，Dah de yienz youh hauq；
Caeuq Denhbauj lauxbiuj，Gap songlaux engq diemz.
（音标）kaːŋ³ taŋ² ɣaːn² ɕiːŋ¹ nauɯ⁴，ta⁶ te¹ jiːn² jou⁶ haːu⁵；
ɕau⁵ teːn⁶ paːu³ laːu⁴ biːu³，kaːp⁷ θoːŋ¹ laːu⁴ eːŋ⁵ tiːm².
（直译）讲到家张女，女那贤又孝；
和天保老表，合双老更甜。
（意译）讲到张家女，此女孝又贤；
和天保老表，合夫妻更甜。

Cau Yi【Ciengq】
赵义【唱】
（原文）外生麻赵家，欧麻接三祖；
估舅登达啵，如口库取贤。
（壮文）Vaihseng ma Caugyah，Aeu ma ciep samcoj；
Guh goux daengq daxboh，Bawx haeuj hoq cij yienz.
（音标）waːi⁶ θeːŋ¹ ma¹ ɕaːu¹ kja⁶，au¹ ma¹ ɕiːp⁷ θaːm¹ ɕo³；
ku⁶ kou⁴ taŋ⁵ ta⁴ po⁶，pauɯ⁴ hau³ ho⁵ ɕi³ jiːn².
（直译）外甥回赵家，要回接三祖；
为舅如阿爸，儿媳进门就贤。
（意译）外甥回赵家，接回承祖先；
为舅如阿爸，媳进门就贤。

Cau Siengz【Gangj】
赵祥【白】
（原文）姑为天保云也噌，陷也噌，斗很门新朗衣，铭处文鱼样？
（壮文）Gou vih Denhbauj ngoenz hix nyaengq，haemh hix nyaengq，daeuj hwnj dou sinlangz ei，mwngz yawj baenzlawzyiengh?
（音标）kou¹ wi⁶ teːn⁶ paːu³ ŋon² hi⁴ ɲaŋ⁵，ham⁶ hi⁴ ɲaŋ⁵，tau³ hɯn³ tou¹ θin¹ laːŋ² ei¹，mɯŋ² jauɯ³ pan² lauɯ² jiːŋ⁶？
（直译）我为天保白天也忙，晚上也忙，来上门新郎衣，你看怎么样？
（意译）我为天保白天也忙，晚上也忙，上门拿来新郎衣，您看怎么样？

Cau Yi【Gangj】
赵义【白】
（原文）依极了，叫天保斗试屯皮刁。
（壮文）Ndei lai la，heuh Denhbauj daeuj sawq daenj baez ndeu.
（音标）ʔdei^{1} la:i^{1} la，he:u^{6} te:n^{6}pa:u^{3} tau^{3} θaɯ^{5} tan^{3} pai^{2} ʔde:u^{1}.
（直译）好极了，叫天保来试穿次一。
（意译）好极了，叫天保来试穿一下。

（Coh baihndaw hemq）
（向内叫）
（原文）天保，屋斗。
（壮文）Denhbauj，okdaeuj.
（音标）te:n^{6}pa:u^{3}，o:k^{7}tau^{3}.
（直译）天保，出来。
（意译）天保，出来。

Lij Denhbauj【Cienngq】
李天保【唱】
1.
（原文）云你是初二，
极容易，
云昨是初三；
李天保奇男，
换新装，
变新郎云昨。
（壮文）Ngoenzneix seih co'ngeih，
Gig yungzheih，
Ngoenzcog seih cosam；
Lij Denhbauj geiz namz，
Vuenh sincang，
Bienq sinlangz ngoenzcog.
（音标）ŋon^{2}nei^{4} θei^{6} ɕo^{1}ŋei^{6}，
kik^{8} juŋ^{2}hei^{6}，
ŋon^{2}ɕo:k^{8} θei^{6} ɕo^{1}θa:m^{1}；
li^{3} te:n^{6}pa:u^{3} kei^{2} na:m^{2}，
wu:n^{6} θin^{1}ɕa:ŋ^{1}，
pi:n^{5} θin^{1}la:ŋ^{2} ŋon^{2}ɕo:k^{8}.
（直译）今天是初二，

极容易，
明天是初三；
李天保奇男，
换新装，
变新郎明天。
（意译）今天初二忙，
极容易，
明天是初三；
李天保奇男，
换新装，
明天变新郎。

2.
（原文）佳期文佳偶，
巾喜酒，
齐结手成婚；
为何吞灯云，
幼半奔，
鱼很曾督让？
（壮文）Ngoenzndei baenz gya'ngaeux，
Gwn heijlaeuj，
Caez gietsouj（gietcaen）baenzvaen；
Vihmaz aen daengngoenz，
Youq byonghmbwn，
Lawz hanz（lij）caengz doekcongh？
（音标）ŋon^{2}ʔdei^{1} pan^{2} kja^{1}ŋau^{4}，
kɯn^{1} heij^{3}lau^{3}，
ɕai^{2} ki:t^{7}θou^{3}（ki:t^{7}ɕan^{1}）pan^{2}wan^{1}；
wi^{6}ma^{2} an^{1} taŋ^{1}ŋon^{2}，
jou^{5} pjo:ŋ^{6}ʔbɯn^{1}，
laɯ^{2} ha:n^{2}（li^{3}）ɕaŋ^{2} tok^{7}ɕo:ŋ^{6}？
（直译）佳期成佳偶，
喝喜酒，
齐结首成婚；
为何个太阳，
在半空，
怎还未下山？
（意译）佳期佳偶盼，

喝喜酒，
就结亲成双；
为何那太阳，
在半空，
怎还未下山？

【Gangj】
【白】
（原文）拜见舅父，外生天保在此。
（壮文）Baiqraen bohgoux，vaihseng Denhbauj youq neix.
（音标）paːi^{5} ɣan^{1} po^{6} kou^{4}，waːi^{6} θeːŋ^{1} teːn^{6} paːu^{3} jou^{5} nei^{4}.
（直译）拜见舅父，外甥天保在此。
（意译）拜见舅父，外甥天保在此。

Cau Yi【Gangj】
赵义【白】
（原文）铭云昨作谁慕，准备依了？
（壮文）Mwngz ngoenzcog guh gwizmoq，cinjbi ndei la?
（音标）mɯŋ^{2} ŋon^{2} ɕoːk^{8} ku^{6} kɯːi^{2} mo^{5}，ɕin^{3} pi^{1} ʔdei^{1} la?
（直译）你明天做新郎，准备好了？
（意译）你明天当新郎，准备好了？

Lij Denhbauj：
李天保：
（原文）准备依了，舅妗眉几骡分付？
（壮文）Cinjbi ndei la，bohnax mehgimx meiz gijlawz faenfouq?
（音标）ɕin^{3} pi^{1} ʔdei^{1} la，po^{6} na^{4} me^{6} kim^{4} mei^{2} ki^{3} lauɯ^{2} fan^{1} fou^{3}?
（直译）准备好了，舅父舅母有什么吩咐？
（意译）准备好了，舅父舅母有何吩咐？

Cau Yi【Gangj】
赵义【白】
（原文）部慕车依了，铭试屯处合布合。
（壮文）Buhmoq ci ndei la，mwngz sawq daenj yawj hab mbouj hab.
（音标）pu^{6} mo^{5} ɕi^{1} ʔdei^{1} la，mɯŋ^{2} θaɯ^{5} tan^{3} jaɯ^{3} haːp^{8} ʔbou^{3} haːp^{8}.
（直译）新衣车好了，你试穿看合不合。
（意译）新衣缝制好了，你试穿看合不合身。

Lij Denhbauj【Gangj】
李天保【白】
（原文）依，姑斗吨。
（壮文）Ndei，gou daeuj daenj.
（音标）ʔdei^{1}，kou^{1} tau^{3} tan^{3}.
（直译）好，我来穿。
（意译）好，我来穿。

(Daenj buh)
（穿衣）

Yah Cau Yi【Ciengq】
赵义妻【唱】
1.
（原文）外生天保云宏桑，
屯很部慕更齐行；
满面春风真令俐，
好象新冲状元郎；
（壮文）Vaihseng Denhbauj vunz hungsang，
Daenj hwnj buhmoq engq caezhangz；
Rimnaj rumzcin caen lingzleih，
Lumjbaenz ngamq cungq canghyienzlangz；
（音标）wa:i^{6} θe:ŋ^{1} te:n^{6} pa:u^{3} wun^{2} huŋ^{1} θa:ŋ^{1}，
tan^{3} hɯn^{3} pu^{6} mo^{5} e:ŋ^{5} ɕai^{2} ha:ŋ^{2}；
ɣim^{1} na^{3} ɣum^{2} ɕin^{1} ɕan^{1} liŋ^{2} lei^{6}，
lum^{3} pan^{2} ŋa:m^{5} ɕuŋ^{5} ɕa:ŋ^{6} ji:n^{2} la:ŋ^{2}；
（直译）外甥天保人高大，
穿上新衣更英俊；
满面春风真伶俐，
好像刚中状元郎；
（意译）外甥天保人高大，
穿上新衣更好看；
满面春风真英俊，
好像刚中状元郎；

2.
（原文）外甥换了新部袍，
布黎布短最合躺；

咪娜处伦心尽抗，
春风满面笑开颜。
（壮文）Vaihseng vuenh le saen buhbauz,
Mbouj raez mbouj dinj ceiq habndang;
Mehnax yawjraen sim caenh angq,
Rumzcin rimnaj riu hainyanz (hainaj).
（音标）waːi^{6}θeːŋ^{1} wuːn^{6} le θan^{1} pu^{6}paːu^{2},
ʔbou^{3} ɣai^{2} ʔbou^{3} tin^{3} ɕei^{5} haːp^{8}ʔdaːŋ^{1};
me^{6}na^{4} jaɯ^{3}ɣan^{1} θim^{1} ɕan^{6} aːŋ^{5},
ɣum^{2}ɕin^{1} ɣim^{1}na^{3} ɣiːu^{1} haːi^{1}ȵaːi^{2} (haːi^{1}na^{3}).
（直译）外甥换了新衣袍，
不长不短最合身；
舅母看见心尽欢喜，
春风满面笑开颜。
（意译）外甥换上新衣袍，
不长不短新郎装；
舅母看见心欢喜，
春风满面喜洋洋。

Lij Denhbauj【Ciengq】
李天保【唱】
1.
（原文）咪娜针针真灵巧，
美丽新衣配奇郎；
越看越爱越中意，
真是三分人材七分装。
（壮文）Mehnax cimcim caen lingzgiuj,
Gyaeundei buhmoq boiq geizlangz;
Yied yawj yied gyaez yied cung'eiq,
Caenseih sam faen vunzcaiz caet faen cang.
（音标）me^{6}na^{4} ɕim^{1}ɕim^{1} ɕan^{1} liŋ^{2}kiːu^{3},
kjau^{1}ʔdei^{1} pu^{6}mo^{5} poːi^{5} kei^{2}laːŋ^{2};
jiːt^{8} jaɯ^{3} jiːt^{8} kjai^{2} jiːt^{8} ɕuŋ^{1}ei^{5},
ɕan^{1}θei^{6} θaːm^{1} fan^{1} wun^{2}ɕaːi^{2} cat^{7} fan^{1} ɕaːŋ^{1}.
（直译）舅母针针真灵巧，
美丽新衣配奇郎；
越看越爱越中意，
真是三分人才七分装。

（意译）舅母针针真灵巧，
美丽新衣配奇郎；
越看越爱越中意，
真是三分人才七分装。

2.
（原文）普慕实在醒，
更英俊，
谢咪妗关怀。
（壮文）Buhmoq saedcaih singj，
Engq yingcaenq，
Cih mehgimx gvansim.
（音标）pu^{6}mo^{5} θat^{8}ɕaːi^{6} θiŋ^{3}，
eːŋ^{5} jiŋ^{1}ɕan^{5}，
ɕi^{6} me^{6}kim^{4} kwaːn^{1}θim^{1}.
（直译）新衣实在醒，
更英俊，
谢舅母关怀。
（意译）新衣靓实在，
更英俊，
谢舅母关怀。

Cau Yi【Ciep ciengq】
赵义【接唱】
（原文）一表好人材，
外生乖，
舅父心开怀。
（壮文）Itbiuj ndei vunzcaiz，
Vaihseng gvai，
Bohnax sim haivaiz.
（音标）it^{7} piːu^{3} ʔdei^{1} wun^{2}ɕaːi^{2}，
waːi^{6}θeːŋ^{1} kwaːi^{1}，
po^{6}na^{4} θim^{1} haːi^{1}waːi^{2}.
（直译）一表好人才，
外甥俊，
舅父心开怀。
（意译）一表好人才，
外甥乖，
舅父心开怀。

Yah Cau Yi【Ciengq】
赵义妻【唱】
（原文）云昨批上门，
口张村，
凤姐看更醒；
云生礼齐井，
父客丙，
劳子吞才咙。
（壮文）Ngoenzcog bae hwnjmonz，
Haeuj Ciengcon，
Fungcej ngonz engq singj；
Vunz seng ndaej caezcingj，
Bouxhek mbingj，
Lau cij ndwnj myaiz roengz.
（音标）ŋon^{2}ɕo:k^{8} pai^{1} hɯn^{3}mo:n^{2}，
hau^{3} ɕi:ŋ^{1}ɕo:n^{1}，
fuŋ^{1}ɕe^{3} ŋo:n^{2} e:ŋ^{5} θiŋ^{3}；
wun^{2} θe:ŋ^{1} ʔdai^{3} ɕai^{2}ɕiŋ^{3}，
pou^{4}he:k^{7} ʔbiŋ^{3}，
la:u^{1} ɕi^{3} ʔdɯn^{3} mja:i^{2} ɣoŋ^{2}.
（直译）明天去上门，
进张村，
凤姐看更醒；
人生得齐整，
客人看，
怕就吞口水下。
（意译）明天上门庭，
进张村，
凤姐看更行；
人生得齐整，
客人看，
口水吞不停。

Cau Yi【Ciengq】
赵义【唱】
（原文）好月配好花，布苦拉媒老；
男材女又貌，取是好良缘。
（壮文）Hauj nyied boiq hauj va，Mbouj hoj ra moizlaux；

Namz caiz nawx youh mauh，Cijseih hauj liengzyienz.
（音标）haːu^{3} ɲiːt^{8} poːi^{5} haːu^{3} wa^{1}，ʔbou^{3} ho^{3} ɣa^{1} moːi^{2}laːu^{4}；
naːm^{2} ɕaːi^{2} nauɯ^{4} jou^{6} maːu^{6}，ɕi^{3}θei^{6} haːu^{3} liːŋ^{2}jiːn^{2}.
（直译）好月配好花，不用找媒佬；
男才女又貌，才是好良缘。
（意译）好月配好花，不用媒人言；
男才女又貌，才是好良缘。

（Sawqmwh，boux gyading Cangh Cunghsiz ndeu gaenjgip ganj daengz ranz Cau）
（突然，张忠实的一个家丁匆匆赶到赵家）

Gyading【Doiq vunz ranz Cau，gangj】
家丁【对赵家人，白】
（原文）张凤姐已病死，李天保礼另找夏，不用心伤来，不用去张家吊丧。
（壮文）Cangh Fungcej gaenq binghdai，Lij Denhbauj ndaej lingh ra yah，mbouj yungh siengsim lai，mbouj yungh bae Cienggya diuqsang.
（音标）ɕaːŋ^{6} fuŋ^{1}ɕe^{3} kan^{5} piŋ^{6} taːi^{1}，li^{3} teːn^{6}paːu^{3} ʔdai^{3} liŋ^{6} ɣa^{1} ja^{6}，ʔbou^{3} juŋ^{6} θiːŋ^{1} θim^{1} laːi^{1}，ʔbou^{3} juŋ^{6} pai^{1} ɕiːŋ^{1}kja^{1} tiːu^{5}θaːŋ^{1}.
（直译）张凤姐已病死，李天保可另找老婆，不用伤心多，不用去家张吊丧。
（意译）张凤姐已病逝，李天保可另寻佳偶，不必太伤心，不必前往张家吊丧。

Lij Denhbauj【Siengsim lai，ciengq】
李天保【很伤心，唱】
1.
（原文）花容月貌，难活天保心肠；
欧批灵前，陈城装香祭奠；
情宜非浅，一世留意布完；
达赴黄泉，天保含冤守寡。
（壮文）Vayungz yiedmauh，Nanz vued Denhbauj simciengz（simsaej）；
Aeu bae lingz cienz，Caenzcingz cangyieng caeqdienh；
Cingzngeih mbouj cienj，Itseiq louzeiq mbouj yienz；
Dah bae vuengzcienz（lajyaem），Denhbauj hamzien soujmaiq.
（音标）wa^{1}juŋ^{2} jiːt^{8}maːu^{6}，naːn^{2} wuːt^{8} teːn^{6}paːu^{3} θim^{1}ɕiːŋ^{2}（θim^{1}θai^{3}）；
au^{1} pai^{1} liŋ^{2} ɕiːn^{2}，ɕan^{2}ɕiŋ^{2} ɕaːŋ^{1}jiːŋ^{1} ɕai^{5} tiːn^{6}；
ɕiŋ^{2}ŋei^{6} ʔbou^{3} ɕiːn^{3}，it^{7}θei^{5} lou^{2}ʔei^{5} ʔbou^{3} jiːn^{2}；
ta^{6} pai^{1} wuːŋ^{2}ɕiːn^{2}（la^{3}jam^{1}），teːn^{6}paːu^{3} haːm^{2}iːn^{1} θou^{3}maːi^{5}.
（直译）花容月貌，难活天保心肠；
要去灵前，陈情装香祭奠；

情义匪浅，一世留意不完；
女赴黄泉，天保含冤守鳏。
（意译）花容月貌，难唤天保心田；
要去灵前，陈情烧香祭奠；
情义匪浅，一世留恋绵绵；
她赴黄泉，天保鳏居世间。

2.
（原文）担淋浇花望花开，
有心无义坏心怀；
只恨在地布明理，
霜打梅花落满街。
（壮文）Rap raemx rwed va muengh va hai,
Miz sim fouzngeih vaih simvaiz;
Cij haemz youq dieg mbouj mingzleix,
Mwi daj vamoiz loenq rim gai.
（音标）ɣa:p^{7} ɣam^{4} ɣɯ:t^{8} wa^{1} mu:ŋ^{6} wa^{1} ha:i^{1},
mi^{2} θim^{1} fou^{2}ŋei^{6} wa:i^{6} θim^{1}wa:i^{2};
ɕi^{3} ham^{2} jou^{5} ti:k^{8} ʔbou^{3} miŋ^{2}lei^{4},
mɯ:i^{1} ta^{3} wa^{1}mo:i^{2} lon^{5} ɣim^{1} ka:i^{1}.
（直译）挑水浇花望花开，
有心无义坏心怀；
只恨在地不明理，
霜打梅花落满街。
（意译）挑水浇花盼花开，
有心无义伤心怀；
只恨在世不明理，
霜打梅花满街衰。

3.
（原文）一心栽花望成果，
如鲁栽花花至开；
张凤姐咳张凤姐，
为麻铭就命短别尘涯？
（壮文）Itsim ndaem va muengh baenz mak,
Byawz rox ndaem va va ndi hai;
Cangh Fungcej hai Cangh Fungcej,
Vihmaz mwngz couh minghdinj biek caenzai (namhfaenx)?

（音标）it^{7} θim^{1} ʔdam^{1} wa^{1} muːŋ^{6} pan^{2} maːk^{7}，
　　　　pjaɯ^{2} ɣo^{4} ʔdam^{1} wa^{1} wa^{1} ʔdi^{1} haːi^{1}；
　　　　ɕaːŋ^{6} fuŋ^{1} ɕe^{3} haːi ɕaːŋ^{6} fuŋ^{1} ɕe^{3}，
　　　　wi^{6} ma^{2} mɯŋ^{2} ɕou^{6} miŋ^{6} tin^{3} piːk^{7} ɕan^{2} aːi^{1}（naːm^{6} fan^{4}）？
（直译）一心栽花望成果，
　　　　谁知栽花花不开；
　　　　张凤姐呀张凤姐，
　　　　为何你就命短别尘埃？
（意译）一心栽花盼结果，
　　　　谁知栽花花不开；
　　　　张凤姐呀张凤姐，
　　　　为何你却命短别尘埃？

Cau Yi【Gangj】
赵义【白】
（原文）外甥，你布用太伤心啦。
（壮文）Vaihseng，mwngz mbouj yungh daiq siengsim la.
（音标）waːi^{6} θeːŋ^{1}，mɯŋ^{2} ʔbou^{3} juŋ^{6} taːi^{5} θiːŋ^{1} θim^{1} la.
（直译）外甥，你不用太伤心啦。
（意译）外甥，你不要太伤心啦。

Yah Cau Yi【Gangj】
赵义妻【白】
（原文）伤心过度伤害身体，暂口书房休息吧。
（壮文）Siengsim gvaqbouh sienghaih ndangdaej，camh haeuj ranzsaw yietnaiq ba.
（音标）θiːŋ^{1} θim^{1} kwa^{5} pou^{6} θiːŋ^{1} haːi^{6} ʔdaːŋ^{1} tai^{3}，ɕaːm^{6} hau^{3} ɣaːn^{2} θaɯ^{1} jiːt^{7} naːi^{5} pa.
（直译）伤心过度伤害身体，暂入书房休息吧。
（意译）伤心过度伤害身体，暂入书房休息吧。

Lij Denhbauj【Gangj】
李天保【白】
（原文）舅妗呀！
（壮文）Bohnax mehgimx ya！
（音标）po^{6} na^{4} me^{6} kim^{4} ja！
（直译）舅妗呀！
（意译）舅父舅母呀！

【Ciengq】

【唱】

（原文）为布失情义，
姑决意，
各办备腊香；
吊孝腾灵前，
装支香，
表生前情感。

（壮文）Vih mbouj saet cingzngeih，
Gou gieteiq，
Gag banhbeih labyieng；
Diuqhauq daengz lingz cienz，
Cang cei yieng，
Biuj sengcienz cingzgamj.

（音标）wi^{6} ʔbou^{3} θat^{7} ɕiŋ^{2}ŋei^{6}，
kou^{1} kiːt^{7}ei^{5}，
kaːk^{8} paːn^{6}pei^{6} laːp^{8}jiːŋ^{1}；
tiːu^{5}haːu^{5} taŋ^{2} liŋ^{2} ɕiːn^{2}，
ɕaːŋ^{1} ɕei^{1} jiːŋ^{1}，
piːu^{3} θeːŋ^{1}ɕiːn^{2} ɕiŋ^{2}kaːm^{3}.

（直译）为不失情义，
我决意，
自备办蜡香；
吊孝到灵前，
装支香，
表生前情感。

（意译）为不失情义，
我决意，
自备蜡香齐；
到灵前悼祭，
烧支香，
表生前情义。

Cau Yi【Ciengq】

赵义【唱】

（原文）铭执意欧批，就备依香纸。

（壮文）Mwngz euqmaenz aeu bae，Couh bwh ndei yieng ceij.

（音标）mɯŋ^{2} eːu^{5}man^{2} au^{1} pai^{1}，ɕou^{6} pɯ^{6} ʔdei^{1} jiːŋ^{1} ɕei^{3}.

（直译）你执意要去，就备好香纸。
（意译）你执意要去，就备好香纸。

Lij Denhbauj【Ciengq】
李天保【唱】
（原文）天保淋肚气，云骡礼消完?
（壮文）Denhbauj rim dungx heiq，Ngoenzlawz ndaej siu yuenz?
（音标）teːn^{6} paːu^{3} ɤim^{1} tuŋ^{4} hei^{5}，ŋon^{2} laɯ^{2} ʔdai^{3} θiːu^{1} juːn^{2}?
（直译）天保满肚气，哪天能消完?
（意译）天保满肚气，哪天才消去?

场大三　忠实赖婚
Ciengz Daihsam　Cunghsiz Laihvaen
场第三　忠实赖婚
第三场　忠实赖婚

【Baij gingj】Gingjsaek gyangdingranz Cangh Cunghsiz.
【布景】张忠实家厅堂景。

Cangh Cunghsiz【Muq hai seiz youq gyangding buet gien ndeu, sawqmwh dingz roengzdaeuj naengh daengz gwnz eij riu】
张忠实【幕启时在厅堂跑一圈，突停下来坐到椅子上笑】
（原文）哈哈……
（壮文）Ha ha ……
（音标）ha ha……
（直译）哈哈……
（意译）哈哈……

【Gvaibanj】
【快板】
（原文）姑名张忠实，
卑你年六十三；
家财万贯[①]福满堂，
生男育女真如意；
春风满面笑开颜，
双达美丽总牡丹；
大妮年纪一十九，
早日放命李家郎，
如鲁李家遭横祸，
一贫如洗苦难堪；
目下婚期已逼近，
使姑确实盹布安；
心想赖婚选亲家，
称女亡故斗必躺。

① 贯：古代用绳索穿钱，1 贯＝1000 文。

办法依，
依办法；
吃你写了报表贴，
派了家丁送腾兰；
一者吗，
阻天保来姑岳父；
二者吗，
以免分达叻幅心烦；
三者再选至门户，
财貌双全新郎。
哈哈！
（壮文）Gou mingz Cangh Cunghsiz，
Bineix loegcib sam；
Gyacaiz fanh gvanq fuk rim dangz，
Seng sai ciengx mbwk caen sim'angq；
Rumzcin rimnaj riu hainyanz，
Song dah gyaeundei lumj mauxdan；
Dahdaih nienzgeij itcib gouj，
Caeuxngoenz cuengq mingh Leixgya langz；
Byawz rox Leixgya deng huxvang，
Gungz lumj raemx swiq hoj nanzganh；
Seizneix vaengeiz gaenq bikgaenh，
Hawj gou caensaed ninz mbouj an；
Sim siengj laihvaen genj caen'gya，
Cwng lwg dai gvaq daeuj biek ndang.
Banhfap ndei，
Ndei banhfap；
Haetneix sij le bauqbiujdiep，
Baij le gyading soengq daengz ranz；
It cej ma，
Laengz Denhbauj daeuj gou bohda；
Ngeih cej ma，
Mienxcij faenh dah lwgmbwk simfanz；
Sam cej caiq genj ndei monzhoh，
Caiz mauh songcienz ndei sinlangz.
Ha ha！
（音标）kou^{1} miŋ^{2} ɕaːŋ^{6} ɕuŋ^{6}θi^{2}，
pi^{1}nei^{4} lok^{6}ɕip^{8} θaːm^{1}；

kja1 ɕaːi2 faːn6 kwaːn5 fuk7 ɣim1 taːŋ2,
θeːŋ1 θaːi1 ɕiːŋ4 ʔbɯk7 ɕan1 θim1 aːŋ5;
ɣum2 ɕin1 ɣim1 na3 ɣiːu1 haːi1 ȵaːn2,
θoːŋ1 ta6 kjau1 ʔdei1 lum3 maːu4 taːn1;
ta6 taːi6 niːn2 kei3 it7 ɕip8 kou3,
ɕau4 ŋon2 ɕuːŋ5 miŋ6 lei4 kja1 laːŋ2;
pjaɯ2 ɣo4 lei4 kja1 teːŋ1 hu4 waːŋ1,
kuŋ2 lum3 ɣam4 θɯːi5 ho3 naːn2 kaːn6;
θei2 nei4 wan1 kei2 kan5 pik7 kan6,
haɯ3 kou1 ɕan1 θat8 nin2 ʔbou3 aːn1;
θim1 θiːŋ3 laːi6 wan1 keːn3 ɕan1 kja1,
ɕɯŋ1 lɯk8 taːi1 kwa5 tau3 piːk7 ʔdaːŋ1.
paːn6 faːp7 ʔdei1,
ʔdei1 paːn6 faːp7;
hat7 nei4 θi3 le paːu5 piːu3 tiːp7,
paːi3 le kja1 tiŋ1 θoŋ5 taŋ2 ɣaːn2;
it7 ɕe3 ma,
laŋ2 teːn6 paːu3 tau3 kou1 po6 ta1;
ŋei6 ɕe3 ma,
miːn4 ɕi3 fan6 ta6 lɯk8 ʔbɯk7 θim1 faːn2;
θaːm1 ɕe3 ɕaːi5 keːn3 ʔdei1 moːn2 ho6,
ɕaːi2 maːu6 θoːŋ1 ɕiːn2 ʔdei1 θin1 laːŋ2.
ha ha!

（直译）我名叫张忠实，
今年六十三；
家财万贯福满堂，
生男育女真如意；
春风满面笑开颜，
两女美丽如牡丹；
大妮年纪一十九，
早日放命李家郎；
谁知家李遭横祸，
贫如水洗苦难堪，
眼下婚期已逼近，
使我确实睡不安，
心想赖婚选亲家，
称女亡过来脱身。
办法好，

好办法；
今早写了报表帖，
派了家丁送到家；
一者嘛，
阻天保来我岳父；
二者嘛，
以免自己个女儿心烦；
三者再选好门户，
财貌双全好新郎。
哈哈！

（意译）我名叫张忠实，
今年六十三；
家财万贯福满堂，
如意育女又生男；
春风满面笑开颜，
两女美丽如牡丹；
大妮年纪一十九，
早日许配李家郎；
谁知李家遭横祸，
一贫如洗苦难堪；
眼下婚期已逼近，
使我实在睡不安；
心想赖婚选亲家，
脱身诈称女病亡。
办法好，
好办法；
今早写了报表帖，
派了家丁送对方；
一者嘛，
阻止天保喊我岳丈；
二者嘛，
以免我女儿心烦；
三者再选好门户，
财貌双全好新郎。
哈哈！

（Cangh Cunghsiz gag nyinhnaeuz ndaej geiq，Cangh Laizhij gaenjgip hwnjdaeuj bauqsaenq）

（张忠实自以为得逞，张来喜急上报信）

Cangh Laizhij【Gangj】
张来喜【白】
（原文）李天保登门吊孝。
（壮文）Lij Denhbauj hwnj dou diuqhauq.
（音标）li^{3} te:n^{6}pa:u^{3} hɯn^{3} tou^{1} ti:u^{5}ha:u^{5}.
（直译）李天保上门吊孝。
（意译）李天保登门吊孝。

Cangh Cunghsiz【Hwk dwk doeksaet yat】
张忠实【吓了一跳】
（原文）几骡，李——天——保斗吊孝？
（壮文）Gijlawz，Lij —— Denh —— bauj daeuj diuqhauq?
（音标）ki^{3}law^{2}，li^{3}——te:n^{6}——pa:u^{3} tau^{3} ti:u^{5}ha:u^{5}?
（直译）什么，李——天——保来吊孝？
（意译）什么，李——天——保来吊孝？

Cangh Laizhij【Mbouj roxyiuj cix cam】
张来喜【不明白地问】
（原文）父亲，娄队内兰如胎计？
（壮文）Daxboh，raeuzdoih ndaw ranz byawz dai gae?
（音标）ta^{4}po^{6}，ɣau^{2}to:i^{6} ʔdaɯ^{1} ɣa:n^{2} pjaɯ^{2} ta:i^{1} kai?
（直译）父亲，我们里家谁死呀？
（意译）父亲，我们家里谁死呀？

Cangh Cunghsiz【Ndatheiq ndaq】
张忠实【怒气地骂】
（原文）咪铭计。
（壮文）Meh mwngz gae.
（音标）me^{6} mɯŋ^{2} kai.
（直译）你妈的。
（意译）你妈的。

Cangh Laizhij【Mbouj rox de gangj gijmaz】
张来喜【不明其意】
（原文）几骡，咪估胎计？
（壮文）Gijlawz，meh gou dai gae?
（音标）ki^{3}law^{2}，me^{6} kou^{1} ta:i^{1} kai?

（直译）什么，妈我死的？
（意译）什么，我妈死了？

Cangh Cunghsiz【Baez siengj mbouj deng】
张忠实【一想不对】
（原文）至是，达姐铭根胎了。
（壮文）Ndi seih，dahcej mwngz gaenq dai la.
（音标）ʔdi^{1} θei^{6}，ta^{6}ɕe^{3} muɯŋ^{2} kan^{5} taːi^{1} la.
（直译）不是，姐你已经死了。
（意译）不是，你姐死了。

Cangh Laizhij【Doeksaet】
张来喜【吃惊】
（原文）啊！
（壮文）A！
（音标）a！
（直译）啊！
（意译）啊！

Cangh Cunghsiz【Daezsingj de bae heuh Lij Denhbauj】
张忠实【示意他去叫李天保】
（原文）欠李天保口麻。
（壮文）Hemq Lij Denhbauj haeujma.
（音标）heːm^{5} li^{3} teːn^{6}paːu^{3} hau^{3}ma^{1}.
（直译）叫李天保进来。
（意译）叫李天保进来。

Cangh Laizhij：
张来喜：
（原文）嗯。
（壮文）Wn.
（音标）ɯn.
（直译）嗯。
（意译）嗯。

（Roengz）
（下）

Cangh Cunghsiz【Ciengq】
张忠实【唱】
（原文）冤家路太吸，气各刻各龙；
　　　　叻穷鬼斗腾，事取噌叭你。
（壮文）Yien'gya loh daiq gaeb，Heiq gag gaek gag roengz；
　　　　Lwg fangzgungz daeuj daengz，Saeh cij nyaengq baenzneix.
（音标）jiːn^{1}kja^{1} lo^{6} taːi^{5} kap^{8}，hei^{5} kaːk^{8} kak^{7} kaːk^{8} ɣoŋ^{2}；
　　　　lɯk^{8} faːŋ^{2}kuŋ^{2} tau^{3} taŋ^{2}，θai^{6} ɕi^{3} ȵaŋ^{5} pan^{2}nei^{4}.
（直译）冤家路太窄，气自恼自下；
　　　　儿穷鬼来到，事才忙这么。
（意译）冤家路太窄，气自来自消；
　　　　穷鬼儿来到，事才忙叨叨。

（Naengh roengz）
（入坐）

Cangh Laizhij【Daiq Lij Denhbauj hwnj】
张来喜【带李天保上】
（原文）请口斗！
（壮文）Cingj haeujdaeuj！
（音标）ɕiŋ^{3} hau^{3}tau^{3}！
（直译）请进来！
（意译）请进来！

Lij Denhbauj【Ciengq】
李天保【唱】
1.
（原文）云你更换素衣腾张家，
　　　　愁眉苦脸心中乱如麻；
　　　　如鲁佳期变凶日，
　　　　苦胎天保肯狗带白花。
（壮文）Ngoenzneix vuenh buhhau daengz Cienggya，
　　　　Najsaep najmbwng ndawsim luenh lumj maz；
　　　　Byawz rox ngoenzndei bienq ngoenzyak，
　　　　Hoj dai Denhbauj gwnzgyaeuj daiq begva.
（音标）ŋon^{2}nei^{4} wuːn^{6} pu^{6}haːu^{1} taŋ^{2} ɕiːŋ^{1}kja^{1}，
　　　　na^{3}θap^{7} na^{3}ʔbɯŋ^{1} ʔdaɯ^{1}θim^{1} luːn^{6} lum^{3} ma^{2}；
　　　　pjaɯ^{2} ɣo^{4} ŋon^{2}ʔdei^{1} piːn^{5} ŋon^{2}jaːk^{7}，

ho^{3} ta:i^{1} te:n^{6}pa:u^{3} kɯn^{2}kjau^{3} ta:i^{5} pe:k^{8}wa^{1}.
（直译）今天更换白衣到张家，
愁眉苦脸心中乱如麻；
谁知佳期变凶日，
苦死天保头上戴白花。
（意译）今天更换素衣到张家，
愁眉苦脸心中乱如麻；
谁知佳期变凶日，
苦煞天保头上戴白花。

2.
（原文）贤妻凤姐是凤妹，
为何厌世口阎罗？
青天鱼至开仂他，
只使天保云你说淋他？
（壮文）Yahyienz Fungcej seih Funghnuengx,
Vihmaz mbwqseiq haeuj yenzloz?
Bohmbwn lawz ndi hai lwgda,
Cix hawj Denhbauj ngoenzneix uet raemxda?
（音标）ja^{6}ji:n^{2} fuŋ^{1}ɕe^{3} θei^{6} fuŋ^{6}nu:ŋ^{4},
wi^{6}ma^{2} ʔbɯ^{5}θei^{5} hau^{3} je:n^{2}lo^{2}?
Po^{6}ʔbɯn^{1} laɯ^{2} ʔdi^{1} ha:i^{1} lɯk^{8}ta^{1},
ɕi^{4} haɯ^{3} te:n^{6}pa:u^{3} ŋon^{2}nei^{4} u:t^{7} ɣam^{4}ta^{1}?
（直译）贤妻凤姐是凤妹，
为何厌世入阎罗？
青天怎不开眼睛，
却叫天保今天抹眼泪？
（意译）贤妻凤姐是凤妹，
为何厌世命归阴？
老天怎不开眼睛，
却叫天保今天泪沾襟？

（Gvaengx daizheiq buenq hop，raen Cangh Cunghsiz）
（绕台半圈，见张忠实）

【Gangj】
【白】
（原文）拜见岳父，小婿天保很都吊孝幼内。

（壮文）Baiqraen bohda，lwggwiz Denhbauj hwnj dou diuqhauq youq neix.
（音标）pa:i^{5} ɣan^{1} po^{6} ta^{1}，lɯk^{8} kɯ:i^{2} te:n^{6} pa:u^{3} hɯn^{3} tou^{1} ti:u^{5} ha:u^{5} jou^{5} nei^{4}.
（直译）拜见岳父，小婿天保上门吊孝在此。
（意译）拜见岳父，小婿天保今登门吊孝。

Cangh Cunghsiz【Gangj】
张忠实【白】
（原文）贤婿，免了，免了。
（壮文）Gwizyienz，mienx lo，mienx lo.
（音标）kɯ:i^{2} yi:n^{2} θi:n^{6}，mi:n^{4} lo，mi:n^{4} lo.
（直译）贤婿，免了，免了。
（意译）贤婿，免了，免了

Lij Denhbauj【Ciengq】
李天保【唱】
（原文）接礼除表贴，
实凄切，
斗辞别凤妻；
鱼认来稀奇，
病至依，
断气批认易？
（壮文）Ciep ndaej dawz biujdiep，
Saed caeciet（siliengz），
Daeuj swzbiek Fungh cae；
Lawz nyaenxlai heigeiz（geizgvaiq），
Bingh ndi ndei，
Goenqheiq bae nyaenx heih?
（音标）ɕi:p^{7} ʔdai^{3} taɯ^{2} pi:u^{3} ti:p^{7}，
θat^{8} ɕai^{1} ɕi:t^{7}（θi^{1} li:ŋ^{2}），
tau^{3} θɯ^{2} pi:k^{7} fuŋ^{6} ɕai^{1}；
laɯ^{2} ȵan^{4} la:i^{1} hei^{1} kei^{2}（kei^{2} kwa:i^{5}），
piŋ^{6} ʔdi^{1} ʔdei^{1}，
kon^{5} hei^{5} pai^{1} ȵan^{4} hei^{6}？
（直译）接得拿表帖，
实凄切，
来辞别凤妻；
怎这么稀奇，
病未好，

断气去恁易？
（意译）接表帖手里，
太悲凄，
来辞别凤妻；
怎这么稀奇，
病未愈，
断气去恁易？

Cangh Cunghsiz【Ciengq】
张忠实【唱】
（原文）达爷文急病，
吝铭听，
姑也请医生；
巾药更特良，
双只坚，
脉至行批了。
（壮文）Dah de baenz gaepbingh，
Lwnh mwngz dingq，
Gou hix cingj canghyw；
Gwnyw engq dwgrengz，
Song cik gen，
Meg ndi hengz bae lo.
（音标）ta⁶ te¹ pan² kap⁷ piŋ⁶，
lɯn⁶ mɯŋ² tiŋ⁵，
kou¹ hi⁴ ɕiŋ³ ɕaːŋ⁶ jɯ¹；
kɯn¹ jɯ¹ eːŋ⁵ tɯk⁸ ɣeːŋ²，
θoːŋ¹ ɕik⁷ keːn¹，
meːk⁸ ʔdi¹ heːŋ² pai¹ lo.
（直译）女她患急病，
告诉你听，
我也请医生；
服药更辛苦，
两只手臂，
脉不行走了。
（意译）她患急病征，
告诉你，
我也请医生；
服药更折腾，

两手臂，
脉象行不成。

Lij Denhbauj【Ciengq】
李天保【唱】
（原文）为缘份至眉，
达西归，
即修尸装殓；
换首饰衣件，
安祭奠，
以顺便还山。
（壮文）Vih yienzfaenh ndi meiz，
Dah sae'gveih，
Cix sousei cangliemz（haeujfaex）；
Vuenh soujsiz eigienh（buhvaq），
An caeqdienh，
Hix swnhbienh hwnjndoi.
（音标）wi^{6} jiːn^{2}fan^{6} ʔdi^{1} mei^{2}，
ta^{6} θai^{1}kwei^{6}，
ɕi^{4} θou^{1}θei^{1} ɕaːŋ^{1}liːm^{2}（hau^{3}fai^{4}）；
wuːn^{6} θou^{3}θi^{2} ei^{1}kiːn^{6}（pu^{6}wa^{5}），
aːn^{1} ɕai^{5}tiːn^{6}，
hi^{4} θɯn^{6}piːn^{6} hɯn^{3}ʔdoːi^{1}.
（直译）为缘分没有，
女西归，
即收尸装殓；
换首饰衣件，
安祭奠，
也顺便上山。
（意译）因为没有缘，
她西归，
即收尸装殓；
换首饰衣件，
安祭奠，
下葬也顺便。

Cangh Cunghsiz【Ciengq】
张忠实【唱】

1.

（原文）命依批估壳，
偻命哟，
无办法脱躺；
怨五鬼六郎，
口内兰，
很上霓批能。

（壮文）Mingh ndei bae guh hak，
Raeuz mingh yak，
Fouz banhfap duetndang；
Ienq ngux gvij loeg langz，
Haeuj ndaw ranz，
Hwnj gwnz ham bae naengh.

（音标）miŋ^{6} ʔdei^{1} pai^{1} ku^{6} haːk^{7}，
ɣau^{2} miŋ^{6} jaːk^{7}，
fou^{2} paːn^{6} faːp^{7} tuːt^{7} ʔdaːŋ^{1}；
iːn^{5} ŋu^{4} kwi^{3} lok^{8} laːŋ^{2}，
hau^{3} ʔdaɯ^{1} ɣaːn^{2}，
hɯn^{3} kɯn^{2} haːm^{1} pai^{1} naŋ^{6}.

（直译）命好去当官，
我们命差，
无办法脱身；
怨五鬼①六郎②，
进里家，
到上霓去坐。

（意译）命好去当官，
咱命差，
无办法摆脱；
怨五鬼六郎，
进家里，
到霓上去坐。

2.

（原文）达爷初文病，

---

① 五鬼：分别是春瘟张元伯、夏瘟刘元达、秋瘟赵公明、冬瘟钟士季、总管中瘟史文业。他们是中国民间信奉的司瘟疫之神。每年信众都会去寺庙拜五鬼，以求家畜平安。

② 六郎：是民间迷信的一种说法，人们认为女人命中已有六郎就嫁不出去，得叫麽公来解命。

批参禁，
讲是命怕夫；
冲五鬼家符，
师傅怒，
喊卦油洒净。

（壮文）Dah de co baenz bingh，
Bae cam gimq，
Gangj seih mingh lau fou (gvan)；
Cung ngux gvij gyafouz，
Saefouh naeuz，
Hemq gvaq youz saj cingh.

（音标）ta^{6} te^{1} ɕo^{1} pan^{2} piŋ^{6}，
pai^{1} ɕaːm^{1} kim^{5}，
kaːŋ^{3} θei^{6} miŋ^{6} laːu^{1} fou^{1} （kwaːn^{1}）；
ɕuŋ^{1} ŋu^{4} kwi^{3} kja^{1}fou^{2}，
θai^{1}fou^{6} nau^{2}，
heːm^{5} kwa^{5} jou^{2} θa^{3} ɕiŋ^{6}.

（直译）女她初生病，
去问巫婆，
讲是命怕夫；
冲五鬼家符，
师傅说，
叫过油洒净。

（意译）她生病当初，
去算命，
讲是命怕夫；
冲五鬼家符，
师傅说，
叫过油遮污。

(Cangh Laizhij Lau Cangh Cunghsiz gangjvah laeuh hangxsaez，aeu fwngz rag gumqhaex Cangh Cunghsiz mbat ndeu)

（张来喜怕张忠实说话漏底，用手扯张忠实屁股一下）

(Cangh Cunghsiz lau Denhbauj yawjok，caengz Cangh Laizhij，Cangh Laizhij mbouj rox eiqsei de，youh beng Cangh Cunghsiz mbat ndeu)

（张忠实怕天保看出，瞪张来喜，张来喜不明其意，又扯张忠实一下）

Cangh Cunghsiz【Raeblaeng ciengq】
张忠实【背唱】
(原文) 咪铭该叻骨，几用刻认来；
(壮文) Meh mwngz gai lwggvaek①，Gaej yungh gaek nyaenxlai；
(音标) me^{6} mɯŋ^{2} ka:i^{1} lɯk^{8}kwak^{7}，kai^{3} juŋ^{6} kak^{7} ȵan^{4}la:i^{1}；
(直译) 妈你卖火镰，不用打恁多；
(意译) 你妈卖火镰，不用打（火）恁多；

Cangh Laizhij【Ciengq】
张来喜【唱】
(原文) 达姐至增胎，话讲来就漏。
(壮文) Dahcej ndicaengz dai，Vah gangj lai couh laeuh.
(音标) ta^{6}ɕe^{3} ʔdi^{1}ɕaŋ^{2} ta:i^{1}，wa^{6} ka:ŋ^{3} la:i^{1} ɕou^{6} lau^{6}.
(直译) 姐姐尚未死，话讲多就漏。
(意译) 姐姐尚未死，话讲多露馅。

Cangh Cunghsiz【Cienj gvaqdaeuj yawj Lij Denhbauj，gyajcang daej】
张忠实【转过来看李天保，假哭状】
(原文) 叻呀！
(壮文) Lwg ya！
(音标) lɯk^{8} ja！
(直译) 孩子呀！
(意译) 孩子呀！

Lij Denhbauj【Siengsim dwk，gangj】
李天保【悲伤地，白】
(原文) 岳父，小婿欧腾凤姐灵前吊孝一下。
(壮文) Bohda，lwggwiz aeu daengz Fungcej lingz cienz diuqhauq baez ndeu.
(音标) po^{6}ta^{1}，lɯk^{8}kɯ:i^{2} au^{1} taŋ^{2} fuŋ^{1}ɕe^{3} liŋ^{2} ɕi:n^{2} ti:u^{5}ha:u^{5} pai^{2} ʔde:u^{1}.
(直译) 岳父，小婿要到凤姐灵前吊孝次一。
(意译) 岳父，小婿要到凤姐灵前吊孝一下。

Cangh Cunghsiz【Vuengvat dwk，gangj】
张忠实【慌张地，白】
(原文) 至用啦，至批啦——
(壮文) Ndi yungh la，ndi bae la ——

① Meh mwngz gai lwggvaek：这是骂人的话。

（音标）ʔdi^{1} juŋ^{6} la，ʔdi^{1} pai^{1} la——
（直译）不用啦，不去啦——
（意译）不用啦，不去啦——

【Ciengq】
【唱】
（原文）女婿亥女婿，
几用体，
以免费心机；
（壮文）Nawxsaeq (lwggwiz) hai nawxsaeq,
Gaej yungh daej,
Mienxndaej feiq simgei;
（音标）naɯ^{4}θai^{5} (lɯk^{8}kɯ:i^{2}) ha:i naɯ^{4}θai^{5},
kai^{3} juŋ^{6} tai^{3},
mi:n^{4}ʔdai^{3} fei^{5} θim^{1}kei^{1};
（直译）女婿呀女婿，
不用哭，
以免费心机。
（意译）女婿呀女婿，
不用哭，
以免费心思；

Lij Denhbauj【Ciengq】
李天保【唱】
（原文）达赴会瑶池，
分别时，
再收尸装殓。
（壮文）Dah bae daengz yauzciz,
Doxbiek seiz,
Caiq sousei haeujfaex.
（音标）ta^{6} pai^{1} taŋ^{2} ja:u^{2}ɕi^{2},
to^{4}pi:k^{7} θei^{2},
ɕa:i^{5} θou^{1}θei^{1} hau^{3}fai^{4}.
（直译）女去到瑶池，
分别时，
再收尸装殓。
（意译）她到瑶池去，
分别时，
再装尸棺里。

Cangh Cunghsiz【Simvueng】
张忠实【心慌】
(原文) 免了，不用装了。
(壮文) Mienx la，ndi yungh cang la.
(音标) miːn^{4} la，ʔdi^{1} juŋ^{6} ɕaːŋ^{1} la.
(直译) 免了，不用装了。
(意译) 免了，不用装了。

Lij Denhbauj【Ciengq】
李天保【唱】
(原文) 凤姐口仙境，
　　泪染襟，
　　姑意定难言；
　　欧批腾灵前，
　　烧纸香，
　　吊孝连装殓。
(壮文) Fungcej haeuj siengingq，
　　Lih (raemxda) nyiemx gaemj，
　　Gou eiqdingh nanz nyienz；
　　Aeu bae daengz lingz cienz，
　　Siu ceij yieng，
　　Diuqhauq lienz haeujfaex.
(音标) fuŋ^{1} ɕe^{3} hau^{3} θiːn^{1} kiŋ^{5}，
　　li^{6} (ɣam^{4} ta^{1}) ȵiːm^{4} kam^{3}，
　　kou^{1} ei^{5} tiŋ^{6} naːn^{2} ȵiːn^{2}；
　　au^{1} pai^{1} taŋ^{2} liŋ^{2} ɕiːn^{2}，
　　θiːu^{1} ɕei^{3} jiːŋ^{1}，
　　tiːu^{5} haːu^{5} liːn^{2} hau^{3} fai^{4}.
(直译) 凤姐进仙境，
　　泪染襟，
　　我意定难言；
　　要去到灵前，
　　烧纸香，
　　吊孝连装殓。
(意译) 凤姐要游仙，
　　泪染襟，
　　我意定难言；
　　想去到灵前，

烧纸钱，
吊孝连装殓。

【Gangj】
【白】
（原文）小婿意已定，欧腾灵前祭奠。
（壮文）Lwggwiz eiq gaenq dingh，aeu daengz lingz cienz caeqdienh.
（音标）lɯk^{8}kɯːi^{2} ei^{5} kan^{5} tiŋ^{6}，au^{1} taŋ^{2} liŋ^{2} ɕiːn^{2} ɕai^{5}tiːn^{6}.
（直译）小婿意已定，要到灵前祭奠。
（意译）小婿意已定，要到灵前祭奠。

Cangh Cunghsiz【Gangj】
张忠实【白】
（原文）不用劳烦了，来喜，带姐夫腾书房休息。
（壮文）Ndi yungh lauzfanz la，Laizhij，daiq cejfou daengz ranzsaw yietbaeg.
（音标）ʔdi^{1} juŋ^{6} laːu^{2}faːn^{2} la，laːi^{2}hi^{3}，taːi^{5} ɕe^{3}fou^{1} taŋ^{2} ɣaːn^{2}θaɯ^{1} jiːt^{7}pak^{8}.
（直译）不用劳烦了，来喜，带姐夫到书房休息。
（意译）不用劳烦了，来喜，带姐夫去书房休息。

Cangh Laizhij【Coh Lij Denhbauj】
张来喜【向李天保】
（原文）请！
（壮文）Cingj！
（音标）ɕiŋ^{3}！
（直译）请！
（意译）请！

（Lij Denhbauj riengz Cangh Laizhij doiqciengz）
（李天保随张来喜退场）

Cangh Cunghsiz【Gaenjcieng ciengq gvaibanj】
张忠实【紧张地唱快板】
（原文）真杂促，事布依，
穷鬼欧腾灵柩换新衣；
事情越斗越布依，
岂不鱼死网破露了蹄？
样鱼办，样鱼依？
灵棚又是至备眉；

想想想，思思思，
思思想想办法依；
老夫想出从兵计，
再作良谋斗解困，
斗解围。

（壮文）Caen nyapnyuk，saeh mbouj ndei，
Gungzgvij aeu daengz lingzgouq vuenh sin'ei（buhmoq）；
Saehcingz yied daeuj yied mbouj ndei，
Lawz mbouj bya dai muengx byoengq loh le daez?
Yienghlawz banh，yienghlawz ndei?
Lingzbungz youh seih ndi bwh meiz；
Siengj siengj siengj，ngeix ngeix ngeix，
Ngeixngeix siengjsiengj banhfap ndei；
Lauxfou siengj ok coengzbing geiq，
Caiq guh geiq ndei daeuj gejhoj，
Daeuj gejngeiz.

（音标）ɕan^{1} ȵa:p^{7}ȵuk^{7}，θai^{6} ʔbou^{3} ʔdei^{1}，
kuŋ^{2}kwi^{3} au^{1} taŋ^{2} liŋ^{2}kou^{5} wu:n^{6} θin^{1}ei^{1}（pu^{6}mo^{5}）；
θai^{6}ɕiŋ^{2} ji:t^{8} tau^{3} ji:t^{8} ʔbou^{3} ʔdei^{1}，
laɯ^{2} ʔbou^{3} pja^{1} ta:i^{1} mu:ŋ^{4} pjoŋ^{5} lo^{6} le tai^{2}？
ji:ŋ^{6}laɯ^{2} pa:n^{6}，ji:ŋ^{6}laɯ^{2} ʔdei^{1}？
liŋ^{2}puŋ^{2} jou^{6} θei^{6} ʔdi^{1} pɯ^{6} mei^{2}；
θi:ŋ^{3} θi:ŋ^{3} θi:ŋ^{3}，ŋei^{4} ŋei^{4} ŋei^{4}，
ŋei^{4}ŋei^{4} θi:ŋ^{3}θi:ŋ^{3} pa:n^{6}fa:p^{7} ʔdei^{1}；
la:u^{4}fou^{1}θi:ŋ^{3} o:k^{7} ɕoŋ^{2}piŋ^{1} kei^{5}，
ɕa:i^{5} ku^{6} kei^{5} ʔdei^{1} tau^{3} ke^{3}ho^{3}，
tau^{3} ke^{3}ŋei^{2}.

（直译）真烦恼，事不好，
穷鬼要到灵柩换新衣；
事情越来越不好，
岂不鱼死网破露了蹄？
怎么办，怎么好？
灵棚又是不备有；
想想想，思思思，
思思想想办法好；
老夫想出从兵计，
再作计好来解困，
来解疑。

（意译）真烦恼，事不好，
穷鬼要到灵柩（那边）换新衣；
事情越来越不好，
岂不鱼死网破露了底？
怎么办，怎才好？
没备灵柩在屋里；
想想想，思思思，
思思想想好主意；
老夫想出从兵计，
再作良谋来救急，
来救急。

【Coh baihndaw hemq】
【向内喊】
（原文）咪铭呀，快斗！
（壮文）Meh mwngz ya，vaiq daeuj！
（音标）me^6 $mɯŋ^2$ ja，$wa:i^5$ tau^3！
（直译）妈你呀，快来！
（意译）孩子他妈呀，快来！

Yah Cangh Cunghsiz【Gipmuengz hwnj cam】
张忠实妻【忙上问】
（原文）老货呀，佶几骡喊姑认紧？
（壮文）Lauxhuj ya，guh gijlawz hemq gou nyaenx gaenj？
（音标）$la:u^4$ hu^3 ja，ku^6 ki^3 law^2 $he:m^5$ kou^1 $ɲan^4$ kan^3？
（直译）老伴呀，干什么喊我恁紧？
（意译）老伴呀，什么事喊我这么急？

Cangh Cunghsiz：
张忠实：
（原文）铭斗。
（壮文）Mwngz daeuj.
（音标）$mɯŋ^2$ tau^3.
（直译）你来。
（意译）你来。

(Beng yah gvaqdaeuj)
(拉妻过来)
(原文) 李天保斗吊孝啦。
(壮文) Lij Denhbauj daeuj diuqhauq la.
(音标) li^{3} te:n^{6} pa:u^{3} tau^{3} ti:u^{5} ha:u^{5} la.
(直译) 李天保来吊孝啦。
(意译) 李天保来吊孝啦。

Yah Cangh Cunghsiz【Doeksaet】
张忠实妻【惊】
(原文) 几骡，李天保斗了?
(壮文) Gijlawz, Lij Denhbauj daeuj la?
(音标) ki^{3} law^{2}, li^{3} te:n^{6} pa:u^{3} tau^{3} la?
(直译) 什么，李天保来了?
(意译) 什么，李天保来了?

Cangh Cunghsiz:
张忠实:
(原文) 迪呀。
(壮文) Dwg ya.
(音标) tɯk^{8} ja.
(直译) 是呀。
(意译) 是呀。

【Ciengq gvaibanj】
【唱快板】
(原文) 李天保，穷骨头，
吃你大早斗兰偻;
口口声声讲批吊孝，
恐劳事情暴露双马难抽;
姑先除棺材屋批安一下，
烧香点腊就是依计谋。
(壮文) Lij Denhbauj, gungz ndokgyaeuj,
Haetneix daihcaeux daeuj ranz raeuz;
Haeujhaeuj singsing gangj bae diuqhauq,
Hoengjlau saehcingz laeuh riengmax nanz caeu;
Gou sien dawz guencaiz okbae an yaep he,
Siuyieng diemjlab couhseih ndei geiqmaeuz.

（音标）li^{3} teːn^{6}paːu^{3}，kuŋ^{2} ʔdoːk^{7}kjau^{3}，
hat^{7}nei^{4} taːi^{6}ɕau^{4} tau^{3} ɣaːn^{2} ɣau^{2}；
hau^{3}hau^{3} θiŋ^{1}θiŋ^{1} kaːŋ^{3} pai^{1} diːu^{5}haːu^{5}，
hoŋ^{3}laːu^{1} θai^{6}ɕiŋ^{2} lau^{6} ɣiːŋ^{1}ma^{4} naːn^{2} ɕau^{1}；
kou^{1} θiːn^{1} taɯ^{2} kuːn^{1}ɕaːi^{2} oːk^{7}pai^{1} aːn^{1} jap^{7} he^{1}，
θiːu^{1}jiːŋ^{1} tiːm^{3}laːp^{8} ɕou^{6}θei^{6} ʔdei^{1} kei^{5}mau^{2}.

（直译）李天保，穷骨头，
今天大早来家我们；
口口声声讲去吊孝，
恐怕事情暴露马尾难藏；
我先把棺材出去安一下，
烧香点蜡就是好计谋。

（意译）李天保，穷骨头，
今天大早就往我家走；
口口声声讲去吊孝，
恐怕马尾难藏事情泄漏；
我先拿棺材去安装，
烧香点蜡就是好计谋。

Yah Cangh Cunghsiz【Ciep】
张忠实妻【接】

（原文）如果天保开棺看大闺女，
空棺难满李家穷骨头；
事情涉漏爷上告，
干挣受罪屎布礼认后。

（壮文）Danghnaeuz Denhbauj hai guen yawj dahdaih，
Hoengq guen nanz muenz Leixgya gungz goetdaeuz；
Saehcingz saeklaeuq de hwnjgauq，
Gan deng souhcoih haex mbouj ndaej nyaenx haeu.

（音标）taŋ^{6}nau^{2} teːn^{6}paːu^{3} haːi^{1} kuːn^{1} jaɯ^{3} ta^{6}taːi^{6}，
hoŋ^{5} kuːn^{1} naːn^{2} muːn^{2} lei^{4}kja^{1} kuŋ^{2} kot^{7}tau^{2}；
θai^{6}ɕiŋ^{2} saklau^{5} te^{1} hɯn^{3}kaːu^{5}，
kaːn^{1} teːŋ^{1} θou^{6}ɕoːi^{6} hai^{4} ʔbou^{3} ʔdai^{3} ȵan^{4} hau^{1}.

（直译）如果天保开棺看大闺女，
空棺难瞒李家穷骨头；
事情泄露他上告，
白挨受罪屎不可以恁臭。

（意译）如果天保开棺看大闺女，

空棺难瞒李家穷骨头；
万一他将事上告，
白受罪屎也没这么臭。

Cangh Cunghsiz【Ciep】
张忠实【接】
（原文）眉道理，信名怒，
马脚至露露狗头；
干跪铭批装达闺女，
雷宾碗及又绝油；
喷几并香水唧，
放龙拉棺材批抽；
用沙纸及那，
实在是恩依计谋。
（壮文）Meiz dauhleix，saenq mwngz naeuz，
Dinmax ndi laeuh laeuh gaeujdaeuz；
Hixnaengz mwngz bae cang dah lwgsau，
Roi bwn uenjmig youh rwed youz；
Byoq geij bingz raemxrangrang，
Cuengq roengz laj guencaiz bae caeu；
Aeu ceijsa gaeb naj，
Saedcaih seih aen ndei geiqmaeuz.
（音标）mei^{2} taːu^{6}lei^{4}，θan^{5} mɯŋ^{2} nau^{2}，
tin^{1}ma^{4} ʔdi^{1} lau^{6} lau^{6} kau^{3}tau^{2}；
hi^{4}naŋ^{2} mɯŋ^{2} pai^{1} ɕaːŋ^{1} ta^{6} lɯk^{8}θaːu^{1}，
ɣoːi^{1} pɯn^{1} uːn^{3}mik^{8} jou^{6} ɣɯːt^{8} jou^{2}；
pjo^{5} kei^{3} piŋ^{2} ɣam^{4}ɣaːŋ^{1}ɣaːŋ^{1}，
ɕuːŋ^{5} ɣoŋ^{2} la^{3} kuːn^{1}ɕaːi^{2} pai^{1} ɕau^{1}；
au^{1} ɕei^{3}θa^{1} kap^{8} na^{3}，
θat^{8}ɕaːi^{6} θei^{6} an^{1} ʔdei^{1} kei^{5}mau^{2}.
（直译）有道理，信你说，
马脚不露露狗头；
干脆你去装个闺女，
梳毛发平顺又抹油；
喷几瓶香水，
放到下面棺材去藏；
用纱纸遮脸，
实在是个好计谋。

（意译）有道理，信你说，
马脚不露露狗头；
干脆你装成闺女，
梳头平顺又抹油；
喷洒几瓶香水，
藏到棺材后；
用纱纸遮脸，
实在是个好计谋。

Yah Cangh Cunghsiz【Ciep】
张忠实妻【接】
（原文）喊姑批受罪，
实在使云怒；
一云估事一云当，
铭就未必连累口躺姑。
（壮文）Hemq gou bae souhcoih,
Saedcaih hawj vunz naeuq;
It vunz guhsaeh it vunz dang,
Mwngz couh mboujbiet lienzlih haeuj ndang gou.
（音标）$\mathrm{he{:}m^{5}\ kou^{1}\ pai^{1}\ \theta ou^{6}\varsigma o{:}i^{6}}$，
$\mathrm{\theta at^{8}\varsigma a{:}i^{6}\ hau^{3}\ wun^{2}\ nau^{5}}$；
$\mathrm{it^{7}\ wun^{2}\ ku^{6}\theta ai^{6}\ it^{7}\ wun^{2}\ ta{:}\eta^{1}}$，
$\mathrm{mu\eta^{2}\ \varsigma ou^{6}\ ?bou^{3}pi{:}t^{7}\ li{:}n^{2}li^{6}\ hau^{3}\ ?da{:}\eta^{1}\ kou^{1}}$.
（直译）喊我去受罪，
实在叫人恼；
一人做事一人当，
你就不必连累进身我。
（意译）喊我去受罪，
真叫人恼火；
一人做事一人当，
你又何必连累我？

Cangh Cunghsiz【Ciep】
张忠实【接】
（原文）铭讲话，想脱化喔七，
口口声声全怪姑；
怪铭布生叻筛生叻幅，
所以云你眉事很北都。

（壮文）Mwngz gangjvah，siengj duet vaq okroet，
Haeujhaeuj singsing cienz gvaiq gou；
Gvaiq mwngz mbouj seng lwgsai seng lwgmbwk，
Ndigah ngoenzneix meiz saeh hwnj bakdou.
（音标）mɯŋ^{2} kaːŋ^{3}wa^{6}，θiːŋ^{3} tuːt^{7} wa^{5} oːk^{7}ɣot^{7}，
hau^{3}hau^{3} θiŋ^{1}θiŋ^{1} ɕiːn^{2} kwaːi^{5} kou^{1}；
kwaːi^{2} mɯŋ^{2} ʔbou^{3} θeːŋ^{1} lɯk^{8}θaːi^{1} θeːŋ^{1} lɯk^{8}ʔbɯk^{7}，
ʔdi^{1}ka^{6} ŋon^{2}nei^{4} mei^{2} θai^{6} hɯn^{3} paːk^{7}tou^{1}.
（直译）你讲话，想脱裤子放屁，
口口声声全怪我；
怪你不生男孩生女孩，
所以今天有事上门口。
（意译）你讲话，想脱裤放屁，
口口声声全怪我；
怪你不生男孩生女孩，
所以今天有事多。

Yah Cangh Cunghsiz【Ciep】
张忠实妻【接】
（原文）老混老糊涂，
生叻筛叻幅鱼尽各怪姑？
铭云鸾干尽决德事，
则你铭是心麻鲁心啁。
（壮文）Lauxngunh lauxmoengjdoengj，
Seng lwgsai lwgmbwk lawz caenh gag gvaiq gou？
Mwngz ngoenzlwenz（gaxgonq）guh caenh gietdaek saeh，
Ndaek neix mwngz seih sim ma rox sim mou.
（音标）laːu^{4}ŋun^{6} laːu^{4}moŋ^{3}toŋ^{3}，
θeːŋ^{1} lɯk^{8}θaːi^{1} lɯk^{8}ʔbɯk^{7} laɯ^{2} ɕan^{6} kak^{8} kwaːi^{5} kou^{1}？
mɯŋ^{2} ŋon^{2}lɯːn^{2}（ka^{4}koːn^{5}）ku^{6} ɕan^{6} kiːt^{7}tak^{7} θai^{6}，
ʔdak^{7} nei^{4} mɯŋ^{2} θei^{6} θim^{1} ma^{1} ɣo^{4} θim^{1} mou^{1}.
（直译）老昏老糊涂，
生男孩女孩怎尽单独怪我？
你以前干尽缺德事，
个这你是心狗或心猪。
（意译）混账老糊涂，
生男孩女孩怎能都怪我？
你以前干尽缺德事，

你这狗心猪心罪过多。

Cangh Cunghsiz【Hujdengdeng，ciep gvaibanj】
张忠实【怒气冲冲，接快板】
（原文）米顶牛，米六咕，
全是顶倾话塞喉；
花逢连时法，
肥代更节留。
（壮文）Maex dingj nyouz，maex roegguj，
Cienz seih dingj gingj vah saek haeuz；
Fajfwngz lienzseiz fak，
Faex fad engq get lou.
（音标）mai^{4} tiŋ^{3} ȵou^{2}，mai^{4} ɣok^{8}ku^{3}，
ɕiːn^{2} θei^{6} tiŋ^{3} kiŋ^{3} wa^{6} θak^{7} hau^{2}；
fa^{3}fɯŋ^{2} liːn^{2}θei^{2} faːk^{7}，
fai^{4} faːt^{8} eːŋ^{5} keːt^{7} lou^{1}.
（直译）妻顶牛，猫头鹰妻，
全是顶颈话塞喉；
巴掌即刻抽打，
木抽更痛快。
（意译）妻顶牛，妻恶毒，
全是顶撞话塞喉；
巴掌即刻打，
还有鞭子抽。

Yah Cangh Cunghsiz【Ciep】
张忠实妻【接】
（原文）公躬勾，
无来无路斗限姑；
布鲁那认鲁那丑，
姑就布相信眉天大理由。
（壮文）Goeng gungjgaeuz，
Fouzlaiz fouzloh daeuj hoenx gou；
Mbouj rox najnyaenq rox najcouj，
Gou couh mbouj sieng saenq meiz dien daih leixyouz.
（音标）koŋ^{1} kuŋ^{3}kau^{2}，
fou^{2}laːi^{2} fou^{2}lo^{6} tau^{3} hon^{4} kou^{1}；
ʔbou^{3} ɣo^{4} na^{3}ȵan^{5} ɣo^{4} na^{3}ɕou^{3}，

kou¹ ɕou⁶ ʔbou³ θiːŋ¹ θan⁵ mei² tiːn¹ taːi⁶ lei⁴ jou².
（直译）公驼背，
无缘无故来打我；
不知害羞或丑脸，
我就不相信有天大理由。
（意译）驼背佬，
无缘无故把我抽；
不知害羞不知丑，
我就不信有天大理由。

(Cangh Cunghsiz hoenx yah，yah de dingjhoenx，Cangh Cunghsiz aeu mumh dangj bae dangj dauq，yah de cuengq fwngz，Cangh Cunghsiz saemxsax laemx daengz gwnz eij)

（张忠实打妻，其妻还手，张忠实用胡子挡来挡去，其妻放手，张忠实踉跄跌在椅子上）

Cangh Ailenz【Hozgaek hwnj，gangj】
张爱莲【气急上，白】
（原文）哥早，有几麻事吵吗？
（壮文）Go sauj，miz gijmaz saeh cauz ma?
（音标）ko¹ θaːu³，mi² ki³ ma² θai⁶ ɕaːu² ma?
（直译）哥哥嫂子，有什么事吵吗？
（意译）哥嫂，为什么事吵呀？

Cangh Cunghsiz【Coh Cangh Ailenz】
张忠实【向张爱莲】
（原文）嗯，几骡事？
（壮文）W，gijlawz saeh?
（音标）ɯ，ki³ law² θai⁶？
（直译）嗯，什么事情？
（意译）嗯，什么事？

Cangh Ailenz【Gangj】
张爱莲【白】
（原文）借钱。
（壮文）Ciq cienz.
（音标）ɕi⁵ ɕiːn².
（直译）借钱。
（意译）借钱。

Cangh Cunghsiz【Gangj】
张忠实【白】
（原文）借钱，卑街铭借三千里层倍清哩。
（壮文）Ciq cienz，bi'gyai mwngz ciq sam cien lijcaengz boiz cing li.
（音标）ɕi^{5} ɕiːn^{2}，pi^{1}kjaːi^{1} mɯŋ^{2} ɕi^{5} θaːm^{1} ɕiːn^{1} li^{3}ɕaŋ^{2} poːi^{2} ɕiŋ^{1} li.
（直译）借钱，前年你借三千尚未还清哩。
（意译）借钱，前年你借的三千尚未还清哩。

Cangh Ailenz【Gangj】
张爱莲【白】
（原文）卑街几钱姑根倍杀拉！
（壮文）Bi'byai gij cienz gou gaenq boiz sat la！
（音标）pi^{1}kjaːi^{1} ki^{3} ɕiːn^{2} kou^{1} kan^{5} poːi^{2} θaːt^{7} la！
（直译）前年些钱我已经还完啦！
（意译）前年那些钱我已经还清啦！

Cangh Cunghsiz【Gangj】
张忠实【白】
（原文）利滚利，怎倍杀啦？
（壮文）Leih ringx leih，lawz boiz sat la？
（音标）lei^{6} ɣiŋ^{4} lei^{6}，laɯ^{2} poːi^{2} θaːt^{7} la？
（直译）利滚利，怎还完啦？
（意译）利滚利，哪里还清啦？

Cangh Ailenz【Gangj】
张爱莲【白】
（原文）依依，倍至杀卦愣再算。
（壮文）Ndei ndei，boiz ndi sat gvaqlaeng caiq suenq.
（音标）ʔdei^{1} ʔdei^{1}，poːi^{2} ʔdi^{1} θaːt^{7} kwa^{5}laŋ^{1} ɕaːi^{5} θuːn^{5}.
（直译）好好，还不完以后再算。
（意译）好好，没还清以后再算。

Cangh Cunghsiz【Gangj】
张忠实【白】
（原文）时你就算，三三礼九，九九就是八十一。
（壮文）Seizneix couh suenq，sam sam ndaej gouj，gouj gouj couhdwg betcib it.
（音标）θei^{2}nei^{4} ɕou^{6} θuːn^{5}，θaːm^{1} θaːm^{1} ʔdai^{3} kou^{3}，kou^{3} kou^{3} ɕou^{6}tɯk^{8} peːt^{7}ɕip^{8} it^{7}.

（直译）现在就算，三三得九，九九就是八十一。
（意译）现在就算，三三得九，九九就是八十一。

Yah Cangh Cunghsiz【Gaenjgip laengz Cangh Cunghsiz suenqsoq，gangj】
张忠实妻【感紧阻止张忠实算账，白】
（原文）铭里眉心算数，则事限样鱼了？
（壮文）Mwngz lij meiz sim suenqsoq，ndaek saeh haenx lawzyiengh la?
（音标）mɯŋ^{2} li^{3} mei^{2} θim^{1} θuːn^{5}θo^{5}，ʔdak^{7} θai^{6} han^{4} lauɯ^{2}jiːŋ^{6} la?
（直译）你还有心算账，个事那怎么样啦？
（意译）你还有心思算账，那些事怎么办啦？

Cangh Ailenz【Gangj】
张爱莲【白】
（原文）什么事呀，早？
（壮文）Gijmaz saeh ya，sauj?
（音标）ki^{3}ma^{2} θai^{6} ja，θaːu^{3}？
（直译）什么事呀，嫂子？
（意译）什么事呀，嫂子？

Cangh Cunghsiz【Cienj baenz najdaej】
张忠实【换成哭脸】
（原文）往呀，眉件急事，姑想铭——
（壮文）Nuengx ya，meiz gienh gaepsaeh，gou siengj mwngz——
（音标）nuːŋ^{4} ja，mei^{2} kiːn^{6} kap^{7}θai^{6}，kou^{1} θiːŋ^{3} mɯŋ^{2}——
（直译）妹呀，有件急事，我想你——
（意译）妹呀，有件急事，我想你——

Cangh Ailenz【Gipmuengz dajduenh gij vah Cangh Cunghsiz，gangj】
张爱莲【急忙打断张忠实的话，白】
（原文）文老年纪，铭想姑估几骡？
（壮文）Baenz laux nienzgeij，mwngz siengj gou guh gijlawz?
（音标）pan^{2} laːu^{4} niːn^{2}kei^{3}，mɯŋ^{2} θiːŋ^{3} kou^{1} ku^{6} ki^{3}lauɯ^{2}？
（直译）这么大年纪，你想我做什么？
（意译）这么大年纪，你想我做什么？

Cangh Cunghsiz：
张忠实：
（原文）铭听姑讲。

（壮文）Mwngz dingq gou gangj.
（音标）mɯŋ^{2} tiŋ^{5} kou^{1} kaːŋ^{3}.
（直译）你听我讲。
（意译）你听我讲。

【Ciengq】
【唱】
（原文）为达仂幅，陷能布得布安；
巾至文餐，内心尽烦尽怒；
年纪十九，早放命口李家；
无彷潭那，实在难虾礼很；
日子逼近，讲达命尽归阴。
（壮文）Vih dah lwgmbwk，Haemh ninz mbouj ndaek mbouj an；
Gwn ndi baenz can（donq），Ndawsim caenh fanz caenh naeuq；
Nienzgeij cibgouj，Caeux cuengq mingh haeuj Leixgya；
Fouz bangx daemz naz，Saedcaih nanz ha ndaej hwnj；
Saedceij bikgaenh，Gangj dah mingh caenh gviyaem.
（音标）wi^{6} ta^{6} lɯk^{8}ʔbɯk^{7}，ham^{6} nin^{2} ʔbou^{3} ʔdak^{7} ʔbou^{3} aːn^{1}；
kɯn^{1} ʔdi^{1} pan^{2} ɕaːn^{1}（toːn^{5}），ʔdaɯ^{1}θim^{1} ɕan^{6} faːn^{2} ɕan^{6} nau^{5}；
niːn^{2}kei^{3} ɕip^{8}kou^{3}，ɕau^{4} ɕuːŋ^{5} miŋ^{6} hau^{3} lei^{4}kja^{1}；
fou^{2} paːŋ^{4} tam^{2} na^{2}，θat^{8}ɕaːi^{6} naːn^{2} ha^{1} ʔdai^{3} hɯn^{3}；
θat^{8}ɕei^{3} pik^{7}kan^{6}，kaːŋ^{3} ta^{6} miŋ^{6} ɕan^{6} kwi^{1}jam^{1}.
（直译）为个女儿，夜睡不着不安；
吃不成餐，内心尽烦尽恼；
年纪十九，早放命进李家；
无半块水塘田地，实在难配得上；
日子逼近，讲女命尽归阴。
（意译）为这女儿，夜睡不能安心；
吃不下饭，内心忧烦无尽；
年纪十九，许给李家配亲；
无塘无田，实难配成姻亲；
婚期逼近，讲她命尽归阴。

Cangh Ailenz【Ciengq】
张爱莲【唱】
（原文）几计真灵，胜过孔明三国。
（壮文）Gij geiq caen lingz，Hingz gvaq Gungj Mingz Samguek.
（音标）ki^{3} kei^{5} ɕan^{1} liŋ^{2}，hiŋ^{2} kwa^{5} kuŋ^{3} miŋ^{2} θaːm^{1}kuːk^{7}.

（直译）些计策真灵，胜过孔明三国。
（意译）计策真灵，胜过三国孔明。

Cangh Cunghsiz【Ciengq】
张忠实【唱】
（原文）实在布料，天保硬要斗腾；
吊孝口棚，使姑头昏促乱。
（壮文）Saedcaih mbouj liuh，Denhbauj nyengh yiuq（aeu）daeuj daengz；
Diuqhauq haeuj bungz，Hawj gou gyaeuj ngunh uk luenh.
（音标）θat^{8}ɕaːi^{6} ʔbou^{3} liːu^{6}，teːn^{6}paːu^{3} ɳeːŋ^{6} jiːu^{5}（au^{1}）tau^{3} taŋ^{2}；
tiːu^{5}haːu^{5} hau^{3} puŋ^{2}，haɯ^{3} kou^{1} kjau^{3} ŋun^{6} uk^{7} luːn^{6}.
（直译）实在没料，天保硬要来到；
吊孝入棚，叫我头昏脑乱。
（意译）实在没料，天保硬要来到；
吊孝入棚，叫我头昏烦恼。

【Cabgangj】
【插白】
（原文）爱莲，快许姑屋吞子意。
（壮文）Ailenz，vaiq hawj gou ok aen cawjeiq.
（音标）aːi^{1} leːn^{2}，waːi^{5} haɯ^{3} kou^{1} oːk^{7} an^{1} ɕaɯ^{3}ei^{5}.
（直译）爱莲，快给我出个主意。
（意译）爱莲，快帮我出个主意。

Cangh Ailenz【Gvaibanj】
张爱莲【快板】
（原文）布侬事，事布侬，
兰赵若鲁一定是布侬；
爹队批上告，
特哥达早修就巾官司；
争挨大板龙监狱，
枉花钱财道理又至眉；
大姥闺女怕送哥早是巾大亏，
巾大亏。
（壮文）Mbouj ndei saeh，saeh mbouj ndei，
Ranz Cau dangh rox itdingh seih mbouj ndei；
Dedoih bae hwnjgauq，
Daeggo daxsauj sou couh gwn guensei；

Deng ngaiz daihbanj roengz gamlauz,
Vuengj va cienzcaiz dauhleix youh ndi meiz;
Dahlaux lwgsau lau soengq go sauj seih gwn daih vi,
Gwn daih vi.

（音标）ʔbou^{3} ʔdei^{1} θai^{6}，θai^{6} ʔbou^{3} ʔdei^{1}，
ɣaːn^{2} ɕaːu^{1} taːŋ^{6} ɣo^{4} it^{5}tiŋ^{6} θei^{6} ʔbou^{3} ʔdei^{1}；
te^{1}toːi^{6} pai^{1} hɯn^{3}kaːu^{5}，
tak^{8}ko^{1} ta^{4}θaːu^{3} θou^{1} ɕou^{6} kɯn^{1} kuːn^{1}θei^{1}；
teːŋ^{1} ŋaːi^{2} taːi^{6}paːn^{3} ɣoŋ^{2} kaːm^{1} laːu^{2}，
wuːŋ^{3} wa^{1} ɕiːn^{2}ɕaːi^{2} taːu^{6}lei^{4} jou^{6} ʔdi^{1} mei^{2}；
ta^{6}laːu^{4} lɯk^{8}θaːu^{1} laːu^{1} θoŋ^{5} ko^{1} θaːu^{3} θei^{6} kɯn^{1} taːi^{6} wi^{1}，
kɯn^{1} taːi^{6} wi^{1}.

（直译）不好事，事不好，
家赵若知道一定是不好；
他们去上告，
哥哥嫂嫂你们就吃官司；
被挨大板下监狱，
枉花钱财道理又没有；
老大闺女怕送哥嫂是吃大亏，
吃大亏。

（意译）不好事，事不好，
赵家知道一定是不好；
他们去上告，
哥哥嫂嫂就要成被告；
挨大板蹲监狱，
枉花钱财又像无理乱闹；
老大闺女怕是让哥嫂吃大亏，
吃大亏。

Cangh Cunghsiz【Ciengq】
张忠实【唱】
（原文）往讲眉道理，屋主意肯哥；
（壮文）Nuengx gangj meiz dauhleix，ok cawjeiq hawj go；
（音标）nuːŋ^{4} kaːŋ^{3} mei^{2} taːu^{6}lei^{4}，oːk^{7} ɕaɯ^{3}ei^{5} haɯ^{3} ko^{1}；
（直译）妹讲有道理，出主意给哥哥；
（意译）妹话儿有理，帮哥出主意；

Yah Cangh Cunghsiz【Ciengq】
张忠实妻【唱】
（原文）事办差不多，来分卢厚确。
（壮文）Saeh banh ca mbouj doh，lai faen loz haeuxgok.
（音标）θai^{6} paːn^{6} ɕa^{1} ʔbou^{3} to^{6}，laːi^{1} fan^{1} lo^{2} hau^{4}koːk^{7}.
（直译）事办差不多，多分箩稻谷。
（意译）事情办妥后，多分谷给你。

Cangh Ailenz【Youq henz gangj】
张爱莲【旁白】
（原文）只欧给东西，姑一刀割给铭取礼。哥早，倭队总是同胞亲骨血，姑至是为东西的。
（壮文）Cijaeu hawj doxgaiq，gou it cax gvej hawj mwngz cij ndaej. Go sauj，raeuzdoih cungjseih beixnuengx caen ndoklwed，gou ndi seih vih doenghyiengh gae.
（音标）ɕi^{3}au^{1} haɯ^{3} to^{4}kaːi^{5}，kou^{1} it^{7} ɕa^{4} kwe^{3} haɯ^{3} mɯŋ^{2} ɕi^{3} ʔdai^{3}. ko^{1} θaːu^{3}，ɣau^{2} toːi^{6} ɕuŋ^{3}θei^{6} pei^{4}nuːŋ^{4} ɕan^{1} ʔdoːk^{7}lɯːt^{8}，kou^{1} ʔdi^{1} θei^{6} wi^{6} toŋ^{6}jiːŋ^{6} kai.
（直译）只要给东西，我一刀割给你就行。哥嫂，我们总是同胞亲骨血，我不是为东西的。
（意译）只要给东西，我一刀割给你就行。哥嫂，我们都是同胞亲骨血，我不是为了东西的。

Cangh Cunghsiz【Gangj】
张忠实【白】
（原文）更依，更依，快肯姑屋主意吧。
（壮文）Engq ndei，engq ndei，vaiq hawj gou ok cawjeiq ba.
（音标）eːŋ^{5} ʔdei^{1}，eːŋ^{5} ʔdei^{1}，waːi^{5} haɯ^{3} kou^{1} oːk^{7} ɕaɯ^{3}ei^{5} pa.
（直译）更好，更好，快给我出主意吧。
（意译）更好，更好，快给我出主意吧。

Cangh Ailenz【Gangj】
张爱莲【白】
（原文）主意吗，就是一条灵棚计。若事办成后，铭肯几来钱?
（壮文）Cawjeiq ma，couhseih it diuz baengzlingz gae. Dangh saeh banh baenz le，mwngz hawj geijlai cienz?
（音标）ɕaɯ^{3} ei^{5} ma，ɕou^{6} θei^{6} it^{7} tiːu^{2} paŋ^{2} liŋ^{2} kai^{1}. taːŋ^{6} θai^{6} paːn^{6} pan^{2} le，mɯŋ^{2} haɯ^{3} kei^{3}laːi^{1} ɕiːn^{2}?
（直译）主意嘛，就是一条灵布。若事情办成后，你给多少钱?
（意译）主意嘛，就是一条白布。若事情办成后，你给多少钱?

Cangh Cunghsiz【Gangj】
张忠实【白】
（原文）铭欧几来？
（壮文）Mwngz aeu geijlai?
（音标）$mɯŋ^{2}$ au^{1} $kei^{3}la:i^{1}$？
（直译）你要多少？
（意译）你要多少？

Cangh Ailenz【Gangj】
张爱莲【白】
（原文）白银二十五两。
（壮文）Ngaenzhau ngeihcib haj cangz.
（音标）$ŋan^{2}ha:u^{1}$ $ŋei^{6}ɕip^{8}$ ha^{5} $ɕa:ŋ^{2}$.
（直译）白银二十五两。
（意译）白银二十五两。

Cangh Cunghsiz【Doeksaet yat】
张忠实【一惊】
（原文）姑肯铭五十再加一。
（壮文）Gou hawj mwngz hajcib caiq gya it.
（音标）kou^{1} $haɯ^{3}$ $mɯŋ^{2}$ $ha^{3}ɕip^{8}$ $ɕa:i^{5}$ kja^{1} it^{7}.
（直译）我给你五十再加一。
（意译）我给你五十再加一。

（Yah Cangh Cunghsiz yaek laengz，goenggvan vad fwngz hawj yah rox）
（张忠实妻要阻止，丈夫以手暗示，妻会意）

Cangh Ailenz【Gangj】
张爱莲【白】
（原文）君子讲话算数。
（壮文）Ginhswj gangjvah suenqsoq.
（音标）$kin^{6}θɯ^{3}$ $ka:ŋ^{3}wa^{6}$ $θu:n^{5}θo^{5}$.
（直译）君子讲话算数。
（意译）君子讲话算数。

Cangh Cunghsiz【Gangj】
张忠实【白】
（原文）是是，妹子，偻批吧。

（壮文）Seih seih. Dahnuengx，raeuz bae ba.
（音标）θei⁶ θei⁶. ta⁶nuːŋ⁴，ɣau² pai¹ pa.
（直译）是是。妹妹，我们走吧。
（意译）是是。妹妹，我们走吧。

Cangh Ailenz【Gangj】
张爱莲【白】
（原文）批容易，先交傍份钱。
（壮文）Bae yungzheih，sien gyau mbangjfaenh cienz.
（音标）pai¹ juŋ²hei⁶，θiːn¹ kjaːu¹ ʔbaːŋ³fan⁶ ɕiːn².
（直译）去容易，先交部分钱。
（意译）去容易，先给一部分钱。

（Iet fwngz aeu）
（伸手取）

Cangh Cunghsiz【Vuengvat dwk，gangj】
张忠实【慌张地，白】
（原文）不，事办成再肯吧。
（壮文）Mbouj，saeh banh baenz caiq hawj ba.
（音标）ʔbou³，θai⁶ paːn⁶ pan² ɕaːi⁵ haɯ³ pa.
（直译）不，事情办成再给吧。
（意译）不，事情办成再给吧。

Cangh Ailenz【Daekeiq dwk】
张爱莲【得意地】
（原文）至，至眉钱事办布文。
（壮文）Ndi，ndi meiz cienz saeh banh mbouj baenz.
（音标）ʔdi¹，ʔdi¹mei² ɕiːn² θai⁶ paːn⁶ ʔbou³ pan².
（直译）不，没有钱事情办不成。
（意译）不行，没有钱事情办不成。

Cangh Cunghsiz【Sim'in dwk mbon geij naed ngaenz iq，ndenq gvaq fwngz Cangh Ailenz geq】
张忠实【心痛地掏出几个小钱，向张爱莲手上数】
（原文）一文双文三文全肯铭。
（壮文）It maenz song maenz sam maenz cienz hawj mwngz.
（音标）it⁷ man² θoːŋ¹ man² θaːm¹ man² ɕiːn² haɯ³ mɯŋ².

（直译）一文两文三文全给你。
（意译）一文两文三文全给你。

Cangh Ailenz【Ciengq】
张爱莲【唱】
（原文）麻瘦盹肯杖，化省里放丁；
　　　　估硬至曾伦，颜银鱼办事？
（壮文）Ma byom ninz gwnz nyengx，Vaq sengx lij cuengq din；
　　　　Gou nyengh ndicaengz raen，Nyen ngaenz lawz banh saeh？
（音标）ma¹ pjoːm¹ nin² kɯn² ȵeːŋ⁴，wa⁵ θeːŋ⁴ li³ ɕuːŋ⁵ tin¹；
　　　　kou¹ ȵeːŋ⁶ ʔdi¹ ɕaŋ² ɣan¹，ȵeːn¹ ŋan² laɯ² paːn⁶ θai⁶？
（直译）狗瘦睡上面柴草，裤子破烂还放脚；
　　　　我偏偏未曾见，吝啬银子怎办事情？
（意译）瘦狗睡柴草，烂裤还放边；
　　　　我从未见过，办事吝啬钱？

（Gveng ngaenz youq gwnz deih）
（扔钱在地）

Cangh Cunghsiz【Sim'in dwk gip ngaenz】
张忠实【心痛地拾钱】
【Ciengq】
【唱】
（原文）肯钱铭至欧，是布是嫌少？
（壮文）Hawj cienz mwngz ndi aeu，Seih mbouj seih yiemz siuj？
（音标）haɯ³ ɕiːn² mɯŋ² ʔdi¹ au¹，θei⁶ ʔbou³ θei⁶ jiːm² θiːu³？
（直译）给钱你不要，是不是嫌少？
（意译）给钱你不要，是不是嫌少？

场大四　姑姑献计
Ciengz Daihseiq　Daxgux Ok Geiq
场第四　姑姑出计
第四场　姑姑献计

【Baij gingj】Rug Fungcej.
【布景】凤姐绣房。

Cangh Fungcej【Mwh hai muq，Fungcej dinghdingh naengh gwnz eij ngeixsiengj，nam】
张凤姐【幕启时，凤姐默默坐在椅子上深思，念】
（原文）三月已来点春光，
柳绿桃红映寒窗；
独坐绣房厌寂寞，
可恨月园人未园。
（壮文）Ndwen sam gaenq daeuj diemj cingueng，
Loux loeg dauz hoengz ingj hanzcueng；
Gag naengh siuqfuengz yienq caemyaemz，
Cix haemz ndwen luenz vunz caengz luenz.
（音标）ʔdɯːn¹ θaːm¹ kan⁵ tau³ tiːm³ ɕin¹ kuːŋ¹，
lou⁴ lok⁸ taːu² hoŋ² iŋ³ haːn² ɕuːŋ¹；
kaːk⁸ naŋ⁶ θiːu⁵ fuːŋ² jiːn⁵ ɕam¹ jam²，
ɕi⁴ ham² ʔdɯːn¹ luːn² wun² ɕaŋ² luːn².
（直译）月三已来点春光，
柳绿桃红映寒窗；
独坐绣房厌寂寞，
可恨月圆人未圆。
（意译）三月已来点春光，
柳绿桃红映寒窗；
独坐绣房厌寂寞，
可恨月圆未见郎。

【Ciengq seiq roek lienz】

【唱四六联】

1.

（原文）长空飞燕，光阴似箭如梭；
人非奈何，只恨当初情拨；
人无快活，虚渡岁月年华；
野草开花，尚且朝霞映染；
愁眉不展，日夜百厌绣房；
眼泪双双，亦为寒窗孤苦；
青春枉度，难以倾诉表情；
只怨双亲，累累赖婚天保；
天无作老，大妮苦脑难言；
鸾凤鸳鸯，化作一场美梦。

（壮文）Gwnzmbwn mbin enq，Seizgan lumj cienq (naq) lumj so (daeuq)；
Vunz mbouj naihhoz，Cij haemz dangco cingz bued；
Vunz fouz vaiqvued，Hawdoh bi'nyied nienzvaz；
Gorum haiva，Vanzlij cauzyaz (fwjhaet) ingj nyumx；
Najsaep mbouj cienj (hai)，Hwnzngoenz bak yiemq siuqfuengz；
Raemxda suengsueng，Hix vih hanzcueng gohoj；
Cingcin vuengj doh，Nanz hix soh gangj biujcingz；
Cij ienq song cin，Baezbaez laihvaen Denhbauj；
Dien mbouj guh laux，Dahdaih hojnaux (simnyap) nanz nyienz；
Lonzfung yienyieng，Vaq guh it ciengz loqndei.

（音标）kɯn^{2}ʔbɯn^{1} ʔbin^{1} eːn^{5}，θei^{2}kaːn^{1} lum^{3} ɕiːn^{5} （na^{5}）lum^{3} θo^{1} （tau^{5}）；
wun^{2} ʔbou^{3} naːi^{6}ho^{2}，ɕi^{3} ham^{2} taːŋ^{1}ɕo^{1} ɕiŋ^{2} puːt^{8}；
wun^{2} fou^{2} waːi^{5}wuːt^{8}，haɯ^{1}to^{6} pi^{1}ȵiːt^{8} niːn^{2}wa^{2}；
ko^{1}ɣum^{1} haːi^{1}wa^{1}，waːn^{2}li^{3} ɕaːu^{2}ja^{2} （fɯ^{3}hat^{7}）iŋ^{3} ȵum^{4}；
na^{3}θap^{7} ʔbou^{3} ɕiːn^{3} （haːi^{1}），hɯn^{2}ŋon^{2} paːk^{7} jiːm^{5} θiːu^{5}fuːŋ^{2}；
ɣam^{4}ta^{1} θuːŋ^{1}θuːŋ^{1}，hi^{4} wi^{6} haːn^{2}ɕuːŋ^{1} ko^{1}ho^{3}；
ɕiŋ^{1}ɕin^{1} wuːŋ^{3} to^{6}，naːn^{2} hi^{4} θo^{6} kaːŋ^{3} piːu^{3}ɕiŋ^{2}；
ɕi^{3} iːn^{5} θoːŋ^{1} ɕin^{1}，pai^{2}pai^{2} laːi^{6}wan^{1} teːn^{6}paːu^{3}；
tiːn^{1} ʔbou^{3} ku^{6} laːu^{4}，ta^{6}taːi^{6} ho^{3}naːu^{4} （θim^{1}ȵaːp^{7}）naːn^{2} ȵiːn^{2}；
loːn^{2}fuŋ^{1} jiːn^{1}jiːŋ^{1}，wa^{5} ku^{6} it^{7} ɕiːŋ^{2} lo^{5}ʔdei^{1}.

（直译）长空飞燕，光阴似箭如梭；
人非奈何，只恨当初情拨；
人无快活，虚度岁月年华；
野草开花，尚且朝霞映染；
愁眉不展，日夜百厌绣房；

眼泪双双，亦为寒窗孤苦；
青春枉度，难也直言表情；
只怨双亲，屡屡赖婚天保；
天不作老，大妮苦恼难言；
鸾凤鸳鸯，化作一场美梦。

（意译）长空飞燕，时光似箭快速；
人无奈何，只恨情拨当初；
人无快活，岁月年华虚度；
野草开花，尚且朝霞染镀；
愁眉不展，日夜百厌绣屋；
眼泪双双，亦为寒窗孤苦；
青春枉度，难以表情直诉；
只怨双亲，赖婚天保数度；
天不作老，大妮难言苦楚；
鸾凤鸳鸯，化作美梦虚无。

2.

（原文）姑终日想思，
当至依，
各愁眉苦脸；
公子情非浅，
心留恋，
眉话向谁言？

（壮文）Gou baenzngoenz siengjsei,
Ndang ndi ndei,
Gag saeuzmeiz hojlienj;
Goengceij cingz mbouj cienj,
Sim louzlienh,
Meiz vah yiengq byawz nyienz?

（音标）kou^{1} pan^{2}ŋon^{2} θiːŋ^{3}θei^{1},
ʔdaːŋ^{1} ʔdi^{1} ʔdei^{1},
kaːk^{8} θau^{2}mei^{2} ho^{3}liːn^{3};
koŋ^{1}ɕei^{3} ɕiŋ^{2} ʔbou^{3} ɕiːn^{3},
θim^{1} lou^{2}liːn^{6},
mei^{2} wa^{6} jiːŋ^{5} pjaɯ^{2} ȵiːn^{2}?

（直译）我终日想思，
身不好，
自愁眉苦脸；

公子情匪浅，
心留恋，
有话向谁说？
（意译）我终日思念，
身体差，
自愁眉苦脸；
公子情匪浅，
心留恋，
有话向谁言？

3.
（原文）爹含情默默，
满春色，
尽双目秋波；
人生不奈何，
往奏哥，
凳天何相牵。
（壮文）De hamz cingz maegmaeg，
Rim cinsaek，
Caenh song moeg（da）coubo；
Vunzseng mbouj naihhoz，
Nuengx caeuq go，
Daengq dienhoz（dahmbwn）doxriengh.
（音标）te^{1} haːm^{2} ɕiŋ^{2} mak^{8}mak^{8}，
ɣim^{1} ɕin^{1}θak^{7}，
ɕan^{6} θoːŋ^{1} mok^{8}（ta^{1}）ɕou^{1}po^{1}；
wun^{2}θeːŋ^{1} ʔbou^{3} naːi^{6}ho^{2}，
nuːŋ^{4} ɕau^{5} ko^{1}，
taŋ^{5} tiːn^{1}ho^{2}（ta^{6}ʔbɯn^{1}）to^{4}ɣiːŋ^{6}.
（直译）他含情脉脉，
满春色，
尽双目秋波；
人生不奈何，
妹和哥，
像天河相牵。
（意译）他含情脉脉，
满春色，
双目送秋波；

　　　　人生不奈何，
　　　　妹和哥，
　　　　像相牵天河。

【Nam】
【念】
（原文）早知如此相思苦，可恨当初太任情。
（壮文）Caeux rox baenzneix doxsiengj hoj，dwghaemz dangco daih nyaemhcingz.
（音标）ɕau^{4} ɣo^{4} pan^{2}nei^{4} to^{4}θiːŋ^{3} ho^{3}，tɯk^{8}ham^{2} taːŋ^{1}ɕo^{1} taːi^{6} ȵaem^{6}ɕiŋ^{2}.
（直译）早知如此相思苦，可恨当初太任性。
（意译）早知如此相思苦，可恨当初太任性。

（Naengh roengzdaeuj nyapnyuk dangqmaz）
（坐下闷闷不乐）

Cangh Ailenz【Caeuq yah Cangh Cunghsiz hwnj siuqfuengz】
张爱莲【与张忠实妻上绣房】
（原文）大妮。
（壮文）Dahdaih.
（音标）ta^{6} taːi^{6}.
（直译）大妮。
（意译）大妮。

Cangh Fungcej【Ndwn hwnj】
张凤姐【起身】
（原文）姑姑回来啦，请坐。
（壮文）Daxgux ma la，cingj naengh.
（音标）ta^{4}ku^{4} ma^{1} la，ɕiŋ^{3} naŋ^{6}.
（直译）姑姑回来啦，请坐。
（意译）姑姑回来啦，请坐。

Cangh Ailenz【Gvaibanj】
张爱莲【快板】
（原文）大侄女，达大妮，
　　　　眉麻欧气得西西？
　　　　生斗才行又良利，
　　　　宾他勾化又整齐；
　　　　北红他又迷，

那也布瘦布短也布黎；
剥料又剥讲，
打鸡处伦何子奇；
参客一句话，
出嫁很快卷东西；
爬妈幼其你，
眉话尽管提。

（壮文）Dah lansau，dah dahdaih，
Meiz maz aeuqheiq ndaej seizseiz?
Seng daeuj caezhangz youh lingzleih，
Bwnda ngaeunget youh cingjcaez；
Bak hoengz da youh maez，
Naj hix mbouj byom mbouj dinj hix mbouj raez；
Bak riu youh bak gangj，
Daj gyae yawjraen hoz cij gyaez；
Cam hek it coenz vah，
Okhaq gig vaiq gienj doengsae (doenghyiengh)；
Bazmeh youq gizneix，
Meiz vah caenhguenj daez.

（音标）ta^{6} la:n^{1}θa:u^{1}， ta^{6} ta^{6}ta:i^{6}，
mei^{2} ma^{2} au^{5}hei^{5} ʔdai^{3} θei^{2}θei^{2}？
θe:ŋ^{1} tau^{3} ɕai^{2}ha:ŋ^{2} jou^{6} liŋ^{2}lei^{6}，
pɯn^{1}ta^{1} ŋau^{1}ŋe:t^{7} jou^{6} ɕiŋ^{3}ɕai^{2}；
pa:k^{7} hoŋ^{2} ta^{1} jou^{6} mai^{2}，
na^{3} hi^{4} ʔbou^{3} pjo:m^{1} ʔbou^{3} tin^{3} hi^{4} ʔbou^{3} ɣai^{2}；
pa:k^{7} ɣi:u^{1} jou^{6} pa:k^{7} ka:ŋ^{3}，
ta^{3} kjai^{1} jaɯ^{3}ɣan^{1} ho^{2} ɕi^{3} kjai^{2}；
ɕa:m^{1} he:k^{7} it^{7} ɕon^{2} wa^{6}，
o:k^{7}ha^{5} kik^{8} wa:i^{5} ki:n^{3} toŋ^{1}θai^{1} （toŋ^{6}ji:ŋ^{6}）；
pa^{2}me^{6} jou^{5} ki^{2}nei^{4}，
mei^{2} wa^{6} ɕan^{6}ku:n^{3} tai^{2}.

（直译）女儿哥，个大妮，
有啥怄气得凄凄？
生来美貌又伶俐，
眉毛弯弯又整齐；
唇红眼又迷离，
脸不瘦不短也不长；
嘴说又嘴笑，

从远处看见就爱慕；
问客一句话，
出嫁很快捡东西；
老妈在这里，
有话尽管提。

（意译）大侄女，这大妮，
有啥怨气恼凄凄？
生来美貌又伶俐，
眉毛弯弯又整齐；
唇红眼迷离，
脸不瘦短也适宜；
会说又爱笑，
远处见了就爱迷；
问客一句话，
出嫁就快捡东西；
老妈在这里，
有话尽管提。

Yah Cangh Cunghsiz【Dingq le simgip，doq rag Ailenz vaiqdi ciengq，gvaibanj】
张忠实妻【听了着急，忙拉爱莲急唱，快板】

（原文）达米铭，真是钱财迷，
话句越拉越扯就越黎；
为麻布讲件事痕？
计用隼些转正提。

（壮文）Daxmeh mwngz，caenseih cienzcaiz maez，
Vahgawq yied rag yied beng couh yied raez；
Vihmaz mbouj gangj gienh saeh haenx？
Gaej yungh saemzsez cienj cingqdaez.

（音标）ta^{4} me^{6} mɯŋ^{2}，ɕan^{1} θei^{6} ɕiːn^{2} ɕaːi^{2} mai^{2}；
wa^{6} kaɯ^{5} jiːt^{8} ɣaːk^{8} jiːt^{8} peːŋ^{1} ɕou^{6} jiːt^{8} ɣai^{2}；
wi^{6} ma^{2} ʔbou^{3} kaːŋ^{3} kiːn^{6} θai^{6} han^{4}？
kai^{3} juŋ^{6} θam^{2} θe^{2} ɕiːn^{3} ɕiŋ^{5} tai^{2}.

（直译）阿妈你，真是钱财迷，
话语越拉越扯就越长；
为何不讲件事那？
不用啰唆转正题。

（意译）你阿妈，真是钱财迷，
话题越拉越远离；

为何不讲那件事？
不用啰唆转正题。

Cangh Ailenz【Ciep】
张爱莲【接】
（原文）早咳早，达大妮，
达爹思思想想心尽宜；
是铭生是铭养，
眉话应当是铭提；
俗话讲嫁女出门是外客，
达米处伦只斗劝则皮。
（壮文）Sauj hai sauj，dah dahdaih，
Dah de ngeixngeix siengjsiengj sim caenh ngaez；
Seih mwngz seng seih mwngz ciengx，
Meiz vah wngdang seih mwngz daez；
Vahsug gangj haq mbwk okdou seih hekrog，
Daxmeh yawjraen cix daeuj yienq saek baez.
（音标）θaːu^{3} haːi θaːu^{3}，ta^{6} ta^{6}taːi^{6}，
ta^{6} te^{1} ŋei^{4}ŋei^{4} θiːŋ^{3}θiːŋ^{3} θim^{1} ɕan^{6} ŋai^{2}；
θei^{6} mɯŋ^{2} θeːŋ^{1} θei^{6} mɯŋ^{2} ɕiːŋ^{4}，
mei^{2} wa^{6} ɯŋ^{1}taːŋ^{1} θei^{6} mɯŋ^{2} tai^{2}；
wa^{6}θuk^{8} kaːŋ^{3} ha^{5} ʔbɯk^{7} oːk^{7}tou^{1} θei^{6} heːk^{7}ɣoːk^{8}，
ta^{4}me^{6} jaɯ^{3}ɣan^{1} ɕi^{4} tau^{3} jiːn^{5} θak^{7} pai^{2}.
（直译）嫂啊嫂，个大妮，
个她思思想想心尽发呆；
是你生是你养，
有话应当是你提；
俗话讲嫁女出门是外客，
母亲看见就来劝一次。
（意译）嫂啊嫂，这大妮，
她思思想想心中疑；
是你生是你养，
有话应当是你提；
嫁女出门是外客，
母亲看见劝一句。

Dahngeih【Gaem nyup va gaenjgip saet hwnj，gangj】
二妮【拿一束花急跑上，白】
（原文）米，铭看，姑插这朵花依至依呀？
（壮文）Meh，mwngz yawj，gou cap duj va neix ndei ndi ndei ya？
（音标）me^{6}，mɯŋ^{2} jaɯ^{3}，kou^{1} ɕaːp^{7} tu^{3} wa^{1} nei^{4} ʔdei^{1} ʔdi^{1} ʔdei^{1} ja？
（直译）妈，你看，我插朵花这好不好呀？
（意译）妈，您看，我插这朵花好不好呀？

Cangh Ailenz【Ciep gangj】
张爱莲【接白】
（原文）哟，二妮，红花也欧绿叶配呀！
（壮文）Yo，Dahngeih，vahoengz hix aeu loegyieb（mbawheu）boiq ya！
（音标）jo，ta^{6} ŋei^{6}，wa^{1}hoŋ^{2} hi^{4} au^{1} lok^{8}jiːp^{8}（ʔbaɯ^{1}heːu^{1}）poːi^{5} ja！
（直译）哟，二妮，红花也要绿叶配呀！
（意译）哟，二妮，红花也要绿叶配呀！

【唱】
（原文）红花绿叶配，痕绣对鸳鸯。
（壮文）Hoengzva mbawheu boiq，Hanz siuq doiq yienyieng.
（音标）hoŋ^{2}wa^{1} ʔbaɯ^{1}heːu^{1} poːi^{5}，haːn^{2} θiu^{5} toːi^{5} jiːn^{1}jiːŋ^{1}.
（直译）红花绿叶配，还绣对鸳鸯。
（意译）红花绿叶配，还绣对鸳鸯。

Dahngeih【Dajduenh vah Ailenz】
二妮【打断爱莲话】
（原文）姑姑，还插诗联句更依呢！
（壮文）Daxgux，lij cap sei lienz coenz engq ndei ne！
（音标）ta^{4}ku^{4}，li^{3} ɕaːp^{7} θei^{1} liːn^{2} ɕon^{2} eːŋ^{5} ʔdei^{1} ne！
（直译）姑姑，还插诗联句更好呢！
（意译）姑姑，还是插诗联句更好呢！

Cangh Ailenz【Gangj】
张爱莲【白】
（原文）几骡诗联？
（壮文）Gijlawz sei lienz？
（音标）ki^{3}laɯ^{2} θei^{1} liːn^{2}？
（直译）什么诗联？
（意译）什么诗联？

Dahngeih【Ciep ciengq】
二妮【接唱】
（原文）庆父初卦使依，寿百年偕老。
（壮文）Hoh bouxcoz gvaq ndaej ndei，gyaeu baknienz caez laux.
（音标）ho^{6} pou^{4}ɕo^{2} kwa^{5} ʔdai^{3} ʔdei^{1}，kjau^{1} paːk^{7}niːn^{2} ɕai^{2} laːu^{4}.
（直译）庆贺年轻人过得好，寿百年偕老。
（意译）庆贺年轻人过得好，百年偕老。

Cangh Ailenz：
张爱莲：
（原文）依，依，依，斗，姑姑教铭扎。
（壮文）Ndei，ndei，ndei，daeuj，daxgux gyauq mwngz cap.
（音标）ʔdei^{1}，ʔdei^{1}，ʔdei^{1}，tau^{3}，ta^{4}ku^{4} kjaːu^{5} mɯŋ^{2} ɕaːp^{7}.
（直译）好，好，好，来，姑姑教你插。
（意译）好，好，好，来，姑姑教你插。

（Rag Dahngeih）
（拉二妮）

Yah Cangh Cunghsiz【Doiq Fungcej】
张忠实妻【对凤姐】
（原文）大妮！
（壮文）Dahdaih！
（音标）ta^{6}taːi^{6}！
（直译）大妮！
（意译）大妮！

Cangh Fungcej：
张凤姐：
（原文）米！
（壮文）Meh！
（音标）me^{6}！
（直译）妈！
（意译）妈！

Yah Cangh Cunghsiz【Ciengq】
张忠实妻【唱】
（原文）米叻齐对那，除内话详言；

（壮文）Meh lwg caez doiqnaj，Dawz vahndaw saeq nyienz；
（音标）me^{6} lɯk^{8} ɕai^{2} toːi^{5} na^{3}，taɯ^{2} wa^{6} ʔdaɯ^{1} θai^{5} ȵiːn^{2}；
（直译）母女齐对面，把心里话详细言；
（意译）母女面对面，心里话絮叨；

Cangh Fungcej【Ciengq】
张凤姐【唱】
（原文）达叻眉布挣，米当场指教。
（壮文）Dahlwg meiz mbouj deng，Meh dangciengz ceijgyauq.
（音标）ta^{6} lɯk^{8} mei^{2} ʔbou^{3} teːŋ^{1}，me^{6} taːŋ^{1} ɕiːŋ^{2} ɕei^{3} kjaːu^{5}.
（直译）女儿有不对，妈当场指教。
（意译）女儿有不对，妈当场指教。

Yah Cangh Cunghsiz【Ciengq】
张忠实妻【唱】
（原文）里细放命批李家，
达叻烦闷为几嘛？
（壮文）Lij saeq cuengqmingh bae Leixgya，
Dahlwg fanzmbwq vih gijmaz?
（音标）li^{3} θai^{5} ɕuːŋ^{5} miŋ^{6} pai^{1} lei^{4} kja^{1}，
ta^{6} lɯk^{8} faːn^{2} ʔbɯ^{5} wi^{6} ki^{3} ma^{2}？
（直译）还小放命去李家，
女儿烦闷为什么？
（意译）小时许配去李家，
女儿烦闷为什么？

Cangh Fungcej【Ciengq】
张凤姐【唱】
（原文）二老估主成眷属，
姑也未必再批查。
（壮文）Song laux guhcawj baenz ranzcin，
Gou hix mbouj dingh caiq bae caz.
（音标）θoːŋ^{1} laːu^{4} ku^{6} ɕaɯ^{3} pan^{2} ɣaːn^{2} ɕin^{1}，
kou^{1} hi^{4} ʔbou^{3} tiŋ^{6} ɕaːi^{5} pai^{1} ɕa^{2}.
（直译）二老（父母）做主成眷属，
我也未必再去查。
（意译）二老（父母）做主成眷属，
我也未必再去查。

Yah Cangh Cunghsiz【Ciengq】
张忠实妻【唱】
（原文）天保不幸遭横祸，
家境贫寒潭布那；
（壮文）Denhbauj boihseiz deng huxvang，
Ndaw ranz gungzhoj daemz mbouj naz；
（音标）teːn^{6} paːu^{3} poːi^{6} θei^{2} teːŋ^{1} hu^{4} waːŋ^{1}，
ʔdaɯ^{1} ɣaːn^{2} kuŋ^{2} ho^{3} tam^{2} ʔbou^{3} na^{2}；
（直译）天保不幸遭横祸，
里家贫寒塘不田；
（意译）天保不幸遭横祸，
贫寒无田家底差；

Cangh Fungcej【Ciengq】
张凤姐【唱】
（原文）只愿天保云忠实，
叻幅布是贪荣华。
（壮文）Cij nyienh Denhbauj vunz lauxsaed，
Lwgmbwk mbouj seih dam yungzvaz.
（音标）ɕi^{3} ȵiːn^{6} teːn^{6} paːu^{3} wun^{2} laːu^{4} θat^{8}，
lɯk^{8} ʔbɯk^{7} ʔbou^{3} θei^{6} taːm^{1} juŋ^{2} wa^{2}.
（直译）只愿天保人忠实，
女儿不是贪荣华。
（意译）只愿天保人忠诚，
女儿不是贪荣华。

Yah Cangh Cunghsiz【Ciengq】
张忠实妻【唱】
（原文）达叻咳达叻，
将事实，
逐一贼吝铭；
关爷爹已经，
昧了亲，
铭内心鱼样？
（壮文）Dahlwg hai dahlwg，
Dawz saehsaed，
Cug it caeg lwnh mwngz；
Gvangoeng de hixging（gaenq），

Mbouj aeu caen,
Mwngz ndawsim lawzyiengh?

（音标）ta^{6}lɯk^{8} ha:i ta^{6}lɯk^{8}，
taɯ^{2} θai^{6}θat^{8}，
ɕuk^{8} it^{7} ɕak^{8} lɯn^{6} mɯŋ^{2}；
kwa:n^{1}koŋ^{1} te^{1} hi^{4}kiŋ^{1}（kan^{5}），
ʔbou^{3} au^{1} ɕan^{1}，
mɯŋ^{2} ʔdaɯ^{1}θim^{1} laɯ^{2}ji:ŋ^{6}？

（直译）女儿呀女儿，
将事实，
逐一偷偷告诉你；
老父他已经，
不要亲，
你心里怎么样？

（意译）女儿呀女儿，
将事实，
逐一告诉你；
你爸他决意，
要退亲，
你怎想心里？

Cangh Fungcej：
张凤姐：

（原文）计骡，昧亲了？米呀！
（壮文）Gijlawz，mbouj aeu caen la？Meh ya！
（音标）ki^{3}laɯ^{2}，ʔbou^{3} au^{1} ɕan^{1} la？me^{6} ja！
（直译）什么，不要亲啦？妈呀！
（意译）什么，不要亲啦？妈呀！

【Ciengq】
【唱】

（原文）关爷实在是糊涂，
嫌贫爱富天理难收，
总算叻幅收养腾云你，
昧亲到底是心嘛鲁心啁？
天保对姑情深义又重，
旦间割使收心都鲁布都？
（壮文）Gvangoeng saedcaih seih moengjdoengj，

Yiemz gungz gyaez fouq dienleix nanz sou,
Cungjsuenq lwgmbwk sou ciengx daengz ngoenzneix,
Mbouj aeu caen dauqdaej seih sim ma rox sim mou?
Denhbauj doiq gou cingz laeg ngeih youh naek,
Yaep he gvej saej sou sim du rox mbouj du?
（音标）kwaːn^{1} koŋ^{1} θat^{8} ɕaːi^{6} θei^{6} moŋ^{3} toŋ^{3},
jiːm^{2} kuŋ^{2} kjai^{2} fou^{5} tiːn^{1} lei^{4} naːn^{2} θou^{1},
ɕuŋ^{3} θuːn^{5} lɯk^{8} ʔbɯk^{7} θou^{1} ɕiːŋ^{4} taŋ^{2} ŋon^{2} nei^{4},
ʔbou^{3} au^{1} ɕan^{1} taːu^{5} tai^{3} θei^{6} θim^{1} ma^{1} ɣo^{4} θim^{1} mou^{1}?
teːn^{6} paːu^{3} toːi^{5} kou^{1} ɕiŋ^{2} lak^{8} ŋei^{6} jou^{6} nak^{7},
jap^{7} he^{1} kwe^{3} θai^{3} θou^{1} θim^{1} tu^{1} ɣo^{4} ʔbou^{3} tu^{1}?
（直译）老爸实在是糊涂，
嫌贫爱富天理难收，
总算闺女你们养到今天，
不要亲到底是心狗还是心猪？
天保对我情深义又重，
一下割肠子你们心痛还是不痛？
（意译）老爸实在是糊涂，
嫌贫爱富天难容，
总算闺女你养大，
退亲狗心安心中？
天保对我情义重，
你们割肠不觉痛？

(Byaij roengz)
（走下）

Yah Cangh Cunghsiz【Gangj】
张忠实妻【白】
（原文）大妮。
（壮文）Dahdaih.
（音标）ta^{6} taːi^{6}.
（直译）大妮。
（意译）大妮。

(Youh coh baihrog hemq Cangh Ailenz)
（又向外叫张爱莲）
（原文）小妹。

（壮文）Dahnuengx.
（音标）ta^{6}nuːŋ^{4}.
（直译）小妹。
（意译）小妹。

Cangh Ailenz【Gaenjgip hwnj】
张爱莲【急上】
（原文）早，怎么样？大妮呢？
（壮文）Sauj，baenzlawzyiengh. Dahdaih ne?
（音标）θaːu^{3}，pan^{2}law^{2}jiːŋ^{6}. ta^{6}taːi^{6} ne?
（直译）嫂子，怎么样？大妮呢？
（意译）嫂子，怎么样？大妮呢？

Yah Cangh Cunghsiz【Gangj】
张忠实妻【白】
（原文）大妮走了，你想办法呀。
（壮文）Dahdaih deuz la，mwngz siengj banhfap ya.
（音标）ta^{6}taːi^{6} teːu^{2} la，mɯŋ^{2} θiːŋ^{3} paːn^{6}faːp^{7} ja.
（直译）大妮走了，你想办法呀。
（意译）大妮走了，你想办法呀。

Cangh Ailenz【Gangj】
张爱莲【白】
（原文）又是为难了，想办法眉钱吗？
（壮文）Youh seih hojguh la，siengj banhfap meiz cienz ma?
（音标）jou^{6} θei^{6} ho^{3}ku^{6} la，θiːŋ^{3} paːn^{6}faːp^{7} mei^{2} ɕiːn^{2} ma?
（直译）又是为难了，想办法有钱吗？
（意译）又是为难了，想办法有钱吗？

Yah Cangh Cunghsiz【Gangj】
张忠实妻【白】
（原文）事文样内。
（壮文）Saeh baenz yienghneix.
（音标）θai^{6} pan^{2} jiːŋ^{6}nei^{4}.
（直译）事情变成这样。
（意译）事情变成这样。

Cangh Ailenz【Gangj】
张爱莲【白】
（原文）文你名先肯……
（壮文）Baenzneix mwngz sien hawj ……
（音标）pan^{2}nei^{4} mɯŋ^{2} θiːn^{1} haɯ^{3}……
（直译）那么你先给……
（意译）那么你先给……

Yah Cangh Cunghsiz【Gangj】
张忠实妻【白】
（原文）差姑批嘛，喊老货肯铭。
（壮文）Caj gou baema，hemq lauxhuq hawj mwngz.
（音标）ɕa^{3} kou^{1} pai^{1}ma^{1}，heːm^{5} laːu^{4}hu^{5} haɯ^{3} mɯŋ^{2}.
（直译）等我回去，叫老家伙给你。
（意译）等我回去，叫老家伙给你。

(Byaij roengz)
（走下）

Dahngeih【Ciengj cienj hwnj，gangj】
二妮【争转上，白】
（原文）姑姑。
（壮文）Daxgux.
（音标）ta^{4}ku^{4}.
（直译）姑姑。
（意译）姑姑。

Cangh Ailenz【Raen Dahngeih sikhaek miz geiq】
张爱莲【见二妮计上心来】
（原文）二妮，姑姑对铭依鲁布依呀？
（壮文）Dahngeih，daxgux doiq mwngz ndei rox mbouj ndei ya？
（音标）ta^{6}ŋei^{6}，ta^{4}ku^{4} toːi^{5} mɯŋ^{2} ʔdei^{1} ɣo^{4} ʔbou^{3} ʔdei^{1} ja？
（直译）二妮，姑姑对你好还是不好呀？
（意译）二妮，姑姑对你好还是不好呀？

Dahngeih：
二妮：
（原文）依呀！

（壮文）Ndei ya！
（音标）ʔdei¹ ja！
（直译）好呀！
（意译）好呀！

Cangh Ailenz【Gangj】
张爱莲【白】
（原文）姑眉件事刁讲，铭听布听呀？
（壮文）Gou meiz gienh saeh ndeu gangj，mwngz dingq mbouj dingq ya？
（音标）kou¹ mei² kiːn⁶ θai⁶ ʔdeːu kaːŋ³，mɯŋ² tiŋ⁵ ʔbou³ tiŋ⁵ ja？
（直译）我有件事一讲，你听不听呀？
（意译）我讲一件事，你听不听呀？

Dahngeih【Gangj】
二妮【白】
（原文）听听听，是几骡事呀？
（壮文）Dingq dingq dingq，seih gijlawz saeh ya？
（音标）tiŋ⁵ tiŋ⁵ tiŋ⁵，θei⁶ ki³lau² θai⁶ ja？
（直译）听听听，是什么事呀？
（意译）听听听，是什么事呀？

Cangh Ailenz【Gangj】
张爱莲【白】
（原文）斗。
（壮文）Daeuj.
（音标）tau³.
（直译）来。
（意译）来。

（Doq rwz Dahngeih gangjseb）
（对二妮耳语）

Dahngeih【Hozndat，gvaibanj】
二妮【怒气，快板】
（原文）实在怒，实在怒，
话依布讲讲话后；
伊如再提则话你，
拳雷卡踢喔北都；

扫屎就扫尿，
米嫘想钱咒爷胎受，
米胎受！

（壮文）Saedcaih naeuq，saedcaih naeuq，
Vah ndei mbouj gangj gangj vah haeu；
Ae byawz caiq daez ndaek vah neix，
Gienz loih ga dik ok bakdou；
Sauq haex couh sauq nyouh，
Meh lawz siengj cienz couq yez daicaeux，
Meh daicaeux！

（音标）θat^{8}ɕaːi^{6} nau^{5}，θat^{8}ɕaːi^{6} nau^{5}；
wa^{6} ʔdei^{1} ʔbou^{3} kaːŋ^{3} kaːŋ^{3} wa^{6} hau^{1}；
ai^{1} pjaɯ^{2} ɕaːi^{5} tai^{2} ʔdak^{7} wa^{6} nei^{4}，
kiːn^{2} loːi^{6} ka^{1} tik^{7} oːk^{7} paːk^{7}tou^{1}；
θaːu^{5} hai^{4} ɕou^{6} θaːu^{5} ȵou^{6}，
me^{6} laɯ^{2} θiːŋ^{3} ɕiːn^{2} ɕou^{5} je^{2} taːi^{1}ɕau^{4}，
me^{6} taːi^{1}ɕau^{4}！

（直译）实在怒，实在怒，
话好不讲讲话臭；
哪个再提个话这，
拳打脚踢出门口；
扫屎就扫尿，
个哪想钱咒父早死，
母早死！

（意译）实在怒，实在怒，
好话不说说粗丑；
哪个再提这种话，
拳打脚踢出门口；
扫屎又扫尿，
谁想钱咒他早死臭，
早死臭！

（Hozndat dwk byaij gvaq henz bae，giuhgiek naengh daengq，ngiengx naj hwnj mbwn）
（怒气地走过一边，跷腿坐凳，仰面朝天）

Cangh Ailenz【Youq henz gangj】
张爱莲【旁白】
（原文）真赔时……被他骂得连一条宾也至眉。依，想办法巾爹取礼。

（壮文）Caen boihseiz …… deng de vat ndaej lienz it diuz bwn hix ndi meiz. Ndei, siengj banhfap gwn de cij ndaej.

（音标）ɕan^{1} poːi^{6}θei^{2}…… teːŋ^{1} te^{1} waːt^{7} ʔdai^{3} liːn^{2} it^{7} tiːu^{2} pɯn^{1} hi^{4} ʔdi^{1} mei^{2}. ʔdei^{1}，θiːŋ^{3} paːn^{6}faːp^{7} kɯn^{1} te^{1} ɕi^{3} ʔdai^{3}.

（直译）真背时……被她骂得连一条毛也没有。好，想办法吃她才行。

（意译）真背时……被她骂得一文不值。好，想办法吃她才行。

【Cienq hwnj raen Dahngeih，gangj】

【转上见二妮，白】

（原文）达二咳达二！

（壮文）Dahngeih hai Dahngeih!

（音标）ta^{6}ŋei^{6} haːi ta^{6}ŋei^{6}！

（直译）二妮呀二妮！

（意译）二妮呀二妮！

（二妮又转脸过一边）

（Dahngeih youh cienq naj gvaq mbiengj wnq）

【Ciengq】

【唱】

（原文）达二达二，生斗良利才行；
布担布桑，总当除夏花牡丹；
板上板下，难啦礼达同铭；
阿妹样貌，胜过昭君出寨；
昨你布耐，嫁使依夫郎。

（壮文）Dahngeih Dahngeih，Seng daeuj lingzleih caezhangz;
Mbouj daemq mbouj sang，Cungj dangq seizhah va mauxdan;
Mbanj gwnz mbanj laj，Nanz ra ndaej dah doengz mwngz;
Dahnuengx yienghmauh，Hingz gvaq Cauhginh ok sai（mbanj）;
Cogneix mbouj naih，Haq ndaej ndei foulangz（bouxgvan）.

（音标）ta^{6}ŋei^{6} ta^{6}ŋei^{6}，θeːŋ^{1} tau^{3} liŋ^{2}lei^{6} ɕai^{2}haːŋ^{2}；
ʔbou^{3} tam^{5} ʔbou^{3} θaːŋ^{1}，ɕuŋ^{3} taːŋ^{5} θei^{2}ha^{6} wa^{1} maːu^{4}taːn^{1}；
ʔbaːn^{3} kɯn^{2}ʔbaːn^{3} la^{3}，naːn^{2} ɣa^{1} ʔdai^{3} ta^{6} toŋ^{2} mɯŋ^{2}；
ta^{6}nuːŋ^{4} jiːŋ^{6}maːu^{6}，hiŋ^{2} kwa^{5} ɕaːu^{6}kin^{6} oːk^{7} θaːi^{1}（ʔbaːn^{3}）；
ɕoːk^{8}nei^{4} ʔbou^{3} naːi^{6}，ha^{5} ʔdai^{3} ʔdei^{1} fou^{1}laːŋ^{2}（pou^{4}kwaːn^{1}）.

（直译）二妮二妮，生来伶俐美丽；
不高不矮，总像夏天花牡丹；

村上村下，难找到姑娘同你；
阿妹样貌，胜过昭君出塞；
将来不久，嫁得个好夫郎。

（意译）二妮二妮，生来伶俐好看；
不高不矮，美如夏天牡丹；
上村下村，难找姑娘这般；
阿妹样貌，胜过昭君出关；
将来不久，嫁得个好夫郎。

Dahngeih【Najnyaenq riu，dajduenh ciengq roengzbae】
二妮【含羞地笑，打断唱下去】
（原文）至。
（壮文）Ndi.
（音标）ʔdi^{1}.
（直译）不是。
（意译）不是。

（Aeu gaenhanh uet naj）
（用汗巾擦脸）

Cangh Ailenz【Ciep ciengq】
张爱莲【接唱】
（原文）腾办嫁装，来柱几番田刊；
桂林布伞，胭脂苏杭二洲；
南京叻溜，又柱广州银贯；
夏门玉巽，上海金钏更乖；
凤尾玉牌，最合估鞋装笼；
布是讲空，达米柱送肯铭。
（壮文）Daengz banh gyaqcang，Lai cawx geij fan denzhanj（denzva）；
Gveilinz bouqsanj（liengjbaengz），Yenhcij Suh Hangz ngeih couh；
Nanzgingh lwglouz（lwgrou），Youh cawx Gvangjcouh goenhngaenz；
Yamwnz nyawhsaenj，Sanghaij gimcueng engq gvai；
Riengfungh nyawhbaiz，Ceiq bab guh haiz cang loengx；
Mbouj seih gangj hoengq，Daxmeh cawx soengq hawj mwngz.
（音标）taŋ^{2} pa:n^{6} kja^{5}ɕa:ŋ^{1}，la:i^{1} ɕaɯ^{4} kei^{3} fa:n^{1} te:n^{2}ha:n^{3}（te:n^{2}wa^{1}）；
kwei^{1}lin^{2} pou^{5}θa:n^{3}（li:ŋ^{3}paŋ^{2}），je:n^{6}ɕi^{3} θu^{6} ha:ŋ^{2} ŋei^{6} ɕou^{6}；
na:n^{2}kiŋ^{6} lɯk^{8}lou^{2}（lɯk^{8}ɣou^{1}），jou^{6} ɕaɯ^{4} kwa:ŋ^{3}ɕou^{6} kon^{6}ŋan^{2}；
ja^{1}mɯn^{2} ȵaɯ^{6}θan^{3}，θa:ŋ^{1}ha:i^{3} kim^{1}ɕu:n^{5} e:ŋ^{5} kwa:i^{1}；

ɣiːŋ[1] fuŋ[6] ȵaɯ[6] paːi[2]，ɕei[5] haːp[8] ku[6] haːi[2] ɕaːŋ[1] loŋ[4]；
ʔbou[3] θei[6] kaːŋ[3] hoŋ[5]，ta[4]me[6] ɕaɯ[4] θoŋ[5] haɯ[3] mɯŋ[2].

（直译）到办嫁妆，多买几床印花被；
桂林布伞，胭脂苏杭二州；
南京珠子，又买广州银镯；
厦门玉簪，上海金钏更乖；
凤尾玉牌，最合做鞋装笼；
不是讲空，阿妈买送给你。

（意译）到办嫁妆，多买花被几床；
桂林布伞，再添胭脂苏杭；
南京珠子，广州银镯美观；
厦门玉簪，上海金钏美妆；
凤尾玉牌，最合做鞋装箱；
不是空话，阿妈给你买上。

Dahngeih【Ciemhciemh nod gaenhanh roengzdaeuj loh ok najriu，gangj】
二妮【渐移汗巾下来露出笑脸，白】
（原文）真的吗？
（壮文）Caen ma？
（音标）ɕan[1] ma？
（直译）真的吗？
（意译）真的吗？

Cangh Ailenz【Gangj】
张爱莲【白】
（原文）当然是真的呀。铭至听姑的话，一点东西也不礼。我走了——
（壮文）Dangyienz seih caen ya. Mwngz ndi dingq gou di vah，itdi doenghyiengh hix mbouj ndaej. Gou deuz la ——
（音标）taːŋ[1]jiːn[2] θei[6] ɕan[1] ja. mɯŋ[2] ʔdi[1] tiŋ[5] kou[1] ti[1] wa[6]，it[7] ti[1] toŋ[6]jiːŋ[6] hi[4] ʔbou[3] ʔdai[3]. kou[1] teːu[2] la——
（直译）当然是真的呀。你不听我的话，一点东西也不得。我走了——
（意译）当然是真的呀。你不听我的话，一点东西也得不到。我走了——

Dahngeih【Gipmuengz，gangj】
二妮【急忙，白】
（原文）姑姑至条，姑想想处。
（壮文）Daxgux ndi deuz，gou siengjsiengj yawj.
（音标）ta[4]ku[4] ʔdi[1] teːu[2]，kou[1] θiːŋ[3]θiːŋ[3] jaɯ[3].

（直译）姑姑不走，我想想看。
（意译）姑姑别走，我想想看。

Cangh Ailenz：
张爱莲：
（原文）如果你信姑讲，东西样样眉。
（壮文）Danghnaeuz mwngz saenq gou gangj，doxgaiq yienghyiengh meiz.
（音标）$ta:ŋ^6 nau^2$ $mɯŋ^2$ $θan^5$ kou^1 $ka:ŋ^3$，$to^4 ka:i^5$ $ji:ŋ^6 ji:ŋ^6$ mei^2.
（直译）如果你相信我讲，东西样样有。
（意译）如果你相信我的话，东西样样有。

Dahngeih：
二妮：
（原文）姑信，姑信铭讲。
（壮文）Gou saenq，gou saenq mwngz gangj.
（音标）kou^1 $θan^5$，kou^1 $θan^5$ $mɯŋ^2$ $ka:ŋ^3$.
（直译）我相信，我相信你讲。
（意译）我相信，我相信你的话。

Cangh Ailenz：
张爱莲：
（原文）铭信，云昨姑各很街批柱。
（壮文）Mwngz saenq，ngoenzcog gou gag hwnj gai bae cawx.
（音标）$mɯŋ^2$ $θan^5$，$ŋon^2 ɕo:k^8$ kou^1 $ka:k^8$ $hɯn^3$ $ka:i^1$ pai^1 $ɕaɯ^4$.
（直译）你相信，明天我自己上街去买。
（意译）你相信，明天我自然上街去买。

Dahngeih：
二妮：
（原文）姑，是文鱼装呀？
（壮文）Gux，seih baenzlawz cang ya？
（音标）ku^4，$θei^6$ $pan^2 laɯ^2$ $ɕa:ŋ^1$ ja？
（直译）姑，是怎样装呀？
（意译）姑，是怎么装呀？

Cangh Ailenz：
张爱莲：
（原文）姑斋铭：

（壮文）Gou lwnh mwngz：
（音标）kou^{1} lɯn^{6} mɯŋ^{2}：
（直译）我告诉你：
（意译）我告诉你：

【Ciengq】
【唱】
（原文）天保派口嘛，
笠叻他，
乙双卡所桑；
吨得话布讲，
计用庄，
事就办礼文。
（壮文）Denhbauj byaij haeujma，
Laep lwgda，
Iet song ga sohsangh；
Ninz ndaek vah mbouj gangj，
Gaej yungh cangh，
Saeh couh banh ndaej baenz.
（音标）teːn^{6} paːu^{3} pjaːi^{3} hau^{3}ma^{1}，
lap^{7} lɯk^{8}ta^{1}，
iːt^{7} θoːŋ^{1} ka^{1} θo^{6}θaːŋ^{6}；
nin^{2} ʔdak^{7} wa^{6} ʔbou^{3} kaːŋ^{3}，
kai^{3} juŋ^{6} ɕaːŋ^{6}，
θai^{6} ɕou^{6} paːn^{6} ʔdai^{3} pan^{2}.
（直译）天保走进来，
闭眼睛，
伸两脚直长；
睡着话不讲，
不用动，
事就办得成。
（意译）天保走近身，
闭眼睛，
两脚直直伸；
睡着不出声，
不用动，
事就办得成。

Dahngeih【Ciengq】
二妮【唱】
（原文）棺材细又吸，
　　　　盹至则，
　　　　胆谷又各劳；
（壮文）Guencaiz saeq youh gaeb，
　　　　Ninz ndi ndaek，
　　　　Mbeimboek youh gag lau；
（音标）kuːn1 ɕaːi2 θai5 jou6 kap8，
　　　　nin2 ʔdi1 ʔdak7，
　　　　ʔbei1ʔbok7 jou6 kaːk8 laːu1；
（直译）棺材细又窄，
　　　　睡不着，
　　　　胆怯又自怕；
（意译）棺材细又窄，
　　　　睡不着，
　　　　胆怯做不来；

Cangh Ailenz【Ciengq】
张爱莲【唱】
（原文）肯那及朋毫，
　　　　布用唠，
　　　　听姑教铭乖。
（壮文）Gwnz naj gaeb baengzhau，
　　　　Mbouj yungh lau，
　　　　Dingq gou gyauq mwngz gvai.
（音标）kɯn2 na3 kap8 paŋ2haːu1，
　　　　ʔbou3 juŋ6 laːu1，
　　　　tiŋ5 kou1 kjaːu5 mɯŋ2 kwaːi1.
（直译）上脸盖白布，
　　　　不用怕，
　　　　听我教你乖。
（意译）白布脸上盖，
　　　　不用怕，
　　　　听我教你乖。

Dahngeih【Ciengq】
二妮【唱】
（原文）天保斗估祭，
姑达二，
鱼顶使认来？
体沐沐才才，
理布胎，
几时挨卦批？
（壮文）Denhbauj daeuj guhcaeq，
Gou Dahngeih，
Lawz dingj ndaej nyaenxlai？
Daej mugmug myaizmyaiz，
Lix mbouj dai，
Geijseiz ngaiz gvaqbae？
（音标）teːn^{6} paːu^{3} tau^{3} ku^{6} ɕai^{5}，
kou^{1} ta^{6} ŋei^{6}，
laɯ^{2} tiŋ^{3} ʔdai^{3} ȵan^{4} laːi^{1}？
tai^{3} muk^{8} muk^{8} mjaːi^{2} mjaːi^{2}，
li^{4} ʔbou^{3} taːi^{1}，
kei^{3} θei^{2} ŋaːi^{2} kwa^{5} pai^{1}？
（直译）天保来祭奠，
我二妮，
怎么挺得这么多？
哭鼻涕口水，
生不死，
几时挨过去？
（意译）天保来祭奠，
我二妹，
如何来拖延？
哭涕涎相连，
还不死，
怎么挨时间？

Cangh Ailenz【Ciengq】
张爱莲【唱】
（原文）天保幼灵前，
斗装香，
是平常计事；

一切眉准备，
吝达二，
铭布气布忧。

（壮文）Denhbauj youq lingz cienz，
Daeuj cangyieng，
Seih bingzciengz gij saeh；
Itciet meiz cinjbi，
Lwnh Dahngeih，
Mwngz mbouj heiq mbouj you.

（音标）teːn^{6}paːu^{3} jou^{5} liŋ^{2} ɕiːn^{2}，
tau^{3} ɕaːŋ^{1}jiːŋ^{1}，
θei^{6} piŋ^{2}ɕiːŋ^{2} ki^{3} θai^{6}；
it^{7}ɕiːt^{7} mei^{2} ɕin^{3}pi^{1}，
lɯn^{6} ta^{6}ŋei^{6}，
mɯŋ^{2} ʔbou^{3} hei^{5} ʔbou^{3} jou^{1}.

（直译）天保在灵前，
来上香，
是平常的事；
一切有准备，
告诉二妹，
你不忧虑不忧愁。

（意译）天保灵前走，
来上香，
这事是常有；
都准备足够，
告二妮，
你不用担忧。

Dahngeih【Ciengq】
二妮【唱】

（原文）爹斗伦云死，取赔时三代；
事情一败外，取是坏名堂。

（壮文）De daeuj raen vunzseij（vunzdai），Cij boihseiz sam daih；
Saehcingz it baih vaih（rog），Cij seih vaih mingzdangz.

（音标）te^{1} tau^{3} ɣan^{1} wun^{2}θei^{3}（wun^{2}taːi^{1}），ɕi^{3} poːi^{6}θei^{2} θaːm^{1} taːi^{6}；
θai^{6}ɕiŋ^{2} it^{7} paːi^{6} waːi^{6}（ɣoːk^{8}），ɕi^{3} θei^{6} waːi^{6} miŋ^{2}taːŋ^{2}.

（直译）他来见死人，就背时三代；
事情一败露外面，就是坏名堂。

（意译）他来见死人，就背时三代；
事情一露馅儿，名声就败坏。

Cangh Ailenz【Ciengq】
张爱莲【唱】
（原文）达二计用忧，总眉姑主在；
主意依打来，布唠坏铭堂。
（壮文）Dahngeih gaej yungh you，Cungj meiz gux cawj caix（youq）；
Cawjeiq ndei dahraix，Mbouj lau vaih mingzdangz.
（音标）ta^{6} ŋei^{6} kai^{3} juŋ^{6} jou^{1}，ɕuŋ^{3} mei^{2} ku^{4} ɕaɯ^{3} ɕaːi^{4}（jou^{5}）；
ɕaɯ^{3} ei^{5} ʔdei^{1} ta^{6} ɣaːi^{4}，ʔbou^{3} laːu^{1} waːi^{6} miŋ^{2} taːŋ^{2}.
（直译）二妮不用忧，总有姑主在；
主意好真的，不怕坏名堂。
（意译）二妮不用忧，有姑姑持撑；
主意非常好，不怕坏名声。

场大五 前灵吊孝
Ciengz Daihhaj Lingz Cienz Diuqhauq
场第五 前灵吊孝
第五场 灵前吊孝

【Baij gingj】Aen gouhfaex ndeu，mbouj nda lingzbungz.
【布景】一具棺材，没设灵棚。

Dahngeih：
二妮：
（原文）姑，是文你装云胎的吗？
（壮文）Gux，seih baenzneix cang vunzdai gae ma？
（音标）ku^{4}，θei^{6} pan^{2}nei^{4} ɕaːŋ^{1} wun^{2}taːi^{1} kai ma？
（直译）姑，是这么装死人的吗？
（意译）姑，是这么装死人的吗？

Cangh Ailenz【Aeu fwngz naenx Dahngeih ninz roengzbae】
张爱莲【用手按二妮睡下去】
（原文）应当样内眠龙批。
（壮文）Wngdang yienghneix ninz roengzbae.
（音标）ɯŋ^{1}taːŋ^{1} jiːŋ^{6}nei^{4} nin^{2} ɣoŋ^{2}pai^{1}.
（直译）应当这样睡下去。
（意译）应当这样睡下去。

Cangh Cunghsiz【Gvaengx daizheiq buenq hop】
张忠实【绕台半圈】
（原文）妹子，怎样了？
（壮文）Nuengx，lawzyiengh la？
（音标）nuːŋ^{4}，laɯ^{2}jiːŋ^{6} la？
（直译）妹妹，怎样了？
（意译）妹妹，怎样了？

Cangh Ailenz【Gangj】
张爱莲【白】
（原文）事情已经调动使一停二当，除斗吧。

（壮文）Saehcingz gaenq diuhdoengh ndaej it dingz ngeih dangq，dawz daeuj ba.
（音标）θai^{6} ɕiŋ^{2} kan^{5} tiːu^{6} toŋ^{6} ʔdai^{3} it^{7} tiŋ^{2} ŋei^{6} taːŋ^{5}，tauɯ^{2} tau^{3} pa.
（直译）事情已经调动得一停二当，拿来吧。
（意译）事情已经布置得十分妥当，拿来吧。

(Coh Cangh Cunghsiz iet fwngz aeu ngaenz)
（向张忠实伸手要钱）

Cangh Cunghsiz【Gangj】
张忠实【白】
（原文）叉急乜，估批欧斗。
（壮文）Caj yaep he，gou bae aeu daeuj.
（音标）ɕa^{3} jap^{7} he^{1}，kou^{1} pai^{1} au^{1} tau^{3}.
（直译）等一下，我去拿来。
（意译）等一下，我去拿来。

Cangh Ailenz【Gangj】
张爱莲【白】
（原文）铭至欧斗，姑至桃了。
（壮文）Mwngz ndi aeu daeuj，gou ndi deuz la.
（音标）muɯŋ^{2} ʔdi^{1} au^{1} tau^{3}，kou^{1} ʔdi^{1} teːu^{2} la.
（直译）你不拿来，我不走了。
（意译）你不拿来，我就不走了。

Yah Cangh Cunghsiz【Gangj】
张忠实妻【白】
（原文）收队都桃，喊姑样鱼估呢？
（壮文）Soudoih cungj deuz，hemq gou yienghlawz guh ne？
（音标）θou^{1} toːi^{6} ɕuŋ^{3} teːu^{2}，heːm^{5} kou^{1} jiːŋ^{6} lauɯ^{2} ku^{6} ne？
（直译）你们都走，叫我怎么做呢？
（意译）你们都走，叫我怎么办呢？

(Daejfedfed)
（哭起来）

Cangh Cunghsiz【Gangj】
张忠实【白】
（原文）达米涕吧，涕使越因越林。

（壮文）Daxmeh daej ba，daej ndaej yied in yied lumj.
（音标）ta^{4}me^{6} tai^{3} pa，tai^{3} ʔdai^{3} jiːt^{8} in^{1} jiːt^{8} lum^{3}.
（直译）妈妈哭吧，哭得越痛越像。
（意译）妈妈哭吧，哭得越伤心越像。

Yah Cangh Cunghsiz【Gangj】
张忠实妻【白】
（原文）老东西，姑至体了。
（壮文）Laux doengsae，gou ndi daej la.
（音标）laːu^{4} toŋ^{1}θai^{1}，kou^{1} ʔdi^{1} tai^{3} la.
（直译）老东西，我不哭了。
（意译）老东西，我不哭了。

Dahngeih【Naengh hwnjdaeuj caeg gwn huqcaeq，gangj】
二妮【坐起来偷吃祭品，白】
（原文）姑姑，铭渠批？
（壮文）Daxgux，mwngz gyawz bae？
（音标）ta^{4}ku^{4}，mɯŋ^{2} kjaɯ^{2} pai^{1}？
（直译）姑姑，你哪儿去？
（意译）姑姑，您去哪儿？

Cangh Ailenz【Fwngz naenx Dahngeih ninz roengzbae】
张爱莲【手按二妮躺下去】
（原文）布用很斗。
（壮文）Mbouj yungh hwnjdaeuj.
（音标）ʔbou^{3} juŋ^{6} hɯn^{3}tau^{3}.
（直译）不用起来。
（意译）不用起来。

Dahngeih：
二妮：
（原文）真是闷胎我拉。米，请铭欧银子给姑啊！
（壮文）Caenseih mbwq dai gou la. Meh，cingj mwngz aeu ngaenzceij hawj gou ha！
（音标）ɕan^{1}θei^{6} ʔbɯ^{5} taːi^{1} kou^{1} la. me^{6}，ɕiŋ^{3} mɯŋ^{2} au^{1} ŋan^{2}ɕei^{3} haɯ^{3} kou^{1} ha！
（直译）真是闷死我了。妈，请你拿银子给我啊！
（意译）真是闷死我了。妈，请您拿银子给我啊！

Cangh Ailenz：
张爱莲：
（原文）是啊，叉及乜再讲。眠龙批呀。
（壮文）Seih a，caj yaep he caiq gangj. Ninz roengzbae ya.
（音标）θei^{6} a，ɕa^{3} jap^{7} he^{1} ɕaːi^{5} kaːŋ^{3}. nin^{2} ɣoŋ^{2}pai^{1} ja.
（直译）是啊，等一下再讲。躺下去呀。
（意译）是啊，等一下再讲。躺下去呀。

（Youh naenx Dahngeih roengzbae）
（又把二妮按下去）

（Cau Siengz rop buhmoq、Lij Denhbauj daenj buhhau riengz laeng，hwnj）
（赵祥捧新衣、李天保穿素衣随后，上）

Lij Denhbauj【Ciengq】
李天保【唱】
1.
（原文）愁眉苦脸恨青天，
参桑参森腾灵前；
剥那灵前挽那相，
天保淋他督连连。
（壮文）Najnyaeuq najmbwng haemz cingdien，
Yamq sang yamq daemq daengz lingz cienz；
Baknaj lingz cienz venj najsiengq，
Denhbauj raemxda doek lienzlienz.
（音标）na^{3}ȵau^{5} na^{3}ʔbɯŋ^{1} ham^{2} ɕiŋ^{1}tiːn^{1}，
jaːm^{5} θaːŋ^{1} jaːm^{5} tam^{5} taŋ^{2} liŋ^{2} ɕiːn^{2}；
paːk^{7}na^{3} liŋ^{2} ɕiːn^{2} weːn^{3} na^{3}θiːŋ^{5}，
teːn^{6}paːu^{3} ɣam^{4}ta^{1} tok^{7} liːn^{2}liːn^{2}.
（直译）愁眉苦脸恨青天，
步高步低到灵前；
前面灵前挂遗像，
天保眼泪落连连。
（意译）愁眉苦脸恨青天，
踉踉跄跄到灵前；
在那灵前挂遗像，
天保伤心泪涟涟。

2.

（原文）派斗腾灵柩，
心督啵，
内心苦难言；
特哑巾黄莲，
幼灵前，
鱼开声斗吊言？

（壮文）Byaij daeuj daengz lingzgouq,
Sim doekmbouq,
Ndawsim hoj nanz nyienz;
Daegngoemx gwn vuengzlienz,
Youq lingz cienz,
Lawz haising diuqnyienz?

（音标）pjaːi^{3} tau^{3} taŋ^{2} liŋ^{2}kou^{5}，
θim^{1} tok^{7}ʔbou^{5}，
ʔdaɯ^{1}θim^{1} ho^{3} naːn^{2} ȵiːn^{2}；
tak^{8}ŋom^{4} kɯn^{1} wuːŋ^{2}liːn^{2}，
jou^{5} liŋ^{2} ɕiːn^{2}，
laɯ^{2} haːi^{1}θiŋ^{1} tiːu^{5}ȵiːn^{2}？

（直译）走来到灵柩，
心落空，
内心苦难言；
哑巴吃黄连，
在灵前，
怎样开声吊唁？

（意译）走到灵柩前，
人落空，
心中苦难言；
哑巴吃黄连，
在灵前，
怎开声吊唁？

【Gvaibanj】
【快板】

（原文）派很批三步，
心中有苦苦难言；
张凤姐咳张凤姐，
难使途伦话布便；

正想称贤妻，
铭又曾卦门的依姑娘；
姑想称铭文达姐，
李天保年纪比达长三年；
只想喊铭文达往，
父刁性李父姓张；
难又难来奇无奈，
哑子食黄连有口实难言。

（壮文）Byaij hwnjbae sam yamq，
Ndawsim miz hoj hoj nanz nyienz；
Cieng Fungcej hai Cieng Fungcej，
Nanz ndaej doxraen vah mbouj bienh；
Cingq siengj heuh yahyienz，
Mwngz youh caengz gvaqdou dih ndei guniengz（lwgsau）；
Gou siengj heuh mwngz baenz dahcej，
Lij Denhbauj nienzgeij beij dah laux sam nienz；
Cij siengj hemq mwngz baenz dahnuengx，
Boux ndeu singq Leix boux singq Cieng；
Nanz youh nanz lai gyaez fouznaih，
Daegngoemx gwn vuengzlienz miz bak saed nanz nyienz.

（音标）pjaːi^{3} hɯn^{3}pai^{1} θaːm^{1} jaːm^{5}，
ʔdaɯ^{1}θim^{1} mi^{2} ho^{3} ho^{3} naːn^{2} ȵiːn^{2}；
ɕiːŋ^{1} fuŋ^{1}ɕe^{3} haːi ɕiːŋ^{1} fuŋ^{1}ɕe^{3}，
naːn^{2} ʔdai^{3} to^{4}ɣan^{1} wa^{6} ʔbou^{3} piːn^{6}；
ɕiŋ^{5} θiːŋ^{3} heːu^{6} ja^{6}jiːn^{2}，
mɯŋ^{2} jou^{6} ɕaŋ^{2} kwa^{5}tou^{1} ti^{6} ʔdei^{1} ku^{1}niːŋ^{2}（lɯk^{8}θaːu^{1}）；
kou^{1} θiːŋ^{3} heːu^{6} mɯŋ^{2} pan^{2} ta^{6}ɕe^{3}，
li^{3} teːn^{6}paːu^{3} niːn^{2}kei^{3} pei^{3} ta^{6} laːu^{4} θaːm^{1} niːn^{2}；
ɕi^{3} θiːŋ^{3} heːm^{5} mɯŋ^{2} pan^{2} ta^{6}nuːŋ^{4}，
pou^{4} ʔdeːu^{1} θiŋ^{5} lei^{4} pou^{4} θiŋ^{5} ɕiːŋ^{1}；
naːn^{2} jou^{6} naːn^{2} laːi^{1} kjai^{2} fou^{2}naːi^{6}，
tak^{8}ŋom^{4} kɯn^{1} wuːŋ^{2}liːn^{2} mi^{2} paːk^{7} θat^{8} naːn^{2} ȵiːn^{2}.

（直译）走上去三步，
心中有苦苦难言；
张凤姐呀张凤姐，
难得相见话不便；
正想称贤妻，
你又未曾过门的好姑娘；

我想称你成姐姐，
李天保年纪比女长三年；
只想喊你成妹妹，
个一姓李个姓张；
难又难多爱无奈，
哑子吃黄连有口实难言。

（意译）走上前几步，
心中有苦却难言；
张凤姐呀张凤姐，
难得相见话不便；
想称你贤妻，
你又是未过门的好姑娘；
我想称你为姐姐，
天保比你长三年；
想要喊你成妹妹，
一人姓李一姓张；
难又难多爱无奈，
哑子吃黄连有口实难言。

（Byaij hwnj baihnaj gvih roengz，gangj）
（走上前跪下，白）
（原文）妻、凤姐、凤妹……
（壮文）Yah、Fungcej、funghnuengx ……
（音标）ja^{6}、fuŋ^{1}ɕe^{3}、fuŋ^{6}nuːŋ^{4}……
（直译）妻、凤姐、凤妹……
（意译）妻、凤姐、凤妹……

（Lij Denhbauj gvih roengz diemj lab seiz，Dahngeih hwnjdaeuj，caeg aeu mauhgwizmoq. Cau Siengz doeksaet，buet bae rag dinbuh Denhbauj，Denhbauj mbouj roxyiuj. Denhbauj mbouj leix，Cau Siengz vuengvat retdeuz lo.）

（李天保跪下点烛时，二妮起来，偷走新郎帽。赵祥惊，跑去拉天保衣脚，天保不知其意。天保不理，赵祥仓皇溜走了。）

Lij Denhbauj【Ciengq】
李天保【唱】
1.
（原文）只逢今支腊，
会会插，

淋他落连连；
又再今支香，
幼灵前，
会会装会耍。
（壮文）Cikfwngz gaem diuz lab，
Hoihhoih cap，
Raemxda lag（doek）lienzlienz；
Youh caiq gaem diuz yieng，
Youq lingz cienz，
Hoihhoih cang hoih sax.
（音标）ɕik^{7} fɯŋ^{2} kam^{1} tiːu^{2} laːp^{8}，
hoːi^{6} hoːi^{6} ɕaːp^{7}，
ɣam^{4} ta^{1} laːk^{8}（tok^{7}）liːn^{2} liːn^{2}；
jou^{6} ɕaːi^{5} kam^{1} tiːu^{2} jiːŋ^{1}，
jou^{5} liŋ^{2} ɕiːn^{2}，
hoːi^{6} hoːi^{6} ɕaːŋ^{1} hoːi^{6} θa^{4}.
（直译）手拿支蜡烛，
慢慢插，
眼泪落涟涟；
又再拿支香，
在灵前，
慢慢烧慢拜。
（意译）手拿烛上前，
慢慢插，
眼泪落涟涟；
又再拿支香，
在灵前，
慢烧慢祭奠。

2.
（原文）凤姐良妻，真是布宜永别；
红花遂落，竞然驾鹤西游；
淋龙滩头，飘飘游游无影；
红尘已尽，辞别山境瑶池；
含恨西归，除娄情丝斩断；
凤姐达往，相隔遥远天涯；
梅落水街，已是镜台月冷；
红尘相恋，为何恶厌凤鸾？

私下九泉，天保含冤如鲁？

（壮文）Fungcej yahndei，Caenseih mboujngeiz yungxbiek；
Hoengzva loenqdoek，Gingqyienz gyaq hag saeyouz；
Raemx roengz dandaeuz，Biubiu youzyouz fouzingj；
Hoengzcaenz gaenq cinq（caenh），swzbiek sanhgingq yauzciz；
Gamz haemz sae'gveih，Dawz raeuz cingzsi（cingzsei）raemjduenh；
Fungcej dahnuengx，Doxgek yiuzyuenx（gyae'gyangq）dienyaiz；
Mwi doek raemxgai，Gaenq seih gingqdaiz nyied lengx（gyoet）；
Hoengzcoenz doxlienh，Vihmaz akyienq funghluenz？
Sei roengz goujsuenz（lajnamh），Denhbauj hamzien byawz rox？

（音标）fuŋ^{1}ɕe^{3} ja^{6}ʔdei^{1}，ɕan^{1}θei^{6} ʔbou^{3}ŋei^{2} juŋ^{4}pi:k^{7}；
hoŋ^{2}wa^{1} lon^{5}tok^{7}，kiŋ^{5}ji:n^{2} kja^{5} ha:k^{8} θai^{1}jou^{2}；
ɣam^{4} ɣoŋ^{2} ta:n^{1}tau^{2}，pi:u^{1}pi:u^{1} jou^{2}jou^{2} fou^{2}iŋ^{3}；
hoŋ^{2}ɕan^{2} kan^{5} ɕin^{5}（ɕan^{6}），θɯ^{2}pi:k^{7} θa:n^{6}kiŋ^{5} ja:u^{2}ɕi^{2}；
ka:m^{2} ham^{2} θai^{1}kwei^{6}，taɯ^{2} ɣau^{2} ɕiŋ^{2}θi^{1}（ɕiŋ^{2}θei^{1}）ɣam^{3}tu:n^{6}；
fuŋ^{1}ɕe^{3} ta^{6}nu:ŋ^{4}，to^{4}ke:k^{7} ji:u^{2}ju:n^{4}（kjai^{1}kja:ŋ^{5}）ti:n^{1}ja:i^{2}；
mɯ:i^{1} tok^{7} ɣam^{4}ka:i^{1}，kan^{5} θei^{6} kiŋ^{5}ta:i^{2} ȵi:t^{8} le:ŋ^{4}（kjot^{7}）；
hoŋ^{2}ɕon^{2} to^{4}li:n^{6}，wi^{6}ma^{2} a:k^{7}ji:n^{5} fuŋ^{6}lu:n^{2}？
θei^{1} ɣoŋ^{2} kou^{3}θu:n^{2}（la^{3}na:m^{6}），te:n^{6}pa:u^{3} ha:m^{2}i:n^{1} pjaɯ^{2} ɣo^{4}？

（直译）风姐良妻，真是不料永别；
红花凋谢，竟然驾鹤西游；
水下滩头，飘飘游游无影；
红尘已尽，辞别山境瑶池；
含恨西归，把咱情丝斩断；
风姐妹妹，相隔遥远天涯；
霜落水街，已是镜台月冷；
红尘相恋，为何厌恶凤鸾？
私下九泉，天保含冤谁懂？

（意译）风姐良妻，真是不料永离；
红花凋谢，竟然驾鹤归西；
水落滩头，飘飘游游无迹；
红尘已尽，辞别山境瑶池；
含恨西归，斩断我俩情谊；
风姐妹妹，相隔遥远天际；
霜落水街，已是镜台月凄；
红尘相恋，为何厌恶伉俪？
私下九泉，天保含冤谁知？

3.

（原文）阎皇鬼役心太狼，
除姑勾销凤姐铭辞别阳间；
李天保兴断肝肠至眉用，
宝镜尘封水下涧；
红尘鸳鸯曾团聚，
一别辞去永远不回还；
世你布能成鸾凤，
奈河桥头请铭等三年。

（壮文）Yenzvangz doxfangz sim daih langz，
Dawz gou gaeusiu Fungcej mwngz biekliz yiengzgan；
Lij Denhbauj hoenz goenq daepsaej ndi meiz yungh，
Baujgingq uqfaenx raemx roengz gienq；
Hoengzcaenz yienyieng caengz doxcomz，
It biek swz bae ciengxlwenx mbouj dauqma；
Seiq neix mbouj ndaej baenz lonzfung，
Naihhoz gyaeujgiuz cingj mwngz caj sam nienz.

（音标）jeːn^{2}waːŋ^{2} to^{4}faːŋ^{2} θim^{1} taːi^{6} laːŋ^{2}，
taɯ^{2} kou^{1} kau^{1}θiːu^{1} fuŋ^{1}ɕe^{3} mɯŋ^{2} piːk^{7}li^{2} jiːŋ^{2}kaːn^{1}；
li^{3} teːn^{6}paːu^{3} hon^{2} kon^{5} tap^{7}θai^{3} ʔdi^{1} mei^{2} juŋ^{6}，
paːu^{3}kiŋ^{5} u^{5}fan^{4} ɣam^{4} ɣoŋ^{2} kiːn^{5}；
hoŋ^{2}ɕan^{2} jiːn^{1}jiːŋ^{1} ɕaŋ^{2} to^{4}ɕoːm^{2}，
it^{7} piːk^{7} θɯ^{2} pai^{1} ɕiːŋ^{4}lɯːn^{4} ʔbou^{3} taːu^{5}ma^{1}；
θei^{5} nei^{4} ʔbou^{3} ʔdai^{3} pan^{2} loːn^{2}fuŋ^{1}，
naːi^{6}ho^{2} kjau^{3}kiːu^{2} ɕiŋ^{3} mɯŋ^{2} ɕa^{3} θaːm^{1} niːn^{2}.

（直译）阎王鬼蜮心太狼，
把我勾销凤姐你辞别阳间；
李天保魂断肝肠没有用，
宝镜尘封水下滩；
红尘鸳鸯未曾团聚，
一别辞去永远不回还；
世这不能成鸾凤，
奈河桥头请你等三年。

（意译）阎王鬼蜮心太狼，
把我凤姐勾销辞别阳间；
李天保魂断肝肠没有用，
宝镜尘封水落涧；

红尘鸳鸯曾团聚，
一别辞去成永远；
今世不能成夫妻，
奈河桥头等三年。

（Lij Denhbauj bae naj lingz raix laeuj，baez baenq ndang，Dahngeih daj ndaw faex okdaeuj，iet fwngz aeu huqcaeq gwn，yah Cangh Cunghsiz gaenjgip laengz）

（李天保去灵前斟酒，一转身，二妮从棺材出，伸手拿祭品吃，张忠实妻急阻止）

4.

（原文）使棍淋他斗，
心凉九，
会来酒灵台；
越想越悲哀，
极命来，
淋他排文云。

（壮文）Saej goenq raemxda daeuj，
Sim liengzyou，
Hoih raix laeuj lingzdaiz；
Yied siengj yied beih'aih，
Gik mingh lai，
Raemxda baiz baenz fwn.

（音标）θai^{3} kon^{5} ɤam^{4}ta^{1} tau^{3}，
θim^{1} liːŋ^{2}jou^{1}，
hoːi^{6} ɤaːi^{4} lau^{3} liŋ^{2}taːi^{2}；
jiːt^{8} θiːŋ^{3} jiːt^{8} pei^{6}aːi^{6}，
kik^{7} miŋ^{6} laːi^{1}，
ɤam^{4}ta^{1} paːi^{2} pan^{2} fɯn^{1}.

（直译）肠断眼泪来，
心凉忧，
慢斟酒灵台；
越想越悲哀，
伤心命多，
眼泪排成雨。

（意译）断肠眼泪来，
心凉忧，
慢斟酒灵台；

越想越悲哀，
命太衰，
泪雨洒胸怀。

5.

（原文）体声凤姐姑贤妻，
久盼佳期花开齐；
实在布料腾云你，
霜打花落两离鸡。
离使正月十五元宵节，
三生有幸相会期；
自幼青梅竹马门当又户对，
俩相情投意合藕连丝。
牛郎织女年年相逢七月七，
凤姐呀，娄队相会是何期？

（壮文）Daej sing Fungcej gou yahyienz，
Naih muengh ngoenzndei va hai caez；
Saedcaih mboujliuh daengz ngoenzneix，
Mwi daj va loenq song liz gyae.
Liz ndaej ndwencieng cibngux Cietyenzsiuh，
Caijsoq fouzbeij doxbungz geiz；
Daj iq cingmoiz cukmax monz dang youh hoh doiq，
Song raeuz habsim hab'eiq ngaeux lienz sei.
Niuzlangz Ciznij bibi doxbungz caet nyied caet，
Fungcej ya，Raeuzdoih doxhoih seih maz geiz?

（音标）tai^{3} θiŋ^{1} fuŋ^{1}ɕe^{3} kou^{1} ja^{6}ji:n^{2}，
na:i^{6} mu:ŋ^{6} ŋon^{2}ʔdei^{1} wa^{1} ha:i^{1} ɕai^{2}；
θat^{8}ɕa:i^{6} ʔbou^{3}li:u^{6} taŋ^{2} ŋon^{2}nei^{4}，
mɯ:i^{1} ta^{3} wa^{1} lon^{5} θo:ŋ^{1} li^{2} kjai^{1}.
li^{2} ʔdai^{3} ʔdɯ:n^{1}ɕi:ŋ^{1} ɕip^{8}ŋu^{4} ɕi:t^{7}je:n^{2}θi:u^{6}，
ɕa:i^{3}θo^{5} fou^{2}bei^{3} to^{4}puŋ^{2} kei^{2}；
ta^{3} i^{5} ɕiŋ^{1}mo:i^{2} ɕuk^{7}ma^{4} mo:i^{2} ta:ŋ^{1} jou^{6} ho^{6} to:i^{5}，
θo:ŋ^{1} ɣau^{2} ha:p^{8}θim^{1} ha:p^{8}ei^{5} ŋau^{4} li:n^{2} θei^{1}.
ni:u^{2}la:ŋ^{2} ɕi^{2}ni^{3} pi^{1}pi^{1} to^{4}puŋ^{2} ɕat^{7} ȵi:t^{8} ɕat^{7}，
fuŋ^{1}ɕe^{3} ja，ɣau^{2}to:i^{6} to^{4}ho:i^{6} θei^{6} ma^{2} kei^{2}？

（直译）哭声凤姐我贤妻，
久盼佳期花开齐；
实在不料到今天，

霜打花落两离远。
离得正月十五元宵节，
运气无比相会期；
自幼青梅竹马门当又户对，
俩咱合心合意藕连丝。
牛郎织女年年相逢七月七，
凤姐呀，我们相会是何期？

（意译）哭叫凤姐我贤妻，
久盼佳期花开齐；
实在不料到今天，
霜打花落两分离。
离得正月元宵节，
三生有幸相会期；
自幼青梅竹马又门当户对，
我俩情思难断又很合意。
牛郎织女年年相逢七月七，
凤姐呀，我们相会是何期？

Cangh Ailenz【Ciengq】
张爱莲【唱】

（原文）为娄钱至眉，取受亏受气；
相会除非是，幼……

（壮文）Vih raeuz cienz ndi meiz，Cij souh vi souh heiq；
Doxbungz cijmiz seih，youq ……

（音标）wi⁶ ɣau² ɕiːn² ʔdi¹ mei²，ɕi³ θou⁶ wi¹ θou⁶ hei⁵；
to⁴ puŋ² ɕi³ mei² θei⁶，jou⁵……

（直译）为我们钱没有，才受亏受气；
相会只有是，在……

（意译）因我们没钱，才受亏受气；
相会除非是，在……

（Cangh Cunghsiz ae hwnj）
（张忠实咳上）

（Cangh Ailenz iet fwngz laeng Cangh Cunghsiz aeu ngaenz，Cangh Cunghsiz mbouj hawj）
（张爱莲伸手向张忠实要钱，张忠实不给）

Cangh Cunghsiz【Ciengq】

张忠实【唱】

（原文）可怜达伖幅，实在屈来来；

云你铭父筛，斗换鞋穿部。

（壮文）Hojlienz dah lwgmbwk，Saedcaih ut lailai；

Ngoenzneix mwngz bouxsai，Daeuj vuenh haiz daenj buh.

（音标）ho^3 li:n^2 ta^6 lɯk^8 ʔbɯk^7，θat^8 ɕa:i^6 ut^7 la:i^1 la:i^1；

ŋon^2 nei^4 mɯŋ^2 pou^4 θa:i^1，tau^3 wu:n^6 ha:i^2 tan^3 pu^6.

（直译）可怜个女孩，实在冤屈多多；

今天你男人，来换鞋穿衣。

（意译）可怜这女孩，实在太冤屈；

今天你男人，来换鞋穿衣。

（Daezsingj Lij Denhbauj aeu buh、haiz）

（提醒李天保取衣、鞋）

Lij Denhbauj【Ciengq】

李天保【唱】

（原文）部慕慕又依，

斗口菲，

再伦米那形；

（壮文）Buhmoq moq youh ndei，

Daeuj haeujfaex，

Caiq raen maex najhingz；

（音标）pu^6 mo^5 mo^5 jou^6 ʔdei^1，

tau^3 hau^3 fai^4，

ɕa:i^5 ɣan^1 mai^4 na^3 hiŋ^2；

（直译）新衣新又好，

来入棺，

再见妻脸形；

（意译）新衣已拿来，

来入殓，

再见妻形态；

Cangh Cunghsiz【Ciengq】

张忠实【唱】

（原文）棺材姑已钉，

理布应，

计费心认大。
（壮文）Guencaiz gou gaenq ding，
Leix mbouj wng，
Gaej feiqsim nyaenx daih.
（音标）kuːn^{1}ɕaːi^{2} kou^{1} kan^{5} tiŋ^{1}，
lei^{4} ʔbou^{3} ɯŋ^{1}，
kai^{3} fei^{5}θim^{1} ȵan^{4} taːi^{6}.
（直译）棺材我已钉，
理不应，
别费心恁大。
（意译）已钉好棺材，
理不该，
别费心悲哀。

Cangh Ailenz【Ciengq】
张爱莲【唱】
（原文）达爹曾卦门，换衣裳也合；
（壮文）Dah de caengz gvaqmonz，Vuenh eisiengz hix hab；
（音标）ta^{6} te^{1} ɕaŋ^{2} kwa^{5}moːn^{2}，wuːn^{6} ei^{1}θiːŋ^{2} hi^{4} haːp^{8}；
（直译）女孩她未曾过门，换衣裳也合；
（意译）女孩她未曾过门，换衣裳也该；

Cangh Cunghsiz【Ciengq】
张忠实【唱】
（原文）铭是讲话杂，立乱合三场。
（壮文）Mwngz seih gangj vahbab，Laebluenh vab samciengz.
（音标）mɯŋ^{2} θei^{6} kaːŋ^{3} wa^{6}paːp^{8}，lap^{8}luːn^{6} waːp^{8} θaːm^{1}ɕiːŋ^{2}.
（直译）你是讲杂话，胡乱乱说三场。
（意译）你是讲混话，乱扯又乱赖。

Cangh Ailenz【Iet fwngz cam aeu ngaenz】
张爱莲【伸手问要银子】
（原文）哥，欧银斗。
（壮文）Go，aeu ngaenz daeuj.
（音标）ko^{1}，au^{1} ŋan^{2} tau^{3}.
（直译）哥，拿银子来。
（意译）哥，拿银子来。

Cangh Cunghsiz【Aeu gij doxgaiq baengzhoengz duk naeknungnung ndenq hawj Cangh Ailenz】

张忠实【用红布包着的沉甸甸的东西递给张爱莲】

（原文）快，快！

（壮文）Vaiq，vaiq！

（音标）waːi⁵，waːi⁵！

（直译）快，快！

（意译）快，快！

Cangh Ailenz【Gangj】

张爱莲【白】

（原文）姑𠇹铭花银子，还得更批闺女。

（壮文）Gou heuh mwngz cei ngaenzceij，lij deng gvengq bae lwgsau.

（音标）kou¹ heːu⁶ mɯŋ² ɕei¹ ŋan²ɕei³，li³ teːŋ¹ kweːŋ⁵ pai¹ lɯk⁸θaːu¹.

（直译）我叫你花银子，还得丢去闺女。

（意译）我让你花了银子，还得失去闺女。

（Yaepda heuh Denhbauj hwnj baihnaj vuenh buh）

（示意天保上前换衣）

Lij Denhbauj【Yaek hwnj baihnaj，yah Cangh Cunghsiz laengz，Denhbauj nyoengx yah Cangh Cunghsiz deuz，yah Cangh Cunghsiz yaek hwnjbae laengz gaenq mbouj gib lo】

李天保【欲上前，张忠实妻拦住，天保推开张忠实妻，张忠实妻欲上前拦已来不及了】

（原文）姑，铭批渠？

（壮文）Gux，mwngz bae lawz？

（音标）ku⁴，mɯŋ² pai¹ laɯ²？

（直译）姑，你去哪里？

（意译）姑姑，您去哪里？

【Ciengq】

【唱】

（原文）风姐四支浑，
躺痕滚，
姑半信半疑；
想斗实在奇，
或莫非，

达受亏胎枉？

（壮文）Fungcej seiqcei unq，
Ndang haenz goenj（ndat），
Gou buenq saenq buenq ngeiz；
Siengj daeuj saedcaih geiz，
Rox mugfei（dwg mbouj dwg），
Dah souh vi daivuengj？

（音标）fuŋ^{1}ɕe^{3} θei^{5}ɕei^{1} un^{5}，
ʔdaːŋ^{1} han^{2} kon^{3}（ʔdaːt^{7}），
kou^{1} puːn^{5} θan^{5} puːn^{5} ŋei^{2}；
θiːŋ^{3} tau^{3} θat^{8}ɕaːi^{6} kei^{2}，
ɣo^{4} muk^{8}fei^{1}（tɯk^{8} ʔbou^{3} tɯk^{8}），
ta^{6} θou^{6} wi^{1} taːi^{1}wuːŋ^{3}？

（直译）凤姐四肢软，
身还暖，
我半信半疑；
想来实在奇，
或莫非，
她受委屈枉死？

（意译）凤姐暖和体，
身还软，
我半信半疑；
想来实在奇，
或莫非，
她枉死受屈？

Cangh Ailenz（Coh gouhfaex ae song sing）
张爱莲（向棺咳嗽两声）

（Dahngeih loengh mauhhauq，ninz ndaw gouhfaex yawj nauhyied. Cangh Cunghsiz doeksaet naj bienq saek，buet bae aeu ndang dangj Dahngeih，Dahngeih dawz mauhhauq daep hwnj gyaeuj daxboh bae）

（二妮把玩孝帽，躺棺材看热闹。张忠实惊慌失色，跑去用身体拦住二妮，二妮把孝帽扣父亲头上去）

Cangh Cunghsiz：
张忠实：
（原文）闺女游尸了！

（壮文）Dahlwg youzsei la!
（音标）$ta^{6}lɯk^{8}$ $jou^{2}θei^{1}$ la!
（直译）闺女诈尸了!
（意译）闺女诈尸了!

Lij Denhbauj【Dingqgangj Fungcej youzsei，couh yaek gvaqbae doxraen】
李天保【听说凤姐诈尸，便要过去相会】
（原文）凤姐!
（壮文）Fungcej!
（音标）$fuŋ^{1}ɕe^{3}$!
（直译）凤姐!
（意译）凤姐!

Yah Cangh Cunghsiz【Doeksaet hemq】
张忠实妻【惊叫】
（原文）赵祥，快斗，快斗!
（壮文）Cau Siengz，vaiq daeuj，vaiq daeuj!
（音标）$ɕaːu^{1}$ $θiːŋ^{2}$，$waːi^{5}$ tau^{3}，$waːi^{5}$ tau^{3}!
（直译）赵祥，快来，快来!
（意译）赵祥，快来，快来!

Cau Siengz（Gaenjgip hwnjdaeuj，rag Denhbauj couh byaij roengz）
赵祥（急上，拉天保就走下）

Yah Cangh Cunghsiz【Raen Cangh Cunghsiz gwnz gyaeuj daenj mauhhauq，gaenjgip vax deuz】
张忠实妻【见张忠实头带孝帽，急扯下来】
（原文）混账!
（壮文）Hoenqciengq!
（音标）hon^{5} $ɕiːŋ^{5}$!
（直译）混账!
（意译）混账!

【Ciengq】
【唱】
（原文）事越弄越丑，老顶狗眉花；
（壮文）Saeh yied loengh yied couj，Lau dingjgyaeuj meiz va；
（音标）$θai^{6}$ $jiːt^{8}$ $loŋ^{6}$ $jiːt^{8}$ $ɕou^{3}$，$laːu^{1}$ $tiŋ^{3}kjau^{3}$ mei^{2} wa^{1}；

（直译）事越弄越丑，怕头顶有花；
（意译）事越弄越丑，怕头顶有花；

（Cangh Cunghsiz gvenggvak mauhhauq）
（张忠实丢掉孝帽）

Yah Cangh Cunghsiz【Ciengq】
张忠实妻【唱】
（原文）帽也布可拉，快级麻快条。
（壮文）Mauh hix mbouj hoj ra，Vaiq gib ma vaiq deuz.
（音标）maːu^{6} hi^{4} ʔbou^{3} ho^{3} ɣa^{1}，waːi^{5} ɣip^{8} ma^{1} waːi^{5} teːu^{2}.
（直译）帽也不难找，快捡回来快逃走。
（意译）帽也不难找，快捡快逃吧。

（Gib mauh byaij roengz）
（捡帽走下）

Dahngeih【Ciengq】
二妮【唱】
（原文）实在闷胎云，害姑能狗肥；
欧钱赔达二，就万事平明。
（壮文）Saedcaih mbwq dai vunz，Haih gou naengh gouhfaex；
Aeu cienz boiz Dahngeih，Couh fanh saeh bingzmingz.
（音标）θat^{8}ɕaːi^{6} ʔbɯ^{5} taːi^{1} wun^{2}，haːi^{6} kou^{1} naŋ^{6} kou^{6}fai^{4}；
au^{1} ɕiːn^{2} poːi^{2} ta^{6}ŋei^{6}，ɕou^{6} faːn^{6} θai^{6} piŋ^{2}miŋ^{2}.
（直译）实在闷死人，害我坐棺材；
拿钱赔二妮，就万事平明。
（意译）实在闷死人，我坐棺留停；
拿钱给二妮，万事就摆平。

Cangh Ailenz【Ciengq】
张爱莲【唱】
（原文）若是想欧艮，各参铭达爸；
（壮文）Dangh seih siengj aeu ngaenz，Gag cam mwngz daxbah；
（音标）taːŋ^{6} θei^{6} θiːŋ^{3} au^{1} ŋan^{2}，kaːk^{8} ɕaːm^{1} mɯŋ^{2} ta^{4}pa^{6}；
（直译）若是想要银子，自己问你阿爸；
（意译）若想要银子，就问你阿爸；

Dahngeih【Ciengq】
二妮【唱】
（原文）讲话布算话，至留那赔铭。
（壮文）Gangjvah mbouj suenq vah，Ndi louz naj boiz mwngz.
（音标）kaːŋ³ wa⁶ ʔbou³ θuːn⁵ wa⁶，ʔdi¹ lou² na³ poːi² mɯŋ².
（直译）讲话不算话，不留脸面还你。
（意译）讲话不算话，你脸无处挂。

（Iet fwngz dued aen bau baengzhoengz Cangh Ailenz，dozcaengh doek daengz gwnz dieg）
（伸手夺张爱莲的红布包，秤砣掉在地上）

【Gvaibanj】
【快板】
（原文）事实在，铭姑大，
良心确实是最坏；
为嘛口兰贼驼赠，
事情皮那姑布是乱赖。
（壮文）Saeh saedcaih，mwngz guxdaih，
Liengzsim goksaed seih ceiq vaih；
Vihmaz haeuj ranz caeg dozcaengh，
Saehcingz baknaj gou mbouj seih luenhlaih.
（音标）θai⁶ θat⁸ ɕaːi⁶，mɯŋ² ku⁴ taːi⁶，
liːŋ² θim¹ koːk⁷ θat⁸ θei⁶ ɕei⁵ waːi⁶；
wi⁶ ma² hau³ ɣaːn² ɕak⁸ to² ɕaŋ⁶，
θai⁶ ɕiŋ² paːk⁷ na³ kou¹ ʔbou³ θei⁶ luːn⁶ laːi⁶.
（直译）事实在，你大姑，
良心确实是最坏；
为何进屋偷秤砣，
事情面前我不是诬赖。
（意译）事实在，大姑你，
良心确实是最坏；
为何进屋偷秤砣，
事情面前非乱赖。

Cangh Ailenz【Gvaibanj】
张爱莲【快板】
（原文）无难奈，无难奈，
并非是姑心大；

好心争恶报，
姑鲁云你争收害；
砣赠爸铭留作白艮送达二，
布查理由斗乱赖；
若是事情至弄清楚，
姑实布从妈铭卖。

（壮文）Fouz nanznaih，fouz nanznaih，
Mbouj seih gou sim daih；
Simndei deng yak bauq，
Gou rox ngoenzneix deng sou haih；
Dozcaengh ba mwngz louz guh ngaenzhau soengq Dahngeih，
Mbouj caz leixyouz daeuj luenhlaih；
Dangh seih saehcingz ndi loengh cingcuj，
Gou saed mbouj coengz meh mwngz mai.

（音标）fou^{2} naːn^{2}naːi^{6}，fou^{2} naːn^{2}naːi^{6}，
ʔbou^{3} θei^{6} kou^{1} θim^{1} taːi^{6}；
θim^{1}ʔdei^{1} teːŋ^{1} jaːk^{7} paːu^{5}，
kou^{1} ɣo^{4} ŋon^{2}nei^{4} teːŋ^{1} θou^{1} haːi^{6}；
to^{2}ɕaŋ^{6} pa^{1} mɯŋ^{2} lou^{2} ku^{6} ŋan^{2}haːu^{1} θoŋ^{5} ta^{6}ŋei^{6}，
ʔbou^{3} ɕa^{2} lei^{4}jou^{2} tau^{3} luːn^{6}laːi^{6}；
taːŋ^{6} θei^{6} θai^{6}ɕiŋ^{2} ʔdi^{1} loŋ^{6} ɕiŋ^{1}ɕu^{3}，
kou^{1} θat^{8} ʔbou^{3} ɕoŋ^{2} me^{6} mɯŋ^{2} maːi^{1}.

（直译）无难耐，无难耐，
不是我心大；
好心遭恶报，
我知道今天挨你们害；
秤砣爸你留作白银送二妮，
不查理由来诬赖；
若是事情不弄清楚，
我实不从妈你卖。

（意译）无难耐，无难耐，
并非是我心大；
好心遭恶报，
我知今天挨你们害；
秤砣你爸留作白银送二妮，
不查理由来诬赖；
若是事情不弄清，
我实不从卖你妈。

【Gangj】
【白】
（原文）哥，铭许姑则内是几麻？
（壮文）Go，mwngz hawj gou ndaek neix seih gijmaz？
（音标）ko^{1}，mɯŋ^{2} haɯ^{3} kou^{1} ʔdak^{7} nei^{4} θei^{6} ki^{3}ma^{2}？
（直译）哥，你给我个这是什么？
（意译）哥，你给我这个是什么意思？

Cangh Cunghsiz【Gangjvah gazdwddwd】
张忠实【讲话吞吞吐吐】
（原文）姑……姑……
（壮文）Gou …… gou ……
（音标）kou^{1}…… kou^{1}……
（直译）我……我……
（意译）我……我……

（Cangh Ailenz gip dozcaengh coh caekhaex Cangh Cunghsiz ndek gvaqbae，swnhfwngz rag buh Cangh Cunghsiz，song vunz rag bae rag dauq. Yah Cangh Cunghsiz raen le siengj daeuj bang，dauqfanj deng Cangh Ailenz fak mbat fwngz ndeu）

（张爱莲拾秤砣朝张忠实屁股扔过去，顺手拉张忠实衣，两人拉来拉去。张忠实妻见了想来帮忙，反挨张爱莲一巴掌打过去）

Yah Cangh Cunghsiz：
张忠实妻：
（原文）咳呀，铭很姑！
（壮文）Aeya，mwngz hoenx gou！
（音标）aija，mɯŋ^{2} hon^{4} kou^{1}！
（直译）哎呀，你打我！
（意译）哎呀，你打我！

Cangh Cunghsiz【Gangj】
张忠实【白】
（原文）算了，打了不罚，罚了不打，省下白艮五十五。
（壮文）Suenq la，daj le mbouj fad，fad le mbouj daj，mbaet roengz ngaenzhau hajcib haj.
（音标）θuːn^{5} la，ta^{3} le ʔbou^{3} faːt^{8}，faːt^{8} le ʔbou^{3} ta^{3}，ʔbat^{7} ɣoŋ^{2} ŋan^{2}haːu^{1} ha^{3}ɕip^{8} ha^{3}.
（直译）算了，打了不罚，罚了不打，省下白银五十五。
（意译）算了，打了不罚，罚了不打，省下白银五十五。

Yah Cangh Cunghsiz【Nam】
张忠实妻【念】
（原文）真赔时，争米麻你弹发一皮那。
（壮文）Caen boihseiz，deng mehma neix danzfak it baez naj.
（音标）ɕan^{1} poːi^{6}θei^{2}，teːŋ^{1} me^{6}ma^{1} nei^{4} taːn^{2}faːk^{7} it^{7} pai^{2} na^{3}.
（直译）真背时，挨母狗这抽打一次脸。
（意译）真背时，挨这母狗打了一次脸。

Dahngeih【Nam】
二妮【念】
（原文）讲话欧算话，达二乙逢斗等叉。
（壮文）Gangjvah aeu suenq vah，Dahngeih iet fwngz daeuj daengjcaj.
（音标）kaːŋ^{3}wa^{6} au^{1} θuːn^{5} wa^{6}，ta^{6}ɲei^{6} iːt^{7} fɯŋ^{2} tau^{3} taŋ^{3}ɕa^{3}.
（直译）讲话要算话，二妮伸手来等待。
（意译）讲话要算话，二妮伸手来等待。

Cangh Ailenz【Nam】
张爱莲【念】
（原文）事情布是同你卦，戏一定欧唱腾下！
（壮文）Saehcingz mbouj seih doenghneix gvaq，heiq itdingh aeu ciengq daengz laj!
（音标）θai^{6}ɕiŋ^{2} ʔbou^{3} θei^{6} toŋ^{6}nei^{4} kwa^{5}，hei^{5} it^{7}tiŋ^{6} au^{1} ɕiːŋ^{5} taŋ^{2} la^{3}！
（直译）事情不是这么过去，戏一定要唱到底！
（意译）事情不能这么过去，戏一定要唱到底！

场大六 凤姐出阁
Ciengz Daihroek Fungcej Baehaq
场第六 凤姐出阁
第六场 凤姐出阁

【Baij gingj】Aen siuqfuengz Fungcej，gyanghaemh.
【布景】凤姐绣房，夜晚。

Cangh Fungcej【Ciengq】
张凤姐【唱】
1.
（原文）春去夏日长，
四月天，
心尽凉九九；
幼肯堆今厚，
尼托九，
淋布救使腾。
（壮文）Cin bae hah ngoenz ciengz，
Seiq nyied dien，
Sim caenh liengz youyou；
Youq gwnz ndoi ndaem haeux，
Ndit dak gyo，
Raemx mbouj gouq ndaej daengz.
（音标）ɕin^{1} pai^{1} ha^{6} ŋon^{2} ɕiːŋ^{2}，
θei^{6} ȵiːt^{8} tiːn^{1}，
θim^{1} ɕan^{6} liːŋ^{2} jou jou；
jou^{5} kɯn^{2} ʔdoːi^{1} ʔdam^{1} hau^{4}，
ʔdit^{7} taːk^{7} kjo^{1}，
ɣam^{4} ʔbou^{3} kou^{5} ʔdai^{3} taŋ^{2}.
（直译）春去夏日长，
四月天，
心尽凉飕飕；
在上坡种粮，
阳光晒枯，
水不供得上。

（意译）春去夏日长，
四月天，
心非常凄凉；
在坡上种粮，
日晒枯，
水没能供上。

2.
（原文）度岁月年轮，
云挂云，
除良婚斗变；
天降天情剑，
恨又怨，
乱斩断藕丝。
（壮文）Doh ndwenngoenz nienzloenz，
Ngoenz gvaq ngoenz，
Dawz ndeivaen daeuj bienq；
Mbwn gyangq diencingzgiemh，
Haemz youh ienq，
Luenh raemj duenh ngaeuxsei.
（音标）to^{6} ʔdɯːn^{1}ŋon^{2} niːn^{2}lon^{2}，
ŋon^{2} kwa^{5} ŋon^{2}，
taɯ^{2} ʔdei^{1}wan^{1} tau^{3} piːn^{5}；
ʔbɯn^{1} kjaːŋ^{5} tiːn^{1}ɕiŋ^{2}kiːm^{6}，
ham^{2} jou^{6} iːn^{5}，
luːn^{6} ɣam^{3} tuːn^{6} ŋau^{4}θei^{1}.
（直译）过日子年轮，
天过天，
把良婚来变；
天降天情剑，
恨又怨，
乱斩断藕丝。
（意译）度岁月年轮，
一天天，
把良婚来变；
天降天情剑，
恨又怨，
乱斩断情线。

Cangh Fungcej【Ciengq】

张凤姐【唱】

1.

（原文）倒议当初，往奏特哥天保；
男才女貌，一心望老白头。

（壮文）Dauqngeix dangco，Nuengx caeuq daeggo Denhbauj；
Mbauq caiz sau mauh，Itsim muengh laux begdaeuz.

（音标）taːu^{5}ŋei^{4} taːŋ^{1}ɕo^{1}，nuːŋ^{4} ɕau^{5} tak^{8}ko^{1} teːn^{6}paːu^{3}；
ʔbaːu^{5} ɕaːi^{2} θaːu^{1} maːu^{6}，it^{7}θim^{1} muːŋ^{6} laːu^{4} peːk^{8}tau^{2}.

（直译）回想当初，妹妹和哥哥天保；
男才女貌，一心望老白头。

（意译）回想当初，妹和情哥天保；
男才女貌，盼望白头偕老。

2.

（原文）苦难共舟，元宵玩游观贯；
依依想伴，眉情眉缘托赔；
含泪归回，只恨红媒未请；
三更夜静，大妮独枕难眠；
寂寞更长，呻吟窗前月影。

（壮文）Hojnanh doengz couh，Yienzsiu vanzyouz yawjngonz；
Eiei doxbuenx，Meiz cingz meiz nyuenz doxboiz（doxbuenx）；
Hamz lei gvivoiz（dauqma），Cij haemz bazmoiz ndi cingj；
Samgeng hwnz cingx，Dahdaih dog cimj（swiz）nanz mienz；
Caemgingh geng ciengz，Gyangznaek cueng cienz ngaeuz ndwen.

（音标）ho^{3}naːn^{6} toŋ^{2} ɕou^{6}，jiːn^{2}θiːu^{1} waːn^{2}jou^{2} jaɯ^{3}ŋoːn^{2}；
ei^{1}ei^{1} to^{4}puːn^{4}，mei^{2} ɕiŋ^{2} mei^{2} ȵuːn^{2} to^{4}poːi^{2}（to^{4}puːn^{4}）；
haːm^{2} lei^{1} kwi^{1}woːi^{2}（taːu^{5}ma^{1}），ɕi^{3} ham^{2} pa^{2}moːi^{2} ʔdi^{1} ɕiŋ^{3}；
θaːm^{1}keːŋ^{1} hɯn^{2} ɕiŋ^{4}，ta^{6}taːi^{6} toːk^{8} ɕim^{3}（θɯːi^{2}）naːn^{2} miːn^{2}；
ɕam^{1}kiŋ^{6} keːŋ^{1} ɕiːŋ^{2}，kjaːŋ^{2}nak^{7} ɕuːŋ^{1} ɕiːn^{2} ŋau^{2} ʔdɯːn^{1}.

（直译）苦难共舟，元宵游玩观赏；
依依相伴，有情有缘相伴；
含泪归回，只恨媒婆未请；
三更夜静，大妮独枕难眠；
寂寞更长，呻吟窗前影月。

（意译）苦难共舟，元宵游玩观景；
依依相伴，陪伴有意有情；
含泪归回，只恨媒婆未请；

三更夜静，大妮独枕难寝；
寂寞更长，呻吟窗前月影。

3.
（原文）半月西斜照寒窗，
虫鸣鹃声闹花园，
蜂蝶亦解开花草。
李天保呀，
为麻布鲁凤姐苦绣房？
（壮文）Mbiengj ndwen mbat sae ciuq hanzcueng，
Non suenj giensing nauh suenva，
Rwi mbaj hix gejhai va cauj.
Lij Denhbauj ya，
Vihmaz mbouj rox Fungcej hoj siuqfuengz？
（音标）ʔbiːŋ^{3} ʔdɯːn^{1} ʔbaːt^{7} θai^{1} ɕiːu^{5} haːn^{2}ɕuːŋ^{1}，
noːn^{1} θuːn^{3} kiːn^{1}θiŋ^{1} naːu^{6} θuːn^{1}wa^{1}，
ɣɯːi^{1} ʔba^{3} hi^{4} ke^{3}haːi^{1} wa^{1} ɕaːu^{3}.
li^{3} teːn^{6}paːu^{3} ja，
wi^{6}ma^{2} ʔbou^{3} ɣo^{4} fuŋ^{1}ɕe^{3} ho^{3} θiːu^{5}fuːŋ^{2}？
（直译）半月斜西照寒窗，
虫鸣鹃声闹花园，
蜂蝶亦解开花草。
李天保呀，
为何不知凤姐苦绣房？
（意译）半月西斜照寒窗，
虫鸣鹃声闹花园，
蜂蝶亦解开花草。
李天保呀，
为何不知凤姐苦绣房？

4.
（原文）野草开花，途雷尚麻窃糖；
哥幼沉巾，鱼至择日提亲？
究竟何因，图姑双亲布讲？
星稀月朗，大妮长叹谁怜？
（壮文）Rumnyaengq haiva，Duzrwi lij ma caeg dangz；
Go youq caemyam，Lawz ndi senj ngoenz daezcaen？
Dauqdaej maz aen，Duzgou song caen mbouj gangj？

Sing hei nyied langh，Dahdaih gyangzraez byawz gyoh?

（音标）ɣum^{1}ȵaŋ^{5} haːi^{1}wa^{1}，tu^{2}ɣɯːi^{1} li^{3} ma^{1} ɕak^{8} taːŋ^{2}；
ko^{1} jou^{5} ɕam^{1}jaːm^{1}，laɯ^{2} ʔdi^{1} θeːn^{3} ŋon^{2} tai^{2}ɕan^{1}？
taːu^{5}tai^{3} ma^{2} an^{1}，tu^{2}kou^{1} θoːŋ^{1} ɕan^{1} ʔbou^{3} kaːŋ^{3}？
θiŋ^{1} hei^{1} ȵiːt^{8} laːŋ^{6}，ta^{6}taːi^{6} kjaːŋ^{2}ɣai^{2} pjaɯ^{2} kjo^{6}？

（直译）野草开花，蜜蜂还回窃蜜；
哥在沉默，怎不择日提亲？
究竟何因，我的双亲不讲？
星稀月朗，大妮长叹谁怜？

（意译）野草开花，蜜蜂采蜜辛勤；
哥不作声，怎不择日提亲？
双亲不讲，究竟是何原因？
星稀月朗，大妮有谁怜悯？

Cangh Ailenz【Gaenjgip hwnj，gangj】
张爱莲【急上，白】
（原文）大妮呀，铭依啊！
（壮文）Dahdaih ya，mwngz ndei ha！
（音标）ta^{6}taːi^{6} ja，mɯŋ^{2} ʔdei^{1} ha！
（直译）大妮呀，你好啊！
（意译）大妮呀，你好啊！

Cangh Fungcej：
张凤姐：
（原文）姑，请坐。
（壮文）Gux，cingj naengh.
（音标）ku^{4}，ɕiŋ^{3} naŋ^{6}.
（直译）姑，请坐。
（意译）姑，请坐。

Cangh Ailenz【Ciengq】
张爱莲【唱】
（原文）大妮咳大妮，铭心思姑噜；
文云幼内库，凳受苦能监。
（壮文）Dahdaih ha Dahdaih，Mwngz simngeix gux rox；
Baenzngoenz youq ndaw hoq，Daengq souh hoj naengh gam.
（音标）ta^{6}taːi^{6} ha ta^{6}taːi^{6}，mɯŋ^{2} θim^{1}ŋei^{4} ku^{4} ɣo^{4}；
pan^{2}ŋon^{2} jou^{5} ʔdaɯ^{1} ho^{5}，taŋ^{5} θou^{6} ho^{3} naŋ^{6} kaːm^{1}.

（直译）大妮呀大妮，你心思姑懂；
成天在闺房，像受苦坐监牢。
（意译）大妮呀大妮，你心思姑懂；
成天在闺房，像坐牢苦痛。

Cangh Fungcej【Ciengq】
张凤姐【唱】
（原文）达姑鱼噜姑吞心？
大妮心中眉苦情；
千言万语难开口，
万语千言难开声。
（壮文）Daxgux lawz rox gou aensim?
Dahdaih ndawsim meiz hojcingz;
Cien coenz fanh coenz nanz haibak,
Fanh coenz cien coenz nanz hai sing.
（音标）ta^{4}ku^{4} law^{2} ɣo^{4} kou^{1} an^{1}θim^{1}？
ta^{6}ta:i^{6} ʔdaw^{1}θim^{1} mei^{2} ho^{3}ɕiŋ^{2}；
ɕi:n^{1} ɕon^{2} fa:n^{6} ɕon^{2} na:n^{2} ha:i^{1}pa:k^{7}，
fa:n^{6} ɕon^{2} ɕi:n^{1} ɕon^{2} na:n^{2} ha:i^{1} θiŋ^{1}.
（直译）姑姑怎么知我心？
大妮心中有苦情；
千言万语难开口，
万语千言难开声。
（意译）姑姑哪知我内心？
大妮心中有苦情；
千言万语难开口，
万语千言难开声。

Cangh Ailenz【Ciengq】
张爱莲【唱】
（原文）李家想提亲，
波老铭，
爹嫌贫爱付；
（壮文）Leixgya siengj daezcaen,
Bohlaux mwngz,
De yiemz gungz gyaez fouq;
（音标）lei^{4}kja^{1} θi:ŋ^{3} tai^{2}ɕan^{1}，
po^{6}la:u^{4} mɯŋ^{2}，
te^{1} ji:m^{2} kuŋ^{2} kjai^{2} fou^{5}；

（直译）李家想提亲，
老父你，
他嫌贫爱富；
（意译）李家想提亲，
你老父，
他爱富嫌贫；

Cangh Fungcej【Ciengq】
张凤姐【唱】
（原文）为几麻原因，
日子腾，
李家层斗授？
（壮文）Vih gijmaz yienzaen，
Saedceij daengz，
Leixgya caengz daeuj coux?
（音标）wi^{6} ki^{3}ma^{2} ji:n^{2}an^{1}，
θat^{8}ɕei^{3} taŋ^{2}，
lei^{4}kja^{1} ɕaŋ^{2} tau^{3} ɕou^{4}？
（直译）为什么原因，
日子到，
李家尚未来接亲？
（意译）为什么原因，
日子到，
李家未接亲？

Cangh Ailenz【Ciengq】
张爱莲【唱】
1.
（原文）三月初三是佳期，
本来佳偶好连理；
初二送去报丧贴，
讲铭急病已西归；
（壮文）Sam nyied cosam seih ngoenzndei，
Bonjlaiz gya'ngaeux ndei lienzleix；
Co'ngeih soengq bae bauqsangdiep，
Gangj mwngz gaepbingh gaenq sae'gveih；
（音标）θa:m^{1} ɳi:t^{8} ɕo^{1}θa:m^{1} θei^{6} ŋon^{2}ʔdei^{1}，
po:n^{3}la:i^{2} kja^{1}ŋau^{4} ʔdei^{1} li:n^{2}lei^{4}；

ɕo^{1}ŋei^{6} θoŋ^{5} pai^{1} paːu^{5}θaːŋ^{1}tiːp^{7},
kaːŋ^{3} mɯɯŋ^{2} kap^{7}piŋ^{6} kan^{5} θai^{1}kɯei^{6};
（直译）三月初三是佳期，
本来佳偶好连理；
初二送去报丧帖，
讲你急病已西归；
（意译）三月初三是佳期，
本来佳偶好连理；
初二送去报丧帖，
讲你急病已归西；

2.
（原文）假设搭棚安灵位，
天保吊孝体尽亏；
已将事情吝赵义，
喊爹告状打官司。
（壮文）Gyajsiet dapbungz an lingzvih,
Denhbauj diuqhauq daej caenh vei;
Gaenq dawz saehcingz lwnh Cau Yi,
Hemq de gauqcangh daj guensei.
（音标）kja^{3}θiːt^{7} taːp^{7}puŋ^{2} aːn^{1} liŋ^{2}wi^{6},
teːn^{6}paːu^{3} tiːu^{5}haːu^{5} tai^{3} ɕan^{6} wei^{1};
kan^{5} taɯ^{2} θai^{6}ɕiŋ^{2} lɯn^{6} ɕaːu^{1} ji^{1},
heːm^{5} te^{1} kaːu^{5}ɕaːŋ^{6} ta^{3} kuːn^{1}θei^{1}.
（直译）假设搭棚安灵位，
天保吊孝哭尽亏；
已将事情告知赵义，
喊他告状打官司。
（意译）假设搭棚安灵位，
天保吊孝哭凄凄；
我将事情报赵义，
喊他告状打官司。

Cangh Fungcej【Ciengq】
张凤姐【唱】
1.
（原文）命布依，命布依，
大妮生斗布合时；

无中生有干丑事，
真是天旱把也黎。

（壮文）Mingh mbouj ndei，mingh mbouj ndei，
Dahdaih seng daeuj mbouj habseiz；
Luenh an luenh laih guh coujsaeh，
Caenseih mbwnrengx byaj hix raez.

（音标）miŋ^{6} ʔbou^{3} ʔdei^{1}，miŋ^{6} ʔbou^{3} ʔdei^{1}，
ta^{6}taːi^{6} θeːŋ^{1} tau^{3} ʔbou^{3} haːp^{8}θei^{2}；
luːn^{6} aːn^{1} luːn^{6} laːi^{6} ku^{6} ɕou^{3}θai^{6}，
ɕan^{1}θei^{6} ʔbɯn^{1}ɣeːŋ^{4} pja^{3} hi^{4} ɣai^{2}.

（直译）命不好，命不好，
大妮生来不合时；
乱安乱赖干丑事，
真是天旱雷也鸣。

（意译）命不好，命不好，
大妮生来不合时；
无中生有干丑事，
真是天旱雷也急。

2.

（原文）讲姑赴会瑶池里，
假别天保俩分离；
达姑为何至早讲？
凤姐终日苦愁思。

（壮文）Gangj gou bae raen ndaw yauzciz，
Gyaj biek Denhbauj song faenliz；
Daxgux vihmaz ndi caeux gangj？
Fungcej baenzngoenz hoj you ngeix.

（音标）kaːŋ^{3} kou^{1} pai^{1} ɣan^{1} ʔdaɯ^{1} jaːu^{2}ɕi^{2}，
kja^{3} piːk^{7} teːn^{6}paːu^{3} θoːŋ^{1} fan^{1}li^{2}；
ta^{4}ku^{4} wi^{6}ma^{2} ʔdi^{1} ɕau^{4} kaːŋ^{3}？
fuŋ^{1}ɕe^{3} pan^{2}ŋon^{2} ho^{3} jou^{1} ŋei^{4}.

（直译）讲我赴会里瑶池，
假别天保两分离；
姑姑为何不早讲？
凤姐终日苦愁思。

（意译）讲我赴会瑶池里，
假别天保两分离；

姑姑为何不早说?
凤姐终日总忧虑。

Cangh Ailenz【Ciengq】
张爱莲【唱】
(原文)事情挂增耐,
大咳大,
铭至怪达米;
(壮文)Saehcingz gvaq caengz naih,
Daih ha daih,
Mwngz ndi gvaiq daxmeh;
(音标)θai^{6} ɕiŋ^{2} kwa^{5} ɕaŋ^{2} naːi^{6},
taːi^{6} ha taːi^{6},
mɯŋ^{2} ʔdi^{1} kwaːi^{5} ta^{4} me^{6};
(直译)事情过没久,
大呀大,
你别怪母亲;
(意译)事情刚过来,
大妮呀,
母亲你别怪;

Cangh Fungcej【Ciep】
张凤姐【接】
(原文)估事传叻斜,
总至这,
为麻爹布讲?
(壮文)Gojgaeq cienz lwgnyez,
Cungj ndi re,
Vihmaz de mbouj gangj?
(音标)ko^{3} kai^{5} ɕiːn^{2} lɯk^{8} ȵe^{2},
ɕuŋ^{3} ʔdi^{1} ɣe^{1},
wi^{6} ma^{2} te^{1} ʔbou^{3} kaːŋ^{3}?
(直译)故事传小孩,
都不防,
为什么她不讲?
(意译)故事传小孩,
都不防,
她怎不说开?

Cangh Ailenz【Ciengq】
张爱莲【唱】
(原文) 姑想对铭讲,
又至敢,
事难办礼腾;
把妈关老铭,
想赖婚,
眉千旬万话。
(壮文) Gou siengj doiq mwngz gangj,
Youh ndi gamj,
Saeh nanz banh ndaej daengz;
Bazmeh gvanlaux mwngz,
Siengj laihvaen,
Meiz cien coenz fanh vah.
(音标) kou^{1} θiːŋ^{3} toːi^{5} mɯŋ^{2} kaːŋ^{3},
jou^{6} ʔdi^{1} kaːm^{3},
θai^{6} naːn^{2} paːn^{6} ʔdai^{3} taŋ^{2};
pa^{2}me^{6} kwaːn^{1}laːu^{4} mɯŋ^{2},
θiːŋ^{3} laːi^{6}wan^{1},
mei^{2} ɕiːn^{1} ɕon^{2} faːn^{6} wa^{6}.
(直译) 我想对你讲,
又不敢,
事难办得到;
母亲父亲你,
想赖婚,
有千言万语。
(意译) 我想向你提,
又不敢,
事难办满意;
老妈老爸你,
想赖婚,
有千言万语。

Cangh Fungcej【Ciengq】
张凤姐【唱】
(原文) 姑讲达亡故,
天保斗,
爹鱼又布查?

（壮文）Gux gangj dah dai gvaq，
Denhbauj daeuj，
De lawz youh mbouj caz?
（音标）ku^{4} ka:ŋ^{3} ta^{6} ta:i^{1} kwa^{5}，
te:n^{6} pa:u^{3} tau^{3}，
te^{1} lauɯ^{2} jou^{6} ʔbou^{3} ɕa^{2}？
（直译）姑讲女亡故，
天保来，
他怎么又不查？
（意译）姑说我亡啦，
天保来，
他怎么不查？

Cangh Ailenz【Ciep】
张爱莲【接】
（原文）天保带白花，
口兰麻，
体双他子服。
（壮文）Denhbauj daiq begva，
Haeuj ranz ma，
Daej song da cij foeg.
（音标）te:n^{6} pa:u^{3} ta:i^{5} pe:k^{8} wa^{1}，
hau^{3} ɣa:n^{2} ma^{1}，
tai^{3} θo:ŋ^{1} ta^{1} ɕi^{3} fok^{8}.
（直译）天保戴白花，
进屋来，
哭双眼都肿。
（意译）天保戴白花，
进屋来，
双眼要哭瞎。

Cangh Fungcej【Ciengq】
张凤姐【唱】
（原文）事情已同你，
照铭议，
样鱼礼事成？
（壮文）Saehcingz gaenq doengzneix，
Ciuq mwngz ngeix，
Yienghlawz ndaej saeh baenz?

（音标）θai^{6}ɕiŋ^{2} kan^{5} toŋ^{2}nei^{4}，
ɕiːu^{5} mɯŋ^{2} ŋei^{4}，
jiːŋ^{6}laɯ^{2} ʔdai^{3} θai^{6} pan^{2}？
（直译）事情已这样，
照你想，
怎样能够事成？
（意译）对这种事情，
按您想，
怎样办才行？

Cangh Ailenz【Ciep】
张爱莲【接】
（原文）照达姑内心，
很县城，
批估呈打告。
（壮文）Ciuq daxgux ndawsim，
Hwnj yienhsingz，
Bae guh cingz dajgauq.
（音标）ɕiːu^{5} ta^{4}ku^{4} ʔdaɯ^{1}θim^{1}，
hɯn^{3} jiːn^{6}θiŋ^{2}，
pai^{1} ku^{6} ɕiŋ^{2} ta^{3}kaːu^{5}.
（直译）照姑姑内心，
上县城，
去做呈文打官司。
（意译）按姑姑内心，
到县城，
去告状才赢。

Cangh Fungcej【Gangj】
张凤姐【白】
（原文）打告？大姑呀！
（壮文）Dajgauq？Daxgux ya！
（音标）ta^{3}kaːu^{5}？ta^{4}ku^{4} ja！
（直译）打官司？姑姑呀！
（意译）打官司？姑姑呀！

Cangh Ailenz【Ciengq】
张爱莲【唱】

（原文）达姑喔主意，喊赵义估呈；
保你告礼刑，请放心达大。
（壮文）Daxgux ok cawjeiq，Hemq Cau Yi guh cingz；
Bauj mwngz gauq ndaej hingz，Cingj cuengqsim dahdaih.
（音标）ta^{4}ku^{4} oːk^{7} ɕaɯ^{3}ei^{5}，heːm^{5} ɕaːu^{1} ji^{1} ku^{6} ɕiŋ^{2}；
paːu^{3} mɯŋ^{2} kaːu^{5} ʔdai^{3} hiŋ^{2}，ɕiŋ^{3} ɕuːŋ^{5}θim^{1} ta^{6}taːi^{6}.
（直译）姑姑出主意，喊赵义做呈文；
保证告得赢，请放心大妮。
（意译）姑姑出主意，赵义写诉状；
保证告得赢，大妮别心慌。

Cangh Fungcej【Gvaibanj】
张凤姐【快板】
（原文）半是真，半是假，
事情越斗越失那；
越想心越急，
啦奔具眉叻幅告达爸？
（壮文）Buenq seih caen，buenq seih gyaj，
Saehcingz yied daeuj yied saetnaj；
Yied siengj sim yied gaep，
Lajmbwn gyawz meiz lwgmbwk gauq daxbah？
（音标）puːn^{5} θei^{6} ɕan^{1}，puːn^{5} θei^{6} kja^{3}，
θai^{6}ɕiŋ^{2} jiːt^{8} tau^{3} jiːt^{8} θat^{7}na^{3}；
jiːt^{8} θiːŋ^{3} θim^{1} jiːt^{8} kap^{7}，
la^{3}ʔbɯn kjaɯ^{2} mei^{2} lɯk^{8}ʔbɯk^{7} kaːu^{5} ta^{4}pa^{6}？
（直译）半是真，半是假，
事情越来越丢脸；
越想心越急，
天下哪有女儿告老爸？
（意译）半是真，半是假，
事情越发丢丑尽；
越想心越急，
天下哪有女儿告父亲？

Cangh Ailenz【Gvaibanj】
张爱莲【快板】
（原文）关老铭，布欧那，
估事样样全是假；

讲铭辞世断亲眷，
达大铭布是空守寡；
告状喊名估订证，
从愿输上布输下；
若是铭信姑讲话，
打刑官司鸳鸯配品巴。

（壮文）Gvanlaux mwngz，mbouj aeunaj，
Guhsaeh yienghyiengh cienz seih gyaj；
Gangj mwngz swzseiq duenh beixnuengx，
Dahdaih mwngz mbouj seih hoengq soujgvaj；
Gauqcangh hemq mwngz guh dingqcingq，
Cingznyienh saw gwnz mbouj saw laj；
Dangh seih mwngz saenq gou gangjvah，
Daj hingz guensei yienyieng boiq mbungqmbaj.

（音标）kwaːn^{1} laːu^{4} mɯŋ^{2}，ʔbou^{3} au^{1} na^{3}，
ku^{6} θai^{6} jiːŋ^{6} jiːŋ^{6} ɕiːn^{2} θei^{6} kja^{3}；
kaːŋ^{3} mɯŋ^{2} θɯ^{2} θei^{5} tuːn^{6} pei^{4} nuːŋ^{4}，
ta^{6} taːi^{6} mɯŋ^{2} ʔbou^{3} θei^{6} hoŋ^{5} θou^{3} kwa^{3}；
kaːu^{5} ɕaːŋ^{6} heːm^{2} mɯŋ^{2} ku^{6} tiŋ^{5} ɕiŋ^{5}，
ɕiŋ^{2} ȵiːn^{6} θaɯ^{1} kɯn^{2} ʔbou^{3} θaɯ^{1} la^{3}；
taːŋ^{6} θei^{6} mɯŋ^{2} θan^{5} kou^{1} kaːŋ^{3} wa^{6}，
ta^{3} hiŋ^{2} kuːn^{1} θei^{1} jiːn^{1} jiːŋ^{1} poːi^{5} ʔbuŋ^{5} ʔba^{3}.

（直译）老爸你，不要脸，
做事样样全是假；
讲你辞世断亲眷，
大妮你不是空守寡；
告状喊你做听证，
情愿输上不输下；
若是你信我讲话，
打赢官司鸳鸯配蝴蝶。

（意译）你老爸，不要脸，
做事样样都是假；
讲你辞世断亲眷，
大妮你不守空房；
告状喊你做听证，
愿不输下可输上；
若是你信我的话，
打赢官司配鸳鸯。

场大七　公堂度告
Ciengz Daihcaet　Goengdangz Doxgauq
场第七　公堂相告
第七场　对簿公堂

【Baij gingj】Gij yiengh goengdangz.
【布景】公堂景。

【Hai muq】Yaxcai gyap、iet、bingj、ding hwnjdangz.
【幕启】衙差甲、乙、丙、丁上堂。

Gyoengq yaxcai【Hemq】
众差【呼唤】
（原文）有请大老爷上堂，有请大老爷上堂。
（壮文）Miz cingj daih lauxyez hwnjdangz，miz cingj daih lauxyez hwnjdangz.
（音标）mi^{2} ɕiŋ^{3} taːi^{6} laːu^{4}je^{2} hɯn^{3}taːŋ^{2}，mi^{2} ɕiŋ^{3} taːi^{6} laːu^{4}je^{2} hɯn^{3}taːŋ^{2}.
（直译）有请大老爷上堂，有请大老爷上堂。
（意译）有请大老爷上堂，有请大老爷上堂。

Huz Laiz【Bi gyaeuj bi ndang hwnj，nam】
胡来【大摇大摆上，念】
（原文）三班衙役列两排，
堂堂县官铭胡来；
击古三声有告状，
老爹红运发横财。
哈哈……
（壮文）Sam ban yaxcai lied song baiz，
Dangzdangz hakyienh mingz Huz Laiz；
Ndaek gyong sam sing miz vunz gauq，
Lauxyez hoengzyinh fat vengzcaiz.
Ha ha ……
（音标）θaːm^{1} paːn^{1} ja^{4}caːi^{1} liːt^{8} θoːŋ^{1} paːi^{2}，
taːŋ^{2}taːŋ^{2} haːk^{7}jiːn^{6} miŋ^{2} hu^{2} laːi^{2}；
ʔdak^{7} kjoːŋ^{1} θaːm^{1} θiŋ^{1} mi^{2} wun^{2} kaːu^{5}，
laːu^{4}je^{2} hoŋ^{2}jin^{6} faːt^{7} weːŋ^{2}ɕaːi^{2}.

ha ha ……

（直译）三班衙役列两排，
堂堂县官名胡来；
击鼓三声有人告状，
老爷红运发横财。
哈哈……

（意译）三班衙役列两排，
堂堂县官我胡来；
击鼓三声有告状，
老爷红运发横财。
哈哈……

【Gvaibanj】

【快板】

（原文）本知县，铭胡来，
头戴乌纱上官台；
俗话眉道理，
布恶布当差；
十父当差九父毒，
十父屠怀九父巾来；
具眉巾差云行善？
具眉屠坏云巾斋？
眉如叻宏至想欧如？
眉如官宏又至想发财？
哈哈……

（壮文）Bonj hakyienh，mingz Huz Laiz，
Gyaeuj daenj mauhhak hwnj guendaiz；
Vahsug meiz dauhleix，
Mbouj yak mbouj dangcai；
Cib boux dangcai gouj boux doeg，
Cib boux dozvaiz gouj boux gwn lai；
Gyawz meiz gwncai vunz hengzsienh？
Gyawz meiz dozvaiz vunz gwncai？
Meiz byawz lwg hung ndi siengj aeu bawx？
Meiz byawz hak hung youh ndi siengj fatcaiz？
Ha ha ……

（音标）po:n^3 ha:k^{7}ji:n^6，miŋ^2 hu^2 la:i^2，
kjau^3 tan^3 ma:u^{6}ha:k^7 hɯn^3 ku:n^1 ta:i^2；

wa^{6}θuk^8 mei^2 daːu^{6}lei^4,
ʔbou^3 jaːk^7 ʔbou^3 taːŋ^{1}ɕaːi^1;
ɕip^8 pou^4 taːŋ^{1}ɕaːi^1 kou^3 pou^4 tok^8,
ɕip^8 pou^4 to^{2}waːi^2 kou^3 pou^4 kɯn^1 laːi^1;
kjaɯ^2 mei^2 kɯn^{1}ɕaːi^1 wun^2 heːŋ^{2}θiːn^6?
kjaɯ^2 mei^2 to^{2}waːi^2 wun^2 kɯn^{1}ɕaːi^1?
mei^2 pjaɯ^2 lɯk^8 huŋ^1 ʔdi^1 θiːŋ^3 au^1 paɯ^4?
mei^2 pjaɯ^2 haːk^7 huŋ^1 jou^6 ʔdi^1 θiːŋ^3 faːt^{7}ɕaːi^2?
ha ha……

（直译）本县官，名胡来，
头戴乌纱上官台；
俗话有道理，
不恶不当差；
十个当差九个毒，
十个牛屠夫九个吃多。
哪有吃斋人行善？
哪有牛屠人吃斋？
有谁儿大不想娶媳妇？
有谁官大又不想发财？
哈哈……

（意译）本知县，名胡来，
头戴乌纱上官台；
俗话有道理，
不恶不当差；
十个当差九个毒，
十个屠夫九贪财。
哪有吃斋人行善？
哪有牛屠夫吃斋？
谁儿大不想娶媳？
谁官大不想发财？
哈哈……

Gyoengq yaxcai：
众差：
（原文）大老爷上堂啊！
（壮文）Daih lauxyez hwnjdangz ha！
（音标）taːi^6 laːu^{4}je^2 hɯn^{3}taːŋ^2 ha！
（直译）大老爷上堂啊！

(意译) 大老爷上堂啊!

(Faen song mbiengj baizlied)
(分两边排列)

Huz Laiz【Bi ndang hwnj daiz haeuj vih，gangj】
胡来【摇身上台入座，白】
(原文) 县衙公堂，大摆门开，三声击鼓，可有告状人来?
(壮文) Yienhyax goengdangz，daih baij dou hai，sam sing ndaek gyong，goj miz vunzgauq laiz?
(音标) jiːn^{6} ja^{4} koŋ^{1} taːŋ^{2}，taːi^{6} paːi^{3} tou^{1} haːi^{1}，θaːm^{1} θiŋ^{1} ʔdak^{7} kjoːŋ^{1}，ko^{3} mi^{2} wun^{2}kaːu^{5} laːi^{2}?
(直译) 县衙公堂，大摆门开，三声击鼓，可有告状人来?
(意译) 县衙公堂，大摆门开，三声击鼓，可有告状人来?

Yaxcai gyap:
衙差甲:
(原文) 禀报大老爷，有原告赵义，告状前来。
(壮文) Bauq hawj daih lauxyez，miz yienzgauq Cau Yi，gauqcangh cienzlaiz.
(音标) paːu^{5} haɯ^{3} taːi^{6} laːu^{4}je^{2}，mi^{2} jiːn^{2}kaːu^{5} ɕaːu^{1} ji^{1}，kaːu^{5}ɕaːŋ^{6} ɕiːn^{2}lai^{2}.
(直译) 禀报大老爷，有原告赵义，告状前来。
(意译) 禀报大老爷，有原告赵义，前来告状。

Huz Laiz:
胡来:
(原文) 好……众左右，传告者上堂来。
(壮文) Ndei …… Gyoengq bangfwngz，cienz bouxgauq hwnjdangz laiz.
(音标) ʔdei^{1}…… kjoŋ^{5} paːŋ^{1}fɯŋ^{2}，ciːn^{2} pou^{4}kaːu^{5} hɯn^{3}taːŋ^{2} laːi^{2}.
(直译) 好……众左右，传告者上堂来。
(意译) 好……众左右，传原告上堂来。

Yaxcai gyap:
衙差甲:
(原文) 是。
(壮文) Seih.
(音标) θei^{6}.
(直译) 是。
(意译) 是。

(Roengzbae daiq Cau Yi hwnjdangz)
（下去带赵义上堂）

Cau Yi：
赵义：
（原文）拜见大老爷，小民赵义有冤告张忠实，请老爷作主。
（壮文）Baiqraen daih lauxyez，siujminz Cau Yi miz ien gauq Cangh Cunghsiz，cingj lauxyez guhcawj.
（音标）paːi^{5} ɣan^{1} taːi^{6} laːu^{4} je^{2}，θiːu^{3} min^{2} ɕaːu^{1} ji^{1} mi^{2} iːn^{1} kaːu^{5} ɕaːŋ^{6} ɕuŋ^{6} θi^{2}，ɕiŋ^{3} laːu^{4} je^{2} ku^{6} ɕaɯ^{3}.
（直译）拜见大老爷，小民赵义有冤告张忠实，请老爷做主。
（意译）拜见大老爷，小民赵义有冤告张忠实，请老爷做主。

Huz Laiz：
胡来：
（原文）告张忠实有何理由根据？
（壮文）Gauq Cangh Cunghsiz meiz maz leixyouz gaengawq？
（音标）kaːu^{5} ɕaːŋ^{6} ɕuŋ^{6} θi^{2} mei^{2} ma^{2} lei^{4} jou^{2} kan^{1} kaɯ^{5}？
（直译）告张忠实有何理由根据？
（意译）告张忠实有何理由证据？

Cau Yi：
赵义：
（原文）告张忠实害外甥姑李天保，假设灵棚报丧。
（壮文）Gauq Cangh Cunghsiz haih vaihseng gou Lij Denhbauj，gyaj nda lingzbungz bauqsang.
（音标）kaːu^{5} ɕaːŋ^{6} ɕuŋ^{6} θi^{2} haːi^{6} waːi^{6} θeːŋ^{1} kou^{1} li^{3} teːn^{6} paːu^{3}，kja^{3} ʔda^{1} liŋ^{2} puŋ^{2} paːu^{5} θaːŋ^{1}.
（直译）告张忠实害外甥我李天保，假设灵棚报丧。
（意译）告张忠实害我外甥李天保，假设灵棚报丧。

Huz Laiz：
胡来：
（原文）啊，有这等事，众左右！
（壮文）A，miz gij saeh neix，gyoengq bangfwngz！
（音标）a，mi^{2} ki^{3} θai^{6} nei^{4}，kjoŋ^{5} paːŋ^{1} fɯŋ^{2}！
（直译）啊，有些事这，众左右！
（意译）啊，有这等事，众左右！

Gyoengq yaxcai:
众差:
(原文)幼。
(壮文)Youq!
(音标)jou⁵!
(直译)在!
(意译)在!

Huz Laiz:
胡来:
(原文)传张忠实上堂!
(壮文)Cienz Cangh Cunghsiz hwnjdangz!
(音标)ɕiːn² ɕaːŋ⁶ ɕuŋ⁶θi² hɯn³taːŋ²!
(直译)传张忠实上堂!
(意译)传张忠实上堂!

Yaxcai iet:
衙差乙:
(原文)是!
(壮文)Seih!
(音标)θei⁶!
(直译)是!
(意译)是!

(Roengzbae daiq Cangh Cunghsiz hwnj)
(下去带张忠实上)

Cangh Cunghsiz:
张忠实:
(原文)小民眉冤，请老爷作主!
(壮文)Siujminz meiz ien，cingj lauxyez guhcawj!
(音标)θiːu³mein² mei² iːn¹，ɕiŋ³ laːu⁴je² ku⁶ɕaɯ³.
(直译)小民有冤，请老爷做主!
(意译)小民有冤，请老爷做主!

Huz Laiz【Byaij dep Cangh Cunghsiz】
胡来【走近张忠实】
(原文)作主布难，欧眉礼呀!
(壮文)Guhcawj mbouj nanz，aeu miz laex ya!

（音标）ku^{6}ɕaɯ^{3} ʔbou^{3} naːn^{2}，au^{1} mi^{2} lai^{4} ja！
（直译）做主不难，要有礼呀！
（意译）做主不难，要有礼呀！

Cangh Cunghsiz：
张忠实：
（原文）是，小民有理。
（壮文）Seih，siujminz miz leix.
（音标）θei^{6}，θiːu^{3}min^{2} mi^{2} lei^{4}.
（直译）是，小民有理。
（意译）是，小民有理。

Huz Laiz：
胡来：
（原文）不是有理，是有礼呀！
（壮文）Mbouj seih miz leix，seih miz laex ya！
（音标）ʔbou^{3} θei^{6} mi^{2} lei^{4}，θei^{6} mi^{2} lai^{4} ja！
（直译）不是有理，是有礼呀！
（意译）不是有理，是有礼呀！

（Mbon ngaenzhau okdaeuj）
（掏出白银）
（原文）欧眉样内只礼——
（壮文）Aeu meiz yiengh neix cij ndaej ——
（音标）au^{1} mei^{2} jiːŋ^{6} nei^{4} ɕi^{3} ʔdai^{3}——
（直译）要有样这才行——
（意译）要有这样的才行——

Cangh Cunghsiz：
张忠实：
（原文）样内……
（壮文）Yiengh neix ……
（音标）jiːŋ^{6} nei^{4}……
（直译）样这……
（意译）这样的……

Huz Laiz：
胡来：
（原文）眉布眉样内……

（壮文）Meiz mbouj miz yiengh neix ……
（音标）mei^{2} ʔbou^{3} mi^{2} jiːŋ^{6} nei^{4}……
（直译）有没有样这……
（意译）有没有这样的……

Cangh Cunghsiz：
张忠实：
（原文）姑愿输官司，姑至想花艮子。
（壮文）Gou nyienh saw guensei，gou ndi siengj va ngaenzceij.
（音标）kou^{1} ɲiːn^{6} θaɯ^{1} kuːn^{1}θei^{1}，kou^{1} ʔdi^{1} θiːŋ^{3} wa^{1} ŋan^{2}ɕei^{3}.
（直译）我愿输官司，我不想花银子。
（意译）我宁愿输官司，也不想花银子。

Huz Laiz【Hujdengdeng】
胡来【气冲冲】
（原文）小心老爷大板子。
（壮文）Siujsim lauxyez daih banjceij.
（音标）θiːu^{3}θim^{1} laːu^{4}je^{2} taːi^{6} paːn^{3}ɕei^{3}.
（直译）小心老爷大板子。
（意译）小心老爷的大板子。

Cangh Cunghsiz：
张忠实：
（原文）铭就是木姑胎批，也至想欧途姑一文钱。
（壮文）Mwngz couhseih moeb gou dai bae，hix ndi siengj aeu duzgou it maenz cienz.
（音标）mɯŋ^{2} ɕou^{6}θei^{6} mop^{8} kou^{1} taːi^{1} pai^{1}，hi^{4} ʔdi^{1} θiːŋ^{3} au^{1} tu^{2}kou^{1} it^{7} man^{2} ɕiːn^{2}.
（直译）你就是打我死去，也别想要我的一文钱。
（意译）你就是打死我，也别想要我的一文钱。

Huz Laiz：
胡来：
（原文）那好。
（壮文）Neix ndei.
（音标）nei^{4} ʔdei^{1}.
（直译）这好。
（意译）那好。

【Gvaibanj】
【快板】
（原文）云你父差啼姑老胡，
下子喊你噌就婆；
布管铭噌样鱼柳，
是喋也欧擦喔油。
（壮文）Ngoenzneix bouxcai daeq gou Laujhuz,
Yaep he hemq mwngz naeng couh buq;
Mboujguenj mwngz naeng yienghlawz rouh（na），
Seih reb hix aeu caq ok youz.
（音标）ŋon2nei4 pou4ɕaːi1 tai5 kou1 laːu3hu2，
jap7 he1 heːm5 mɯŋ2 naŋ1 ɕou6 pu5；
ʔbou3kuːn3 mɯŋ2 naŋ1 jiːŋ6laɯ2 ɣou6（na1），
θei6 ɣeːp8 hi4 au1 ɕa5 oːk7 jou2.
（直译）今天差役替我老胡，
一会儿叫你皮就破；
不管你皮肤怎样厚，
是糠也要炸出油。
（意译）今天差役替我老胡，
一会叫你皮开口；
不管你皮肤怎样厚，
是糠也要炸出油。

（Hujdengdeng，naengh youq goengdangz cam Cau Yi）
（气呼呼，坐在公堂上问赵义）
（原文）铭告张忠实嫌贫爱付，装死赖婚，可眉凭证？
（壮文）Mwngz gauq Cangh Cunghsiz yiemz gungz gyaez fouq，cang dai laihvaen，goj meiz baengzcingq?
（音标）mɯŋ2 kaːu5 ɕaːŋ6 ɕuŋ6θi2 jiːm2 kuŋ2 kjai2 fou5，ɕaːŋ1 taːi1 laːi6wan1，ko3 mei2 paŋ2ɕiŋ5？
（直译）你告张忠实嫌贫爱富，装死赖婚，可有凭证？
（意译）你告张忠实嫌贫爱富，装死赖婚，可有凭证？

Cau Yi：
赵义：
（原文）现眉云幼漉都差。
（壮文）Yienh miz vunz youq rog dou caj.
（音标）jiːn6 mi2 wun2 jou5 ɣoːk8 tou1 ɕa3.

（直译）现有人在外门等候。
（意译）现就有人在门外等候。

Huz Laiz：
胡来：
（原文）众左右，带云很堂。
（壮文）Gyoengq bangfwngz，daiq vunz hwnjdangz.
（音标）$\mathrm{kjo\eta^5\ pa\!:\!\eta^1 fu\!\!\!\!\!\!\;\eta^2}$，taːi⁵ wun² hɯn³ taːŋ².
（直译）众左右，带人上堂。
（意译）众左右，带证人上堂。

Yaxcai bingj：
衙差丙：
（原文）是！
（壮文）Seih！
（音标）θei⁶！
（直译）是！
（意译）是！

（Roengzbae daiq Cangh Ailenz hwnj）
（下去带张爱莲上）

Huz Laiz：
胡来：
（原文）铭是父骡？
（壮文）Mwngz seih bouxlawz？
（音标）mɯŋ² θei⁶ pou⁴ laɯ²？
（直译）你是哪个？
（意译）你是谁？

Cangh Ailenz：
张爱莲：
（原文）姑是爱莲。
（壮文）Gou seih Ailenz.
（音标）kou¹ θei⁶ aːi¹ leːn².
（直译）我是爱莲。
（意译）我是爱莲。

Huz Laiz：
胡来：
（原文）什么，爱钱？
（壮文）Gijmaz，aiq cienz？
（音标）ki^{3} ma^{2}，aːi^{5} ɕiːn^{2}？
（直译）什么，爱钱？
（意译）什么，爱钱？

Cangh Ailenz：
张爱莲：
（原文）斗公堂审案布想理，可是想钱，姑处是样内依……
（壮文）Daeuj goengdangz simjanq mbouj siengj leix，goj seih siengj cienz，gou yawj seih yienghneix ndei……
（音标）tau^{3} koŋ^{1} taːŋ^{2} θim^{3} aːn^{5} ʔbou^{3} θiːŋ^{3} lei^{4}，ko^{3} θei^{6} θiːŋ^{3} ɕiːn^{2}，kou^{1} jaɯ^{3} θei^{6} jiːŋ^{6} nei^{4} ʔdei^{1}……
（直译）来公堂审案不想理，猜是想钱，我看是这样好……
（意译）来公堂审案不想理，猜是想钱，我看这样好……

Huz Laiz：
胡来：
（原文）样几麻依？
（壮文）Yiengh gijmaz ndei？
（音标）jiːŋ^{6} ki^{3} ma^{2} ʔdei^{1}？
（直译）样什么好？
（意译）什么样好？

Cangh Ailenz【Bienq haeujheiq gvaqdaeuj】
张爱莲【换语气过来】
（原文）依清官。
（壮文）Ndei cingguen.
（音标）ʔdei^{1} ɕiŋ^{1} kuːn^{1}.
（直译）好清官。
（意译）好清官。

Huz Laiz：
胡来：
（原文）老爷是清官，如布噜？
（壮文）Lauxyez seih cingguen，byawz mbouj rox？

（音标）laːu^{4}je^{2} θei^{6} ɕiŋ^{1}kuːn^{1}，pjauɯ^{2} ʔbou^{3} ɣo^{4}？
（直译）老爷是清官，谁不知道？
（意译）老爷是清官，谁不知道？

Cangh Ailenz【Gvaibanj】
张爱莲【快板】
（原文）依清官，真廉明，
两袖清风断案如神；
清如水明如镜，
办事欧公平；
民家百姓眉冤，
取斗夭铭评；
断案使合理，
民众就欢迎。
（壮文）Ndei cingguen，caen liemzmingz，
Song fwngz seuqcingh duenqanq lumj saenz；
Saw lumj raemx rongh lumj gingq，
Banhsaeh aeu goengbingz；
Minzgya beksingq meiz ien，
Cij daeuj eu（heuh）mwngz bingz；
Duenqanq ndaej hableix，
Minzcungq couh vuenyingz.
（音标）ʔdei^{1} ɕiŋ^{1}kuːn^{1}，ɕan^{1} liːm^{2}miŋ^{2}，
θoːŋ^{1} fuɯŋ^{2} θeːu^{5}ɕiŋ^{6} tuːn^{5}aːn^{5} lum^{3} θan^{2}；
θauɯ^{1} lum^{3} ɣam^{4} ɣoːŋ^{6} lum^{3} kiŋ^{5}，
paːn^{6}θai^{6} au^{1} koŋ^{1}piŋ^{2}；
min^{2}kja^{1} peːk^{7}θiŋ^{5} mei^{2} iːn^{1}，
ɕi^{3} tau^{3} eːu^{1}（heːu^{6}）muɯŋ^{2} piŋ^{2}；
tuːn^{5}aːn^{5} ʔdai^{3} haːp^{8}lei^{4}，
min^{2}ɕuŋ^{5} ɕou^{6} wuːn^{1}jiŋ^{2}.
（直译）好清官，真廉明，
两手干净断案如神；
清如水明如镜，
办事要公平；
民家百姓有冤，
才来叫你评；
断案得合理，
民众就欢迎。

（意译）好清官，真廉明，
　　　　两袖清风断案如神；
　　　　清如水明如镜，
　　　　办事要公平；
　　　　百姓有冤屈，
　　　　才来叫你评；
　　　　断案得合理，
　　　　民众就欢迎。

Huz Laiz【Gvaibanj】
胡来【快板】
（原文）老爷清官清到底，
　　　　布讲白艮奏黄金；
　　　　修告张忠实，
　　　　除道理摆明；
　　　　嫌贫爱付何根据，
　　　　装死赖婚是何因？
（壮文）Lauxyez cingguen cing daengzdaej，
　　　　Mbouj gangj ngaenzhau caeuq vuengzgim；
　　　　Sou gauq Cangh Cunghsiz，
　　　　Dawz dauhleix baij mingz；
　　　　Yiemz gungz gyaez fouq maz gaengawq，
　　　　Cang dai laihvaen seih maz yinh？
（音标）la:u^{4}je^{2} ɕiŋ^{1}ku:n^{1} ɕiŋ^{1} taŋ^{2}tai^{3}，
　　　　ʔbou^{3} ka:ŋ^{3} ŋan^{2}ha:u^{1} ɕau^{5} wu:ŋ^{2}kim^{1}；
　　　　θou^{1} ka:u^{5} ɕa:ŋ^{6} ɕuŋ^{6}θi^{2}，
　　　　taɯ^{2} ta:u^{6}lei^{4} pa:i^{3}miŋ^{2}；
　　　　ji:m^{2} kuŋ^{2} kjai^{2} fou^{5} ma^{2} kan^{1}kaɯ^{5}，
　　　　ɕa:ŋ^{1}ta:i^{1} la:i^{6}wan^{1} θei^{6} ma^{2} jin^{6}？
（直译）老爷清官清到底，
　　　　不讲白银和黄金；
　　　　你们告张忠实，
　　　　把道理摆明；
　　　　嫌贫爱富何根据，
　　　　装死赖婚是何因？
（意译）老爷清官清到底，
　　　　不讲白银和黄金；
　　　　你们告张忠实，

把道理摆明；
嫌贫爱富何根据，
装死赖婚是何因？

Cangh Ailenz【Ciengq】
张爱莲【唱】
（原文）告张忠实，爹眉达叻夭大妮；
礼十九卑，早放命批许天保；
齐付嫌贫，修眉样骡凭据？
（壮文）Gauq Cangh Cunghsiz，De meiz dahlwg eu Dahniz；
Ndaej cibgouj bi，caeux cuengqmingh bae hawj Denhbauj；
Gyaez fouq yiemz binz，sou miz yienghlawz baengzgawq？
（音标）kaːu^{5} ɕaːŋ^{6} ɕuŋ^{6}θi^{2}，te^{1} mei^{2} ta^{6}lɯk^{8} eːu^{1} ta^{6}ni^{2}；
ʔdai^{3} ɕip^{8}kou^{3} pi^{1}，ɕau^{4} ɕuːŋ^{5}miŋ^{6} pai^{1} haɯ^{3} teːn^{6}paːu^{3}；
kjai^{2} fou^{5} jiːm^{2} pin^{2}，θou^{1} mi^{2} jiːŋ^{6}laɯ^{2} paŋ^{2}kaɯ^{5}？
（直译）告张忠实，他有女儿叫大妮；
得十九岁，早放命去给天保；
爱富嫌贫，你们有什么凭据？
（意译）告张忠实，他家女儿大妮；
年岁十九，许配天保为妻；
爱富嫌贫，你们有何凭据？

Cau Yi【Ciep ciengq】
赵义【接唱】
（原文）话讲一句，张家至许接亲。
（壮文）Vah gangj it coenz，Cienggya ndi hawj ciepcaen.
（音标）wa^{6} kaːŋ^{3} it^{7} ɕon^{2}，ɕiːŋ^{1}kja^{1} ʔdi^{1} haɯ^{3} ɕiːp^{7}ɕan^{1}.
（直译）话讲一句，张家不让接亲。
（意译）话有一句，张家不让迎娶。

Huz Laiz【Ciep ciengq】
胡来【接唱】
（原文）礼物聘金，是如亲身送礼？
（壮文）Laexfaed binqgim，Seih byawz caensin（caenndang）soengq laex？
（音标）lai^{4}fat^{8} pin^{5}kim^{1}，θei^{6} pjaɯ^{2} ɕan^{1}θin^{1}（ɕan^{1}ʔdaːŋ^{1}）θoŋ^{5} lai^{4}？
（直译）礼物聘金，是谁亲身送礼？
（意译）礼物聘金，是谁亲身送礼？

Cau Yi【Ciep ciengq】
赵义【接唱】
（原文）三月初二，张派来喜斗腾；
报丧赖婚，事情千真万确。
（壮文）Sam nyied co'ngeih，Cieng baij Laizheij daeuj daengz；
Bauqsang laihvaen，saehcingz cien caen fanh saed.
（音标）θa:m^{1} ȵi:t^{8} ɕo^{1}ŋei^{6}，ɕi:ŋ^{1} pa:i^{3} la:i^{2}hei^{3} tau^{3} taŋ^{2}；
pa:u^{5}θa:ŋ^{1} la:i^{6}wan^{1}，θai^{6}ɕiŋ^{2} ɕi:n^{1} can^{1} fa:n^{6} θat^{8}.
（直译）三月初二，张派来喜来到；
报丧赖婚，事情千真万确。
（意译）三月初二，张家来喜送抵；
报丧赖婚，千真万确无疑。

Cangh Cunghsiz【Ciep ciengq】
张忠实【接唱】
（原文）十嘛对獭，姑难对答礼形；
眉意赖亲，到底良心何在？
（壮文）Cib ma doiq nag，Gou nanz doiqdap ndaej hingz；
Meizeiq laihcaen，dauqdaej liengzsim hoz caix?
（音标）ɕip^{8} ma^{1} to:i^{5} na:k^{8}，kou^{1} na:n^{2} to:i^{5}ta:p^{7} ʔdai^{3} hiŋ^{2}；
mei^{2}ei^{5} la:i^{6}ɕan^{1}，ta:u^{5}tai^{3} li:ŋ^{2}θim^{1} ho^{2} ɕa:i^{4}？
（直译）十狗对水獭，我难对答得赢；
有意赖亲，到底良心何在？
（意译）十狗一獭，我难对答得赢；
有意赖亲，到底良心何在？

（Cangh Ailenz ndatheiq dwk vax aen yaenq goengdangz dub Cangh Cunghsiz，hakyienh guhmuengz hwnjbae rib aen yaenq，Ailenz loeng vax dawz aen mauhguen hakyienh gaem youq ndaw fwngz，mbouj ndei eiqsei youh daenj mauhguen hawj hakyienh）

（张爱莲气得抄公堂印砸张忠实，县官忙上前拾印，爱莲误把县官的乌纱帽抓在手中，不好意思给又县官戴上）

Huz Laiz【Gvaibanj】
胡来【快板】
（原文）这场状告真稀奇，
原是姐夫哭二姨，
嫌贫爱付张忠实。

（壮文）Ciengz dajgauq neix caen geizheih，
Yienz seih cejfuh daej ngeihheiz，
Yiemz binz gyaez fouq Cangh Cunghsiz.
（音标）ɕiːŋ^{2} ta^{3}kaːu^{5} nei^{4} ɕan^{1} kei^{2}hei^{6}，
jiːn^{2} θei^{6} ɕe^{3}fu^{6} tai^{3} ŋei^{6}hei^{2}，
jiːm^{2} pin^{2} kjai^{2} fou^{5} ɕaːŋ^{6} ɕuŋ^{6}θi^{2}.
（直译）场状告这真稀奇，
原来是姐夫哭二姨，
嫌贫爱富张忠实。
（意译）这场告状真稀奇，
原是姐夫哭二姨，
嫌贫爱富张忠实。

Huz Laiz：
胡来：
（原文）那——是许李天保的。
（壮文）Neix —— seih hawj Lij Denhbauj gae.
（音标）nei^{4}—— θei^{6} haɯ^{3} li^{3} teːn^{6}paːu^{3} kai.
（直译）这样——是给李天保的。
（意译）那——是许配给李天保的。

Cangh Cunghsiz：
张忠实：
（原文）给天保，老爷，姑愿争木。
（壮文）Hawj Denhbauj，lauxyez，gou nyienh deng moeb.
（音标）haɯ^{3} teːn^{6}paːu^{3}，laːu^{4}je^{2}，kou^{1} ȵiːn^{6} teːŋ^{1} mop^{8}.
（直译）给天保，老爷，我愿挨打。
（意译）给天保，老爷，我愿挨打。

Huz Laiz：
胡来：
（原文）依，斗云，许姑木八十大板！
（壮文）Ndei，daeuj vunz，hawj gou moeb betcib daihbanj！
（音标）ʔdei^{1}，tau^{3} wun^{2}，haɯ^{3} kou^{1} mop^{8} peːt^{7}ɕip^{8} taːi^{6}paːn^{3}！
（直译）好，来人，给我打八十大板！
（意译）好，来人，给我打八十大板！

Gyoengq yaxcai：
众差：
（原文）是！
（壮文）Seih！
（音标）θei^{6}！
（直译）是！
（意译）是！

（Dawz faex yaek moeb）
（拿棍欲打）

Dahngeih：
二妮：
（原文）层紧，差都途噌。爷呀！
（壮文）Caengz gaenj，caj dou doxyaeng. Goeng ya！
（音标）ɕaŋ^{2} kan^{3}，ɕa^{3} tou^{1} to^{4}jaŋ^{1}. koŋ^{1} ja！
（直译）不急，待我们商量。爸呀！
（意译）不急，待我们商量。爸呀！

【Ciengq】
【唱】
（原文）打八十大板，
实难挡，
则屎曼又都；
达波铭湖涂，
照姑怒，
财至欢就算。
（壮文）Moeb betcib daihbanj，
Saed nanz dangj，
Caekhaex manh youh du；
Daxboh mwngz huzduz，
Ciuq gou naeuz，
Caiz ndi aeu couh suenq.
（音标）mop^{8} peːt^{7}ɕip^{8} taːi^{6}paːn^{3}，
θat^{8} naːn^{2} taːŋ^{3}，
ɕak^{7}hai^{4} maːn^{6} jou^{6} tu^{1}；
ta^{4}po^{6} mɯŋ^{2} hu^{2}tu^{2}，
ɕiːu^{5} kou^{1} nau^{2}，

ɕaːi^{2} ʔdi^{1} au^{1} ɕou^{6} θuːn^{5}.

（直译）打八十大板，
实难挡，
屁股辣又疼；
爸爸你糊涂，
照我说，
财不要就算。

（意译）八十大板打，
实难挡，
屁股疼又辣；
您糊涂爸爸，
照我说，
财不要也罢。

Cangh Cunghsiz【Ciengq】

张忠实【唱】

（原文）老爷样你判，
鱼至算，
批文贯家财？
总算恨姑胎，
钱至败，
姑家财里幼。

（壮文）Lauxyez yienghneix buenq,
Lawz ndi suenq,
Bae baenz guenq gyacaiz?
Cungjsuenq hoenx gou dai,
Cienz ndi baih,
Gou gyacaiz lij youq.

（音标）laːu^{4}je^{2} jiːŋ^{6}nei^{4} puːn^{5},
laɯ^{2} ʔdi^{1} θuːn^{5},
pai^{1} pan^{2} kuːn^{5} kja^{1}ɕaːi^{2}?
ɕuŋ^{3}θuːn^{5} hon^{4} kou^{1} taːi^{1},
ɕiːn^{2} ʔdi^{1} paːi^{6},
kou^{1} kja^{1}ɕaːi^{2} li^{3} jou^{5}.

（直译）老爷这样判，
哪不算，
去成贯家财？
总算打我死，

钱不败，
我家财还在。
（意译）老爷判下来，
怎不算，
损成贯家财？
打我死也该，
钱不败，
我家财还在。

Dahngeih【Ciengq】
二妮【唱】
（原文）欧钱至欧命，
学龙令，
铭鱼顶礼天？
年纪六十三，
铭吞躺，
样骡挡使来？
（壮文）Aeu cienz ndi aeu mingh，
Hak roengzlingh，
Mwngz lawz dingj ndaej dien？
Nienzgeij loegcib sam，
Mwngz aenndang，
Yienghlawz dangj ndaej lai？
（音标）au^{1} ɕi:n^{2} ʔdi^{1} au^{1} miŋ^{6}，
ha:k^{7} ɣoŋ^{2}liŋ^{6}，
mɯŋ^{2} laɯ^{2} tiŋ^{3} ʔdai^{3} ti:n^{1}？
ni:n^{2}kei^{3} lok^{8}ɕip^{8} θa:m^{1}，
mɯŋ^{2} an^{1}ʔda:ŋ^{1}，
ji:ŋ^{6}laɯ^{2} ta:ŋ^{3} ʔdai^{3} la:i^{1}？
（直译）要钱不要命，
官下令，
你怎样顶得天？
年纪六十三，
你身体，
怎样挡得多？
（意译）要钱不要命，
官下令，
您怎么能顶？

六十三年龄，
您身体，
怎挡得严刑？

Huz Laiz：
胡来：
（原文）众左右。
（壮文）Gyoengq bangfwngz.
（音标）kjoŋ[5] paːŋ[1] fɯŋ[2].
（直译）众左右。
（意译）众左右。

Gyoengq yaxcai：
众差：
（原文）有！
（壮文）Youq！
（音标）jou[5]！
（直译）在！
（意译）在！

Huz Laiz：
胡来：
（原文）打！
（壮文）Moeb！
（音标）mop[8]！
（直译）打！
（意译）打！

Gyoengq yaxcai：
众差：
（原文）是！
（壮文）Seih！
（音标）θei[6]！
（直译）是！
（意译）是！

（Dawz faexbenj yaek moeb）
（持板欲打）

Dahngeih：
二妮：
（原文）巴紧，巴紧，许我奏爷想想。
（壮文）Bah gaenj，bah gaenj，hawj gou caeuq goeng siengjsiengj.
（音标）pa^{6} kan^{3}，pa^{6} kan^{3}，hauɯ^{3} kou^{1} ɕau^{5} koŋ^{1} θiːŋ^{3}θiːŋ^{3}.
（直译）别急，别急，让我和爸想想。
（意译）别急，别急，让我和老爸想想。

（Doiq Cangh Cunghsiz）
（对张忠实）
（原文）爷，愿意吗？
（壮文）Goeng，nyienh'eiq ma？
（音标）koŋ^{1}，ɲiːn^{6} ei^{5} ma？
（直译）爸，愿意吗？
（意译）爸，愿意吗？

（Cangh Cunghsiz mbouj guhsing，doiq hakyienh）
（张忠实不语，对县官）
（原文）爷姑愿罚了。
（壮文）Goeng gou nyienh fad la.
（音标）koŋ^{1} kou^{1} ɲiːn^{6} faːt^{8} la！
（直译）爷我愿罚了。
（意译）我愿受罚了。

Huz Laiz：
胡来：
（原文）依，传李天保、张凤姐很堂。
（壮文）Ndei，cienz Lij Denhbauj、Cangh Fungcej hwnjdangz.
（音标）ʔdei^{1}，ɕiːn^{2} li^{3} teːn^{6} paːu^{3}、ɕaːŋ^{6} fuŋ^{1} ɕe^{3} hɯn^{3} taːŋ^{2}.
（直译）好，传李天保、张凤姐上堂。
（意译）好，传李天保、张凤姐上堂。

Yaxcai gyap：
衙差甲：
（原文）是！
（壮文）Seih！
（音标）θei^{6}！
（直译）是！

（意译）是！

（Roengzbae daiq song boux hwnj）
（下去带二人上）

Lij Denhbauj、Cangh Fungcej【Hwnj，gangj】
李天保、张凤姐【上，白】
（原文）拜见大老爷。
（壮文）Baiqraen daih lauxyez.
（音标）paːi^{5} ɣan^{1} taːi^{6} laːu^{4}je^{2}.
（直译）拜见大老爷。
（意译）拜见大老爷。

Huz Laiz：
胡来：
（原文）李天保，铭官司打形了，请带凤姐回去完聚吧。
（壮文）Lij Denhbauj，mwngz guensei dajhingz lo，cingj daiq Fungcej baema doxcomz ba.
（音标）li^{3} teːn^{6}paːu^{3}，mɯŋ^{2} kuːn^{1}θei^{1} ta^{3}hiŋ^{2} lo，ɕiŋ^{3} taːi^{5} fuŋ^{1}ɕe^{3} pai^{1}ma^{1} to^{4}ɕoːm^{2} pa.
（直译）李天保，你官司打赢了，请带凤姐回去相聚吧。
（意译）李天保，你官司打赢了，请带凤姐回去相聚吧。

Cangh Cunghsiz【Vaiq rag fwngz Fungcej】
张忠实【急拉凤姐手】
（原文）凤姐！
（壮文）Fungcej！
（音标）fuŋ^{1}ɕe^{3}！
（直译）凤姐！
（意译）凤姐！

Huz Laiz：
胡来：
（原文）铭敢至听老爷公判，铭——
（壮文）Mwngz gamj ndi dingq lauxyez goengbuenq，mwngz ——
（音标）mɯŋ^{2} kaːm^{3} ʔdi^{1} tiŋ^{5} laːu^{4}je^{2} koŋ^{1}puːn^{5}，mɯŋ^{2}——
（直译）你敢不听老爷公判，你——
（意译）你敢不听老爷公判，你——

(Yinx Cangh Cunghsiz)
(指张忠实)

Cangh Cunghsiz:
张忠实:
(原文) 铭——
(壮文) Mwngz ——
(音标) $mɯŋ^2$——
(直译) 你——
(意译) 你——

(Yinx hakyienh)
(指县官)

Huz Laiz:
胡来:
(原文) 铭——
(壮文) Mwngz ——
(音标) $mɯŋ^2$——
(直译) 你——
(意译) 你——

(Yinx Cangh Cunghsiz)
(指张忠实)

Huz Laiz:
胡来:
(原文) 斗人!
(壮文) Daeuj vunz!
(音标) tau^3 wun^2!
(直译) 来人!
(意译) 来人!

(Cangh Cunghsiz cengqgengz cuengq fwngz)
(张忠实勉强放手)

Huz Laiz【Ndwn hwnjdaeuj, sing hung hemq】
胡来【站起来，大喊】

（原文）一声令下，本官为媒，一拜天地，二拜高堂，李天保、张凤姐当堂完婚。
（壮文）It sing lingh roengz，bonjguen guhmoiz，it baiq diendeih，ngeih baiq bohmeh，Lij Denhbauj、Cangh Fungcej dangdangz baenzvaen.
（音标）it^{7} θiŋ^{1} liŋ^{6} ɣoŋ^{2}，poːn^{3}kuːn^{1} ku^{6}moːi^{2}，it^{7} paːi^{5} tiːn^{1}tei^{6}，ŋei^{6} paːi^{5} po^{6}me^{6}，li^{3} teːn^{6}paːu^{3}、ɕaːŋ^{6} fuŋ^{1}ɕe^{3} taːŋ^{1}taːŋ^{2} pan^{2}wan^{1}.
（直译）一声令下，本官为媒，一拜天地，二拜高堂，李天保、张凤姐当堂完婚。
（意译）一声令下，本官为媒，一拜天地，二拜高堂，李天保、张凤姐当堂完婚。

Vunzlai：
众人：
（原文）拜谢大老爷！
（壮文）Baiqcih daih lauxyez！
（音标）paːi^{5}ɕi^{6} taːi^{6} laːu^{4}je^{2}！
（直译）拜谢大老爷！
（意译）拜谢大老爷！

Cangh Ailenz【Ciengq】
张爱莲【唱】
（原文）幼肯堆今厚，尼托九约胎；
（壮文）Youq gwnz ndoi ndaem haeux，Ndit dak gaeuj（ro）yaek dai；
（音标）jou^{5} kɯn^{2} ʔdoːi^{1} ʔdam^{1} hau^{4}，ʔdit^{7} taːk^{7} kau^{3}（ɣo^{1}）jak^{7} taːi^{1}；
（直译）在上山种稻子，阳光晒枯将要死；
（意译）在山上种田，日晒要枯焦；

Vunzlai【Ciengq】
众人【唱】
（原文）除秋花则开，眉淋来斗救。
（壮文）Cawzcou va yaek hai，Meiz raemxraiz daeuj gouq.
（音标）ɕaɯ^{2}ɕou^{1} wa^{1} jak^{7} haːi^{1}，mei^{2} ɣam^{4}ɣaːi^{2} tau^{3} kou^{5}.
（直译）秋天花将开，有露水来救。
（意译）秋天花将开，有雨露来救。

Cau Yi【Ciengq】
赵义【唱】
（原文）川七厚杀月，川八喔取齐；
（壮文）Ndwen caet haeux sat nyod，Ndwen bet ok cij caez；
（音标）ʔdɯːn^{1} ɕat^{7} hau^{4} θaːt^{7} ɲoːt^{8}，ʔdɯːn^{1} peːt^{7} oːk^{7} ɕi^{3} ɕai^{2}；
（直译）月七水稻完嫩芽，月八长才齐；

(意译) 七月稻叶长，八月才出齐；

Lij Denhbauj、Cangh Fungcej【Habciengq】
李天保、张凤姐【合唱】
(原文) 佳偶使途齐，齐度奇度执。
(壮文) Gya'ngaeux ndaej doxcaez，Caez doxgyaez doxndiep.
(音标) kja^{1} ŋau^{4} ʔdai^{3} to^{4}ɕai^{2}，ɕai^{2} to^{4}kjai^{2} to^{4}ʔdiːp^{7}.
(直译) 佳偶能一起，齐相爱相亲。
(意译) 佳偶能同心，相爱结连理。

Cangh Fungcej【Ciengq】
张凤姐【唱】
(原文) 有情文亲眷，
(壮文) Miz cingz baenz caengienh (ranzvunz)，
(音标) mi^{2} ɕiŋ^{2} pan^{2} ɕan^{1}kiːn^{6} (ɣaːn^{2}wun^{2})，
(直译) 有情成为亲眷，
(意译) 有情结成亲，

Lij Denhbauj【Ciep ciengq】
李天保【接唱】
(原文) 更自愿如心。
(壮文) Engq gagnyienh habsim.
(音标) eːŋ^{5} kaːk^{8} ȵiːn^{6} haːp^{8}θim^{1}.
(直译) 更自愿称心。
(意译) 更自愿称心。

Vunzlai【Ciengq】
众人【唱】
(原文) 李天保娶亲，戏唱腾你杀。
(壮文) Lij Denhbauj aeucaen (aeuyah)，Heiq ciengq daengz neix sat.
(音标) li^{3} teːn^{6}paːu^{3} au^{1}ɕan^{1} (au^{1}ja^{6})，hei^{5} ɕiːŋ^{5} taŋ^{2} nei^{4} θaːt^{7}.
(直译) 李天保娶亲，戏唱到这结束。
(意译) 李天保娶妻，戏就唱到这里。

【Heiqsat】
【剧终】

Bouh Daihcaet Gij Cienhlaeng Cinz Yanghlenz

第七部 秦香莲后传

Gangjgangj Heiqcingz

Goenggvan Cinz Yanghlenz Cinz Simeij gauj ndaej canghyienz，youq gingsingz dang guen，ndaej vuengzdaeq ciu guh fumaj，gvaqlaeng de vut yah vut lwg. Cinz Yanghlenz dwgrengz gag ciengx hung doiq lwg gyoengqde. Daeglwg Cinz Doenggo majhung baenzvunz seiz，Liuzbing ciemqhaeuj gyaiqguek. Cinz Doenggo wngqciu dangbing bae hoenx vunzdig，gouq gvaq mingh Cangh yenzsai，laeb le goenglauz，deng Cangh yenzsai、vuengzgux gvanbaz ciu guh lwggwiz. Cinz Yanghlenz heiqlau daeglwg bienq lumj yienghrwix daxboh，siengj laengz Cinz Doenggo aeu sau vuengzgya Cangh Yuzlanz guh yah. Fouznaih Cangh Yuzlanz maij Cinz Doenggo raixcaix. Cinz Yanghlenz lai baez lanzlaengz，vaensaeh mbouj swnh. Baugoeng yungh geiq ndei，doeklaeng Cinz Yanghlenz nyienghbouh，Cinz Doenggo caeuq Cangh Yuzlanz giet baenz gvanbaz doxgyaez.

剧情简介

秦香莲丈夫陈世美状元及第，在京当官，被皇帝招为驸马，之后他抛妻弃子。秦香莲独自艰难养育一双儿女。儿子陈冬哥长大成人时，辽兵进犯国境。陈冬哥应招从戎杀敌，救了张元帅一命，立下战功，被张元帅、皇姑夫妇招为女婿。秦香莲担心儿子步其父后尘，想阻止儿子娶皇家千金张如兰。无奈张如兰对陈冬哥一往情深。秦香莲再三阻止，婚事不顺。包公施妙计，最后秦香莲让步，陈冬哥和张如兰最终结为秦晋之好。

Vunz ndaw heiq:
剧中人物:

Cinz Yanghlenz, mbwk, yah Cinz Simeij, meh Cinz Doenggo caeuq Cinz Cinnuengx.
秦香莲，女，陈世美之妻，陈冬哥和陈春妹之母。

Cinz Doenggo, sai, daeglwg Cinz Simeij caeuq Cinz Yanghlenz, daeggo Cinz Cinnuengx.
陈冬哥，男，陈世美和秦香莲之子，陈春妹之兄。

Cinz Cinnuengx, mbwk, dahlwg Cinz Simeij caeuq Cinz Yanghlenz, dahnuengx Cinz Doenggo.
陈春妹，女，陈世美和秦香莲之女，陈冬哥之妹。

Hanz fuhyinz, yahmaiq Hanz Giz cienghginh, meh Hanz Fungh.
韩夫人，韩琪将军遗孀，韩丰之母。

Hanz Fungh, sai, daeglwg Hanz Giz caeuq Hanz fuhyinz.
韩丰，男，韩琪和韩夫人之子。

Cangh yenzsai, sai, bouxgvan daihngeih vuengzgux, boh Cangh Yuzlanz.
张元帅，男，皇姑的第二任丈夫，张如兰之父。

Vuengzgux, gunghcuj, yah Cangh yenzsai, meh Cangh Yuzlanz.
皇姑，公主，张元帅之妻，张如兰之母。

Cangh Yuzlanz, mbwk, dahlwg Cangh yenzsai caeuq vuengzgux.
张如兰，女，张元帅和皇姑之女。

Baugoeng, couhdwg Bauh Cinghdenh.
包公，即包青天。

场大一　驳米从戎
Ciengz Daih'it　Biek Meh Dangbing
场第一　别母从戎
第一场　别母从戎

【Baij gingj】Ranz lajmbanj bingzciengz.
【布景】普通的农家。

【Hai muq】Cinz Yanghlenz cingq dozfaiq.
【幕启】秦香莲在纺纱。

Cinz Yanghlenz【Hwnjndang baet faenx gwnz ndang，nam】
秦香莲【起身扫身上风尘，念】
（原文）是非成败转头虚，
聪明才智是蠢愚；
千古骂名留青史，
月暇后人笑古书。
（壮文）Dengloek sawhingz cienq gyaeuj haw，
Coengmingz dungxcaiz seih hukngawz；
Ciengoj vatmingz ndaw saw louz，
Ndaejhoengq daihlaeng riu gojsaw.
（音标）teːŋ^{1} lok^{7} θaɯ^{1} hiŋ^{2} ɕiːn^{5} kjau^{3} haɯ^{1}，
ɕoŋ^{1} miŋ^{2} tuŋ^{4} ɕaːi^{2} θei^{6} huk^{7} ŋaɯ^{2}；
ɕiːn^{1} ko^{3} waːt^{7} miŋ^{2} ʔdaɯ^{1} θaɯ^{1} lou^{2}，
ʔdai^{3} hoŋ^{5} taːi^{6} laŋ^{1} ɣiːu^{1} ko^{3} θaɯ^{1}.
（直译）是非成败转头虚，
聪明才智是愚蠢；
千古骂名里书留，
得空后人笑古书。
（意译）是非成败转为虚，
聪明才智是糊涂；
千古骂名留青史，
余暇后人笑古书。

【Ciengq】

【唱】

1.

（原文）秋尽冬临，一片孤零景象；
愁眉不展，光阴似箭如梭；
人生奈何，一世奔波劳累；
养育儿女，受尽风雨摧残；
薄命红颜，苦受饥寒无法；
悲欢离合，转眼白发苍苍；
滚滚长江，水头浪番哝海。

（壮文）Cou caenh doeng linz，Itbenq gulingz gingjsiengq；
Najnyaeuq mbouj cienj，Seizgan lumj cienq lumj so；
Ciuhvunz naihhoz，Itseiq baenbo lauzlawx（baeg）；
Yiengxyuk ngeiznawx，Souh caenh funghawx coicanz；
Buegmingh hoengznyamz，Hojsouh geihanz（ieknit）fouzfap；
Beivuen lizhab，Yaepda begfat cangcang；
Fanfoed Cangzgyangh，Raemxgyaeuj langh fan roengz haij.

（音标）ɕou^{1} ɕan^{6} toŋ^{1} lin^{2}，it^{7} peːn^{5} ku^{1}liŋ^{2} kiŋ^{3}θiːŋ^{5}；
na^{3}ȵau^{5} ʔbou^{3} ɕiːn^{3}，θei^{2}kaːn^{1} lum^{3} ɕiːn^{5} lum^{3} θo^{1}；
ɕiːu^{6}wun^{2} naːi^{6}ho^{2}，it^{7}θei^{5} pan^{1}po^{1} laːu^{2}laɯ^{4}（pak^{8}）；
jiːŋ^{4}juk^{7} ŋei^{2}naɯ^{4}，θou^{6} ɕan^{6} fuŋ^{1}haɯ^{4} ɕoːi^{1}ɕaːn^{2}；
puːk^{8}miŋ^{6} hoŋ^{2}ȵaːm^{2}，ho^{3}θou^{6} kei^{1}haːn^{2}（iːk^{7}nit^{7}）fou^{2}faːp^{7}；
pei^{1}wuːn^{1} li^{2}haːp^{8}，jap^{7}ta^{1} peːk^{8}faːt^{7} ɕaːŋ^{1}ɕaːŋ^{1}；
faːn^{1}fot^{8} ɕaːŋ^{2}kjaːŋ^{6}，ɣam^{4}kjau^{3} laːŋ^{6} faːn^{1} ɣoŋ^{2} haːi^{3}.

（直译）秋尽冬临，一片孤零景象；
愁眉不展，光阴似箭如梭；
人生奈何，一世奔波劳累；
养育儿女，受尽风雨摧残；
薄命红颜，苦受饥寒辛苦；
悲欢离合，转眼白发苍苍；
滚滚长江，水头浪翻入海。

（意译）秋尽冬临，一片景象凋残；
愁眉不展，光阴似箭无返；
人生奈何，一世奔波艰难；
养育儿女，受尽风雨摧残；
薄命红颜，辛苦饱受饥寒；
悲欢离合，转眼白发苍苍；
滚滚长江，奔腾入海浪翻。

2.

（原文）想十八年前，
秦香莲，
受凄凉极怪；
连年受灾旱，
父母丧，
受难争寻夫。

（壮文）Siengj cibbet nienz cienz，
Cinz Yanghlenz，
Souh siliengz gig gvaiq；
Lienznienz souh rengxcai，
Fouxmoux dai，
Souhnanh deng ra gvan.

（音标）θiːŋ³ ɕip⁸ peːt⁷ niːn² ɕiːn²，
ɕin² jaːŋ⁶ leːn²，
θou⁶ θi¹ liːŋ² kik⁸ kwaːi⁵；
liːn² niːn² θou⁶ ɣeːŋ⁴ ɕaːi¹，
fou⁴ mou⁴ taːi¹，
θou⁶ naːn⁶ teːŋ¹ ɣa¹ kwaːn¹.

（直译）想十八年前，
秦香莲，
受凄凉极怪；
连年受旱灾，
父母丧，
受难挨寻夫。

（意译）想十八年前，
秦香莲，
受苦极凄凉；
受灾旱连年，
父母丧，
受难寻夫艰。

3.

（原文）一路很京城，
叻年轻，
受千辛万苦；
沿途争挨饿，
总一路，

遢迫度饥寒。

（壮文）Itloh hwnj gingsingz，
Lwg nienzhing，
Souh ciensin fanhhoj；
Riengzloh deng ngaizngoh，
Cungj it loh，
Bikbwk doh geihanz.

（音标）it^{7} lo^{6} hɯn^{3} kiŋ^{1} θiŋ^{2}，
lɯk^{8} niːn^{2} hiŋ^{1}，
θou^{6} ɕiːn^{1} θin^{1} faːn^{6} ho^{3}；
ɣiːŋ^{2} lo^{6} teːŋ^{1} ŋaːi^{2} ŋo^{6}，
ɕuŋ^{3} it^{7} lo^{6}，
pik^{7} pɯk^{7} to^{6} kei^{1} haːn^{2}.

（直译）一路上京城，
儿年轻，
受千辛万苦；
沿途遭挨饿，
总一路，
逼迫度饥寒。

（意译）一路奔赴京，
儿年轻，
受万难千辛；
沿途饿硬顶，
一路来，
饥寒苦前行。

4.

（原文）含泪很京都，
批拉夫，
自沿途化食；
又带双父叻，
真委屈，
坚部色淋地。

（壮文）Gamz lih hwnj gingdu，
Bae ra fu，
Cix yienzduz vaqswg (vaqgwn)；
Youh daiq song boux lwg，
Caen viut，

Genbuh cut (uet) raemxda.

（音标）kaːm^{2} li^{6} hɯn^{3} kiŋ^{1} tu^{1}，
pai^{1} ɣa^{1} fu^{1}，
ɕi^{4} jiːn^{2} tu^{2} wa^{5} θɯk^{8}（wa^{5} kɯn^{1}）；
jou^{6} taːi^{5} θoːŋ^{1} pou^{4} lɯk^{8}，
ɕan^{1} wi^{1} ut^{7}，
keːn^{1} pu^{6} ɕut^{7}（uːt^{7}）ɣam^{4} ta^{1}.

（直译）含泪上京都，
去找夫，
却沿途化食；
又带两个孩子，
真委屈，
衣袖抹眼泪。

（意译）含泪上京都，
去找夫，
化食累沿途；
带儿女无助，
真委屈，
眼泪掉噗噗。

【Danqheiq gangj】

【叹气白】

（原文）咳！几来苦难也当卦斗了，云你再嘛乡下，估那丑来。日求三餐，夜求一宿，只不过吃粥陷许而以，总算鱼苦，也养使双父叻老文云，虽然生活平常，也感乐在苦中呀！

（壮文）Hai! Geijlai hojnanh hix dangh gvaqdaeuj la，ngoenzneix caiq ma lajmbanj，gou najcouj lai. Ngoenz gouz sam donq，haemh gouz it saeuq，cij mboujgvaq haet cuk haemh hawq sat lo，cungjsuenq lawz hoj，hix ciengx ndaej song boux lwg laux baenz vunz，yienznaeuz saedceij bingzciengz，hix rox angq youq hoj cung ya!

（音标）haːi! kei^{3} laːi^{1} ho^{3} naːn^{6} hi^{4} taːŋ^{6} kwa^{5} tau^{3} la，ŋon^{2} nei^{4} ɕaːi^{5} ma^{1} la^{3} ʔbaːn^{3}，kou^{1} na^{3} ɕou^{3} laːi^{1}. ŋon^{2} kou^{2} θaːm^{1} toːn^{5}，ham^{6} kou^{2} it^{7} θau^{5}，ɕi^{3} ʔbou^{3} kwa^{5} hat^{7} ɕuk^{7} ham^{6} haɯ^{5} θaːt^{7} lo，ɕuŋ^{3} θuːn^{5} laɯ^{2} ho^{3}，hi^{4} ɕiːŋ^{4} ʔdai^{3} θoːŋ^{1} pou^{4} lɯk^{8} laːu^{4} pan^{2} wun^{2}，jiːn^{2} nau^{2} θat^{8} ɕei^{3} piŋ^{2} ɕiːŋ^{2}，hi^{4} ɣo^{4} aːŋ^{5} jou^{5} ho^{3} ɕuŋ^{1} ja!

（直译）咳！多少苦难也蹚过来了，今日再回乡下，我丢脸多。日求三餐，夜求一宿，只不过早吃粥晚吃干（饭）罢了，总算怎么苦，也养得两个孩子长大成人，虽然生活平常，也觉乐在苦中呀！

（意译）咳！多少苦难也挺过来了，今日再回乡下，我太丢脸。日求三餐，夜求一宿，只不过早吃粥晚吃饭罢了，不管怎么苦，也养育两个孩子长大成人，虽然生活普通，也觉得乐在苦中呀！

【Ciengq】
【唱】
1.
（原文）饥寒交迫度年华，
自苦自慰乐自家；
年伦岁月虽寂寞，
安闲自在胜观花。
（壮文）Youh iek youh nit doh ndwenngoenz，
Gag hoj gag nai angq cihgya（bonjfaenh）；
Nienzloenz ndwenngoenz yienznaeuz caem，
Onjhoengq cwxcaih gvaq yawj va.
（音标）jou^{6} iːk^{7} jou^{6} nit^{7} to^{6} ʔdɯːn^{1}ŋon^{2}，
kaːk^{8} ho^{3} kaːk^{8} naːi^{1} aːŋ^{5} ɕi^{6}kja^{1}（poːn^{3}fan^{6}）；
niːn^{2}lon^{2} ʔdɯːn^{1}ŋon^{2} jiːn^{2}nau^{2} ɕam^{1}，
oːn^{3}hoŋ^{5} ɕɯ^{4}ɕaːi^{6} kwa^{5} jaɯ^{3} wa^{1}.
（直译）又饥又寒度年华，
自苦自慰乐自家；
年轮岁月虽寂寞，
安闲自在胜观花。
（意译）饥寒交迫度年华，
贫苦自慰乐自家；
多年岁月虽寂寞，
安闲自在胜观花。

2.
（原文）愿作桂花香千里，
不作臭名烂冬瓜；
香莲堂前叹日月，
尼酣深秋观晚霞。
（壮文）Nyienh guh va'gviq rang cien leix，
Mbouj guh mingzhaeu naeuh doenggva；
Yanghlenz bakdangz danq saednyied（ndwenngoenz），
Ndithaemh coulaeng ngonz manxyaz（fwjhaemh）.
（音标）ȵiːn^{6} ku^{6} wa^{1}kwi^{5} ɣaːŋ^{1} ɕiːn^{1} lei^{4}，
ʔbou^{3} ku^{6} miŋ^{2}hau^{1} nau^{6} toŋ^{1}kwa^{1}；

jaːŋ⁶ leːn² paːk⁷ taːŋ² taːn⁵ θat⁸ ȵiːt⁸ （ʔdɯːn¹ ŋon²），
ʔdit⁷ ham⁶ ɕou¹ laŋ¹ ŋoːn² maːn⁴ ja² （fɯ³ ham⁶）.

（直译）愿作桂花香千里，
不作臭名烂冬瓜；
香莲堂前叹日月，
夕阳深秋观晚霞。

（意译）愿作桂花香千里，
不作臭名烂冬瓜；
香莲堂前叹日月，
夕阳深秋观晚霞。

3.

（原文）苦中而自慰，花不美自香；
自叹而自言，秦香莲后传。

（壮文）Hoj cung lij gag nai，Va mbouj gyaeu gag rang；
Gag danq lij gag gangj，Cinz Yanghlenz cienhlaeng.

（音标）ho³ ɕuŋ¹ li³ kaːk⁸ naːi¹，wa¹ ʔbou³ kjau¹ kaːk⁸ ɣaːŋ¹；
kaːk⁸ taːn⁵ li³ kaːk⁸ kaːŋ³，ɕin² jaːŋ⁶ leːn² ɕiːn⁶ laŋ¹.

（直译）苦中而自慰，花不美自香；
自叹而自言，秦香莲后传。

（意译）苦中而自慰，花不美自香；
自叹而自言，秦香莲后传。

Cinz Cinnuengx【Daj rog ma，hemq】
陈春妹【从外面回来，喊】
（原文）妈！
（壮文）Meh！
（音标）me⁶！
（直译）妈！
（意译）妈！

Cinz Yanghlenz：
秦香莲：
（原文）达春，特哥铭呢？
（壮文）Dahcin，daeggo mwngz ne？
（音标）ta⁶ ɕin¹，tak⁸ ko¹ mɯŋ² ne？
（直译）阿春，哥哥你呢？
（意译）阿妹，你哥哥呢？

Cinz Cinnuengx：
陈春妹：
（原文）特哥幼后院练武呢。
（壮文）Daeggo youq laengranz lienhfoux ne.
（音标）tak^{8} ko^{1} jou^{5} laŋ^{1} ɣa:n^{2} li:n^{6} fou^{4} ne.
（直译）哥哥在后院练武呢。
（意译）哥哥在后院练武呢。

Cinz Yanghlenz：
秦香莲：
（原文）特哥铭练武？
（壮文）Daeggo mwngz lienhfoux？
（音标）tak^{8} ko^{1} mɯŋ^{2} li:n^{6} fou^{4}？
（直译）哥哥你练武？
（意译）你哥哥练武？

Cinz Cinnuengx：
陈春妹：
（原文）对，度你辽国贼兵入关，特哥练武准备从戎杀敌。
（壮文）Doiq，dohneix（seizneix）caegbing Liuzgoz haeuj gvan，daeggo lienhfoux cinjbi dangbing gaj caeg.
（音标）to:i^{5}，to^{6} nei^{4} （θei^{2} nei^{4}）ɕak^{8} piŋ^{1} li:u^{2} ko^{2} hau^{3} kwa:n^{1}，tak^{8} ko^{1} li:n^{6} fou^{4} ɕin^{3} pi^{1} ta:ŋ^{1} piŋ^{1} ka^{3} ɕak^{8}.
（直译）对，现在贼兵辽国入关，哥哥练武准备当兵杀贼。
（意译）对，现在辽国贼兵入关，哥哥练武准备从戎杀敌。

Cinz Yanghlenz：
秦香莲：
（原文）乱讲！
（壮文）Luenhgangj！
（音标）lu:n^{6} ka:ŋ^{3}！
（直译）乱讲！
（意译）乱讲！

Cinz Cinnuengx：
陈春妹：
（原文）是的，句话你是哥亲对姑讲。
（壮文）Dwg gae，coenz vah neix dwg daeggo caen doiq gou gangj.

（音标）tɯk⁸ kai，ɕon² wa⁶ nei⁴ tɯk⁸ tak⁸ko¹ ɕan¹ toːi⁵ kou¹ kaːŋ³.
（直译）是的，句话这是哥哥亲自对我讲。
（意译）是真的，这句话是哥哥亲口对我讲。

Cinz Yanghlenz：
秦香莲：
（原文）真的是特哥铭讲？
（壮文）Caen dwg daeggo mwngz gangj？
（音标）ɕan¹ tɯk⁸ tak⁸ko¹ mɯŋ² kaːŋ³？
（直译）真是哥哥你讲？
（意译）真的是你哥哥讲？

Cinz Cinnuengx：
陈春妹：
（原文）是真的，妈。
（壮文）Dwg caen gae，meh.
（音标）tɯk⁸ ɕan¹ kai，me⁶.
（直译）是真的，妈。
（意译）是真的，妈。

（原文）铭至愿意特哥很边关杀敌人吗？
（壮文）Mwngz ndi nyienh'eiq daeggo hwnj bien'gvan gaj vunzdig ma？
（音标）mɯŋ² ʔdi¹ ȵiːn⁶ei⁵ tak⁸ko¹ hɯn³ piːn¹kwaːn¹ ka³ wun²tik⁸ ma？
（直译）你不愿意哥哥上边关杀敌人吗？
（意译）你不愿意哥哥上边关杀敌人吗？

Cinz Yanghlenz：
秦香莲：
（原文）达春呀，话太难讲了。
（壮文）Dahcin ya，vah daiq nanz gangj la.
（音标）ta⁶ɕin¹ ja，wa⁶ taːi⁵ naːn² kaːŋ³ la.
（直译）阿春呀，话太难讲了。
（意译）阿春呀，话太难说清了。

Cinz Cinnuengx：
陈春妹：
（原文）妈，话是鱼讲？
（壮文）Meh，vah dwg lawz gangj？

（音标）me^{6}，wa^{6} tɯk^{8} laɯ^{2} kaːŋ^{3}？
（直译）妈，话是怎讲？
（意译）妈，话怎样讲？

Cinz Yanghlenz【Nam gvaibanj】
秦香莲【念快板】
（原文）收收收，
泣乱搞，
贼兵曾斗收先劳；
鱼认来灵醒，
事认来奏巧？
贼兵入关国眉主，
鱼用腾收定批保？
讲怒练武批杀敌，
布是兰乐屯灯草。
（壮文）Sou sou sou，
Laebluenh gauj，
Bingcaeg caengz daeuj sou sien lau；
Lawz nyaenxlai lingzsingj，
Saeh nyaenxlai couqgiuj？
Bingcaeg haeuj gvan guek meiz cawj，
Lawz yungh daengz sou dingj bae bauj？
Gangjnaeuz lienhfoux bae gaj dig，
Mbouj seih ranz lak daenz daengcauj.
（音标）θou^{1} θou^{1} θou^{1}，
lap^{8}luːn^{6} kaːu^{3}，
piŋ^{1}ɕak^{8} ɕaŋ^{2} tau^{3} θou^{1} θiːn^{1} laːu^{1}；
laɯ^{2} ȵan^{4}laːi^{1} liŋ^{2}θiːŋ^{3}，
θai^{6} ȵan^{4}laːi^{1} ɕou^{5}kiːu^{3}？
piŋ^{1}ɕak^{8} hau^{3} kwaːn^{1} kuːk^{7} mei^{2} ɕaɯ^{3}，
laɯ^{2} juŋ^{6} taŋ^{2} θou^{1} tiŋ^{3} pai^{1} paːu^{3}？
kaːŋ^{3}nau^{2} liːn^{6}fou^{4} pai^{1} ka^{3} tik^{8}，
ʔbou^{3} θei^{6} ɣaːn^{2} laːk^{7} tan^{2} taŋ^{1}ɕaːu^{3}.
（直译）你们你们你们，
胡乱搞，
贼兵尚未来你们先害怕；
怎恁多灵醒，
事这么凑巧？

贼兵入关国有主，
怎用到你们顶去保？
讲到练武去杀敌，
不是房塌压灯草。

（意译）你们呀，
胡乱搞，
贼兵尚未来你们先害怕；
怎这么灵醒，
事这么凑巧？
贼兵入关国有主，
怎用到你们顶去保？
讲到练武去杀敌，
不是房塌压灯草。

Cinz Cinnuengx【Ciep nam gvaibanj】
陈春妹【接念快板】

（原文）贼兵入侵娄国境，
偻队兵败如山倒；
国至太平争受难，
民受遭殃家难保；
国乱思勇将，
家贫思良早；
皇上出榜招勇士，
铭鱼讲怒是乱搞。

（壮文）Bingcaeg ciemqhaeuj raeuz guekgyaiq，
Raeuzdoih bing baih lumj bya dauj；
Guek ndi daihbingz deng souhnanh，
Minz souh cainanh gya nanz bauj；
Guek luenh siengj ciengqak，
Ranz gungz siengj liengzcauj；
Vuengzdaeq okbuengj ciu bing'ak，
Mwngz lawz gangjnaeuz seih luenh gauj?

（音标）piŋ^{1}ɕak^{8} ɕiːm^{5}hau^{3} ɤau^{2} kuːk^{7}kjaːi^{5}，
ɤau^{2}toːi^{6} piŋ^{1} paːi^{6} lum^{3} pja^{1} taːu^{3}；
kuːk^{7} ʔdi^{1} taːi^{6}piŋ^{2} teːŋ^{1} θou^{6}naːn^{6}，
min^{2} θou^{6} ɕaːi^{1}naːn^{6} kja^{1} naːn^{2} paːu^{3}；
kuːk^{7} luːn^{6} θiːŋ^{3} ɕiːŋ^{5}aːk^{7}，
ɤaːn^{2} kuŋ^{2} θiːŋ^{3} liːŋ^{2}ɕaːu^{3}；

wuːŋ^{2} tai^{5} oːk^{7} puːŋ^{3} ɕiːu^{1} piŋ^{1} aːk^{7}，
mɯŋ^{2} laɯ^{2} kaːŋ^{3} nau^{2} θei^{6} luːn^{6} kaːu^{3}？
（直译）贼兵入侵我国境，
我们兵败如山倒；
国不太平挨受难，
民众遭殃家难保；
国乱思勇将，
家贫思粮草；
皇帝出榜招勇士，
你怎讲说是乱搞？
（意译）贼兵入侵我国境，
我军兵败如山倒；
国不太平民受难，
民众遭殃家难保；
国乱思勇将，
家贫思粮草；
皇上出榜招勇士，
您怎断言是乱搞？

Cinz Yanghlenz：
秦香莲：
（原文）哎呀，太至成话了！
（壮文）Aeya，daiq ndi baenz vah la！
（音标）aija，taːi^{5} ʔdi^{1} pan^{2} wa^{6} la！
（直译）哎呀，太不成话了！
（意译）哎呀，太不像话了！

Cinz Cinnuengx：
陈春妹：
（原文）妈，话是鱼讲呀？
（壮文）Meh，vah seih lawz gangj ya？
（音标）me^{6}，wa^{6} θei^{6} laɯ^{2} kaːŋ^{3} ja？
（直译）妈，话是怎讲呀？
（意译）妈，此话怎讲呀？

Cinz Yanghlenz【Ciengq】
秦香莲【唱】
1.
（原文）叻呀，你曾伦，

（壮文）Lwg ya，mwngz caengz raen，
（音标）luɯk^{8} ja，muɯŋ^{2} ɕaŋ^{2} ɣan^{1}，
（直译）儿呀，你未见，
（意译）儿呀，你不知，

2.
（原文）咙海深古梨，
叶至眉，
噜几时标月？
体来他喔血，
怨命缀，
淋他活曾干。
（壮文）Roengz haij ndaem goleiz，
Mbaw ndi meiz，
Rox geijseiz biu nyod？
Daej lai da ok lwed，
Ienq mingh cued（rwix），
Raemxda uet caengz ganh.
（音标）ɣoŋ^{2} haːi^{3} ʔdam^{1} ko^{1}lei^{2}，
ʔbauɯ^{1} ʔdi^{1} mei^{2}，
ɣo^{4} kei^{3}θei^{2} piːu^{1} ɲoːt^{8}？
tai^{3} laːi^{1} ta^{1} oːk^{7} luɯːt^{8}，
iːn^{5} miŋ^{6} ɕuːt^{8}（ɣuɯːi^{4}），
ɣam^{4}ta^{1} uːt^{7} ɕaŋ^{2} kaːn^{6}.
（直译）下海种梨，
叶子没有，
知道几时出芽？
哭多眼出血，
怨命糟，
眼泪抹未曾干。
（意译）海中梨种下，
没叶子，
几时长出芽？
哭多眼血洒，
怨命糟，
抹泪到眼瞎。

Cinz Cinnuengx：
陈春妹：
（原文）妈，铭讲话太鸡了，到底是古老封神，噜骡是五代十国？
（壮文）Meh，mwngz gangjvah daiq gyae la，dauqdaej seih ciuhlaux fungsaenz，
roxnaeuz seih Haj Daih Cib Guek？
（音标）me^{6}，mɯŋ^{2} kaːŋ^{3}wa^{6} taːi^{5} kjai^{1} la，taːu^{5}tai^{3} θei^{6} ɕiːu^{6}laːu^{4} fuŋ^{1}θan^{2}，ɤo^{4}nau^{2}
θei^{6} ha^{3} taːi^{6} ɕip^{8} kuːk^{7}？
（直译）妈，你讲话太远了，到底是古老封神，还是五代十国？
（意译）妈，您话扯太远了，到底是古老封神，还是五代十国？

Cinz Yanghlenz【Ciengq】
秦香莲【唱】
（原文）姑布讲封神，
齐达春，
布念经八寨；
时间卦曾耐，
鱼另再，
转斗派老桥？
（壮文）Gou mbouj gangj fungsaenz，
Lwnh Dahcin，
Mbouj nam ging bet cai；
Seizgan gvaq caengz naih，
Lawz lingh caiq，
Cienq daeuj byaij lauxgiuz？
（音标）kou^{1} ʔbou^{3} kaːŋ^{3} fuŋ^{1}θan^{2}，
lɯn^{6} ta^{6}ɕin^{1}，
ʔbou^{3} naːm^{1} kiŋ^{1} peːt^{7} ɕaːi^{1}；
θei^{2}kaːn^{1} kwa^{5} ɕaŋ^{2} naːi^{6}，
laɯ^{2} liŋ^{6} ɕaːi^{5}，
ɕiːn^{5} tau^{3} pjaːi^{3} laːu^{4}kiːu^{2}？
（直译）我不讲封神，
告诉阿春，
不念经八寨；
时间过未久，
怎另再，
转来走老桥？
（意译）我不讲封神，
阿春听，

不念经八村；
时间近得很，
怎又再，
走老桥来巡？

Cinz Cinnuengx：
陈春妹：
（原文）妈，铭讲派几骡老桥老路呀？
（壮文）Meh，mwngz gangj byaij gijlawz lauxgiuz lauxloh ya？
（音标）me^{6}，mɯŋ^{2} ka:ŋ^{3} pja:i^{3} ki^{3}law^{2} la:u^{4}ki:u^{2} la:u^{4}lo^{6} ja？
（直译）妈，你讲走什么老桥老路呀？
（意译）妈，您讲走什么老桥老路呀？

Cinz Yanghlenz：
秦香莲：
（原文）铭听姑讲——
（壮文）Mwngz dingq gou gangj ——
（音标）mɯŋ^{2} tiŋ^{5} kou^{1} ka:ŋ^{3}——
（直译）你听我讲——
（意译）你听我讲——

【Ciengq】
【唱】
（原文）十八年前，剥含黄连曾很；
实在难忍，各怨命运太差；
途娄陈家，记腾淋他限流；
部铭过去，奏姑匹配姻缘；
攻读书房，赴考状元及第；
皇上招婿，独享富贵官僚；
弃旧桃夭，就承当朝驸马；
瞒叻车夏，妈估狗化很京；
后来真真，变文狼心狗肺。
（壮文）Cibbet bi cienz，Bak gamz vuengzlienz caengzhaenq；
Saedcaih nanz nyaenx，Gag ienq minghyinh daiq ca；
Duzraeuz Caenzgya，Geiq daengz raemxda hanz lae；
Boh mwngz gvaqbae，Caeuq gou habndei aenyienz；
Goengdoeg sawfuengz，Bae gauj canghyienz gaepdaez；
Vuengzdaeq ciu saeq（lwggwiz），Gag yiengj fouqgveiq guenliuz；

Gvengq gaeuq dauziu，Couh swnj dangciuz fumaj；
Muenz lwg ci yah，Meh guh gaujvaq hwnj ging；
Gvaqlaeng cincin，Bienqbaenz langzsim goujfeiq.

（音标）ɕip8 pe:t7 pi1 ɕi:n2，pa:k7 ka:m2 wu:ŋ2li:n2 ɕaŋ2han5；
θat8ɕa:i6 na:n2 ȵan4，ka:k8 i:n5 miŋ6jin6 ta:i5 ɕa1；
tu2ɣau2 ɕan2kja1，kei5 taŋ2 ɣam4ta1 ha:n2 lai1；
po6 mɯŋ2 kwa5pai1，ɕau5 kou1 ha:p8ʔdei1 an1ji:n2；
koŋ1tok8 θaɯ1fu:ŋ2，pai1 ka:u3 ɕa:ŋ6ji:n2 kap7tai2；
wu:ŋ2tai5 ɕi:u1 θai5（lɯk8kɯ:i2），ka:k8 jiŋ3 fou5kwei5 ku:n1li:u2；
kwe:ŋ5 kau5 ta:u2i:u1，ɕou6 θɯn3 ta:ŋ1ɕi:u2 fu1ma3；
mu:n2 lɯk8 ɕi ja6，me6 ku6 ka:u3wa5 hɯn3 kiŋ1；
kwa5laŋ1 ɕin1ɕin1，pi:n5pan2 la:ŋ2θim1 kou3fei5.

（直译）十八年前，口含黄连憎恨；
实在难忍，自怨命运太差；
我们陈家，记到眼泪还流；
爸你过去，和我匹配姻缘；
攻读书房，赴考状元及第；
皇上招婿，独享富贵官僚；
弃旧桃夭，就承当朝驸马；
瞒儿弃妻，妈当乞丐上京；
后来真真，变成狼心狗肺。

（意译）十八年前，口含黄连怨气；
实在难忍，自怨命运不济；
我们陈家，想起流泪流涕；
你爸过去，和我匹配夫妻；
攻读诗书，赴考状元及第；
皇上招婿，独享富贵官吏；
弃旧婚姻，就承当朝女婿；
瞒儿丢妻，妈就上京求乞；
后来果真，变成忘恩负义。

Cinz Cinnuengx【Ciengq】

陈春妹【唱】

（原文）爸姑陈世美，
布讲理，
是狗肺狼心；
顾享乐朝庭，
太布应，

更亲人骨肉。
（壮文）Bah gou Cinz Simeij,
Mbouj gangj leix,
Seih goujfeiq langzsim;
Goq yiengjlag ciuzdingz,
Daiq mbouj wng,
Gvengq caenvunz ndoknoh.
（音标）pa^{6} kou^{1} ɕin^{2} θi^{1}mei^{3},
ʔbou^{3} kaːŋ^{3} lei^{4},
θei^{6} kou^{3}fei^{5} laːŋ^{2}θim^{1};
ko^{5} jiːŋ^{3}laːk^{8} ɕiːu^{2}tiŋ^{2},
taːi^{5} ʔbou^{3} ɯŋ^{1},
kweːŋ^{5} ɕan^{1}wun^{2} ʔdoːk^{7}no^{6}.
（直译）爸我陈世美，
不讲理，
是狗肺狼心；
顾享乐朝廷，
太不应，
丢亲人骨肉。
（意译）我爸陈世美，
不讲理，
是狗肺狼心；
顾享乐朝廷，
太不应，
丢骨肉亲情。

Cinz Yanghlenz【Ciengq】
秦香莲【唱】
（原文）当官宏官大，
良心坏，
另批采野花；
贪富贵荣华，
叻至拉，
当啁嘛禽兽。
（壮文）Dang hakhung hakdaih,
Liengzsim vaih,
Lingh bae caij vacwx;
Dam fouqgviq yungzvaz,

Lwg ndi ra,
Lumj mou ma cukseng.

(音标) ta:ŋ1 ha:k7 huŋ1 ha:k7 ta:i6,
li:ŋ2 θim1 wa:i6,
liŋ6 pai1 ɕa:i3 wa1 ɕɯ4;
ta:m1 fou5 kwi5 juŋ2 wa2,
lɯk8 ʔdi1 ɣa1,
lum3 mou1 ma1 ɕuk7 θe:ŋ1.

(直译) 当官高官大,
良心坏,
另去采野花;
贪富贵荣华,
儿不找,
当猪狗畜生。

(意译) 当官高又大,
良心坏,
另去采野花;
贪富贵荣华,
儿不找,
当猪狗人渣。

Cinz Cinnuengx:
陈春妹:

(原文) 妈,特哥是批打外国侵略,爹至是批考状元、榜眼、丹花、进士、翰林的。

(壮文) Meh, daeggo seih bae hoenx guekrog daeuj ciemq, de ndi seih bae gauj canghyienz、bangjyenj、danva、caenqswq、hanlinz gae.

(音标) me6, tak8 ko1 θei6 pai1 hon4 ku:k7 ɣo:k8 tau3 ɕi:m5, te1 ʔdi1 θei6 pai1 ka:u3 ɕa:ŋ6 ji:n2、pa:ŋ3 je:n3、ta:n1 wa1、ɕan5 θɯ5、ha:n1 lin2 kai.

(直译) 妈,哥哥是去打外国来侵略,他不是去考状元、榜眼、探花、进士、翰林的。

(意译) 妈,哥哥是去打外敌侵略,他不是去考状元、榜眼、探花、进士、翰林的。

Cinz Yanghlenz:
秦香莲:

(原文) 叻呀,铭真至噜,文官武官,文举武举,只不过官位至同而以。

(壮文) Lwg ya, mwngz caen ndi rox, faenzguen fouxguen, faenzgawj fouxgawj, cij mboujgvaq guenvih ndi doengz sat lo.

(音标) lɯk8 ja, mɯŋ2 ɕan1 ʔdi1 ɣo4, fan2 ku:n1 fou4 ku:n1, fan2 kaɯ3 fou4 kaɯ3, ɕi3 ʔbou3 kwa5 ku:n1 wi6 ʔdi1 toŋ2 θa:t7 lo.

（直译）儿呀，你真不知，文官武官，文举武举，只不过官位不同而已。
（意译）儿呀，你真无知，文官武官，文举武举，只不过官位不同而已。

Cinz Cinnuengx：
陈春妹：
（原文）沙场打仗鱼也是当官？
（壮文）Saciengz hoenxciengq lawz hix seih dang guen?
（音标）θa^{1} ɕiːŋ^{2} hon^{4} ɕiːŋ^{5} laɯ^{2} hi^{4} θei^{6} taːŋ^{1} kuːn^{1}？
（直译）沙场打仗怎么也是当官？
（意译）沙场打仗怎么也是当官？

Cinz Yanghlenz：
秦香莲：
（原文）哎呀，铭噜计骡，打仗立功，皇上封官厚禄，道理总是一样的。
（壮文）Aeya，mwngz rox gijlawz，hoenxciengq laebgoeng，vuengzdaeq fung guen cienz lai，dauhleix cungjseih ityiengh gae.
（音标）aija，mɯŋ^{2} ɣo^{4} ki^{3} laɯ^{2}，hon^{4} ɕiːŋ^{5} lap^{8} koŋ^{1}，wuːŋ^{2} tai^{5} fuŋ^{1} kuːn^{1} ɕiːn^{2} laːi^{1}，taːu^{6} lei^{4} ɕuŋ^{3} θei^{6} it^{7} jiːŋ^{6} kai.
（直译）哎呀，你知道什么，打仗立功，皇上封官禄厚，道理总是一样的。
（意译）哎呀，你知道什么，打仗立功，皇上封官给厚禄，道理总是一样的。

Cinz Cinnuengx：
陈春妹：
（原文）特哥至会是坏良心的。
（壮文）Daeggo ndi hoih seih vaih liengzsim gae.
（音标）tak^{8} ko^{1} ʔdi^{1} hoːi^{6} θei^{6} waːi^{6} liːŋ^{2} θim^{1} kai.
（直译）哥哥不会是坏良心的。
（意译）哥哥不会是坏良心的。

Cinz Yanghlenz：
秦香莲：
（原文）官大权大，云变心坏，讲至使准呀。
（壮文）Guen hung gienz hung，vunz bienq sim vaih，gangj ndi ndaej cinj ya.
（音标）kuːn^{1} huŋ^{1} kiːn^{2} huŋ^{1}，wun^{2} piːn^{5} θim^{1} waːi^{6}，kaːŋ^{3} ʔdi^{1} ʔdai^{3} ɕin^{3} ja.
（直译）官大权大，人变心坏，讲不能准呀。
（意译）官大权大，人变心坏，讲不准的呀。

Cinz Cinnuengx：
陈春妹：
（原文）同你讲，铭就至肯特哥很边关杀敌了？
（壮文）Doengzneix gangj，mwngz couh ndi hawj daeggo hwnj bien'gvan gaj caeg la?
（音标）toŋ^{2}nei^{4} kaːŋ^{3}，mɯŋ^{2} ɕou^{6} ʔdi^{1} haɯ^{3} tak^{8}ko^{1} hɯn^{3} piːn^{1}kwaːn^{1} ka^{3} ɕak^{8} la?
（直译）这么讲，你就不让哥哥上边关杀贼了？
（意译）这么讲，您就是不让哥哥去边关杀敌了？

Cinz Yanghlenz：
秦香莲：
（原文）就是了。
（壮文）Couhseih la.
（音标）ɕou^{6}θei^{6} la.
（直译）就是了。
（意译）就是了。

Cinz Cinnuengx【Ciengq】
陈春妹【唱】
（原文）凶奴贼豺狼，
闯入关，
娄民间受难；
肯外国侵犯，
至抵抗，
变家丧国亡。
（壮文）Yunghnuz caeg caizlangz，
Roemx haeuj gvan，
Raeuz minzgan souhnanh；
Hawj guekrog ciemqfamh，
Ndi dijgang，
Bienq gya sangq guek muengz.
（音标）juŋ^{6}nu^{2} ɕak^{8} ɕaːi^{2}laːŋ^{2}，
ɣom^{4} hau^{3} kwaːn^{1}，
ɣau^{2} min^{2}kaːn^{1} θou^{6}naːn^{6}；
haɯ^{3} kuːk^{7}ɣoːk^{8} ɕiːm^{5}faːm^{6}，
ʔdi^{1} ti^{3}kaːŋ^{1}，
piːn^{5} kja^{1} θaːŋ^{5} kuːk^{7} muːŋ^{2}.
（直译）匈奴贼豺狼，
闯入关，

　　　　我们民间受难；
　　　　让外国侵犯，
　　　　不抵抗，
　　　　变家丧国亡。
（意译）匈奴贼豺狼，
　　　　闯入关，
　　　　咱民间受难；
　　　　让外敌侵犯，
　　　　不抵抗，
　　　　变家丧国亡。

Cinz Yanghlenz【Ciengq】
秦香莲【唱】
（原文）各家眉各主，
　　　　女咳女，
　　　　国眉柱眉王；
　　　　未必优国亡，
　　　　娄云旁，
　　　　鱼眉权斗管？
（壮文）Gak gya meiz gak cawj,
　　　　Nawx hai nawx,
　　　　Guek meiz cawj meiz vuengz;
　　　　Mboujdingh you guek muengz,
　　　　Raeuz vunzbuengz,
　　　　Lawz meiz gienz daeuj guenj?
（音标）ka:k^{7} kja^{1} mei^{2} ka:k^{7} ɕaɯ^{3},
　　　　naɯ^{4} ha:i naɯ^{4},
　　　　ku:k^{7} mei^{2} ɕaɯ^{3} mei^{2} wu:ŋ^{2};
　　　　ʔbou^{3}tiŋ^{6} jou^{1} ku:k^{7} mu:ŋ^{2},
　　　　ɣau^{2} wun^{2}pu:ŋ^{2},
　　　　laɯ^{2} mei^{2} ki:n^{2} tau^{3} ku:n^{3}?
（直译）各家有各主，
　　　　女呀女，
　　　　国有主有王；
　　　　未必忧国亡，
　　　　我们旁人，
　　　　怎有权来管？
（意译）各家有主当，

女呀女，
国家自有王；
不必忧国亡，
咱旁人，
怎有权来管？

Cinz Cinnuengx【Ciengq】
陈春妹【唱】
（原文）虽然话一句，
家眉主，
国眉柱眉王；
外侵变国亡，
民受冤，
未必端欧早。
（壮文）Yienznaeuz vah it gawq，
Gya meiz cawj，
Guek meiz cawj meiz vuengz；
Rog ciemq bienq guek muengz，
Minz souh ien，
Gaej yungh duen（dwen）aeu sauj.
（音标）jiːn^{2}nau^{2} wa^{6} it^{7} kaɯ^{5}，
kja^{1} mei^{2} ɕaɯ^{3}，
kuːk^{7} mei^{2} ɕaɯ^{3} mei^{2} wuːŋ^{2}；
ɣoːk^{8} ɕiːm^{5} piːn^{5} kuːk^{7} muːŋ^{2}，
min^{2} θou^{6} iːn^{1}，
kai^{3} juŋ^{6} tuːn^{1}（tɯːn^{1}）au^{1} θaːu^{3}.
（直译）虽然话一句，
家有主，
国有主有王；
外侵变国亡，
民受冤，
别用提娶嫂子。
（意译）虽一句话讲，
家有主，
国有主有王；
外侵变国亡，
民受冤，
别说嫂入房。

Cinz Yanghlenz【Ciengq】
秦香莲【唱】
（原文）幼北那孔子，该大字摆摊；
朗桑噜肥桑，斗很堂巴妈。
（壮文）Youq baknaj Gungjswj，Gai daihcih baijdan；
Rangz sang rox faex sang，Daeuj hwnjdangz bazmeh.
（音标）jou^{5} paːk^{7} na^{3} kuŋ^{3}θɯ^{3}，kaːi^{1} taːi^{6}ɕi^{6} paːi^{3}taːn^{1}；
ɣaːŋ^{2} θaːŋ^{1} ɣo^{4} fai^{4} θaːŋ^{1}，tau^{3} hɯn^{3}taːŋ^{2} pa^{2}me^{6}.
（直译）在面前孔子，卖大字摆摊；
笋高或树高，来上课阿妈。
（意译）在孔子面前，卖大字摆摊；
笋高或树高，教妈如何办。

Cinz Cinnuengx：
陈春妹：
（原文）妈，姑至是斗很堂铭的。
（壮文）Meh，gou ndi seih daeuj hwnjdangz mwngz gae.
（音标）me^{6}，kou^{1} ʔdi^{1} θei^{6} tau^{3} hɯn^{3}taːŋ^{2} mɯŋ^{2} kai.
（直译）妈，我不是来上课你的。
（意译）妈，我不是来教您的。

Cinz Yanghlenz：
秦香莲：
（原文）铭至斗很堂姑，铭鱼偏偏喊特哥铭批远征呢？
（壮文）Mwngz ndi daeuj hwnjdangz gou，mwngz lawz bienbien hemq daeggo mwngz bae yenjcwngh ne?
（音标）mɯŋ^{2} ʔdi^{1} tau^{3} hɯn^{3}taːŋ^{2} kou^{1}，mɯŋ^{2} laɯ^{2} piːn^{1}piːn^{1} heːm^{5} tak^{8}ko^{1} mɯŋ^{2} pai^{1} jeːn^{3}ɕɯŋ^{6} ne?
（直译）你不来上课我，你咋偏偏喊哥哥你去远征呢？
（意译）你不是来教我，你为何偏偏喊你哥哥远征呢？

Cinz Cinnuengx：
陈春妹：
（原文）至是姑喊特哥批，而是特哥各讲的呀。
（壮文）Ndi seih gou hemq daeggo bae，cix seih daeggo gag gangj gae ya.
（音标）ʔdi^{1} θei^{6} kou^{1} heːm^{5} tak^{8}ko^{1} pai^{1}，ɕi^{4} θei^{6} tak^{8}ko^{1} kaːk^{8} kaːŋ^{3} kai ja.
（直译）不是我喊哥哥去，而是哥哥自己讲的呀。
（意译）不是我喊哥哥去，而是哥哥自己讲的呀。

Cinz Yanghlenz：
秦香莲：
（原文）啊！是特哥铭讲？
（壮文）A！Seih daeggo mwngz gangj？
（音标）a！θei⁶ tak⁸ko¹ mɯŋ² ka:ŋ³？
（直译）啊！是哥哥你讲？
（意译）啊！是你哥哥讲的？

Cinz Cinnuengx：
陈春妹：
（原文）是的。
（壮文）Seih ha.
（音标）θei⁶ ha.
（直译）是啊。
（意译）是的。

Cinz Yanghlenz：
秦香莲：
（原文）布使，铭喊爹嘛姑。
（壮文）Mbouj ndaej，mwngz hemq de ma gou.
（音标）ʔbou³ ʔdai³，mɯŋ² he:m⁵ te¹ ma¹ kou¹.
（直译）不行，你喊他回来我。
（意译）不行，你帮我喊他回来。

Cinz Cinnuengx：
陈春妹：
（原文）喊特哥嘛？
（壮文）Hemq daeggo ma？
（音标）he:m⁵ tak⁸ko¹ ma¹？
（直译）喊哥哥回来？
（意译）喊哥哥回来？

Cinz Yanghlenz：
秦香莲：
（原文）批易支，参清楚批取使。
（壮文）Bae vaiqdi，cam cingcuj bae cij ndaej.
（音标）pai¹ wa:i⁵ti¹，ɕa:m¹ ɕiŋ¹ɕu³ pai¹ ɕi³ ʔdai³.
（直译）去快点，问清楚去才行。

（意译）去快点，要问清楚才行。

Cinz Cinnuengx：
陈春妹：
（原文）批就批！
（壮文）Bae couh bae！
（音标）pai^{1} ɕou^{6} pai^{1}！
（直译）去就去！
（意译）去就去！

（Roengz）
（下）

Cinz Yanghlenz【Ciengq】
秦香莲【唱】
（原文）岩巾叻四剥痕含，
又除乐栋嘛估参；
丈夫当官至欧叻，
腾叻当官妈也陷；
嘛叻至噜那虎当，
三岁叻儿文估覃。
（壮文）Ngamq gwn lwgndeiq bak haenz haemz，
Youh dawz lwgrenh ma gou gamz；
Bouxgvan dang guen ndi aeu lwg，
Daengz lwg dang guen meh hix haemz；
Malwg ndi rox naj gukndangq，
Sam bi lwgnyez maenz guhcaemz.
（音标）ŋaːm^{5} kɯn^{1} lɯk^{8}ʔdei^{5} paːk^{7} han^{2} ham^{2}，
jou^{6} taɯ^{2} ɣɯk^{8}ɣeːn^{6} ma^{1} kou^{1} kaːm^{2}；
pou^{4}kwaːn^{1} taːŋ^{1}kuːn^{1} ʔdi^{1} au^{1} lɯk^{8}，
taŋ^{2} lɯk^{8} taːŋ^{1}kuːn^{1} me^{6} hi^{4} ham^{2}；
ma^{1}lɯk^{8} ʔdi^{1} ɣo^{4} na^{3} kuk^{7}ʔdaːŋ^{5}，
θaːm^{1} pi^{1} lɯk^{8}ɲe^{2} man^{2} ku^{6}ɕam^{2}.
（直译）刚吃苦瓜嘴还苦，
又拿苦楝子来我含；
丈夫当官不要儿，
到儿当官妈也苦；
小狗不知脸花斑虎，

三岁孩儿能玩耍。
（意译）刚吃苦瓜嘴还苦，
又拿苦楝给我含；
丈夫当官不要儿，
到儿当官妈也烦；
小狗不认识老虎，
三岁孩儿敢要玩。

Cinz Cinnuengx【Gaenjgip hwnj】
陈春妹【急上】
（原文）妈，哥嘛了。
（壮文）Meh，go ma la.
（音标）me^{6}，ko^{1} ma^{1} la.
（直译）妈，哥回来了。
（意译）妈，哥回来了。

Cinz Doenggo【Capmax hwnj】
陈冬哥【扎马而上】
（原文）妈，喊姑嘛眉几嫘事呀？
（壮文）Meh，hemq gou ma meiz gijlawz saeh ya？
（音标）me^{6}，heːm^{5} kou^{1} ma^{1} mei^{2} ki^{3}lauɯ^{2} θai^{6} ja？
（直译）妈，喊我回来有什么事呀？
（意译）妈，喊我回来有什么事呀？

Cinz Yanghlenz：
秦香莲：
（原文）特冬呀！
（壮文）Daegdoeng ya！
（音标）tak^{8}toŋ^{1} ja！
（直译）阿冬呀！
（意译）阿冬呀！

【Ciengq】
【唱】
（原文）妈老幼过去，
争受罪，
淋他悔几来；
肥阵古竹胎，

　　　　到头来，
　　　　反古筏标月。
（壮文）Mehlaux youq goqhwiq（gaxgonq），
　　　　Deng souhcoih，
　　　　Raemxda hoij（doek）geijlai；
　　　　Feiz coemh go'ndoek dai，
　　　　Dauq daeuz laiz，
　　　　Fanj gofaiz biu nyod.
（音标）me^{6} laːu^{4} jou^{5} ko^{5} hɯːi^{5}（ka^{4} koːn^{5}），
　　　　teːŋ^{1} θou^{6} ɕoːi^{6}，
　　　　ɣam^{4} ta^{1} hoːi^{3}（tok^{7}）kei^{3} laːi^{1}；
　　　　fei^{2} ɕam^{6} ko^{1} ʔdok^{7} taːi^{1}，
　　　　taːu^{5} tau^{2} laːi^{2}，
　　　　faːn^{3} ko^{1} faːi^{2} piːu^{1} ȵoːt^{8}.
（直译）老妈在过去，
　　　　挨受罪，
　　　　眼泪掉多少；
　　　　火烧簕竹死，
　　　　到头来，
　　　　反麻竹冒芽。
（意译）过去你老妈，
　　　　挨受罪，
　　　　眼泪直掉下；
　　　　火烧簕竹它，
　　　　到头来，
　　　　是麻竹冒芽。

Cinz Doenggo：
陈冬哥：
（原文）妈，则话你是鱼讲呀？
（壮文）Meh，ndaek vah neix seih lawz gangj ya？
（音标）me^{6}，ʔdak^{7} wa^{6} nei^{4} θei^{6} lauɯ^{2} kaːŋ^{3} ja？
（直译）妈，种话这是怎讲呀？
（意译）妈，这话是什么意思呀？

Cinz Yanghlenz：
秦香莲：
（原文）铭听姑讲——

（壮文）Mwngz dingq gou gangj ——
（音标）mɯŋ^{2} tiŋ^{5} kou^{1} kaːŋ^{3}——
（直译）你听我讲——
（意译）你听我讲——

【Ciengq】
【唱】
（原文）喊声特叻，妈老面色淋他；
途娄陈家，剩铭一芽厚字；
依打时的，难亏巴妈养宏；
家事又穷，是姑双逢批逻；
借借化化，巾淋亥炸养收。
（壮文）Hemq sing daeglwg，Mehlaux naj saek (doek) raemxda；
Duzraeuz Caenzgya，Lw mwngz it ngaz haeuxceh；
Ei daj seizde，Nanzvi bazmeh ciengx hung；
Gyasaeh youh gungz，Seih gou song fwngz bae ra；
Ciqciq vaqvaq，Gwn raemx haiz nyaq ciengx sou.
（音标）heːm^{5} θiŋ^{1} tak^{8}lɯk^{8}，me^{6}laːu^{4} na^{3} θak^{7}（tok^{7}）ɣam^{4}ta^{1}；
tu^{2}ɣau^{2} ɕan^{2}kja^{1}，lɯ^{1} mɯŋ^{2} it^{7} ŋa^{2} hau^{4}ɕe^{6}；
ei^{1} ta^{3} θei^{2}te^{1}，naːn^{2}wi^{1} pa^{2}me^{6} ɕiːŋ^{4} huŋ^{1}；
kja^{1}θai^{6} jou^{6} kuŋ^{2}，θei^{6} kou^{1} θoːŋ^{1} fɯŋ^{2} pai^{1} ɣa^{1}；
ɕi^{5}ɕi^{5} wa^{5}wa^{5}，kɯn^{1} ɣam^{4} haːi^{2} ȵa^{5} ɕiːŋ^{4} θou^{1}.
（直译）喊声儿子，老妈面掉眼泪；
我们陈家，剩你一芽谷种；
沿从那时，难为母亲养大；
家事又穷，是我双手去找；
借借化化，吃水吐渣养你们。
（意译）喊声儿子，老妈面挂泪花；
我们陈家，剩你谷种一芽；
从那时候，难为母亲养大；
家庭又穷，是我辛苦养家；
筹借乞讨，忍饥养儿苦煞。

Cinz Doenggo【Ciep ciengq】
陈冬哥【接唱】
（原文）部很京都，也为贪图享乐；
丧心毒辣，真是无法无天。
（壮文）Boh hwnj gingdu，Hix vih damdoz yiengjlag；

Sangqsim doeglad，Caenseih fouz fap fouz dien.
（音标）po6 hɯn3 kiŋ1 tu1，hi4 wi6 ta:m1 to2 ji:ŋ3 la:k8；
θa:ŋ5 θim1 tok8 la:t8，ɕan1 θei6 fou2 fa:p7 fou2 ti:n1.
（直译）父上京都，也为贪图享乐；
丧心毒辣，真是无法无天。
（意译）父上京都，贪图享福悠闲；
丧心毒辣，真是无法无天。

Cinz Cinnuengx【Ciep ciengq】
陈春妹【接唱】
（原文）布认叻绵，丧尽天良毒辣；
读书埋理，妈老一世受冤。
（壮文）Mbouj nyinh lwgmienz，Sangq caenh dienliengz doegfeiq（doeglad）；
Doegsaw maiz leix，Mehlaux itseiq souh ien.
（音标）ʔbou3 ȵin6 lɯk8 mi:n2，θa:ŋ5 ɕan6 ti:n1 li:ŋ2 tok8 fei5（tok8 la:t8）；
tok8 θaɯ1 ma:i2 lei4，me6 la:u4 it7 θei5 θou6 i:n1.
（直译）不认幼儿，丧尽天良恶毒；
读书埋理，老妈一世受冤。
（意译）不认幼儿，丧尽天良恶毒；
读书埋理，老妈一世受苦。

Cinz Yanghlenz【Ciep ciengq】
秦香莲【接唱】
（原文）读书当官，良心完全坏尽；
官宏官大，到头转害本身；
夫贵至荣，九眷六亲布认。
（壮文）Doegsaw dang guen，Liengzsim yuenzcienz vaih caenh；
Guen hung guen daih，Dauq daeuz cienq haih bonjndang；
Fou gviq ndi yungz，Gouj cik loeg caen mbouj nyinh.
（音标）tok8 θaɯ1 ta:ŋ1 ku:n1，li:ŋ2 θim1 ju:n2 ɕi:n2 wa:i6 ɕan6；
ku:n1 huŋ1 ku:n1 ta:i6，ta:u5 tau2 ɕi:n5 ha:i6 po:n3 ʔda:ŋ1；
fou1 kwi5 ʔdi1 juŋ2，kou3 ɕik7 lok8 ɕan1 ʔbou3 ȵin6.
（直译）读书当官，良心完全坏尽；
官大官大，到头转害本身；
夫贵不荣，九眷六亲不认。
（意译）读书当官，良心完全变坏；
官高官大，到头本身受害；
夫贵不荣，九眷六亲不来。

Cinz Doenggo【Ciengq】
陈冬哥【唱】
（原文）想十八年前，
断肝肠，
受凄凉极惨；
变妻离子散，
几灾难，
十云讲布齐。
（壮文）Siengj cibbet bi cienz，
Goenq daep ciengz，
Souh siliengz gig camj；
Bienq yah liz lwg sanq，
Gij cainanh，
Cib ngoenz gangj mbouj caez（sat）.
（音标）θiːŋ^{3} ɕip^{8}peːt^{7} pi^{1} ɕiːn^{2}，
kon^{5} tap^{7} ɕiːŋ^{2}，
θou^{6} θi^{1}liːŋ^{2} kik^{8} ɕaːm^{3}；
piːn^{5} ja^{6} li^{2} lɯk^{8} θaːn^{5}，
ki^{3} ɕaːi^{1}naːn^{6}，
ɕip^{8} ŋon^{2} kaːŋ^{3} ʔbou^{3} ɕai^{2}（θaːt^{7}）.
（直译）想十八年前，
断肝肠，
受凄凉极惨；
变妻离子散，
些灾难，
十天讲不完。
（意译）十八年回瞰，
断肝肠，
受凄凉极惨；
变妻离子散，
那灾难，
十天讲不完。

Cinz Cinnuengx【Ciengq】
陈春妹【唱】
（原文）六鸦反哺义，
真道理，
羊跪子还恩；

人性眉灵魂，
反至文，
比飞禽走兽。
（壮文）Roegga fanj gueng ngeih，
Caen dauhleix，
Yiengz gvih ceij boiz aen；
Vunzsingq meiz lingzhoenz，
Fanj ndi baenz，
Beij mbingimz coujsouq.
（音标）ɣok^{8}ka^{1} fa:n^{3} ku:ŋ^{1} ŋei^{6}，
ɕan^{1} ta:u^{6}lei^{4}，
ji:ŋ^{2} kwi^{6} ɕei^{3} po:i^{2} an^{1}；
wun^{2}θiŋ^{5} mei^{2} liŋ^{2}hon^{2}，
fa:n^{3} ʔdi^{1} pan^{2}，
pei^{3} ʔbin^{1}kim^{2} ɕou^{3}θou^{5}.
（直译）乌鸦反哺义，
真道理，
羊跪子还恩；
人性有灵魂，
反不成，
比飞禽走兽。
（意译）乌鸦反侍奉，
真道理，
羊跪乳还恩；
人性有灵魂，
反不成，
比不过畜生。

Cinz Yanghlenz【Ciengq】
秦香莲【唱】
（原文）受几来委屈，
叻咳叻，
妈痕督淋他；
当官享荣华，
至向家，
批贪花拉柳。
（壮文）Souh geijlai viut，
Lwg hai lwg，

Meh haenz doek raemxda;
Dang guen yiengj yungzvaz,
Ndi yiengq gya,
Bae dam va ra liux.

（音标）θou^{6} kei^{3}la:i^{1} wi^{1}ut^{7}，
luuk^{8} ha:i luuk^{8}，
me^{6} han^{2} tok^{7} ɣam^{4}ta^{1}；
ta:ŋ^{1} ku:n^{1} ji:ŋ^{3} juŋ^{2}wa^{2}，
ʔdi^{1} ji:ŋ^{5} kja^{1}，
pai^{1} ta:m^{1} wa^{1} ɣa^{1} li:u^{4}.

（直译）受多少委屈，
儿呀儿，
妈还掉眼泪；
当官享荣华，
不向家，
去寻花问柳。

（意译）受委屈多大，
儿呀儿，
妈眼泪流下；
当官享荣华，
不理家，
去问柳寻花。

Cinz Doenggo:
陈冬哥：
（原文）妈，几来磨难受苦，脱灾脱难卦批算了。
（壮文）Meh，geijlai muznanh souhhoj，duet cai duet nanh gvaqbae suenq la.
（音标）me^{6}，kei^{3}la:i^{1} mu^{2}na:n^{6} θou^{6}ho^{3}，tu:t^{7} ɕa:i^{1} tu:t^{7} na:n^{6} kwa^{5}pai^{1} θu:n^{5} la.
（直译）妈，多少磨难受苦，脱灾脱难过去算了。
（意译）妈，多少磨难困苦，摆脱灾难过去算了。

Cinz Cinnuengx:
陈春妹：
（原文）历史的悲剧，永远至再重演。
（壮文）Lizsij gij heiqcieg，ciengxlwenx ndi caiq dauqyienj.
（音标）li^{2}θi^{3} ki^{3} hei^{5}ɕi:k^{8}，ɕi:ŋ^{4}luu:n^{4} ʔdi^{1} ɕa:i^{5} ta:u^{5}ji:n^{3}.
（直译）历史的悲剧，永远不再重演。
（意译）历史的悲剧，永远不再重演。

Cinz Yanghlenz：
秦香莲：
（原文）对，历史的悲剧，永远至能够再重演，但是呀……
（壮文）Doiq，lizsij gij heiqcieg，ciengxlwenx ndi ndaej caiq dauqyienj，danhseih ya ……
（音标）toːi^{5}，li^{2} θi^{3} ki^{3} hei^{5} ɕiːk^{8}，ɕiːŋ^{4} lɯːn^{4} ʔdi^{1} ʔdai^{3} ɕaːi^{5} taːu^{5} jiːn^{3}，taːn^{6} θei^{6} ja ……
（直译）对，历史的悲剧，永远不能够再重演，但是呀……
（意译）对，历史的悲剧，永远不能够再重演，但是呀……

Cinz Doenggo：
陈冬哥：
（原文）妈，但是计骡呀？
（壮文）Meh，danhseih gijlawz ya？
（音标）me^{6}，taːn^{6} θei^{6} ki^{3} laɯ^{2} ja？
（直译）妈，但是什么呀？
（意译）妈，但是什么呀？

Cinz Yanghlenz：
秦香莲：
（原文）叻呀！凶奴入关国遭殃，皇君招勇出榜扬。达往讲怒，铭打算练武从戎很沙场。
（壮文）Lwg ya！Yunghnuz haeuj gvan guek souhnanh，vuengzdaeq ciu ak okbuengj yiengz. Dahnuengx gangjnaeuz，mwngz dajsuenq lienhfoux dang bing hwnj saciengz.
（音标）lɯk^{8} ja！juŋ^{6} nu^{2} hau^{3} kwaːn^{1} kuːk^{7} θou^{6} naːn^{6}，wuːŋ^{2} tai^{5} ɕiːu^{1} aːk^{7} oːk^{7} puːŋ^{3} jiːŋ^{2}. ta^{6} nuːŋ^{4} kaːŋ^{3} nau^{2}，mɯŋ^{2} ta^{3} θuːn^{5} liːn^{6} fou^{4} taːŋ^{1} piŋ^{1} hɯn^{3} θa^{1} ɕiːŋ^{2}.
（直译）儿呀！匈奴入关国遭殃，皇君招勇出榜扬。妹妹说，你打算练武当兵上沙场。
（意译）儿呀！匈奴入关国遭殃，皇帝招勇出榜扬。妹妹说，你打算练武从戎上沙场。

Cinz Doenggo：
陈冬哥：
（原文）妈，铭眉几骡至放心呀？
（壮文）Meh，mwngz meiz gijlawz ndi cuengqsim ya？
（音标）me^{6}，mɯŋ^{2} mei^{2} ki^{3} laɯ^{2} ʔdi^{1} ɕuːŋ^{5} θim^{1} ja？
（直译）妈，你有什么不放心呀？
（意译）妈，您有什么不放心呀？

Cinz Yanghlenz：
秦香莲：
（原文）哎呀，千布忧万布气，就忧就气……
（壮文）Aeya，cien mbouj you fanh mbouj heiq，couh you couh heiq……
（音标）aija，ɕiːn^{1} ʔbou^{3} jou^{1} faːn^{6} ʔbou^{3} hei^{5}，ɕou^{6} jou^{1} ɕou^{6} hei^{5}……
（直译）哎呀，千不忧万不怕，就忧就怕……
（意译）哎呀，千不忧万不怕，就忧就怕……

Cinz Doenggo：
陈冬哥：
（原文）到底忧气几骡呀?
（壮文）Dauqdaej youheiq gijlawz ya?
（音标）taːu^{5} tai^{3} jou^{1} hei^{5} ki^{3} laɯ^{2} ja?
（直译）到底担忧什么呀?
（意译）到底担忧什么呀?

Cinz Yanghlenz【Ciengq】
秦香莲【唱】
（原文）特叻请铭计用慌，
妈老讲话限曾完；
姑布讲斗收布噜，
最忧最气叻当官。
（壮文）Daeglwg cingj mwngz gaej yungh vueng，
Mehlaux gangjvah hanz caengz yuenz；
Gou mbouj gangj daeuj sou mbouj rox，
Ceiq you ceiq heiq lwg dang guen.
（音标）tak^{8} lɯk^{8} ɕiŋ^{3} mɯŋ^{2} kai^{3} juŋ^{6} wuːŋ^{1}，
me^{6} laːu^{4} kaːŋ^{3} wa^{6} haːn^{2} ɕaŋ^{2} juːn^{2}；
kou^{1} ʔbou^{3} kaːŋ^{3} tau^{3} θou^{1} ʔbou^{3} ɣo^{4}，
ɕei^{5} jou^{1} ɕei^{5} hei^{5} lɯk^{8} taːŋ^{1} kuːn^{1}.
（直译）儿子请你不用慌，
老妈讲话未曾完；
我不讲来你们不知，
最忧最怕儿当官。
（意译）儿子请你不用慌，
老妈讲话还未完；
我不讲来你不懂，
最忧最怕儿当官。

Cinz Doenggo【Nam gvaibanj】
陈冬哥【念快板】

（原文）妈咳妈，布用慌，
会听特叻讲周全；
凶奴入侵国境娄，
到处残杀太猖狂；
祖国眉难家难保，
贪生怕死民受冤；
边关杀敌为道理，
特叻并非批当官。

（壮文）Meh hai meh, mbouj yungh vueng,
Hoih dingq daeglwg gangj coucienz;
Yunghnuz ciemqhaeuj guekgyaiq raeuz,
Dauqcawq doeggaj daiq iuguengz;
Guekcoj meiz nanh gya nanz bauj,
Dam seng lau dai minz souh ien;
Bien'gvan gaj dig miz dauhleix,
Daeglwg mbouj seih bae dang guen.

（音标）me6 haːi me6, ʔbou3 juŋ6 wuːŋ1,
hoːi6 tiŋ5 tak8lɯk8 kaːŋ3 ɕou1ɕiːn2;
juŋ6nu2 ɕiːm5hau3 kuːk7kjaːi5 ɣau2,
taːu5ɕaɯ5 tok8ka3 taːi5 iːu1kuːŋ2;
kuːk7ɕo3 mei2 naːn6 kja1 naːn2 paːu3,
taːm1 θeːŋ1 laːu1 taːi1 min2 θou6 iːn1;
piːn1kwaːn1 ka3 tik8 mi2 taːu6lei4,
tak8lɯk8 ʔbou3 θei6 pai1 taːŋ1kuːn1.

（直译）妈呀妈，不用慌，
慢听儿子讲周全；
匈奴入侵国境咱，
到处残杀太猖狂；
祖国有难家难保，
贪生怕死民受冤；
边关杀敌有道理，
儿子不是去当官。

（意译）妈呀妈，不用慌，
且听儿子讲周全；
匈奴入侵我国境，
到处残杀太猖狂；

祖国有难家难保，
贪生怕死民受冤；
边关杀敌有道理，
儿子并非去当官。

Cinz Yanghlenz【Ciep gvaibanj】
秦香莲【接快板】
（原文）布讲道理铭布噜，
家眉家主国眉王；
娄是平民老百姓，
狗化未必忧国亡；
关公曾经对姑讲，
布肯叻兰批当官。
（壮文）Mbouj gangj dauhleix mwngz mbouj rox,
Gya meiz gyacawj guek meiz vuengz;
Raeuz seih bingzminz lauxbeksingq,
Gaujvaq mboujdingh you guek muengz;
Gvangoeng caengzging doiq gou gangj,
Mbouj hawj lwglan bae dang guen.
（音标）ʔbou^{3} kaːŋ^{3} taːu^{6}lei^{4} mɯŋ^{2} ʔbou^{3} ɣo^{4}，
kja^{1} mei^{2} kja^{1}ɕaɯ^{3} kuːk^{7} mei^{2} wuːŋ^{2}；
ɣau^{2} θei^{6} piŋ^{2}min^{2} laːu^{4}peːk^{7}θiŋ^{5}，
kaːu^{3}wa^{5} ʔbou^{3}tiŋ^{6} jou^{1} kuːk^{7} muːŋ^{2}；
kwaːn^{1}koŋ^{1} ɕaŋ^{2}kiŋ^{1} toːi^{5} kou^{1} kaːŋ^{3}，
ʔbou^{3} haɯ^{3} lɯk^{8}laːn^{1} pai^{1} taːŋ^{1} kuːn^{1}.
（直译）不讲道理你不知，
家有家主国有王；
咱是平民老百姓，
乞丐未必忧国亡；
官公曾经对我讲，
不许儿孙去当官。
（意译）不讲道理你不知，
家有家主国有王；
咱是平民老百姓，
乞丐未必忧国亡；
官爷曾经对我讲，
不让儿孙去当官。

Cinz Cinnuengx【Gvaibanj】
陈春妹【快板】
（原文）妈老铭讲话，
实在气怒川；
天下云布劳生叻促，
反忧生叻聪明考状元；
今印布愿愿今国，
勒笔布意意勒旁。
（壮文）Mehlaux mwngz gangjvah,
Saedcaih heiq naeuh ndwen①;
Lajmbwn vunz mbouj lau seng lwghuk,
Fanj you seng lwg coengmingz gauj canghyienz;
Gaem yaenq mbouj nyienh nyienh gaem gvat,
Raek bit mbouj eiq eiq raek buengz.
（音标）me^{6}la:u^{4} mɯŋ^{2} ka:ŋ^{3}wa^{6},
θat^{8}ɕa:i^{6} hei^{5} nau^{6} ʔdɯ:n^{1};
la^{3}ʔbɯn^{1} wun^{2} ʔbou^{3} la:u^{1} θe:ŋ^{1} lɯk^{8}huk^{7},
fa:n^{3} jou^{1} θe:ŋ^{1} lɯk^{8} ɕoŋ^{1}miŋ^{2} ka:u^{3} ɕa:ŋ^{6}ji:n^{2};
kam^{1} jan^{5} ʔbou^{3} ɲi:n^{6} ɲi:n^{6} kam^{1} kwa:t^{7},
ɣak^{7} pit^{7} ʔbou^{3} ei^{5} ei^{5} ɣak^{7} pu:ŋ^{2}.
（直译）老妈你讲话，
实在气腐臭；
天下人不怕生笨崽，
反忧生儿聪明考状元；
掌印不愿愿扛锄，
戴笔不爱爱戴背篷。
（意译）老妈您讲话，
实在是难听；
天下人不怕生笨儿，
反忧生儿考状元聪明；
掌印不愿愿务农，
弃笔背篷很坚定。

Cinz Yanghlenz【Gvaibanj】
秦香莲【快板】
（原文）道理话一句，

① 在上林壮话中，ndwen 也有臭之义，但程度轻于 haeu。

北奴煮一盘；
眉厚至审眉糖审，
博怒至川文怒川；
曾伦富贵伦贫贱，
何必养嘛至卑尾？
（壮文）Dauhleix vah it gawq，
Byaek noh cawj it buenz；
Meiz haeux ndi remj meiz dangz remj，
Biek naeuh ndi ndwen maenz naeuh ndwen；
Caengz raen fouqgviq raen gungzcienh，
Hozbiet ciengx ma ndi bi rieng?
（音标）taːu^{6} lei^{4} wa^{6} it^{7} kaɯ^{5}，
pjak^{7} no^{6} ɕaɯ^{3} it^{7} puːn^{2}；
mei^{2} hau^{4} ʔdi^{1} ɣeːm^{3} mei^{2} taːŋ^{2} ɣeːm^{3}，
piːk^{7} nau^{6} ʔdi^{1} ʔdɯːn^{1} （hau^{1}） man^{2} nau^{6} ʔdɯːn^{1}；
ɕaŋ^{2} ɣan^{1} fou^{5}kwi^{5} ɣan^{1} kuŋ^{2}ɕiːn^{6}，
ho^{2}piːt^{7} ɕiːŋ^{4} ma^{1} ʔdi^{1} pi^{1} ɣiːŋ^{1}？
（直译）道理话一句，
菜肉煮一盘；
有饭不焦有糖焦，
芋头腐不臭红薯腐臭；
未见富贵见贫贱，
何必养狗不摆尾？
（意译）道理讲一句，
菜肉煮一盘；
有饭不焦有糖焦，
芋头不烂红薯烂；
未见富贵见贫贱，
狗不摆尾何必养？

Cinz Doenggo：
陈冬哥：
（原文）妈，难道铭是忧……
（壮文）Meh，nanzdauh mwngz seih you ……
（音标）me^{6}，naːn^{2}taːu^{6} mɯŋ^{2} θei^{6} jou^{1}……
（直译）妈，难道你是忧……
（意译）妈，难道你是忧……

Cinz Yanghlenz：
秦香莲：
（原文）叻呀，妈受苦卦斗来了，世界也伦卦来了，最依铭限是伴妈老，幼兰成家立业算了。
（壮文）Lwg ya，meh souhhoj gvaqdaeuj lai la，seiqgyaiq hix raen gvaq lai la，ceiqndei mwngz hanzseih buenx mehlaux，youq ranz baenzgya laebnieb suenq la.
（音标）lɯk^{8} ja，me^{6} θou^{6}ho^{3} kwa^{5}tau^{3} laːi^{1} la，θei^{5}kjaːi^{5} hi^{4} ɣan^{1} kwa^{5} laːi^{1} la，ɕei^{5} ʔdei^{1} mɯŋ^{2} haːn^{2}θei^{6} puːn^{4} me^{6}laːu^{4}，jou^{5} ɣaːn^{2} pan^{2}kja^{1} lap^{8}niːp^{8} θuːn^{5} la.
（直译）儿呀，妈受苦过来多了，世界也见过多了，最好你还是陪老妈，在家成家立业算了。
（意译）儿呀，妈受苦过来多了，生活也见过多了，你最好还是陪老妈，在家成家立业算了。

Cinz Cinnuengx：
陈春妹：
（原文）妈，俗话讲，国太民安。国至太平，民鱼安稳呀！
（壮文）Meh，vahsug gangj，guek onj minz an. Guek ndi daihbingz，minz lawz an'onj ya！
（音标）me^{6}，wa^{6} θuk^{8} kaːŋ^{3}，kuːk^{7} oːn^{3} min^{2} aːn^{1}. kuːk^{7} ʔdi^{1} taːi^{6} piŋ^{2}，min^{2} laɯ^{2} aːn^{1} oːn^{3} ja！
（直译）妈，俗话讲，国泰民安。国家不安定，百姓怎么安稳呀！
（意译）妈，俗话讲，国泰民安。国家不安定，百姓怎么安稳呀！

Cinz Doenggo：
陈冬哥：
（原文）达往讲使争，先为国后为家，无国不成家。古老眉句话：“国乱思良将，家穷思良妻。”外敌斗侵略，娄云云至管，布是变亡国奴了？
（壮文）Dahnuengx gangj ndaej deng，sien vih guek haeuh vih gya，fouz guek mbouj baenz gya. Ciuhlaux meiz gawq vah：“Guek luenh siengj ciengqndei，gya gungz siengj yahndei.” Digrog daeuj cinhloz，raeuz vunzvunz ndi guenj，mbouj seih bienq muengzgueknuz la?
（音标）ta^{6}nuːŋ^{4} kaːŋ^{3} ʔdai^{3} teːŋ^{1}，θiːn^{1} wi^{6} kuːk^{7} hau^{6} wi^{6} kja^{1}，fou^{2} kuːk^{7} ʔbou^{3} pan^{2} kja^{1}. ɕiːu^{6}laːu^{4} mei^{2} kaɯ^{5} wa^{6}：“kuːk^{7} luːn^{6} θiːŋ^{3} ɕiːŋ^{5}ʔdei^{1}，kja^{1} kuŋ^{2} θiːŋ^{3} ja^{6} ʔdei^{1}.” tik^{8} ɣoːk^{8} tau^{3} ɕin^{6}lo^{2}，ɣau^{2} wun^{2} wun^{2} ʔdi^{1} kuːn^{3}，ʔbou^{3} θei^{6} piːn^{5} muːŋ^{2}kuːk^{7}nu^{2} la?
（直译）妹妹讲得对，先为国后为家，无国不成家。古代有句话：“国乱思良将，家穷思良妻。”外敌来侵略，咱人人不管，不是变亡国奴了？

（意译）妹妹讲得对，先为国后为家，无国不成家。古代有句话："国乱思良将，家穷思良妻。"外敌来侵略，咱人人不管，不是变亡国奴了？

Cinz Cinnuengx：
陈春妹：
（原文）是呀是呀！样鱼甘心当亡国奴？
（壮文）Seih ya seih ya! Yienghlawz gamsim dang muengzgueknuz?
（音标）θei^{6} ja θei^{6} ja! jiːŋ^{6} lauɯ^{2} kaːm^{1} θim^{1} taːŋ^{1} kuːk^{7} ɣoːk^{8} muːŋ^{2} kuːk^{7} nu^{2}?
（直译）是呀是呀！怎么甘心当亡国奴？
（意译）是呀是呀！怎么甘心当亡国奴？

Cinz Yanghlenz【Ciengq】
秦香莲【唱】
（原文）讲话道理一大堆，
话言话语怨娄赔；
则你左右总为难，
巴妈狗众实难擂。
（壮文）Gangjvah dauhleix it daih doi，
Vah gangj vah naeuz ienq raeuz boiz；
Ndaek neix baedauq cungj veiznanz，
Bazmeh gyaeuj nyungq saed nanz roi.
（音标）kaːŋ^{3} wa^{6} taːu^{6} lei^{4} it^{7} taːi^{6} toːi^{1}，
wa^{6} kaːŋ^{3} wa^{6} nau^{2} iːn^{5} ɣau^{2} poːi^{2}；
ʔdak^{7} nei^{4} pai^{1} taːu^{5} ɕuŋ^{3} wei^{2} naːn^{2}，
pa^{2} me^{6} kjau^{3} ȵuŋ^{5} θat^{8} naːn^{2} ɣoːi^{1}.
（直译）讲话道理一大堆，
话言话语怨咱赔；
种这左右总为难，
妈妈头乱实难梳。
（意译）讲话道理一大堆，
讲来讲去怨气出；
这事左右总为难，
妈妈心乱实难梳。

Cinz Doenggo：
陈冬哥：
（原文）妈，铭想使太过份了。
（壮文）Meh，mwngz siengj ndaej daiq gvaqfaenh la.

（音标）me^{6}，mɯŋ^{2} θiːŋ^{3} ʔdai^{3} taːi^{5} kwa^{5} fan^{6} la.
（直译）妈，您想得太过分了。
（意译）妈，您想得太多了。

Cinz Yanghlenz：
秦香莲：
（原文）至是姑想过份，十八年前，包青天大人曾经对姑讲卦，以后布用肯叻兰批当官了。
（壮文）Ndi seih gou siengj gvaqfaenh，cibbet nienz cienz，Bauh Cinghdenh daihyinz（daihyinz）caengzging doiq gou gangj gvaq，baezlaeng mbouj yungh hawj lwglan bae dang hak la.
（音标）ʔdi^{1} θei^{6} kou^{1} θiːŋ^{3} kwa^{5} fan^{6}，ɕip^{8} peːt^{7} niːn^{2} ɕiːn^{2}，paːu^{6} ɕiŋ^{6} teːn^{6} taːi^{6} θin^{2}（taːi^{6} jin^{2}）ɕaŋ^{2} kiŋ^{1} toːi^{5} kou^{1} kaːŋ^{3} kwa^{5}，pai^{2} laŋ^{1} ʔbou^{3} juŋ^{6} haɯ^{3} lɯk^{8} laːn^{1} pai^{1} taːŋ^{1} haːk^{7} la.
（直译）不是我想过分，十八年前，包青天大人曾经对我讲过，以后不用让子孙去当官了。
（意译）不是我想太多，十八年前，包青天大人曾经对我说过，以后不要让子孙去当官了。

Cinz Cinnuengx：
陈春妹：
（原文）包青天大人同你讲？
（壮文）Bauh Cinghdenh daihsinz doengzneix gangj？
（音标）paːu^{6} ɕiŋ^{6} teːn^{6} taːi^{6} θin^{2} toŋ^{2} nei^{4} kaːŋ^{3}？
（直译）包青天大人这样讲？
（意译）包青天大人这样讲？

Cinz Yanghlenz：
秦香莲：
（原文）布错，是包大人讲。
（壮文）Mbouj loek，seih Bau daihsinz gangj.
（音标）ʔbou^{3} lok^{7}，θei^{6} paːu^{1} taːi^{6} θin^{2} kaːŋ^{3}.
（直译）不错，是包大人讲。
（意译）不错，是包大人讲。

Cinz Doenggo：
陈冬哥：
（原文）同你讲，打退贼兵，姑再嘛乡下估那估利算了。
（壮文）Doengzneix gangj，hoenxdoiq bingcaeg，gou caiq ma lajmbanj guh naz guh

reih suenq la.
（音标）toŋ2 nei4 ka:ŋ3，hon4 to:i5 piŋ1 ɕak8，kou1 ɕa:i5 ma1 la3 ʔba:n3 ku6 na2 ku6 ɣei6 θu:n5 la.
（直译）这么讲，打退贼兵，我再回乡下种田种地算了。
（意译）这么讲，打退贼兵，我再回乡下种田种地算了。

Cinz Yanghlenz：
秦香莲：
（原文）话古同你讲，姑担忧……
（壮文）Vah goj doengzneix gangj，gou damyou ……
（音标）wa6 ko3 toŋ2 nei4 ka:ŋ3，kou1 ta:m1 jou1……
（直译）话也这么讲，我担忧……
（意译）话是这么讲，我担忧……

Cinz Doenggo：
陈冬哥：
（原文）铭限担忧几骡呀？
（壮文）Mwngz hanz damyou gijlawz ya？
（音标）mɯŋ2 ha:n2 ta:m1 jou1 ki3 lauɯ2 ja？
（直译）你还担忧什么呀？
（意译）您还担忧什么呀？

Cinz Yanghlenz【Ciengq】
秦香莲【唱】
（原文）话古是一句，
唠皇主，
又舍与官衔；
想斗胆又寒，
心尽烦，
总为难妈老。
（壮文）Vah goj seih it gawq，
Lau vuengzcawj，
Youh soengqhawj guenhamz；
Siengj daeuj mbei youh hanz，
Sim caenh fanz，
Cungj veiznanz mehlaux.
（音标）wa6 ko3 θei6 it7 kauɯ5，
la:u1 wu:ŋ2 ɕauɯ3，

jou^{6} θoŋ^{5} haɯ^{3} kuːn^{1} haːm^{2}；
θiːŋ^{3} tau^{3} ʔbei^{1} jou^{6} haːn^{2}，
θim^{1} ɕan^{6} faːn^{2}，
ɕuŋ^{3} wei^{2} naːn^{2} me^{6} laːu^{4}.

（直译）话还是一句，
怕皇主，
又赐予官衔；
想来胆又寒，
心尽烦，
总为难老妈。

（意译）还是一句谈，
怕皇上，
又赐予官衔；
想来胆又寒，
心尽烦，
老妈真是难。

Cinz Doenggo【Ciengq】

陈冬哥【唱】

（原文）奋身跨黄河，
扫凶奴，
定干戈以后；
布贪恋皇府，
图享受，
再转步回头。

（壮文）Haenqndang gvaq Vangzhoz，
Sauq Yunghnuz，
Dingh ganhgoh gvaqhaeuh (gvaqlaeng)；
Mbouj damlienh vuengzfouj，
Doz yiengjsouh，
Caiq cienqbouh (cienqndang) hoizdaeuz (dauqma).

（音标）han^{5} ʔdaːŋ^{1} kwa^{5} waːŋ^{2} ho^{2}，
θaːu^{5} juŋ^{6} nu^{2}，
tiŋ^{6} kaːn^{6} ko^{6} kwa^{5} hau^{6} （kwa^{5} laŋ^{1}）；
ʔbou^{3} taːm^{1} liːn^{6} wuːŋ^{2} fou^{3}，
to^{2} jiːŋ^{3} θou^{6}，
ɕaːi^{5} ɕiːn^{5} pou^{6} （ɕiːn^{5} ʔdaːŋ^{1}） hoːi^{2} tau^{2} （taːu^{5} ma^{1}）.

（直译）奋身跨黄河，

扫匈奴，
定干戈以后；
不贪恋皇府，
图享受，
再转步回头。
（意译）黄河奋勇渡，
扫匈奴，
平定后前途；
不贪恋皇府，
图享受，
再转回故土。

Cinz Cinnuengx【Ciengq】
陈春妹【唱】
（原文）特哥眉勇气，
抱正义，
布图利图名；
天下使太平，
民安宁，
就收兵乙马。
（壮文）Daeggo meiz mbeiheiq，
Got cingqngeih，
Mbouj dozleih dozmingz；
Lajmbwn ndaej daihbingz，
Minz anningz，
Couh soubing yiet max.
（音标）$tak^{8} ko^{1}$ mei^{2} $ʔbei^{1} hei^{5}$，
$koːt^{7}$ $ciŋ^{5} ŋei^{6}$，
$ʔbou^{3}$ $to^{2} lei^{6}$ $to^{2} miŋ^{2}$；
$la^{3} ʔbɯn^{1}$ $ʔdai^{3}$ $taːi^{6} piŋ^{2}$，
min^{2} $aːn^{1} niŋ^{2}$，
$ɕou^{6}$ $θou^{1} piŋ^{1}$ $jiːt^{7}$ ma^{4}.
（直译）哥哥有勇气，
抱正义，
不图利图名；
天下得太平，
民安宁，
就收兵歇马。

（意译）哥英勇豪情，
抱正义，
不图利图名；
天下得太平，
民安宁，
就歇马收兵。

Cinz Yanghlenz【Nam gvaibanj】
秦香莲【念快板】
（原文）叻咳叻，
听分明：
打退辽贼即收兵，
妈老的话欧记清；
第二条交代，
布使贪官独享荣；
第三条交代，
万万布欧夏皇庭。
（壮文）Lwg hai lwg,
Dingq faenmingz:
Hoenxdoiq Liuzcaeg couh soubing,
Mehlaux gij vah aeu geiq cing;
Daihngeih diuz gyaudaih,
Mbouj ndaej dam guen dog yiengj vingz;
Daihsam diuz gyaudaih,
Fanhfanh mbouj aeu yah vuengzdingz.
（音标）lɯk^{8} haːi lɯk^{8},
tiŋ^{5} fan^{1}miŋ^{2}:
hon^{4} toːi^{5} lːu^{2}ɕak^{8} ɕou^{6} θou^{1}piŋ^{1},
me^{6}laːu^{4} ki^{3} wa^{6} au^{1} kei^{5} ɕiŋ^{1};
taːi^{6}ŋei^{6} tiːu^{2} kjaːu^{1}taːi^{6},
ʔbou^{3} ʔdai^{3} taːm^{1} kuːn^{1} toːk^{8} jiːŋ^{3} wiŋ^{2};
taːi^{6}θaːm^{1} tiːu^{2} kjaːu^{1}taːi^{6},
faːn^{6}faːn^{6} ʔbou^{3} au^{1} ja^{6} wuːŋ^{2}tiŋ^{2}.
（直译）儿呀儿，
听分明：
打退辽贼即收兵，
老妈的话要记清；
第二条交代，

不能贪官独享荣；
第三条交代，
万万不娶妻皇庭。
（意译）儿呀儿，
听分明；
打退辽贼即收兵，
老娘话儿要记清；
第二条交代，
不能贪官图美名；
第三条交代，
万万不娶妻皇庭。

Cinz Cinnuengx：
陈春妹：
（原文）布用担忧，特哥至会同你的。
（壮文）Mbouj yungh damyou，daeggo ndi hoih doengzneix gae.
（音标）ʔbou³ juŋ⁶ taːm¹jou¹，tak⁸ko¹ ʔdi¹ hoːi⁶ toŋ²nei⁴ kai.
（直译）不用担忧，哥哥不会这样的。
（意译）不用担忧，哥哥不会这样的。

Cinz Doenggo【Ciengq】
陈冬哥【唱】
（原文）妈千言万语，话句句文药；
（壮文）Meh cien coenz fanh gawq，Vah gawqgawq baenz yw；
（音标）me⁶ ɕiːn¹ ɕon² faːn⁶ kaɯ⁵，wa⁶ kaɯ⁵kaɯ⁵ pan² jɯ¹；
（直译）妈千言万语，话句句成药；
（意译）妈千言万语，句句是良药；

Cinz Yanghlenz【Ciep ciengq】
秦香莲【接唱】
（原文）秦秦凳口而，计估蛇卦淋。
（壮文）Coenzcoenz daengq haeujrwz，Gaej guh ngwz gvaq raemx.
（音标）ɕon²ɕon² taŋ⁵ hau³ɣɯ²，kai³ ku⁶ ŋɯ² kwa⁵ ɣam⁴.
（直译）句句嘱入耳，别当蛇过水。
（意译）句句细叮嘱，别蛇过河道。

Cinz Cinnuengx【Ciengq】
陈春妹【唱】
（原文）双逢今枪棍，送哥很边关；

打退贼豺狼，再嘛兰欧早。
（壮文）Song fwngz gaem cungqgoenq（faexgyaengh），Soengq go hwnj bien'gvan；
Hoenxdoiq caeg caizlangz，Caiq maranz aeu sauj.
（音标）θoːŋ^{1} fɯŋ^{2} kam^{1} ɕuŋ^{5}kon^{5}（fai^{4}kjaŋ^{6}），θoŋ^{5} ko^{1} hɯn^{3} piːn^{1}kwaːn^{1}；
hon^{4}toːi^{5} ɕak^{8} ɕaːi^{2}laːŋ^{2}，ɕaːi^{5} ma^{1}ɣaːn^{2} au^{1} θaːu^{3}.
（直译）双手拿枪棍，送哥上边关；
打退贼豺狼，再回来娶嫂。
（意译）双手拿枪支，送哥去边关；
打退贼豺狼，再娶嫂同欢。

Cinz Doenggo【Ciengq】
陈冬哥【唱】
（原文）上天咙梅粉，活花闵更毫；
（壮文）Gwnzmbwn roengz muifaenx，Rwed vamaenj engq hau；
（音标）kɯn^{2}ʔbɯn^{1} ɣoŋ^{2} muːi^{1}fan^{4}，ɣɯːt^{8} wa^{1}man^{3} eːŋ^{5} haːu^{1}；
（直译）天上下霜粉，淋李花更白；
（意译）天上白霜洒，李花更优雅；

Cinz Yanghlenz、Cinz Cinnuengx【Habciengq】
秦香莲、陈春妹【合唱】
（原文）立春季节交，听古桃标月。
（壮文）Laebcin geiqciet gyau，Dingq godauz biu nyod.
（音标）lap^{8}ɕin^{1} kei^{5}ɕiːt^{7} kjaːu^{1}，tiŋ^{5} ko^{1}taːu^{2} piːu^{1} ȵoːt^{8}.
（直译）立春季节交，听桃树出芽。
（意译）立春季节到，看桃树抽芽。

Cinz Doenggo：
陈冬哥：
（原文）妈！拜别了！
（壮文）Meh！Baiqbiek la！
（音标）me^{6}！paːi^{5}piːk^{7} la！
（直译）妈！拜别了！
（意译）妈！拜别了！

（Roengz）
（下）

（Cinz Yanghlenz、Cinz Cinnuengx daj gyae yawj Cinz Doenggo）
（秦香莲、陈春妹远望陈冬哥）

场大二　平辽回关
Ciengz Daihngeih　Hingz Liuz Dauq Gvan
场第二　赢辽回关
第二场　平辽回关

【Baij gingj】Bien'gvan dieghoenxciengq.
【布景】边关沙场。

【Hai muq】Liuzbing gyap、iet sauq dieghoenxciengq.
【幕启】辽兵甲、乙扫场。

(Cangh Yuzlanz hwnj baihnaj，caeuq Liuzbing doxhoenx，Liuzbing doiq deuz，Cangh Yuzlanz gyaep roengz)
(张如兰上前，与辽兵对打，辽兵退，张如兰追下)

(Liuzgoz ciengqlingj vifung fwdfwd hwnjciengz，Cangh yenzsai hwnjbae dangjlaengz Liuzgoz ciengqlingj，doxhoenx dwk geij lwnz，Cangh yenzsai baih，doiqroengz.)
(辽将威风凛凛上场，张元帅上前挡住辽将，对打数回合，张元帅败，退下。)

Liuzciengq：
辽将：
(原文) 哈哈哈!
(壮文) Ha ha ha!
(音标) ha ha ha!
(直译) 哈哈哈!
(意译) 哈哈哈!

【Gvaibanj】
【快板】
(原文) 打又打，翻又翻，
三军猛杀闯入关;
先占凤凰岭，
后攻龙虎山;
势如破竹无人挡，
打得人仰又马番;

再打琼州斗扎寨，
顺水推舟进长安。

（壮文）Daj youh daj，fan youh fan，
Samgun haenq gaj roemx haeuj gvan；
Sien ciemq Funghvuengzndoi，
Laeng gung Lungzguksan；
Seiq lumj buq cuk fouz vunz dangj，
Hoenx ndaej vunz byonj youh max fan；
Caiq hoenx Gingzcouh daeuj capmbanj，
Swnh raemx vad ruz haeuj Cangzanh.

（音标）ta^{3} jou^{6} ta^{3}，faːn^{1} jou^{6} faːn^{1}，
θaːm^{1}kun^{1} han^{5} ka^{3} ɣom^{4} hau^{3} kwaːn^{1}；
θiːn^{1} ɕiːm^{5} fuŋ^{6}wuːŋ^{2}ʔdoːi^{1}，
laŋ^{1} kuŋ^{1} luŋ^{2}kuk^{7}θaːn^{1}；
θei^{5} lum^{3} pu^{5} ɕuk^{7} fou^{2} wun^{2} taːŋ^{3}，
hon^{4} ʔdai^{3} wun^{2} pjon^{3} jou^{6} ma^{4} faːn^{1}；
ɕaːi^{5} hon^{4} kiŋ^{2}ɕou^{6} tau^{3} ɕaːp^{7}ʔbaːn^{3}，
θɯn^{6} ɣam^{4} waːt^{8} ɣu^{2} hau^{3} ɕaːŋ^{2}aːn^{6}.

（直译）打又打，翻又翻，
三军猛杀闯入关；
先占凤凰岭，
后攻龙虎山；
势如破竹无人挡，
打得人仰又马翻；
再打琼州来扎寨，
顺水推舟进长安。

（意译）打又打，翻又翻，
三军猛杀闯入关；
先占凤凰岭，
后攻龙虎山；
势如破竹无人挡，
打得人仰又马翻；
再打琼州来扎寨，
顺水推舟进长安。

【Cabgangj hemq】
【插白叫喊】
（原文）众三军！

（壮文）Gyoengq samgun!
（音标）kjoŋ^{5} θaːm^{1}kun^{1}!
（直译）众三军!
（意译）众三军!

Samgun gyap iet：
甲乙三军：
（原文）有!
（壮文）Youq!
（音标）jou^{5}!
（直译）在!
（意译）在!

Liuzciengq：
辽将：
（原文）前进攻打!
（壮文）Doxbae gunghoenx!
（音标）to^{4}pai^{1} kuŋ^{1}hon^{4}!
（直译）前进攻打!
（意译）向前攻打!

Samgun gyap iet：
甲乙三军：
（原文）呼——
（壮文）Hu——
（音标）hu——
（直译）呼——
（意译）呼——

（Gyaep roengz）
（追下）

Liuzciengq（Gvaengx daizheiq le riengzlaeng roengz）
辽将（走圆场随后下）

Cinz Doenggo（Fwt hwnjbae gvaengx daizheiq capgyaq）
陈冬哥（飞身上圆场扎架）

【Nam gvaibanj】

【念快板】

（原文）恨恨恨，辽贼帮，
入侵我境太凶残；
实在恨恨恨，
横行坝道闯入关；
我军兵败如山倒，
妄图抢夺我江山；
救兵如救火，
国乱民布安；
陈冬哥，很边关，
布退辽贼心布甘；
怒发冲冠打打打，
驱赶贼兵扫豺狼。

（壮文）Haemz haemz haemz，Liuz caegbang，
Ciemqhaeuj guek raeuz daiq yunghcanz；
Saedcaih haemz haemz haemz，
Hengzvang hengzraeh roemx haeuj gvan；
Gun gou bing baih lumj bya lak，
Maeuzsuenq ciengjdued gou gyanghsanh；
Gouq bing lumj gouq feiz，
Guek luenh minz mbouj an；
Cinz Doenggo，hwnj bien'gvan，
Mbouj doiq Liuzcaeg sim mbouj gam；
Hozndat daemx dingj hoenx hoenx hoenx，
Gyaepcaenh bingcaeg sauq caizlangz.

（音标）ham^{2} ham^{2} ham^{2}，liːu^{2} ɕak^{8}paːŋ^{1}，
ɕiːm^{5}hau^{3} kuːk^{7} ɣau^{2} taːi^{5} juŋ^{6}ɕaːn^{2}；
θat^{8}ɕaːi^{6} ham^{2} ham^{2} ham^{2}，
heːŋ^{2}waːŋ^{1} heːŋ^{2}ɣai^{6} ɣom^{4} hau^{3} kwaːn^{1}；
kun^{1} kou^{1} piŋ^{1} paːi^{6} lum^{3} pja^{1} laːk^{7}，
mau^{2}θuːn^{5} ɕiːŋ^{3}tuːt^{8} kou^{1} kjaːŋ^{6}θaːn^{6}；
kou^{5} piŋ^{1} lum^{3} kou^{1} fei^{2}，
kuːk^{7} luːn^{6} min^{2} ʔbou^{3} aːn^{1}；
ɕin^{2} toŋ^{1}ko^{1}，hɯn^{3} piːn^{1}kwaːn^{1}，
ʔbou^{3} toːi^{5} liːu^{2}ɕak^{8} θim^{1} ʔbou^{3} kaːm^{1}；
ho^{2}ʔdaːt^{7} tam^{4} tiŋ^{3} hon^{4} hon^{4} hon^{4}，
kjap^{7}ɕan^{6} piŋ^{1}ɕak^{8} θaːu^{5} ɕaːi^{2}laːŋ^{2}.

（直译）恨恨恨，辽贼帮，
入侵我国太凶残；
实在恨恨恨，
横行霸道闯入关；
军我兵败如山倒，
妄图抢夺我江山；
救兵如救火，
国乱民不安；
陈冬哥，上边关，
不退辽贼心不甘；
怒发达到顶打打打，
驱赶贼兵扫豺狼。
（意译）恨恨恨，辽贼帮，
入侵我国太凶残；
实在恨恨恨，
横行霸道闯入关；
我军兵败如山倒，
妄图抢夺我江山；
救兵如救火，
国乱民不安；
陈冬哥，上边关，
不退辽贼心不甘；
怒发冲冠打打打，
驱赶贼兵扫豺狼。

(Gvaengx daizheiq hop ndeu roengz)
（圆场而下）

Liuzciengq【Caeuq samgun gyap iet cienj hwnj，gvaengx byaij daizheiq】
辽将【与甲乙三军转上，圆场】

Cinz Doenggo【Dauqcungz hwnj，gangj】
陈冬哥【复上，白】
（原文）大胆辽贼，休得呈蛮！
（壮文）Mbeilaux Liuzcaeg，mbouj ndaej hengzmanz！
（音标）ʔbei^{1} la:u^{4} li:u^{2}ɕak^{8}，ʔbou^{3} ʔdai^{3} he:ŋ^{2} ma:n^{2}！
（直译）大胆辽贼，休得蛮横！
（意译）大胆辽贼，休得蛮横！

（原文）胆敢入侵我境，闯我边关？
（壮文）Damj gamj ciemqhaeuj guek raeuz，roemx gou bien'gvan？
（音标）taːm³ kaːm³ ɕiːm⁵hau³ kuːk⁷ ɣau²，ɣom⁴ kou¹ piːn¹kwaːn¹？
（直译）胆敢入侵我国，闯我边关？
（意译）胆敢入侵我境，闯我边关？

Liuzciengq【Hozndat hemq】
辽将【怒喊】
（原文）哎呀！看铭黄毛未退，乳臭未干，小小无名之辈，出口非凡。
（壮文）Aeya！Yawj mwngz bwndauz caengz loenq，heiqcij caengz doiq，lwgnyez iqet fouz mingz，gangj mbouj bingzciengz.
（音标）aija！jaɯ³ mɯŋ² pɯn¹taːu² ɕaŋ² lon⁵，hei⁵ɕi³ ɕaŋ² toːi⁵，lɯk⁸ ȵe² i⁵eːt⁷ fou² miŋ²，kaːŋ³ ʔbou³ piŋ²ɕiːŋ².
（直译）哎呀！看你黄毛未退，乳臭未干，小孩小小无名，讲不平常。
（意译）哎呀！看你黄毛未退，乳臭未干，小小无名之辈，出口非凡。

Cinz Doenggo【Hemq】
陈冬哥【喊】
（原文）大胆凶贼，口出狂顽，立即退马，还我江山！
（壮文）Mbeilaux caegyak，bak ok guengzmanz，sikhaek doiq max，boiz gou gyanghsanh！
（音标）ʔbei¹laːu⁴ ɕak⁸ jaːk⁷，paːk⁷ oːk⁷ kuːŋ²maːn²，θik⁷hak⁷ toːi⁵ ma⁴，poːi² kou¹ kjaːŋ⁶θaːn⁶！
（直译）大胆凶贼，口出狂言，立即退马，还我江山！
（意译）大胆凶贼，口出狂言，立即退马，还我江山！

Liuzciengz【Hemq】
辽将【喊】
（原文）本帅旗开得胜，无人敢当，小小无名之卒，敢斗刀下阻拦！
（壮文）Bonj saiq geiz hai ndaej hingz，fouz vunz gamj dangj，lwgnyez iqet fouz mingz，gamj daeuj laj cax laengzdangj！
（音标）poːn³ θaːi⁵ kei² haːi¹ ʔdai³ hiŋ²，fou² wun² kaːm³ taːŋ³，lɯk⁸ ȵe² i⁵eːt⁷ fou² miŋ²，kaːm³ tau³ la³ ɕa⁴ laŋ²taːŋ³！
（直译）本帅旗开得胜，无人敢挡，小孩小小无名，敢来下刀阻拦！
（意译）本帅旗开得胜，无人敢挡，小小无名之卒，敢来刀下阻拦！

Cinz Doenggo【Hemq】
陈冬哥【喊】
（原文）辽贼休夸海口，就是地复天翻，若至退马，碎尸万段豺狼。
（壮文）Liuzcaeg gaej gangjboq，couhseih deih loemq mbwn lak，dangh ndi doiq max，soiq sei fanh duenh caizlangz.
（音标）liːu^{2} ɕak^{8} kai^{3} kaːŋ^{3} po^{5}，ɕou^{6} θei^{6} tei^{6} lom^{5} ʔbɯn^{1} laːk^{7}，taːŋ^{6} ʔdi^{1} toːi^{5} ma^{4}，θoːi^{5} θei^{1} faːn^{6} tuːn^{6} ɕaːi^{2} laːŋ^{2}.
（直译）辽贼休夸海口，就是地覆天翻，若不退马，碎尸万段豺狼。
（意译）辽贼休夸海口，就是地覆天翻，若不退马，碎尸万段豺狼。

Liuzciengq【Hozndat】
辽将【怒】
（原文）哎呀！看马！
（壮文）Aeya！Yawj max！
（音标）aija！jaɯ^{3} ma^{4}！
（直译）哎呀！看马！
（意译）哎呀！看马！

（Buekhoenx geij lwnz，Liuzciengq saw doiq roengzbae，Cinz Doenggo gyaep roengz）
（断杀数回合，辽将败退，陈冬哥追下）

Liuzciengq【Dauqcungz hwnj】
辽将【复上】
（原文）不好了，收兵回国！
（壮文）Mbouj ndei la，soubing dauq guek！
（音标）ʔbou^{3} ʔdei^{1} la，θou^{1} piŋ^{1} taːu^{5} kuːk^{7}！
（直译）不好了，收兵回国！
（意译）不好了，收兵回国！

（Liuzbing hoenxsaw doiq，roengz laj daizheiq）
（辽兵败退，退场下）

Cinz Doenggo【Dauqcungz gyaep hwnj，nam gvaibanj】
陈冬哥【复追上，念快板】
（原文）众辽兵，已败北，乘胜追赶除辽贼。
（壮文）Gyoengq Liuzbing，gaenq hoenxsaw，swnh hingz caenhgyaep cawz Liuzcaeg.
（音标）kjoŋ^{5} liːu^{2} piŋ^{1}，kan^{5} hon^{4} θaɯ^{1}，θɯn^{6} hiŋ^{2} ɕan^{6} kjap^{7} ɕaɯ^{2} liːu^{2} ɕak^{8}.
（直译）众辽兵，已败北，乘胜追赶除辽贼。

（意译）众辽兵，已败北，乘胜追赶除辽贼。

（Yaek roengz）
（欲下）

Cangh yenzsai【Gaenjgip hwnj】
张元帅【急上】
（原文）小将军，请留步！
（壮文）Siujcienghginh，cingj louzbouh！
（音标）θiːu^{3}ɕiːŋ^{6}kin^{6}，ɕiŋ^{3} lou^{2}pou^{6}！
（直译）小将军，请留步！
（意译）小将军，请留步！

Cinz Doenggo：
陈冬哥：
（原文）参见元帅，贼兵已败退北逃，立即乘胜追赶。
（壮文）Camraen yenzsai，caegbing gaenq baihdoiq baek deuz，sikhaek swnh hingz caenhgyaep.
（音标）ɕaːm^{1}ɣan^{1} jeːn^{2}θaːi^{1}，ɕak^{8}piŋ^{1} kan^{5} paːi^{6}toːi^{5} pak^{7} teːu^{2}，θik^{7}hak^{7} θɯn^{6} hiŋ^{2} ɕan^{6}kjap^{7}.
（直译）参见元帅，贼兵已败退北逃，立即乘胜追赶。
（意译）参见元帅，贼兵已败退北逃，立即乘胜追赶。

Cangh yenzsai：
张元帅：
（原文）不必追赶，恐防伏兵。
（壮文）Ndi yungh bae gyaep，hoengj fuengz bingboemz.
（音标）ʔdi^{1} juŋ^{6} pai^{1} kjap^{7}，hoŋ^{3} fuːŋ^{2} piŋ^{1}pom^{2}.
（直译）不用去追赶，恐防伏兵。
（意译）不必追赶，要防伏兵。

Cangh Yuzlanz：
张如兰：
（原文）小将军英勇杀敌，令人钦敬！
（壮文）Siujcienghginh yinghyungj gaj dig，hawj vunz ginhgingq！
（音标）θiːu^{3}ɕiːŋ^{6}kin^{6} jiŋ^{6}juŋ^{3} ka^{3} tik^{8}，haɯ^{3} wun^{2} kin^{6}kiŋ^{5}！
（直译）小将军英勇杀敌，令人钦敬！
（意译）小将军英勇杀敌，令人钦敬！

Cangh yenzsai：
张元帅：
（原文）多谢小将军相救。
（壮文）Docih siujcienghginh dox gouq.
（音标）to^{1}ɕi^{6} θiːu^{3}ɕiːŋ^{6}kin^{6} to^{4} kou^{5}.
（直译）多谢小将军相救。
（意译）多谢小将军相救。

Cinz Doenggo：
陈冬哥：
（原文）不必多谢，边关有难，理应相助。
（壮文）Mbouj yungh docih，bien'gvan miz nanh，leix wng doxbang.
（音标）ʔbou^{3} juŋ^{6} to^{1}ɕi^{6}，piːn^{1}kwaːn^{1} mi^{2} naːn^{6}，lei^{4} ɯŋ^{1} to^{4}paːŋ^{1}.
（直译）不用多谢，边关有难，理应相助。
（意译）不用谢，边关有难，理应相助。

Cangh yenzsai：
张元帅：
（原文）小将军何方人士？少年英勇，高姓大名？
（壮文）Siujcienghginh vunz gizlawz？Nienz oiq maenh'ak，singq maz mingz maz？
（音标）θiːu^{3}ɕiːŋ^{6}kin^{6} wun^{2} ki^{2}laɯ^{2}？niːn^{2} oːi^{5} man^{6}aːk^{7}，θiŋ^{5} ma^{2} miŋ^{2} ma^{2}？
（直译）小将军人哪里？年少英勇，姓什么名什么？
（意译）小将军何方人士？少年英勇，高姓大名？

Cinz Doenggo：
陈冬哥：
（原文）小人是均州人，姓陈名冬哥。
（壮文）Siujyinz dwg vunz Ginhcouh，singq Cinz mingz Doenggo.
（音标）θiːu^{3}jin^{2} tɯk^{8} wun^{2} kin^{6}ɕou^{6}，θiŋ^{5} ɕin^{2} miŋ^{2} toŋ^{1}ko^{1}.
（直译）小人是均州人，姓陈名冬哥。
（意译）小人是均州人，姓陈名冬哥。

Cangh Yuzlanz：
张如兰：
（原文）小将军英勇过人，感谢相救之恩。
（壮文）Siujcienghginh maenh'ak gvaq vunz，docih dox gouq gij aen.
（音标）θiːu^{3}ɕiːŋ^{6}kin^{6} man^{6}aːk^{7} kwa^{5} wun^{2}，to^{1}ɕi^{6} to^{4} kou^{5} ki^{3} an^{1}.
（直译）小将军英勇过人，感谢来救之恩。

（意译）小将军英勇过人，感谢相救之恩。

Cangh yenzsai：
张元帅：
（原文）哈哈哈，依依依！
（壮文）Ha ha ha，ndei ndei ndei！
（音标）ha ha ha，ʔdei^{1} ʔdei^{1} ʔdei^{1}！
（直译）哈哈哈，好好好！
（意译）哈哈哈，好好好！

Cinz Doenggo：
陈冬哥：
（原文）禀告元帅，贼兵已退，小民告辞了。
（壮文）Bauqnaeuz yenzsai，bingcaeg gaenq doiq，siujminz swz bae la.
（音标）paːu^{5}nau^{2} jeːn^{2}θaːi^{1}，piŋ^{1}ɕak^{8} kan^{5} toːi^{5}，θiːu^{3}min^{2} θɯ^{2} pai^{1} la.
（直译）禀告元帅，贼兵已退，小民告辞去了。
（意译）禀告元帅，贼兵已退，小民告辞了。

Cangh yenzsai：
张元帅：
（原文）罢紧，小将军欲归何处？
（壮文）Bahgaenj，siujcienghginh yaek bae gizlawz？
（音标）pa^{6}kan^{3}，θiːu^{3}ɕiːŋ^{6}kin^{6} jak^{7} pai^{1} ki^{2}laɯ^{2}？
（直译）不急，小将军欲去何处？
（意译）不急，小将军欲往何处？

Cinz Doenggo：
陈冬哥：
（原文）小民回归乡下耕种田地。
（壮文）Siujminz baema lajmbanj gengndaem reihnaz.
（音标）θiːu^{3}min^{2} pai^{1}ma^{1} la^{3}ʔbaːn^{3} keːŋ^{1}ʔdam^{1} ɣei^{6}na^{2}.
（直译）小民回归乡下耕种田地。
（意译）小民回归乡下耕种田地。

Cangh yenzsai：
张元帅：
（原文）小将军立功一等，禀报皇上领尝。
（壮文）Siujcienghginh laebgoeng it daengj，bauqhawj vuengzdaeq lingxciengj.

（音标）θiːu^{3} ɕiːŋ^{6} kin^{6} lap^{8} koŋ^{1} it^{7} taŋ^{3}，paːu^{3} haɯ^{3} wuːŋ^{2} tai^{5} liŋ^{4} ɕiːŋ^{3}.
（直译）小将军立功一等，禀报皇上领赏。
（意译）小将军立功一等，禀报皇上领赏。

Cangh Yuzlanz：
张如兰：
（原文）陈小将军，一起班师回朝。
（壮文）Cinz siujcienghginh，itheij daiq bing ma cauz.
（音标）ɕin^{2} θiːu^{3} ɕiːŋ^{6} kin^{6}，it^{7} hei^{3} taːi^{5} piŋ^{1} ma^{1} ɕaːu^{2}.
（直译）陈小将军，一起班师回朝。
（意译）陈小将军，一起班师回朝。

场大三 祭坟巧遇
Ciengz Daihsam Caeq Moh Giujbungz
场第三 祭坟巧遇
第三场 祭坟巧遇

【Baij gingj】Daihngeih caengz muq.
【布景】二道幕。

【Hai muq】Hanz Fungh gang liengj caeuq daxmeh hwnj.
【幕启】韩丰撑伞与母上。

Hanz fuhyinz【Riuj swx huqcaeq hwnj，nam】
韩夫人【手提祭品篮上，念】
（原文）“啼鹃有恨花空落，流水无情草自青”呀。
（壮文）“Roeglanxvaiz nyap va loenq ndwi，raemx lae fouzcingz nywj gag heu” ya.
（音标）“ɣok^{8} laːn^{4} waːi^{2} ȵaːp^{7} wa^{1} lon^{5} ʔdɯːi^{1}，ɣam^{4} lai^{1} fou^{2} ɕiŋ^{2} ȵɯ^{3} kaːk^{8} heːu^{1}” ja.
（直译）“啼鹃恨花落空，流水无情草自青”呀。
（意译）“啼鹃有恨花空落，流水无情草自青”呀。

【Ciengq】
【唱】
（原文）三月阳春，宜人踏青游恋；
红花艳艳，野郊再显新颜；
焕发绿原，满目清鲜如画。
（壮文）Sam nyied yiengzcin，Hab vunz dabcing youzlienh；
Vahoengz yienhyienh，Rogdoengh caiq yienj saenyienz；
Sanqfat loegyienz，Muenxmoeg cingsien lumj veh.
（音标）θaːm^{1} ȵiːt^{8} jiːŋ^{2} ɕin^{1}，haːp^{8} wun^{2} taːp^{8} ɕiŋ^{1} jou^{2} liːn^{6}；
wa^{1} hoŋ^{2} jiːn^{6} jiːn^{6}，ɣoːk^{8} toŋ^{6} ɕaːi^{5} jiːn^{3} θan^{1} jiːn^{2}；
θaːn^{5} faːt^{7} lok^{8} jiːn^{2}，muːn^{4} mok^{8} ɕiŋ^{1} θiːn^{1} lum^{3} we^{6}.
（直译）三月阳春，宜人踏青游恋；
红花艳艳，野郊再显新颜；
焕发绿原，满目清鲜如画。
（意译）三月阳春，宜人踏青流连；
红花艳艳，野郊再显新颜；

焕发绿装，满目如画清鲜。

Hanz Fungh【Ciengq】
韩丰【唱】
（原文）花开皮那，伴眉品巴飞游；
绿水青流，胜卦灵秀仙境。
（壮文）Va hai baknaj，Buenx meiz mbungqmbaj mbinyouz；
Raemxloeg cinglouz，Ndei gvaq lingzsouq siengingq.
（音标）wa^{1} haːi^{1} paːk^{7}na^{3}，puːn^{4} mei^{2} ʔbuŋ^{5}ʔba^{3} ʔbin^{1}jou^{2}；
ɣam^{4}lok^{8} ɕiŋ^{1}lou^{2}，ʔdei^{1} kwa^{5} liŋ^{2}θou^{5} θiːn^{1}kiŋ^{5}.
（直译）花开眼前，伴有蝴蝶飞游；
绿水青流，胜过灵秀仙境。
（意译）四处花开，伴有蝴蝶飞游；
绿水青流，胜似仙境灵秀。

Hanz fuhyinz【Ciengq】
韩夫人【唱】
（原文）南风阵阵，到达鸟应虫鸣；
触景伤情，不觉光阴似箭；
春花秀艳，转眼又变暗晦；
日月轮回，大地相催人老。
（壮文）Rumznamz caenhcaenh，Ci daengz roeg wngq non mingz；
Bungqgingj siengcingz，Mboujlawq guengyim lumj cienq；
Cinva souqyienh，Cienqda youh bienq amqhoij；
Saednyied lwnzhoiz，Daihdeih doxcoi vunz laux.
（音标）ɣum^{2}naːm^{2} ɕan^{6}ɕan^{6}，ɕi^{1} taŋ^{2} ɣok^{8} ɯŋ^{5} noːn^{1} miŋ^{2}；
puŋ^{5}kiŋ^{3} θiːŋ^{1}ɕiŋ^{2}，ʔbou^{3}laɯ^{5} kuːŋ^{1}jim^{1} lum^{3} ɕiːn^{5}；
ɕin^{1}wa^{1} θou^{5}jiːn^{6}，ɕiːn^{5}ta^{1} jou^{6} piːn^{5} aːm^{5}hoːi^{3}；
θat^{8}ɲiːt^{8} lɯn^{2}hoːi^{2}，taːi^{6}tei^{6} to^{4}ɕoːi^{1} wun^{2} laːu^{4}.
（直译）南风阵阵，吹到鸟应虫鸣；
触景伤情，不觉光阴似箭；
春花秀艳，转眼又变阴晦；
日月轮回，大地相催人老。
（意译）南风阵阵，吹得鸟应虫鸣；
触景伤情，不觉似箭光阴；
春花秀艳，转眼变暗不明；
日月轮回，大地催老无情。

Hanz Fungh【Ciengq】
韩丰【唱】
（原文）南山换貌，英雄难造少年；
十八年前，怀念凄凉景象。
（壮文）Byanamz vuenh mauh，Yinghyungz nanz cauh sauqnienz；
Cibbet nienz cienz，Siengjniemh siliengz gingjsiengq.
（音标）pja^{1} naːm^{2} wuːn^{6} maːu^{6}，jiŋ^{6}juŋ^{2} naːn^{2} ɕaːu^{6} θaːu^{5}niːn^{2}；
ɕip^{8}peːt^{7} niːn^{2} ɕiːn^{2}，θiːŋ^{3}niːm^{6} θi^{1} liːŋ^{2} kiŋ^{3}θiːŋ^{5}.
（直译）南山换貌，英雄难造少年；
十八年前，怀念凄凉景象。
（意译）南山换貌，英雄难造少年；
十八年前，凄凉景象怀念。

Hanz fuhyinz【Ciengq】
韩夫人【唱】
（原文）夫君命浅，义尽收殓山头；
含泪双流，拜祭亲夫之墓。
（壮文）Fuhginh minghcienj，Ngeih caenh soulienq sandaeuz；
Raemxda song louz，Baiqcaeq caenfou aen moh.
（音标）fu^{6}kin^{6} miŋ^{6}ɕiːn^{3}，ŋei^{6} ɕan^{6} θou^{1}liːn^{5} θaːn^{1}tau^{2}；
ɣam^{4}ta^{1} θoːŋ^{1} lou^{2}，paːi^{5}ɕai^{5} ɕan^{1}fou^{1} an^{1} mo^{6}.
（直译）夫君命浅，义尽收殓山头；
眼泪双流，祭拜亲夫个墓。
（意译）夫君命浅，义尽收殓山头；
含泪双流，祭拜亲夫坟头。

Hanz Fungh【Ciengq】
韩丰【唱】
（原文）妈布用心酸，
爸含冤，
仗义亡早故；
备车送厚酒，
跟慈母，
拜先父灵坟。
（壮文）Meh mbouj yungh simsuen (siengsim)，
Bah gamzyuen (hamzien)，
Ciengqngeih muengz caeuxgvaq；
Bwh ci soengq haeux laeuj，

Gaen ceizmoux,
Baiq sienfoux lingzfaenz.
（音标）me^{6} ʔbou^{3} juŋ^{6} θim^{1}θuːn^{1} （θiːŋ^{1}θim^{1}），
pa^{6} kaːm^{2}juːn^{1} （haːm^{2}iːn^{1}），
ɕiːŋ^{5}ŋei^{6} muːŋ^{2} ɕau^{4}kwa^{5}；
pɯ^{6} ɕi^{1} θoŋ^{5} hau^{4} lau^{3}，
kan^{1} ɕei^{2}mou^{4}，
paːi^{5} θiːn^{1}fou^{4} liŋ^{2}fan^{2}.
（直译）妈不用心酸，
爸含冤，
仗义亡早故；
备车送饭酒，
跟慈母，
拜先父灵坟。
（意译）娘别太痛苦，
爸含冤，
仗义早亡故；
把祭品送出，
跟慈母，
拜先父灵墓。

Hanz fuhyinz【Ciengq】
韩夫人【唱】
（原文）十八年已卦，
铭伊爸，
布伦那再逢；
心事闷重重，
叻年宏，
添愁容妈老。
（壮文）Cibbet bi gaenq gvaq,
Mwngz aebah,
Mbouj raennaj caiq bungz;
Simsaeh maenhcungzcungz,
Lwg nienzhung,
Dem saeuzyungz mehlaux.
（音标）ɕip^{8}peːt^{7} pi^{1} kan^{5} kwa^{5}，
mɯŋ^{2} ai^{1}pa^{6}，
ʔbou^{3} ɣan^{1}na^{3} ɕaːi^{5} puŋ^{2}；

θim^{1} θai^{6} man^{6} ɕuŋ^{2} ɕuŋ^{2}，
lɯk^{8} niːn^{2} huŋ^{1}，
teːm^{1} θau^{2} juŋ^{2} me^{6} laːu^{4}.
（直译）十八年已过，
你阿爸，
不见面再遇；
心事闷重重，
儿长大，
添愁容老妈。
（意译）已过十八年，
你阿爸，
再不能见面；
事闷在心间，
儿长大，
老妈添愁颜。

Hanz Fungh：
韩丰：
（原文）妈派路吧！
（壮文）Meh byaijloh ba！
（音标）me^{6} pjaːi^{3} lo^{6} pa！
（直译）妈走路吧！
（意译）妈走路吧！

Hanz fuhyinz：
韩夫人：
（原文）派吧！
（壮文）Byaij ba！
（音标）pjaːi^{3} pa！
（直译）走吧！
（意译）走吧！

【Ciengq】
【唱】
（原文）春季百花啷，随啉南吹斗；
（壮文）Seizcin bakva rang，Riengz rumznamz ci daeuj；
（音标）θei^{2} ɕin^{1} paːk^{7} wa^{1} ɣaːŋ^{1}，ɣiːŋ^{2} ɣum^{2} naːm^{2} ɕi^{1} tau^{3}；
（直译）春季百花香，随南风吹来；

（意译）春季百花香，随南风吹拂；

Hanz Fungh【Ciep ciengq】
韩丰【接唱】
（原文）扛亮跟慈母，批拜先父坟。
（壮文）Gang liengj gaen ceizmoux，Bae baiq sienfoux faenz.
（音标）kaːŋ^{1} liːŋ^{3} kan^{1} ɕei^{2}mou^{4}，pai^{1} paːi^{5} θiːn^{1}fou^{4} fan^{2}.
（直译）撑伞跟慈母，去拜先父坟。
（意译）撑伞跟慈母，坟前拜先父。

(Song boux menhmenh roengz)
（二人慢慢地下）

【fan muq cungqgyang raghai】Gingj rogdoengh
【中幕拉开】野景

(Baihswix miz“Aen moh Hanz Giz Cienghginh”)
（左侧有“韩琪将军之墓”）

(Cinz Yanghlenz caeuq Cinz Cinnuengx doengzcaez hwnj，gvaengx daizheiq byaij buenq hop)
（秦香莲与陈春妹同上，绕台半圈）

Cinz Cinnuengx：
陈春妹：
（原文）妈，派卡浑了，娄暂歇歇一阵再派吧！
（壮文）Meh，byaij ga unq lo，raeuz camh yietyiet yaep ndeu caiq byaij ba！
（音标）me^{6}，pjaːi^{3} ka^{1} un^{5} lo，ɣau^{2} ɕaːm^{6} jiːt^{7}jiːt^{7} jap^{7} ʔdeːu^{1} ɕaːi^{5} pjaːi^{3} pa！
（直译）妈，走腿软了，我们暂歇歇一阵再走吧！
（意译）妈，走腿软了，我们暂歇一阵再走吧！

Cinz Yanghlenz：
秦香莲：
（原文）依，歇一阵再派。
（壮文）Ndei，yiet yaep he caiq byaij.
（音标）ʔdei^{1}，jiːt^{7} jap^{7}he^{1} ɕaːi^{5} pjaːi^{3}.
（直译）好，歇一阵再走。
（意译）好，歇一阵再走。

Cinz Cinnuengx【Ciengq】

陈春妹【唱】

（原文）特哥批从军，古曾伦回头；

妈老奏达往，心尽乱忧愁。

（壮文）Daeggo bae coengzgun，Goj caengz raen hoizdaeuz；

Mehlaux caeuq dahnuengx，Sim caenh luenh youcaeuz.

（音标）tak^{8}ko^{1} pai^{1} ɕoŋ^{2}kun^{1}，ko^{3} ɕaŋ^{2} ɣan^{1} hoːi^{2}tau^{2}；

me^{6}laːu^{4} ɕau^{5} ta^{6}nuːŋ^{4}，θim^{1} ɕan^{6} luːn^{6} jou^{1}ɕau^{2}.

（直译）哥哥去从军，也未见回头；

老妈和妹妹，心尽乱忧愁。

（意译）哥哥去从军，还没见回头；

母亲和妹妹，心乱总忧愁。

Cinz Yanghlenz【Ciengq】

秦香莲【唱】

（原文）曾批先交代，

贼兵败，

立即再回头；

为曲骡来由，

音信无？

尽各忧烦闷。

（壮文）Caengz bae sien gyaudaih，

Bingcaeg baih，

Sikhaek caiq hoizdaeuz；

Vih gijlawz laizyouz，

Yaemsaenq fouz?

Caenh gag you fanzmaenh.

（音标）ɕaŋ^{2} pai^{1} θiːn^{1} kjaːu^{1}taːi^{6}，

piŋ^{1}ɕak^{8} paːi^{6}，

θik^{7}hak^{7} ɕaːi^{5} hoːi^{2}tau^{2}；

wi^{6} ki^{3}laɯ^{2} laːi^{2}jou^{2}，

jam^{1}θan^{5} fou^{2}？

ɕan^{6} kaːk^{8} jou^{1} faːn^{2}man^{6}.

（直译）尚未走先交代，

贼兵败，

立即再回头；

为哪样来由，

音信无？

尽自忧烦闷。
（意译）先交代才走，
贼兵败，
立即再回头；
为哪样来由，
音信无？
尽自己烦忧。

Cinz Cinnuengx【Ciengq】
陈春妹【唱】
（原文）双川零时间，
理应当，
再归还故里；
一直腾时你，
无形子，
究竟为几麻？
（壮文）Song ndwen lingz seizgan，
Leix wngdang，
Caiq dauqma mbanjranz；
Itcig daengz seizneix，
Fouz hingzceij，
Gouqgingq vei gijmaz？
（音标）θoːŋ^{1} ʔdɯːn^{1} liŋ^{2} θei^{2}kaːn^{1}，
lei^{4} ɯŋ^{1}taːŋ^{1}，
ɕaːi^{5} taːu^{5}ma^{1} ʔbaːn^{3}ɣaːn^{2}；
it^{7}ɕik^{8} taŋ^{2} θei^{2}nei^{4}，
fou^{2} hiŋ^{2}ɕei^{3}，
kou^{5}kiŋ^{5} wei^{1} ki^{3}ma^{2}？
（直译）两月零时间，
理应当，
再归还故里；
一直到现在，
无影子，
究竟为什么？
（意译）两月零时间，
理应当，
归故里又见；
一直到当前，

无踪影，
究竟何由缘？

Cinz Yanghlenz【Ciengq】
秦香莲【唱】
（原文）贼退至伦嘛，
很京查，
是几嘛缘故；
恐唠十眉九，
上皇府，
又赐受官衔。
（壮文）Caeg doiq ndi raen ma，
Hwnj ging caz，
Seih gijmaz yienzyouz；
Hoengjlau cib meiz gouj，
Hwnj vuengzfouj，
Youh siksouh guenhamz.
（音标）ɕak^{8} toːi^{5} ʔdi^{1} ɣan^{1} ma^{1}，
hɯn^{3} kiŋ^{1} ɕa^{2}，
θei^{6} ki^{3}ma^{2} jiːn^{2}jou^{2}；
hoŋ^{3}laːu^{1} ɕip^{8} mei^{2} kou^{3}，
hɯn^{3} wuːŋ^{2}fou^{3}，
jou^{6} θik^{7}θou^{6} kuːn^{1}haːm^{2}.
（直译）贼退未见回，
上京查，
是什么缘由；
恐怕十有九，
上皇府，
又赐受官衔。
（意译）贼退未回头，
上京查，
是什么缘由；
恐怕十有九，
上皇府，
有官衔赐授。

Cinz Cinnuengx：
陈春妹：
（原文）妈，特哥至会受官啉本的。
（壮文）Meh，daeggo ndi hoih souh guen lumz bonj gae.
（音标）me^{6}，tak^{8}ko^{1} ʔdi^{1} hoːi^{6} θou^{6} kuːn^{1} lum^{2} poːn^{3} kai.
（直译）妈，阿哥不会受官忘本的。
（意译）妈，阿哥不会受官忘本的。

Cinz Yanghlenz：
秦香莲：
（原文）也很可能！
（壮文）Hix gig gojnaengz！
（音标）hi^{4} kik^{8} ko^{3}naŋ^{2}！
（直译）也很可能！
（意译）也很可能！

Cinz Cinnuengx：
陈春妹：
（原文）娄批查看就清楚了。
（壮文）Raeuz bae cazyawj couh cingcuj la.
（音标）ɣau^{2} pai^{1} ɕa^{2}jaɯ^{3} ɕou^{6} ɕiŋ^{1}ɕu^{3} la.
（直译）我们去查看就清楚了。
（意译）我们去查看就清楚了。

Cinz Yanghlenz【Raen aen moh Hanz Giz，doeksaet yat】
秦香莲【发现韩琪之墓，大惊】
（原文）韩琪将军之墓，哎呀，韩琪将军之墓！
（壮文）Aen moh Hanz Giz cienghginh，aeya，aen moh Hanz Giz cienghginh！
（音标）an^{1} mo^{6} haːn^{2} ki^{2} ɕiːŋ^{6}kin^{6}，aija，an^{1} mo^{6} haːn^{2} ki^{2} ɕiːŋ^{6}kin^{6}！
（直译）个墓韩琪将军，哎呀，个墓韩琪将军！
（意译）韩琪将军之墓，哎呀，韩琪将军之墓！

（Dub aek）
（捶胸）

Cinz Cinnuengx：
陈春妹：
（原文）妈，韩琪墓又眉几嫘惊奇？

（壮文）Meh，Hanz Giz moh youh meiz gijlawz geizheih?

（音标）me^{6}，haːn^{2} ki^{2} mo^{6} jou^{6} mei^{2} ki^{3}laɯ^{2} kei^{2}hei^{6}？

（直译）妈，韩琪墓又有何惊奇？

（意译）妈，韩琪墓又有何惊奇？

Cinz Yanghlenz【Ciengq】

秦香莲【唱】

（原文）韩将军，韩将军，
爹是途娄救命云；
十八年前关帝庙，
自尽於剑棍三魂。

（壮文）Hanz cienghginh，Hanz cienghginh，
De seih duzraeuz gouqmingh vunz；
Cibbet nienz cienz Miuhgvanhdi，
Gaggaj youq giemq goenq samhoenz.

（音标）haːn^{2} ɕiːŋ^{6}kin^{6}，haːn^{2} ɕiːŋ^{6}kin^{6}，
te^{1} θei^{6} tu^{2}ɤau^{2} kou^{5}miŋ^{6} wun^{2}；
ɕip^{8}peːt^{7} niːn^{2} ɕiːn^{2} miːu^{6}kwaːn^{6}ti^{1}，
kaːk^{8}ka^{3} jou^{5} kiːm^{5} kon^{5} θaːm^{1}hon^{2}.

（直译）韩将军，韩将军，
他是我们的救命人；
十八年前关帝庙，
自尽于剑断三魂。

（意译）韩将军，韩将军，
他是我们救命人；
十八年前关帝庙，
自尽于剑断三魂。

Cinz Cinnuengx：

陈春妹：

（原文）啊！原来韩将军是途娄救命恩人？

（壮文）A！Yienzlaiz Hanz cienghginh seih duzraeuz gouqmingh aenvunz?

（音标）a！jiːn^{2}laːi^{2} haːn^{2} ɕiːŋ^{6}kin^{6} θei^{6} tu^{2}ɤau^{2} kou^{5}miŋ^{6} an^{1}wun^{2}？

（直译）啊！原来韩将军是我们的救命恩人？

（意译）啊！原来韩将军是我们的救命恩人？

Cinz Yanghlenz:
秦香莲:
（原文）正是。
（壮文）Cingqseih.
（音标）ɕiŋ^{5} θei^{6}.
（直译）正是。
（意译）正是。

【Hwnj naj moh gvih，ciengq】
【上坟前跪，唱】
（原文）拜叩将军，途铭三魂七魄；
一身清白，奈何变客黄泉；
含恨受冤，香莲心伤咙跪；
幼庙关帝，凭铭仗义之恩；
赠送钱银，妈叻取能脱险；
自从棍剑，至使掉念尸骸；
跪幼坟台，淋他尽排文云；
使棍文审，斗养古针胎冷；
将军轻生，香莲反添愁苦；
跪幼北墓，难以申诉思怀；
陈列蔬斋，阵纸化财北那。
（壮文）Saxbaiq cienghginh，Duzmwngz samhoenz caetbek；
It ndang cingbeg，Naihhoz bienq hek vuengzcienz；
Hamz haemz souh ien，Yanghlenz simsieng roengzgvih；
Youq Miuhgvanhdi，Baengh mwngz ciengqngeih gij aen；
Loksoengq cienzngaenz，Mehlwg cij naengz duetyiemj；
Cihcoengz goenq giemq，Ndi ndaej diuqniemh seihaiz；
Gvih youq mohdaiz，Raemxda caenh baiz baenz fwn；
Saej goenq baenz saem，Daeuj ciengx gorum dairengx；
Cienghginh hingseng，Yanghlenz fanj dem youhoj；
Gvih youq bakmoh，Nanz ndaej saensoq seivaiz；
Baijcuengq byaekcai，Coemh ceij vaq caiz baknaj.
（音标）θa^{4} pa:i^{5} ɕi:ŋ^{6} kin^{6}，tu^{2} mɯŋ^{2} θa:m^{1} hon^{2} ɕat^{7} pe:k^{7}；
it^{7} ʔda:ŋ^{1} ɕiŋ^{1} pe:k^{8}，na:i^{6} ho^{2} pi:n^{5} he:k^{7} wu:ŋ^{2} ɕi:n^{2}；
ha:m^{2} ham^{2} θou^{6} i:n^{1}，ja:ŋ^{6} le:n^{2} θim^{1} θi:ŋ^{1} ɣoŋ^{2} kwi^{6}；
jou^{5} mi:u^{6} kwa:n^{6} ti^{1}，paŋ^{6} mɯŋ^{2} ɕi:ŋ^{5} ŋei^{6} ki^{3} an^{1}；
lo:k^{7} θoŋ^{5} ɕi:n^{2} ŋan^{2}，me^{6} lɯk^{8} ɕi^{3} naŋ^{2} tu:t^{7} ji:m^{3}；
ɕi^{6} ɕoŋ^{2} kon^{5} ki:m^{5}，ʔdi^{1} ʔdai^{3} ti:u^{5} ni:m^{6} θei^{1} ha:i^{2}；

kwi^{6} jou^{5} mo^{6} ta:i^{2}，ɣam^{4} ta^{1} ɕan^{6} pa:i^{2} pan^{2} fɯn^{1}；
θai^{3} kon^{5} pan^{2} θam^{1}，tau^{3} ɕi:ŋ^{4} ko^{1} ɣum^{1} ta:i^{1} ɣe:ŋ^{4}；
ɕi:ŋ^{6} kin^{6} hiŋ^{1} θe:ŋ^{1}，ja:ŋ^{6} le:n^{2} fa:n^{3} te:m^{1} jou^{1} ho^{3}；
kwi^{6} jou^{5} pa:k^{7} mo^{6}，na:n^{2} ʔdai^{3} θan^{1} θo^{5} θei^{1} wa:i^{2}；
pa:i^{3} ɕu:ŋ^{5} pjak^{7} ɕa:i^{1}，ɕom^{6} ɕei^{3} wa^{5} ɕa:i^{2} pa:k^{7} na^{3}.

（直译）叩拜将军，你的三魂七魄；
一身清白，奈何变客黄泉；
含恨受冤，香莲心伤下跪；
在关帝庙，靠你仗义的恩；
赠送钱银，母子才能脱险；
自从断剑，不能悼念尸骸；
跪在坟台，眼泪尽排成雨；
肠断成节，来养杂草旱死；
将军轻生，香莲反添愁苦；
跪在墓前，难以申诉思怀；
陈列斋菜，烧纸化财跟前。

（意译）叩拜将军，你的七魄三魂；
一身清白，奈何变成阴魂；
含恨受冤，香莲伤心伤神；
在关帝庙，靠你仗义之恩；
赠送银两，母子才能脱身；
自从逝去，没能悼念尸身；
跪在坟台，眼泪如雨纷纷；
肝肠寸断，滋养杂草枯损；
将军轻生，香莲反添愁闷；
跪在墓前，难以申诉念恩；
陈列斋菜，烧纸化财祭坟。

Hanz fuhyinz【Hwnj，raen Cinz Yanghlenz daej baiq goenggvan swhgeij】
韩夫人【上，见秦香莲哭拜自己丈夫】
（原文）奇怪事，奇怪云！
（壮文）Geizgvaiq saeh，geizgvaiq vunz！
（音标）kei^{2}kwa:i^{5} θai^{6}，kei^{2}kwa:i^{5} wun^{2}！
（直译）奇怪事，奇怪人！
（意译）奇怪事，奇怪人！

【Ciengq】
【唱】
（原文）难了难，难了难，
到底是云噜是防？
下天少伦奇怪事，
爹鱼替姑斗体关？
（壮文）Nanz liux nanz，nanz liux nanz，
Dauqdaej seih vunz rox seih fangz?
Lajmbwn siuj raen geizgvaiq saeh，
De lawz daeq gou daeuj daej gvan?
（音标）naːn^{2} liːu^{4} naːn^{2}，naːn^{2} liːu^{4} naːn^{2}，
taːu^{5} tai^{3} θei^{6} wun^{2} ɣo^{4} θei^{6} faːŋ^{2}？
la^{3} ʔbɯn^{1} θiːu^{3} ɣan^{1} kei^{2} kwaːi^{5} θai^{6}，
te^{1} laɯ^{2} tai^{5} kou^{1} tau^{3} tai^{3} kwaːn^{1}？
（直译）难了难，难了难，
到底是人还是鬼；
天下少见奇怪事，
她怎替我来哭夫？
（意译）难了难，难了难，
到底是鬼还是人？
天下少见奇怪事，
为何要哭我男人？

Hanz Fungh：
韩丰：
（原文）妈，爹是几骡云呀？
（壮文）Meh，de seih gijlawz vunz ya?
（音标）me^{6}，te^{1} θei^{6} ki^{3} laɯ^{2} wun^{2} ja？
（直译）妈，她是什么人呀？
（意译）妈，她是何人呀？

Hanz fuhyinz：
韩夫人：
（原文）莫明其妙！
（壮文）Geizheih dangqmaz！
（音标）kei^{2} hei^{6} taːŋ^{5} ma^{2}！
（直译）奇怪非常！
（意译）莫名其妙！

【Ciengq】
【唱】
（原文）学体噢体宛，
真天膀，
怨布怨铭怒；
噜骡奏丈夫，
齐合伙，
眉风流卦斗。
（壮文）Hag daejnga daejvuen，
Caen dienmbuengq，
Ienq mbouj ienq mwngz naeuz；
Roxlawz caeuq ciengqfou，
Caez doxcaeuq，
Meiz funglouz gvaqdaeuj.
（音标）$\mathrm{ha{:}k^{8}\ tai^{3}ŋa^{1}\ tai^{3}wu{:}n^{1}}$，
$\mathrm{ɕan^{1}\ ti{:}n^{1}ʔbu{:}ŋ^{5}}$，
$\mathrm{i{:}n^{5}\ ʔbou^{3}\ i{:}n^{5}\ mɯŋ^{2}\ nau^{2}}$；
$\mathrm{ɣo^{4}laɯ^{2}\ ɕau^{5}\ ɕi{:}ŋ^{5}fou^{1}}$，
$\mathrm{ɕai^{2}\ to^{4}ɕau^{5}}$，
$\mathrm{mei^{2}\ fuŋ^{1}lou^{2}\ kwa^{5}tau^{3}}$.
（直译）学哭凄哭惨，
真发癫，
怨不怨你讲；
或者和丈夫，
齐合伙，
有风流过来。
（意译）学哭凄多惨，
真发癫，
怨不怨你讲；
或与夫放荡，
齐合伙，
有风流过往。

Hanz Fungh：
韩丰：
（原文）妈，娄批查爹是几骡云？
（壮文）Meh，raeuz bae caz de seih gijlawz vunz？
（音标）$\mathrm{me^{6}}$，$\mathrm{ɣau^{2}\ pai^{1}\ ɕa^{2}\ te^{1}\ θei^{6}\ ki^{3}laɯ^{2}\ wun^{2}}$？

（直译）妈，我们去查她是什么人？
（意译）妈，我们去查她是什么人？

Hanz fuhyinz：
韩夫人：
（原文）也是道理！
（壮文）Yax seih dauhleix！
（音标）ja^{4} θei^{6} taːu^{6} lei^{4}！
（直译）也是道理！
（意译）也有道理！

（Byaij hwnj）
（走上）

Cinz Yanghlenz【Ciengq】
秦香莲【唱】
（原文）将军魂魄化青天，
庙前跪拜化纸钱；
今生深恩曾使报，
来世作马秦香莲。
（壮文）Cienghginh lingzhoenz vaq cingdien，
Naj miuh gvihbaiq vaq ceijcienz；
Ciuhneix aen laeg caengz ndaej bauq，
Seiqlaeng guh max Cinz Yanghlenz.
（音标）ɕiːŋ^{6} kin^{6} liŋ^{2} hon^{2} wa^{5} ɕiŋ^{1} tiːn^{1}，
na^{3} miːu^{6} kwi^{6} paːi^{5} wa^{5} ɕei^{3} ɕiːn^{2}；
ɕiːu^{6} nei^{4} an^{1} lak^{8} ɕaŋ^{2} ʔdai^{3} paːu^{5}，
θei^{5} laŋ^{1} ku^{6} ma^{4} ɕin^{2} jaːŋ^{6} leːn^{2}.
（直译）将军魂魄化青天，
前庙跪拜化纸钱；
今生恩深未得报，
来世做马秦香莲。
（意译）将军魂魄化青天，
庙前跪拜烧纸钱；
今生深恩未能报，
来世做马秦香莲。

Hanz fuhyinz【Doeksaet】
韩夫人【惊】
(原文) 啊！秦香莲！
(壮文) A! Cinz Yanghlenz!
(音标) a! ɕin^{2} jaːŋ^{6} leːn^{2} !
(直译) 啊！秦香莲！
(意译) 啊！秦香莲！

(Byaij gyawj)
(走近)
(原文) 铭是秦香莲？
(壮文) Mwngz seih Cinz Yanghlenz?
(音标) mɯŋ^{2} θei^{6} ɕin^{2} jaːŋ^{6} leːn^{2} ?
(直译) 你是秦香莲？
(意译) 你是秦香莲？

Cinz Yanghlenz【Ndwn hwnjdaeuj】
秦香莲【起身】
(原文) 早早，铭是——
(壮文) Saujsauj, mwngz seih ——
(音标) θaːu^{3} θaːu^{3} , mɯŋ^{2} θei^{6} ——
(直译) 嫂嫂，你是——
(意译) 嫂嫂，你是——

Hanz fuhyinz:
韩夫人：
(原文) 姑是韩琪原配。
(壮文) Gou seih Hanz Giz yienzboiq.
(音标) kou^{1} θei^{6} haːn^{2} ki^{2} jiːn^{2} poːi^{5}.
(直译) 我是韩琪原配。
(意译) 我是韩琪原配。

Cinz Yanghlenz:
秦香莲：
(原文) 啊，原来是韩夫人达早。春妹，请斗拜见韩伯母。
(壮文) A, yienzlaiz seih Hanz fuhyinz daxsauj. Cinnuengx, cingj daeuj baiqraen Hanz mehbaj.
(音标) a, jiːn^{2} laːi^{2} θei^{6} haːn^{2} fu^{6} jin^{2} ta^{4} θaːu^{3}. ɕin^{1} nuːŋ^{4} , ɕiŋ^{3} tau^{3} paːi^{5} ɣan^{1} haːn^{2} me^{6} pa^{3}.

（直译）啊，原来是韩夫人嫂子。春妹，请来拜见韩伯母。
（意译）啊，原来是韩夫人嫂子。春妹，请来拜见韩伯母。

Cinz Cinnuengx【Hwnj baihnaj】
陈春妹【上前】
（原文）拜见伯母韩夫人！
（壮文）Baiqraen mehbaj Hanz fuhyinz！
（音标）$pa:i^5$ $ɣan^1$ me^6pa^3 $ha:n^2$ fu^6jin^2！
（直译）拜见伯母韩夫人！
（意译）拜见伯母韩夫人！

Hanz fuhyinz：
韩夫人：
（原文）使了使了。阿丰，请斗拜见秦伯母。
（壮文）Ndaej la ndaej la. Afungh，cingj daeuj baiqraen Cinz mehbaj.
（音标）$ʔdai^3$ la $ʔdai^3$ la. $a^1fuŋ^6$，$ɕiŋ^3$ tau^3 $pa:i^5ɣan^1$ $ɕin^2$ me^6pa^3.
（直译）好了好了。阿丰，请来拜见秦伯母。
（意译）好了好了。阿丰，请来拜见秦伯母。

Hanz Fungh【Hwnj baihnaj】
韩丰【上前】
（原文）拜见秦伯母！
（壮文）Baiqraen Cinz mehbaj！
（音标）$pa:i^5ɣan^1$ $ɕin^2$ me^6pa^3！
（直译）拜见秦伯母！
（意译）拜见秦伯母！

Cinz Yanghlenz：
秦香莲：
（原文）至用客气，至用客气！
（壮文）Ndi yungh hekheiq，ndi yungh hekheiq！
（音标）$ʔdi^1$ $juŋ^6$ $he:k^7hei^5$，$ʔdi^1$ $juŋ^6$ $he:k^7hei^5$！
（直译）不用客气，不用客气！
（意译）不用客气，不用客气！

Hanz fuhyinz：
韩夫人：
（原文）香莲，铭为何打均州斗腾其你呀？

（壮文）Yanghlenz，mwngz vihhoz daj Ginhcouh daeuj daengz gizneix ya?
（音标）jaːŋ^{6} leːn^{2}，mɯŋ^{2} wi^{6}ho^{2} ta^{3} kin^{6}ɕou^{6} tau^{3} taŋ^{2} ki^{2}nei^{4} ja?
（直译）香莲，你为何从均州来到这里呀？
（意译）香莲，你为何从均州来到这里呀？

Cinz Yanghlenz：
秦香莲：
（原文）达早夫人，讲斗话黎呀！
（壮文）Daxsauj fuhyinz，gangj daeuj vah raez ya！
（音标）ta^{4}θaːu^{3} fu^{6}jin^{2}，kaːŋ^{3} tau^{3} wa^{6} ɣai^{2} ja！
（直译）嫂夫人，讲来话长呀！
（意译）嫂夫人，说来话长呀！

Hanz fuhyinz：
韩夫人：
（原文）鱼讲呀？
（壮文）Lawz gangj ya?
（音标）laɯ^{2} kaːŋ^{3} ja?
（直译）怎讲呀？
（意译）怎讲呀？

Cinz Yanghlenz【Ciengq】
秦香莲【唱】
（原文）幼边关眉难，
辽兵反，
为抵抗贼凶；
特叻批从戎，
离家中，
曾麻腾时你。
（壮文）Youq bien'gvan meiz nanh，
Liuzbing fanj，
Vih daejgangq caeg yung；
Daeglwg bae coengzyungz，
Liz gya cung，
Caengz ma daengz seizneix.
（音标）jou^{5} piːn^{1}kwaːn^{1} mei^{2} naːn^{6}，
liːu^{2}piŋ^{1} faːn^{3}，
wi^{6} tai^{3}kaːŋ^{5} ɕak^{8} juŋ^{1}；

tak^{8}lɯk^8 pai^1 ɕoŋ^{2}juŋ^2,
li^2 kja^1 ɕuŋ^1,
ɕaŋ^1 ma^1 taŋ^2 θei^{2}nei^4.
（直译）在边关有难，
辽兵反，
为抵抗贼凶；
儿子去从戎，
离家中，
未回家到现在。
（意译）边关遭难中，
辽兵反，
为抵抗贼凶；
儿子去从戎，
离家乡，
未回无形踪。

Hanz fuhyinz:
韩夫人：
（原文）原来特叻铭批从军？
（壮文）Yienzlaiz daeglwg mwngz bae dangbing?
（音标）ji:n^{2}la:i^2 tak^{8}lɯk^8 mɯŋ^2 pai^1 ta:ŋ^{1}piŋ^1?
（直译）原来儿子你去从军？
（意译）原来你儿子去从军？

Cinz Yanghlenz:
秦香莲：
（原文）正是。
（壮文）Cingqseih.
（音标）ɕiŋ^{5}θei^6.
（直译）正是。
（意译）正是。

Hanz fuhyinz:
韩夫人：
（原文）铭打算很京拉爹吗？
（壮文）Mwngz dajsuenq hwnj ging ra de ma?
（音标）mɯŋ^2 ta^{3}θu:n^5 hɯn^3 kiŋ^1 ɣa^1 te^1 ma?
（直译）你打算上京找他吗？

（意译）你打算上京找他吗？

Cinz Yanghlenz【Ciengq】
秦香莲【唱】
1.
（原文）辽兵入关民遭殃，
特叻从军很沙场；
临别叮咛交带话，
打退贼兵即回乡。
（壮文）Liuzbing haeuj gvan minz souhnanh,
Daeglwg dangbing hwnj saciengz;
Yaek biek dingningz gyaudaih vah,
Hoenxdoiq bingcaeg cik ma mbanj.
（音标）liːu2 piŋ1 hau3 kwaːn1 min2 θou6 naːn6，
tak8 lɯk8 taːŋ1 piŋ1 hɯn3 θa1 ɕiːŋ2；
jak7 piːk7 tiŋ1 niŋ2 kjaːu1 taːi6 wa6，
hon4 toːi5 piŋ1 ɕak8 ɕik7 ma1 ʔbaːn3.
（直译）辽兵入关民遭殃，
儿子从军上沙场；
临别叮咛交代话，
打退贼兵即回乡。
（意译）辽兵入关民遭殃，
儿子从军上沙场；
临别嘱咐交代好，
打退贼兵即回乡。

2.
（原文）双川时间已卦斗，
布眉音讯心各凉；
布使贪官享厚禄，
布演旧戏秦香莲。
（壮文）Song ndwen seizgan gaenq gvaqdaeuj,
Mbouj meiz yaemsaenq sim gag liengz;
Mbouj ndaej dan guen yiengj loegna,
Mbouj yienj heiqgaeuq Cinz Yanghlenz.
（音标）θoːŋ1 ʔdɯːn1 θei2 kaːn1 kan5 kwa5 tau3，
ʔbou3 mei2 jam1 θan5 θim1 kaːk8 liːŋ2；
ʔbou3 ʔdai3 taːm1 kuːn1 jiːŋ3 lok8 na1，

ʔbou^{3} jiːn^{3} hei^{5} kau^{5} ɕin^{2} jaːŋ^{6} leːn^{2}.

（直译）两月时间已过来，
没有音信心自凉；
不能贪官享厚禄，
不演旧戏秦香莲。

（意译）俩月时间已过去，
没有音信心自凉；
不能贪官享厚禄，
不演旧戏秦香莲。

Hanz Fungh【Ciengq】
韩丰【唱】

（原文）伯母咳伯母，
铭是否，
很京府批查？
欧逢拣叻罗，
样鱼拉，
拣双他来哩？

（壮文）Mehbaj hai mehbaj，
Mwngz seihfouj，
Hwnj gingfouj bae caz？
Aeu fwngz genj lwgraz，
Yienghlawz ra，
Genj song da raizrih？

（音标）me^{6} pa^{3} haːi me^{6} pa^{3}，
mɯŋ^{2} θei^{6} fou^{3}，
hɯn^{3} kiŋ^{1} fou^{3} pai^{1} ɕa^{2}？
au^{1} fɯŋ^{2} keːn^{3} lɯk^{8} ɣa^{2}，
jiːŋ^{6} law^{2} ɣa^{1}，
keːn^{3} θoːŋ^{1} ta^{1} ɣaːi^{2} ɣi^{6}？

（直译）伯母呀伯母，
你是否，
上京府去查？
用手选芝麻，
怎么找，
捡两眼昏花？

（意译）伯母呀伯母，
您是否，

要上京城查？
用手选芝麻，
怎么找，
捡到两眼花？

Cinz Cinnuengx【Ciengq】
陈春妹【唱】
（原文）巾矮逢他脱，
刻至喔，
会会剥矿噌；
若叻罗搞荣，
筛箕擎，
也古分喔斗。
（壮文）Gwn oij bungz dadoed，
Gaet ndi ok，
Hoihhoih bok gvengq naeng；
Dangh lwgraz gyaux raemz，
Saigei gvingj，
Hix goj faen okdaeuj.
（音标）kɯn^{1} oːi^{3} puŋ^{2} ta^{1}tot^{8}，
kat^{7} ʔdi^{1} oːk^{7}，
hoːi^{6}hoːi^{6} poːk^{7} kweːŋ^{5} naŋ^{1}；
taːŋ^{6} lɯk^{8}ɣa^{2} kjaːu^{4} ɣam^{2}，
θaːi^{1}kei^{1} kwiŋ^{3}，
hi^{4} ho^{3} fan^{1} oːk^{7}tau^{3}.
（直译）吃甘蔗遇节眼，
啃不出，
慢慢剥丢皮；
若芝麻混米糠，
筛箕滚，
也可分出来。
（意译）吃蔗节眼遇，
啃不了，
慢剥皮丢弃；
芝麻混糠粞，
用筛子，
也能相分离。

Hanz fuhyinz：
韩夫人：
（原文）哎哟，达往铭呀，也古乖吱哩。芳龄几来了？
（壮文）Aeya，dahnuengx mwngz ya，yax goj gvai di li. Nienzgeij geijlai la?
（音标）aija，ta^{6}nuːŋ^{4} mɯŋ^{2} ja，ja^{4} ko^{3} kwaːi^{1} ti^{1} li. niːn^{2}kei^{3} kei^{3}laːi^{1} la?
（直译）哎哟，阿妹你呀，也也乖一点哩。芳龄多少了？
（意译）哎哟，你阿妹呀，也是聪明着哩。芳龄多少了？

Cinz Yanghlenz【Ciengq】
秦香莲【唱】
（原文）小女喊达春，
讲生辰，
是川正初九；
壬申兼癸酉，
算很斗，
正十九俾临。
（壮文）Dah'iq heuh Dahcin，
Gangj sengcinz，
Seih ndwencieng cogouj；
Nyaemzsaen giem gveiqyoux，
Suenq hwnjdaeuj，
Cingq cibgouj bi rim.
（音标）ta^{6}i^{5} heːu^{6} ta^{6}ɕin^{1}，
kaːŋ^{3} θeːŋ^{1}ɕin^{2}，
θei^{6} ʔdɯːn^{1}ɕiːŋ^{1} ɕo^{1}kou^{3}；
ȵam^{2}θan^{1} kiːm^{1} kwei^{5}jou^{4}，
θuːn^{5} hɯn^{3}tau^{3}，
ɕiŋ^{5} ɕip^{8}kou^{3} pi^{1} ɣim^{1}.
（直译）小女叫阿春，
讲生辰，
是正月初九；
壬申兼癸酉，
算起来，
正十九岁满。
（意译）阿春我心头，
讲生辰，
是正月初九；
壬申兼癸酉，

算起来，
正好满十九。

Hanz fuhyinz：
韩夫人：
（原文）原来是样你。香莲，姑眉句话该讲布该讲。
（壮文）Yienzlaiz seih yienghneix. Yanghlenz，gou meiz coenz vah gai gangj mbouj gai gangj.
（音标）jiːn^{2} laːi^{2} θei^{6} jiːŋ^{6} nei^{4}. jaːŋ^{6} leːn^{2}，kou^{1} mi^{2} ɕon^{2} wa^{6} kaːi^{1} kaːŋ^{3} ʔbou^{3} kaːi^{1} kaːŋ^{3}.
（直译）原来如此。香莲，我有句话该讲不该讲。
（意译）原来如此。香莲，我有句话不知当讲不当讲。

Cinz Yanghlenz：
秦香莲：
（原文）夫人达早，眉话但讲布妨。
（壮文）Fuhyinz daxsauj，meiz vah danh gangj mboujfuengz.
（音标）fu^{6} jin^{2} ta^{4} θaːu^{3}，mei^{2} wa^{6} taːn^{6} kaːŋ^{3} ʔbou^{3} fuːŋ^{2}.
（直译）夫人嫂子，有话但讲无妨。
（意译）嫂子夫人，有话但讲无妨。

Hanz fuhyinz【Ciengq】
韩夫人【唱】
（原文）小女达春云宏桑，
玲珑乖巧又齐行；
男大当婚女当嫁，
是否许婚选高堂？
（壮文）Siujnawx Dahcin vunz hungsang，
Lingzloengz gvaigiuj youh caezhangz；
Mbauq hung dang vaen mbwk dang haq，
Seihfouj hawj vaen genj gaudangz？
（音标）θiːu^{3} naɯ^{4} ta^{6} ɕin^{1} wun^{2} huŋ^{1} θaːŋ^{1}，
liŋ^{2} loŋ^{2} kwaːi^{1} kiːu^{3} jou^{6} ɕai^{2} haːŋ^{2}；
ʔbaːu^{5} huŋ^{1} taːŋ^{1} wan^{1} ʔbɯk^{7} taːŋ^{1} ha^{5}，
θei^{6} fou^{3} haɯ^{3} wan^{1} keːn^{3} kaːu^{1} taːŋ^{2}？
（直译）小女阿春人高大，
玲珑乖巧又漂亮；
男大当婚女当嫁，
是否许婚选高堂？

（意译）小女阿春人高挑，
　　　　玲珑乖巧又漂亮；
　　　　男大当婚女当嫁，
　　　　是否许婚选高堂？

Cinz Yanghlenz【Ciengq】
秦香莲【唱】
（原文）小女出身太贫寒，
　　　　曾眉请贴斗拜安；
　　　　打开明窗讲实话，
　　　　限曾放命定情郎。
（壮文）Siujnawx seng daeuj daiq binzhanz，
　　　　Caengz meiz cingjdiep daeuj baiqan；
　　　　Dajhai cuengrongh gangj saedvah，
　　　　Hanzcaengz cuengqmingh dingh cingzlangz.
（音标）θiːu^{3} naɯ^{4} θeːŋ^{1} tau^{3} taːi^{5} pin^{2} haːn^{2}，
　　　　ɕaŋ^{2} mei^{2} ɕiŋ^{3} tiːp^{7} tau^{3} paːi^{5} aːn^{1}；
　　　　ta^{3} haːi^{1} ɕuːŋ^{1} ɣoːŋ^{6} kaːŋ^{3} θat^{8} wa^{6}，
　　　　haːn^{2} ɕaŋ^{2} ɕuːŋ^{5} miŋ^{6} tiŋ^{6} ɕiŋ^{2} laːŋ^{2}.
（直译）小女生来太贫寒，
　　　　尚未有请帖来拜安；
　　　　打开明窗讲实话，
　　　　未曾放命定情郎。
（意译）小女出身太贫寒，
　　　　尚无请帖来拜安；
　　　　打开天窗说亮话，
　　　　未曾许配定情郎。

Hanz fuhyinz【Ciengq】
韩夫人【唱】
（原文）姑特叻阿丰，
　　　　年纪宏，
　　　　曾乘龙婚娶；
　　　　想参铭一句，
　　　　将小女，
　　　　斗相许如何？
（壮文）Gou daeglwg Afungh，
　　　　Nienzgeij hung，

Caengz swnhlungz vaensawx (aeuyah);
Siengj cam mwngz it gawq,
Dawz siujnawx,
Daeuj doxhawj lawzyiengh?
（音标）kou^{1} tak^{8}luɯk^{8} a^{1}fuŋ^{6},
niːn^{2}kei^{3} huŋ^{1},
ɕaŋ^{2} θɯn^{6}luŋ^{2} wan^{1}θaɯ^{4} (au^{1}ja^{6});
θiːŋ^{3} ɕaːm^{1} muɯŋ^{2} it^{7} kaɯ^{5},
taɯ^{2} θiːu^{3}naɯ^{4},
tau^{3} to^{4}haɯ^{3} laɯ^{2}jiːŋ^{6}?
（直译）我儿子阿丰，
年纪大，
未曾乘龙婚娶；
想问你一句，
将小女，
来相许如何？
（意译）我子阿丰其，
年纪大，
还没有婚娶；
想问你一句，
将小女，
可否来相许？

Cinz Yanghlenz【Ciengq】
秦香莲【唱】
（原文）凭夫人错爱，
讲实在，
姑布再待查；
若布嫌寒家，
结丝罗，
布用拉月老。
（壮文）Baengh fuhyinz coqaiq,
Gangj saedcaih,
Gou mbouj caiq daihcaz;
Dangh mbouj yiemz hanzgya,
Giet seilaz,
Mbouj yungh ra nyiedlaux.
（音标）paŋ^{6} fu^{6}jin^{2} ɕo^{5}aːi^{5},

kaːŋ^{3} θat^{8} ɕaːi^{6},
kou^{1} ʔbou^{3} ɕaːi^{5} taːi^{6} ɕa^{2};
taːŋ^{6} ʔbou^{3} jiːm^{2} haːn^{2} kja^{1},
kiːt^{7} θei^{1} la^{2},
ʔbou^{3} juŋ^{6} ɣa^{1} ȵiːt^{8} laːu^{4}.
（直译）凭夫人错爱，
讲实在，
我不再大嫌；
若不嫌寒家，
结丝萝，
不用找月老。
（意译）错爱凭夫人，
讲实在，
我不会嫌弃；
若不嫌家贫，
结连理，
不用找媒人。

Hanz fuhyinz：
韩夫人：
（原文）样你，姑也大胆开口了。
（壮文）Yienghneix，gou hix daihdamj haibak la.
（音标）jiːŋ^{6} nei^{4}，kou^{1} hi^{4} taːi^{6} taːm^{3} haːi^{1} paːk^{7} la.
（直译）这样，我也大胆开口了。
（意译）这样，我也大胆开口了。

Cinz Yanghlenz：
秦香莲：
（原文）夫人错爱，香莲也大胆高攀了。
（壮文）Fuhyinz loekgyaez，Yanghlenz hix daihdamj gauhbanh la.
（音标）fu^{6} jin^{2} lok^{7} kjai^{2}，jaːŋ^{6} leːn^{2} hi^{4} taːi^{6} taːm^{3} kaːu^{6} paːn^{6} la.
（直译）夫人错爱，香莲也大胆高攀了。
（意译）夫人错爱，香莲也大胆高攀了。

Hanz fuhyinz：
韩夫人：
（原文）既然样你，娄队当面参爹双云鱼样？
（壮文）Gawqyienz yienghneix，raeuzdoih dangnaj cam de song vunz lawzyiengh?

（音标）kaw^{5}ji:n^2 ji:ŋ^{6}nei^4，ɤau^{2}to:i^6 ta:ŋ^{1}na^3 ɕa:m^1 te^1 θo:ŋ^1 wun^2 laɯ^{2}ji:ŋ^6？
（直译）既然这样，我们当面问他两人怎样？
（意译）既然这样，我们当面问他们两人怎么样？

Cinz Yanghlenz：
秦香莲：
（原文）依！铭也参，姑也参，看爹双云寒至寒。
（壮文）Ndei！Mwngz hix cam，gou hix cam，yawj de song vunz han ndi han.
（音标）ʔdei^1！mɯŋ^2 hi^4 ɕa:m^1，kou^1 hi^4 ɕa:m^1，jaɯ^3 te^1 θo:ŋ^1 wun^2 ha:n^1 ʔdi^1 ha:n^1.
（直译）好！你也问，我也问，看他两人答应不答应。
（意译）好！你也问，我也问，看他们两个答不答应。

Hanz fuhyinz：
韩夫人：
（原文）对，姑参特，铭参达，看爹双云鱼讲话。
（壮文）Doiq，gou cam daeg，mwngz cam dah，yawj de song vunz lawz gangjvah.
（音标）to:i^5，kou^1 ɕa:m^1 tak^8，mɯŋ^2 ɕa:m^1 ta^6，jaɯ^3 te^1 θo:ŋ^1 wun^2 laɯ^2 ka:ŋ^{3}wa^6.
（直译）对，我问男，你问女，看他两人怎讲话。
（意译）对，我问男，你问女，看他们两人怎么说。

（Cinz Yanghlenz、Hanz fuhyinz gak rag lwg bonjfaenh gvaq mbiengj ndeu bae.）
（秦香莲、韩夫人各拉自己的孩子过一边。）

Hanz fuhyinz、Cinz Yanghlenz【Habciengq】
韩夫人、秦香莲【合唱】
（原文）收队年相当，
　　　　岩布岩，
　　　　结珠环连玉？
（壮文）Soudoih nienz siengdang，
　　　　Ngamj mbouj ngamj，
　　　　Giet cawvanz lienz nyawh？
（音标）θou^1 to:i^6 ni:n^2 θi:ŋ^{1}ta:ŋ^1，
　　　　ŋa:m^3 ʔbou^3 ŋa:m^3，
　　　　ki:t^7 ɕaɯ^{1}wa:n^2 li:n^2 ȵaɯ^6？
（直译）你们年纪相当，
　　　　合适不合适，
　　　　结珠环连玉？
（意译）你们好年纪，

该不该，
相配结连理？

Hanz Fungh、Cinz Cinnuengx【habciengq】
韩丰、陈春妹【合唱】
（原文）凭妈老估主，
话一句，
总应许布查。
（壮文）Baengh mehlaux guhcawj，
Vah it gawq，
Cungj wngqhawj mbouj caz.
（音标）paŋ^{6} me^{6}la:u^{4} ku^{6}ɕaɯ^{3}，
wa^{6} it^{7} kaɯ^{5}，
ɕuŋ^{3} ɯŋ^{5}haɯ^{3} ʔbou^{3} ɕa^{2}.
（直译）凭老妈做主，
话一句，
总应许不嫌弃。
（意译）凭老妈提议，
话一句，
总应允同意。

Hanz fuhyinz、Cinz Yanghlenz：
韩夫人、秦香莲：
（原文）谢天谢地了，应成了。
（壮文）Cih dien cih deih la，wngqcingz la.
（音标）ɕi^{6} ti:n^{1} ɕi^{6} tei^{6} la，ɯŋ^{5}ɕiŋ^{2} la.
（直译）谢天谢地了，答应了。
（意译）谢天谢地了，答应了。

Cinz Yanghlenz【Ciengq】
秦香莲【唱】
（原文）当天斗作合，
点香蜡，
除斗插灵坟；
肯将军三魂，
爹看伦，
估报恩后代。
（壮文）Dangngoenz daeuj cakhab（doxgap），

Diemj yienglab,
Dawz daeuj cap lingzfaenz;
Hawj cienghginh samhoenz,
De yawjraen,
Guh bauqaen haeuhdaih.

（音标）taːŋ^{1} ŋon^{2} tau^{3} ɕaːk^{7} haːp^{8} （to^{4} kaːp^{7}），
tiːm^{3} jiːŋ^{1} laːp^{8}，
taɯ^{2} tau^{3} ɕaːp^{7} liŋ^{2} fan^{2}；
haɯ^{3} ɕiːŋ^{6} kin^{6} θaːm^{1} hon^{2}，
te^{1} jaɯ^{3} ɣan^{1}，
ku^{6} paːu^{5} an^{1} hau^{6} taːi^{6}.

（直译）当天来作合，
点香烛，
拿来插灵坟；
让将军三魂，
他看见，
做报恩后代。

（意译）当天来成婚，
点香烛，
拿来插灵坟；
让将军三魂，
他看见，
以报恩后人。

Hanz fuhyinz【Ciengq】

韩夫人【唱】

（原文）当天化纸钱，
斗要筵，
幼灵前行礼；

（壮文）Dangngoenz vaq ceijcienz,
Daeuj sax yienz,
Youq lingz cienz hengzlaex;

（音标）taːŋ^{1} ŋon^{2} wa^{5} ɕei^{3} ɕiːn^{2}，
tau^{3} θa^{4} jiːn^{2}，
jou^{6} liŋ^{2} ɕiːn^{2} heːŋ^{2} lai^{4}；

（直译）当天化纸钱，
来拜筵，
在灵前行礼；

（意译）烧纸钱一起，
来拜筵，
在灵前行礼；

Hanz Fungh、Cinz Cinnuengx【Habciengq】
韩丰、陈春妹【合唱】
（原文）同齐拜天地，
斗咙跪，
结连理鸳鸯。
（壮文）Doengzcaez baiq diendeih，
Daeuj roengzgveih，
Giet lienzleix yienyieng.
（音标）toŋ^{2}ɕai^{2} paːi^{5} tiːn^{1}tei^{6}，
tau^{3} ɣoŋ^{2}kwei^{6}，
kiːt^{7} liːn^{2}lei^{4} jiːn^{1}jiːŋ^{1}.
（直译）一齐拜天地，
来下跪，
结连理鸳鸯。
（意译）一齐拜天地，
来下跪，
配鸳鸯连理。

场大四 皇姑受惊
Ciengz Daihseiq Vuengzgux Doeksaet
场第四 皇姑受惊
第四场 皇姑受惊

【Baij gingj】Diegyouq Vuengzgux.
【布景】皇姑住处。

【Hai muq】Vuengzgux byaij bae byaij dauq.
【幕启】皇姑来回踱步。

Vuengzgux【Ciengq】
皇姑【唱】
（原文）出身幼皇宫，眉随从丫婢；
父皇女显贵，享百世荣华。
（壮文）Gou seng youq vuengzgung，Meiz suizcoengz abei（vunzsawj）；
Bohvuengz mbwk yienjgveiq，Yiengj bakseiq yungzvaz.
（音标）kou^{1} θeːŋ^{1} jou^{5} wuːŋ^{2}kuŋ^{1}，mei^{2} θuːi^{2}ɕoŋ^{2} a^{1}pei^{1}（wun^{2}θaɯ^{3}）；
po^{6}wuːŋ^{2} ʔbɯk^{7} jiːn^{3}kwei^{5}，jiːŋ^{3} paːk^{7}θei^{5} juŋ^{2}wa^{2}.
（直译）出生在皇宫，有随从侍婢；
父皇女显贵，享百世荣华。
（意译）出生在皇宫，随从任打发；
皇家女显贵，享百世荣华。

【Nam gvaibanj】
【念快板】
（原文）讲姑吗，是皇姑，
荣华贵又富；
绫罗绸缎任姑欧，
山珍海味任姑巾；
逍摇皇宫琼楼殿，
安然自在度春秋；
当年状元陈世美，
招为驸马作亲夫；
只可恨，包龙图，

铁面无私拆鸾筹；
无奈断案争斩首，
断绝卡桥害腾姑；
怒怒怒，
桥勒肥巽另招夫；
赎招驸马张元帅，
线断再接硬布忧。

（壮文）Gangj gou ma，seih vuengzgux，
Yungzvaz gviq youh fouq；
Lingzloz couzduenh nyaemh gou aeu，
Byaek ndei byaek feih nyaemh gou gwn；
Cwxcaih vuengzgung nyawhlaeuz dienh，
Anyienz cwxcaih doh cincou；
Dangnienz canghyienz Cinz Simeij，
Ciu dang fumaj guh caenfou；
Cij gojhaemz，Bauh Lungzduz，
Dietmienh fouzsei cek luenzcouz；
Fouznaih duenh'anq deng raemj gyaeuj，
Duenhcied gyaq giuz haih daengz gou；
Naeuq naeuq naeuq，
Giuz raek faex sonh（swnj）lingh ciu fou；
Rouh ciu fumaj Cangh yenzsai，
Sienq goenq caiq swnj nyengh mbouj you.

（音标）kaːŋ^{3} kou^{1} ma，θei^{6} wuːŋ^{2}ku^{4}，
juŋ^{2}wa^{2} kwi^{5} jou^{6} fou^{5}；
liŋ^{2}lo^{2} ɕou^{2}tuːn^{6} ȵam^{6} kou^{1} au^{1}，
pjak^{7} ʔdei^{1} pjak^{7} fei^{6} ȵam^{6} kou^{1} kɯn^{1}；
ɕɯ^{4}ɕaːi^{6} wuːŋ^{2}kuŋ^{1} ȵaɯ^{6}lau^{2} tiːn^{6}，
aːn^{1}jiːn^{2} ɕɯ^{4}ɕaːi^{6} to^{6} ɕin^{1}ɕou^{1}；
taːŋ^{1}niːn^{2} ɕaːŋ^{6}jiːn^{2} ɕin^{2} θi^{1}mei^{3}，
ɕiːu^{1} taːŋ^{1} fu^{1}ma^{3} ku^{6} ɕan^{1}fou^{1}；
ɕi^{3} ko^{3}ham^{2}，paːu^{6} luŋ^{2}tu^{2}，
tiːt^{7}miːn^{6} fou^{2}θei^{1} ɕeːk^{7} luːn^{2}ɕou^{2}；
fou^{2}naːi^{6} tuːn^{6}aːn^{5} teːŋ^{1} ɣam^{3} kjau^{3}，
tuːn^{6}ɕiːt^{8} kja^{5} kiːu^{2} haːi^{6} taŋ^{2} kou^{1}；
nau^{5} nau^{5} nau^{5}，
kiːu^{2} ɣak^{7} fai^{4} θoːn^{6}（θɯn^{3}）liŋ^{6} ɕiːu^{1} fou^{1}；
ɣou^{6} ɕiːu^{1} fu^{1}ma^{3} ɕaːŋ^{6} jeːn^{2}θaːi^{1}，
θiːn^{5} kon^{5} ɕaːi^{5} θɯn^{3} ȵeːŋ^{6} ʔbou^{3} jou^{1}.

（直译）讲我嘛，是皇姑，
荣华贵又富；
绫罗绸缎任我要，
菜好菜好吃任我吃；
逍遥皇宫琼楼殿，
安然自在度春秋；
当年状元陈世美，
招为驸马做亲夫；
只可恨，包龙图，
铁面无私拆鸾俦；
无奈断案挨斩首，
断绝座桥害到我；
恼恼恼，
桥断木接另招夫；
赎招驸马张元帅，
线断再接硬不忧。
（意译）讲我嘛，是皇姑，
华贵又富有；
绫罗绸缎任我求，
山珍海味任我挑；
逍遥皇宫琼楼殿，
安然自在度春秋；
当年状元陈世美，
招为驸马成佳偶；
只可恨，包龙图，
铁面无私拆鸾俦；
无奈断案挨斩首，
断桥害我多悲愁；
恨恨恨，
桥断招夫我等候；
赎招驸马张元帅，
线断再接硬不忧。

【Ciengq】
【唱】
1.
（原文）恩审坏换卡，
老实话，

另吞化绸丝；
作棍又换米，
痕来依，
再欧伊嘛笋。
（壮文）Aen boemh vaih vuenh gaq，
Lauxsaed vah，
Lingh daenj vaq couzsei；
Cag goenq youh vuenh mae，
Haenz lai ndei，
Caiq aeu ae（boux） ma swnj.
（音标）an^{1} pom^{6} waːi^{6} wuːn^{6} ka^{5}，
laːu^{4} θat^{8} wa^{6}，
liŋ^{6} tan^{3} wa^{5} ɕou^{2}θei^{1}；
ɕaːk^{8} kon^{5} jou^{6} wuːn^{6} mai^{1}，
han^{2} laːi^{1} ʔdei^{1}，
ɕaːi^{5} au^{1} ai^{1}（pou^{4}） ma^{1} θɯn^{3}.
（直译）个小坛子坏换缸，
老实话，
另穿裤丝绸；
绳子断又换线，
还多好，
再要个来接。
（意译）小坛坏换缸，
老实话，
另穿丝绸裳；
绳断线换上，
还更好，
换新人好样。

2.
（原文）辉坏再换碗，
欧计浪，
除斗挡计旁；
得袜换得狂，
锣配咣，
布劳床很蒙。
（壮文）Gvi vaih caiq vuenh vanj，
Aeu gaeqhangh，

Dawz daeuj dang gaeqrangz;
Daekmid vuenh daekgongq,
Laz boiq gyong,
Mbouj lau congz hwnjmoengj.
（音标）kwi^{1} waːi^{6} ɕaːi^{5} wuːn^{6} waːn^{3},
au^{1} kai^{5} haːŋ^{6},
taɯ^{2} tau^{3} taːŋ^{1} kai^{5} ɣaːŋ^{2};
tak^{7} mit^{8} wuːn^{6} tak^{7} koːŋ^{5},
la^{2} poːi^{5} kjoːŋ^{1},
ʔbou^{3} laːu^{1} ɕoːŋ^{2} hɯn^{3} moŋ^{3}.
（直译）海碗坏再换碗，
用项鸡，
拿来当小雄鸡；
蚂蚱换大蝗虫，
锣配鼓，
不怕床发霉。
（意译）碗坏找代替，
用项鸡，
来当小雄鸡；
蚂蚱换蝗虫，
锣配鼓，
不忧床霉气。

Ndaw muq【Hemq】
内幕【叫喊】
（原文）驸马驾到！
（壮文）Fumaj daeuj daengz!
（音标）fu^{1} ma^{3} tau^{3} taŋ^{2}!
（直译）驸马驾到！
（意译）驸马驾到！

Vuengzgux:
皇姑：
（原文）啊！驸马驾到，立即出迎！
（壮文）A! Fumaj daeuj daengz, sikhaek okbae coux!
（音标）a! fu^{1} ma^{3} tau^{3} taŋ^{2}, θik^{7} hak^{7} oːk^{7} pai^{1} ɕou^{4}!
（直译）啊！驸马来到，立即出去迎！
（意译）啊！驸马驾到，立即出迎！

Cangh Yuzlanz【Cung hwnjbae】
张如兰【冲上】
（原文）妈，爸嘛腾了！
（壮文）Meh，daxboh ma daengz la!
（音标）me^{6}，ta^{4}po^{6} ma^{1} taŋ^{2} la!
（直译）妈，爸爸回到了！
（意译）妈，爸爸回来了！

Vuengzgux：
皇姑：
（原文）依呀！
（壮文）Aeya!
（音标）aija!
（直译）哎呀！
（意译）哎呀！

Cangh yenzsai【Bi ndang hwnj，caeuq Vuengzgux doxngod】
张元帅【摇摆上，与皇姑相扶动作】
（原文）宫主！
（壮文）Gunghcuj!
（音标）kuŋ^{6}ɕu^{3}！
（直译）公主！
（意译）公主！

Vuengzgux：
皇姑：
（原文）驸马平安！
（壮文）Fumaj bingzan!
（音标）fu^{1}ma^{3} piŋ^{2}aːn^{1}！
（直译）驸马平安！
（意译）驸马平安！

Cangh yenzsai：
张元帅：
（原文）依依依，哈哈哈！
（壮文）Ndei ndei ndei，ha ha ha!
（音标）ʔdei^{1} ʔdei^{1} ʔdei^{1}，ha ha ha!

（直译）好好好，哈哈哈！
（意译）好好好，哈哈哈！

(Faenbied naengh roengz)
（分别坐下）

Vuengzgux：
皇姑：
（原文）驸马，皮你出征，是否一帆风顺？
（壮文）Fumaj，baezneix okcwng，seihfouj itloh swnhleih？
（音标）fu¹ma³，pai²nei⁴ oːk⁷ɕɯŋ¹，θei⁶ fou³ it⁷lo⁶ θɯn⁶lei⁶？
（直译）驸马，这次出征，是不是一路顺利？
（意译）驸马，这次出征，是否一帆风顺？

Cangh yenzsai：
张元帅：
（原文）宫主呀！
（壮文）Gunghcuj ya！
（音标）kuŋ⁶ɕu³ ja！
（直译）公主呀！
（意译）公主呀！

【Gvaibanj】
【快板】
（原文）幼皮你，姑出征，
依哟，总徐贼军平；
宫主参斗眉支认，
感觉惭愧难喔声。
一半欢喜，一半丑，一半……
（壮文）Youq baezneix，gou okcwng，
Aeyo，cungj dawz bingcaeg bingz；
Gunghcuj cam daeuj meiz di nyaenq，
Roxnyinh najmong nanz oksing.
Buenq ndeu angq，buenq ndeu couj，buenq ndeu ……
（音标）jou⁵ pai²nei⁴，kou¹ oːk⁷ɕɯŋ¹，
aijo，ɕuŋ³ taɯ² piŋ¹ɕak⁸ piŋ²；
kuŋ⁶ɕu³ ɕaːm¹ tau³ mei² ti¹ ɲan⁵，

ɣo⁴ ȵin⁶ na³ moːŋ¹ naːn² oːk⁷ θiŋ¹.
puːn⁵ ʔdeːu¹ aːŋ⁵，puːn⁵ ʔdeːu¹ ɕou³，puːn⁵ ʔdeːu¹……

（直译）在这次，我出征，
哎哟，全把贼军平；
公主问来有点羞，
感觉惭愧难出声。
一半喜，一半丑，一半……

（意译）这一次，我出征，
哎哟，全把贼军平；
公主问来有点羞，
感觉惭愧难出声。
一半喜，一半羞，一半……

Vuengzgux【Ciep gvaibanj】
皇姑【接快板】

（原文）驸马铭讲话，
是几麻来由？
讲话吞吞吐吐，
总林和尚念书经。

（壮文）Fumaj mwngz gangjvah，
Seih gijmaz laizyouz?
Gangjvah yaek gangj yaek mbouj，
Cungj lumj hozsiengh nam sawging.

（音标）fu¹ ma³ mɯŋ² kaːŋ³ wa⁶，
θei⁶ ki³ ma² laːi² jou²？
kaːŋ³ wa⁶ jak⁷ kaːŋ³ jak⁷ ʔbou³，
ɕuŋ³ lum³ ho² θiːŋ⁶ naːm¹ θauɯ¹ kiŋ¹.

（直译）驸马你讲话，
是什么原因？
讲话将讲将不，
总像和尚念经书。

（意译）驸马你讲话，
是什么原因？
讲话吞吞吐吐，
总像和尚在念经。

Cangh yenzsai【Ciep gvaibanj】
张元帅【接快板】
（原文）宫主呀宫主，
讲斗眉原因；
皮你打辽贼，
险险命归阴。
（壮文）Gunghcuj ya gunghcuj,
Gangj daeuj meiz yienzaen;
Baezneix hoenx Liuzcaeg,
Yiemjyiemj mingh gviyaem.
（音标）kuŋ^{6}ɕu^{3} ja kuŋ^{6}ɕu^{3},
kaːŋ^{3} tau^{3} mei^{2} jiːn^{2}an^{1};
pai^{2}nei^{4} hon^{4} liːu^{2}ɕak^{8},
jiːm^{3}jiːm^{3} miŋ^{6} kwi^{1}jam^{1}.
（直译）公主呀公主，
讲来有原因；
这次打辽贼，
险些命归阴。
（意译）公主呀公主，
讲来有原因；
这次打辽贼，
险些命归阴。

Cangh Yuzlanz【Ciep gvaibanj】
张如兰【接快板】
（原文）我兵败如山倒，
侥幸眉救星；
危局天降一勇将，
打败贼辽兵。
（壮文）Gou bing baih lumj bya lak,
Caeklaiq meiz gouqsing;
Yunggug mbwn gyangq it ciengqak,
Hoenxbaih caeg Liuzbing.
（音标）kou^{1} piŋ^{1} paːi^{6} lum^{3} pja^{1} laːk^{7},
ɕak^{7}laːi^{5} mei^{2} kou^{5}θiŋ^{1};
juŋ^{1}kuk^{8} ʔbɯn^{1} kjaːŋ^{5} it^{7} ɕiːŋ^{5}aːk^{7},
hon^{4}paːi^{6} ɕak^{8} liːu^{2}piŋ^{1}.

（直译）我兵败如山倒，
　　　　侥幸有救星；
　　　　危局天降一勇将，
　　　　打败贼辽兵。
（意译）我兵败如山倒，
　　　　幸好有救星；
　　　　危急天降一勇将，
　　　　打败辽贼兵。

Vuengzgux【Ciep gvaibanj】
皇姑【接快板】
（原文）叻幅铭讲话，
　　　　半真又半假；
　　　　天降神将救驸马，
　　　　何方何姓又何名？
（壮文）Lwgmbwk mwngz gangjvah,
　　　　Buenq caen youh buenq gyaj;
　　　　Mbwn gyangq saenzciengq gouq fumaj,
　　　　Fueng maz singq maz youh mingz maz?
（音标）lɯk^{8}ʔbɯk^{7} mɯŋ^{2} kaːŋ^{3}wa^{6}，
　　　　puːn^{5} ɕan^{1} jou^{6} puːn^{5} kja^{3}；
　　　　ʔbɯn^{1} kjaːŋ^{5} θan^{2}ɕiːŋ^{5} kou^{5} fu^{1}ma^{3}，
　　　　fuːŋ^{1} ma^{2} θiŋ^{5} ma^{2} jou^{6} miŋ^{2} ma^{2}？
（直译）女儿你讲话，
　　　　半真又半假；
　　　　天降神将救驸马，
　　　　方何姓何又名何？
（意译）女儿你讲话，
　　　　半真又半假；
　　　　天降神将救驸马，
　　　　何方何姓名叫啥？

Cangh Yuzlanz【Ciep gvaibanj】
张如兰【接快板】
（原文）小将军，是姓陈，
　　　　大号冬哥武艺精；
　　　　少年英勇最钦佩，
　　　　打败辽贼条尾擎。

（壮文）Siujcienghginh，seih singq Cinz，
Daihhauh Doenggo fouxnyih（goengfou）cing；
Nienz oiq maenh'ak ceiq ginhboiq，
Dajbaih Liuzcaeg diuzrieng gingz.

（音标）θiːu^{3}ɕiːŋ^{6}kin^{6}，θei^{6} θiŋ^{5} ɕin^{2}，
taːi^{6}haːu^{6} toŋ^{1}ko^{1} fou^{4}ȵi^{6}（koŋ^{1}fou^{1}）ɕiŋ^{1}；
niːn^{2} oːi^{5} man^{6}aːk^{7} ɕei^{5} kin^{6}poːi^{5}，
ta^{3}paːi^{6} liːu^{2}ɕak^{8} tiːu^{2}ɣiːŋ^{1} kiŋ^{2}.

（直译）小将军，是姓陈，
大号冬哥武艺精；
年少英勇最钦佩，
打败辽贼尾巴擎。

（意译）小将军，是姓陈，
大号冬哥武艺精；
少年英勇最钦佩，
打败辽贼是豪英。

Vuengzgux【Ciep gvaibanj】
皇姑【接快板】

（原文）既然样你讲，
鱼布礼伦是何因？
陈小将军今何在？
应答厚酒三吨。

（壮文）Gawqyienz yienghneix gangj，
Lawz mbouj ndaej raen seih hoz aen？
Cinz siujcienghginh ginh hoz caih？
Wng dap haeux laeuj sam donq.

（音标）kauɯ^{5}jiːn^{2} jiːŋ^{6}nei^{4} kaːŋ^{3}，
lauɯ^{2} ʔbou^{3} ʔdai^{3} ɣan^{1} θei^{6} ho^{2} an^{1}？
ɕin^{2} θiːu^{3}ɕiːŋ^{6}kin^{6} θei^{2}nei^{4} kin^{6} ho^{2} ɕaːi^{6}？
ɯŋ^{1} taːp^{7} hau^{4} lau^{3} θaːm^{1} toːn^{5}.

（直译）既然这样讲，
怎么不能见是何因？
陈小将军今在哪？
应答饭酒三餐。

（意译）既然这样讲，
如今不见是何因？
陈小将军今何在？
应答谢饭酒三餐。

Cangh yenzsai【Ciep gvaibanj】
张元帅【接快板】
（原文）宫主几罢紧，
小将幼客厅叉；
姑限眉话至曾讲，
巴灵对他会会穿。
（壮文）Gunghcuj gaejbah gaenj，
Siujciengq youq hekding caj；
Gou hanz meiz vah ndicaengz gangj，
Byalingz doiqda hoihhoih cin.
（音标）kuŋ^{6}ɕu^{3} kai^{3}pa^{6} kan^{3}，
θiːu^{3}ɕiːŋ^{5} jou^{5} heːk^{7}tiŋ^{1} ɕa^{3}；
kou^{1} haːn^{2} mei^{2} wa^{6} ʔdi^{1}ɕaŋ^{2} kaːŋ^{3}，
pja^{1}liŋ^{2} toːi^{5}ta^{1} hoːi^{6}hoːi^{6} ɕin^{1}.
（直译）公主不用着急，
小将在客厅等候；
我还有话未曾讲，
鲮鱼对眼慢慢穿。
（意译）公主不用着急，
小将客厅等叫唤；
我还有话未曾讲，
鲮鱼对眼慢慢穿。

Vuengzgux：
皇姑：
（原文）驸马眉话但讲布妨。
（壮文）Fumaj meiz vah danh gangj mboujfuengz.
（音标）fu^{1}ma^{3} mei^{2} wa^{6} taːn^{6} kaːŋ^{3} ʔbou^{3}fuːŋ^{2}.
（直译）驸马有话但讲无妨。
（意译）驸马有话但讲无妨。

Cangh yenzsai：
张元帅：
（原文）宫主请听！
（壮文）Gunghcuj cingj dingq！
（音标）kuŋ^{6}ɕu^{3} ɕiŋ^{3} tiŋ^{5}！
（直译）公主请听！
（意译）公主请听！

【Ciengq】
【唱】
（原文）小将军才男，
貌泮安，
是堂堂勇将；
如兰年布浅，
铭鱼样，
是否点高门？
（壮文）Siujcienghginh caiznamz，
Mauh Banh Anh，
Seih dangzdangz akciengq；
Yuzlanz nienz mbouj cienj，
Mwngz lawzyiengh，
Seihmbouj diemj gauhmwnz？
（音标）θiːu^{3} ɕiːŋ^{6} kin^{6} ɕaːi^{2} naːm^{2}，
maːu^{6} paːn^{6} aːn^{6}，
θei^{6} taːŋ^{2} taːŋ^{2} aːk^{7} ɕiːŋ^{5}；
ju^{2} laːn^{2} niːn^{2} ʔbou^{3} ɕiːn^{3}，
mɯŋ^{2} laɯ^{2} jiːŋ^{6}，
θei^{6} ʔbou^{3} tiːm^{3} kaːu^{6} mɯn^{2}？
（直译）小将军才男，
貌潘安，
是堂堂勇将；
如兰年不浅，
你怎样，
是否点高门？
（意译）小将军才男，
貌潘安，
勇将貌堂堂；
如兰年适当，
您怎样，
是否点高堂？

Vuengzgux【Ciengq】
皇姑【唱】
（原文）何必又怀疑？
铭意思，
姑也眉所想；

达如兰情愿，
姑打算，
也古放卦门。
（壮文）Hozbiet youh hozngeiz?
Mwngz eiqsei，
Gou hix meiz sojsiengj；
Dah Yuzlanz cingznyienh，
Gou dajsuenq，
Hix goj cuengq gvaqmonz.
（音标）ho^{2}pi:t^{7} jou^{6} ho^{2}ŋei^{2}？
mɯŋ^{2} ei^{5}θei^{1}，
kou^{1} hi^{4} mei^{2} θo^{3}θi:ŋ^{3}；
ta^{6} ju^{2}la:n^{2} ɕiŋ^{2}ȵi:n^{6}，
kou^{1} ta^{3}θu:n^{5}，
hi^{4} ko^{3} ɕu:ŋ^{5} kwa^{5}mo:n^{2}.
（直译）何必又怀疑？
你意思，
我也有所想；
闺女如兰情愿，
我打算，
也可放过门。
（意译）何必又怀疑？
你之意，
我也在考虑；
如兰她愿意，
我打算，
也可嫁过去。

Cangh yenzsai：
张元帅：
（原文）宫主也眉所想？
（壮文）Gunghcuj hix meiz sojsiengj?
（音标）kuŋ^{6}ɕu^{3} hi^{4} mei^{2} θo^{3}θi:ŋ^{3}？
（直译）公主也有所想？
（意译）公主也有所想？

Vuengzgux：
皇姑：
（原文）驸马布是打算将叻幅配许陈小将军吗？
（壮文）Fumaj mbouj seih dajsuenq dawz lwgmbwk boiqhawj Cinz siujcienghginh ma？
（音标）fu^{1}ma^{3} ʔbou^{3} θei^{6} ta^{3}θuːn^{5} taɯ^{2} lɯk^{8}ʔbɯk^{7} poːi^{5}haɯ^{3} ɕin^{2} θiːu^{3}ɕiːŋ^{6}kin^{6} ma？
（直译）驸马不是打算将女儿许配陈小将军吗？
（意译）驸马不是打算将女儿许配给陈小将军吗？

Cangh yenzsai：
张元帅：
（原文）对对对！
（壮文）Doiq doiq doiq！
（音标）toːi^{5} toːi^{5} toːi^{5}！
（直译）对对对！
（意译）对对对！

Vuengzgux：
皇姑：
（原文）娄参叻幅心事鱼样。
（壮文）Raeuz cam lwgmbwk simsaeh lawzyiengh.
（音标）ɣau^{2} ɕaːm^{1} lɯk^{8}ʔbɯk^{7} θim^{1}θai^{6} laɯ^{2}jiːŋ^{6}.
（直译）我们问女儿心事怎样。
（意译）我们问女儿心里怎么想。

（Heuh Cangh Yuzlanz）
（叫张如兰）

Cangh Yuzlanz：
张如兰：
（原文）妈，几麻事？
（壮文）Meh，gijmaz saeh？
（音标）me^{6}，ki^{3}ma^{2} θai^{6}？
（直译）妈，什么事？
（意译）妈，什么事？

Vuengzgux：
皇姑：
（原文）妈眉句话想参铭讲。
（壮文）Meh meiz coenz vah siengj cam mwngz gangj.
（音标）me^{6} mei^{2} ɕon^{2} wa^{6} θiːŋ^{3} ɕaːm^{1} mɯŋ^{2} kaːŋ^{3}.
（直译）妈有句话想问你讲。
（意译）妈有句话想要问你。

Cangh Yuzlanz：
张如兰：
（原文）请讲吧。
（壮文）Cingj gangj ba.
（音标）ɕiŋ^{3} kaːŋ^{3} pa.
（直译）请讲吧。
（意译）请讲吧。

Vuengzgux【Ciengq】
皇姑【唱】
（原文）途铭年纪已宏，
将铭许配小英雄；
叻幅心事同鱼样，
是否愿奏小将斗乘龙？
（壮文）Duzmwngz nienzgeij gaenq hung，
Dawz mwngz boiqhawj siujyinghyungz；
Lwgmbwk simsaeh doengzlawzyiengh，
Seihmbouj nyienh caeuq siujciengq daeuj cwngzlungz？
（音标）tu^{2}mɯŋ^{2} niːn^{2}kei^{3} kan^{5} huŋ^{1}，
taɯ^{2} mɯŋ^{2} poːi^{5}haɯ^{3} θiːu^{3}jiŋ^{6}juŋ^{2}；
lɯk^{8}ʔbɯk^{7} θim^{1}θai^{6} toŋ^{2}laɯ^{2}jiːŋ^{6}，
θei^{6}ʔbou^{3} ȵiːn^{6} ɕau^{5} θiːu^{3}ɕiːŋ^{5} tau^{3} ɕɯŋ^{2}luŋ^{2}？
（直译）你的年纪已大，
将你许配小英雄；
女儿心事怎么样，
是否愿和小将来乘龙（成亲）？
（意译）你年纪已大，
将你许配小英雄；
你的心事怎么样，
是否愿和小将乘龙（成亲）？

Cangh Yuzlanz【Ciengq】
张如兰【唱】
（原文）凭妈老作主，
姑小女，
无半句怨言；
（壮文）Baengh mehlaux guhcawj,
Gou siujnawx,
Fouz buenq gawq ienqnyienz;
（音标）paŋ^{6} me^{6}la:u^{4} ku^{6}ɕaɯ^{3},
kou^{1} θi:u^{3}naɯ^{4},
fou^{2} pu:n^{5} kaɯ^{5} i:n^{5}ȵi:n^{2};
（直译）凭老妈做主，
我小女，
无半句怨言；
（意译）凭妈做主选，
小女我，
无半句怨言；

Cangh yenzsai【Ciep ciengq】
张元帅【接唱】
（原文）若逼马行田，
各主张，
对叻绵布住。
（壮文）Dangh bik max hengz dienz,
Gag cawjcieng,
Doiq lwgmienz mbouj cawh.
（音标）ta:ŋ^{6} pik^{7} ma^{4} he:ŋ^{2} ti:n^{2},
ka:k^{8} ɕaɯ^{3}ɕi:ŋ^{1},
to:i^{5} lɯk^{8}mi:n^{2} ʔbou^{3} ɕaɯ^{6}.
（直译）若逼马行田①，
自主张，
对幼儿不住。
（意译）若逼马行田，
自主张，
不合女意愿。

---

① 马行田：下象棋须“马走日”，不可“马走田”，意即行不通。

Cangh Yuzlanz【Ciengq】
张如兰【唱】
（原文）部妈开眼界，
叻求爱，
布另再高攀；
但英勇无双，
布用参，
叻心甘情愿。
（壮文）Bohmeh hai nyanxgyaiq，
Lwg gouzaiq，
Mbouj lingh caiq gauhbanh；
Danh yinghyungj fouz sueng，
Mbouj yungh cam，
Lwg simgam cingznyienh.
（音标）po^{6}me^{6} haːi^{1} ȵaːn^{4}kjaːi^{5}，
lɯk^{8} kou^{2}aːi^{5}，
ʔbou^{3} liŋ^{6} ɕaːi^{5} kaːu^{6}paːn^{6}；
taːn^{6} jiŋ^{6}juŋ^{3} fou^{2} θuːŋ^{1}，
ʔbou^{3} juŋ^{6} ɕaːm^{1}，
lɯk^{8} θim^{1}kaːm^{1} ɕiŋ^{2}ȵiːn^{6}.
（直译）父母开眼界，
儿求爱，
不另再高攀；
但英勇无双，
不用问，
儿心甘情愿。
（意译）父母睁眼看，
儿求爱，
不再另高攀；
但英勇无双，
不用问，
儿情愿心甘。

Cangh yenzsai：
张元帅：
（原文）依！英勇无双，哈哈哈！
（壮文）Ndei！Yinghyungj fouz sueng，ha ha ha！
（音标）ʔdei^{1}！jiŋ^{6}juŋ^{3} fou^{2} θuːŋ^{1}，ha ha ha！

（直译）好！英勇无双，哈哈哈！
（意译）好！英勇无双，哈哈哈！

Vuengzgux:
皇姑：
（原文）驸马，虽然如兰答应，姑限欧过目，亲他住挟，鱼样？
（壮文）Fumaj，yienznaeuz Yuzlanz dapwngq，gou hanz aeu gvaqmoeg，caenda cawhnyep，lawzyiengh?
（音标）fu^{1}ma^{3}，ji:n^{2}nau^{2} ju^{2}la:n^{2} ta:p^{7}ɯŋ^{5}，kou^{1} li^{3} au^{1} kwa^{5}mok^{8}，ɕan^{1}ta^{1} ɕaɯ^{6} ȵe:p^{7}，laɯ^{2}ji:ŋ^{6}？
（直译）驸马，虽然如兰答应，我还要过目，亲眼见证，怎样？
（意译）驸马，虽然如兰答应，我还要过目，亲眼见证，怎样？

Cangh yenzsai:
张元帅：
（原文）依！
（壮文）Ndei！
（音标）ʔdei^{1}！
（直译）好！
（意译）好！

(Yiengq ndaw hemq)
（向内喊）
（原文）家院，请斗！
（壮文）Gyayienh，cingj daeuj！
（音标）kja^{1}ji:n^{6}，ɕiŋ^{3} tau^{3}！
（直译）家院①，请来！
（意译）家院，请来！

Gyayienh【Gaenjgip hwnj】
家院【急上】
（原文）驸马眉何吩咐？
（壮文）Fumaj meiz maz vahdaengq?
（音标）fu^{1}ma^{3} mei^{2} ma^{2} wa^{6}taŋ^{5}？
（直译）驸马有何吩咐？
（意译）驸马有何吩咐？

---

① 家院：旧指富豪人家的男仆。

Cangh yenzsai：
张元帅：
（原文）后厅传话小将军很斗相见。
（壮文）Dinglaeng cienzvah siujcienghginh hwnjdaeuj doxraen.
（音标）tiŋ^{1} laŋ^{1} ɕiːn^{2} wa^{6} θiːu^{3} ɕiːŋ^{6} kin^{6} hɯn^{3} tau^{3} to^{4} ɣan^{1}.
（直译）后厅传话小将军上来相见。
（意译）到后厅传话给小将军上来相见。

Gyayienh：
家院：
（原文）遵命！
（壮文）Coengzmingh！
（音标）ɕoŋ^{2} miŋ^{6}！
（直译）遵命！
（意译）遵命！

（Roengz，caiq hwnj）
（下，复上）
（原文）将军请！
（壮文）Cienghginh cingj！
（音标）ɕiːŋ^{6} kin^{6} ɕiŋ^{3}！
（直译）将军请！
（意译）将军请！

Cinz Doenggo【Hwnj baihnaj】
陈冬哥【上前】
（原文）拜见元帅，皇姑！
（壮文）Baiqraen yenzsai，vuengzgux！
（音标）paːi^{5} ɣan^{1} jeːn^{2} θaːi^{1}，wuːŋ^{2} ku^{4}！
（直译）拜见元帅，皇姑！
（意译）拜见元帅，皇姑！

Cangh yenzsai：
张元帅：
（原文）免礼！
（壮文）Mienxlaex！
（音标）miːn^{4} lai^{4}！
（直译）免礼！

（意译）免礼！

（Vuengzgux cimyawj Cinz Doenggo）
（皇姑打量陈冬哥）

Vuengzgux【Youq henz ciengq】
皇姑【旁唱】
（原文）堂堂小将好奇男，
一表人才胜泮安；
细办细看真好比，
好比当年状元郎。
（壮文）Dangzdangz siujciengq ndei geiz namz，
Itbiuj vunzcaiz hingz Banh Anh；
Saeq banh saeq yawj caen lumjbaenz，
Lumjbaenz dangnienz canghyienzlangz.
（音标）taːŋ^{2} taːŋ^{2} θiːu^{3}ɕiːŋ^{5} ʔdei^{1} kei^{2} naːm^{2}，
it^{7} piːu^{3} wun^{2}ɕaːi^{2} hiŋ^{2} paːn^{6} aːn^{6}；
θai^{5} paːn^{6} θai^{5} jaɯ^{3} ɕan^{1} lum^{3}pan^{2}，
lum^{3}pan^{2} taːŋ^{1} niːn^{2} ɕaːŋ^{6}jiːn^{2}laːŋ^{2}.
（直译）堂堂小将好奇男，
一表人才胜潘安；
细辨细看真好像，
好像当年状元郎。
（意译）堂堂小将好奇男，
一表人才胜潘安；
仔细观看真好像，
好像当年状元郎。

【Cabgangj】
【插白】
（原文）小将军！
（壮文）Siujcienghginh！
（音标）θiːu^{3}ɕiːŋ^{6}kin^{6}！
（直译）小将军！
（意译）小将军！

Cinz Doenggo：
陈冬哥：
（原文）皇姑眉何见教？
（壮文）Vuengzgux meiz maz son'gyauq？
（音标）wuːŋ^{2}ku^{4} mei^{2} ma^{2} θoːn^{1}kjaːu^{5}？
（直译）皇姑有何指教？
（意译）皇姑有何指教？

Vuengzgux：
皇姑：
（原文）小将军，姑眉句话想参，鱼样？
（壮文）Siujcienghginh，gou meiz gawq vah siengj cam，lawzyiengh？
（音标）θiːu^{3}ɕiːŋ^{6}kin^{6}，kou^{1} mei^{2} kaɯ^{5} wa^{6} θiːŋ^{3} ɕaːm^{1}，laɯ^{2}jiːŋ^{6}？
（直译）小将军，我有句话想问，怎么样？
（意译）小将军，我有句话想问，怎么样？

Cinz Doenggo：
陈冬哥：
（原文）皇姑大胆开剥。
（壮文）Vuengzgux daihdamj haibak.
（音标）wuːŋ^{2}ku^{4} taːi^{6}taːm^{3} haːi^{1}paːk^{7}.
（直译）皇姑大胆开口。
（意译）皇姑大胆开口。

Vuengzgux：
皇姑：
（原文）小将军内兰是否订眉婚？
（壮文）Siujcienghginh ndaw ranz seihmbouj dingh meiz vaen？
（音标）θiːu^{3}ɕiːŋ^{6}kin^{6} ʔdaɯ^{1} ɣaːn^{2} θei^{6}ʔbou^{3} tiŋ^{6} mei^{2} wan^{1}？
（直译）小将军里家是否订有婚？
（意译）小将军是否已订婚？

Cinz Doenggo【Ciengq】
陈冬哥【唱】
（原文）小民家事贫，
　　　　讲斉铭，
　　　　曾眉云相许；
　　　　受风风雨雨，

苦劳累，
尚未娶妻房。
（壮文）Siujminz gyasaeh binz，
Gangj lwnh mwngz，
Caengz meiz vunz doxhawj；
Souh fungfung hawxhawx，
Hoj laulawx（naetnaiq），
Ndicaengz sawx（aeu）caefuengz（yahranz）.
（音标）θiːu^{3} min^{2} kja^{1} θai^{6} pin^{2}，
kaːŋ^{3} lɯn^{6} mɯŋ^{2}，
ɕaŋ^{2} mei^{2} wun^{2} to^{4} haɯ^{3}；
θou^{6} fuŋ^{1} fuŋ^{1} haɯ^{4} haɯ^{4}，
ho^{3} laːu^{1} laɯ^{4}（nat^{7} naːi^{5}），
ʔdi^{1} ɕaŋ^{2} θaɯ^{4}（au^{1}）ɕai^{1} fuːŋ^{2}（ja^{6} ɣaːn^{2}）.
（直译）小民家事贫，
讲告诉你，
尚未有人相许；
受风风雨雨，
苦劳累，
尚未娶妻房。
（意译）小民生贫栖，
告诉您，
尚无人相许；
受风风雨雨，
苦又累，
还没有娶妻。

Vuengzgux【Ciengq】
皇姑【唱】
（原文）将军铭家庭，
几口人，
曾定亲婚伴？
雁零几来满，
论藉贯，
是何县何州？
（壮文）Cienghginh mwngz gyaranz，
Geij boux vunz，
Caengz dingh caen vaen buenx?

Nienzlingz geijlai muenx,
Lwnh gizyouq,
Seih hoz yienh hoz couh?

（音标）ɕiːŋ^{6}kin^{6} mɯŋ^{2} kja^{1}ɣaːn^{2}，
kei^{3} pou^{4} wun^{2}，
ɕaŋ^{2} tiŋ^{6} ɕan^{1} wan^{1} puːn^{4}？
niːn^{2}liŋ^{2} kei^{3}laːi^{1} muːn^{4}，
lɯn^{6} ki^{2}jou^{5}，
θei^{6} ho^{2} jiːn^{6} ho^{2} ɕou^{6}？

（直译）将军你家庭，
几口人，
曾定亲婚伴？
年龄几多满，
论籍贯，
是何县何州？

（意译）将军家庭有，
几口人，
曾定亲与否？
年龄几岁周，
论籍贯，
是何县何州？

Cinz Doenggo【Ciengq】
陈冬哥【唱】

（原文）是均州人氏，
父早逝，
年廿二卑临；
上下无弟兄，
老母亲，
奏贴心胞妹。

（壮文）Seih Ginhcouh vunzseih,
Boh caeux seiq,
Nienz ngeihngeih bi rim;
Gwnzlaj mbouj daexving,
Laux mouxcin,
Caeuq nemsim nuengxmbwk.

（音标）θei^{6} kin^{6}ɕou^{6} wun^{2}θei^{6}，
po^{6} ɕau^{4} θei^{5}，

ni:n^{2} ŋei^{6}ŋei^{6} pi^{1} ɣim^{1}；
kɯn^{2}la^{3} ʔbou^{3} tai^{4}wiŋ^{1}，
la:u^{4} mou^{4}ɕin^{1}，
ɕau^{5} ne:m^{1}θim^{1} nu:ŋ^{4}ʔbɯk^{7}.

（直译）是均州人氏，
父早逝，
年龄廿二岁满；
上下无弟兄，
老母亲，
与贴心胞妹。

（意译）是均州籍贯，
父早逝，
二十二岁满；
无弟没兄长，
老母亲，
一胞妹相伴。

Vuengzgux【Ciengq】
皇姑【唱】

（原文）姑达叻如兰，
年相当，
谈珠环连玉；
配将军完娶，
参一句，
意相许如何？

（壮文）Gou dahlwg Yuzlanz，
Nienz doxdang，
Gamz cawvanz lienz nyawh；
Boiq cienghginh yienzsawx（doxcoemz），
Cam it gawq，
Eiq sienghawj baenzlawz？

（音标）kou^{1} ta^{6}lɯk^{8} ju^{2}la:n^{2}，
ni:n^{2} to^{4}ta:ŋ^{1}，
ka:m^{2} ɕaɯ^{1}wa:n^{2} li:n^{2} ȵaɯ^{6}；
po:i^{5} ɕi:ŋ^{6}kin^{6} ji:n^{2}θaɯ^{4}（to^{4}ɕom^{2}），
ɕa:m^{1} it^{7} kaɯ^{5}，
ei^{5} θi:ŋ^{1}haɯ^{3} pan^{2}laɯ^{2}？

（直译）我女儿如兰，

年相当，
含珠环连玉；
配将军完娶，
问一句，
意相许如何？
（意译）如兰是我女，
年相当，
含珠待连理；
配将军完娶，
问一句，
是否愿相许？

Cangh yenzsai：
张元帅：
（原文）对对对！小将军，鱼样？
（壮文）Doiq doiq doiq！Siujcienghginh，lawzyiengh？
（音标）toːi^{5} toːi^{5} toːi^{5}！θiːu^{3}ɕiːŋ^{6}kin^{6}，laɯ^{2}jiːŋ^{6}？
（直译）对对对！小将军，怎么样？
（意译）对对对！小将军，怎么样？

Cinz Doenggo【Ciengq】
陈冬哥【唱】
（原文）难了难，难了难，
长江滚滚淋达翻；
一浪曾平二浪斗，
使姑阿冬胆各闲。
（壮文）Nanz liux nanz，nanz liux nanz，
Cangzgyangh foenfoen raemxdah fan；
It langh caengz bingz ngeih langh daeuj，
Hawj gou Adoeng mbei gag hanz.
（音标）naːn^{2} liːu^{4} naːn^{2}，naːn^{2} liːu^{4} naːn^{2}，
ɕaːŋ^{2}kjaːŋ^{6} fon^{1}fon^{1} ɣam^{4}ta^{6} faːn^{1}；
it^{7} laːŋ^{6} ɕaŋ^{2} piŋ^{2} ŋei^{6} laːŋ^{6} tau^{3}，
haɯ^{3} kou^{1} a^{1}toŋ^{1} ʔbei^{1} kaːk^{8} haːn^{2}.
（直译）难了难，难了难，
长江滚滚江水翻；
一浪未平二浪来，
叫我阿冬胆自寒。

（意译）难了难，难了难，
长江滚滚波澜翻；
一浪未平二浪来，
叫我阿冬胆自寒。

【Cabgangj】
【插白】
（原文）皇姑错爱，待姑批嘛请求老母亲再讲。
（壮文）Vuengzgux coqaiq，caj gou baema cingjgouz laux mouxcin caiq gangj.
（音标）wuːŋ^{2}ku^{4} ɕo^{5}aːi^{5}，ɕa^{3} kou^{1} pai^{1}ma^{1} ɕiŋ^{3}kou^{2} laːu^{4} mou^{4}ɕin^{1} ɕaːi^{5} kaːŋ^{3}.
（直译）皇姑错爱，等我回去请求老母亲再讲。
（意译）皇姑错爱，待我回去请示老母亲再讲。

Cangh Yuzlanz：
张如兰：
（原文）将军哥哥，难道铭……
（壮文）Cienghginh daeggo，nanzdauh mwngz ……
（音标）ɕiːŋ^{6}kin^{6} tak^{8}ko^{1}，naːn^{2}taːu^{6} mɯŋ^{2}……
（直译）将军哥哥，难道你……
（意译）将军哥哥，难道你……

Cinz Doenggo：
陈冬哥：
（原文）小姐！
（壮文）Siuj cej！
（音标）θiːu^{3} ɕe^{3}！
（直译）小姐！
（意译）小姐！

Cangh yenzsai：
张元帅：
（原文）铭限眉几骡心事？
（壮文）Mwngz hanz meiz gijlawz simsaeh？
（音标）mɯŋ^{2} haːi^{2} mei^{2} ki^{3}law^{2} θim^{1}θai^{6}？
（直译）你还有什么心事？
（意译）你还有什么心事？

Vuengzgux：
皇姑：
（原文）莫非铭对如兰嫌弃？
（壮文）Nanzdauh mwngz doiq Yuzlanz yiemzmbwq?
（音标）naːn^{2} taːu^{6} mɯŋ^{2} toːi^{5} ju^{2} laːn^{2} jiːm^{2} ʔbɯ^{5}？
（直译）莫非你对如兰嫌弃？
（意译）莫非你嫌弃如兰？

Cinz Doenggo【Ciengq】
陈冬哥【唱】
（原文）凭皇姑错爱，
情重大，
姑一概布嫌；
临别老母娘，
嘱咐言，
难当场果断。
（壮文）Baengh vuengzgux coqaiq,
Cingz hungdaih,
Gou itgaiq mbouj yiemz;
Yaek biek laux mouxniengz,
Daengqfouq yienz,
Nanz dangciengz dingh roengz.
（音标）paŋ^{6} wuːŋ^{2} ku^{4} ɕo^{5} aːi^{5}，
ɕiŋ^{2} huŋ^{1} taːi^{6}，
kou^{1} it^{7} kaːi^{5} ʔbou^{3} jiːm^{2}；
jak^{7} piːk^{7} laːu^{4} mou^{4} niːŋ^{2}，
taŋ^{5} fou^{5} jiːn^{2}，
naːn^{2} taːŋ^{1} ɕiːŋ^{2} tiŋ^{6} ɣoŋ^{2}.
（直译）凭皇姑错爱，
情重大，
我一概不嫌；
临别老母娘，
嘱咐言，
难当场定下。
（意译）凭皇姑爱怜，
情重大，
我一概不嫌；
临别我老娘，

嘱咐言，
难当场定弦。

Cangh yenzsai【Ciengq】
张元帅【唱】
（原文）农家古农家，
勤估那，
记今麻脱快；
乡下父母大，
真奇怪，
至更改五常。
（壮文）Nungzgya goj nungzgya,
Gaenx guhnaz,
Geiq ndaem maz doz faiq;
Lajmbanj fouxmoux daih,
Caen geizgvaiq,
Ndi vuenhgaij hajciengz.
（音标）nuŋ^{2}kja^{1} ko^{3} nuŋ^{2}kja^{1},
kan^{4} ku^{6}na^{2},
kei^{5} ʔdam^{1} ma^{2} to^{2} faːi^{5};
la^{3}ʔbaːn^{3} fou^{4}mou^{4} me^{6} taːi^{6},
ɕan^{1} kei^{2}kwaːi^{5},
ʔdi^{1} wuːn^{6}kaːi^{3} ha^{3}ɕiːŋ^{2}.
（直译）农家就是农家，
勤做田，
记种麻纺棉；
乡下父母大，
真奇怪，
不更改五常。
（意译）农家无怨言，
勤干活，
记种麻纺棉；
父母大过天，
真奇怪，
五常不改变。

【Gangj】
【白】
（原文）哈哈哈，真不愧为孝子贤孙。
（壮文）Ha ha ha，caen dwg hauqceij yienzsunh.
（音标）ha ha ha，ɕan^{1} tɯk^{8} haːu^{5}ɕei^{3} jiːn^{2}θun^{6}.
（直译）哈哈哈，真是孝子贤孙。
（意译）哈哈哈，真不愧为孝子贤孙。

Vuengzgux：
皇姑：
（原文）小将军，途铭母亲是——
（壮文）Siujcienghginh，duzmwngz daxmeh seih ——
（音标）θiːu^{3}ɕiːŋ^{6}kin^{6}，tu^{2}mɯŋ^{2} ta^{4}me^{6} θei^{6}——
（直译）小将军，你的母亲是——
（意译）小将军，你母亲是——

Cinz Doenggo：
陈冬哥：
（原文）途姑母亲是耕田种地。
（壮文）Duzgou daxmeh seih cae naz ndaem reih.
（音标）tu^{2}kou^{1} ta^{4}me^{6} θei^{6} ɕai^{1} na^{2} ʔdam^{1} ɣei^{6}.
（直译）我的母亲是耕田种地。
（意译）我母亲是耕田种地的。

Cangh Yuzlanz：
张如兰：
（原文）将军哥，达往铭呢？
（壮文）Cienghginh go，dahnuengx mwngz ne?
（音标）ɕiːŋ^{6}kin^{6} ko^{1}，ta^{6}nuːŋ^{4} mɯŋ^{2} ne?
（直译）将军哥，妹妹你呢？
（意译）将军哥，你妹妹呢？

Cinz Doenggo：
陈冬哥：
（原文）达往姑是脱快潭朋。
（壮文）Dahnuengx gou seih doz faiq daemj baengz.
（音标）ta^{6}nuːŋ^{4} kou^{1} θei^{6} to^{2} faːi^{5} tam^{3} paŋ^{2}.
（直译）妹妹我是纺棉织布。
（意译）我妹妹是纺纱织布的。

Cangh yenzsai：
张元帅：
（原文）途铭父亲是鱼样？
（壮文）Duzmwngz daxboh seih lawzyiengh？
（音标）tu^{2}muɯŋ^{2} ta^{4}po^{6} θei^{6} lauɯ^{2}ji:ŋ^{6}？
（直译）你的父亲是怎么样？
（意译）你父亲是怎样的人？

Cinz Doenggo【Ciengq】
陈冬哥【唱】
（原文）父亲一世享荣华，
　　　　姑自年幼是仂甲；
　　　　多亏慈母斗抚养，
　　　　元帅皇姑布用查。
（壮文）Daxboh itseiq yiengj yungzvaz，
　　　　Gou daj nienzoiq seih lwggyax；
　　　　Caeklaiq swzmeh daeuj rumxciengx，
　　　　Yenzsai vuengzgux mbouj yungh caz.
（音标）ta^{4}po^{6} it^{7}θei^{5} ji:ŋ^{3} juŋ^{2}wa^{2}，
　　　　kou^{1} ta^{3} ni:n^{2}o:i^{5} θei^{6} lɯk^{8} kja^{4}；
　　　　ɕak^{7}la:i^{5} θɯ^{2}me^{6} tau^{3} ɣum^{4}ɕi:ŋ^{4}，
　　　　je:n^{2}θa:i^{1} wu:ŋ^{2}ku^{4} ʔbou^{3} juŋ^{6} ɕa^{2}.
（直译）父亲一世享荣华，
　　　　我自年幼是孤儿；
　　　　多亏慈母来抚养，
　　　　元帅皇姑不用查。
（意译）父亲一世享荣华，
　　　　我自年幼成孤娃；
　　　　多亏慈母独抚养，
　　　　元帅皇姑不用查。

Cangh Yuzlanz：
张如兰：
（原文）将军哥哥，究竟是为几骡呀？
（壮文）Cienghginh daeggo，dauqdaej seih vih gijlawz ya？
（音标）ɕi:ŋ^{6}kin^{6} tak^{8}ko^{1}，ta:u^{5}tai^{3} θei^{6} wi^{6} ki^{3}lauɯ^{2} ja？
（直译）将军哥哥，究竟是为什么呀？
（意译）将军哥哥，究竟是为什么呀？

Vuengzgux：
皇姑：
（原文）途铭父亲是估几骡呀？
（壮文）Duzmwngz daxboh seih guh gijlawz ya?
（音标）tu2 mɯŋ2 ta4 po6 θei6 ku6 ki3 laɯ2 ja?
（直译）你的父亲是做什么呀？
（意译）你父亲是做什么的？

Cinz Doenggo【Ciengq】
陈冬哥【唱】
（原文）幼十八年前，
姑限绵，
受万千苦难；
父亲胎龙南，
太凄惨，
何必讲再提？
（壮文）Youq cibbet nienz cienz,
Gou hanz mienz,
Souh fanhcien hojnanh;
Daxboh dai roengz namh,
Daiq sicamj,
Hozbiet gangj caiq daez?
（音标）jou5 ɕip8 peːt7 niːn2 ɕiːn2,
kou1 haːn2 miːn2,
θou6 faːn6 ɕiːn1 ho3 naːn6;
ta4 po6 taːi1 ɣoŋ2 naːm6,
taːi5 θi1 ɕaːm3,
ho2 piːt7 kaːŋ3 ɕaːi5 tai2?
（直译）在十八年前，
我还小，
受万千苦难；
父亲死下土，
太凄惨，
何必讲再提？
（意译）过去十八年，
我还小，
千万苦难言；
父亲死成仙，

太凄惨，
何必提从前？

Cangh yenzsai【Ciengq】
张元帅【唱】
（原文）十八年前幼内初，
莫明其妙妙奇多；
请铭从头讲明白，
父亲早逝是为何。
（壮文）Cibbet nienz cienz youq ndawco，
Saehcingz geizheih miuq geiz do；
Cingj mwngz daj goek gangj mingzbeg，
Daxboh daicaeux seih vih hoz.
（音标）ɕip^{8} peːt^{7} niːn^{2} ɕiːn^{2} jou^{5} ʔdaɯ^{1}ɕo^{1}，
θai^{6}ɕiŋ^{2} kei^{2}hei^{6} miːu^{5} kei^{2} to^{1}；
ɕiŋ^{3} mɯŋ^{2} ta^{3} kok^{7} kaːŋ^{3} miŋ^{2}peːk^{8}，
ta^{4}po^{6} taːi^{1}cau^{4} θei^{6} wi^{6} ho^{2}.
（直译）十八年前在月初，
事情奇怪妙奇多；
请你从头讲明白，
父亲早逝是为何。
（意译）十八年前在月初，
莫名其妙奇怪多；
请你从头讲明白，
父亲早逝是为何。

Cangh Yuzlanz：
张如兰：
（原文）将军哥，讲呀！
（壮文）Cienghginh go，gangj ya！
（音标）ɕiːŋ^{6}kin^{6} ko^{1}，kaːŋ^{3} ja！
（直译）将军哥，讲呀！
（意译）将军哥，讲呀！

Vuengzgux：
皇姑：
（原文）讲吗！
（壮文）Gangj ma！

（音标）kaːŋ^{3} ma！
（直译）讲嘛！
（意译）讲嘛！

Cinz Doenggo：
陈冬哥：
（原文）至讲算了。
（壮文）Ndi gangj suenq la.
（音标）ʔdi^{1} kaːŋ^{3} θuːn^{5} la.
（直译）不讲算了。
（意译）算了，不讲了。

Cangh yenzsai：
张元帅：
（原文）大胆讲吗！途铭父亲是——
（壮文）Daihdamj gangj ma！Duzmwngz daxboh seih——
（音标）taːi^{6} taːm^{3} kaːŋ^{3} ma！tu^{2} mɯŋ^{2} ta^{4} po^{6} θei^{6}——
（直译）大胆讲嘛！你的父亲是——
（意译）大胆讲嘛！你父亲是——

Cinz Doenggo：
陈冬哥：
（原文）途姑父亲是——
（壮文）Duzgou daxboh seih ——
（音标）tu^{2} kou^{1} ta^{4} po^{6} θei^{6}——
（直译）我的父亲是——
（意译）我父亲是——

Cangh Yuzlanz：
张如兰：
（原文）是几骡呀？
（壮文）Seih gijlawz ya？
（音标）θei^{6} ki^{3} laɯ^{2} ja？
（直译）是什么呀？
（意译）是什么呀？

Cinz Doenggo：
陈冬哥：
（原文）是，是，是狼心狗肺的陈——世——美！

(壮文) Seih, seih, seih langzsim goujfeiq boux Cinz —— Si —— meij!
(音标) θei⁶, θei⁶, θei⁶ laːŋ² θim¹ kou³ fei⁵ pou⁴ ɕin² —— θi¹ —— mei³!
(直译) 是,是,是狼心狗肺个陈——世——美!
(意译) 是,是,是狼心狗肺的陈——世——美!

(Dub)
(捶)

Vuengzgux:
皇姑:
(原文) 哎呀!
(壮文) Aeya!
(音标) aija!
(直译) 哎呀!
(意译) 哎呀!

(Doeksaet laemx)
(惊倒)

Cangh yenzsai:
张元帅:
(原文) 宫主!
(壮文) Gunghcuj!
(音标) kuŋ⁶ ɕu³!
(直译) 公主!
(意译) 公主!

Cangh Yuzlanz:
张如兰:
(原文) 妈!
(壮文) Meh!
(音标) me⁶!
(直译) 妈!
(意译) 妈!

(Muq gip roengz)
(幕急下)

场大五　江痕探情
Ciengz Daihhaj　Gyanghwnz Damq Cingz
场第五　半夜探情
第五场　深夜探情

【Baij gingj】Ranzyouq Cinz Doenggo.
【布景】陈冬哥住处。

【Hai muq】Cinz Doenggo nyapnyuk ngeixnaemj gijmaz.
【幕启】陈冬哥闷闷不乐思考什么。

Cinz Doenggo【Ciengq】
陈冬哥【唱】
（原文）云鸾皇姑，猜测模糊难解；
乱斗错爱，使姑难采难吞；
红线牵婚，意欲攀登皇殿；
平民贫贱，美梦留恋荣华；
小姐皇花，鱼作民家之妇？
牡丹一朵，除斗采估屎怀；
和尚巾斋，鱼欧奴怀设宴？
（壮文）Ngoenzlwenz vuengzgux，Cairau myoxhuz nanz gaij；
Luenh daeuj coqaiq，Hawj gou nanz nyaij nanz doenq；
Hoengzsienq yien vaen，Eiq siengj bandaeng vuengzdienh；
Bingzminz binzcienh，Loqndei louzlienh yungzvaz；
Siujcej vuengzva，Lawz guh minzgya gae fuq（bawx）？
Mauxdan it duj，Dawz daeuj caij guh haexvaiz；
Hozsiengh gwncai，Lawz aeu nohvaiz nda'ngaiz？
（音标）ŋon2 lɯːn2 wuːŋ2 ku4，ɕaːi1 ɣaːu1 mjo4 hu2 naːn2 kaːi3；
luːn6 tau3 ɕo5 aːi5，haɯ3 kou1 naːn2 ȵaːi3 naːn2 ton5；
hoŋ2 θiːn5 jiːn1 wan1，ei5 θiːŋ3 paːn1 taŋ1 wuːŋ2 tiːn6；
piŋ2 min2 pin2 ɕiːn6，lo5 ʔdei1 lou2 liːn6 juŋ2 wa2；
θiːu3 ɕe3 wuːŋ2 wa1，laɯ2 ku6 min2 kja1 kai fu5（paɯ4）？
maːu4 taːn1 it7 tu3，taɯ2 tau3 ɕaːi3 ku6 hai4 waːi2；
ho2 θiːŋ6 kɯn1 ɕaːi1，laɯ2 au1 no6 waːi2 ʔda1 ŋaːi2？

（直译）昨天皇姑，猜测模糊难解；
乱来错爱，使我难嚼难吞；
红线牵婚，意欲攀登皇殿；
平民贫贱，美梦留恋荣华；
小姐皇花，怎么做民家之妇？
牡丹一朵，拿来踩为牛屎；
和尚吃斋，怎么用牛肉设宴？
（意译）昨天皇姑，猜测模糊难辨；
乱来错爱，使我难嚼难咽；
红线牵婚，意欲攀登皇殿；
平民贫贱，梦中荣华留恋；
小姐皇花，怎做贫民家眷？
牡丹一朵，踩为牛屎难言；
和尚吃斋，怎用牛肉设宴？

【Ciep ciengq】
【接唱】
（原文）妈老凳口那，
交带话，
几欧夏皇亲；
布贪官求荣，
妈声音，
登心中针惨。
（壮文）Mehlaux daengq haeujnaj，
Gyaudaih vah，
Gaej aeu yah vuengzcaen；
Mbouj dam guen gouz yungz，
Meh singyaem，
Lumj simcung caemj（cim）camx.
（音标）me⁶ laːu⁴ taŋ⁵ hau³ na³，
kjaːu¹ taːi⁶ wa⁶，
kai³ au¹ ja⁶ wuːŋ² ɕan¹；
ʔbou³ taːm¹ kuːn¹ kou² juŋ²，
me⁶ θiŋ¹ jam¹，
lum³ θim¹ ɕuŋ¹ ɕam³（ɕim¹）ɕaːm⁴.
（直译）老妈嘱咐当面，
交代话，
不要娶妻皇亲；

不贪官求荣，
妈声音，
像心中针扎。
（意译）娘当面嘱叮，
交代清，
不娶妻皇亲；
不求荣官名，
娘声音，
像针般扎心。

【Ciep ciengq】
【接唱】
（原文）平静曾回归，
姑各议，
心愁眉不展；
参丁口皇殿，
样又样，
连时链桃卡。
（壮文）Bingzcaem caengz hoizgveih，
Gou gag ngeix，
Sim nyap meiz ndi cienj；
Yamqdin haeuj vuengzdienh，
Yiengh youh yiengh，
Lienzseiz lienh dauz ga.
（音标）piŋ^{2}ɕam^{1} ɕaŋ^{2} hoːi^{2}kwei^{6}，
kou^{1} kaːk^{8} ŋei^{4}，
θim^{1} ȵaːp^{7} mei^{2} ʔdi^{1} ɕiːn^{3}；
jaːm^{5}tin^{1} hau^{3} wuːŋ^{2}tiːn^{6}，
jiːŋ^{6} jou^{6} jiːŋ^{6}，
liːn^{2}θei^{2} liːn^{6} taːu^{2} ka^{1}.
（直译）平静未曾回归，
我自想，
心愁眉不展；
迈步进皇殿，
样又样，
连时链绑腿。
（意译）未回归乡间，
我自想，

心苦尽愁颜；
迈步进皇殿，
样又样，
就像脚绑链。

【Ciep ciengq】
【接唱】
（原文）封官曾使孩，
媒又猜，
胎布胎铭讲？
逐作箩曾了，
心各跳，
事又晓口麻。
（壮文）Fung guen caengz ndaej haiz，
Moiz youh cai，
Dai mbouj dai mwngz gangj？
Cug cagloz caengz liux，
Sim gag diuq，
Saeh youh heux haeujma.
（音标）$fuŋ^1$ $ku:n^1$ $ɕaŋ^2$ $ʔdai^3$ $ha:i^2$；
$mo:i^2$ jou^6 $ɕa:i^1$，
$ta:i^1$ $ʔbou^3$ $ta:i^1$ $muɯŋ^2$ $ka:ŋ^3$？
$ɕuk^8$ $ɕa:k^8lo^2$ $ɕaŋ^2$ $li:u^4$，
$θim^1$ $ka:k^8$ $ti:u^5$，
$θai^6$ jou^6 $he:u^4$ hau^3ma^1.
（直译）封官未曾得到鞋，
媒又猜，
死不死你说？
绑箩绳未曾结束，
心自跳，
事又绕回来。
（意译）封官鞋未见，
媒胡猜，
你说冤不冤？
绑箩绳未完，
心自跳，
事情又绕缠。

【Ciep ciengq】
【接唱】
（原文）如兰貌美一支花，
立乱除姑斗贪卡；
元帅皇姑真布噜，
鱼欧凤凰配六鸦？
（壮文）Yuzlanz yiengh gyaeu it cei va，
Laebluenh dawz gou daeuj damgyaq；
Yenzsai vuengzgux caen mbouj rox，
Lawz aeu funghvuengz boiq roegga？
（音标）ju^{2} la:n^{2} ji:ŋ^{6} kjau^{1} it^{7} ɕei^{1} wa^{1}，
lap^{8} lu:n^{6} taɯ^{2} kou^{1} tau^{3} ta:m^{1} kja^{5}；
je:n^{2} θa:i^{1} wu:ŋ^{2} ku^{4} ɕan^{1} ʔbou^{3} ɣo^{4}，
laɯ^{2} au^{1} fuŋ^{6} wu:ŋ^{2} po:i^{5} ɣok^{8} ka^{1}？
（直译）如兰貌美一枝花，
胡乱把我来接架；
元帅皇姑真不知，
怎要凤凰配乌鸦？
（意译）如兰貌美一枝花，
胡乱把我来顶架；
元帅皇姑真不知，
怎要凤凰配乌鸦？

【Ciep ciengq】
【接唱】
（原文）云鸾皇姑也奇怪，
突然昏倒为几嘛？
或者爹是是是是，
是惊是病是发痧？
（壮文）Ngoenzlwenz vuengzgux hix geizgvaiq，
Sawqmwh ngunhlaemx vih gijmaz？
Roxnaeuz de seih seih seih seih，
Seih ging seih bingh seih fatsa？
（音标）ŋon^{2} lɯ:n^{2} wu:ŋ^{2} ku^{4} hi^{4} kei^{2} kwa:i^{5}，
θaɯ^{5} mɯ^{6} ŋun^{6} lam^{4} wi^{6} ki^{3} ma^{2}？
ɣo^{4} nau^{2} te^{1} θei^{6} θei^{6} θei^{6} θei^{6}，
θei^{6} kiŋ^{1} θei^{6} piŋ^{6} θei^{6} fa:t^{7} θa^{1}？
（直译）昨日皇姑也奇怪，

突然昏倒为什么？
或者她是是是是，
是惊是病是发痧？
（意译）昨日皇姑也奇怪，
突然昏倒因为啥？
或者她是是是是，
是惊是病是发痧？

（Naengh roengz ngeix saeh）
（坐下思考问题）

Gyayienh【Bungj caz hwnj】
家院【捧茶上】
（原文）将军请用茶！
（壮文）Cienghginh cingj yungh caz！
（音标）ɕiːŋ⁶ kin⁶ ɕiŋ³ juŋ⁶ ɕa²！
（直译）将军请用茶！
（意译）将军请用茶！

Cinz Doenggo：
陈冬哥：
（原文）铭放就使了。
（壮文）Mwngz cuengq couh ndaej lo.
（音标）mɯŋ² ɕuːŋ⁵ ɕou⁶ ʔdai³ lo.
（直译）你放就行了。
（意译）你放下就行了。

Gyayienh（Cuengq caz gwnz daiz，yaek okdou）
家院（将茶放台上，欲出门）

Cinz Doenggo：
陈冬哥：
（原文）家院，请留步。
（壮文）Gyayienh，cingj dingzdin.
（音标）kja¹ jiːn⁶，ɕiŋ³ tiŋ² tin¹.
（直译）家院，请留步。
（意译）家院，请留步。

Gyayienh：
家院：
（原文）小将军眉何吩咐？
（壮文）Siujcienghginh meiz maz vah daengq？
（音标）θiːu^{3} ɕiːŋ^{6} kin^{6} mei^{2} ma^{2} wa^{6} taŋ^{5}？
（直译）小将军有何话吩咐？
（意译）小将军有何吩咐？

Cinz Doenggo：
陈冬哥：
（原文）请参家院，皇姑是否经常患眉昏弦病呀？
（壮文）Cingj cam gyayienh，vuengzgux seihmbouj gingciengz baenz meiz binghgyaeujngunh ha？
（音标）ɕiŋ^{3} ɕaːm^{1} kja^{1} jiːn^{6}，wuːŋ^{2} ku^{4} θei^{6} ʔbou^{3} kiŋ^{1} ɕiːŋ^{2} pan^{2} mei^{2} piŋ^{6} kjau^{3} ŋun^{6} ha？
（直译）请问家院，皇姑是否经常患有眩晕病呀？
（意译）请问家院，皇姑是否经常眩晕？

Gyayienh：
家院：
（原文）将军铭参则话你是几骡意思？
（壮文）Cienghginh mwngz cam ndaek vah neix seih gijlawz eiqsei？
（音标）ɕiːŋ^{6} kin^{6} mɯŋ^{2} ɕaːm^{1} ʔdak^{7} wa^{6} nei^{4} θei^{6} ki^{3} laɯ^{2} ei^{5} θei^{1}？
（直译）将军你问个话这是什么意思？
（意译）将军您问这话是什么意思？

Cinz Doenggo：
陈冬哥：
（原文）云鸾讲话，提伊爸姑是狼心狗肺的陈世美，皇姑就昏倒了。
（壮文）Ngoenzlwenz gangjvah，daez aeboh gou seih langzsim goujfeiq boux Cinz Simeij，vuengzgux couh ngunhlaemx la.
（音标）ŋon^{2} lɯːn^{2} kaːŋ^{3} wa^{6}，tai^{2} ai^{1} po^{6} kou^{1} θei^{6} laːŋ^{2} θim^{1} kou^{3} fei^{5} pou^{4} ɕin^{2} θi^{1} mei^{3}，wuːŋ^{2} ku^{4} ɕou^{6} ŋun^{6} lam^{4} la.
（直译）昨天讲话，提到爸我是狼心狗肺的陈世美，皇姑就昏倒了。
（意译）昨天讲话，提到我爸是狼心狗肺的陈世美，皇姑就昏倒了。

Gyayienh：
家院：
（原文）将军呀，铭至噜内因啊！

（壮文）Cienghginh ya，mwngz ndi rox yienzaen ha！
（音标）ɕiːŋ⁶kin⁶ ja，mɯŋ² ʔdi¹ ɣo⁴ jiːn²an¹ ha！
（直译）将军呀，你不知原因啊！
（意译）将军呀，您不知内情啊！

Cinz Doenggo：
陈冬哥：
（原文）到底是几骡原因呀？
（壮文）Dauqdaej seih gijlawz yienzaen ya？
（音标）taːu⁵tai³ θei⁶ ki³laɯ² jiːn²an¹ ja？
（直译）到底是什么原因呀？
（意译）到底是什么原因呀？

Gyayienh：
家院：
（原文）姑讲许铭听——
（壮文）Gou gangj hawj mwngz dingq——
（音标）kou¹ kaːŋ³ haɯ³ mɯŋ² tiŋ⁵——
（直译）我讲给你听——
（意译）我讲给您听——

【Gvaibanj】
【快板】
（原文）讲宫主，谈皇姑，
将军仔，听情由；
云鸾讲话爹昏倒，
淋泡活嘛噌取婆；
檐兰滴水点点准，
木匠打秀壮壮图；
铭正欧作桃几马，
搞争卡吃正噜都；
途铭伊爸陈世美，
正是宫主爹——
（壮文）Gangj gunghcuj，vah vuengzgux，
Cienghginh lwg，dingq cingzyouz；
Ngoenzlwenz gangjvah de ngunhlaemx，
Raemxbauq rued ma naeng cij bouz (foeg)；
Yiemhranz ndik raemx diemjdiemj cinj，

Canghfaex dajsiuq conghcongh duz (cinj)；
Mwngz cingq aeu cag dauz giqmax (daezmax)，
Hau deng gahaet cingq rox du；
Duzmwngz aeboh Cinz Simeij，
Cingqseih gunghcuj de——

（音标）kaːŋ^{3} kuŋ^{6}ɕu^{3}，wa^{6} wuːŋ^{2}ku^{4}，
ɕiːŋ^{6}kin^{6} lɯk^{8}，tiŋ^{5} ɕiŋ^{2}jou^{2}；
ŋon^{2}lɯːn^{2} kaːŋ^{3}wa^{6} te^{1} ŋun^{6}lam^{4}，
ɣam^{4}paːu^{5} ɣuːt^{8} ma^{1} naŋ^{1} ɕi^{3} pou^{2} （fok^{8}）；
ɣiːm^{6}ɣaːn^{2} ʔdik^{7} ɣam^{4} tiːm^{3}tiːm^{3} ɕin^{3}，
ɕaːŋ^{6}fai^{4} ta^{3}θiːu^{5} ɕoːŋ^{6}ɕoːŋ^{6} tu^{2} （ɕin^{3}）；
mɯŋ^{2} ɕiŋ^{5} au^{1} ɕaːk^{8} taːu^{2} ki^{5}ma^{4} （tai^{2}ma^{4}），
haːu^{1} teːŋ^{1} ka^{1}hat^{7} ɕiŋ^{5} ɣo^{4} tu^{1}；
tu^{2}mɯŋ^{2} ai^{1}po^{6} ɕin^{2} θi^{1}mei^{3}，
ɕiŋ^{5}θei^{6} kuŋ^{6}ɕu^{3} te^{1}——

（直译）讲公主，谈皇姑，
将军仔，听情由；
昨天讲话她昏倒，
滚水淋狗皮才肿；
屋檐滴水点点准，
木匠凿木洞洞准；
你正拿绳绑马蹄，
碰到脚踝才知痛；
你的父亲陈世美，
正是公主她——

（意译）说公主，道皇姑，
将军仔，听情由；
昨天讲话她昏倒，
滚水淋狗皮才肿；
屋檐滴水点对点，
木匠凿木洞对洞；
你正拿绳绑马蹄，
碰到脚踝才知痛；
你的父亲陈世美，
正是公主她——

Cinz Doenggo【Gaenjgip cam】
陈冬哥【急问】
（原文）是爹几骡呀？
（壮文）Seih de gijlawz ya？
（音标）θei^{6} te^{1} ki^{3}law^{2} ja？
（直译）是她什么呀？
（意译）是她什么呀？

Gyayienh【Ciep nam】
家院【续念】
（原文）正是宫主爹前夫。
（壮文）Cingqseih gunghcuj de gvangonq.
（音标）ɕiŋ^{5}θei^{6} kuŋ^{6}ɕu^{3} te^{1} kwaːn^{1}koːn^{5}.
（直译）正是公主她前夫。
（意译）正是公主她前夫。

Cinz Doenggo【Doeksaet laemx naengh roengz】
陈冬哥【惊倒坐】
（原文）啊！
（壮文）A！
（音标）a！
（直译）啊！
（意译）啊！

Gyayienh【Simgip cam】
家院【急问】
（原文）将军，铭——
（壮文）Cienghginh，mwngz——
（音标）ɕiːŋ^{6}kin^{6}，mɯŋ^{2}——
（直译）将军，你——
（意译）将军，您——

Cinz Doenggo：
陈冬哥：
（原文）姑至眉几骡，铭咙批吧！
（壮文）Gou ndi meiz gijlawz，mwngz roengzbae ba！
（音标）kou^{1} ʔdi^{1} mei^{2} ki^{3}law^{2}，mɯŋ^{2} ɣoŋ^{2}pai^{1} pa！
（直译）我没有什么，你下去吧！

（意译）我没有什么，你下去吧！

Gyayienh【Doiq okbae】
家院【退出】
（原文）哎！
（壮文）Ei！
（音标）ei！
（直译）哎！
（意译）哎！

（Roengz）
（下）

Cinz Doenggo【Nyapnyuk mbouj onj，ciengq】
陈冬哥【烦闷不安，唱】
1.
（原文）踩争温竹惨取因，
巾争糍达凛取都；
冤家路窄派对审，
小姐正是叻皇姑。
（壮文）Caij deng oenndoek camx cij in，
Gwn deng ceiz ndat linx cij du；
Ien'gya loh gaeb byaij doiqdaemj，
Siujcej cingqseih lwg vuengzgux.
（音标）ɕaːi^{3} teːŋ^{1} on^{1}ʔdk^{7} ɕaːm^{4} ɕi^{3} in^{1}，
kɯn^{1} teːŋ^{1} ɕei^{2} ʔdaːt^{7} lin^{4} ɕi^{3} tu^{1}；
iːn^{1}kja^{1} lo^{6} kap^{8} pjaːi^{3} toːi^{5}tam^{3}，
θiːu^{3}ɕe^{3} ɕiŋ^{5}θei^{6} lɯk^{8} wuːŋ^{2}ku^{4}.
（直译）踩中竹刺扎才痛，
吃中糍粑热舌才疼；
冤家路窄走相遇，
小姐正是孩子皇姑。
（意译）踩中竹刺脚才痛，
吃中热糍舌受苦；
冤家路窄走相遇，
小姐正是儿皇姑。

2.

（原文）天冷巴黎剥顶狗，
姑鱼纯争化览普；
一浪曾平二浪斗，
场戏你鱼演又鱼收？

（壮文）Mbwn rengx byaj raez bag dingjgyaeuj，
Gou lawz daenj deng vaq lanxbu（gyaeujgvangq）；
It langh caengz bingz ngeih langh daeuj，
Ciengz heiq neix lawz yienj youh lawz sou？

（音标）ʔbɯn^{1} ɣeːŋ^{4} pja^{3} ɣai^{2} paːk^{8} tiŋ^{3}kjau^{3}，
kou^{1} laɯ^{2} tan^{3} teːŋ^{1} wa^{5} laːn^{4}pu^{1}（kjau^{3}kwːŋ^{5}）；
it^{7} laːŋ^{6} ɕaŋ^{2} piŋ^{2} ŋei^{6} laːŋ^{6} tau^{3}，
ɕiːŋ^{2} hei^{5} nei^{4} laɯ^{2} jiːn^{3} jou^{6} laɯ^{2} θou^{1}？

（直译）天旱雷鸣劈头顶，
我怎穿中裤宽头；
一浪未平二浪来，
场戏这怎演又怎收？

（意译）天旱雷鸣劈头顶，
我怎穿中宽头裤；
一浪未平二浪到，
这戏怎演怎落幕？

3.

（原文）布怪妈老讲，
特良办，
各拉仰桃卡；
冤家古冤家，
锚奏嘛，
皮你他取笨。

（壮文）Mbouj gvaiq mehlaux gangj，
Dwgrengz banh，
Gag ra nyangj dauz ga；
Ien'gya goj ien'gya，
Meuz caeuq ma，
Baezneix da cij byonj.

（音标）ʔbou^{3} kwaːi^{5} me^{6}laːu^{4} kaːŋ^{3}，
tɯk^{8}ɣeːŋ^{2} paːn^{6}，
kaːk^{8} ɣa^{1} ȵaːŋ^{3} taːu^{2} ka^{1}；

iːn^{1}kja^{1} ko^{3} iːn^{1}kja^{1}，
meːu^{2} ɕau^{5} ma^{1}，
pai^{2}nei^{4} ta^{1} ɕi^{3} pjoːn^{3}.

（直译）不怪老妈讲，
辛苦办，
自找稻草绑腿；
冤家对冤家，
猫和狗，
这回眼睛才翻。

（意译）不怪老妈讲，
辛苦办，
稻草脚上绑；
冤家就对上，
猫和狗，
这回眼才翻。

4.

（原文）巴跳咙歪利，
胎布里，
取任意云煎；
辛争须古蒐，
曼又先，
姑取争受苦。

（壮文）Bya diuq roengz vaileih，
Dai mbouj leix (lix)，
Cij nyaemh'eiq vunz cien；
Ndinj (ndwnj) deng mbaw gomen，
Manh youh sen，
Gou cij deng souh hoj.

（音标）pja^{1} tiːu^{5} ɣoŋ^{2} waːi^{1}lei^{6}，
taːi^{1} ʔbou^{3} leix (li^{4})，
ɕi^{3} ȵam^{6}ei^{5} wun^{2} ɕiːn^{1}；
ʔdin^{3} (ʔdɯn^{3}) teːŋ^{1} ʔbaɯ^{1} ko^{1}meːn^{1}，
maːn^{6} jou^{6} θeːn^{1}，
kou^{1} ɕi^{3} teːŋ^{1} θou^{6} ho^{3}.

（直译）鱼跳下鱼箭，
死不活，
才任意人煎；

吞中叶菟丝子，
辣又痛，
我才挨受苦。
（意译）鱼进箭被捡，
死不活，
才任意人煎；
菟丝子喉间，
辣又痛，
我才苦难言。

(Simnyap dangqmaz dwk naengh roengz)
（闷闷不乐地坐下）

Cangh Yuzlanz【Vuengvueng vatvat hwnj，ciengq】
张如兰【急冲冲地上，唱】
（原文）将军话眉药，妈老而就等；
皮你事取棍，朔争尚厚粘。
（壮文）Cienghginh vah meiz yw，Mehlaux rwz couh daengj；
Baezneix saeh cij goenq，Nyoeg deng faengx haeuxciem.
（音标）ɕiːŋ⁶kin⁶ wa⁶ mei² jɯ¹，me⁶laːu⁴ ɣɯ² ɕou⁶ taŋ³；
pai²nei⁴ θai⁶ ɕi³ kon⁵，ȵok⁸ teːŋ¹ faŋ⁴ hau⁴ɕiːm¹.
（直译）将军话有药，老妈耳就竖；
这次事才断，插中粽子籼米。
（意译）将军话有药，老妈耳直耸；
这次事中断，插中籼米粽。

【Cabgangj】
【插白】
（原文）布使，姑争批拉小将军讲明道理取使。
（壮文）Mbouj ndaej，gou deng bae ra siujcienghginh gangjmingz dauhleix cij ndaej.
（音标）ʔbou³ ʔdai³，kou¹ teːŋ¹ pai¹ ɣa¹ θiːu³ɕiːŋ⁶kin⁶ kaːŋ³miŋ² taːu⁶lei⁴ ɕi³ ʔdai³.
（直译）不行，我得去找小将军讲明道理才行。
（意译）不行，我要去找小将军讲明道理才行。

(Bek dou)
（拍门）

Cinz Doenggo:
陈冬哥:
(原文)是如斗拍都呀?
(壮文)Seih byawz daeuj bek dou ya?
(音标)θei^{6} pjaɯ^{2} tau^{3} peːk^{7} tou^{1} ja?
(直译)是谁来拍门呀?
(意译)是谁来拍门呀?

Cangh Yuzlanz:
张如兰:
(原文)小将军,是姑的,开都呀!
(壮文)Siujcienghginh, seih gou gae, hai dou ya!
(音标)θiːu^{3}ɕiːŋ^{6}kin^{6}, θei^{6} kou^{1} kai, haːi^{1} tou^{1} ja!
(直译)小将军,是我,开门呀!
(意译)小将军,是我,开门呀!

Cinz Doenggo【Ciengq】
陈冬哥【唱】
(原文)计叻含耀磅,
至敢茬,
样鱼办铭怒;
小姐选开都,
使认图,
事反忧加倍。
(壮文)Gaeqlwg gamz yiuhbangh,
Ndi gamj cangh,
Yienghlawz banh mwngz naeuz;
Siujcej suenj hai dou,
Ndaej nyaenhduz (lingz),
Saeh fanj you gyaboix.
(音标)kai^{5}lɯk^{8} kaːm^{2} jiːu^{6}paːŋ^{6},
ʔdi^{1} kaːm^{3} ɕaːŋ^{6},
jiːŋ^{6}laɯ^{2} paːn^{6} mɯŋ^{2} nau^{2};
θiːu^{3}ɕe^{3} θuːn^{3} haːi^{1} tou^{1},
ʔdai^{3} ȵan^{6}tu^{2} (liŋ^{2}),
θai^{6} faːn^{3} jou^{1} kja^{1}poːi^{4}.
(直译)小鸡叼鹞鹰,
不敢动,

怎么办你说；
小姐喊开门，
能认上，
事情倒反忧加倍。
（意译）小鸡叼鹞鹰，
不敢动，
怎么办你说；
小姐喊开门，
能认上，
事反忧愁多。

【Cabgangj】
【插白】
（原文）小姐，天陷了，姑咙吨了，至开啦！
（壮文）Siujcej，mbwn haemh lo，gou roengzninz lo，ndi hai la！
（音标）θiːu^{3}ɕe^{3}，ʔbɯn^{1} ham^{6} lo，kou^{1} ɣoŋ^{2}nin^{2} lo，ʔdi^{1} haːi^{1} la！
（直译）小姐，天晚了，我睡下了，不开啦！
（意译）小姐，天晚了，我睡下了，不开啦！

Cangh Yuzlanz【Simgip dwk】
张如兰【着急地】
（原文）哎呀，姑眉要紧事欧对铭讲，快开呀！
（壮文）Aeya，gou meiz youqgaenj saeh aeu doiq mwngz gangj，vaiq hai ya！
（音标）aija，kou^{1} mei^{2} jou^{5}kan^{3} θai^{6} au^{1} toːi^{5} mɯŋ^{2} kaːŋ^{3}，waːi^{5} haːi^{1} ja！
（直译）哎呀，我有要紧事要对你讲，快开呀！
（意译）哎呀，我有要紧事要对你讲，快开呀！

Cinz Doenggo：
陈冬哥：
（原文）眉事，云昨天亮再讲吧！
（壮文）Meiz saeh，ngoenzcog mbwn rongh caiq gangj ba！
（音标）mei^{2} θai^{6}，ŋon^{2}ɕoːk^{8} ʔbɯn^{1} ɣoːŋ^{6} ɕaːi^{5} kaːŋ^{3} pa！
（直译）有事，明天天亮再讲吧！
（意译）有事，明天天亮再讲吧！

Cangh Yuzlanz：
张如兰：
（原文）至使至使，是最要紧事情呀！

（壮文）Ndi ndaej ndi ndaej，seih ceiq youqgaenj saehcingz ya!
（音标）ʔdi^{1} ʔdai^{3} ʔdi^{1} ʔdai^{3}，θei^{6} ɕei^{5} jou^{5}kan^{3} θai^{6}ɕiŋ^{2} ja!
（直译）不行不行，是最要紧事情呀！
（意译）不行不行，是最要紧的事呀！

Cinz Doenggo【Ciengq】
陈冬哥【唱】
（原文）厚了取啷太，
无难乃，
部化坏啷同；
任讲总布从，
姑阿冬，
想各咙各莽。
（壮文）Haeux lw cij nyangz daiq,
Fouz nanznaih,
Buhvaq vaih nyangz doengz;
Nyaemh gangj cungj mbouj coengz,
Gou Adoeng,
Siengj gag loeng gag muengx.
（音标）hau^{4} lɯ^{1} ɕi^{3} ȵaːŋ^{2} taːi^{5}，
fou^{2} naːn^{2}naːi^{6}，
pu^{6}wa^{5} waːi^{6} ȵaŋ^{2} toŋ^{2}；
ȵam^{6} kaːŋ^{3} ɕuŋ^{3} ʔbou^{3} ɕoŋ^{2}，
kou^{1} a^{1}toŋ^{1}，
θiːŋ^{3} kaːk^{8} loŋ^{1} kaːk^{8} muːŋ^{4}.
（直译）饭剩才逢岳母，
无难耐，
衣服烂撞见老同①；
任讲总不从，
我阿冬，
想自错自惊愕。
（意译）岳母来锅空，
无难耐，
衣烂遇老同；
怎讲都不从，
我阿冬，
想自欺无用。

① 老同：即情投意合的朋友。

【Cabgangj】
【插白】
（原文）小姐，天痕了，至开了，铭批嘛吧。
（壮文）Siujcej，mbwnhwnz la，ndi hai la，mwngz baema ba.
（音标）θiːu^{3}ɕe^{3}，ʔbɯn^{1}hɯn^{2} la，ʔdi^{1} haːi^{1} la，mɯŋ^{2} pai^{1}ma^{1} pa.
（直译）小姐，半夜了，不开了，你回去吧。
（意译）小姐，半夜了，不开了，您回去吧。

Cangh Yuzlanz：
张如兰：
（原文）铭至开都？
（壮文）Mwngz ndi hai dou？
（音标）mɯŋ^{2} ʔdi^{1} haːi^{1} tou^{1}？
（直译）你不开门？
（意译）你不开门？

（Hozndat dwk）
（怒气地）
（原文）陷你姑硬至条！
（壮文）Haemhneix gou nyengh ndi deuz！
（音标）ham^{6}nei^{4} kou^{1} ɲeːŋ^{6} ʔdi^{1} teːu^{2}！
（直译）今晚我硬不走！
（意译）今晚我偏不走！

（Gyajcang daej）
（假哭）
（原文）咦咦咦！
（壮文）Hi hi hi！
（音标）hi hi hi！
（直译）咦咦咦！
（意译）咦咦咦！

Cinz Doenggo【Mbouj miz banhfap dwk】
陈冬哥【无可奈何地】
（原文）小姐，姑开都就是了。
（壮文）Siujcej，gou hai dou couhseih la.
（音标）θiːu^{3}ɕe^{3}，kou^{1} haːi^{1} tou^{1} ɕou^{6}θei^{6} la.
（直译）小姐，我开门就是了。

（意译）小姐，我开门就是了。

（Hai dou，Cangh Yuzlanz ndoj gvaq mbiengj ndeu bae）
（开门，张如兰躲过一边）
（原文）小姐！
（壮文）Siujcej！
（音标）θiːu^{3}ɕe^{3}！
（直译）小姐！
（意译）小姐！

（Mbouj raen vunz）
（不见人）

Cangh Yuzlanz【Haeuj ranz riu】
张如兰【进屋笑】
（原文）嘻嘻！铭至开都也争开了。
（壮文）Hi hi！Mwngz ndi hai dou hix deng hai la.
（音标）hi hi！mɯŋ^{2} ʔdi^{1} haːi^{1} tou^{1} hi^{4} teːŋ^{1} haːi^{1} la.
（直译）嘻嘻！你不开门也得开了。
（意译）嘻嘻！你不开门也不得不开了。

Cinz Doenggo：
陈冬哥：
（原文）小姐，铭眉几骡急事呀？
（壮文）Siujcej，mwngz meiz gijlawz gaepsaeh ya？
（音标）θiːu^{3}ɕe^{3}，mɯŋ^{2} mei^{2} ki^{3}lau^{2} kap^{7}θai^{6} ja？
（直译）小姐，你有什么急事呀？
（意译）小姐，您有什么急事呀？

Cangh Yuzlanz：
张如兰：
（原文）将军哥哥，姑，姑姑……
（壮文）Cienghginh daeggo，gou，gou gou……
（音标）ɕiːŋ^{6}kin^{6} tak^{8}ko^{1}，kou^{1}，kou^{1} kou^{1}……
（直译）将军哥哥，我，我我……
（意译）将军哥哥，我，我我……

Cinz Doenggo【Ciengq】
陈冬哥【唱】
（原文）讲怒眉事喊开都，
样鱼口斗幼欧欧？
小姐小姐达小姐，
对那尽讲姑姑姑。
（壮文）Gangjnaeuz meiz saeh hemq hai dou，
Yienghlawz haeujdaeuj youqngoungou？
Siujcej siujcej dah siujcej，
Doiqnaj caenh gangj gou gou gou.
（音标）kaːŋ^{3} nau^{2} mei^{2} θai^{6} heːm^{5} haːi^{1} tou^{1}，
jiːŋ^{6} laɯ^{2} hau^{3} tau^{3} jou^{5} ŋou^{1} ŋou^{1}？
θiːu^{3} ɕe^{3} θiːu^{3} ɕe^{3} ta^{6} θiːu^{3} ɕe^{3}，
toːi^{5} na^{3} ɕan^{6} kaːŋ^{3} gou^{1} kou^{1} kou^{1}.
（直译）说道有事喊开门，
怎么进来住呆呆？
小姐小姐女小姐，
对面尽讲我我我。
（意译）说有事来喊开门，
怎么进门呆呆坐？
小姐小姐这小姐，
对面尽讲我我我。

Cangh Yuzlanz【Ciengq】
张如兰【唱】
（原文）内剥含叻民，
肚先因，
半想很想孩。
（壮文）Ndaw bak gamz sawzminz (moegsawz)，
Dungx sien in，
Buenq siengj ndinj siengj haiz.
（音标）ʔdaɯ^{1} paːk^{7} kaːm^{2} θaɯ^{2} min^{2} (mok^{8} θaɯ^{2})，
tuŋ^{4} θiːn^{1} in^{1}，
puːn^{5} θiːŋ^{3} ʔdin^{3} θiːŋ^{3} haːi^{2}.
（直译）里嘴含木薯，
肚先疼，
半想吞想吐。
（意译）嘴里含木薯，

肚先疼，
半想吞想吐。

Cinz Doenggo【Ciep ciengq】
陈冬哥【接唱】
（原文）对那幼呆呆，
疋妈来，
斗全才疋父。
（壮文）Doiqnaj youqngaingai,
Bitmeh lai,
Daeuj cienhcaiz bitboux.
（音标）toːi^{5} na^{3} jou^{1} ŋaːi^{1} ŋaːi^{1},
pit^{7} me^{6} laːi^{1},
tau^{3} ɕiːn^{6} ɕaːi^{2} pit^{7} pou^{4}.
（直译）对面住呆呆，
母鸭多，
来围绕公鸭。
（意译）对面呆呆住，
母鸭多，
随公鸭屁股。

Cangh Yuzlanz【Ciengq】
张如兰【唱】
（原文）六鹤口川四，
迭歪利，
又反忌腥巴；
养争途猫嗟，
盹立他，
怒合卡曾庄。
（壮文）Roeghag haeuj ndwen seiq,
Deq vaileih,
Youh fanj geih singbya,
Ciengx deng duzmeuz ya,
Ninz laep da,
Nou haeb ga caengz cangh.
（音标）ɣok^{8} haːk^{8} hau^{3} ʔdɯːn^{1} θei^{5},
te^{5} waːi^{1} lei^{6},
jou^{6} faːn^{3} kei^{6} θiŋ^{1} pja^{1};

ɕiːŋ^{4} teːŋ^{1} tu^{2}meːu^{2} ja^{1},
nin^{2} lap^{7} ta^{1},
nou^{1} hap^{8} ka^{1} ɕaŋ^{2} ɕaːŋ^{6}.

（直译）白鹤入月四，
等下簖，
又反忌鱼腥；
养中只懒猫，
睡闭眼，
鼠咬腿未动。

（意译）四月白鹤盯，
鱼下簖，
却又忌鱼腥；
养懒猫很静，
睡闭眼，
鼠咬腿不醒。

Cinz Doenggo【Ciengq】
陈冬哥【唱】

（原文）越咄啉越番，
难了难，
越劳防越逻；
世界眉变化，
如伦卦，
反争马审怀？

（壮文）Yied nit rumz yied fan,
Nanz liux nanz,
Yied lau fangz yied ra;
Seiqgyaiq meiz bienqvaq,
Byawz raen gvaq,
Fanj deng max daemj vaiz?

（音标）jiːt^{8} nit^{7} ɣum^{2} jiːt^{8} faːn^{1},
naːn^{2} liːu^{4} naːn^{2},
jiːt^{8} laːu^{1} faːŋ^{2} jiːt^{8} ɣa^{1};
θei^{5}kjaːi^{5} mei^{2} piːn^{5}wa^{5},
pjaɯ^{2} ɣan^{1} kwa^{5},
faːn^{3} teːŋ^{1} ma^{4} tam^{3} waːi^{2}?

（直译）越冷风越翻，
难了难，

越怕鬼越找；
世界有变化，
谁见过，
反被马撞牛？
（意译）越冷风越狂，
难了难，
怕鬼又碰上；
世界有变样，
谁见过，
牛反被马撞？

Cangh Yuzlanz：
张如兰：
（原文）将军哥，铭眉几骡心事呀？
（壮文）Cienghginh go，mwngz meiz gijlawz simsaeh ya？
（音标）ɕiːŋ^{6}kin^{6} ko^{1}，mɯŋ^{2} mei^{2} ki^{3}laɯ^{2} θim^{1}θai^{6} ja？
（直译）将军哥，你有什么心事呀？
（意译）将军哥，你有什么心事呀？

Cinz Doenggo：
陈冬哥：
（原文）小姐，姑心情太烦闷了。
（壮文）Siujcej，gou simcingz daiq fanzmbwq la.
（音标）θiːu^{3}ɕe^{3}，kou^{1} θim^{1}ɕiŋ^{2} taːi^{5} faːn^{2}ʔbɯ^{5} la.
（直译）小姐，我心情太烦闷了。
（意译）小姐，我心情太烦闷了。

Cangh Yuzlanz【Beng genbuh Cinz Doenggo】
张如兰【拉陈冬哥衣袖】
（原文）铭应该对姑讲清楚呀！
（壮文）Mwngz wnggai doiq gou gangj cingcuj ya！
（音标）mɯŋ^{2} ɯŋ^{1}kaːi^{1} toːi^{5} kou^{1} kaːŋ^{3} ɕiŋ^{1}ɕu^{3} ja！
（直译）你应该对我讲清楚呀！
（意译）你应该对我讲清楚呀！

Cinz Doenggo【Simvueng dwk】
陈冬哥【慌张地】
（原文）小姐，铭……

（壮文）Siujcej，mwngz……
（音标）θiːu^{3}ɕe^{3}，mɯŋ^{2}……
（直译）小姐，你……
（意译）小姐，您……

Cangh Yuzlanz：
张如兰：
（原文）铭是至是对姑嫌弃呀？
（壮文）Mwngz seih ndi seih doiq gou yiemzmbwq ya？
（音标）mɯŋ^{2} θei^{6} ʔdi^{1} θei^{6} toːi^{5} kou^{1} jiːm^{2}ʔbɯ^{5} ja？
（直译）你是不是对我嫌弃呀？
（意译）你是不是嫌弃我呀？

Cinz Doenggo：
陈冬哥：
（原文）哎呀，小姐花容，姑实在至敢高攀呀！
（壮文）Aeya，siujcej vayungz，gou saedcaih ndi gamj gauhbanh ya！
（音标）aija，θiːu^{3}ɕe^{3} wa^{1}juŋ^{2}，kou^{1} θat^{8}ɕaːi^{6} ʔdi^{1} kaːm^{3} kaːu^{6}paːn^{6} ja！
（直译）哎呀，小姐花容，我实在不敢高攀呀！
（意译）哎呀，小姐美貌，我实在不敢高攀呀！

Cangh Yuzlanz【Ciengq】
张如兰【唱】
（原文）父骡唱戏至搞锣，
父骡卡喟至拎卡？
父骡卡疋至踩活，
父骡当世至欧巴？
（壮文）Bouxlawz ciengqheiq ndi ndaek laz，
Bouxlawz gaj mou ndi gaem ga？
Bouxlawz gaj bit ndi caij hoz，
Bouxlawz dangseiq ndi aeu baz？
（音标）pou^{4}laɯ^{2} ɕiːŋ^{5}hei^{5} ʔdi^{1} ʔdak^{7} la^{2}，
pou^{4}laɯ^{2} ka^{3} mou^{1} ʔdi^{1} kam^{1} ka^{1}？
pou^{4}laɯ^{2} ka^{3} pit^{7} ʔdi^{1} ɕaːi^{3} ho^{2}，
pou^{4}laɯ^{2} taːŋ^{1}θei^{5} ʔdi^{1} au^{1} pa^{2}？
（直译）哪个唱戏不敲锣，
哪个杀猪不抓脚？
哪个杀鸭不踩脖，

哪个当世不娶妻？
（意译）哪个唱戏不敲锣，
哪个杀猪不抓蹄？
哪个杀鸭不踩翅，
哪个在世不娶妻？

Cinz Doenggo【Ciengq】
陈冬哥【唱】
（原文）小姐皇宫一支花，
一生厚禄享荣华；
山珍海味铭布愿，
反意乡下巾南沙。
（壮文）Siujcej vuengzgung it nge va，
Itseng loegna yiengj yungzvaz；
Byaek ndei byaek feih mwngz mbouj nyienh，
Fanj gyaez lajmbanj gwn namhsa.
（音标）θiːu^{3}ɕe^{3} wuːŋ^{2}kuŋ^{1} it^{7} ŋe^{1} wa^{1}，
it^{7}θeːŋ^{1} lok^{8}na^{1} jiːŋ^{3} juŋ^{2}wa^{2}；
pjak^{7} ʔdei^{1} pjak^{7} fei^{6} mɯŋ^{2} ʔbou^{3} ȵiːn^{6}，
faːn^{3} kjai^{2} la^{3}ʔbaːn^{3} kɯn^{1} naːm^{6}θa^{1}.
（直译）小姐皇宫一枝花，
一生厚禄享荣华；
菜好菜好吃你不愿，
反爱乡下吃泥巴。
（意译）小姐皇宫一枝花，
一生厚禄享荣华；
山珍海味你不愿，
反爱乡下吃泥巴。

Cangh Yuzlanz【Ciengq】
张如兰【唱】
（原文）开他巾淋敢，
照实讲，
总当碗淋糖；
开他巾麦唧，
出噜咸，
何必参味道？

（壮文）Hai da gwn raemxgamj,
Ciuq saed gangj,
Cungj dangq vanj raemxdangz;
Hai da gwn maklangz,
Cit rox hamz,
Hozbiet cam feihdauh?
（音标）haːi^{1} ta^{1} kɯn^{1} ɣam^{4}kaːm^{3},
çiːu^{5} θat^{8} kaːŋ^{3},
çuŋ^{3} taːŋ^{5} waːn^{3} ɣam^{4}taːŋ^{2};
haːi^{1} ta^{1} kɯn^{2} maːk^{7}laːŋ^{2},
çit^{7} ɣo^{4} haːm^{2},
ho^{2}piːt^{7} çaːm^{1} fei^{6}taːu^{6}?
（直译）开眼喝山洞水，
照实讲，
总像碗糖水；
开眼吃槟榔，
淡或咸，
何必问味道？
（意译）开眼洞水尝，
照实讲，
总像水有糖；
睁眼吃槟榔，
咸或淡，
味道何须讲？

Cinz Doenggo【Ciengq】
陈冬哥【唱】
（原文）小姐咳小姐，
各欧虮，
七口吱剥蛇；
铭鱼使认字？
针那而，
布劳芜那假。
（壮文）Siujcej hai siujcej,
Gag aeu gvej,
Caet haeuj dih bakngwz;
Mwngz lawz ndaej nyaenx cwz?
Ndaem naz lw,

Mbouj lau fwz nazgyaj.

（音标）θiːu^{3}ɕe^{3} haːi θiːu^{3}ɕe^{3}，
kaːk^{8} au^{1} kwe^{3}，
ɕat^{7} hau^{3} ti^{6} paːk^{7}ŋɯ^{2}；
mɯŋ^{2} laɯ^{2} ʔdai^{3} ȵan^{4} ɕɯ^{2}？
ʔdam^{1} na^{2} lɯ^{1}，
ʔbou^{3} laːu^{1} fɯ^{2} na^{2}kja^{3}.

（直译）小姐呀小姐，
自用小蛙，
塞入那蛇口；
你怎能恁牛？
种田余，
不怕荒秧田。

（意译）小姐无来由，
用小蛙，
塞入那蛇口；
你愚笨如牛，
种剩田，
秧田荒不愁。

Cangh Yuzlanz【Ciengq】
张如兰【唱】

（原文）六毛意叻栋，
位任耿，
途会限巾曾；
狗化也愿跟，
化至文，
姑跟楞九巧。

（壮文）Roegmauh gyaez lwgrenh，
Ngveih nyaemh geng，
Duz hoih henx gwn raeng；
Gaujvaq hix nyienh gaen，
Vaq ndi baenz，
Gou gaenlaeng riuj giuq (swx).

（音标）ɣok^{8}maːu^{6} kjai^{2} lɯk^{8}ɣeːn^{6}，
ŋwei^{6} ȵam^{6} keːŋ^{1}，
tu^{2} hoːi^{6} heːn^{4} kɯn^{1} ɣaŋ^{1}；
kaːu^{3}wa^{5} hi^{4} ȵiːn^{6} kan^{1}，

wa^{5} ʔdi^{1} pan^{2}，
kou^{1} kan^{1}laŋ^{1} ɣiːu^{3} kiːu^{5} (θɯ^{4}).
（直译）戴胜爱楝果，
果核任硬，
鸟慢啃吃胀；
乞丐也愿跟，
化不成，
我跟后提篮。
（意译）楝果戴胜尝，
核坚硬，
母鸟啃吃胀；
乞丐也愿当，
化不到，
我随后提篮。

Cinz Doenggo：
陈冬哥：
（原文）小姐，铭太痴情了。
（壮文）Siujcej，mwngz daiq ngawz la.
（音标）θiːu^{3}ɕe^{3}，mɯŋ^{2} taːi^{5} ŋaɯ^{2} la.
（直译）小姐，你太傻了。
（意译）小姐，您太痴情了。

Cangh Yuzlanz：
张如兰：
（原文）将军哥，难道铭嫌姑？
（壮文）Cienghginh go，nanzdauh mwngz yiemz gou?
（音标）ɕiːŋ^{6}kin^{6} ko^{1}，naːn^{2}taːu^{6} mɯŋ^{2} jiːm^{2} kou^{1}？
（直译）将军哥，难道你嫌我？
（意译）将军哥，难道你嫌我？

Cinz Doenggo：
陈冬哥：
（原文）小姐深情厚义，姑鱼敢嫌呀！
（壮文）Siujcej cingzlaeg ngeihna，gou lawz gamj yiemz ya!
（音标）θiːu^{3}ɕe^{3} ɕiŋ^{2}lak^{8} ŋei^{6}na^{1}，kou^{1} laɯ^{2} kaːm^{3} jiːm^{2} ja！
（直译）小姐深情厚谊，我怎敢嫌呀！
（意译）小姐深情厚谊，我怎敢嫌呀！

Cangh Yuzlanz：
张如兰：
（原文）那铭答应了？
（壮文）Neix mwngz dapwngq la？
（音标）nei⁴ mɯŋ² taːp⁷ ɯŋ⁵ la？
（直译）那你答应了？
（意译）那你答应了？

Cinz Doenggo：
陈冬哥：
（原文）里至曾。
（壮文）Lij ndicaengz.
（音标）li³ ʔdi¹ ɕaŋ².
（直译）还没有。
（意译）还没有。

Cangh Yuzlanz：
张如兰：
（原文）铭至答应，陷你姑就至条！
（壮文）Mwngz ndi dapwngq，haemhneix gou couh ndi deuz！
（音标）mɯŋ² ʔdi¹ taːp⁷ ɯŋ⁵，ham⁶ nei⁴ kou¹ ɕou⁶ ʔdi¹ teːu²！
（直译）你不答应，今晚我就不走！
（意译）你不答应，今晚我就不走！

（Hujdengdeng naengh roengz）
（怒气地坐下）

Cinz Doenggo【Ciengq】
陈冬哥【唱】
（原文）胎布胎，胎布胎，
兵老来胎吸卡怀；
计叻开爪勾剥耀，
叻幅欧斗议叻腮。
（壮文）Dai mbouj dai，dai mbouj dai，
Binglaux laihdai gaet gavaiz；
Gaeqlwg hai nyauj ngaeu bakyiuh，
Lwgmbwk aeu daeuj ngaex lwgsai.
（音标）taːi¹ ʔbou³ taːi¹，taːi¹ ʔbou³ taːi¹，

piŋ¹ laːu⁴ laːi⁶ taːi¹ kat⁷ ka¹ waːi²；
kai⁵ lɯk⁸ haːi¹ ȵaːu³ ŋau¹ paːk⁷ jiːu⁶，
lɯk⁸ ʔbɯk⁷ au¹ tau³ ŋai⁴ lɯk⁸ θaːi¹.
（直译）死不死，死不死，
老蚂蟥要赖啃牛腿；
小鸡开爪勾鹰嘴，
女孩用来推男孩。
（意译）死不死，死不死，
蚂蟥赖啃牛腿来；
小鸡开爪勾鹰嘴，
女孩却来推男孩。

【Cabgangj】
【插白】
（原文）小姐，姑答应了。
（壮文）Siujcej，gou dapwngq la.
（音标）θiːu³ɕe³，kou¹ taːp⁷ɯŋ⁵ la.
（直译）小姐，我答应了。
（意译）小姐，我答应了。

Cangh Yuzlanz【Angqfwngfwng】
张如兰【欢喜地】
（原文）真的，铭答应了？
（壮文）Caen ma，mwngz dapwngq la?
（音标）ɕan¹ ma，mɯŋ² taːp⁷ɯŋ⁵ la?
（直译）真吗，你答应了？
（意译）真的，你答应了？

Cinz Doenggo：
陈冬哥：
（原文）真的，答应了，小姐。
（壮文）Caen ha，dapwngq la，siujcej.
（音标）ɕan¹ ha，taːp⁷ɯŋ⁵ la，θiːu³ɕe³.
（直译）真啊，答应了，小姐。
（意译）真的，答应了，小姐。

（原文）云鸾姑，受支风寒，身体至大舒服。铭先咙批嘛，姑歇息了。
（壮文）Ngoenzlwenz gou，deng di funghanz，ndangdaej ndi daih baenzyouq. Mwngz sien roengzbae ma，gou yiet la.

（音标）ŋon^2 lɯːn^2 kou^1，teːŋ^1 ti^1 fuŋ^1 haːn^2，ʔdaːŋ^1 tai^3 ʔdi^1 taːi^6 pan^2 jou^5. mɯŋ^2 θiːn^1 ɣoŋ^2 pai^1 ma^1，kou^1 jiːt^7 la.
（直译）昨天我，受点风寒，身体不大舒服。你先下去，我休息了。
（意译）昨天我，受点风寒，身体不大舒服。您先回去，我休息了。

Cangh Yuzlanz【Ciengq】
张如兰【唱】
（原文）受寒即咙盹，姑伴铭卦陷；
天凉欧填禁，姑定品狗床。
（壮文）Dwgliengz cix roengzninz，Gou buenx mwngz gvaq haemh；
Mbwn liengz aeu denz gaemq（goeb），Gou dingh baemj gyaeujcongz.
（音标）tɯk^8 liːŋ^2 ɕi^4 ɣoŋ^2 nin^2，kou^1 puːn^4 mɯŋ^2 kwa^5 ham^6；
ʔbɯn^1 liːŋ^2 au^1 teːn^2 kam^5（kop^8），kou^1 tiŋ^6 pam^3 kjau^{3}ɕoːŋ^2.
（直译）受寒就睡下，我伴你过夜；
天凉拿被子盖，我定守床头。
（意译）受寒就睡下，夜晚我赔你；
天凉拿被盖，我床头护理。

Cinz Doenggo【Youq henz ciengq】
陈冬哥【旁唱】
（原文）解争博妈忍，
气各很，
样鱼很鱼孩？
任逗布离开，
文痕挨，
取愿胎愿里。
（壮文）Nyaij deng biekmeh swnx①，
Heiq gag hwnj，
Yienghlawz ndwnj lawz haiz？
Nyaemh daeuh mbouj lizhai，
Baenz hwnz ai，
Cix nyienh dai nyienh lix.
（音标）ȵaːi^3 teːŋ^1 piːk^7 me^6 θɯn^4，
hei^5 kaːk^8 hɯn^3，
jiːŋ^6 lau^2 ʔdɯn^3 lau^2 haːi^2？
ȵam^6 tau^6 ʔbou^3 li^2 haːi^1，
pan^2 hɯn^2 aːi^1，
ɕi^4 ȵiːn^6 taːi^1 ȵiːn^6 li^4.

① Swnx：Buenq ndip buenq cug（半生不熟）。

（直译）嚼中母芋头涩，
气自起，
怎么吞怎么吐？
任劝不离开，
整夜靠，
却愿死愿活。
（意译）嚼芋涩难说，
气自起，
怎么来解脱？
任劝都磨拖，
整夜靠，
倒愿死愿活。

Cangh Yuzlanz【Ciengq】
张如兰【唱】
（原文）今争怀双作，
实在瞎，
肥在伐皮椤；
气紧使各痕，
教文云，
古至曾噜岳。
（壮文）Gaem deng vaiz song cag,
Saedcaih yat (huk),
Faex caiq fad baihlaeng;
Heiqgaenj saej gag haenz,
Gyauq baenz ngoenz,
Goj ndicaengz rox rag.
（音标）kam^{1} teːŋ^{1} waːi^{2} θoːŋ^{1} ɕaːk^{8},
θat^{8} ɕaːi^{6} jaːt^{7} (huk^{7}),
fai^{4} ɕaːi^{5} faːt^{8} paːi^{6} laŋ^{1};
hei^{5} kan^{3} θai^{3} kaːk^{8} han^{2},
kjaːu^{5} pan^{2} ŋon^{2},
ko^{3} ʔdi^{1} ɕaŋ^{2} ɣo^{4} ɣaːk^{8}.
（直译）抓到牛双绳，
实在笨，
木（鞭）再打后面；
气急肠自痒，
训整天，

　　　　也未曾懂拉。
（意译）牛双绳难理，
　　　　实在笨，
　　　　鞭再打背脊；
　　　　肠痒是气急，
　　　　整天训，
　　　　也未懂拉犁。

Cinz Doenggo：
陈冬哥：
（原文）小姐，铭咙批煎碗淋兴肯姑解内寒吧。
（壮文）Siujcej，mwngz roengzbae cienq vanj raemxhing hawj gou gej ndawnit ba.
（音标）θiːu^3 ɕe^3，mɯŋ^2 ɣoŋ^{2}pai^1 ɕiːn^5 waːn^3 ɣam^{4}hiŋ^1 haɯ^3 kou^1 ke^3 ʔdaɯ^{1}nit^7 pa.
（直译）小姐，你下去煎碗姜水给我解内寒吧。
（意译）小姐，您下去煎碗姜水给我解内寒吧。

Cangh Yuzlanz：
张如兰：
（原文）依！
（壮文）Ndei！
（音标）ʔdei^1！
（直译）好！
（意译）好！

【Ciengq】
【唱】
（原文）离别家乡，已经日长月久；
　　　　亲娘老母，临别嘱咐叮咛；
　　　　打退贼兵，布使留京上任；
　　　　重返乡井，奈何皇令封衔；
　　　　左右为难，又将如兰相许；
　　　　皇姑之女，奏巧连累冤家；
　　　　途猫奏嘛，取是各拉烦脑；
　　　　淋几度泡，到底鱼搞铭怒？
　　　　宫主前夫，正是途姑伊爸；
　　　　小姐讲达，死嘭丁化布从；
　　　　了姑阿冬，凳六内穷鱼办？
（壮文）Lizbiek gyayieng，Hixging ngoenz ciengz nyied gyouj；

Caenmeh lauxmoux，Yaek biek daengqnaeuz dingningz；
Hoenxdoiq caegbing，Mbouj ndaej louz ging hwnjnyaemh；
Dauqma yiengcingj，Naihhoz vuengzlingh fung hamz；
Hwnjroengz veiznanz，Youh dawz Yuzlanz doxhawj；
Vuengzgux gae nawx，Dingjlingz lienzlawh ien'gya；
Duzmeuz caeuq ma，Cij seih gag ra fanznauj；
Raemx gijdoh bauq，Dauqdaej lawz gauj mwngz naeuz?
Gunghcuj cienzfou，Cingqseih duzgou aebah；
Siujcej gangj dah，Seij（dai）beng dinvaq mbouj coengz；
Liuz gou Adoeng，Daengq roeg ndaw loengz lawz banh?

（音标）li^{2}piːk^{7} kja^{1}jiːŋ^{1}，hi^{4}kiŋ^{1} ŋon^{2} ɕiːŋ^{2} ȵiːt^{8} kjou^{3}；
ɕan^{1}me^{6} laːu^{4}mou^{4}，jak^{7} piːk^{7} taŋ^{5}nau^{2} tiŋ^{1}niŋ^{2}；
hon^{4}toːi^{5} ɕak^{8}piŋ^{1}，ʔbou^{3} ʔdai^{3} lou^{2} kiŋ^{1} hɯn^{3}ȵam^{6}；
taːu^{5}ma^{1} jiːŋ^{1}ɕiŋ^{3}，naːi^{6}ho^{2} wuːŋ^{2}liŋ^{6} fuŋ^{1} haːm^{2}；
hɯn^{3}ɣoŋ^{2} wei^{2}naːn^{2}，jou^{6} taɯ^{2} ju^{2}laːn^{2} to^{4}haɯ^{3}；
wuːŋ^{2}ku^{4} kai naɯ^{4}，tiŋ^{3}liŋ^{3} liːn^{2}laɯ^{6} iːn^{1}kja^{1}；
tu^{2}meːu^{2} ɕau^{5} ma^{1}，ɕi^{3} θei^{6} kaːk^{6} ɣa^{1} faːn^{2}naːu^{3}；
ɣam^{4} ki^{3}to^{6} paːu^{5}，taːu^{5}tai^{3} laɯ^{2} kaːu^{3} mɯŋ^{2} nau^{2}?
kuŋ^{6}ɕu^{3} ɕiːn^{2}fou^{1}，ɕiŋ^{5}θei^{6} tu^{2}kou^{1} ai^{1}pa^{6}；
θiːu^{3}ɕe^{3} kaːŋ^{3} ta^{6}，θei^{3}（taːi^{1}）peːŋ^{1} tin^{1}wa^{5} ʔbou^{3} ɕoŋ^{2}；
liːu^{2} kou^{1} a^{1}toŋ^{1}，taŋ^{5} ɣok^{8} ʔdaɯ^{1} loŋ^{2} laɯ^{2} paːn^{6}?

（直译）离别家乡，已经日长月久；
亲娘老母，临别嘱咐叮咛；
打退贼兵，不可留京上任；
重返乡井，奈何皇令封衔；
左右为难，又将如兰相许；
皇姑之女，凑巧连累冤家；
猫和狗，只是自找忧烦；
水儿度泡，到底怎搞你说?
公主前夫，正是我的阿爸；
小姐讲她，死拉裤脚不从；
留我阿冬，像鸟中笼咋办?

（意译）离别家乡，已经日久天长；
亲娘老母，临别嘱咐三番；
打退贼兵，不可求官来当；
要返乡井，无奈皇令封赏；
左右为难，又要许配如兰；
皇姑之女，凑巧冤家牵缠；

猫猫狗狗，却是自找忧烦；
水儿度泡，你说到底咋办？
公主前夫，正是我爸难办；
小姐讲她，死拉裤脚不放；
剩我阿冬，像鸟笼中咋办？

(Cinz Doenggo yiengh lumj moed gwnz rek ndat，doeklaeng sij cih cuengq gwnz daiz)

（陈冬哥像热锅上的蚂蚁，最后写字放桌上）

Cinz Doenggo【Ciengq】
陈冬哥【唱】
（原文）写书许达就明了，
解作浪拥脱厄条；
三十六计条为首，
免使肯怒吸常猫。
（壮文）Sij saw hawj dah couh mingzliux，
Gejcag langh'oengj duet ek deuz；
Samcib roek geiq deuz guhdaeuz，
Mienxndaej hawj nou gaet riengmeuz.
（音标）θi^{3} θaɯ^{1} haɯ^{3} ta^{6} ɕou^{6} miŋ^{2}li:u^{4}，
ke^{3}ɕa:k^{8} la:ŋ^{6}oŋ^{3} tu:t^{7} e:k^{7} te:u^{2}；
θa:m^{1}ɕip^{8} ɣok^{7} kei^{5} te:u^{2} ku^{6}tau^{2}，
mi:n^{4}ʔdai^{3} haɯ^{3} nou^{1} kat^{7} ɣi:ŋ^{1}me:u^{2}.
（直译）写书给她就明了，
解绳晾晒脱轭逃；
三十六计逃为首，
免得让老鼠啃猫尾。
（意译）写书给她就明了，
解绳晾晒脱轭逃；
三十六计走为上，
免得老鼠逮住猫。

(Roengz)
（下）

Cangh Yuzlanz【Hwnj，nam gvaibanj】
张如兰【上，念快板】
（原文）小将军，
身体布舒适；
突然躺发病，
眉时发滚；
欧红糖主兴老，
驱风祛寒依第一；
巾了马上躺喔汗，
对症下药就大吉。
（壮文）Siujcienghginh，
Ndangdaej mbouj baenzyouq；
Sawqmwh ndang fat bingh，
Meiz seiz fat goenj；
Aeu dangzhoengz cawj hinglaux，
Gyaeprumz caenhnit ndei daih'it；
Gwn le sikhaek ndang ok hanh，
Doiq cingq roengzyw couh daihgit.
（音标）θiːu^{3} ɕiːŋ^{6} kin^{6}，
ʔdaːŋ^{1} tai^{3} ʔbou^{3} pan^{2} jou^{5}；
θaɯ^{5} mɯ^{6} ʔdaːŋ^{1} faːt^{7} piŋ^{6}，
mei^{2} θei^{2} faːt^{7} kon^{3}；
au^{1} taːŋ^{2} hoŋ^{2} ɕaɯ^{3} hiŋ^{1} laːu^{4}，
kjap^{7} ɣum^{2} ɕan^{6} nit^{7} ʔdei^{1} tai^{6} it^{7}；
kɯn^{1} le θik^{7} hak^{7} ʔdaːŋ^{1} oːk^{7} haːn^{6}，
toːi^{5} ɕiŋ^{5} ɣoŋ^{2} jɯ^{1} ɕou^{6} taːi^{6} kit^{7}.
（直译）小将军，
身体不舒服；
突然身体发病，
有时发烫；
拿红糖煮老姜，
祛风散寒好第一；
喝了立刻身体出汗，
对症下药就大吉。
（意译）小将军，
身体不舒坦；
突然身受寒，
有时还发烫；

老姜熬红糖，
立马就能祛风寒；
喝了马上身出汗，
对症下药像灵丹。

(Haeuj rug hemq)
(进房叫喊)
(原文) 将军哥，小将军！哎呀，云呢?
(壮文) Cienghginh go，siujcienghginh！Aeya，vunz ne?
(音标) ɕiːŋ^{6} kin^{6} ko^{1}，θiːu^{3}ɕiːŋ^{6}kin^{6}！aija，wun^{2} ne?
(直译) 将军哥，小将军！哎呀，人呢?
(意译) 将军哥，小将军！哎呀，人呢?

(Cuengq vanj yawjraen mbaw saw)
(放碗发现字条)

【Nam】
【念】
(原文) 姑里幼内兰，铭反想管条。
(壮文) Gou lij youq ndaw ranz，mwngz fanj siengj ndonjdeuz.
(音标) kou^{1} li^{3} jou^{5} ʔdaɯ^{1} ɣaːn^{2}，mɯŋ^{2} faːn^{3} θiːŋ^{3} ʔdoːn^{3} teːu^{2}.
(直译) 我还在里屋，你反想溜走。
(意译) 我还在屋里，你反倒想溜。

【Ciengq】
【唱】
(原文) 欧巴七剥猫，铭鱼条使挂?
管口壮剥卡，也欧罗伦铭。
(壮文) Aeu bya caet bakmeuz，Mwngz lawz deuz ndaej gvaq?
Ndonj haeuj congh bakgaq，Hix aeu ra raen mwngz.
(音标) au^{1} pja^{1} ɕat^{7} paːk^{7} meːu^{2}，mɯŋ^{2} laɯ^{2} teːu^{2} ʔdai^{3} kwa^{5}?
ʔdoːn^{3} hau^{3} ɕoːŋ^{6} paːk^{7} ka^{5}，hi^{4} au^{1} ɣa^{1} ɣan^{1} mɯŋ^{2}.
(直译) 拿鱼塞猫嘴，你怎逃得过?
钻进洞金坛嘴，也要找见你。
(意译) 拿鱼塞猫嘴，你怎逃得了?
就算命到死，也要把你留。

场大六　香莲哄叻
Ciengz Daihroek　Yanghlenz Hongz Lwg
场第六　香莲责儿
第六场　香莲责子

【Baij gingj】Rogndoi，daihngeih caengz muq.
【布景】野外，二道幕。

【Hai muq】Cinz Doenggo vuengvat buetdeuz.
【幕启】陈冬哥慌忙逃跑。

Cinz Doenggo【Ciengq】
陈冬哥【唱】
1.
（原文）全肯除拉旋昏昏，
总当川六云磨荣；
月初三更天无色，
东南西北特良分。
（壮文）Cienq gwnz dawz laj baenq ngunngun，
Cungj daengq ndwen loeg vunz muh vaeng；
Nyiedco samgeng mbwn fouz saek，
Doeng namz sae baek dwgrengz faen.
（音标）ɕiːn^{5} kɯn^{2} taɯ^{2} la^{3} pan^{5} ŋun^{1}ŋun^{1}，
ɕuŋ^{3} taŋ^{5} ʔdɯːn^{1} lok^{8} wun^{2} mu^{6} waŋ^{1}；
ȵiːt^{8}ɕo^{1} θaːm^{1}keːŋ^{1} ʔbɯn^{1} fou^{2} θak^{7}，
toːŋ^{1} naːm^{2} θai^{1} pak^{7} tɯk^{8}ɣeːŋ^{2} fan^{1}.
（直译）转上拿下转圈圈，
总像月六人家磨稗子；
月初三更天无色，
东南西北辛苦分。
（意译）转上转下绕圈圈，
像六月磨稗子粉；
月初三更天无色，
东南西北难区分。

2.

（原文）元帅皇姑鱼同你？
冤家路窄使各痕；
小姐如兰也布噜，
赖胎始姑总当奴唐僧。

（壮文）Yenzsai vuengzgux lawz doengzneix?
Ien'gya loh gaeb saej gag haenz;
Siujcej Yuzlanz hix mbouj rox，
Laihdai cij gou cungj dangq noh Dangzsaeng.

（音标）jeːn^{2}θaːi^{1} wuːŋ^{2}ku^{4} lauɯ^{2} toŋ^{2}nei^{4}？
iːn^{1}kja^{1} lo^{6} kap^{8} θai^{3} kaːk^{8} han^{2}；
θiːu^{3}ɕe^{3} ju^{2}laːn^{2} hi^{4} ʔbou^{3} ɣo^{4}，
laːi^{6}taːi^{1} ɕi^{3} kou^{1} ɕuŋ^{3} taːŋ^{5} no^{6} taːŋ^{2}θaŋ^{1}.

（直译）元帅皇姑咋这样？
冤家路窄肠自痒；
小姐如兰也不知，
赖死拉我总当肉唐僧。

（意译）元帅皇姑怎这样？
冤家路窄今相逢；
小姐如兰也不知，
赖死拉我当唐僧。

3.

（原文）四处笠凳砚，
巴黎响，
特良辨西东；
如离开皇宫，
勋约咙，
古条弄大路。

（壮文）Seiqcawq laep daengq yienh，
Byajraez yiengj，
Dwgrengz bienh sae doeng；
Byawz lizhai vuengzgoeng，
Fwn yaek roengz，
Goj deuz loeng daihloh.

（音标）θei^{5}ɕauɯ^{5} lap^{7} taŋ^{5} jiːn^{6}，
pja^{3}ɣai^{2} jiːŋ^{3}，

tɯk8 ɣeːŋ2 piːn6 θai1 toŋ1；
pjaɯ2 li2 haːi1 wuːŋ2 koŋ1，
fɯn1 jak7 ɣoŋ2，
ko3 teːu2 loŋ1 taːi6 lo6.

（直译）四处黑如砚，
雷鸣响，
辛苦辨西东；
谁离开皇宫，
雨将下，
却走错大路。

（意译）四处黑咕隆，
雷声响，
辛苦辨西东；
谁离开皇宫，
雨将下，
大路走不通。

4.

（原文）条弄至争夺，
争勋绝，
坚部活淋勋；
旁拉又除肯，
天又痕，
看至伦大路。

（壮文）Deuz loeng ndi deng dieg，
Deng fwn rwed，
Genbuh uet raemxfwn；
Bongh laj youh dawz gwnz，
Mbwn youh hwnz，
Yawj ndi raen daihloh.

（音标）teːu2 loŋ1 ʔdi1 teːŋ1 tiːk8，
teːŋ1 fɯn1 ɣɯːt8，
keːn1 pu6 uːt7 ɣam4 fɯn1；
poːŋ6 la3 jou6 taɯ2 kɯn2，
ʔbɯn1 jou6 hɯn2，
jaɯ3 ʔdi1 ɣan1 taːi6 lo6.

（直译）走错不对地方，

挨雨淋，
衣袖抹雨水；
窜上又拿下，
天又夜，
看不见大路。
（意译）走错路偏离，
挨雨淋，
用衣袖抹雨；
窜来又窜去，
夜又深，
看路不清晰。

【Cabgangj】
【插白】
（原文）哎呀，勋咙，勋咙！
（壮文）Aeya，fwn roengz，fwn roengz！
（音标）aija，fɯn¹ ɣoŋ²，fɯn¹ ɣoŋ²！
（直译）哎呀，雨下，雨下！
（意译）哎呀，下雨，下雨！

（Aeu genbuh dangj fwn，roengz）
（用衣袖遮雨，下）

Cangh Yuzlanz【Gaenjgip gyaep hwnjbae】
张如兰【急追上】
（原文）小将军，小将军！
（壮文）Siujcienghginh，siujcienghginh！
（音标）θiːu³ ɕiːŋ⁶ kin⁶，θiːu³ ɕiːŋ⁶ kin⁶！
（直译）小将军，小将军！
（意译）小将军，小将军！

【Ciengq】
【唱】
（原文）将军欺骗布应该，
深更夜静擅离开；
巴黎咙勋鱼派路，
到底铭是幼渠哀？

（壮文）Cienghginh yaeuhlox mbouj wnggai，
Gyanghwnz haemh caem gag lizhai；
Byajraez roengzfwn lawz byaijloh，
Dauqdaej mwngz seih youq gyawz ai?
（音标）ɕiːŋ^{6}kin^{6} jau^{6}lo^{4} ʔbou^{3} ɯŋ^{1}kaːi^{1}，
kjaːŋ^{1}hɯn^{2} ham^{6} ɕam^{1} kaːk^{8} li^{2}haːi^{1}；
pja^{3}ɣai^{2} ɣoŋ^{2}fɯn^{1} laɯ^{2} pjaːi^{3}lo^{6}，
taːu^{5}tai^{3} mɯŋ^{2} θei^{6} jou^{5} kjaɯ^{2} aːi^{1}？
（直译）将军欺骗不应该，
深更夜静擅离去；
打雷下雨怎走路，
到底你是在哪靠?
（意译）将军欺骗不应该，
深更夜静擅自离；
打雷下雨怎走路，
到底你是在哪里？

（Hemq）
（叫喊）
（原文）将军哥，将军哥！
（壮文）Cienghginh go，cienghginh go！
（音标）ɕiːŋ^{6}kin^{6} ko^{1}，ɕiːŋ^{6}kin^{6} ko^{1}！
（直译）将军哥，将军哥！
（意译）将军哥，将军哥！

（Roen raeuz conj laemx）
（路滑跌了一跤）

Cinz Doenggo【Gaenjgip hwnjbae ruz Cangh Yuzlanz】
陈冬哥【急上扶张如兰】
（原文）小姐，铭——
（壮文）Siujcej，mwngz——
（音标）θiːu^{3}ɕe^{3}，mɯŋ^{2}——
（直译）小姐，你——
（意译）小姐，您——

Cangh Yuzlanz：
张如兰：
（原文）姑至关铭事。
（壮文）Gou ndi gven mwngz saeh.
（音标）kou^{1} ʔdi^{1} kweːn^{1} mɯŋ^{2} θai^{6}.
（直译）我不关你事。
（意译）不关你事。

Cinz Doenggo：
陈冬哥：
（原文）铭很斗呀！
（壮文）Mwngz hwnjdaeuj ya！
（音标）mɯŋ^{2} hɯn^{3} tau^{3} ja！
（直译）你起来呀！
（意译）您起来呀！

Cangh Yuzlanz：
张如兰：
（原文）姑至很斗。
（壮文）Gou ndi hwnjdaeuj.
（音标）kou^{1} ʔdi^{1} hɯn^{3} tau^{3}.
（直译）我不起来。
（意译）我不起来。

Cinz Doenggo：
陈冬哥：
（原文）铭，铭很斗，勋活会发病的。
（壮文）Mwngz，mwngz hwnjdaeuj，fwn rwed yaek fat bingh bw.
（音标）mɯŋ^{2}，mɯŋ^{2} hɯn^{3} tau^{3}，fɯn^{1} ɣɯːt^{8} jak^{7} faːt^{7} piŋ^{6} pɯ.
（直译）你，你起来，雨淋会发病的。
（意译）您，您起来，雨淋会生病的。

Cangh Yuzlanz：
张如兰：
（原文）姑病至关铭事。
（壮文）Gou bingh ndi gven mwngz saeh.
（音标）kou^{1} piŋ^{6} ʔdi^{1} kweːn^{1} mɯŋ^{2} θai^{6}.
（直译）我病不关你事。

（意译）我生病不关你事。

Cinz Doenggo：
陈冬哥：
（原文）小姐，姑伴铭批麻就是了。
（壮文）Siujcej，gou buenx mwngz baema couhseih la.
（音标）θiːu^{3}ɕe^{3}，kou^{1} puːn^{4} muɯŋ^{2} pai^{1}ma^{1} ɕou^{6}θei^{6} la.
（直译）小姐，我陪你回去就是了。
（意译）小姐，我陪您回去就是了。

Cangh Yuzlanz：
张如兰：
（原文）是真的？
（壮文）Seih caen ma？
（音标）θei^{6} ɕan^{1} ma？
（直译）是真的？
（意译）真的？

Cinz Doenggo：
陈冬哥：
（原文）是真的，很斗吧！（扶起）
（壮文）Seih caen ha，hwnjdaeuj ba！（Ruz hwnjdaeuj）
（音标）θei^{6} ɕan^{1} ha，hɯn^{3}tau^{3} pa！
（直译）是真的，起来吧！
（意译）是真的，起来吧！

Cangh Yuzlanz【Beng baengzdangjfwn deuz】
张如兰【拉开遮雨布】
（原文）斗呀，斗躲勋呀！
（壮文）Daeuj ya，daeuj ndoj fwn ya！
（音标）tau^{3} ja，tau^{3} ʔdo^{3} fɯn^{1} ja！
（直译）来呀，来躲雨呀！
（意译）来呀，来躲雨呀！

（Rag Cinz Doenggo gvaqdaeuj caez ndoj fwn）
（拉陈冬哥过来一起躲雨）

Cinz Doenggo【Ciengq】
陈冬哥【唱】
（原文）父腮眉气汗，争铭讲取咆。
（壮文）Bouxsai meiz heiqhanh，deng mwngz gangj cij mbau（mboujndei）.
（音标）pou^{4} θaːi^{1} mei^{2} hei^{5} haːn^{6}，teːŋ^{1} mɯŋ^{2} kaːŋ^{3} ɕi^{3} ʔbaːu^{1}（ʔbou^{3} ʔdei^{1}）.
（直译）男人有汗味，挨你讲不好。
（意译）男人有汗味，被您说不好。

Cangh Yuzlanz【Ciengq】
张如兰【唱】
（原文）叻幅眉气骚，铭鱼唠斗举。
（壮文）Lwgmbwk meiz heiqsau（heiqhom），Mwngz lawz lau daeuj gyawj?
（音标）lɯk^{8} ʔbɯk^{7} mei^{2} hei^{5} θaːu^{1}（hei^{5} hoːm^{1}），mɯŋ^{2} laɯ^{2} laːu^{1} tau^{3} kjaɯ^{3}?
（直译）女人有香气，你怎么怕来近?
（意译）女人有香气，你怎怕靠近?

【Nyengh rag Doenggo gvaqdaeuj，gangj】
【硬拉冬哥过来，白】
（原文）斗呀!
（壮文）Daeuj ya!
（音标）tau^{3} ja!
（直译）来呀!
（意译）来呀!

Cinz Doenggo：
陈冬哥：
（原文）小姐来胎乐姑估几骡呀!
（壮文）Siujcej laihdai rag gou guh gijlawz ya!
（音标）θiːu^{3} ɕe^{3} laːi^{6} taːi^{1} ɣaːk^{8} kou^{1} ku^{6} ki^{3} laɯ^{2} ja!
（直译）小姐硬要拉我做什么呀!
（意译）小姐硬要拉我做什么呀!

Cangh Yuzlanz【Ciengq】
张如兰【唱】
（原文）厚汁估糍鱼里嫌，
淋沓总比淋汏甜；
云促三分铭十足，
计样九咭凳计鹌。

（壮文）Haeuxcid guh ceiz lawz lij yiemz?
Raemxmboq cungj beij raemxdah diemz；
Vunz huk samfaen mwngz cibcuk，
Gij yiengh gyujgyaet daengq gaeqiem.
（音标）hau^{4}ɕit^{8} ku^{6} ɕei^{2} law^{2} li^{3} ji:m^{2}？
ɣam^{4}ʔbo^{5} ɕuŋ^{3} pei^{3} ɣam^{4}ta^{6} ti:m^{2}；
wun^{2} huk^{7} θa:m^{1}fan^{1} mɯŋ^{2} ɕip^{8}ɕuk^{7}，
ki^{3} j:ŋ^{6} kju^{3}kjat^{7} taŋ^{5} kai^{5}i:m^{1}.
（直译）糯米做糍粑怎么还嫌?
泉水总比河水甜；
人傻三分你十足，
样子呆傻像阉鸡。
（意译）糯米糍粑咋还嫌?
泉水总比河水甜；
人傻三分你十足，
样子傻像鸡被阉。

Cinz Doenggo【Ciengq】
陈冬哥【唱】
（原文）声声口口对姑嫌，
疋妈则头逗西洋；
小姐拉拉又扯扯，
蜜赖唐化更失良。
（壮文）Singsing bakbak doiq gou yiemz，
Bitmeh caek gyaeuj daeuh saeyiengz；
Siujcej ragrag youh cijcij，
Moed raih dangzvaq engq saet yiengh，
（音标）θiŋ^{1}θiŋ^{1} pa:k^{7}pa:k^{7} to:i^{5} kou^{1} ji:m^{2}，
pit^{7}me^{6} ɕak^{7} kjau^{3} tau^{6} θai^{1}ji:ŋ^{2}；
θi:u^{3}ɕe^{3} ɣa:k^{8}ɣa:k^{8} jou^{6} ɕi^{3}ɕi^{3}，
mot^{8} ɣa:i^{6} ta:ŋ^{2}wa^{5} e:ŋ^{5} θat^{7} ji:ŋ^{6}，
（直译）声声口口对我嫌，
母鸭侧头逗洋鸭；
小姐拉拉又扯扯，
蚂蚁爬裤裆更失样。
（意译）口口声声对我嫌，
母鸭侧头逗洋鸭；
小姐拉拉又扯扯，

蚁爬裤裆更走样。

Cangh Yuzlanz：
张如兰：
（原文）将军哥，铭讲几骡呀？
（壮文）Cienghginh go，mwngz gangj gijlawz ya?
（音标）ɕiːŋ^{6} kin^{6} ko^{1}，mɯŋ^{2} kaːŋ^{3} ki^{3} laɯ^{2} ja?
（直译）将军哥，你讲什么呀？
（意译）将军哥，你说什么呀？

Cinz Doenggo：
陈冬哥：
（原文）姑讲蜜赖卡化呀！
（壮文）Gou gangj moed raih gavaq ya!
（音标）kou^{1} kaːŋ^{3} mot^{8} ɣaːi^{6} ka^{1} wa^{5} ja!
（直译）我讲蚂蚁爬裤脚呀！
（意译）我说蚂蚁爬裤脚呀！

Cangh Yuzlanz：
张如兰：
（原文）幼渠？幼渠？姑旁肯铭。
（壮文）Youq gyawz? Youq gyawz? Gou bongx hawj mwngz.
（音标）jou^{5} kjaɯ^{2}? jou^{5} kjaɯ^{2}? kou^{1} poːŋ^{4} haɯ^{3} mɯŋ^{2}.
（直译）在哪？在哪？我拍掉给你。
（意译）在哪？在哪？我帮你拍掉。

Cinz Doenggo：
陈冬哥：
（原文）至用了，娄限是先批拉夺躲勋吧！
（壮文）Ndi yungh la，raeuz hanzseih sien bae ra dieg ndoj fwn ba!
（音标）ʔdi^{1} juŋ^{6} la，ɣau^{2} haːn^{2}θei^{6} θiːn^{1} pai^{1} ɣa^{1} tiːk^{8} ʔdo^{3} fɯn^{1} pa!
（直译）不用了，我们还是先去找地方躲雨吧！
（意译）不用了，我们还是先去找躲雨的地方吧！

Cangh Yuzlanz：
张如兰：
（原文）批吧！
（壮文）Bae ba!

(音标) pai^{1} pa!
(直译) 去吧!
(意译) 走吧!

(Gvaengx daizheiq buenq hop, hai fan muq cungqgyang)
(绕台半圈，开中幕)

Cinz Doenggo【Roq dou】
陈冬哥【敲门】
(原文) 东家，请开都!
(壮文) Doenggya, cingj hai dou!
(音标) toŋ^{1}kja^{1}, ɕiŋ^{3} haːi^{1} tou^{1}!
(直译) 东家，请开门!
(意译) 东家，请开门!

Hanz Fungh【Daj ndaw hwnj】
韩丰【内上】
(原文) 是如喊开都呀?
(壮文) Seih byawz hemq hai dou ya?
(音标) θei^{6} pjauɯ^{2} heːm^{5} haːi^{1} tou^{1} ja?
(直译) 是谁喊开门呀?
(意译) 是谁喊开门呀?

Cinz Doenggo:
陈冬哥:
(原文) 东家，请开都躲勋吧!
(壮文) Doenggya, cingj hai dou ndoj fwn ba!
(音标) toŋ^{1}kja^{1}, ɕiŋ^{3} haːi^{1} tou^{1} ʔdo^{3} fɯn^{1} pa!
(直译) 东家，请开门躲雨吧!
(意译) 东家，请开门让我们躲雨吧!

Hanz Fungh【Hai dou】
韩丰【开门】
(原文) 收队双云是——
(壮文) Soudoih song vunz seih ——
(音标) θou^{1}toːi^{6} θoːŋ^{1} wun^{2} θei^{6}——
(直译) 你们两人是——
(意译) 你们两人是——

Cinz Doenggo：
陈冬哥：
（原文）姑队双云是斗躲勋的。
（壮文）Goudoih song vunz seih daeuj ndoj fwn gae.
（音标）kou1 toːi6 θoːŋ1 wun2 θei6 tau3 ʔdo3 fɯn1 kai.
（直译）我们两人是来躲雨的。
（意译）我们两人是来躲雨的。

Hanz Fungh：
韩丰：
（原文）既然同你，请口兰嘛能。
（壮文）Gawqyienz doengzneix，cingj haeuj ranz ma naengh.
（音标）kaɯ5 jiːn2 toŋ2 nei4，ɕiŋ3 hau3 ɣaːn2 ma1 naŋ6.
（直译）既然这样，请进屋来坐。
（意译）既然这样，请进屋坐吧。

Cinz Doenggo：
陈冬哥：
（原文）多谢了。
（壮文）Docih la.
（音标）to1 ɕi6 la.
（直译）多谢了。
（意译）多谢了。

Hanz Fungh：
韩丰：
（原文）出门不带家，布用谢。
（壮文）Okdou mbouj daiq gya，mbouj yungh cih.
（音标）oːktou1 ʔbou3 taːi5 kja1，ʔbou3 juŋ6 ɕi6.
（直译）出门不带家，不用谢。
（意译）出门不带家，不用谢。

Cinz Cinnuengx【Daj ndaw okdaeuj】
陈春妹【内出】
（原文）阿丰，铭奏如讲话？
（壮文）Afungh，mwngz caeuq byawz gangjvah?
（音标）a1 fuŋ6，mɯŋ2 ɕau5 pjaɯ2 kaːŋ3 wa6？
（直译）阿丰，你和谁讲话？

（意译）阿丰，你和谁讲话？

Hanz Fungh：
韩丰：
（原文）双父云客斗躲勋，姑奏爹讲的。
（壮文）Song boux vunzhek daeuj ndoj fwn，gou caeuq de gangj gae.
（音标）θoːŋ¹ pou⁴ wun²heːk⁷ tau³ ʔdo³ fɯn¹，kou¹ ɕau⁵ te¹ kaːŋ³ kai.
（直译）两个客人来躲雨，我和他讲的。
（意译）两位客人来躲雨，我和他们讲的。

Cinz Cinnuengx【Hwnj baihnaj yawj Cinz Doenggo，yienghceij nyoengx rag】
陈春妹【上前打量陈冬哥，推拉动作】
（原文）铭，铭是哥哥！
（壮文）Mwngz，mwngz seih daeggo！
（音标）mɯŋ²，mɯŋ² θei⁶ tak⁸ko¹！
（直译）你，你是哥哥！
（意译）你，你是哥哥！

Cinz Doenggo：
陈冬哥：
（原文）春妹，是姑。巴妈呢？
（壮文）Cinnuengx，seih gou. Bazmeh ne？
（音标）ɕin¹nuːŋ⁴，θei⁶ kou¹. pa²me⁶ ne？
（直译）春妹，是我。妈妈呢？
（意译）春妹，是我。妈妈呢？

Cinz Cinnuengx【Yiengq ndaw hemq】
陈春妹【向内叫喊】
（原文）妈！铭斗看是父骡斗！
（壮文）Meh！Mwngz daeuj yawj seih bouxlawz daeuj！
（音标）me⁶！mɯŋ² tau³ jaɯ³ θei⁶ pou⁴laɯ² tau³！
（直译）妈！你来看是哪个来！
（意译）妈！您来看是谁来啦！

Cinz Yanghlenz：
秦香莲：
（原文）达春，几骡事呀？
（壮文）Dahcin，gijlawz saeh ya？

（音标）ta⁶ɕin¹，ki³lauɯ² θai⁶ ja？
（直译）阿春，什么事呀？
（意译）阿春，什么事呀？

（Hanz fuhyinz riengz hwnj）
（韩夫人随上）

Cinz Doenggo【Byaij hwnjbae】
陈冬哥【上前】
（原文）妈！
（壮文）Meh！
（音标）me⁶！
（直译）妈！
（意译）妈！

Cinz Yanghlenz：
秦香莲：
（原文）啊！阿冬，是铭？
（壮文）A！Adoeng，seih mwngz？
（音标）a！a¹toŋ¹，θei⁶ mɯŋ²？
（直译）啊！阿冬，是你？
（意译）啊！阿冬，是你？

Hanz fuhyinz：
韩夫人：
（原文）爹是阿冬舅舅？
（壮文）De seih Adoeng bohnax？
（音标）te¹ θei⁶ a¹toŋ¹ po⁶na⁴？
（直译）他是阿冬舅舅？
（意译）他是阿冬舅子？

Cinz Doenggo：
陈冬哥：
（原文）妈，爹是——
（壮文）Meh，de seih ——
（音标）me⁶，te¹ θei⁶——
（直译）妈，她是——
（意译）妈，她是——

Cinz Yanghlenz：
秦香莲：
（原文）爹是韩伯母，春妹已奏阿丰结配，收队相认吧！
（壮文）De seih Hanz mehbaj，Cinnuengx gaenq caeuq Afungh gietboiq，soudoih doxnyinh ba！
（音标）te^{1} θei^{6} haːn^{2} me^{6}pa^{3}，ɕin^{1}nuːŋ^{4} kan^{5} ɕau^{5} a^{1}fuŋ^{6} kiːt^{7}poːi^{5}，θou^{1}toːi^{6} to^{4}ɲin^{6} pa！
（直译）她是韩伯母，春妹已和阿丰结配，你们相认吧！
（意译）她是韩伯母，春妹已和阿丰结配，你们相认吧！

Hanz Fungh【Hwnj baihnaj bae】
韩丰【上前】
（原文）拜见哥哥！
（壮文）Baiqraen daeggo！
（音标）paːi^{5}ɣan^{1} tak^{8}ko^{1}！
（直译）拜见哥哥！
（意译）拜见哥哥！

Cinz Doenggo：
陈冬哥：
（原文）妹夫至用客气！
（壮文）Nuengxgwiz ndi yungh hekheiq！
（音标）nuːŋ^{4}kɯːi^{2} ʔdi^{1} juŋ^{6} heːk^{7}hei^{5}！
（直译）妹夫不用客气！
（意译）妹夫不用客气！

Cinz Yanghlenz：
秦香莲：
（原文）阿冬，爹是谁呀？
（壮文）Adoeng，de seih byawz ya？
（音标）a^{1}toŋ^{1}，te^{1} θei^{6} pjaɯ^{2} ja？
（直译）阿冬，她是谁呀？
（意译）阿冬，她是谁呀？

（Yinx Cangh Yuzlanz）
（指张如兰）

Cinz Cinnuengx【Ciengj cam】
陈春妹【抢问】
（原文）哥，爹是早姑吧？
（壮文）Go，de seih sauj gou ba？
（音标）ko^{1}，te^{1} θei^{6} θaːu^{3} kou^{1} pa？
（直译）哥，她是嫂子我吧？
（意译）哥，她是我嫂子吧？

Cangh Yuzlanz【Hwnj baihnaj】
张如兰【上前】
（原文）拜见婆婆！
（壮文）Baiqraen gyabuz！
（音标）paːi^{5} ɣan^{1} kja^{1} pu^{2}！
（直译）拜见婆婆！
（意译）拜见婆婆！

Cinz Yanghlenz：
秦香莲：
（原文）免了，免了！铭是——
（壮文）Mienx lo，mienx lo！Mwngz seih ——
（音标）miːn^{4} lo，miːn^{4} lo！mɯŋ^{2} θei^{6}——
（直译）免了，免了！你是——
（意译）免了，免了！你是——

Cinz Doenggo：
陈冬哥：
（原文）爹是如兰姑娘！
（壮文）De seih Yuzlanz dahsau！
（音标）te^{1} θei^{6} ju^{2}laːn^{2} ta^{6}θaːu^{1}！
（直译）她是如兰姑娘！
（意译）她是如兰姑娘！

Hanz fuhyinz：
韩夫人：
（原文）如兰姑娘是渠人氏？
（壮文）Yuzlanz dahsau seih gyawz vunzseih？
（音标）ju^{2}laːn^{2} ta^{6}θaːu^{1} θei^{6} kjaɯ^{2} wun^{2}θei^{6}？
（直译）如兰姑娘是哪里人氏？

（意译）如兰姑娘是哪里人氏？

Cinz Doenggo：
陈冬哥：
（原文）是，爹是……
（壮文）Seih，de seih ……
（音标）θei^{6}，te^{1} θei^{6}……
（直译）是，她是……
（意译）是，她是……

Cinz Yanghlenz：
秦香莲：
（原文）是几骡呀？
（壮文）Seih gijlawz ya？
（音标）θei^{6} ki^{3} laɯ^{2} ja？
（直译）是什么呀？
（意译）是什么呀？

Cinz Doenggo：
陈冬哥：
（原文）是，是皇姑千金！
（壮文）Seih，seih vuengzgux ciengim！
（音标）θei^{6}，θei^{6} wuːŋ^{2} ku^{4} ɕiːn^{1} kim^{1}！
（直译）是，是皇姑千金！
（意译）是，是皇姑千金！

Cinz Yanghlenz：
秦香莲：
（原文）几骡，是皇姑叻幅？
（壮文）Gijlawz，seih vuengzgux lwgmbwk？
（音标）ki^{3} laɯ^{2}，θei^{6} wuːŋ^{2} ku^{4} lɯk^{8} ʔbɯk^{7}？
（直译）什么，是皇姑女儿？
（意译）什么，是皇姑千金？

Cinz Doenggo【Ngaekgyaeuj】
陈冬哥【点头】
（原文）是，是！
（壮文）Seih，seih！

（音标）θei^{6}，θei^{6}！
（直译）是，是！
（意译）是，是！

Cinz Yanghlenz【Doeksaet laemx】
秦香莲【惊倒】
（原文）哎呀！
（壮文）Aeya！
（音标）aija！
（直译）哎呀！
（意译）哎呀！

Vunzlai【Ruz Cinz Yanghlenz】
众人【扶住秦香莲】
（原文）哎呀！
（壮文）Aeya！
（音标）aija！
（直译）哎呀！
（意译）哎呀！

Cinz Doenggo：
陈冬哥：
（原文）妈！
（壮文）Meh！
（音标）me^{6}！
（直译）妈！
（意译）妈！

Cinz Yanghlenz【Ciengq】
秦香莲【唱】
（原文）铭途嘛畜生，马上争咙跪；
妈老临肚气，铭古是拉胎。
（壮文）Mwngz duzma cukseng，Sikhaek deng roengzgvih；
Mehlaux rim dungx heiq，Mwngz gojseih ra dai.
（音标）mɯŋ^{2} tu^{2}ma^{1} ɕuk^{7}θeːŋ^{1}，θik^{7}hak^{7} teːŋ^{1} ɣoŋ^{2}kwi^{6}；
me^{6}laːu^{4} ɣim^{1} tuŋ^{4} hei^{5}，mɯŋ^{2} ko^{3}θei^{6} ɣa^{1} taːi^{1}.
（直译）你狗儿畜生，马上被下跪；
老妈满肚气，你可是找死。

（意译）你这狗畜生，马上跪于此；
　　　　老妈满肚气，你可是找死。

（Aeu bien fad Cinz Doenggo，Cinz Doenggo saet gvaq henz bae）
（用鞭打陈冬哥，陈冬哥跳一边）
（原文）姑看铭同鱼样？
（壮文）Gou yawj mwngz doengzlawzyiengh?
（音标）kou^{1} jaɯ^{3} mɯŋ^{2} toŋ^{2}laɯ^{2}ji:ŋ^{6}？
（直译）我看你怎么样？
（意译）我看你怎么样？

Hanz fuhyinz【Ciengq】
韩夫人【唱】
（原文）香莲咳香莲，用肥鞭布对；
　　　　到底如受罪，娄会会批查。
（壮文）Yanghlenz hai Yanghlenz，Yungh faexbien mbouj doiq；
　　　　Dauqdaej byawz souhcoih，Raeuz hoihhoih bae caz.
（音标）ja:ŋ^{6}le:n^{2} ha:i ja:ŋ^{6}le:n^{2}，juŋ^{6} fai^{4}pi:n^{1} ʔbou^{3} to:i^{5}；
　　　　ta:u^{5}tai^{3} pjaɯ^{2} θou^{6}ɕo:i^{6}，ɣau^{2} ho:i^{6}ho:i^{6} pai^{1} ɕa^{2}.
（直译）香莲呀香莲，用鞭子不对；
　　　　到底谁受罪，咱慢慢去查。
（意译）香莲呀香莲，用鞭不对呀；
　　　　到底谁受罪，咱慢慢调查。

Cinz Yanghlenz【Gvaibanj】
秦香莲【快板】
（原文）途狗昏，
　　　　途畜生；
　　　　铭是他瞎噜他盲，
　　　　任教任讲总布听？
　　　　拼命拉既勾你斗彭，
　　　　十八年前气曾卦；
　　　　阵肥曾了又欧油斗添，
　　　　部部叻叻总是平常卦；
　　　　兰陈铭是嘛畜生！
（壮文）Duz ma'ngunh，
　　　　Duz cukseng；
　　　　Mwngz seih dayat（darwix）rox dafangz，

Nyaemh gyauq nyaemh gangj cungj mbouj dingq?
Buekmingh ra gij gaeu neix daeuj beng,
Cibbet nienz cienz heiq caengz gvaq;
Caenh feiz caengz sat youh aeu youz daeuj dem,
Bouxboux lwglwg cungjseih bingzciengz gvaq;
Ranz Cinz mwngz seih ma cukseng!

（音标）tu^{2} ma^{1}ŋun^{6}，
tu^{2} ɕuk^{7}θeːŋ^{1}；
mɯŋ^{2} θei^{6} ta^{1}jaːt^{7} （ta^{1}ɣɯːi^{4}） ɣo^{4} ta^{1}faːŋ^{2}，
ȵam^{6} kjaːu^{5} ȵam^{6} kaːŋ^{3} ɕuŋ^{3} ʔbou^{3} tiŋ^{5}？
puːk^{7}miŋ^{6} ɣa^{1} ki^{3} kau^{1} nei^{4} tau^{3} peːŋ^{1}，
ɕip^{8}peːt^{7} niːn^{2} ɕiːn^{2} hei^{5} ɕaŋ^{2} kwa^{5}；
ɕan^{6} fei^{2} ɕaŋ^{2} θaːt^{7} jou^{6} au^{1} jou^{2} tau^{3} teːm^{1}，
pou^{4}pou^{4} lɯk^{8}lɯk^{8} ɕuŋ^{3}θei^{6} piŋ^{2}ɕiːŋ^{2} kwa^{5}；
ɣaːn^{2} ɕin^{2} mɯŋ^{2} θei^{6} ma^{1} ɕuk^{7}θeːŋ^{1}！

（直译）只昏狗，
只畜生；
你是眼瞎或眼盲，
任教任讲总不听？
拼命找藤这来拉，
十八年前气未曾过；
驱火未曾完又拿油来添，
个个儿儿总是平常过；
家陈你是狗畜生！

（意译）这昏狗，
这畜生；
你是眼瞎或眼盲，
任教任讲总不听？
拼命找这藤来拉，
十八年气未消停；
驱火未完又拿油来淋，
个个孩子总是平常心；
陈家你是狗畜生！

（Yaek moeb）
（欲打）

Hanz fuhyinz【Laengzdangj，nam gvaibanj】

韩夫人【拦住，快板】

（原文）会会斗，曾紧张，
厚汁估糍油会煎；
冤家宜解布宜结，
未必全怪爹后生；
事情既然是样你，
布用倒屯乐麻生。

（壮文）Hoihhoih daeuj，caengz gaenjcieng，
Haeuxcid guh ceiz youz hoih cien；
Ien'gya hab gej mbouj hab giet，
Feihbiet cienz gvaiq de hauxseng；
Saehcingz gawqyienz seih yienghneix，
Mbouj yungh dauqdoenq rag maseng.

（音标）hoːi^{6}hoːi^{6} tau^{3}，ɕaŋ^{2} kan^{3}ɕiːŋ^{1}，
hau^{4}ɕit^{8} ku^{6} ɕei^{2} jou^{2} hoːi^{6} ɕiːn^{1}；
iːn^{1}kja^{1} haːp^{8} ke^{3} ʔbou^{3} haːp^{8} kiːt^{7}，
fei^{6}piːt^{7} ɕiːn^{2} kwaːi^{5} te^{1} haːu^{4}θeːŋ^{1}；
θai^{6}ɕiŋ^{2} kaɯ^{5}jiːn^{2} θei^{6} jiːŋ^{6}nei^{4}，
ʔbou^{3} juŋ^{6} taːu^{5}ton^{5} ɣaːk^{8} ma^{1}θeːŋ^{1}.

（直译）慢慢来，不着急，
糯米做糍粑油慢煎；
冤家宜解不宜结，
未必全怪他后生；
事情既然是这样，
不用退后拉生狗。

（意译）慢慢来，不着急，
糯米糍粑油慢煎；
冤家宜解不宜结，
不必全怪他后生；
事情既然是这样，
生狗不能往后牵。

Cinz Cinnuengx【Gvaibanj】

陈春妹【快板】

（原文）妈老计发气，同你估布争；
特哥奏幅早，正是对天生。

（壮文）Mehlaux gaej fatheiq，doengzneix guh mbouj deng；

Daeggo caeuq mbwksauj，cingqseih doiq dienseng.
（音标）me^{6} laːu^{4} kai^{3} faːt^{7} hei^{5}，toŋ^{2} nei^{4} ku^{6} ʔbou^{3} teːŋ^{1}；
tak^{8} ko^{1} ɕau^{5} ʔbɯk^{7} θaːu^{3}，ɕiŋ^{5} θei^{6} toːi^{5} tiːn^{1} θeːŋ^{1}.
（直译）老妈别发气，这样做不对；
哥哥和嫂嫂，正是对天生。
（意译）老妈别发气，这样做不当；
哥哥和嫂嫂，是天生一双。

Cinz Doenggo【Gvih roengz，gvaibanj】
陈冬哥【跪下，快板】
（原文）妈咳妈，几用争，
横直总是姑布争；
叻批从军平辽贼，
皇上封衔难脱争；
一浪曾平二浪斗，
元帅招婿又斗彭；
兰小姐达叻皇姑，
奏姑上下同年庚；
情深义重布悔改，
自己猜媒欧奴斗祖行；
妈老咙刑姑布怨，
任骂任痕任铭更。
（壮文）Meh ha meh，gaej yungh ceng，
Vangraeh cungjseih gou mbouj deng；
Lwg bae dangbing bingz Liuzcaeg，
Vuengzdaeq funghamz nanz doxceng；
It langh caengz bingz ngeih langh daeuj，
Yenzsai ciu gwiz youh daeuj beng；
Lanz siujcej dahlwg vuengzgux，
Caeuq gou gwnzlaj doengz nienzgeng；
Cingzlaeg ngeihnaek mbouj hoijgaij，
Swhgeij cai moiz aeu noh daeuj coh heng；
Mehlaux roengzhingz gou mbouj ienq，
Nyaemh vat nyaemh hoenx nyaemh mwngz vengq（dik）.
（音标）me^{6} ha me^{6}，kai^{3} juŋ^{6} ɕeːŋ^{1}，
waːŋ^{1} ɣai^{6} ɕuŋ^{3} θei^{6} kou^{1} ʔbou^{3} teːŋ^{1}；
lɯk^{8} pai^{1} taːŋ^{1} piŋ^{1} piŋ^{2} liːu^{2} ɕak^{8}，
wuːŋ^{2} tai^{5} fuŋ^{1} haːm^{2} naːn^{2} to^{4} ɕeːŋ^{1}；

it7 laːŋ6 ɕaŋ2 piŋ2 ŋei6 laːŋ6 tau3，
jeːn2 θaːi1 ɕiːu1 kɯːi2 jou6 tau3 peːŋ1；
laːn2 θiːu3 ɕe3 ta6 lɯk8 wuːŋ2 ku4，
ɕau5 kou1 kɯn2 la3 toŋ2 niːn2 keːŋ1；
ɕiŋ2 lak8 ŋei6 nak7 ʔbou3 hoːi3 kaːi3，
θɯ6 kei3 ɕaːi1 moːi2 au1 no6 tau3 ɕo6 heːŋ1；
me6 laːu4 ɣoŋ2 hiŋ2 kou1 ʔbou3 iːn5，
ȵam6 waːt7 ȵam6 hon4 ȵam6 mɯŋ2 weːŋ5（tik7）.

（直译）妈呀妈，不用争，
横竖都是我不对；
儿去从军平辽贼，
皇上封衔难相争；
一浪未平二浪来，
元帅招婿又来拉；
兰小姐女儿皇姑，
和我上下同年庚；
情深义重不悔改，
自己差媒拿肉来向砧板；
老妈动刑我不怨，
任骂任打任你蹬。

（意译）妈呀妈，不用争，
横竖都是我不成；
儿去从军平辽贼，
皇上封衔难脱身；
一浪未平二浪来，
元帅招婿又来人；
如兰小姐皇姑女，
和我上下同年庚；
情深义重不悔改，
自己差媒把门登；
老妈动刑我不怨，
任骂任打任您蹬。

(Gyau faexmbaenq hawj Cinz Yanghlenz)
（交棍给秦香莲）
（原文）妈，铭就痕姑吧！
（壮文）Meh，mwngz couh hoenx gou pa！
（音标）me6，mɯŋ2 ɕou6 hon4 kou1 pa！

（直译）妈，你就打我吧！
（意译）妈，您就打我吧！

Cinz Yanghlenz【Ciep faexmbaenq yaek moeb】
秦香莲【接棍欲打】
（原文）铭——
（壮文）Mwngz ——
（音标）mɯŋ^{2}——
（直译）你——
（意译）你——

Cangh Yuzlanz【Gvih youq dangqnaj Cinz Yanghlenz】
张如兰【跪到秦香莲面前】
（原文）至，至，铭痕就痕姑吧！
（壮文）Ndi，ndi，mwngz hoenx couh hoenx gou ba！
（音标）ʔdi^{1}，ʔdi^{1}，mɯŋ^{2} hon^{4} ɕou^{6} hon^{4} kou^{1} pa！
（直译）不，不，你打就打我吧！
（意译）不，不，您打就打我吧！

【Ciengq】
【唱】
（原文）千布该，万布该，
今妻缆棍计用痕怀赔；
千斤万担姑腊罪，
夫人咙刑姑定挨。
（壮文）Cien mbouj gai，fanh mbouj gai，
Gaem cae langh goenq gaej yungh hoenx vaiz boiz；
Cien gaen fanh rap gou rap coih，
Fuhyinz roengzhingz gou dingj ngaiz (deng).
（音标）ɕiːn^{1} ʔbou^{3} kaːi^{1}，faːn^{6} ʔbou^{3} kaːi^{1}，
kam^{1} ɕai^{1} laːŋ^{6} kon^{5} kai^{3} juŋ^{6} hon^{4} waːi^{2} poːi^{2}；
ɕiːn^{1} kan^{1} faːn^{6} ɣaːp^{7} kou^{1} ɣaːp^{7} ɕoːi^{6}，
fu^{6}jin^{2} ɣoŋ^{2}hiŋ^{2} kou^{1} tiŋ^{3} ŋaːi^{2} (teːŋ^{1}).
（直译）千不该，万不该，
扶犁晾棍不用打牛赔；
千斤万担我担罪，
夫人动刑我顶替挨。
（意译）千不该，万不该，

扶犁晾棍别打牛；
千斤万担我担罪，
夫人动刑我接受。

Cinz Yanghlenz【Ciengq】
秦香莲【唱】
（原文）发皮气骂叻，
正想拂，
肥各督逢纯；
气紧使各痕，
叻幅云，
娄鱼文敢限？
（壮文）Fat beizheiq vat lwg,
Cingq siengj fad,
Faex gag doek fwngz saenz;
Heiqgaenj saej gag haenz,
Lwgmbwk vunz,
Raeuz lawz maenz gamj hoenx?
（音标）$fa:t^{7}$ $pei^{2}hei^{5}$ $wa:t^{7}$ $lɯk^{8}$，
$ɕiŋ^{5}$ $θi:ŋ^{3}$ $fa:t^{8}$，
fai^{4} $ka:k^{8}$ tok^{7} $fɯŋ^{2}$ $θan^{2}$；
$hei^{5}kan^{3}$ $θai^{3}$ $ka:k^{8}$ han^{2}，
$lɯk^{8}ʔbɯk^{7}$ wun^{2}，
$ɣau^{2}$ law^{2} man^{2} $ka:m^{3}$ hon^{4}？
（直译）发脾气骂儿，
正想抽打，
木棍自落手抖；
气急肠自己痒，
女孩别人，
我们怎能敢打？
（意译）发气骂儿郎，
正想打，
棍落手抖颤；
气急肠自痒，
别人女，
殴打我怎敢？

Cinz Cinnuengx【Ciengq】
陈春妹【唱】
（原文）今厚幼北都，
照云怒，
鱼怪啁斗宜？
曾噜如眉理，
妈发气，
哥也是为难。
（壮文）Gaem haeux youq bakdou,
Ciuq vunz naeuz,
Lawz gvaiq mou daeuj nyae (gwn)?
Caengz rox byawz meiz leix,
Meh fatheiq,
Go hix seih veiznanz.
（音标）kam^{1} hau^{4} jou^{5} $pa{:}k^{7}tou^{1}$，
$ɕi{:}u^{5}$ vun^{2} nau^{2}，
law^{2} $kwa{:}i^{5}$ mou^{1} tau^{3} $ȵai^{1}$ （kwn^{1}）?
$ɕaŋ^{2}$ $ɣo^{4}$ $pjaw^{2}$ mei^{2} lei^{4}，
me^{6} $fa{:}t^{7}hei^{5}$，
ko^{1} hi^{4} $θei^{6}$ $wei^{2}na{:}n^{2}$.
（直译）拿饭在门口，
照人说，
怎怪猪来吃？
尚未知道谁有理，
妈生气，
哥也是为难。
（意译）在门口端饭，
照人讲，
怎怪猪来烦？
谁有理难判，
妈生气，
哥也很为难。

(Ruz Cangh Yuzlanz hwnj)
（扶张如兰起）

Hanz fuhyinz【Ciengq】
韩夫人【唱】

（原文）香莲咳香莲，
冤以前，
计用牵后代；
冤家只宜解，
部欠债，
何必怪叻赔？

（壮文）Yanghlenz ha Yanghlenz,
Ienq hixcienz (gaxgonq),
Gaej yungh yien haeuhdaih;
Ien'gya cij hab gaij,
Boux yiemqcaiq,
Hozbiet gvaiq lwg boiz?

（音标）jaːŋ^{6} leːn^{2} ha jaːŋ^{6} leːn^{2},
iːn^{5} hi^{4} ɕiːn^{2} (ka^{4} koːn^{5}),
kai^{3} juŋ^{6} jiːn^{1} hauh^{6} taːi^{6};
iːn^{1} kja^{1} ɕi^{3} haːp^{8} kaːi^{3},
pou^{4} jiːm^{5} ɕaːi^{5},
ho^{2} piːt^{7} kwaːi^{5} lɯk^{8} poːi^{2}?

（直译）香莲呀香莲，
怨以前，
不用牵连后辈；
冤家只宜解，
人欠债，
何必怪儿赔？

（意译）香莲呀香莲，
怨以前，
后辈别牵连；
冤家宜解怨，
父欠债，
何必儿赔钱？

(Ruz Cinz Doenggo hwnjdaeuj)
（扶陈冬哥起）

Cinz Yanghlenz:
秦香莲:
(原文)讲斗话黎呀!
(壮文)Gangj daeuj vah raez ya!
(音标)kaːŋ^{3} tau^{3} wa^{6} ɣai^{2} ja!
(直译)说来话长呀!
(意译)说来话长呀!

【Ciengq】
【唱】
(原文)记腾以前,姑秦香莲痕体;
收队年细,公老离世黄泉;
三年灾荒,家事该完当尽;
只里条命,逼迫背井离家;
很京批拉,狗棍途嘛世美;
狼心狗肺,独享富贵风流;
布噜那丑,想再估夫皮二。
(壮文)Geiq daengz hixcienz, Gou Cinz Yanghlenz haenz daej;
Soudoih nienzsaeq, Goenglaux lizseiq vuengzcienz;
Sam nienz caivueng, Gyasaeh gai yuenz dangq cinq;
Cij leix diuz mingh, Apbik boihcingj lizgya;
Hwnj ging bae ra, Gyaeuj goenq duzma Simeij;
Langzsim goujfeiq, Dog yiengj fouqgveiq funglouz;
Mbouj rox najcouj, Siengj caiq guh fou baez ngeih.
(音标)kei^{5} taŋ^{2} hi^{4}ɕiːn^{2}, kou^{1} ɕin^{2} jaːŋ^{6}leːn^{2} han^{2} tai^{3};
θou^{1}toːi^{6} niːn^{2}θai^{5}, koŋ^{1}laːu^{4} li^{2}θei^{5} wuːŋ^{2}ɕiːn^{2};
θaːm^{1} niːn^{2} ɕaːi^{1}wuːŋ^{1}, kja^{1}θai^{6} kaːi^{1} juːn^{2} taːŋ^{5} ɕin^{5};
ɕi^{3} lei^{4} tiːu^{2} miŋ^{6}, aːp^{7}pik^{7} poːi^{6}ɕiŋ^{3} li^{2}kja^{1};
hɯn^{3} kiŋ^{1} pai^{1} ɣa^{1}, kjau^{3} kon^{5} tu^{2}ma^{1} θi^{1}mei^{3};
laːŋ^{2}θim^{1} kou^{3}fei^{5}, toːk^{8} jiːŋ^{3} fou^{5}kwei^{5} fuŋ^{1}lou^{2};
ʔbou^{3} ɣo^{4} na^{3}ɕou^{3}, θiːŋ^{3} ɕaːi^{5} ku^{6} fou^{1} pai^{2} ŋei^{6}.
(直译)记到以前,我秦香莲还哭;
你们年小,阿公离世黄泉;
三年灾荒,家事卖完当尽;
只活条命,逼迫背井离家;
上京去找,头断癞狗世美;
狼心狗肺,独享富贵风流;
不知羞耻,想再为夫次二。

（意译）记得以前，我秦香莲哭忧；
你们年小，阿公永辞亲友；
三年灾荒，家里当卖所有；
只活条命，逼迫离家另谋；
上京去找，头断世美癞狗；
狼心狗肺，独享富贵风流；
不知羞耻，想再为夫乐悠。

Hanz fuhyinz【Ciep ciengq】
韩夫人【接唱】
（原文）计用发气，会把道理查明；
先礼后兵，何必死丁死咬？
（壮文）Gaej yungh fatheiq，Hoih dawz dauhleix cazmingz；
Sien laex haeuh bing，Hozbiet seij ding seij nyaux（haeb）？
（音标）kai^{3} juŋ^{6} faːt^{7}hei^{5}，hoːi^{6} taɯ^{2} taːu^{6}lei^{4} ɕa^{2}miŋ^{2}；
θiːn^{1} lai^{4} hau^{6} piŋ^{1}，ho^{2}piːt^{7} θei^{3} tiŋ^{1} θei^{3} ȵaːu^{4}（hap^{8}）？
（直译）不用发气，会把道理查明；
先礼后兵，何必死钉死咬？
（意译）不用发气，会把道理查明；
先礼后兵，何必死咬死钉？

Cinz Yanghlenz【Ciengq】
秦香莲【唱】
（原文）布讲收布噜，
太无路，
想吨部鞋花；
该处估亲家，
芽接芽，
全养嘛含主。
（壮文）Mbouj gangj sou mbouj rox，
Daiq fouzloh，
Siengj daenj buh raizva；
Gaiqcawq guh cin'gya，
Ngaz ciep ngaz，
Cienz ciengx ma haeb cawj.
（音标）ʔbou^{3} kaːŋ^{3} θou^{1} ʔbou^{3} ɣo^{4}，
taːi^{5} fou^{2}lo^{6}，
θiːŋ^{3} tan^{3} pu^{6} ɣaːi^{2}wa^{1}；

ka:i^{5} ɕaɯ^{5} ku^{6} ɕin^{1}kja^{1},
ŋa^{2} ɕi:p^{7} ŋa^{2},
ɕi:n^{2} ɕi:ŋ^{4} ma^{1} hap^{8} ɕaɯ^{3}.
（直译）不讲你们不知，
太无路，
想穿衣服花；
注定做亲家，
芽接芽，
全养狗咬主。
（意译）不讲不晓熟，
太无由，
想穿花衣服；
注定亲家处，
芽接芽，
全养狗咬主。

Cinz Cinnuengx：
陈春妹：
（原文）妈，几用怪特哥认来啦！
（壮文）Meh，gaej yungh gvaiq daeggo nyaenxlai la！
（音标）me^{6}，kai^{3} juŋ^{6} kwa:i^{5} tak^{8}ko^{1} ɲan^{4} la:i^{1} la！
（直译）妈，别用怪哥哥那么多啦！
（意译）妈，别怪哥哥那么多啦！

Hanz Fungh：
韩丰：
（原文）春妹，带巴妈批歇吧，眉话云昨再讲。
（壮文）Cinnuengx，daiq bazmeh bae yiet ba，meiz vah ngoenzcog caiq gangj.
（音标）ɕin^{1} nu:ŋ^{4}，ta:i^{5} pa^{2}me^{6} pai^{1} ji:t^{7} pa，mei^{2} wa^{6} ŋon^{2}ɕo:k^{8} ɕa:i^{5} ka:ŋ^{3}.
（直译）春妹，带妈妈去歇吧，有话明天再讲。
（意译）春妹，带妈妈去歇吧，有话明天再讲。

Hanz fuhyinz：
韩夫人：
（原文）对，阿东收双云也先歇吧！
（壮文）Doiq，Adoeng sou song vunz hix sien yiet ba！
（音标）to:i^{5}，a^{1} toŋ^{1} θou^{1} θo:ŋ^{1} wun^{2} hi^{4} θi:n^{1} ji:t^{7} pa！
（直译）对，阿冬你们两人也先歇吧！

（意译）对，阿冬你们两人也先歇吧！

（Cinz Cinnuengx ruz Cinz Yanghlenz roengz，Cinz Doenggo、Cangh Yuzlanz riengz roengz）
（陈春妹扶秦香莲下，陈冬哥、张如兰随下）

Hanz Fungh：
韩丰：
（原文）妈，事情已经同你，鱼办呀？
（壮文）Meh，saehcingz gaenq doengzneix，lawz banh ya？
（音标）me^{6}，θai^{6}ɕiŋ^{2} kan^{5} toŋ^{2}nei^{4}，laɯ^{2} paːn^{6} ja？
（直译）妈，事情已经这样，怎么办呀？
（意译）妈，事情已经这样了，怎么办呀？

Hanz fuhyinz【Ciengq】
韩夫人【唱】
（原文）计跳咙艽采，
特良解，
丁越踩越卡；
冤家对冤家，
猫奏嘛，
样鱼麻途举？
（壮文）Gaeq diuq roengz giuqndaij，
Dwgrengz gaij，
Din yied caij yied gaz；
Ien'gya doiq ien'gya，
Meuz caeuq ma，
Yienghlawz ma doxgyawj？
（音标）kai^{5} tiːu^{5} ɣoŋ^{2} kiːu^{5}ʔdaːi^{3}，
tɯk^{8}ɣeːŋ^{2} kaːi^{3}，
tin^{1} jiːt^{8} ɕaːi^{3} jiːt^{8} ka^{2}；
iːn^{1}kja^{1} toːi^{5} iːn^{1}kja^{1}，
meːu^{2} ɕau^{5} ma^{1}，
jiːŋ^{6}laɯ^{2} ma^{1} to^{4}kjaɯ^{3}？
（直译）鸡跳下麻篮，
辛苦解，
脚越踩越卡；
冤家对冤家，

猫和狗，
怎么来靠近？
（意译）鸡跳麻篮心，
辛苦解，
脚越踩越紧；
冤家相对顶，
猫和狗，
怎么来靠近？

Hanz Fungh【Ciengq】
韩丰【唱】
（原文）刘备借荆州，
布用忧，
总眉姑所在；
孙权斗逼债，
妙计大，
会击败东吴。
（壮文）Liuz Bei ciq Ginghcouh，
Mbouj yungh you，
Cungj meiz gou soj caix；
Sunh Genz daeuj bikcaiq，
Miuqgeiq daih，
Hoih gikbaih Dunghvuz.
（音标）liːu^{2} pei^{1} ɕi^{5} kiŋ^{6}ɕou^{6}，
ʔbou^{3} juŋ^{6} jou^{1}，
ɕuŋ^{3} mei^{2} kou^{1} θo^{3} ɕaːi^{4}；
θun^{6} keːn^{2} tau^{3} pik^{7}ɕaːi^{5}，
miːu^{5}kei^{5} taːi^{6}，
hoːi^{6} kik^{7}paːi^{6} tuŋ^{6}wu^{2}.
（直译）刘备借荆州，
不用忧，
总有我所在；
孙权来逼债，
妙计大，
慢击败东吴。
（意译）刘备借地来，
不用忧，
总还有我在；

孙权来逼债，
妙计大，
东吴被打败。

Hanz fuhyinz：
韩夫人：
（原文）则话你鱼讲？
（壮文）Ndaek vah neix lawz gangj？
（音标）ʔdak^{7} wa^{6} nei^{4} laɯ^{2} kaːŋ^{3}？
（直译）种话这怎讲？
（意译）此话怎讲？

Hanz Fungh【Doq rwz Hanz fuhyinz gangj】
韩丰【对韩夫人耳语】
（原文）铭看鱼样？
（壮文）Mwngz yawj lawzyiengh？
（音标）mɯŋ^{2} jaɯ^{3} laɯ^{2}jiːŋ^{6}？
（直译）你看怎么样？
（意译）您看怎么样？

Hanz fuhyinz【Ciengq】
韩夫人【唱】
（原文）铭大计乱喔，论三国孔明。
（壮文）Mwngz daihgeiq luenh ok，Lwnh Samguek Gungjmingz.
（音标）mɯŋ^{2} taːi^{6}kei^{5} luːn^{6} oːk^{7}，lɯn^{6} θaːm^{1}kuːk^{7} kuŋ^{3}miŋ^{2}.
（直译）你大计乱出，论三国孔明。
（意译）你大计乱出，论三国孔明。

Hanz Fungh【Ciep】
韩丰【接】
（原文）批求包大人，解风平浪静。
（壮文）Bae gouz Bau daihsinz，Gej rumz bingz langh caem.
（音标）pai^{1} kou^{2} paːu^{1} taːi^{6}θin^{2}，ke^{3} ɣum^{2} piŋ^{2} laːŋ^{6} ɕam^{1}.
（直译）去求包大人，解风平浪静。
（意译）去求包大人，解风平浪静。

（Roengz muq）
（幕下）

场大七　包拯和冤
Ciengz Daihcaet　Bauh Cwngj Huz Ien
场第七　包拯和冤
第七场　包拯和冤

【Baij gingj】Aen goengdangz Baugoeng.
【布景】包公公堂。

【Hai muq】Vangz Cauz、Maj Han sauq ciengz.
【幕启】王朝、马汉①扫场。

Baugoeng【Nam】
包公【念】
（原文）一国太平民安康，
老包扶须笑开颜；
央求和冤息旧恨，
击鼓三通斗升堂。
（壮文）It guek daihbingz minz ancangq，
Lauxbau rub mumh riu haiyienz；
Yienggouz huz ien ndaep haemzgaeuq，
Ndaek gyong sam baez daeuj swngdangz.
（音标）it^{7} kuk^{7} taːi^{6}piŋ^{2} min^{2} aːn^{1}ɕaːŋ^{5}，
laːu^{4}paːu^{1} ɣup^{8} mum^{6} ɣiːu^{1} haːi^{1}jiːn^{2}；
jiːŋ^{1}kou^{2} hu^{2} iːn^{1} ʔdap^{7} ham^{2}kau^{5}，
ʔdak^{7} kjoːŋ^{1} θaːm^{1} pai^{2} tau^{3} θɯŋ^{1}taːŋ^{2}.
（直译）一国太平民安康，
老包捋须笑开颜；
央求和冤息旧恨，
击鼓三通来升堂。
（意译）一国太平民安康，
老包捋须喜洋洋；

① 王朝、马汉：清代石玉昆所著《三侠五义》中的人物。据书中记载，王朝、马汉与张龙、赵虎合称为开封四勇士，职务六品校尉。此四人是开封府包公的四大侍卫，王朝、马汉更是包拯不可或缺的助力。

央求和冤息旧根，
击鼓三通来升堂。

【Ciengq】
【唱】
（原文）十八年前，回想香莲告状；
平冤雪案，带叻重反家乡；
老夫怨言，教子种田度日；
养子娶媳，不贪任职图官；
辽贼猖狂，犯我边防国境；
干戈未定，招勇重整军风；
奏巧之中，冬哥从军咧咧；
扫凶除野，皇上赐爹官衔；
元帅府堂，又许如兰配偶；
央求包某，云你再斗和冤。
（壮文）Cibbet nienz cienz，Dauqsiengj Yanghlenz gauqcangh；
Bingz ien sietanq，Daiq lwg dauq fanj gyayieng；
Laujfuh ienqnyienz，Gyauq lwg cungqdienz dohsaed；
Ciengx lwg aeu sik（bawx），Mbouj dam nyaemhcik dozguen；
Liuzcaeg iuguengz，Famh gou bienfuengz guekgingq；
Ganhgoh caengz dingh，Ciu ak dauq cingj gunfung；
Couqgiuj gae cung（ndaw），Doenggo coengzgun lele；
Sauqyak cawz yez（cwx），Vuengzdaeq hawj de guenhamz；
Yenzsai foujdangz，Youh hawj Yuzlanz boiqngaeux；
Yienggouz Baumoux，Ngoenzneix caiq daeuj huz ien.
（音标）ɕip^{8}pe:t^{7} ni:n^{2} ɕi:n^{2}，ta:u^{5}θi:ŋ^{3} ja:ŋ^{6}le:n^{2} ka:u^{5}ɕa:ŋ^{6}；
piŋ^{2} i:n^{1} θi:t^{7}a:n^{5}，ta:i^{5} lɯk^{8} ta:u^{5} fa:n^{3} kja^{1}ji:ŋ^{1}；
la:u^{3}fu^{6} i:n^{5}ɲi:n^{2}，kja:u^{5} lɯk^{8} ɕuŋ^{5}ti:n^{2} to^{6}θat^{8}；
ɕi:ŋ^{4} lɯk^{8} au^{1} θik^{7}（paɯ^{4}），ʔbou^{3} ta:m^{1} ɲam^{6}ɕik^{7} to^{2}ku:n^{1}；
li:u^{2}ɕak^{8} i:u^{1}ku:ŋ^{2}，fa:m^{6} kou^{1} pi:n^{1}fu:ŋ^{2} ku:k^{7}ki:ŋ^{5}；
ka:n^{6}ko^{6} ɕaŋ^{2} tiŋ^{6}，ɕi:u^{1} a:k^{7} ta:u^{5} ɕiŋ^{3} kun^{1}fuŋ^{1}；
ɕou^{5}ki:u^{3} kai^{1} ɕuŋ^{1}（ʔdaɯ^{1}），toŋ^{1}ko^{1} ɕoŋ^{2}kun^{1} lele；
θa:u^{5} ja:k^{7} ɕaɯ^{2} je^{2}（ɕɯ^{4}），wu:ŋ^{2}tai^{5} haɯ^{3} te^{1} ku:n^{1}ha:m^{2}；
je:n^{2}θa:i^{1} fou^{3}ta:ŋ^{2}，jou^{6} haɯ^{3} ju^{2}la:n^{2} po:i^{5}ŋau^{4}；
ji:ŋ^{1}kou^{2} pa:u^{1}mou^{4}，ŋon^{2}nei^{4} ɕa:i^{5} tau^{3} hu^{2} i:n^{1}.
（直译）十八年前，回想香莲告状；
平冤雪案，带儿重返家乡；
老夫怨言，教子种田度日；

养子娶媳，不贪任职图官；
辽贼猖狂，犯我边防国境；
干戈未定，招勇重整军风；
凑巧之中，冬哥从军咧咧；
扫凶除野，皇上赐他官衔；
元帅府堂，又许如兰配偶；
央求包某，今天再来和冤。

（意译）十八年前，回想香莲告状；
平冤雪案，带儿重返家乡；
老夫怨言，教子种田日常；
养子娶媳，不贪官职图赏；
辽贼猖狂，犯我国境边防；
干戈未定，重整军风招将；
凑巧之中，冬哥从军沙场；
扫凶除野，皇上赐官来当；
元帅府堂，又许如兰配郎；
央求包某，今来和冤升堂。

【Ciep ciengq】
【接唱】

（原文）韩丰幼陷鸾，
斗通传，
喊和冤很斗；
欧荣批搞厚，
捡至斗，
皮你狗取都。

（壮文）Hanz Fungh youq haemhlwenz,
Daeuj doengcienz,
Hemq huz ien hwnjdaeuj;
Aeu vaeng bae gyaux haeux,
Genj ndi daeuj,
Baezneix gyaeuj cij du.

（音标）haːn² fuŋ⁶ jou⁵ ham⁶ lɯːn²,
tau³ toŋ¹ ɕiːn²,
heːm⁵ hu² iːn¹ hɯn³ tau³;
au¹ waŋ¹ pai¹ kjaːu⁴ hau⁴,
keːn³ ʔdi¹ tau³,
pai² nei⁴ kjau³ ɕi³ tu¹.

（直译）韩丰在昨晚，
来通传，
喊和冤起来；
用稗子混米，
捡不来，
这回头才痛。
（意译）韩丰昨晚到，
来通传，
要和冤和好；
稗子米混淆，
捡不来，
这回才烦恼。

【Ciep ciengq】
【接唱】
（原文）途猫奏途嘛，
始离罗，
变冤家途顶；
鱼认来灵醒，
苏耕吟，
怒反拎常猫。
（壮文）Duzmeuz caeuq duzma，
Sij rizraz，
Bienq ien'gya doxdingj；
Lawz nyaenxlai lingzsingj，
So geng lingq，
Nou fanj lingh riengmeuz.
（音标）tu^{2}meːu^{2} ɕau^{5} tu^{2}ma^{1}，
θi^{3} ɣi^{2}ɣa^{2}，
piːn^{5} iːn^{1}kja^{1} to^{4}tiŋ^{3}；
laɯ^{2} ɲan^{4}laːi^{1} liŋ^{2}θiŋ^{3}，
θo^{1} keːŋ^{1} liŋ^{5}，
nou^{1} faːn^{3} liŋ^{6} ɣiːŋ^{1}meːu^{2}.
（直译）猫儿和狗儿，
撕咬嬉闹，
变冤家相顶；
怎恁多灵醒，

锹撬陡坡①，
鼠反拎猫尾。
（意译）猫儿和狗儿，
相撕逗，
变冤家对顶；
怎这么灵醒，
锹撬坡，
鼠把猫尾擎。

Ndaw muq【Hemq】
内幕【叫喊】
（原文）元帅皇姑驾到！
（壮文）Yenzsai vuengzgux daeuj daengz！
（音标）$\text{je:n}^{2}\,\theta\text{a:i}^{1}$ $\text{wu:ŋ}^{2}\text{ku}^{4}$ $\text{tau}^{3}\text{taŋ}^{2}$！
（直译）元帅皇姑来到！
（意译）元帅皇姑驾到！

Baugoeng：
包公：
（原文）啊！元帅皇姑驾到，准备出迎！
（壮文）A！Yenzsai vuengzgux daeuj daengz，cinjbi okbae coux！
（音标）a！$\text{je:n}^{2}\theta\text{a:i}^{1}$ $\text{wu:ŋ}^{2}\text{ku}^{4}$ $\text{tau}^{3}\text{taŋ}^{2}$，$\text{ɕin}^{3}\text{pi}^{1}$ $\text{o:k}^{7}\text{pai}^{1}$ ɕou^{4}！
（直译）啊！元帅皇姑来到，准备出迎！
（意译）啊！元帅皇姑驾到，准备出迎！

（Okdaeuj ciepcoux，yenzsai、vuengzgux song boux hwnj）
（出迎，元帅、皇姑二人上）
（原文）劳驾元帅皇姑！
（壮文）Sinhoj yenzsai vuengzgux！
（音标）$\theta\text{in}^{1}\text{ho}^{3}$ $\text{je:n}^{2}\theta\text{a:i}^{1}$ $\text{wu:ŋ}^{2}\text{ku}^{4}$！
（直译）劳驾元帅皇姑！
（意译）劳驾元帅皇姑！

Cangh yenzsai：
张元帅：
（原文）多谢包大人！

① 锹撬陡坡：意即山坡已经很陡了，继续挖，会更糟糕。

(壮文) Docih Bau daihsinz!
(音标) to^{1}ɕi^{6} pa:u^{1} ta:i^{6}θin^{2}!
(直译) 多谢包大人!
(意译) 多谢包大人!

Vuengzgux:
皇姑:
(原文) 包卿布用客气。
(壮文) Bauhgingh mbouj yungh hekheiq.
(音标) pa:u^{6}kiŋ^{6} ʔbou^{3} juŋ^{6} he:k^{7}hei^{5}.
(直译) 包卿不用客气。
(意译) 包卿不用客气。

Baugoeng:
包公:
(原文) 元帅皇姑请——
(壮文) Yenzsai Vuengzgux cingj ——
(音标) je:n^{2}θa:i^{1} wu:ŋ^{2}ku^{4} ɕiŋ^{3}——
(直译) 元帅皇姑请——
(意译) 元帅皇姑请——

Cangh yenzsai:
张元帅:
(原文) 包大人请——
(壮文) Bau daihsinz cingj ——
(音标) pa:u^{1} ta:i^{6}θin^{2} ɕiŋ^{3}——
(直译) 包大人请——
(意译) 包大人请——

(Gak boux naengh roengz)
(分别坐下)

Baugoeng:
包公:
(原文) 元帅皇姑驾到,有何见教?
(壮文) Yenzsai vuengzgux daeuj daengz, miz maz son'gyauq?
(音标) je:n^{2}θa:i^{1} wu:ŋ^{2}ku^{4} tau^{3}taŋ^{2}, mi^{2} ma^{2} θo:n^{1}kja:u^{5}?
(直译) 元帅皇姑来到,有何指教?
(意译) 元帅皇姑驾到,有何指教?

Cangh yenzsai：
张元帅：
（原文）见教的事，不敢当，不敢当！
（壮文）Son'gyauq gij saeh，mbouj gamj dang，mbouj gamj dang！
（音标）θoːn1kjaːu5 ki3 θai6，ʔbou3 kaːm3 taːŋ1，ʔbou3 kaːm3 taːŋ1！
（直译）指教的事，不敢当，不敢当！
（意译）指教的事，不敢当，不敢当！

（原文）只不过讲小女婚事而以。
（壮文）Cij mboujgvaq gangj siujnawx vaensaeh sat lo.
（音标）ɕi3 ʔbou3kwa5 kaːŋ3 θiːu3nauɯ4 wan1θai6 θaːt7 lo.
（直译）只不过讲小女婚事而已。
（意译）只不过讲小女的婚事而已。

Baugoeng：
包公：
（原文）哈哈哈！小女如兰婚事，皇姑意下如何？
（壮文）Ha ha ha！Siujnawx Yuzlanz vaensaeh，vuengzgux simsaeh lawzyiengh？
（音标）ha ha ha！θiːu3nauɯ4 ju2laːn2 wan1θai6，wuːŋ2ku4 θim1θai6 lauɯ2jiːŋ6？
（直译）哈哈哈！小女如兰婚事，皇姑心事如何？
（意译）哈哈哈！小女如兰婚事，皇姑意下如何？

Vuengzgux：
皇姑：
（原文）小女婚事，限是请包卿多多包涵了。
（壮文）Siujnawx vaensaeh，hanzseih cingj Bauhgingh lailai bauhamz lo.
（音标）θiːu3nauɯ4 wan1θai6，haːn2θei6 ɕiŋ3 paːu6kiŋ6 laːi1laːi1 paːu1haːm2 lo.
（直译）小女婚事，还是请包卿多多包涵了。
（意译）小女的婚事，还是请包卿多多包涵了。

Baugoeng：
包公：
（原文）过于高抬，包某无能为力了。哈哈哈！
（壮文）Daiq gvaq gaudaiz，Baumoux fouz naengz okrengz lo. Ha ha ha！
（音标）taːi5 kwa5 kaːu1taːi2，paːu1mou4 fou2 naŋ2 oːk7ɣeːŋ2 lo. ha ha ha！
（直译）太过高抬，包某无能为力了。哈哈哈！
（意译）过于高抬，包某无能为力了。哈哈哈！

Cangh yenzsai：
张元帅：
（原文）小女如兰婚事，包大人样鱼落笔断章呢？
（壮文）Siujnawx Yuzlanz vaensaeh，Bau daihsinz yienghlawz roengz bit duenh cieng ne？
（音标）θiːu^{3} nauɯ^{4} ju^{2} laːn^{2} wan^{1} θai^{6}，paːu^{1} taːi^{6} θin^{2} jiːŋ^{6} lauɯ^{2} ɣoŋ^{2} pit^{7} tuːn^{6} ɕiːŋ^{1} ne？
（直译）小女如兰婚事，包大人怎样落笔断章呢？
（意译）小女如兰的婚事，包大人怎样落笔断章呢？

Vuengzgux：
皇姑：
（原文）包卿巧断阴阳，小小嫁娶之事，何足卦齿？
（壮文）Bauhgingh giuj duenh yaemyiengz，iqiq haqaeu gij saeh，mbouj cigndaej baez dwen？
（音标）paːu^{6} kiŋ^{6} kiːu^{3} tuːn^{6} jam^{1} jiːŋ^{2}，i^{5} i^{5} ha^{5} au^{1} ki^{3} θai^{6}，ʔbou^{3} ɕik^{8} ʔdai^{3} pai^{2} tɯːn^{1}？
（直译）包卿巧断阴阳，小小嫁娶之事，不值得次提？
（意译）包卿巧断阴阳，小小嫁娶之事，何足挂齿？

Baugoeng：
包公：
（原文）元帅皇姑过称了。
（壮文）Yenzsai vuengzgux gvaqcwng la.
（音标）jeːn^{2} θaːi^{1} wuːŋ^{2} ku^{4} kwa^{5} ɕɯŋ^{1} la.
（直译）元帅皇姑过誉了。
（意译）元帅皇姑过誉了。

Cangh yenzsai：
张元帅：
（原文）包大人，天下闻名青天。小女婚事，必定有和解之计。
（壮文）Bau daihsinz，lajmbwn okmingz mbwnheu. Siujnawx vaensaeh，bietdingh miz hozgej gij geiq.
（音标）paːu^{1} taːi^{6} θin^{2}，la^{3} ʔbɯn^{1} oːk^{7} miŋ^{2} ʔbɯn^{1} heːu^{1}. θiːu^{3} nauɯ^{4} wan^{1} θai^{6}，piːt^{7} tiŋ^{6} mi^{2} ho^{2} ke^{3} ki^{3} kei^{5}.
（直译）包大人，天下闻名青天。小女婚事，必定有和解之计。
（意译）包大人，天下闻名青天。小女婚事，必定有和解之计。

Baugoeng:
包公:
(原文) 惭愧，惭愧!
(壮文) Najmong，Najmong!
(音标) na^{3} moːŋ^{1}，na^{3} moːŋ^{1}!
(直译) 惭愧，惭愧!
(意译) 惭愧，惭愧!

Vuengzgux:
皇姑:
(原文) 渔样?
(壮文) Lawzyiengh?
(音标) laɯ^{2} jiːŋ^{6}?
(直译) 怎么样?
(意译) 怎么样?

Cangh yenzsai:
张元帅:
(原文) 包大人请讲!
(壮文) Bau daihsinz cingj gangj!
(音标) paːu^{1} taːi^{6} θin^{2} ɕiŋ^{3} kaːŋ^{3}!
(直译) 包大人请讲!
(意译) 包大人请讲!

Baugoeng【Nam gvaibanj】
包公【念快板】
(原文) 张元帅，吝皇姑，
逐一听姑讲情由;
小女如兰爹婚事，
确确实实狗也因;
一者吗……
(壮文) Cangh yenzsai，lwnh vuengzgux，
Cug it dingq gou gangj cingzyouz;
Dah'iq Yuzlanz de vaensaeh，
Caencaen saedsaed gyaeuj hix in;
It cej ma ……
(音标) ɕaːŋ^{6} jeːn^{2} θaːi^{1}，lɯn^{6} wuːŋ^{2} ku^{4}，
ɕuk^{8} it^{7} tiŋ^{5} kou^{1} kaːŋ^{3} ɕiŋ^{2} jou^{2};

ta^{6}i^{5} ju^{2}laːn^{2} te^{1} wan^{1}θai^{6},
ɕan^{1}ɕan^{1} θat^{8}θat^{8} kjau^{3} hi^{4} in^{1};
it^{7} ɕe^{3} ma ……
（直译）张元帅，告诉皇姑，
逐一听我讲情由；
小女如兰她婚事，
确确实实头也疼；
一者嘛……
（意译）张元帅，告诉皇姑，
逐一听我讲情由；
小女如兰她婚事，
确确实实头也疼；
一者嘛……

Vuengzgux【Cabgangj】
皇姑【插白】
（原文）一者是渔讲？
（壮文）It cej seih lawz gangj?
（音标）it^{7} ɕe^{3} θei^{6} law^{2} kaːŋ^{3}?
（直译）一者是怎讲？
（意译）一者是怎样？

Baugoeng【Ciep nam】
包公【续念】
（原文）一者门布当户布对，
冬哥又是乡下估农夫；
如兰达是宫主千金女，
岂布是欧给配公收？
二者吧……
（壮文）It cej dou mbouj dang hoh mbouj doiq,
Doenggo youh seih lajmbanj guh nungzfuh;
Yuzlanz dah seih gunghcuj ciengim sau,
Lawz mbouj seih aeu goep boiq gungqsou?
Ngeih cej ba ……
（音标）it^{7} ɕe^{3} tou^{1} ʔbou^{3} taːŋ^{1} ho^{6} ʔbou^{5} toːi^{5},
toŋ^{1}ko^{1} jou^{6} θei^{6} la^{3}ʔbaːn^{3} ku^{6} nuŋ^{2}fu^{6};
ju^{2}laːn^{2} ta^{6} θei^{6} kuŋ^{6}ɕu^{3} ɕiːn^{1}kim^{1} θaːu^{1},
law^{2} ʔbou^{3} θei^{6} au^{1} kop^{7} poːi^{5} kuŋ^{5}θou^{1}?

ŋei^{6} ɕe^{3} pa ……
（直译）一者门不当户不对，
冬哥又是乡下做农夫；
如兰姑娘是公主千金女，
岂不是拿青蛙配蟾蜍？
二者吧……
（意译）一者门不当户不对，
冬哥又是在乡下做农夫；
如兰姑娘是公主千金女，
岂不是青蛙配蛤蟆？
二者吧……

Vuengzgux【Cabgangj】
皇姑【插白】
（原文）二者又渔讲？
（壮文）Ngeih cej youh lawz gangj?
（音标）ŋei^{6} ɕe^{3} jou^{6} laɯ^{2} kaːŋ^{3}？
（直译）二者又怎讲？
（意译）二者又怎讲？

Baugoeng【Ciep nam】
包公【续念】
（原文）二者正是叻前配驸马，
冤家路窄嘛奏喁；
合亲合戚渔度怒？
恐唠又失那皇姑。
（壮文）Ngeih cej cingqseih lwg yahgonq fumaj，
Ien'gya loh gaeb ma caeuq mou；
Gap caen gap cik lawz doxnaeuz?
Hoengjlau youh saetnaj vuengzgux.
（音标）ŋei^{6} ɕe^{3} ɕiŋ^{5} θei^{6} lɯk^{8} ja^{6} koːn^{5} fu^{1} ma^{3}，
iːn^{1} kja^{1} lo^{6} kap^{8} ma^{1} ɕau^{5} mou^{1}；
kaːp^{7} ɕan^{1} kaːp^{7} ɕik^{7} laɯ^{2} to^{4} nau^{2}？
hoŋ^{3} laːu^{1} jou^{6} θat^{7} na^{3} wuːŋ^{2} ku^{4}.
（直译）二者正是儿前配驸马，
冤家路窄狗和猪；
合亲合戚怎互称？
恐怕又丢脸皇姑。

（意译）二者正是前配驸马儿，
冤家路窄狗和猪；
合亲合戚怎互称？
恐怕又丢脸皇姑。

Cangh yenzsai【Gvaibanj】
张元帅【快板】
（原文）以前几事卦就算，
何必计较几代十八州？
俗话怨家宜解不宜结，
双膀谅解并布难。
（壮文）Gaxgonq gij saeh gvaq couh suenq，
Hozbiet cenglwnh geij daih cibbet cou？
Vahsug ien'gya hab gej mbouj hab giet，
Song bangx yienzliengh cix mbouj nanz.
（音标）ka^{4}ko:n^{5} ki^{3} θai^{6} kwa^{5} ɕou^{6} θu:n^{5}，
ho^{2}pi:t^{7} ɕe:ŋ^{1}lɯn^{6} kei^{3} ta:i^{6} ɕip^{8}pe:t^{7} ɕou^{1}？
wa^{6}θuk^{8} i:n^{1}kja^{1} ha:p^{8} ke^{3} ʔbou^{3} ha:p^{8} ki:t^{7}，
θo:ŋ^{1} pa:ŋ^{4} ji:n^{2}li:ŋ^{6} ɕi^{4} ʔbou^{3} na:n^{2}.
（直译）以前的事过就算，
何必计较几代十八州？
俗话冤家宜解不宜结，
双方谅解并不难？
（意译）以前事情过就算，
何必计较几代这么长？
俗话冤家宜解不宜结，
双方谅解并不难。

Vuengzgux：
皇姑：
（原文）只欧香莲爹承认，以前几事姑总布在乎。
（壮文）Cijaeu Yanghlenz de cingznyinh，gaxgonq gij saeh gou cungj mbouj haeujrwz.
（音标）ɕi^{3}au^{1} ja:ŋ^{6}le:n^{2} te^{1} ɕiŋ^{2}ȵin^{6}，ka^{4}ko:n^{5} ki^{3} θai^{6} kou^{1} ɕuŋ^{3} ʔbou^{3} hau^{3}ɣɯ^{2}.
（直译）只要香莲她承认，以前的事我都不入耳。
（意译）只要香莲她承认，以前的事情我不放在心。

（原文）包卿但欧铭作主，叻幅婚事姑总开北都。
（壮文）Bauhgingh cijaeu mwngz guhcawj，lwgmbwk vaensaeh gou cungj hai bakdou.

（音标）paːu⁶ kiŋ⁶ ɕi³ au¹ mɯŋ² ku⁶ ɕaɯ³，lɯk⁸ ʔbɯk⁷ wan¹ θai⁶ kou¹ ɕuŋ³ haːi¹ paːk⁷ tou¹.
（直译）包卿只要你做主，女儿婚事我都开门口。
（意译）包卿只要你做主，女儿婚事我都敞开门。

Cangh yenzsai：
张元帅：
（原文）对对对！
（壮文）Doiq doiq doiq！
（音标）toːi⁵ toːi⁵ toːi⁵！
（直译）对对对！
（意译）对对对！

Baugoeng：
包公：
（原文）哈哈哈！
（壮文）Ha ha ha！
（音标）ha ha ha！
（直译）哈哈哈！
（意译）哈哈哈！

Vuengzgux：
皇姑：
（原文）包卿，同渔样？
（壮文）Bauhgingh，doengzlawzyiengh？
（音标）paːu⁶ kiŋ⁶，toŋ² laɯ² jiːŋ⁶？
（直译）包卿，怎么样？
（意译）包卿，怎么样？

Baugoeng：
包公：
（原文）收听姑讲——
（壮文）Sou dingq gou gangj ——
（音标）θou¹ tiŋ⁵ kou¹ kaːŋ³——
（直译）你们听我讲——
（意译）你们听我讲——

【Ciengq】
【唱】
（原文）提十八年前，
秦香莲，
爹欧先承认；
公堂辨理证，
为气紧，
布该顶皇姑。
（壮文）Daez cibbet nienz cienz，
Cinz Yanghlenz，
De aeu sien cingznyinh；
Goengdangz bienh leixcingq，
Vih heiqgaenj，
Mbouj gai dingj vuengzgux.
（音标）tai^{2} ɕip^{8}pe:t^{7} ni:n^{2} ɕi:n^{2}，
ɕin^{2} ja:ŋ^{6}le:n^{2}，
te^{1} au^{1} θi:n^{1} ɕiŋ^{2}ɲin^{6}；
koŋ^{1}ta:ŋ^{2} pi:n^{6} lei^{4}ɕiŋ^{5}，
wi^{6} hei^{5}kan^{3}，
ʔbou^{3} ka:i^{1} tiŋ^{3} wu:ŋ^{2}ku^{4}.
（直译）提十八年前，
秦香莲，
她要先承认；
公堂辩正理，
为气急，
不该顶皇姑。
（意译）提十八年前，
秦香莲，
她承认抱歉；
公堂里论辩，
因气急，
顶皇姑无颜。

Vuengzgux：
皇姑：
（原文）爹承认了？
（壮文）De nyinh la？
（音标）te^{1} ɲin^{6} la？

（直译）她承认了？
（意译）她承认了？

Baugoeng：
包公：
（原文）承认了。
（壮文）Nyinh la.
（音标）ȵin^{6} la.
（直译）承认了。
（意译）承认了。

Cangh yenzsai【Ciengq】
张元帅【唱】
（原文）不愧为青天，
数十年，
已名扬四海；
论冤仇血债，
案重大，
总一概破除。
（壮文）Dang ndaej hwnj cingdien，
Geij cib nienz，
Gaenq mingzyiengz seiqhaij；
Lwnh iencaeuz lwedcaiq，
Anq cungqdaih，
Cungj itgaiq buqcawz.
（音标）taːŋ^{1} ʔdai^{3} hɯn^{3} ɕiŋ^{1} tiːn^{1}，
kei^{3} ɕip^{8} niːn^{2}，
kan^{5} miŋ^{2}jiːŋ^{2} θei^{5} haːi^{3}；
lɯn^{6} iːn^{1}ɕau^{2} lɯːt^{8}ɕaːi^{5}，
aːn^{5} ɕuŋ^{5}taːi^{6}，
ɕuŋ^{3} it^{7}kaːi^{5} pu^{5}ɕaɯ^{2}.
（直译）当得上青天，
数十年，
已名扬四海；
论冤仇血债，
案重大，
总一概破除。
（意译）青天民崇拜，

数十年，
已名扬四海；
论冤仇血债，
案重大，
总一概破开。

Baugoeng：
包公：
（原文）元帅过称了。
（壮文）Yenzsai gvaqcwng la.
（音标）jeːn^{2}θaːi^{1} kwa^{5}ɕɯŋ^{1} la.
（直译）元帅过誉了。
（意译）元帅过誉了。

Cangh yenzsai：
张元帅：
（原文）包大人，秦香莲时你幼渠呀？
（壮文）Bau daihsinz，Cinz Yanghlenz seizneix youq gyawz ya?
（音标）paːu^{1} taːi^{6}θin^{2}，ɕin^{2} jaːŋ^{6}leːn^{2} θei^{2}nei^{4} jou^{5} kjaɯ^{2} ja?
（直译）包大人，秦香莲现在在哪里呀？
（意译）包大人，秦香莲现在在哪里呀？

Baugoeng：
包公：
（原文）爹已经幼度姑后厅等侯。
（壮文）De gaenq youq duzgou laengding daengjcaj.
（音标）te^{1} kan^{5} jou^{5} tu^{2}kou^{1} laŋ^{1}tiŋ^{1} taŋ^{3}ɕa^{3}.
（直译）她已经在我的后厅等候。
（意译）她已经在我的后厅等候。

Vuengzgux：
皇姑：
（原文）爹斗腾了？
（壮文）De daeuj daengz la?
（音标）te^{1} tau^{3} taŋ^{2} la?
（直译）她来到了？
（意译）她来了？

Cangh yenzsai：
张元帅：
（原文）既然香莲斗腾了，应当传话斗相见呀！
（壮文）Gawqyienz Yanghlenz daeuj daengz la，wngdang cienzvah daeuj doxraen ya！
（音标）kauɯ^{5}jiːn^{2} jaːŋ^{6}leːn^{2} tau^{3} taŋ^{2} la，ɯŋ^{1}taːŋ^{1} ɕiːn^{2}wa^{6} tau^{3} to^{4}ɣan^{1} ja！
（直译）既然香莲来到了，应当传话来相见呀！
（意译）既然香莲到了，应当传话来相见呀！

Baugoeng：
包公：
（原文）不错。王朝马汉，传秦香莲！
（壮文）Mboujloek. Vangz Cauz Maj Han，cienz Cinz Yanghlenz！
（音标）ʔbou^{3}lok^{7}. waːŋ^{2} ɕaːu^{2} ma^{3} haːn^{1}，ɕiːn^{2} ɕin^{2} jaːŋ^{6}leːn^{2}！
（直译）不错。王朝马汉，传秦香莲！
（意译）不错。王朝马汉，传秦香莲！

Ndaw muq【Hemq】
内幕【喊】
（原文）传秦香莲！
（壮文）Cienz Cinz Yanghlenz！
（音标）ɕiːn^{2} ɕin^{2} jaːŋ^{6}leːn^{2}！
（直译）传秦香莲！
（意译）传秦香莲！

Cinz Yanghlenz【Hwnj】
秦香莲【上】
（原文）拜见包青天大人！
（壮文）Baiqraen Bauh Cinghdenh daihsinz！
（音标）paːi^{5}ɣan^{1} paːu^{6} ɕiŋ^{6}teːn^{6} taːi^{6}θin^{2}！
（直译）拜见包青天大人！
（意译）拜见包青天大人！

Baugoeng【Yaepda coi Cinz Yanghlenz caeuq Vuengzgux doxraen】
包公【示意秦香莲与皇姑相见】
（原文）批呀，批呀！
（壮文）Bae ya，bae ya！
（音标）pai^{1} ja，pai^{1} ja！
（直译）去呀，去呀！

（意译）去呀，去呀！

Cangh yenzsai【Yaek hwnjndang laexraen Cinz Yanghlenz，Vuengzgux caiq rag naengh roengz song baez】
张元帅【欲起身礼见秦香莲，皇姑两次拉他坐下】
（原文）批呀！
（壮文）Bae ya！
（音标）pai¹ ja！
（直译）去呀！
（意译）去呀！

（Yaepda heuh Vuengzgux bae）
（示意皇姑去）
（原文）批呀！
（壮文）Bae ya！
（音标）pai¹ ja！
（直译）去呀！
（意译）去呀！

Vuengzgux【Cienjnaj gvaq mbiengj ndeu】
皇姑【转脸过一边】
（原文）嗯！
（壮文）W！
（音标）ɯ！
（直译）嗯！
（意译）嗯！

Cangh yenzsai【Hwnjbae hengzlaex】
张元帅【上去行礼】
（原文）拜见秦夫人！
（壮文）Baiqraen Cinz fuhyinz！
（音标）paːi⁵ ɣan¹ ɕin² fu⁶ jin²！
（直译）拜见秦夫人！
（意译）拜见秦夫人！

Cinz Yanghlenz：
秦香莲：
（原文）小小平民百姓，鱼敢受元帅重礼呢！

（壮文）Iqiq lwgminz beksingq，lawz gamj souh yenzsai laexnaek ne!
（音标）i^{5}i^{5} lɯk^{8}min^{2} pe:k^{7}θiŋ^{5}，laɯ^{2} ka:m^{3} θou^{6} je:n^{2}θa:i^{1} lai^{4}nak^{7} ne!
（直译）小小平民百姓，怎敢受元帅重礼呢！
（意译）小小平民百姓，怎敢受元帅重礼呢！

Cangh yenzsai：
张元帅：
（原文）陈小将军是途姑救命恩人，理当受使。
（壮文）Cinz siujcienghginh seih duzgou gouqmingh aenvunz，leix dang souh ndaej.
（音标）ɕin^{2} θi:u^{3}ɕi:ŋ^{6}kin^{6} θei^{6} tu^{2}kou^{1} kou^{5}miŋ^{6} an^{1}wun^{2}，lei^{4} ta:ŋ^{1} θou^{6} ʔdai^{3}.
（直译）陈小将军是我的救命恩人，理当受得。
（意译）陈小将军是我的救命恩人，理当能受。

Baugoeng、Cangh yenzsai：
包公、张元帅：
（原文）理当受使，理当受使！哈哈哈！
（壮文）Leix dang souh ndaej，leix dang souh ndaej！Ha ha ha！
（音标）lei^{4} ta:ŋ^{1} θou^{6} ʔdai^{3}，lei^{4} ta:ŋ^{1} θou^{6} ʔdai^{3}！ha ha ha！
（直译）理当受得，理当受得！哈哈哈！
（意译）理当受得，理当受得！哈哈哈！

Cangh yenzsai【Vadfwngz heuh Vuengzgux bae laexraen】
张元帅【示意皇姑去礼见】
（原文）批呀！
（壮文）Bae ya！
（音标）pai^{1} ja！
（直译）去呀！
（意译）去呀！

Vuengzgux【Ciengq】
皇姑【唱】
（原文）姑堂堂宫主，
皇帝女，
幼玉宇琼楼；
乡下气汗臾，
贱骨头，
渔喊姑龙跪？
（壮文）Gou dangzdangz goengcawj，

Vuengzdaeq nawx，
Youq nyawhlaeuz gaulaeuz；
Lajmbanj heiqhanh saeu，
Cienh goetdaeuz，
Lawz hemq gou roengzgvih？
（音标）kou^{1} taːŋ^{2} taːŋ^{2} koŋ^{1} ɕaɯ^{3}，
wuːŋ^{2} tai^{5} naɯ^{4}，
jou^{5} ɲaɯ^{6} lau^{2} kaːu^{1} lau^{2}；
la^{3} ʔbaːn^{3} hei^{5} haːn^{6} θau^{1}，
ɕiːn^{6} kot^{7} tau^{2}，
laɯ^{2} heːm^{5} kou^{1} ɣoŋ^{2} kwi^{6}？
（直译）我堂堂公主，
皇帝女，
住玉楼高楼；
乡下汗气馊，
贱骨头，
怎喊我下跪？
（意译）公主我尊优，
皇帝女，
住玉宇琼楼；
乡下汗味臭，
贱骨头，
怎下跪丢丑？

Baugoeng：
包公：
（原文）香莲，铭应当批礼见呀！
（壮文）Yanghlenz，mwngz wngdang bae laexraen ya！
（音标）jaːŋ^{6} leːn^{2}，muɯŋ^{2} ɯŋ^{1} taːŋ^{1} pai^{1} lai^{4} ɣan^{1} ja！
（直译）香莲，你应当去礼见呀！
（意译）香莲，你应当去见礼呀！

Cinz Yanghlenz：
秦香莲：
（原文）包大人呀！
（壮文）Bau daihsinz ya！
（音标）paːu^{1} taːi^{6} θin^{2} ja！
（直译）包大人呀！

（意译）包大人呀！

【Ciengq】
【唱】
（原文）礼节也是眉三班，
渔喊公奥拜如兰？
香兰布装装香庙，
公社布跪跪龛堂。
（壮文）Laexciet hix seih meiz sam ban，
Lawz hemq goeng'au baiq lwglan？
Yiengranz mbouj cang cang yiengmiuh，
Goengsix mbouj gvih gvih hamdangz.
（音标）lai^{4} ɕiːt^{7} hi^{4} θei^{6} mei^{2} θaːm^{1} paːn^{1}，
laɯ^{2} heːm^{5} koŋ^{1} aːu^{1} paːi^{5} lɯk^{8} laːn^{1}？
jiːŋ^{1} raːn^{2} ʔbou^{3} ɕaːŋ^{1} ɕaːŋ^{1} jiːŋ^{1} miːu^{6}，
koŋ^{1} θi^{4} ʔbou^{3} kwi^{6} kwi^{6} haːm^{1} taːŋ^{2}.
（直译）礼节也是有三班，
怎喊叔公拜儿孙？
香家不装装香庙，
社坛不跪跪龛堂。
（意译）礼节也是有多样，
怎喊叔公拜侄孙？
香家不装装香庙，
社坛不跪跪龛堂。

Baugoeng【Ciengq】
包公【唱】
（原文）难了难，难了难，
七斤剥妻全是杭；
云云讲话总眉理，
喊姑样渔斗龙钢？
（壮文）Nanz liux nanz，nanz liux nanz，
Caet gaen bakcae cienz seih hang；
Vunzvunz gangjvah cungj meiz leix，
Hemq gou yienghlawz daeuj roengzgang？
（音标）naːn^{2} liːu^{4} naːn^{2}，naːn^{2} liːu^{4} naːn^{2}，
ɕat^{7} kan^{1} paːk^{7} ɕai^{1} ɕiːn^{2} θei^{6} haːŋ^{1}；
wun^{2} wun^{2} kaːŋ^{3} wa^{6} ɕuŋ^{3} mei^{2} lei^{4}，

heːm^{5} kou^{1} jiːŋ^{6} laɯ^{2} tau^{3} ɣoŋ^{2} kaːŋ^{1}?
（直译）难了难，难了难，
七斤犁头全是生铁；
人人讲话都有理，
喊我怎样来下钢？
（意译）难了难，难了难，
七斤犁头生铁样；
人人讲话都有理，
喊我怎么来加钢？

Cangh yenzsai【Daezsingj Vuengzgux】
张元帅【示意皇姑】
（原文）铭先批礼见吧！
（壮文）Mwngz sien bae laexraen ba！
（音标）mɯŋ^{2} θiːn^{1} pai^{1} lai^{4} ɣan^{1} pa！
（直译）你先去礼见吧！
（意译）你先去礼见吧！

Vuengzgux【Ciengq】
皇姑【唱】
（原文）那爹又来碗，
计罢想，
北若管北菟。
（壮文）Naj de youh lai uenj（wenj），
Gaejbah siengj，
Byaeknok guenj byaekmen.
（音标）na^{3} te^{1} jou^{6} laːi^{1} uːn^{3}（ɯːn^{3}），
kai^{3} pa^{6} θiːŋ^{3}，
pjak^{7} noːk^{7} kuːn^{3} pjak^{7} meːn^{1}.
（直译）脸她又多光滑，
先别想，
雷公根管雷公青；
（意译）她脸多亮丽，
先别想，
牛黄管牛膝；

Cinz Yanghlenz【Ciep】
秦香莲【接】
（原文）姑伦爹不贤，
途六前，
想斗钳计妈。
（壮文）Gou raen de mbouj yienz,
Duz roegmienz,
Siengj daeuj gemz gaeqmeh.
（音标）kou^{1} ɣan^{1} te^{1} ʔbou^{3} jiːn^{2},
tu^{2} ɣok^{8} miːn^{2},
θiːŋ^{3} tau^{3} keːm^{2} kai^{5} me^{6}.
（直译）我见她不贤，
只小鸟，
想来钳母鸡。
（意译）见她不量力，
一小鸟，
想来钳母鸡。

Baugoeng:
包公：
（原文）哎呀，香莲，难道铭总至听姑劝解？
（壮文）Aeya, Yanghlenz, nanzdauh mwngz cungj ndi dingq gou gienqgej?
（音标）aija, jaːŋ^{6} leːn^{2}, naːn^{2} taːu^{6} mɯŋ^{2} ɕuŋ^{3} ʔdi^{1} tiŋ^{5} kou^{1} kiːn^{5} ke^{3}?
（直译）哎呀，香莲，难道你都不听我劝解？
（意译）哎呀，香莲，难道你都不听我劝解？

Cinz Yanghlenz:
秦香莲：
（原文）包大人，铭讲话再反话了。
（壮文）Bau daihsinz, mwngz gangjvah caiq fanj vah la.
（音标）paːu^{1} taːi^{6} θin^{2}, mɯŋ^{2} kaːŋ^{3} wa^{6} ɕaːi^{5} faːn^{3} wa^{6} la.
（直译）包大人，你讲话再反话了。
（意译）包大人，您讲话再反话了。

Baugoeng:
包公：
（原文）渔讲话再反话？
（壮文）Lawz gangjvah caiq fanj vah?

（音标）laɯ^{2} ka:ŋ^{3} wa^{6} ɕa:i^{5} fa:n^{3} wa^{6}？
（直译）怎么讲话再反话？
（意译）咋讲话再反话？

Cinz Yanghlenz【Ciengq】
秦香莲【唱】
（原文）十八年前，是铭真言话语；
教育子女，布再允许当官；
免惹事端，布再受冤受难；
屎后铭讲，时你倒讲屎唧。
（壮文）Cibbet nienz cienz，Seih mwngz caen nyienz vahgawq；
Son'gyauq ceijnawx，Mbouj caiq cinjhawj dang guen；
Mienx nyex sawzduenh，Mbouj caiq souh yuen (ien) souh nanh；
Haex haeu mwngz gangj，Seizneix dauq gangj haex rang.
（音标）ɕip^{8} pe:t^{7} ni:n^{2} ɕi:n^{2}，θei^{6} mɯŋ^{2} ɕan^{1} ȵi:n^{2} wa^{6} kaɯ^{5}；
θo:n^{1} kja:u^{5} ɕei^{3} naɯ^{4}，ʔbou^{3} ɕa:i^{5} ɕin^{3} haɯ^{3} ta:ŋ^{1} ku:n^{1}；
mi:n^{4} ȵe^{4} θaɯ^{2} tu:n^{6}，ʔbou^{3} ɕa:i^{5} θou^{6} ju:n^{1}（i:n^{1}）θou^{6} na:n^{6}；
hai^{4} hau^{1} mɯŋ^{2} ka:ŋ^{3}，θei^{2} nei^{4} ta:u^{5} ka:ŋ^{3} hai^{2} ra:ŋ^{1}.
（直译）十八年前，是你真言话语；
教育子女，不再允许当官；
免惹事端，不再受冤受难；
屎臭你讲，现在倒讲屎香。
（意译）十八年前，是你话语真言；
教育子女，不许再受官衔；
免惹事端，不再受冤牵连；
屎臭你讲，现在却讲香鲜。

Baugoeng【Ciep ciengq】
包公【接唱】
（原文）实在难难，取是伦防今腾；
父你顶更，父爹气喊布咙；
难胎包公，云云至从字下；
石狗他马，老包剥丫凳龙。
（壮文）Saedcaih nanznanz，Cij seih raen fangz gaemhdwngx；
Boux neix dingjgeng，Boux de heiq hemq mbouj roengz；
Nanz dai Baugoeng，Vunzvunz ndi coengz daejyax (baihlaj)；
Siggaeuj da max，Lauxbau bakaj daengq roengz.
（音标）θat^{8} ɕa:i^{6} na:n^{2} na:n^{2}，ɕi^{3} θei^{6} ɣan^{1} fa:ŋ^{2} kam^{6} tɯŋ^{4}；

pou^{4} nei^{4} tiŋ^{3}keːŋ^{1}，pou^{4} te^{1} hei^{5} heːm^{5} ʔbou^{3} ɣoŋ^{2}；
naːn^{2} taːi^{1} paːu^{1}koŋ^{1}，wun^{2}wun^{2} ʔdi^{1} ɕoŋ^{2} tai^{3}ja^{4}（paːi^{6}la^{3}）；
θik^{8}kau^{3} ta^{1} ma^{4}，laːu^{4}paːu^{1} paːk^{7}a^{3} taŋ^{5} ɣoŋ^{2}.
（直译）实在难难，只是见鬼拄拐；
这个顶硬，个那气喊不下；
难死包公，人人不从底下；
石狗眼睛马，老包张嘴嘱下。
（意译）实在难难，只是见鬼到来；
这个顶撞，那个怒气骂开；
难死包公，人人不从安排；
石狗马眼，老包张嘴交代。

Cangh yenzsai：
张元帅：
（原文）包大人，另想办法吗？
（壮文）Bau daihsinz，lingh siengj banhfap ma？
（音标）paːu^{1} taːi^{6}θin^{2}，liŋ^{6} θiːŋ^{3} paːn^{6}faːp^{7} ma？
（直译）包大人，另想办法吗？
（意译）包大人，另想办法吗？

Baugoeng：
包公：
（原文）清官难判家常事！
（壮文）Cingguen nanz buenq gyaciengz saeh！
（音标）ɕiŋ^{1}kuːn^{1} naːn^{2} puːn^{5} kja^{1}ɕiːŋ^{2} θai^{6}！
（直译）清官难判家常事！
（意译）清官难断家务事！

Vuengzgux【Hwnjndang】
皇姑【起身】
（原文）来人，回宫！
（壮文）Daeuj vunz，ma gung！
（音标）tau^{3} wun^{2}，ma^{1} kuŋ^{1}！
（直译）来人，回宫！
（意译）来人，回宫！

（Baugoeng、Cangh yenzsai laengzlanz）
（包公、张元帅拦住）

Baugoeng：
包公：
（原文）公主息怒，眉话会讲！
（壮文）Gunghcuj heiqroengz，meiz vah hoih gangj！
（音标）kuŋ^{6}ɕu^{3} hei^{5}ɣoŋ^{2}，mei^{2} wa^{6} hoːi^{6} kaːŋ^{3}！
（直译）公主息怒，有话慢讲！
（意译）公主息怒，有话慢讲！

Vuengzgux【Gvaibanj】
皇姑【快板】
（原文）姑开口，
　　　　吝包卿；
　　　　打菊讲一声，
　　　　听分明；
　　　　兰陈总至眉家教，
　　　　抽姑叻幅理布应；
　　　　爹是农夫庄稼汉，
　　　　渔眉资格高攀姑千金？
（壮文）Gou haibak，
　　　　Lwnh Bauhgingh；
　　　　Daj goek gangj it sing，
　　　　Dingq faenmingz；
　　　　Ranz Cinz cungj ndi meiz gya'gyauq，
　　　　Coux gou lwgmbwk leix mbouj wng；
　　　　De seih boux guh hongnaz vunz，
　　　　Lawz meiz swhgwz gauhbanh gou ciengim？
（音标）kou^{1} haːi^{1}paːk^{7}，
　　　　lɯn^{6} paːu^{6}kiŋ^{6}；
　　　　ta^{3} kok^{7} kaːŋ^{3} it^{7} θiŋ^{1}，
　　　　tiŋ^{5} fan^{1}miŋ^{2}；
　　　　ɣaːn^{2} ɕin^{2} ɕuŋ^{3} ʔdi^{1} mei^{2} kja^{1}kjaːu^{5}，
　　　　ɕou^{4} kou^{1} lɯk^{8}ʔbɯk^{7} lei^{4} ʔbou^{3} ɯŋ^{1}；
　　　　te^{1} θei^{6} pou^{4} ku^{6} hoːŋ^{1}na^{2} wun^{2}，
　　　　laɯ^{2} mei^{2} θɯ^{6}kɯ^{2} kaːu^{6}paːn^{6} kou^{1} ɕiːn^{1}kim^{1}？
（直译）我开口，
　　　　告诉包卿；
　　　　从头讲一声，
　　　　听分明；

家陈都没有家教，
娶我女儿理不应；
他是个做农活人，
哪有资格高攀我千金？

（意译）我开口，
嘱包卿；
从头讲一声，
听分明；
陈家都没有家教，
娶我女儿理不应；
他是农夫庄稼汉，
哪有资格高攀我千金？

Cinz Yanghlenz【Gvaibanj】
秦香莲【快板】

（原文）青天大人听清楚，
讲话总是乱弹琴；
拉天浪鸡如处耀？
欧锡各吨排拉丁。

（壮文）Cinghdenh daihsinz dingq cingcuj，
Gangjvah cungjseih luenh danzgimz；
Lajmbwn langh gaeq byawz yawj yiuh？
Aeu siz gag daenj baiz laj din.

（音标）ɕiŋ^{6} teːn^{6} taːi^{6} θin^{2} tiŋ^{5} ciŋ^{1} ɕu^{3}，
kaːŋ^{3} wa^{6} ɕuŋ^{3} θei^{6} luːn^{6} taːn^{2} kim^{2}；
la^{3} ʔbɯn^{1} laːŋ^{6} kai^{5} pjaɯ^{2} jaɯ^{2} jiːu^{6}？
au^{1} θi^{2} kaːk^{8} tan^{3} paːi^{2} la^{3} tin^{1}.

（直译）青天大人听清楚，
讲话总是乱弹琴；
天下放鸡谁看鹰？
娶媳自穿摆下脚。

（意译）青天大人听清楚，
讲话总是乱弹琴；
露天放鸡谁看鹰？
娶媳自己来连亲。

Baugoeng【Gvaibanj】
包公【快板】
（原文）父父讲话总眉理，
布噜如假如是真；
铭也少旬姑少旬，
父减八两父半斤。
（壮文）Bouxboux gangjvah cungj miz leix，
Mbouj rox byawz gyaj byawz seih caen；
Mwngz hix siuj coenz gou siuj coenz，
Boux gemj bet liengx boux buenq gaen.
（音标）pou^{4}pou^{4} kaːŋ^{3}wa^{6} ɕuŋ^{3} mi^{2} lei^{4}，
ʔbou^{3} ɣo^{4} pjaɯ^{2} kja^{3} pjaɯ^{2} θei^{6} ɕan^{1}；
mɯŋ^{2} hi^{4} θiːu^{3} ɕon^{2} kou^{1} θiːu^{3} ɕon^{2}，
pou^{4} keːm^{3} peːt^{7} liːŋ^{4} pou^{4} puːn^{5} kan^{1}.
（直译）个个讲话都有理，
不知谁假谁是真；
你也少句我少句，
个减八两个半斤。
（意译）个个说话都有理，
不知谁假谁是真；
你也少句我少句，
这减八两那半斤。

Cangh yenzsai【Gvaibanj】
张元帅【快板】
（原文）铭也让，姑也忍，
父让父忍取文亲；
铭高姑强难撮合，
洞庭湖平浪布平。
（壮文）Mwngz hix nyiengh，gou hix nyaenx，
Boux nyiengh boux nyaenx cij baenz caen；
Mwngz sang gou giengz nanz gyoebhab，
Dungdingzhuz bingz langh mbouj bingz.
（音标）mɯŋ^{2} hi^{4} ȵiːŋ^{6}，kou^{1} hi^{4} ȵan^{4}，
pou^{4} ȵiːŋ^{6} pou^{4} ȵan^{4} ɕi^{3} pan^{2} ɕan^{1}；
mɯŋ^{2} θaːŋ^{1} kou^{1} kiːŋ^{2} naːn^{2} kjop^{8}haːp^{8}，
tuŋ^{1}tiŋ^{2}hu^{2} piŋ^{2} laːŋ^{6} ʔbou^{3} piŋ^{2}.
（直译）你也让，我也忍，

个让个忍才成亲；
你高我强难撮合，
洞庭湖平浪不平。
（意译）你也让，我也忍，
这让那忍才成亲；
你高我强难结合，
洞庭湖平浪不平。

Baugoeng【Ciengq】
包公【唱】
（原文）温竹卡温荒，样鱼彭使开？
云来斗拆台，难估斋估醮。
（壮文）Oenndoek gaz oenvengj，yienghlawz bengq ndaej hai?
Vunzlai daeuj cekdaiz，nanz guhcai guhcienq.
（音标）on^{1}ʔdok^{7} ka^{2} on^{1}we:ŋ^{3}，ji:ŋ^{6}laɯ^{2} pe:ŋ^{5} ʔdai^{3} ha:i^{1}？
wun^{1}la:i^{1} tau^{3} ɕe:k^{7}ta:i^{2}，na:n^{2} ku^{6}ɕa:i^{1} ku^{6}ɕi:n^{5}.
（直译）竹刺卡金樱刺，怎样拔得开？
众人来拆台，难做斋做荐。
（意译）竹刺卡金樱，如何拔得开？
众人来拆台，难祭拜做斋。

Cunghginh【Gaenjgip hwnj】
中军【急上】
（原文）禀报元帅，辽北贼兵卷土重犯我境，皇上令旨，立即发兵抵抗。
（壮文）Bauqhawj yenzsai，Liuzbaek caegbing caiq daeuj ciemq guek raeuz，vuengzdaeq roengzlingh，sikhaek fatbing dingjhoenx.
（音标）pa:u^{5}haɯ^{3} je:n^{2}θa:i^{1}，li:u^{2}pak^{7} ɕak^{8}piŋ^{1} ɕa:i^{5} tau^{3} ɕi:m^{5} ku:k^{7} ɣau^{2}，wu:ŋ^{2}tai^{5} ɣoŋ^{2}liŋ^{6}，θik^{7}hak^{7} fa:t^{7}piŋ^{1} tiŋ^{3}hon^{4}.
（直译）禀报元帅，辽北贼兵再来侵犯国我们，皇上令旨，立即发兵抵抗。
（意译）禀报元帅，辽北贼兵卷土侵犯我国，皇上令旨，立即发兵抵抗。

(Roengz)
（下）

Cangh yenzsai：
张元帅：
（原文）包大人，姑立即回营点兵，至使相伴了。
（壮文）Bau daihsinz，gou sikhaek ma yingz diemjbing，ndi ndaej doxbuenx la.

（音标）paːu¹ taːi⁶θin²，kou¹ θik⁷hak⁷ ma¹ jiŋ² tiːm³piŋ¹，ʔdi¹ ʔdai³ to⁴puːn⁴ la.
（直译）包大人，我立即回营点兵，不能相陪了。
（意译）包大人，我立即回营点兵，不能相陪了。

（Roengz）
（下）

Baugoeng：
包公：
（原文）哈哈哈！眉办法，办法眉了！
（壮文）Ha ha ha！Meiz banhfap，banhfap meiz la！
（音标）ha ha ha！mei² paːn⁶faːp⁷，paːn⁶faːp⁷ mei² la！
（直译）哈哈哈！有办法，办法有了！
（意译）哈哈哈！有办法，办法有了！

Cinz Yanghlenz：
秦香莲：
（原文）包大人，几骡办法眉了？
（壮文）Bau daihsinz，gijlawz banhfap meiz la？
（音标）paːu¹ taːi⁶θin²，ki³laɯ² paːn⁶faːp⁷ mei² la？
（直译）包大人，什么办法有了？
（意译）包大人，有什么办法了？

Vuengzgux：
皇姑：
（原文）包卿，话是渔讲呀？
（壮文）Bauhgingh，vah seih lawz gangj ya？
（音标）paːu⁶kiŋ⁶，wa⁶ θei⁶ laɯ² kaːŋ³ ja？
（直译）包卿，话是怎么讲呀？
（意译）包卿，此话怎讲？

Baugoeng【Gvaibanj】
包公【快板】
（原文）吝公主，
　　　　吝香莲；
　　　　收队冤积十八年，
　　　　喊姑和冤合至连；
　　　　途蛤途虮各眉壮，

欧勾榨糖巾至甜；
公主麻宫享清福，
厚汁布使搅厚粘；
香莲带叻批嘛乡，
安心龙斗种农田；
时你辽北贼兵反，
当官姑也布安衎；
包拯愿脱乌沙毛，
批嘛老家度晚年。

（壮文）Lwnh gunghcuj,
Lwnh Yanghlenz;
Soudoih ien cik cibbet nienz,
Hemq gou huz ien gap ndi lienz;
Duzgoep duzgvej gak meiz congh,
Aeu gaeu caq dangz gwn ndi diemz;
Gunghcuj ma goeng yiengj cingfuk,
Haeuxcid mbouj ndaej gyaux haeuxciem;
Yanghlenz daiq lwg baema yieng,
Ansim roengzdaeuj ndaem noengzdienz;
Seizneix Liuzbaek caegbing fanj,
Dang guen gou hix mbouj anyienz;
Bauh Cwngj nyienh duet mauhvuhsah,
Baema lauxgya doh manxnienz.

（音标）lɯn6 kuŋ6ɕu3,
lɯn6 jaːŋ6leːn2;
θou1 toːi6 iːn1 ɕik7 ɕip8 peːt7 niːn2,
heːm5 kou1 hu2 iːn1 kaːp7 ʔdi1 liːn2;
tu2kop7 tu2kwe3 kaːk7 mei2 ɕoːŋ6,
au1 kau1 ɕa5 taːŋ2 kɯn1 ʔdi1 tiːm2;
kuŋ6ɕu3 ma1 koŋ1 jiːŋ3 ɕiŋ1fuk7,
hau4ɕit8 ʔbou3 ʔdai3 kjaːu4 hau4ɕiːm1;
jaːŋ6leːn2 taːi5 lɯk8 pai1ma1 jiːŋ1,
aːn1θim1 ɣoŋ2tau3 ʔdam1 noŋ2tiːn2;
θei2nei4 liːu2pak7 ɕak8 piŋ1 faːn3,
taːŋ1 kuːn1 kou1 hi4 ʔbou3 aːn1jiːn2;
paːu6 ɕɯŋ3 ȵiːn6 tuːt7 maːu6wu6θa6,
pai1ma1 laːu4kja1 to6 maːn4niːn2.

（直译）告诉公主，

告诉香莲；
你们冤积十八年，
喊我和冤合不连；
青蛙小蛙各有洞，
用藤榨糖吃不甜；
公主回宫享清福，
糯米不能混籼米；
香莲带儿回去乡，
安心下来种农田；
现在辽北贼兵反，
当官我也不安然；
包拯愿脱乌纱帽，
回到老家度晚年。
（意译）告诉公主，
告诉香莲；
你们冤积十八年，
喊我和冤合不连；
大蛙小蛙各有洞，
藤条榨糖吃不甜；
公主回宫享清福，
糯米籼米各一边；
香莲带孩回家乡，
安心下来种农田；
现在辽北贼兵反，
我当官也不安然；
包拯愿脱乌纱帽，
回到老家度晚年。

(Yiengq ndaw hemq)
（向内喊）
（原文）冬哥，如兰，收队喔斗！
（壮文）Doenggo，Yuzlanz，soudoih okdaeuj！
（音标）toŋ^{1} ko^{1}，ju^{2} laːn^{2}，θou^{1} toːi^{6} oːk^{7} tau^{3}！
（直译）冬哥，如兰，你们出来！
（意译）冬哥，如兰，你们出来！

Cinz Doenggo、Cangh Yuzlanz song vunz【Hwnj】
陈冬哥、张如兰两人【上】
（原文）包大人传话眉几骡要紧事？
（壮文）Bau daihsinz cienz vah meiz gijlawz youqgaenj saeh?
（音标）paːu1 taːi6θin2 ɕiːn2 wa6 mei2 ki3lauɯ2 jou5kan3 θai6？
（直译）包大人传话有什么要紧事？
（意译）包大人传话有什么重要事？

Baugoeng：
包公：
（原文）时你贼兵打口斗，香莲铭带叻批嘛估那估利，如兰铭奏宫主回宫。
（壮文）Seizneix caegbing hoenx haeujdaeuj，Yanghlenz mwngz daiq lwg baema guh naz guh reih，Yuzlanz mwngz caeuq gunghcuj ma goeng.
（音标）θei2nei4 ɕak8piŋ1 hon4 hau3tau3，jaːŋ6leːn2 mɯŋ2 taːi5 lɯk8 pai1ma1 ku6 na2 ku6 ɣei6，ju2laːn2 mɯŋ2 ɕau5 kuŋ6ɕu3 ma1 koŋ1.
（直译）现在贼兵打进来，香莲你带孩子回去种田种地，如兰你随公主回宫。
（意译）现在贼兵打进来，香莲你带孩子回去耕种田地，如兰你随公主回宫。

Vunzlai：
众人：
（原文）包大人，铭呢？
（壮文）Bau daihsinz，mwngz ne?
（音标）paːu1 taːi6θin2，mɯŋ2 ne？
（直译）包大人，你呢？
（意译）包大人，您呢？

Baugoeng【Duet mauh】
包公【脱帽】
（原文）姑至当官了，条躺啊，条啊！
（壮文）Gou ndi dang guen la，deuzndang a，deuz a!
（音标）kou1 ʔdi1 taːŋ1 kuːn1 la，teːu2ʔdaːŋ1 a，teːu2 a！
（直译）我不当官了，逃命啊，逃啊！
（意译）我不当官了，逃命啊，逃啊！

Vuengzgux【Laengz roengz】
皇姑【阻拦】
（原文）包卿，铭是一国丞相，国家眉难，铭渔至理呀？
（壮文）Bauhgingh，mwngz seih it guek cwngzsiengq，guekgya meiz nanh，mwngz

lawz ndi leix ya?

（音标）paːu^{6} kiŋ^{6}，mɯŋ^{2} θei^{6} it^{7} kuːk^{7} ɕɯŋ^{2} θiːŋ^{5}，kuːk^{7} kja^{1} mei^{2} naːn^{6}，mɯŋ^{2} laɯ^{2} ʔdi^{1} lei^{4} ja?

（直译）包卿，你是一国丞相，国家有难，你怎么不理呀？

（意译）包卿，你是一国丞相，国家有难，你怎么不理呀？

Baugoeng：

包公：

（原文）姑理至腾了，条啊！

（壮文）Gou leix ndi daengz la，deuz ha！

（音标）kou^{1} lei^{4} ʔdi^{1} taŋ^{2} la，teːu^{2} ha！

（直译）我理不到了，逃啊！

（意译）我管不了了，逃啊！

Cinz Yanghlenz【Laengz roengzdaeuj】

秦香莲【拦住】

（原文）包大人，贼兵打口斗，云云至抵抗，人民渔安居乐业呀？

（壮文）Bau daihsinz，caegbing hoenx haeujdaeuj，vunvunz ndi dingjhoenx，lwgminz lawz andingh gvaq saedceij ya?

（音标）paːu^{1} taːi^{6} θin^{2}，ɕak^{8} piŋ^{1} hon^{4} hau^{3} tau^{3}，wun^{2} wun^{2} ʔdi^{1} tiŋ^{3} hon^{4}，lɯk^{8} min^{2} laɯ^{2} aːn^{1} tiŋ^{6} kwa^{5} θat^{8} ɕei^{3} ja?

（直译）包大人，贼兵打进来，人人不抵抗，黎民怎么安定过日子呀？

（意译）包大人，贼兵打进来，人人不抵抗，老百姓怎么安居乐业呀？

Baugoeng：

包公：

（原文）姑也至眉办法呀！

（壮文）Gou hix ndi meiz banhfap ya！

（音标）kou^{1} hi^{4} ʔdi^{1} mei^{2} paːn^{6} faːp^{7} ja！

（直译）我也没有办法呀！

（意译）我也没有办法呀！

Cinz Doenggo：

陈冬哥：

（原文）妈，娄批嘛乡下估那估利吧！

（壮文）Meh，raeuz baema lajmbanj guh naz guh reih ba！

（音标）me^{6}，ɣau^{2} pai^{1} ma^{1} la^{3} ʔbaːn^{3} ku^{6} na^{2} ku^{6} ɣei^{6} pa！

（直译）妈，我们回乡下种田种地吧！

（意译）妈，我们回乡下耕田种地吧！

Cinz Yanghlenz：
秦香莲：
（原文）批至使呀！
（壮文）Bae ndi ndaej ya！
（音标）pai^{1} ʔdi^{1} ʔdai^{3} ja！
（直译）去不得呀！
（意译）不能去呀！

Cangh Yuzlanz：
张如兰：
（原文）妈，娄批嘛皇宫躲躺吧！
（壮文）Meh，raeuz baema vuengzgung ndojndang ba！
（音标）me^{6}，ɣau^{2} pai^{1}ma^{1} wuːŋ^{2}kuŋ^{1} ʔdo^{3}ʔdaːŋ^{1} pa！
（直译）妈，我们回皇宫躲避吧！
（意译）妈，我们回皇宫躲避吧！

Vuengzgux：
皇姑：
（原文）至能够呀！
（壮文）Ndi ndaej ya！
（音标）ʔdi^{1} ʔdai^{3} ja！
（直译）不得呀！
（意译）不行呀！

Baugoeng：
包公：
（原文）同你喊姑渔办呀？
（壮文）Doengzneix hemq gou lawz guh ya？
（音标）toŋ^{2}nei^{4} heːm^{5} kou^{1} laɯ^{2} ku^{6} ja？
（直译）这叫我如何办呀？
（意译）这叫我如何办呀？

Cangh yenzsai：
张元帅：
（原文）皇姑、香莲，就由包大人作主吧！
（壮文）Vuengzgux、Yanghlenz，couh youz Bau daihsinz guhcawj ba！

（音标）wuːŋ^{2}ku^{4}、jaːŋ^{6}leːn^{2}，ɕou^{6} jou^{2} paːu^{1} taːi^{6}θin^{2} ku^{6}ɕaɯ^{3} pa！
（直译）皇姑、香莲，就由包大人做主吧！
（意译）皇姑、香莲，就由包大人做主吧！

（Vuengzgux daenj mauh hawj Cangh yenzsai）
（皇姑给张元帅戴帽）

Cangh yenzsai【Gaenjgaenj gipgip hwnj，nam gvaibanj】
张元帅【急匆匆地上，念快板】
（原文）军令急，布使拖，
贼兵妄夺我山河；
皇上圣旨已下达，
立即发兵除贼魔。
如兰女，陈冬哥，
立即先占领高坡；
号令武装布使怠慢，
扫尽辽贼定干戈。
（壮文）Gunlingh gaep，mbouj ndaej doh，
Caegbing siengj duet gou sanhhoz；
Vuengzdaeq swngcij gaenq roengz daengz，
Sikhaek fatbing cawz caegfangz.
Yuzlanz Sau，Cinz Doenggo，
Sikhaek sien ciemqlingx byasang；
Hauhlingh vujcang mbouj ndaej menh，
Sauq raeg Liuzcaeg dingh ganhgoh.
（音标）kun^{1}liŋ^{6} kap^{7}，ʔbou^{3} ʔdai^{3} to^{6}，
ɕak^{8}piŋ^{1} θiːŋ^{3} tuːt^{7} kou^{1} θaːn^{6}ho^{2}；
wuːŋ^{2}tai^{5} θɯŋ^{1}ɕi^{3} kan^{5} ɣoŋ^{2} taŋ^{2}，
θik^{7}hak^{7} faːt^{7}piŋ^{1} ɕaɯ^{2} ɕak^{8}faːŋ^{2}.
ju^{2}laːn^{2} θaːu^{1}，ɕin^{2} toŋ^{1}ko^{1}，
θik^{7}hak^{7} θiːn^{1} ɕiːm^{5}liŋ^{4} pja^{1}θaːŋ^{1}；
haːu^{6}liŋ^{6} wu^{3}ɕaːŋ^{1} ʔbou^{3} ʔdai^{3} meːn^{6}，
θaːu^{5} ɣak^{8} liːu^{2}ɕak^{8} tiŋ^{6} kaːn^{6}ko^{6}.
（直译）军令急，不能拖，
贼兵妄夺我山河；
皇上圣旨已下达，
立即发兵除贼魔。
如兰女，陈冬哥，

立即先占岭坡；
号令武装不能怠慢，
扫尽辽贼定干戈。
（意译）军令急，不能拖，
贼兵妄夺我山河；
皇上圣旨已下达，
立即发兵除贼魔。
如兰女，陈冬哥，
立即先去占山坡；
号令武装不能拖，
扫尽辽贼定干戈。

Baugoeng：
包公：
（原文）皇姑、香莲收渔样？
（壮文）Vuengzgux、Yanghlenz sou lawzyiengh?
（音标）wuːŋ² ku⁴ 、jaːŋ⁶ leːn² θou¹ lauɯ² jiːŋ⁶ ?
（直译）皇姑、香莲你们怎么样？
（意译）皇姑、香莲你们怎么样？

Vuengzgux、Cinz Yanghlenz song vunz：
皇姑、秦香莲两人：
（原文）听从军令！
（壮文）Dingqcoengz gunlingh!
（音标）tiŋ⁵ ɕoŋ² kun¹ liŋ⁶ !
（直译）听从军令！
（意译）听从军令！

Baugoeng：
包公：
（原文）收双云……
（壮文）Sou song vunz ……
（音标）θou¹ θoːŋ¹ wun²……
（直译）你们两人……
（意译）你们两人……

(Rag fwngz song vunz doxgyau)
（两人拉手相交）

Vuengzgux【Hengzlaex】
皇姑【行礼】
（原文）香莲！
（壮文）Yanghlenz！
（音标）jaːŋ⁶ leːn²！
（直译）香莲！
（意译）香莲！

Cinz Yanghlenz：
秦香莲：
（原文）宫主大礼姑受至很呀！
（壮文）Gunghcuj daihlaex gou souh ndi hwnj ya！
（音标）kuŋ⁶ɕu³ taːi⁶lai⁴ kou¹ θou⁶ ʔdi¹ hɯn³ ja！
（直译）公主大礼我受不起呀！
（意译）公主大礼我受不起呀！

Vuengzgux【Ciengq】
皇姑【唱】
（原文）铭布用气刻，姑过失布争；
（壮文）Mwngz mbouj yungh heiqgaek，Gou gvaqsaet mbouj deng；
（音标）mɯŋ² ʔbou³juŋ⁶ hei⁵kak⁷，kou¹ kwa⁵θat⁷ ʔbou³ teːŋ¹；
（直译）你不用气恼，我过失不对；
（意译）你不用气恼，我过失不对；

Cinz Yanghlenz【Ciengq】
秦香莲【唱】
（原文）幼公堂度争，姑香莲布对。
（壮文）Youq goengdangz doxceng，Gou Yanghlenz mbouj deng.
（音标）jou⁵ koŋ¹taːŋ² to⁴ɕeːŋ¹，kou¹ jaːŋ⁶leːn² ʔbou³ teːŋ¹.
（直译）在公堂相争，我香莲不对。
（意译）在公堂争吵，我香莲不对。

Cangh yenzsai：
张元帅：
（原文）对，对，对！
（壮文）Deng，deng，deng！
（音标）teːŋ¹，teːŋ¹，teːŋ¹！
（直译）对，对，对！

（意译）对，对，对！

Baugoeng：
包公：
（原文）争，争，争！哈哈哈！
（壮文）Ceng，ceng，ceng！Ha ha ha！
（音标）ɕeːŋ^{1}，ɕeːŋ^{1}，ɕeːŋ^{1}！ha ha ha！
（直译）吵，吵，吵！哈哈哈！
（意译）吵，吵，吵！哈哈哈！

（原文）冬哥，应当拜岳丈岳母呀！
（壮文）Doenggo，wngdang baiq bohda mehdaiq ya！
（音标）toŋ^{1}ko^{1}，ɯŋ^{1}taːŋ^{1} paːi^{5} po^{6}ta^{1} me^{6}taːi^{5} ja！
（直译）冬哥，应当拜岳父岳母呀！
（意译）冬哥，应当拜岳父岳母呀！

Cinz Doenggo：
陈冬哥：
（原文）拜见岳父岳母大人！
（壮文）Baiqraen bohda mehdaiq daihsinz！
（音标）paːi^{5}ɣan^{1} po^{6}ta^{1} me^{6}taːi^{5} taːi^{6}θin^{2}！
（直译）拜见岳父岳母大人！
（意译）拜见岳父岳母大人！

Cangh yenzsai、vuengzgux song vunz：
张元帅、皇姑两人：
（原文）好贤婿不用重礼，如兰铭斗拜呀！
（壮文）Ndei gwizyienz mbouj yungh laexnaek. Yuzlanz mwngz daeuj baiq ya！
（音标）ʔdei^{1} kɯːi^{2}jiːn^{2} ʔbou^{3} juŋ^{6} lai^{4}nak^{7}. ju^{2}laːn^{2} mɯŋ^{2} tau^{3} paːi^{5} ja！
（直译）贤婿不用重礼。如兰你来拜呀！
（意译）贤婿不用重礼。如兰你来拜呀！

CanghYuzlanz：
张如兰：
（原文）拜见家婆！
（壮文）Baiqraen gyabuz！
（音标）paːi^{5}ɣan^{1} kja^{1}pu^{2}！
（直译）拜见家婆！

（意译）拜见家婆！

Cinz Yanghlenz：
秦香莲：
（原文）贤媳妇，不必重礼。
（壮文）Bawxyienz，mbouj yungh laexnaek.
（音标）pauɯ⁴ji:n²，ʔbou³ juŋ⁶ lai⁴nak⁷.
（直译）贤媳妇，不用重礼。
（意译）贤媳妇，不用重礼。

Baugoeng【Ciengq】
包公【唱】
（原文）滚滚淋长江，后浪推前浪；
（壮文）Goenjgoenj raemx Cangzgyangh，haeuh langh nyoengx cienz langh；
（音标）kon³kon³ ɣam⁴ ɕa:ŋ²kja:ŋ⁶，hau⁶ la:ŋ⁶ ȵoŋ⁴ ɕi:n² la:ŋ⁶；
（直译）滚滚水长江，后浪推前浪；
（意译）滚滚长江水，后浪推前浪；

Vunzlai：
众人：
（原文）流咙海汪汪，任合浪总和。
（壮文）Lae roengz haij vangvang，Nyaemh hablangh cungj huz.
（音标）lai¹ ɣoŋ² ha:i³ wa:ŋwa:ŋ，ȵam⁶ ha:p⁸la:ŋ⁶ ɕuŋ³ hu².
（直译）流入海汪汪，任合浪总和。
（意译）流入海汪汪，任大浪都和。

（Cinz Yanghlenz、Vuengzgux doxdongx）
（秦香莲、皇姑互招呼）
（原文）亲家！
（壮文）Caen'gya！
（音标）ɕan¹kja¹！
（直译）亲家！
（意译）亲家！

【Roengz muq，heiqsat】
【幕下，剧终】